Le
Père Goriot

MAISON DE BALZAC, RUE CASSINI

C'est à Paris, 1, rue Cassini, qu'a été rédigée la plus grande partie
du *Père Goriot*.

Lithographie de Champin (1832).

H. de Balzac

Le
Père Goriot

Éditions Garnier Frères
6, Rue des Saints-Pères, Paris

Introduction,

notes et appendice critique

par

Pierre-Georges Castex

Professeur à la Sorbonne

Édition illustrée de 23 reproductions

INTRODUCTION

I

$\mathbf{E}$N *septembre 1834, au prix d'un effort considérable, Balzac vient de terminer* La Recherche de l'Absolu. *Le docteur Nacquart, inquiet de l'état d'épuisement où il le trouve, lui ordonne l'air natal et le repos* [2]. *Le romancier accepte alors l'invitation que lui a adressée M. de Margonne et se propose de passer deux mois à Saché. Il ne peut envisager toutefois d'y demeurer inactif:* « J'y essaierai du théâtre, tout en finissant mon *Père Goriot* et en corrigeant *La Recherche de l'Absolu* [3]. » *Aussitôt arrivé en Touraine, il reprend ses habitudes de travail: le 28 septembre, il promet à sa mère le manuscrit du* Père Goriot *pour le 2 octobre et, le lendemain, il renouvelle cette promesse à sa sœur, mais pour le 4 octobre* [4].

---

1 Nous avons utilisé les abréviations suivantes : *Conard* (édition en 40 vol. des Œuvres de Balzac, publiée par M. Bouteron et H. Longnon à la librairie Conard) ; *Pl.* (éd. en 11 vol. de *La Comédie humaine*, publiée par M. Bouteron dans la Bibliothèque de la Pléiade) ; *Etr.* (*Lettres à l'Étrangère*, Calmann Lévy, 4 vol. parus) ; *Corr. Castries* (Correspondance de Balzac avec Mme de Castries, publiée par M. Bouteron dans les *Cahiers balzaciens*, VI) ; *Corr. Carraud* (Correspondance avec Mme Zulma Carraud, publiée par M. Bouteron, nouv. éd., Albin Michel, 1952) ; *Corr. Duc.* (Correspondance de Balzac avec divers destinataires, publiée dans *L'Œuvre de Balzac*, éd. Béguin-Ducourneau, tome XVI) ; *Fam.* (Correspondance de Balzac avec sa famille, publiée par Walter Scott Hastings, éd. française, Albin Michel) ; *Corr. Calmann Lévy* (Correspondance de Balzac publiée chez Calmann Lévy, 2 vol., 1876) ; *R H L F (Revue d'Histoire littéraire de la France)* ; *Lov.* (Collection Lovenjoul).

2. *Étr.* I, p. 192 ; *Corr. Castries*, p. 20 ; *Corr. Duc*, lettre à Everat, p. 162.

3. *Corr. Calmann-Lévy*, I, p. 274.

4. *Fam.* p. 161 et 163.

Les premiers témoignages fournis par la correspondance de Balzac donnent donc l'œuvre comme bientôt achevée. Or on ne voit guère à quels moments l'écrivain aurait pu y travailler avant le départ pour Saché. Sans doute anticipait-il alors, selon sa constante habitude, sur la réalisation du projet qu'il avait dans l'esprit ; sans doute aussi songeait-il à un récit assez bref, qui pourrait être rédigé en quelques jours.

Aucune trace ne subsiste, cependant, d'un Père Goriot *entrepris dans cette perspective. Très vite, l'imagination du romancier dut s'orienter vers certains développements qui sortaient du cadre d'une nouvelle et l'obligeaient à modifier son dessein primitif. Le 18 octobre, rendant compte à Mme Hanska du séjour à Saché, qui a duré seulement trois semaines, il écrit qu'il y a « commencé »* Le Père Goriot. [1] *Vers la même date, il annonce à l'imprimeur Everat que «* Le Père Goriot *est devenu sous [ses] doigts un livre aussi considérable que l'est* Eugénie Grandet *ou* Ferragus *», qu'il le destine à la* Revue de Paris, *mais qu'on devra en étaler la publication sur trois ou quatre numéros, si du moins Buloz veut bien y consentir ; il ajoute que « le tiers environ de l'œuvre » est en copie et se déclare en mesure de fournir le samedi suivant à l'imprimerie « 30 feuillets d'écriture extrêmement serrée ». [2] Ces trente premiers feuillets du manuscrit correspondent, non au tiers, mais au cinquième de l'œuvre définitive. Les indications de lieu et de date que Balzac devait inscrire au bas de l'édition Furne : « Saché, septembre 1834 » ne valent donc que pour la mise en train. Contrairement à une légende, c'est à Paris, rue Cassini, qu'a été rédigée la plus grande partie du* Père Goriot.

Les lettres à Mme Hanska nous renseignent, sous la réserve d'inexactitudes toujours possibles, sur la cadence et l'intensité du labeur fourni. Balzac travaille beaucoup dans les derniers jours d'octobre ; davantage, et jusqu'à vingt heures quotidiennes, en novembre [3]. Le 1ᵉʳ décembre, sur intervention médicale, il se limite à une séance continue « depuis six heures du matin jusqu'à trois heures après-midi » et se ménage des loisirs dans la

---

1. *Étr.* I, 194.
2. *Corr. Duc.* p. 162-163.
3. *Étr.* I, 201 et 208.

soirée[1] ; *mais ce régime relativement modéré ne se prolonge guère. Du 8 au 13 décembre, en effet, tout en avançant dans la rédaction du manuscrit, Balzac doit corriger successivement trois épreuves des quatre-vingt-trois pages qui paraîtront le 14 dans la* Revue de Paris *et il se décrit, le 15,* « comme un pauvre cheval fourbu sur le flanc, dans [son] lit, ne pouvant rien faire, rien entendre ». *Pourtant, du 16 au 31, il est de nouveau à la tâche dix-huit heures par jour, se levant à minuit, se couchant à six heures du soir, car il voudrait avoir fini à temps pour célébrer à Vienne avec Mme Hanska, le 26 janvier, un anniversaire sentimental[2].*

Au début de l'année nouvelle, il s'accorde deux ou trois jours de répit, va voir Mme de Berny malade à la Bouleaunière, près de Nemours, lui donne à lire les cinquante-six nouvelles pages publiées par la Revue de Paris *le 28 décembre et profite de ce séjour pour prendre, en plusieurs fois, dix-sept heures d'un sommeil qui le sauve[3]. Il revient à son roman le 4 janvier et, malgré* « un énorme rhume de poitrine »,[4] *travaille sans discontinuer, renonce même, pendant dix jours, à écrire la moindre lettre et suspend toute obligation[5] ; mais* « les plus grands efforts et la volonté la plus intense » *ne lui permettent pas de remplir son programme ; d'ailleurs la* Revue de Paris *refuse de* « doubler ses numéros » *pour en finir dans le délai escompté[6]. Impossible, dans ces conditions, d'être à Vienne le 26 ! C'est ce jour-là, précisément[7], que Balzac rédige les dernières lignes, paraphées d'un trait frémissant qui révèle la joie de l'œuvre accomplie. Quatre mois d'un labeur soutenu se sont donc écoulés depuis*

---

1. *Ibid.* I, 214.
2. *Ibid.* I, 218. Voir nos indications sur la dédicace du manuscrit, p. 334, et notre article « Le jour inoubliable », dans *L'Année balzacienne 1960* (Librairie Garnier).
3. *Ibid.* I, 220.
4. *Fam.* p. 172.
5. Balzac à Custine, le 15 janvier : « Je n'ai pas encore eu le temps d'aller vous voir [...] Mais j'avais à faire arrêter Vautrin et à dorloter le Père Goriot ». (*Corr. Duc*, p. 169).
6. *Étr.* I, 223.
7. *Ibid.* I, 227 : « *Aujourd'hui* a été fini *Le Père Goriot.* » L'adverbe est bien souligné par Balzac.

le début de la rédaction [1]. *La* Revue de Paris *publie la troisième
tranche du roman le 25 janvier, la fin en un supplément le 11 février ; l'édition paraît chez Werdet, selon la* Bibliographie de la
France, *le 2 mars 1835.*

II

*Dans l'album où Balzac prenait des notes sur ses œuvres
en projet, le thème du* Père Goriot *tient en trois lignes :* « Un
brave homme — pension bourgeoise — 600 fr. de rente —
s'étant dépouillé pour ses filles qui toutes deux ont 50.000 fr.
de rente — mourant comme un chien ». [2] *Dans une lettre
à Mme Hanska écrite au retour de Saché, le 18 octobre 1834,
il précise qu'il a voulu peindre* « un sentiment si grand que rien
ne l'épuise, ni les froissements, ni les blessures, ni l'injustice » *et qu'il a choisi pour héros* « un homme qui est père comme un saint, un martyr est chrétien ». *Les mêmes termes,
ou peu s'en faut, reviennent dans une lettre à la marquise de
Castries* [3].

*De telles déclarations prouvent que Balzac avait bien le des-
sein de placer au centre de son œuvre l'histoire du père Goriot.
L'écrivain souligne ce dessein en choisissant d'emblée le titre
du récit, puis en décrivant avec un soin particulier son personnage
principal,* « sur la tête duquel un peintre aurait, comme
l'historien, fait tomber toute la lumière du tableau [4] ».
*Rastignac n'est d'ailleurs présenté, au début, que comme le spec-
tateur du drame, comme l'observateur sagace dont la curiosité
arrive à* « pénétrer les mystères d'une situation épouvantable » ; *sans lui, lirons-nous encore,* « il eût été sans doute

---

1. Balzac ne comptait que vingt-cinq jours le 4 janvier (*Étr.* I,
218) et déclare le 14 février que l'œuvre « a été faite en quarante jours »
(*Ibid.* I, 232) ; mais nous ne pouvons accepter ces deux indications.
2. *Pensées, sujets, fragmens,* éd. Jacques Crépet, p. 114.
3. *Étr.* I, 195 ; *Corr. Castries,* p. 21.
4. *Le Père Goriot,* p. 25.

impossible de connaître le dénouement de cette histoire [1] ».

Il est certain qu'au fil du récit notre intérêt pour le père Goriot ne se dément pas. Nous apprenons à connaître le personnage dans sa prospérité d'autrefois et dans sa déchéance; puis nous assistons à l'accentuation progressive de cette déchéance, dont le terme sera la plus misérable des agonies. Ainsi se résume et s'accomplit sous nos yeux le destin d'un homme ruiné par une passion généreuse et meurtrière.

Tout n'est pas si simple, cependant. L'action, loin de se dérouler avec une pureté linéaire, rayonne dans des directions multiples. Plusieurs épisodes apparaissent sans lien direct avec l'histoire du héros, en particulier ceux qui se rattachent aux aventures de Vautrin. L'écrivain est conscient d'avoir acquis une maîtrise qui lui faisait défaut quelques années plus tôt : dès lors, son ambition ne se borne plus, comme dans les premières Scènes de la vie privée, *à confronter quelques personnages engagés dans une aventure domestique. Il entreprend une fresque vaste et foisonnante comme la vie, où tout se tient. Dans* Ferragus, *dans le prélude de* La Fille *aux yeux d'or, il a esquissé les divers aspects de Paris, découverts dans ses flâneries ou contemplés de plus haut dans ses méditations. L'histoire du* Père Goriot *lui offre l'occasion d'inscrire dans ce cadre mouvant les mœurs de toute une société. A un tel élargissement de sa manière correspond la mise en œuvre d'une technique nouvelle.*

Cette technique consiste, notamment, à faire reparaître certains personnages déjà présentés dans des œuvres antérieures, à revenir sur le récit de leurs aventures et à créer ainsi une sorte de courant continu d'un roman à un autre ou à plusieurs autres. D'après Laure Surville, l'idée de ces « personnages reparaissants », qui dominera La Comédie humaine, *est née en une illumination « vers 1833 » et Balzac se serait écrié: « Saluez-moi [...] car je suis tout bonnement en train de devenir un génie [2].» Quoi qu'il en soit,* Le Père Goriot *est le premier roman où ce procédé se trouve appliqué de façon systématique et Balzac mesura d'emblée l'importance de cette innovation, que son fidèle interprète*

1. *Ibid.*, pp. 17 et 153.
2. Laure Surville, *Balzac, sa vie et ses œuvres* (1858), p. 95.

Félix Davin, en avril 1835, dans la préface des Études de Mœurs au xixᵉ siècle, *commente avec lucidité :* « Un grand pas a été fait dernièrement. En voyant reparaître dans *Le Père Goriot* quelques-uns des personnages déjà créés, le public a compris l'une des plus hardies intentions de l'auteur, celle de donner la vie et le mouvement à tout un monde fictif dont les personnages subsisteront peut-être, alors que la plus grande partie des modèles seront morts et oubliés. » [1]

Selon les statistiques dressées par Canfield, le nombre de ces personnages « reparaissants » s'élève à vingt-trois dans l'édition originale. Ce nombre sera porté à cinquante lors des remaniements effectués pour les éditions suivantes [2]. Souvent, il est vrai, Balzac se contente de rappeler un nom déjà connu ; mais il se réfère parfois à des aventures contées dans d'autres œuvres et il en complète le récit ; ainsi se greffent sur l'histoire du père Goriot diverses excroissances plus ou moins touffues.

Par exemple, dans Gobseck, *nouvelle publiée dès 1830 sous le titre* Les Dangers de l'Inconduite, *la comtesse de Restaud, pour tenter de sauver son amant, cède à l'usurier des diamants que son mari, alerté, vient racheter quelques moments plus tard. Ces diamants, dans* Le Père Goriot, *le comte les étale sous les yeux de sa femme éperdue. Le lecteur qui ne connaît pas* Gobseck *s'intéresse à l'épisode dans la mesure où le héros du roman doit en subir le contrecoup ; le familier de Balzac y prend un plaisir d'une autre sorte en se remémorant les événements déjà rapportés qui le préparent et l'éclairent.*

Dans La Femme abandonnée, *Balzac a raconté comment Mme de Beauséant, retirée en Normandie à la suite d'une cruelle déception sentimentale, renaît pour un temps à l'espoir après sa rencontre avec Gaston de Nueil : dans* Le Père Goriot, *remontant le cours des années, il évoque le passé de cette héroïne et les derniers moments de sa liaison avec l'homme dont les projets matrimoniaux ont entraîné son exil.*

Ne touchez pas la hache, *le second récit de l'*Histoire des

1. *Études de Mœurs au xixᵉ siècle*, éd. Béchet, tome I, p. 17.
2. A.-G. Canfield, *Les Personnages reparaissants dans « La Comédie Humaine »* (*R H L F*, 1934). Voir dans la présente édition les notices des pages 461 sq.

Treize, *qui deviendra* La Duchesse de Langeais, *décrivait les circonstances d'un autre exil, celui de Mme de Langeais, contrainte à abriter sa détresse dans un couvent de Carmélites après avoir subi la vengeance de l'homme dont elle s'est éprise et dont elle s'était jouée par coquetterie : ce personnage aussi reparaît dans* Le Père Goriot, *à la veille de la crise qui commande sa décision suprême.*

Balzac avait déjà noté la parenté entre les aventures de ces deux grandes dames, qui furent des reines de Paris et qui ont dû quitter en même temps, désespérées, le théâtre de leurs triomphes mondains : dès la publication de Ne touchez pas la hache, *le lecteur pouvait relever une allusion à* « la récente aventure de Mme de Beauséant » [1]. *Dans* Le Père Goriot, *il imagine de confronter la vicomtesse de Beauséant avec la duchesse de Langeais et il noue entre elles les liens d'une amitié d'ailleurs empoisonnée. Mme de Langeais, dont l'inquiétude aiguillonne sans doute la malignité, goûte un plaisir féroce à instruire Mme de Beauséant du mariage prochain de son amant, le marquis d'Ajuda-Pinto ; Mme de Beauséant, se maîtrisant au prix d'un violent effort sur elle-même, riposte en lui demandant des nouvelles du général de Montriveau, qui déjà passe pour l'avoir abandonnée. Vers la fin du roman, les deux femmes ont essayé en vain de sauver leur amour : l'une a déjà capitulé, l'autre s'apprête sans illusions à une ultime tentative. Alors s'éveille en elles, l'une à l'égard de l'autre, une sympathie réelle et profonde.* « Une même douleur a réuni nos âmes », *dit la duchesse de Langeais :* [2] *dans l'instant où vont s'accomplir deux malheureux destins, les caractères des victimes désignées révèlent leur vraie grandeur. Cet épisode du* Père Goriot, *sans relation avec l'histoire du héros, peut émouvoir en lui-même un lecteur occasionnel de Balzac, mais ne prend tout son sens que si nous sommes en mesure de songer à deux récits antérieurs.*

---

1. Voir notre édition de l'*Histoire des Treize*, p. 261. Quand Balzac, postérieurement au *Père Goriot*, réédite *Ne touchez pas la hache* sous le titre *La Duchesse de Langeais*, il précise : « la rupture que chacun prévoit entre Mme de Beauséant et monsieur d'Ajuda-Pinto, qui, dit-on, épouse mademoiselle de Rochefide ».

2. *Le Père Goriot*, p. 282.

Balzac introduit d'autre part dans Le Père Goriot *des personnages inédits, mais appelés à reparaître dans des romans à venir. Parmi ces personnages, Vautrin est le plus considérable. Le romancier discerne trop clairement les ressources qu'il offre pour l'abandonner sans appel aux mains des policiers. Vautrin donne d'ailleurs pour assuré, lorsqu'on l'arrête à la pension Vauquer, que sa carrière n'est pas terminée et qu'aussitôt revenu au bagne il trouvera les concours nécessaires à une nouvelle et prompte évasion: fions-nous à la parole d'un tel homme ! Il est vraisemblable qu'en écrivant* Le Père Goriot *Balzac médite déjà pour lui une nouvelle « incarnation », car un « bulletin de travail » annexé au manuscrit du roman et daté du 23 janvier [1835] indique parmi les œuvres en projet* La Torpille, *où Jacques Collin, ex-Vautrin, se laissera reconnaître par Rastignac sous les traits de l'abbé Carlos Herrera. Balzac attendra trois ans, toutefois, pour mettre au point ce nouveau récit* [1], *et huit ans pour raconter, dans la troisième partie d'*Illusions perdues, *la rencontre de Carlos Herrera avec Lucien de Rubempré qui, dans la chronologie romanesque, prélude aux aventures de* La Torpille. Le Père Goriot *marque donc pour le personnage du forçat le début d'un cycle dont la suite s'ébauche dans l'esprit de son créateur et dont* La Dernière Incarnation de Vautrin *consacrera douze ou treize ans plus tard l'achèvement.*

Le cas de Rastignac est différent. Ce personnage est né à l'existence balzacienne en 1831, dans La Peau de Chagrin. *Il apparaît alors comme un viveur à la fois cynique et prudent, installé dans un système d'existence qui lui permet de jouir des plaisirs avec sécurité. Ce viveur, Balzac, au début de son manuscrit du* Père Goriot, *le cite avec d'autres « impertinents de l'époque », Ronquerolles, Henry de Marsay ou Maxime de Trailles; le jeune héros, qui s'appelle alors Eugène de Massiac, le côtoie* [2]. *L'idée vient ensuite au romancier d'identifier Eugène de Massiac*

---

1. Sur *La Torpille*, récit qui, après remaniements, sera, en fin de compte, incorporé à *Splendeurs et Misères des Courtisanes*, voir le livre de M. Jean Pommier *L'Invention et l'Écriture dans « La Torpille » d'Honoré de Balzac* (Genève, Droz, 1957).

2. Voir notre appendice critique, pp. 350-351.

avec Rastignac et, en reculant de cinq ans la date des événements rapportés, car l'histoire du Père Goriot *se déroulait à l'origine en 1824, de montrer l'apprentissage de l'homme même que le lecteur a connu, déjà mûr, dans* La Peau de Chagrin.

Dès ce moment, Balzac songe à faire revenir encore Rastignac. Le Père Goriot *laisse pressentir, notamment, que la fortune de ce personnage va être assurée grâce au concours du mari de sa maîtresse, et cette ascension, dont le mécanisme est déjà esquissé, sera longuement commentée dans* La Maison Nucingen. *D'une autre manière, le romancier s'apprête à faire entrer son héros, grâce à des changements d'identité, dans les nouvelles éditions de récits antérieurs : quelques semaines après la publication du* Père Goriot, *le baron Eugène de Rastignac est substitué au marquis Ernest de M... dans* Étude de Femme, *qui date de 1830 et qui reparaît au tome XII des* Études de Mœurs au XIXe siècle *sous le titre abandonné depuis lors* Profil de Marquise. *Plus tard, une substitution du même ordre sera opérée dans* Le Bal de Sceaux [1].

Ainsi Rastignac, après avoir joué un rôle secondaire dans un roman déjà publié, conquiert dans Le Père Goriot *une place de choix parmi les personnages balzaciens et va reparaître dans des œuvres ultérieures ou dans des œuvres remaniées. Aussi Balzac le choisira-t-il en 1837, dans la préface d'*Illusions perdues, *pour illustrer son système romanesque, en rappelant selon l'ordre historique des intrigues les récits où il l'a représenté :* « Quand un de ces personnages se trouve, comme M. de Rastignac dans *Le Père Goriot,* arrêté au milieu de sa carrière, c'est que vous devez le retrouver dans *Profil de Marquise,* dans *L'Interdiction,* dans *La Haute Banque* [*La Maison Nucingen*], et enfin dans *La Peau de Chagrin,* agissant dans son époque suivant le rang qu'il y a pris et touchant à tous événements auxquels les hommes qui ont une haute valeur participent en réalité [2]. » *En 1839, dans la préface d'*Une Fille d'Eve, *ouvrant la voie aux entreprises de Cerfberr-Christophe et du docteur Lotte, il esquissera une biographie du personnage qui commence par un résumé*

---

1. Voir l'article de M. Jean Pommier : *Naissance d'un héros, Rastignac* (*R H L F*, 1950).

2. *L'Œuvre de Balzac,* éd. Béguin-Ducourneau, XV, 258.

de son rôle dans Le Père Goriot : « RASTIGNAC (Eugène-
Louis), fils aîné du baron et de la baronne Rastignac, né à
Rastignac, département de la Charente, en 1799; vient à
Paris, en 1819, faire son droit, habite la maison Vauquer,
y connaît Jacques Collin, dit Vautrin, et s'y lie avec Horace
Bianchon, le célèbre médecin. Il aime Madame Delphine
de Nucingen au moment où elle est abandonnée par de
Marsay, fille d'un sieur Goriot, ancien marchand vermi-
cellier, dont Rastignac paye l'enterrement. »[1]

 Pivot de La Comédie humaine, *où il intervient dans une
vingtaine de récits, Rastignac est bien aussi un pivot du* Père
Goriot. *Il est l'ami du vieux vermicellier, le favori de Vautrin, le
confident de Mme de Beauséant, le candidat virtuel à la main de
Victorine Taillefer. Il assiste aux fâcheuses ou funestes aventures
de Vautrin qu'on démasque, de Mme de Beauséant qui s'exile,
de Mme de Restaud qui s'enlise, de Goriot qui meurt. Il se détourne de tels spectacles pour associer son destin à l'étoile montante
de la maison Nucingen. Ainsi se développe, dans un roman consacré en principe à l'étude de la passion paternelle, un thème tout
différent, dont M. Bardèche souligne l'importance en s'attachant
à montrer que les drames divers racontés dans* Le Père Goriot
collaborent au sujet unique du livre, qui est l'éducation de Rastignac[2].

 *Balzac a-t-il donc trahi son intention première ? Ou devons-
nous voir deux sujets distincts dans* Le Père Goriot *et dénoncer,
comme jadis M. Pierre Barrière*, « un certain flottement dans
la composition[3] » ? *Poser la question ainsi serait faire injure
au romancier, qui est conscient de ses fins et maître de son art.
Son œuvre, cependant, ne se présente pas sous le même aspect
lorsqu'on la considère en elle-même et lorsqu'on l'examine à la
lumière de* La Comédie humaine.

 D'un certain point de vue, l'histoire du père Goriot peut être

---

 1. *Ibid.*, p. 306-307.
 2. Maurice Bardèche, *Balzac romancier* (Plon, 1940), p. 532 sq.
 3. P. Barrière, *Honoré de Balzac et la tradition littéraire classique*, p.
41. Voir sur cette question une excellente mise au point de M. Guy
Michaud dans *L'Œuvre et ses techniques* (p. 143 sq., « L'Unité du *Père
Goriot* »).

tenue pour une première et décisive expérience du jeune Rasti-
gnac au seuil de sa carrière. Le roman apparaît alors comme un
prélude, comme une entrée en matière. Rastignac, après avoir
longtemps louvoyé, arrête sa ligne de conduite. Quand vient s'ache-
ver par une mort cruelle la tragédie domestique d'un vieillard,
son aventure sociale commence par un défi juvénile à Paris. A la
description d'une agonie succède celle d'un début dans la vie. La
dernière page du roman contient en puissance une suite indéfinie
de rebondissements.

Toutefois le lecteur de 1835 ne pouvait imaginer ces rebondisse-
ments, au moins tels qu'ils nous sont connus aujourd'hui. Le Père
Goriot *lui apparaissait comme une œuvre autonome, dont l'intérêt*
dramatique et pathétique est lié, pour l'essentiel, à l'histoire d'un
vieil homme. A cet intérêt, Rastignac, quoique omniprésent, ne
contribue guère, puisqu'il demeure, avant tout, un témoin. Pour
quiconque s'en tient au texte du roman, le vrai héros, c'est la
victime : Goriot.

L'autonomie du Père Goriot *n'est nullement détruite parce*
que d'autres œuvres ont suivi. Il reste possible aujourd'hui de
s'attacher à ce récit, d'y puiser une satisfaction complète, en igno-
rant le reste de La Comédie humaine. *Car Balzac, tout en*
ouvrant les larges avenues où s'engageront plus tard Rastignac et
Vautrin, a su préserver l'unité nécessaire à toute œuvre d'art en
accompagnant pas à pas dans son calvaire celui qu'il a défini
comme le « Christ de la Paternité » [1].

III

On peut penser avec M. André Billy que Balzac, en créant le
personnage du père Goriot, a voulu prendre « le contre-pied du
père Grandet et de Balthazar Claës ». [2] *Ces deux monomanes*
sacrifient leur fille à leur passion: dans le cas de Goriot, c'est
l'amour paternel qui apparaît comme une passion. Les données
*psychologiques d'*Eugénie Grandet *et de* La Recherche de
l'Absolu *sont donc retournées, la leçon demeurant au fond la*

---

1. *Le Père Goriot*, p. 238.
2. A. Billy, *Vie de Balzac*, I, 222.

*même, puisque nous assistons dans les trois romans aux ravages
meurtriers d'une idée fixe. Il demeure cependant nécessaire de
rechercher sous quelles influences a pu prendre vie et relief le héros
de l'œuvre nouvelle.*

    Dans la préface du Cabinet des Antiques, *le romancier
prétend avoir emprunté le sujet du* Père Goriot *à la vie réelle et
s'être attaché seulement à atténuer l'horreur d'une situation qui,
trop fidèlement transcrite, eût paru incroyable :* « L'événement
qui a servi de modèle offrait des circonstances affreuses et
comme il ne s'en présente pas chez les Cannibales ; le pauvre
père a crié pendant vingt heures d'agonie pour avoir à
boire, sans que personne arrivât à son secours, et ses deux
filles étaient l'une au bal, l'autre au spectacle, quoiqu'elles
n'ignorassent pas l'état de leur père[1]. »
    *Bien que Balzac se plaise parfois à égarer les critiques trop
curieux de découvrir ses secrets, l'indication ne doit pas être
rejetée a priori. Qui de nous, d'ailleurs, n'a eu sous ses yeux des
exemples plus ou moins révoltants d'ingratitude filiale ? Observateur toujours en éveil, l'auteur du* Père Goriot *put noter tel de
ceux dont il fut témoin. En outre, ses stages de clerc lui ont fourni
autrefois l'occasion de connaître bien des drames privés. On
s'est demandé si l'histoire de Goriot, rappelée par Derville dans*
Le Colonel Chabert[2], *ne serait pas associée dans l'esprit de
Balzac au souvenir de Maître Guyonnet-Merville qui, dans une
certaine mesure, a servi de modèle à l'avoué de* La Comédie humaine[3]. *Rien ne permet toutefois de donner consistance à cette
supposition.*

---

    1. *Le Cabinet des Antiques*, éd. Garnier, pp. 248-249.
    2. « J'ai vu mourir un père dans un grenier sans sou ni maille,
abandonné par deux filles auxquelles il avait donné quarante mille
livres de rente » (*Le Colonel Chabert*, éd. Garnier, pp. 79-80). Cette phrase
a été insérée par Balzac après la publication du *Père Goriot* et Derville
est désigné dans *Le Père Goriot* comme l'avoué du héros. Mais l'avoué
des *Dangers de l'Inconduite* (1830), qui deviendra Derville dans le texte
définitif de *Gobseck*, évoquait déjà un drame du même genre :
« ...quelque bonhomme de père qui s'asphyxie parce qu'il ne peut plus
nourrir ses enfants ».
    3. Voir notamment J. Bertaut, « *Le Père Goriot* » de Balzac, p. 8.

D'autre part, Balzac mentionne dans les Lettres à l'Étrangère *un « vieux marchand de blé de la Halle » qui était son propriétaire rue Cassini. Nous savons que ce personnage s'appelait Marest*[1]. *Or c'est à la Halle aux Blés que le héros du roman fit jadis sa fortune; le romancier évoque ses démêlés avec « les gens de la Halle » dans les premiers temps de son veuvage et précise que ces renseignements ont été fournis à Rastignac par « un monsieur Muret*[2] *» qui avait acheté le fonds du père Goriot. Muret ne reparaitra pas dans La Comédie humaine: son rôle se limite donc à celui d'un informateur occasionnel. On est tenté de conjecturer que Marest a joué dans la vie réelle un rôle analogue auprès de Balzac. Quelles furent, dans cette hypothèse, la nature et l'étendue de ses informations? Marest a-t-il raconté une histoire vécue dont Balzac se serait ensuite inspiré? Lui a-t-il fourni seulement quelques traits pittoresques sur le milieu des grainetiers? De telles questions demeurent sans réponse.*

Dans l'état actuel des connaissances, la recherche des souvenirs littéraires apparaît plus féconde. Déjà les contemporains de Balzac avaient mis Le Père Goriot *en parallèle avec* Le Roi Lear. *Le critique du* Courrier français, *par exemple, note les analogies et les différences entre les deux œuvres, avec l'intention bien claire de faire ressortir, pour des raisons morales, la supériorité du dramaturge anglais:* « Shakespeare avait voulu représenter dans son vieux roi la paternité aveugle et folle,

---

1. *Étr.* I, 69. Dans le dossier A 322 de la coll. Lovenjoul, on trouve un ensemble de quittances régulièrement acquittées par Balzac et signées Marest, la première datant du 15 janvier 1833, la dernière du 1er septembre 1835. La quittance du 15 janvier 1836 est signée par la veuve Marest ; Balzac sera moins ponctuel avec elle et elle lui enverra plusieurs fois du papier timbré. Notre attention a été attirée sur le dossier A 322 par M. Wayne Conner, auquel nous devons les suggestions inédites de ce paragraphe.

2. Balzac a corrigé Muralt en Muret dans l'édition de mai 1835, donc après la mort de Marest ; l'année suivante, dans *L'Interdiction*, il donnera le nom de Maraist à un propriétaire ; il créera plus tard le personnage de Georges Marest. Mais on doit signaler d'autre part que le père du romancier avait eu à la Direction des Subsistances militaires le comte Maret comme supérieur hiérarchique (Ministère de la Guerre, dossier B.-F. Balzac).

se dépouillant de tout, sceptre, grandeurs, fortune, au profit de deux filles dont la noire ingratitude le payait de ses
sacrifices. Mais, pour l'honneur de la nature humaine, en
regard de deux filles perfides et barbares, Gonerill et Regane,
Shakespeare avait placé Cordelia, fille pieuse et dévouée.
Pour l'honneur de la paternité, autant le poète lui avait
donné de tendresse pour les enfants qui devaient le trahir,
autant, la trahison consommée, il l'avait embrasé de fureur
contre ces indignes objets d'une passion non moins vive
que malheureuse. M. de Balzac, au contraire, n'a rien accordé
à l'honneur de la paternité; le père Goriot n'a point d'Anti-
gone qui le console, point de colère qui le venge [1] ».

*Shakespeare est bien, avec Dante, l'écrivain dont Balzac se
réclame le plus volontiers en 1834. Ces deux gloires de la littérature universelle ont plus ou moins supplanté dans son esprit
Walter Scott et Byron, dont les succès le hantaient au début de sa
carrière littéraire. En évoquant, dans le préambule de* La Fille aux
yeux d'or, *l'enfer parisien* « qui, peut-être, un jour, aura son
Dante » [2], *il laissait apercevoir son ambition de rivaliser,
en utilisant les moyens propres au roman, avec le poète de* La Divine
Comédie. *Quelques mois plus tard, il plaçait en épigraphe au*
Père Goriot *les trois mots* All is true, *qu'il attribuait à Shakespeare* [3], *et Félix Davin, sous son inspiration, dans la préface
des* Études philosophiques, *définissait l'œuvre balzacienne
comme un miroir du monde,* speculum mundi, *en ajoutant de la
façon la plus explicite:* « Jadis Shakespeare s'est, dit-on,
proposé dans ses compositions scéniques un semblable
but [4] ». *Cet exemple va l'accompagner dans sa propre création.
Il lui arrivera de vouloir écrire un* « Othello retourné » [5] *ou de
désigner un de ses personnages comme* « une affreuse lady Mac-
beth [6]. » Le Roi Lear *ne pouvait être loin de sa pensée, alors
qu'il travaillait au* Père Goriot.

---

1. *Le Courrier français*, 15 avril 1835. On trouve un autre rapprochement du même genre dans la *Revue du Théâtre* (avril 1835).
2. Voir notre édition de l'*Histoire des Treize*, p. 380.
3. Voir dans la présente édition notre note de la p. 6.
4. *L'Œuvre de Balzac*, éd. Béguin-Ducourneau, XV, 115.
5. *Étr.* I, 489, à propos de *La Gina*.
6. *Le Cousin Pons* (*Pl.* VI, p. 667).

Comme le héros de Balzac, celui de Shakespeare, au seuil de la vieillesse, a voulu doter chacune de ses filles. Gonerill et Regane obtiennent par d'hypocrites flatteries les plus grands avantages, tandis que Cordelia, trop franche, est deshéritée. Bientôt les deux ingrates se plaignent de leur père, dénoncent la bizarrerie de son caractère et l'imbécillité de son jugement, s'emploient à réduire le train de sa maison. De si cruels procédés suscitent sa colère, avant d'égarer son esprit. Lucide par intervalles, comme Goriot, il s'écrie : « C'est donc la coutume aujourd'hui que les pères, dépouillés de tout, ne trouvent plus de pitié dans leur propre sang [1] ? » *A d'autres moments, il tâche de se persuader, comme Goriot encore, que l'une de ses filles est meilleure que l'autre :* « Les yeux de ta sœur sont farouches; le doux éclat des tiens console... Tu connais mieux les devoirs de la nature. » *Vers la fin de la pièce, Gonerill et Regane s'affrontent avec violence, comme Delphine et Anastasie; et cette rivalité, qui conduit Gonerill au crime et au suicide, achève d'accabler leur père. Prophète et témoin des événements, le fou du roi les a, d'avance, commentés dans des termes qui pourraient s'appliquer à l'histoire du père Goriot :* « Tu as coupé ton empire en deux, et tu n'as rien laissé pour toi dans le milieu »; *ou encore :* « Le père qui traîne les haillons de l'indigence / Rend ses enfants aveugles: ils ne le connaissent plus. » *La réalité humaine qui inspire les deux œuvres est donc bien la même, malgré la différence des époques et des conditions. Toutefois, Lear, à travers sa fureur, puis sa folie, s'exprime, dans la tragédie royale de Shakespeare, avec une intensité soutenue qui serait déplacée dans une* « tragédie parisienne ».

Le théâtre contemporain, toujours suivi avec beaucoup d'attention par Balzac, qui nourrissait l'ambition de s'y imposer, lui offrait d'ailleurs l'exemple d'une pièce bourgeoise conçue autour du même thème. Les Deux Gendres, *d'Etienne, avaient remporté dès la création, sous l'Empire, un vif succès, qu'entretint le scandale d'une accusation de plagiat. Sous Louis-Philippe encore,*

---

1. Nos citations du *Roi Lear* sont empruntées à la traduction Letourneur, fort répandue au temps de Balzac.

le public acclamait ces cinq actes en vers comme un chef-d'œuvre [1]
et Le Voleur *reprocha formellement à Balzac de les avoir
pillés :* « Il prit le répertoire du Théâtre Français, et il
tomba sur *Les Deux Gendres,* et il imagina *Le Père Goriot.
Le Père Goriot,* c'est la comédie des *Deux Gendres,* avec
tous les détails hors-d'œuvre qu'a pu y ajouter une imagination luxuriante, quelquefois heureuse, presque toujours à cent lieues au delà du vrai [2]. »

*Pourtant l'intrigue de la pièce et celle du roman ne se ressem-
blent guère. Si Dupré, le héros d'Étienne, est, comme Goriot,
un père déçu dans ses affections, les principaux personnages avec
lui ne sont pas ses filles, dont l'une joue un rôle effacé et l'autre
ne paraît pas, mais ses gendres, un* « capitaliste » *qui veut
s'illustrer dans la philanthropie et un* « homme en place » *qui aspire à devenir ministre. Le bonhomme Dupré finit par
triompher du sort contraire et tire lui-même de son aventure une
moralité assez plate. A aucun égard, la gloire de l'auteur du* Père
Goriot *ne saurait souffrir d'une comparaison entre son œuvre et*
Les Deux Gendres.

*Du moins est-il certain que Balzac a connu la pièce d'Étienne.
On ne peut assurer qu'il ait assisté à sa représentation. Mais son
ami Charles Nodier, associé à Panckoucke, l'avait publiée avec
les autres œuvres de l'académicien dramaturge dans la* Bibliothèque dramatique ou Répertoire universel du Théâtre
français, *collection fort répandue, et il la présentait dans sa notice
comme* « le plus beau titre » *de son créateur. Cette édition
s'accompagnait de longs développements destinés à prouver qu'Étienne n'était pas un plagiaire et qu'en écrivant* Les Deux Gendres
*il avait su renouveler avec éclat un thème souvent abordé, en fait,
dans des comédies ou dans des fabliaux: le jésuite anonyme du
XVIIIe siècle, auteur de* Conaxa, *que certains reprochaient à
Étienne d'avoir imité de près, ne s'était-il pas inspiré lui-même
d'un récit publié dans* L'Esprit des conversations agréables
*par le compilateur Gayot de Pitaval ? Mais voici une constatation
curieuse : ce récit, reproduit en bonne place par les éditeurs de la*
Bibliothèque dramatique, *est beaucoup plus proche du* Père

---

1. Voir par exemple *Le Livre des Cent-et-Un,* VIII, 284 ; IX, 297.
2. *Le Voleur,* 10 avril 1835.

Goriot *que la comédie des* Deux Gendres *et ressemble à celui que Balzac a mis dans la bouche de la duchesse de Langeais ou aux propos tenus par Goriot lui-même au début de son agonie :*

« Un riche marchand d'Anvers, qu'on appelait Jean Conaxa, maria deux filles qu'il avait, et leur constitua une dot de duchesse. Leurs maris, qui étaient gentilhommes titrés, jouèrent, grâce à leurs richesses, avec plus de dignité, après leur mariage, le rôle de gens de distinction. Conaxa quitta son commerce [...] Ses gendres et ses filles, qui mouraient d'impatience de le voir à la fin de sa carrière, parce qu'ils convoitaient ses trésors, lui persuadèrent de s'en dépouiller [...] Il les crut, il leur partagea ses biens. Les premiers jours, il goûta la douceur du repos ; ses gendres et ses filles disputèrent à qui le chérirait, le révérerait le plus [...] Bientôt ses enfants se lassèrent du joug qu'ils s'étaient imposé ; et leur intérêt ne les aidant plus à porter leur fardeau, ils le laissèrent tomber à terre [...] Ce n'était plus un père qui était le roi de sa famille, mais c'était un bonhomme qui n'était plus d'aucun usage, et qu'on souffrait par commisération, et que bientôt on se lasserait de supporter, si le poison lent qu'on lui donnait par un pareil procédé ne faisait pas plus de progrès [1] ».

La rencontre est frappante et valait d'être notée. Mais l'histoire de Jean Conaxa s'achève plus bénignement que celle de Jean-Joachim Goriot. Grâce au subterfuge imaginé par un banquier de ses amis, le héros fait croire à ses enfants qu'il est encore riche et reconquiert son autorité en les berçant de vaines espérances. Si Balzac s'est souvenu, en concevant son roman, du scénario fourni par Gayot de Pitaval, il en a profondément modifié l'esprit. Le Père Goriot *doit davantage à une méditation personnelle, dont des œuvres antérieures ont fixé déjà certains aspects.*

Dès ses premières tentatives romanesques, Balzac a décrit la force de l'amour paternel : le rude Borgino, dans Falthurne, *n'est capable de sourire qu'à la vue de sa fille Cymbeline [2] ;*

---

1. *Théâtre* d'Étienne, éd. indiquée, t. I, introduction aux *Deux Gendres.*
2. Voir notre édition de *Falthurne* (José Corti, 1951, p. 7).

M. Gérard, dans Argow le Pirate, *ne saurait survivre à sa fille Annette. Après 1830, il a décrit dans plusieurs* Études philosophiques *le sentiment de la paternité ou de la maternité:* Le Réquisitionnaire, Un Drame au bord de la mer *font ressortir les conséquences fatales qui peuvent naître de ses excès.*[1] *Des indications du même genre, plus développées, se rencontrent dans* La Vendetta *et dans* Ferragus: *ces deux récits, définitivement classés aujourd'hui l'un parmi les* Scènes de la vie privée, *l'autre parmi les* Scènes de la vie parisienne, *contiennent de nombreux éléments qui annoncent* Le Père Goriot.

Dans La Vendetta, *Bartholomeo di Piombo, l'implacable Corse, cède, par moments, à un délire d'amour paternel. Il invente pour sa fille, comme Goriot pour les siennes, de tendres diminutifs:* « La voici, la Ginevra, la Ginevrettina, la Ginevrina, la Ginevrola, la Ginevretta, la Ginevra Bella ! »[2] *Il l'étreint jusqu'à lui faire mal, joue avec ses cheveux comme Goriot avec ceux de Delphine et met* « de la folie dans l'expression de sa tendresse ».[3]

Le héros de Ferragus *est possédé par la même frénésie:* « Ah ! tu sais ce qu'est un amant, mais tu ne sais pas ce qu'est un père [...] Depuis la mort de cet ange qui fut ta mère, je n'ai rêvé qu'à une seule chose, au bonheur de t'avouer pour ma fille, de te serrer dans mes bras à la face du ciel. »[4] *Il ne se donne pas d'autre raison de vivre que son amour paternel et ce sentiment exalté commande toute l'action. Après la mort de sa fille, il tombe dans la plus complète déchéance, apparaissant* « pâle et flétri; sans soin de lui-même [...] béant, sans idée dans le regard, sans appui précis dans la démarche »[5]. *Le chef de brigands, l'homme de bronze est devenu un automate,*

---

1. Félix Davin, dans la préface des *Études philosophiques*, résume ainsi la thèse de ces deux récits : « Dans *Le Réquisitionnaire*, c'est une mère tuée par la violence du sentiment maternel... Dans *Un Drame au bord de la mer*, la paternité à son tour est devenue *tueuse*... [le père] s'est fait meurtrier pour que son fils ne le devînt pas. Idée sublime ! » On peut songer aussi au dévouement maternel de Mme d'Hérouville, dans *L'Enfant maudit*.

2. *La Comédie humaine, Pl.* I, 893.

3. *Ibid.*, p. 898. Voir *Le Père Goriot*, p. 238.

4. *Histoire des Treize*, éd. citée, p. 139.

5. *Ibid.*, p. 171.

un être sans ressort, « quelque chose d'horrible à voir ».
La passion de Goriot s'explique par un même transfert après la
mort d'une épouse tendrement aimée, passe par les mêmes angoisses
et aboutit à la même ruine.

Le romancier a donc repris pour camper son nouveau personnage
des éléments d'observation psychologique dispersés dans des por-
traits antérieurs ; mais il a conduit son analyse avec beaucoup
plus de minutie et de profondeur. Il pénètre le secret d'un « homme
à passions », comme dit Vautrin, *d'un caractère exclusif,*
capable de concentrer son énergie sur un objet unique. Goriot,
en dehors du commerce des céréales, où il a déployé jadis une sorte
de génie, peut passer pour un être nul ; en dehors de l'amour pater-
nel, où il manifeste une générosité sublime, il apparaît dépourvu
de tout sentiment. Il existe des natures de cette trempe, accaparées
par la logique d'une idée ou par la force d'un instinct. Ces natures,
Balzac les place très haut dans l'échelle des valeurs humaines. A
ses yeux, le père Goriot, dans sa misère et dans sa détresse, est une
figure pleine de grandeur, car elle « représente la Paternité ».

Le personnage prend place ainsi parmi les héros proprement
balzaciens, qui tous, en quelque mesure, expriment les aspirations
de leur créateur. Lorsque Balzac l'a conçu, il venait lui-même de
connaître la joie d'une paternité, tempérée seulement par l'obli-
gation du secret à garder : de « Maria », la dédicataire *d'Eugénie*
Grandet, *longtemps demeurée mystérieuse, mais clairement*
identifiée aujourd'hui, était née, le 4 juin 1834, une fille qu'il
avait des raisons de tenir pour sienne et qu'il nomma d'ailleurs
dans son testament [1]. *Ce récent épisode de sa vie privée devait être*
présent à sa pensée, tandis qu'il écrivait son roman, et contribue
peut-être à expliquer la vibration de l'accent, dans telles pages à la
gloire du sentiment paternel. Douze ans plus tard, Mme Hanska
lui donnait une espérance du même genre, dont nous relevons maint
écho dans ses lettres : « Il me semble », écrit-il, songeant à sa
maîtresse et au fils attendu, « que j'ai de la vie, du courage et
du bonheur pour trois dans le cœur, dans les veines et dans
la tête. » *Goriot, lui, songeant à ses deux filles, disait : « Je vis*

---

1. Voir l'important article de MM. André Chancerel et Roger
Pierrot : *La véritable Eugénie Grandet*, dans la *Revue des Sciences humai-*
nes (1955).

trois fois [1] ». *L'enfant de Mme Hanska ne vint pas à terme :
Balzac pleura pendant des heures et demeura brisé de douleur.
En ces moments de détresse, il souffrait, comme Goriot, dans les
profondeurs de son instinct paternel.*

IV

*Si Goriot, par le caractère absolu de sa passion, se distingue
du commun des hommes et possède une valeur de symbole,
Rastignac, au moins par les aspects extérieurs de sa personnalité,
est un type, d'ailleurs mouvant d'un roman à l'autre, dont la
société du temps offre de nombreux originaux. Dans* La Peau de
Chagrin, *il rappelle les viveurs que Balzac fréquentait vers 1830,
en particulier Étienne Arago, ainsi décrit par Mme Ancelot :*
« C'était un homme d'esprit, d'agréables manières, qui possédait au suprême degré cette verve gasconne et cet entrain
méridional qui mènent si loin sur le chemin de la fortune [2]. »
*Ce premier Rastignac est lui-même d'origine gasconne et non pas
charentaise. Dans d'autres récits, le personnage, à l'apogée de sa
carrière, apparaît comme une réplique d'Adolphe Thiers : certaines
particularités communes à l'homme d'État et au héros du roman
sont si précises que la filiation de l'un à l'autre ne saurait être
contestée [3].*

Dans Le Père Goriot, *cependant, Rastignac n'est qu'un
jeune homme de province encore incertain de sa vocation. Le romancier s'attache surtout aux problèmes qu'il se pose. Pour
conduire cette investigation psychologique, la réalité sociale ne lui
était pas d'un grand secours. Mais un autre romancier, quelques*

---

1. *Etr.* III, 239 et *Le Père Goriot*, p. 151. M. Ducourneau a décrit
de façon fort intéressante et détaillée, dans une introduction au *Père
Goriot* (Club du Meilleur Livre, 1957), l'expérience de la paternité
chez Balzac.

2. Cité par M. L. J. Arrigon, *Les Années romantiques de Balzac*,
p. 103.

3. Voir à ce propos la note de M. J. Pommier dans le *Bulletin de la
Faculté des Lettres de Strasbourg*, 1er nov. 1926, pp. 31-32.

*années auparavant, s'était proposé un objet analogue et cet exemple
l'a sans doute stimulé, sinon guidé.*

   Dès le mois de janvier 1831, Balzac, dans Le Voleur, *a
signalé* Le Rouge et le Noir[1]. *Son jugement rapide sur ce roman
déçoit, quand on le compare aux belles pages de la* Revue *parisienne sur* La Chartreuse de Parme, *mais témoigne d'un intérêt
assez exceptionnel à l'époque pour l'œuvre de Stendhal. Les deux
hommes, d'ailleurs, se connaissaient et avaient noué déjà les
liens d'une amitié réelle, sinon étroite. Le nom de Stendhal vient
même sous la plume de Balzac, dans une lettre à Mme Hanska,
vers le temps où s'achève* Le Père Goriot[2].*

   *Si différents que soient Julien Sorel et Eugène de Rastignac
par leurs origines, par leurs tempéraments, par leurs mobiles,
ils se ressemblent par cette « poésie du cœur » qui, selon la*
Rhétorique *de Hegel, caractérise les héros des romans modernes
affrontés à une réalité prosaïque. Ils possèdent tous deux la fraîcheur
et la candeur de la jeunesse, qui se manifestent par des naïvetés
charmantes. Encore mal assurés de leurs armes, ils observent,
réfléchissent, se surveillent, ébauchent des monologues intérieurs.
Conscients de la valeur qui les distingue, ils justifient par ce
sentiment leur ambition démesurée. Conscients des nécessités de
leur lutte, ils étouffent leurs scrupules, s'exercent à ruser, à
mentir. Ils rencontrent les mêmes humiliations, refoulent les mêmes
colères : Julien nourrit sa révolte des avanies qu'il subit chez M.
de Rénal et chez le marquis de la Mole ; Rastignac accueille
« avec la rage froide d'un homme sûr de triompher un jour »
le coup d'œil méprisant des domestiques à l'hôtel de Restaud,
comme celui de la duchesse de Langeais à l'hôtel de Beauséant ;
et quand il s'écrie : «* Tout le monde aujourd'hui se moque
donc de moi ! *»[3], cette exclamation secrète semble faire écho
à celles du héros stendhalien. Mais Julien préserve en lui le
trésor de sa pureté native et donne dans l'échec la mesure de sa
vraie grandeur ; Rastignac se jette dans une bataille où sombrera
toute conscience héroïque, mais où s'accomplira son destin de
condottiere social.*

---

1. *Lettres sur Paris* (Balzac, *Œuvres diverses*, éd. Conard, t. II, p. 114).
2. *Étr.* I, 227.
3. *Le Père Goriot*, pp. 67 et 78.

*Cette idée de conquérir la société et de régner sur elle, Balzac
la méditait pour lui-même dès sa vingtième année. Aussi n'avait-il
pas besoin de l'exemple de Stendhal pour esquisser certains portraits d'ambitieux plus ou moins proches de Rastignac* [1]. *Raphaël
de Valentin, le comte de Granville, le futur docteur Benassis,
Lucien de Rubempré, Félix de Vandenesse, Victurnien d'Esgrignon tentent plus ou moins obstinément de faire leur fortune dans
le Paris de* La Comédie humaine; *tous ressemblent en quelque
manière au romancier qui les a créés et qui se souvient de ses
humbles débuts. Le Rastignac du* Père Goriot *échappe moins que
tout autre à la règle: une lecture attentive du roman révèle des
analogies frappantes entre Balzac et son personnage.*

*Tous deux sont nés à l'extrême fin du dix-huitième siècle.
Tous deux, au même âge et vers la même date, gagnent la capitale.
Ils logent, pas très loin l'un de l'autre, dans une humble chambre
où s'ébauchent leurs projets d'avenir. Les sœurs de Balzac, Laure
et Laurence, ont alors dix-huit et dix-sept ans, comme Laure et
Agathe de Rastignac. Gabriel et Henri de Rastignac ont quinze et
dix ans* [2], *mais dans le manuscrit Gabriel en avait douze* [3], *comme
Henri Balzac en 1819. Pour Eugène comme pour Honoré,
Laure est l'*alma soror: *l'un et l'autre se confient librement à
l'aînée de leurs deux sœurs, font appel à ses bons offices, sans se
faire scrupule de la « flouer ». Les deux Laure répondent avec
le même enjouement, la même générosité, donnent des nouvelles
de leur cadette, qui est la « grosse Agathe » ou la grosse
Laurence* [4]. *La lettre du* Père Goriot *contient même des
formes plaisantes de langage presque textuellement empruntées
aux lettres intimes des Balzac: le domaine familial s'appelle
« l'Etat »; les deux sœurs en sont « les princesses »* [5]. *Si nous*

---

1. La plus ancienne de ces esquisses (Charles Servigné) se trouve
dans *Argow le Pirate*, roman de 1824.
2. *Le Père Goriot*, p. 120.
3. Voir notre appendice critique, pp. 356-357.
4. *Le Père Goriot*, p. 109.
5. *Le Père Goriot*, p. 110. Voir Laurence à Honoré : « 22 octobre
[1819]. La naissance de Sa Majesté la Reine, Anne, Charlotte, Laure
Sallambier devait être célébrée. Sa Majesté, ayant toujours en vue
le bonheur de ses sujets, désirait des réjouissances ; mais le Roi,
considérant le bien de l'État, a voulu que l'anniversaire d'un si beau

lisons enfin que « les deux jeunes princes don Henri et don Gabriel ont conservé la funeste habitude de se gorger de raisiné », *nous nous souvenons qu'Honoré, écrivant à Laure, évoquait de semblables débauches:* « Le ventre d'Henri fait bron, bron, bron. Ergo, indigestion de fruits [1] ».

Le récit des premiers pas de Rastignac dans la vie mondaine n'est pas moins étroitement associé à l'expérience personnelle du romancier. Un ancien camarade de Vendôme, Jules de Pétigny, qui retrouva son camarade Balzac à Paris vers 1820, a laissé, à ce propos, des observations curieuses et perspicaces: « Les premiers et les meilleurs [*romans de* La Comédie humaine], *La Peau de Chagrin, Le Père Goriot, Le Lys dans la Vallée,* font paraître au premier plan un jeune homme débutant dans la vie, plutôt gauche que timide, le cœur plein de désirs ardents qui s'attaquent à la première femme venue, et viennent se heurter contre les mille obstacles matériels que les convenances sociales opposent aux amours novices. Ce personnage si naïvement tracé, c'est Balzac tel que je l'ai connu, et je ne doute pas que la plupart des maladresses, des petites humiliations de salon qu'il attribue à ses amours ne fussent pour lui des souvenirs [2]. »

N'en doutons pas non plus! Les lettres de Balzac en témoignent. « Quand j'allais dans les hautes régions de la société, je souffrais par tous les points de l'âme », *a-t-il écrit à Mme Hanska. La correspondance avec Mme de Berny est plus explicite encore, surtout dans les débuts. Balzac s'est attaché à la Dilecta comme Rastignac* « se coud à la robe » *de sa cousine: il lui avoue son inexpérience, sa candeur, sa timidité; il se décrit comme* « une jeune âme naïve » *et en même temps* « présomptueuse, folle, inconsidérée, ayant enfin tous les vices comme toutes les vertus de son âge [3] ». *Mme de Berny relevait ses fautes de tact avec une tendre indulgence:* « On t'aime quand

_____

jour se passe sous silence. Cela a fait un crève-cœur aux princesses ». (*Lov.* A. 378, f° 190).

1. *Le Père Goriot*, p. 110 et *Fam.*, p. 10.

2. Spoelberch de Lovenjoul, *Histoire des Œuvres d'Honoré de Balzac*, troisième édition, 1888, p. 378.

3. Hanotaux et Vicaire, *La Jeunesse de Balzac*, p. 164.

même [...] avec tes manques d'usage, avec toutes tes imper-
fections » [1]. *Elle l'instruisait des coutumes du monde, qu'elle
avait si bien connu autrefois. Elle jouait ainsi auprès de lui le
rôle qu'accepte de jouer Mme de Beauséant auprès de Rastignac,
celui d'* « une de ces fées fabuleuses qui se plaisaient à dissiper les obstacles de leur filleul [2] ».

*A la fin du roman, Rastignac juge son éducation terminée et
lance à Paris, du Père-Lachaise, son défi célèbre :* « A nous deux
maintenant ! » *Balzac était un familier de ce haut lieu, où il se
livrait jadis à des* « études de douleurs [3] ». *Peut-être y connut-il
la même exaltation. Plus que jamais, en tout cas, dans cette
minute solennelle, son héros lui ressemble. Deux fois au moins,
l'auteur des* Lettres à l'Étrangère *a formulé son propre défi
à la capitale. Mais il lui a suffi de quitter sa table de travail et
d'aller à sa fenêtre, à* « cette fenêtre qui domine tout Paris,
que je veux dominer [...] Paris, que je veux me soumettre
un jour [4] ».

V

Plus déroutant que Rastignac apparaît Vautrin. *Une figure
aussi singulière ne relève pas, semble-t-il, de l'observation commune. La lecture d'*Illusions perdues, *de* Splendeurs et Misères des Courtisanes, *fortifie ce sentiment, que des contemporains
de Balzac ont formulé avec une véhémence plus ou moins scandalisée.
Aux critiques de l'un d'eux, le romancier, vers la fin de sa carrière,
tint à répondre en assurant, comme il l'avait fait pour Goriot,
mais avec plus d'insistance, que son personnage était emprunté à
la vie réelle :* « Je puis vous assurer que le modèle existe, qu'il
est d'une épouvantable grandeur et qu'il a trouvé sa place
dans le monde de notre temps. Cet homme était tout ce
qu'est Vautrin, moins la passion que je lui ai prêtée. Il

---

1. *Ibid.*, p. 227.
2. *Le Père Goriot*, p. 84.
3. *Fam.*, p. 26.
4. *Étr.* I, pp. 283 et 290.

était le génie du mal, utilisé d'ailleurs [1]. » *Ces phrases paraissent désigner Vidocq, ancien forçat, qui joua sous la Restauration
un rôle considérable à la tête de la Police de Sûreté.*

Balzac écrit dans le Traité des Excitants modernes *qu'il a
« négocié longtemps à l'avance » la faveur de dîner avec ce
personnage, en compagnie de « l'exécuteur des hautes œuvres
de la Cour Royale de Paris [2] » (le fils du célèbre Sanson dont
il rédigea, avec L'Héritier de l'Ain, les apocryphes* Mémoires).
*Il précise dans un autre texte que le dîner eut lieu « chez le phi-
lanthrope Appert [3] ». Cet homme de bien, dont Stendhal a
évoqué l'apostolat social dans* Le Rouge et le Noir, *préparait
alors son livre* Prisons, Bagnes et Criminels, *et s'était déjà
acquis une certaine notoriété par ses initiatives courageuses en
faveur d'une réforme de la juridiction criminelle et du régime
pénitentiaire.*

Les Souvenirs *d'Appert, confirmés par ceux d'un témoin
anglais, fournissent d'abondantes précisions sur cette rencontre, qui
dut avoir lieu le samedi 26 avril 1834 [4]. Alexandre Dumas était
présent, lui aussi. Les deux romanciers furent, avec Vidocq,
les animateurs de la soirée. Vidocq s'y montra fort gai, fort
loquace ; le bourreau Sanson, digne et compassé, jugea même
qu'il manquait de tenue. Il fut question des forçats et Vidocq fit
part à Balzac de ses idées sur leur réintégration possible dans
la vie sociale, sous le signe du travail. L'un des dîneurs, lord
Durham, de passage à Paris, se déclara curieux de voir fonctionner
la guillotine et de visiter la Conciergerie : on déféra à son désir*

---

1. Lettre à Hippolyte Castille, parue dans *La Semaine* du 11 octobre
1846. (*Œuvres diverses*, Conard, III, 648).

2. *Œuvres diverses*, Conard, III, 190.

3. *Ibid.* III, 361 (Fragments de Lettres russes, 1840) : « La France,
depuis vingt ans que la question est soulevée, ne sait à quoi employer
ses criminels. L'Angleterre a rempli ses colonies avec les siens. Il y
a douze mille forçats. « C'est onze mille cinq cents de trop, me disait
Vidocq, avec qui j'ai dîné un jour chez le philanthrope Appert. »
Le père de Balzac s'était lui-même intéressé à ce problème et avait
publié en 1807 un « Mémoire sur les moyens de prévenir les vols et
les assassinats, et de ramener les hommes qui les commettent aux travaux de la société ».

4. Voir l'important article de M. Bouteron *Un Dîner avec Vidocq
et Sanson*, dans *Études balzaciennes*, p. 119 sq.

et on prit date. Dans La Dernière Incarnation de Vautrin, *Balzac rappelle cette visite, au cours de laquelle l'aristocrate d'outre-Manche eut l'occasion de découvrir « le quartier des tantes », occupé par les prisonniers du « troisième sexe »* [1]. *Il avait d'ailleurs revu Appert après le fameux dîner et dut même l'accueillir rue Cassini alors qu'il travaillait au* Père Goriot [2]. *Les passages du roman consacrés au monde des forçats sont certainement nourris du souvenir de ses conversations avec le philanthrope, comme de son mémorable entretien avec Vidocq.*

*Selon M. Jean Savant, les relations de Balzac avec Vidocq remonteraient beaucoup plus haut. Dès 1811 se serait ébauchée une amitié entre le nouveau chef de la police et Gabriel de Berny, nommé, grâce à son appui peut-être, conseiller à la Cour Impériale. Dès 1822, par l'intermédiaire de Mme de Berny, le romancier a pu faire sa connaissance. Ainsi s'expliqueraient, notamment, certains épisodes d'*Argow le Pirate, *dont le héros est lié avec le Préfet de Police et subit, comme Vidocq, la salutaire influence d'une « Annette »* [3]. *Aucune preuve formelle n'a été produite, il est vrai, de ces prétendues rencontres anciennes, implicitement démenties par les deux textes de Balzac sur le dîner chez Appert.*

Un fait demeure certain: l'auteur du Père Goriot *s'intéresse à Vidocq depuis longtemps. L'ex-forçat s'était illustré, autour de 1820, en opérant de retentissantes arrestations et jouissait dès le règne de Louis XVIII d'une popularité légendaire. Dans le* Code des Gens honnêtes, *en 1825, est évoquée l'efficacité de sa brigade secrète, qui serait mieux connue s'il venait à publier ses* Mémoires [4]. *Destitué en 1827, Vidocq va répondre à ce souhait: avec son assentiment, L'Héritier de l'Ain et Emile Morice, sur l'initiative de Charles Nodier, rédigent un long récit inspiré*

---

1. *Splendeurs et Misères des Courtisanes*, éd. Garnier, p. 541.
2. Appert à Balzac, 19 sept. 1834. L'auteur du billet annonce un prochain voyage en Lorraine, mais propose à Balzac d'aller le voir à son retour. (*Lov.* A 312, f° 72).
3. Jean Savant, *La vie fabuleuse et authentique de Vidocq ; Les vrais Mémoires de Vidocq ; Balzac et Vidocq*, dans l'Œuvre de Balzac, éd. Béguin-Ducourneau, tome XIII.
4. *Œuvres diverses*, Conard, I, 93 et les variantes à la fin du volume.

par sa carrière. Ces trois écrivains, Balzac les connaît bien [1]
*et on est fondé à croire qu'il fut tenu au courant de l'entreprise en
chantier. Dès 1829 en tout cas, corrigeant pour une nouvelle édition le* Code des Gens honnêtes, *il note que Coco-Lacour a
succédé à Vidocq comme général des agents secrets et mentionne
les* Mémoires *récemment parus, qui vont d'ailleurs figurer dans
sa bibliothèque* [2] *et qui seront rappelés dans* Splendeurs et
Misères des Courtisanes [3]. « Vidocq et ses limiers », *enfin,
sont cités par lui, avant la rédaction du* Père Goriot, *dans
l'article* De la Mode en littérature *et dans* Ferragus [4].

Le souvenir le plus précis des Mémoires *de Vidocq s'attache,
dans* Le Père Goriot, *à l'épisode de la reconnaissance du forçat,
par les bons offices de Mlle Michonneau. Après lui avoir fait
absorber une drogue, la vieille demoiselle, selon les consignes reçues,* « appliqua sur les épaules du malade une forte claque,
et les deux fatales lettres reparurent en blanc, au milieu de
la place rouge [5] ». *Vidocq se souvenait d'une scène semblable,
dont il avait été la victime :* « On m'appliqua surabondamment
sur l'épaule droite une claque à tuer un bœuf pour faire
paraître la marque, dans le cas où j'aurais été antérieurement
flétri [6]. » *On trouve d'ailleurs encore une indication du même genre,
toujours à propos de Jacques Collin, dans* Splendeurs et Misères
des Courtisanes [7].

*Il existe, en outre, une certaine ressemblance physique entre
Vidocq et Vautrin. Les contemporains du célèbre policier ont
signalé sa constitution robuste, ses formes athlétiques, sa force
et sa dextérité naturelles, son adresse à l'escrime et au tir, exer-*

---

1. Balzac, qui a rédigé avec L'Héritier de l'Ain les *Mémoires de Sanson*, désigne d'autre part Nodier et Morice comme ses « collaborateurs »
dans un fragment non utilisé destiné à la préface de l'*Histoire des Treize*
(éd. Garnier, p. 27).
2. Levavasseur mentionne les quatre volumes de ces *Mémoires* dans
une facture présentée à Balzac le 10 février 1830 (*Lov.* A 268, f⁰ 27).
3. Éd. citée, p. 530.
4. *Œuvres diverses*, Conard, II, 39 ; *Histoire des Treize*, éd. citée,
p. 84. La mention de Vidocq dans *La Fille aux yeux d'or* est légèrement postérieure à notre roman.
5. *Le Père Goriot*, p. 217.
6. Vidocq, *Mémoires*, I, 133.
7. Éd. citée, p. 426.

cée par la fréquentation des salles d'armes, son œil vif et pénétrant [1].
Le personnage du roman est « un fameux gaillard », *aux épaules
larges, au buste développé, aux muscles apparents, capable de
mettre* « cinq balles de suite dans un as de pique en renfonçant
chaque nouvelle balle sur l'autre » *et doué d'un regard qui*
« semblait aller au fond de toutes les questions, de toutes les
consciences, de tous les sentiments ». *A cette redoutable
autorité s'associent cependant des* « manières souples et liantes »,
une « grosse gaieté » [2], *qui rappellent les manières et la gaieté
de Vidocq, jugées si communes par Sanson lors du dîner chez
Appert. Cette vulgarité affable dut au contraire amuser Balzac,
qui savait être, lui aussi, un agréable compagnon.*

On a pourtant exagéré, croyons-nous, la ressemblance entre le
policier de la Restauration et le forçat du Père Goriot. Des
analogies apparaîtront sans doute entre leurs deux carrières dans
La Dernière Incarnation de Vautrin. C'est d'ailleurs vers le
temps où Balzac concevait cet ultime récit du cycle Vautrin et
méditait de placer son Jacques Collin à la tête de la police que
l'idée lui vint de désigner implicitement Vidocq comme le modèle de
son personnage. Mais avait-il déjà dans l'esprit, douze ans
auparavant, la fin de Splendeurs et Misères des Courtisanes ?
Nous ne le pensons pas.

Vautrin peut avoir « sa police à lui », connaître les « frimousses » des escrocs et des assassins, posséder « les secrets de
bien des hommes » [3] : de tels moyens sont ceux d'un grand criminel, qui règne sur ses affidés, aussi bien que d'un grand policier.
Il se cache en outre sous un déguisement bourgeois qu'il n'a jamais
été possible à Vidocq de revêtir au temps où, forçat en rupture de
ban, il errait de ville en ville pour échapper à ses poursuivants.

Ce premier Vidocq, occupé de reconquérir et de conserver sa
liberté, n'a jamais positivement incarné la Révolte. Quant au
second, il a décidé de défendre l'ordre social et déclaré la guerre
à ceux qui le menacent. La lecture des Voleurs, « physiologie »
publiée par lui en 1837, est à cet égard édifiante. Le livre se pré-

---

1. Voir Froment, *Histoire de Vidocq*, I, 1.
2. *Le Père Goriot*, p. 22.
3. *Le Père Goriot*, pp. 32 et 131.

*sente, pour l'essentiel, comme un lexique d'argot; mais l'indignation
vertueuse de l'homme de bien s'épanche, dans maint article, à
l'encontre de ceux qui mettent en cause l'autorité des lois. Dur
aux* « faiseurs », *Vidocq est impitoyable aux* « tantes » : « N'est-
ce pas un spectacle à dégoûter l'humanité tout entière que
de voir des hommes renoncer aux attributs, aux privilèges
de leur sexe... ? »[1] *Vautrin ne souscrirait pas à cette sévérité.*
« Il n'aime pas les femmes », *dit-on discrètement de lui.*[2] *Vidocq,
logique avec lui-même, aurait murmuré sur son lit de mort:* « J'ai
trop aimé les femmes[3]. »

On trouve encore, dans Les Voleurs, *des* Considérations
sommaires sur les prisons, les bagnes et la peine de mort[4].
*Vidocq, dans ces pages, se réclame de l'honorable M. Appert,
qui fut toujours de son avis sur les* « moyens propres à ramener
sur le bon chemin les hommes qui avaient failli ». *Il s'excuse
même si certaines pages de son essai paraissent démarquées des
œuvres de ce philanthrope. Il plaint le* « malheureux » *qui* « ne
possède pas le libre exercice de ses facultés » *et qui* « commet
des actes de nature à compromettre la sécurité publique ».
*Il propose de le soigner comme un malade, de l'éduquer comme un
enfant. Il appellerait sur lui tous les sarcasmes de Jacques Collin,
forçat. Quels que soient son passé et ses sentiments secrets,
l'homme que Balzac a pu connaître est devenu, par fonction sociale
et par choix, l'ennemi juré de tous les Vautrin.*

En réalité, si Vidocq est présent dans Le Père Goriot, *c'est
dans le personnage du policier Gondureau, beaucoup plus que dans
celui de Vautrin. Gondureau reparaîtra dans* Splendeurs et
Misères des Courtisanes *avec l'identité de Bibi-Lupin, ancien
forçat comme furent, dans la réalité, Coco-Lacour et son prédé-
cesseur Vidocq; il présentera alors, comme Collin son successeur,
des analogies avec Vidocq. Mais* Le Père Goriot *l'oppose à
Collin dans le rôle même de Vidocq. Gondureau est Vidocq.*

*Le manuscrit en fournit la preuve éclatante. On y lit que Mlle
Michonneau* « alla trouver Vidocq[5] ». *Balzac a effacé ce nom,*

---

1. *Les Voleurs*, II, 164.
2. *Le Père Goriot*, p. 189.
3. Jean Savant, *La vie fabuleuse et authentique de Vidocq*, p. 18.
4. *Les Voleurs*, II, p. 213 sq.
5. Voir appendice critique, p. 352.

*mais il n'a pas encore inventé celui de Gondureau et désigne son
personnage par une périphrase transparente, d'ailleurs conservée
dans le texte définitif : « le fameux chef de la police de sûreté ».
A la date de 1820, ces mots ne peuvent désigner que Vidocq. Il
en est de même pour d'autres périphrases comme* « le directeur
de la police judiciaire » ou « le grand homme de la petite
rue Sainte-Anne », *qu'on relève encore, appliquées à Gondureau,
dans les éditions du roman* [1].

Balzac prête d'ailleurs à Gondureau des méthodes, des souvenirs,
des mots, des propos de Vidocq. Le célèbre policier a, le premier,
utilisé délibérément des « agents-femelles » [2], comme Gondureau
utilise Mlle Michonneau. Il a dirigé les opérations contre le faux
comte de Sainte-Hélène, Coignard, dont Gondureau rappelle
comme un exploit personnel l'arrestation [3]. Gondureau témoigne
en outre d'une connaissance de l'argot analogue à celle de Vidocq :
le romancier place dans sa bouche, pour désigner la tête vivante
et la tête guillotinée, les deux termes* sorbonne *et* tronche [4],
qui figurent dans les Mémoires *de Vidocq et qui seront définis
à leur place alphabétique dans* Les Voleurs. *Il étale enfin ses
connaissances sur la haute-pègre, expose ses idées sur la mission
de la police, proclame la nécessité d'assainir la société, d'épargner
aux petits coupables la contagion des criminels : ce sont bien là
les idées d'honnête homme et de philanthrope qu'a professées
Vidocq, une fois enterrée sa vie de forçat.*

C'est donc bien Vidocq qui endoctrine Poiret et Mlle Michonneau. C'est Vidocq qui met au point la machination contre Vautrin. C'est Vidocq qui, « d'un air plein de mépris », lui
ordonne de se déshabiller. Vautrin lui témoigne en retour un
mépris égal et l'apostrophe de diverses manières : « Monsieur
l'enfonceur... père l'empoigneur... menin de monseigneur
le bourreau... gouverneur de LA VEUVE... » Vautrin symbolise
alors la protestation de l'homme qui refuse de reconnaître le
pouvoir et la validité de la Loi. Fidèle à ses principes, fidèle

---

1. *Le Père Goriot*, p. 210, *etc.*
2. *Mémoires* de Vidocq ; Froment, *Histoire de Vidocq*, II, 215. A
la fin des *Vrais Mémoires de Vidocq*, M. Savant donne une liste d'agents-
femelles utilisés par ce personnage.
3. *Le Père Goriot*, p. 189.
4. *Ibid.*, p. 211.

aux compagnons qu'il va rejoindre au bagne, il est exactement l'anti-Vidocq.

La révolte logique de Vautrin s'appuie, dans une certaine mesure, sur les systèmes des philosophes qui, au siècle précédent, ont remis en cause la légitimité des institutions établies. Vautrin, qui a beaucoup vu, mais aussi beaucoup lu, invoque « Jean-Jacques » *et se glorifie d'être son* « élève »[1]. *Il a pu, sans doute, retenir du* Contrat social *et surtout du* Discours sur l'Origine de l'Inégalité *les raisonnements qui dénoncent les injustices économiques et définissent la propriété comme un simple état de fait, révocable en droit. Mais l'individualisme forcené et la* « religion du plaisir » *dont il se réclame sont en opposition violente avec la pensée de Rousseau et rejoignent les plus célèbres paradoxes de Diderot.*

Balzac lui-même rappelle, dans La Maison Nucingen, « ce pamphlet contre l'homme que Diderot n'osa pas publier, Le Neveu de Rameau[2] ». *Ne doutons pas qu'il en ait profondément médité les leçons. Lorsque le Neveu démonte avec un haussement d'épaules les mécanismes de la vie sociale, bouscule les idées reçues, raille l'inanité des conventions les mieux assises, il est le précurseur du personnage balzacien. L'ordre public est une duperie qui profite à quelques-uns; les honnêtes gens sont plus coquins, dans leur hypocrisie, que les coquins avérés; les prétendus rapports de justice sont des rapports de force; mais il est vain de vouloir les modifier par un effort collectif: la défense individuelle est le seul recours.* « Dans la nature, toutes les espèces se dévorent, toutes les conditions se dévorent dans la société », *déclare le bohème de Diderot; le hors-la-loi du* Père Goriot *illustre la même idée par une comparaison saisissante:* « Il faut vous manger les uns les autres comme des araignées dans un pot.[3] »

Dans cette lutte pour la vie, la morale n'a que faire. S'y conformer est une sottise, mais la tourner est une lâcheté et l'homme

---

1. *Ibid.*, p. 226.
2. *Pl.* V, p. 594.
3. Diderot, *Le Neveu de Rameau*, édité par M. Jean Fabre (Droz), p. 37 et *Le Père Goriot*, p. 124.

fort est celui qui ose la braver : « On crache sur un petit filou ; mais on ne peut refuser une sorte de considération à un grand criminel [1]. » *Diderot, en plein accord avec son personnage, écrit ailleurs :* « Je ne hais pas les grands crimes [2]. » *L'énergie est la valeur suprême en effet ; entre un bandit et un héros également résolus, la différence n'est pas si grande :* « Les hommes destinés par nature aux tentatives hardies ne sont peut-être jetés les uns du côté de l'honneur, les autres du côté de l'ignominie, que par des causes bien indépendantes d'eux » ; « Cromwell est beau, et Scipion aussi, et Médée, et Aria, et César, et Brutus. » *Seuls sont méprisables les hommes dans lesquels* « il n'y a pas assez d'étoffe, ni pour faire un honnête homme, ni pour faire un fripon » [3].

Balzac, lui aussi, pense qu'une volonté ferme est la condition de toute grandeur et a toujours exalté les personnalités vigoureuses, que seules les circonstances font pencher, soit du côté du Bien, soit du côté du Mal : « De tels hommes deviennent Alexandre, Sylla, Pompée ; un hasard les rend Procuste ou Scyrron [4] ». *Il ne juge donc pas les criminels endurcis selon les normes communes :* « Un grand crime, c'est quelquefois un poème [5]. » *De même, Vautrin estime ses anciens compagnons de chaîne, qui ont fait la preuve de leur courage, mais il méprise les aventuriers de bas étage. Son amour-propre d'affranchi, qui ne respecte rien, mais qui se respecte, à sa manière, en se détournant des sentiers tortueux, transparaît dans ce propos auquel Diderot eût applaudi :* « Dites que je suis un infâme, un scélérat, un coquin, un bandit, mais ne m'appelez ni escroc, ni espion ! [6] »

La récompense de ce courage, c'est, pour Vautrin, la conquête des biens terrestres, avec les jouissances qu'ils assurent. « Or et plaisir ! », *répétait Balzac comme un refrain dans* La Fille aux yeux d'or *pour résumer les aspirations plus ou moins claires de*

---

1. *Le Neveu de Rameau*, éd. citée, p. 72.
2. *Salon de 1765*. Texte rappelé par Jean Fabre dans son édition du *Neveu de Rameau*, p. 240.
3. Correspondance avec Mlle Volland, 30 sept. et 15 oct. 1760, 10 août 1759. Textes également rappelés par Jean Fabre.
4. *Falthurne*, p. 47.
5. *Pensées, sujets, fragmens*, p. 5.
6. *Le Père Goriot*, p. 131.

ses contemporains, emportés par le rythme infernal de la vie parisienne [1]. *Le forçat du* Père Goriot *ne se donne pas d'autre programme et, d'avance, savoure la sécurité de ses joies futures:* « Si je réussis, personne ne me demandera: Qui es-tu ? Je serai monsieur Quatre-Millions [2]. » *Le Neveu de Rameau s'écriait:* « De l'or, de l'or. L'or est tout; et le reste, sans or, n'est rien. » *Et songeant à son fils:* « Il aura de l'or; c'est moi qui vous le dis. S'il en a beaucoup, rien ne lui manquera, pas même votre estime et votre respect. » [3] *Car ce bohème, qui ne se fait d'illusion sur rien, voudrait du moins, comme Vautrin, faire profiter un être jeune de son expérience désabusée:* « Je veux que mon fils soit heureux; ou ce qui revient au même, honoré, riche et puissant. Je connais un peu les voies les plus faciles d'arriver à ce but; et je les lui enseignerai de bonne heure. »

Ce zèle de pédagogie amorale, un autre libertin l'exerce de façon plus systématique dans Le Paysan et la Paysanne perverties *de Restif de la Bretonne* [4]. *Balzac ne cite jamais Restif; devons-nous penser qu'il l'ignore ? Il existe pourtant une parenté étrange entre les leçons de Gaudet d'Arras et celles de Vautrin:* « On me demandera peut-être d'où vient que je m'attache ainsi à ton bonheur, à ta gloire pour en faire dépendre mon bonheur et ma gloire. Edmond, voici ma réponse. Une ardente amitié m'a toujours entraîné vers toi. Je t'éprendrai de la nature et de la raison. Ma jouissance à moi sera de voir la tienne. » *Nous lisons de même dans* Le Père Goriot: « Vous me demandez pourquoi ce dévouement [...] Mais je vous aime, moi. J'ai la passion de me dévouer pour un autre. » *Eugène de Rastignac ne se laisse pas séduire et Vautrin l'en félicite:* « Eh bien ! vous m'auriez fait de la peine de parler autrement. Vous êtes un beau jeune homme, délicat, fier comme un lion et doux comme une jeune fille [...] J'aime

---

1. *Histoire des Treize*, éd. citée, p. 371 sq.
2. *Le Père Goriot*, p. 126.
3. *Le Neveu de Rameau*, éd. citée, p. 92.
4. Ce rapprochement a été autrefois esquissé par Alphonse Boulé, dans *L'Illustration* des 10 et 17 juillet 1869. M. Paul Vernière en a montré tout l'intérêt dans son important article *Balzac et la Genèse de Vautrin* (*R H L F*, 1948).

cette qualité des jeunes gens. [...] Avant peu de jours, vous
serez à nous »; *ou bien:* « Je vous permets de me mépriser
encore aujourd'hui; sûr que plus tard vous m'aimerez. »[1]
Gaudet d'Arras disait à Edmond: « Tes préjugés même ont
quelque chose d'aimable. Ils ressemblent à ceux des jeunes
filles. C'est un plaisir de les détruire [...] Maudis-moi, mais
tu me béniras un jour. » *Dans les deux romans, un corrupteur,
usant du même langage et des mêmes raisonnements, tente de former
un jeune homme à son image et rêve de jouir par procuration des
triomphes auxquels son cynisme le convie.*

*Le romantisme transpose sur un autre plan cette apologie de
la subversion, qui correspondait, dans la littérature française du
XVIIIe siècle, aux développements extrêmes de la philosophie
libertine et naturaliste. Le brigand, le bandit, le pirate deviennent
les héros d'une mythologie nouvelle, illustrée en Allemagne par le
Karl Moor de Schiller; en Angleterre par le Corsaire de Byron,
le Falkland de Godwin, le Cleveland de Walter Scott; en Amérique même, dans un tout autre style, par les Indiens de Fenimore Cooper. Parmi ces personnages, les uns obéissent à leur
instinct, la plupart justifient leur attitude par des considérations
métaphysiques ou morales; mais tous ont en commun l'esprit
d'aventure. Dès le début du XIXe siècle, mais surtout dans les
années 1820-1830, s'est répandue, en France aussi, la vogue des
« histoires de brigands », dont les épisodes souvent naïfs rencontrent surtout la faveur d'un public populaire.*

*C'est sous le signe de la littérature populaire que Balzac a
fait ses premières armes. Aussi trouve-t-on dans ses œuvres de
jeunesse des personnages de criminels, déjà fascinants, quoique
sommairement dessinés, qui, de plus ou moins loin, annoncent
Vautrin. Ce sont d'abord, dans* Falthurne, *le comte Scelerone,
au nom révélateur, et le faux comte de Valdezzo, qui subjugue
ses affidés par l'ascendant de sa parole. Argow le Pirate est,
lui aussi, un orateur consommé, aux effets sobres et sûrs; il
s'impose par le prestige d'un génie qui allie l'audace de l'exécution
à la sagacité de la conception. « Un jet de flamme » anime les*

---

1. *Le Père Goriot,* pp. 179 et 180.

yeux du fabuleux Centenaire, dont le seul aspect distille la terreur [1].

Plus subtiles et déjà proches de la vie familière sont les analyses du Code des Gens honnêtes, *où s'esquisse la physionomie du monde des voleurs. On y relève des observations cyniques, héritées du siècle précédent, et qui seront reprises dans la leçon d'arrivisme donnée à Rastignac :* « La vie peut être considérée comme un combat perpétuel entre les riches et les pauvres [...] Chacun cherche en soi-même un moyen de faire une fortune brillante et rapide, parce que chacun sait qu'une fois acquise, personne ne s'en plaindra [...] Le vrai talent est de cacher le vol sous une apparence de légalité [...] les voleurs adroits sont reçus dans le monde, passent pour d'honnêtes gens. » *On s'y instruit sur l'honneur de la pègre :* « Les voleurs forment une république qui a ses lois et ses mœurs ; ils ne se volent point entre eux, tiennent religieusement leurs serments... » *On y apprend à admirer ces* « hommes rares » *que sont les voleurs de grande envergure, ces psychologues profonds qui savent mentir avec adresse, prévoir les événements, juger l'avenir, ces comédiens consommés qui peuvent revêtir tous les déguisements et tenir tous les rôles, ces êtres inspirés qui s'égalent* « aux Homère, aux Arioste, à l'auteur tragique, au poète comique », *grâce aux vertus de* « l'imagination, la brillante, la divine imagination ». *On est invité à convenir* « que, s'il employait au bien les exquises perfections dont il fait ses complices, le voleur serait un être extraordinaire, qu'il n'a tenu qu'à un fil qu'il fût un grand homme ». [2] *Toute la richesse du caractère de Vautrin est en germe dans cet éloge nuancé d'humour.*

Il n'existe aucune solution de continuité entre ces essais juvéniles et les premiers romans de la future Comédie humaine, *où les poncifs pseudo-héroïques des histoires de brigands se mêlent parfois à l'étude attentive des mœurs. Argow et Vautrin appartiennent à la même lignée. Dans cette lignée s'inscrivent le Capitaine Parisien, un pirate comme Argow, et Ferragus, un forçat comme Jacques Collin. Dans* La Femme de Trente Ans, *le regard du Capitaine Parisien lance, tel celui du Centenaire,*

---

1. *Argow le Pirate,* chap. X, *Le Centenaire,* chap. III et XVIII.
2. *Œuvres diverses,* Conard, p. 65 sq.

« un jet d'intelligence et de volonté[1] » : *les mêmes mots serviront à Balzac pour décrire celui de Vautrin et nous aurons alors le sentiment d'être en présence du même personnage. Mais Ferragus annonce plus directement* Le Père Goriot, *car le héros, qui porte sur l'épaule* « les deux fatales lettres », *est recherché, comme Vautrin, par les services de Vidocq[2]. L'écrivain rappelle en outre, dans la préface, cette* « probité du bagne » *qui, signalée déjà dans le* Code des Gens honnêtes, *réglera la conduite du pensionnaire de la Maison-Vauquer ; et aussi cette* « union sublime de Pierre et de Jaffier » *qui, dans la* Venise sauvée *d'Otway, fournit, à l'usage des Treize, un si bel exemple de fraternité virile :* « Pierre et Jaffier, voilà ma passion », *dit Vautrin à Rastignac[3].*

Cette amitié d'homme à homme prend bien, chez Vautrin, le caractère d'une passion. Son penchant le gouverne, le tourmente et, par là même, le distingue des héros inhumains dont le roman populaire et le mélodrame ont répandu les types grossiers, pour le rapprocher, au contraire, d'une réalité commune : Appert, Vidocq dénoncent la pédérastie comme un vice particulièrement répandu dans les bagnes et dans les prisons[4]. En chargeant Vautrin de ce vice, Balzac fournissait d'autre part une nouvelle preuve de cette curiosité pour les perversions de l'instinct sexuel qui s'était manifestée dans plusieurs œuvres antérieures[5]. Lui-même se plaisait à exercer son ascendant sur de jeunes hommes ; il avait recueilli rue Cassini Jules Sandeau, qui lui voua, pendant quelque temps, une tendre amitié[6].

1. *La Femme de Trente Ans*, Pl., 796 et *Le Père Goriot*, p. 221.
2. *Histoire des Treize*, éd. citée, pp. 137 et 84.
3. *Histoire des Treize*, préface, p. 15 et *Le Père Goriot*, p. 181. Dans *Illusions perdues* (éd. Garnier, pp. 723-724), Carlos Herrera demandera à Rubempré s'il a « compris cette amitié profonde d'homme à homme qui lie Pierre à Jaffier ».
4. Voir notamment dans *Les Voleurs* de Vidocq, p. 241 : « L'habitude de la pédérastie est presque générale dans les bagnes et les maisons centrales. »
5. *Sarrasine* ; *La Fille aux yeux d'or* ; *Une Passion dans le Désert*.
6. On lira une bonne mise au point à ce propos dans la thèse de Mme S. Jean-Bérard consacrée à la genèse d'*Illusions perdues*. Voir aussi *Les Vrais Mémoires de Philarète Chasles*, par Claude Pichois (*Revue des Sciences humaines*, janvier-mars 1956, p. 77).

D'une façon plus générale, Balzac portait en lui, plus ou moins émoussé par la vie sociale, ce double instinct de jouissance et de puissance qui donne à la figure de Vautrin sa terrible grandeur. Quand il avait vingt ans, il rêvait de dominer la société tout entière par l'exercice d'un pouvoir magnétique. A ce rêve, il n'a jamais complètement renoncé, mais Vautrin le vit dans sa plénitude et tend à le transformer en réalité, grâce au concours d'une énergie surhumaine et d'un génie infernal. Qu'importe, dès lors, que ce personnage doive tel ou tel trait à un modèle réel ou à une tradition littéraire ? Balzac vit en lui et l'anime de son souffle. L'écrivain « est criminel, conçoit le crime, ou l'appelle et le contemple », *déclarait-il à propos de* Lara de Byron[1] ; *mais il songeait à lui-même, lorsqu'il confiait à Victor Ratier :* « Oh ! mener une vie de Mohican ! Oh ! que j'ai admirablement compris les corsaires, les aventuriers, les vies d'opposition ! »[2] *Des amis l'ont reconnu dans son prestigieux forçat.* « Cher Vautrin », *lui écrivait Gaspard de Pons[3].*

VI

Non moins présent à l'écrivain est le cadre où se meuvent ses personnages. En 1834, Balzac habite tout près de l'hôpital Cochin, où Bianchon se rend tous les jours en dévalant les pentes de la Montagne Sainte-Geneviève. Lui-même connaît bien les abords du Panthéon, depuis le temps déjà lointain où il était inscrit à l'École de Droit et où il allait au moins, comme Rastignac, répondre à l'appel obligatoire. Mais à cette date, s'il revient dans ce quartier, c'est afin d'y chercher, pour plusieurs récits, les éléments d'un décor mélancolique. Le fragment bientôt abandonné Les Précepteurs en Dieu[4], *contemporain du* Père Goriot, *évoque, dans la déserte rue des Poules, une vieille maison silencieuse,*

---

1. Préface à *La Peau de Chagrin* (*L'Œuvre de Balzac*, éd. Béguin-Ducourneau, p. 71).
2. Lettre du 21 juillet 1830.
3. *Lov.* A 315, f° 361.
4. Fragment publié par M. Regard en appendice à son édition de *L'Envers de l'Histoire contemporaine*.

sise entre cour et jardin : or la rue des Poules (où Mlle Michonneau tiendra plus tard un garni) est située entre la rue Neuve-Sainte-Geneviève et la rue des Postes, à l'intérieur du V que dessinent ces deux rues en allant l'une vers l'autre. Dans Le Père Goriot, *c'est de la rue Neuve-Sainte-Geneviève qu'il s'agit ; mais des deux textes se dégage une impression analogue de misère et de solitude, qui paraît avoir été ressentie profondément. Cette impression doit bien correspondre à la réalité, car un contemporain de Balzac, Frédéric Gaillardet, l'a analysée, lui aussi, en décrivant la rue des Postes* [1] ; *quelques phrases extraites de sa monographie font tout particulièrement songer au* Père Goriot :

« Cette rue étroite et longue, qui descend, sombre et resserrée, vers le Faubourg Saint-Marceau, c'est elle, c'est la rue des Postes. En vain vos yeux la parcourent et la suivent, vous avez beau regarder et chercher de toutes parts, vous n'apercevez rien : rien que des portes fermées, rien que des fenêtres closes [...] Çà et là, de petites ouvertures, en forme de meurtrières, donnent au jour un passage dont elles semblent avares ; on se croirait devant une place forte [...] Le silence de la rue vous glace, vous met comme un couvercle de plomb sur le cœur ; vous sentez qu'il y a près de vous des êtres qui doivent ne respirer qu'avec peine, et étouffer faute d'air ; ces maisons noires, hautes, silencieuses et sombres vous font peur... »

Quant à la pension, elle est située, écrit Balzac, « dans le bas de la rue Neuve-Sainte-Geneviève, à l'endroit où le terrain s'abaisse vers la rue de l'Arbalète par une pente si brusque et si rude que les chevaux la montent ou la descendent rarement* [2] ». *L'examen des lieux et la consultation des plans anciens montrent que cette localisation est précise* [3]. *La rue Neuve-Sainte-Geneviève (aujourd'hui rue Tournefort) prend naissance sur la Montagne, près de la place Contrescarpe ; elle est coupée en tronçons sensiblement égaux par deux rues transver-*

---

1. *Le Livre des Cent-et-Un*, VII, 303 sq.
2. *Le Père Goriot*, p. 7.
3. C'est à tort que certains commentateurs ont imputé une erreur à Balzac et situé la Maison Vauquer rue des Postes.

*sales, la rue du Puits qui parle et la rue du Pot de Fer; un troi-
sième et dernier tronçon aboutit dans la rue des Postes (aujourd'hui
rue Lhomond) ; après ce confluent, la rue des Postes continue
jusqu'à la rue de l'Arbalète. Il est exact que le terrain « s'abaisse »
brusquement dans le troisième tronçon de la rue Neuve-Sainte-
Geneviève, environ vingt mètres au delà de la rue du Pot de Fer;
il est exact encore que cette déclivité est dirigée « vers la rue de
l'Arbalète », car elle se prolonge dans la partie terminale de la
rue des Postes. Depuis l'aménagement de la place Lucien Herr,
à la jonction des rues Lhomond et Tournefort, la pente est interrompue par un palier; mais il n'en était évidemment pas ainsi
vers 1820. On conçoit que les cochers aient hésité à s'engager dans
une voie aussi escarpée et que la comtesse de Restaud fasse à
l'occasion stationner son équipage « au coin de l'Estrapade » [1],
c'est-à-dire à l'entrée de la rue Neuve-Sainte-Geneviève.*

*Selon une tradition, Balzac, dans sa jeunesse, aurait habité
une certaine pension ouverte à l'endroit exact où il a situé la
Maison-Vauquer : le souvenir de cette demeure, détruite en 1930
pour faire place à des immeubles modernes, a été fixé par une
aquarelle de Mme Manchon-Duchesne [2]. Toutefois, aucun document de l'époque ne confirme qu'un tel séjour ait eu lieu et la maison
à un étage surélevé peinte par Mme Manchon-Duchesne ne répond
nullement à l'idée que nous pouvons nous faire de la grande bâtisse
du Père Goriot. En outre, comme le révèle un ancien état des
lieux qu'il nous a été permis de consulter [3], le principal corps de
bâtiment s'élevait en façade sur la rue et non sur le jardin. D'ailleurs,
si la minutieuse description du roman avait pu s'appliquer à une
maison construite sur l'emplacement désigné par Balzac, des
contemporains nous en auraient bien laissé le témoignage. Mais le
romancier, qui s'inspire de la réalité sans la copier, en use avec
les lieux comme avec les personnes et avec les événements: il
n'invente pas, il « synthétise » [4]. A la pension effectivement*

---

1. *Le Père Goriot*, p. 36.
2. Cette aquarelle, qui appartient au Musée Balzac, a été reproduite
par Joachim Merlant dans ses *Morceaux choisis* de Balzac (Didier).
3. Nous adressons tous nos remerciements à Maître Durant des
Aulnois et à son principal clerc pour l'obligeance avec laquelle ils
ont orienté notre recherche.
4. Ce terme est employé par Balzac lui-même pour définir sa méthode

installée 24 rue Neuve Sainte-Geneviève, il en substitue une qu'il a observée ailleurs et qu'il transfère.

Non loin de la Maison-Vauquer se trouvait, à même hauteur, au 21 de la rue de la Clef (sensiblement parallèle à la rue Neuve-Sainte-Geneviève), une « pension bourgeoise » tenue dans les premières années du XIXe siècle par Mme Charles-Marie Simon, puis à partir de 1807 par sa nièce, Mme Jacques-Augustin Vimont [1]. *L'établissement fit faillite en 1831, puis fut de nouveau exploité, à partir de 1834, par une nièce de Mme Vimont. Un inventaire dressé après la faillite a été conservé aux Archives de la Seine* [2].

Or le document fait apparaître des ressemblances frappantes entre cet immeuble et celui qui abrite le père Goriot. Les « vastes bâtiments » avec « cour, promenoir, jardin et autres dépendances » qui constituaient la pension Vimont résultaient de la réunion de trois maisons, l'une rue de la Clef et les deux autres, contiguës, rue Triperet (rue transversale, aujourd'hui détruite). Ils se présentaient en profondeur comme une masse rectangulaire, face à la prison Sainte-Pélagie, plusieurs fois mentionnée dans La Comédie humaine, *et dans* Le Père Goriot *notamment* [3]. *Le plus grand côté du rectangle longeait la rue Triperet ; la maison tombait à angle droit sur la rue de la Clef* [4]. *L'immeuble comportait, comme celui du roman, trois étages, surmontés de mansardes qui servaient de chambres à des domestiques ; Mme Vimont habitait au premier et recevait, comme Mme Vauquer, des pensionnaires internes ou externes. L'économie intérieure des trois étages fait encore songer à la*

---

de création (*Le Cabinet des Antiques,* préface, éd. Garnier, p. 248).

1. Sans parenté à notre connaissance avec l'éditeur du *Père Goriot,* quoique d'origine normande comme lui.

2. Faillite 7116. 18 mai 1831.

3. Page 259.

4. Voir *Le Père Goriot,* p. 8 : « La façade de la pension donne sur un jardinet, en sorte que la maison tombe à angle droit sur la rue Neuve-Sainte-Geneviève, où vous la voyez coupée dans sa profondeur. Le long de cette façade, entre la maison et le jardinet, règne un cailloutis en cuvette, large d'une toise, devant lequel est une allée sablée... La façade, élevée de trois étages et surmontée de mansardes, est bâtie en moellons... Derrière le bâtiment est une cour large d'environ vingt pieds... »

Maison-Vauquer, mais en plus grand; pourtant la Maison-Vauquer est déjà importante. La faillite d'une telle entreprise dut avoir un certain retentissement.

On sait que Balzac a toujours suivi avec attention l'actualité judiciaire. Mais il avait aussi des raisons particulières de s'intéresser au 21 de la rue de la Clef. Ces raisons apparaisssent en détail dans un récent et remarquable article de Mlle Madeleine Fargeaud [1]. Nous devons nous borner à les résumer.

A la pension Vimont était morte [2], le 24 juillet 1809, une Marie-Michelle Vauquer, épouse Vigier, apparentée à une lignée d'imprimeurs tourangeaux. L'un de ces imprimeurs, Auguste-Étienne Vauquer, appartenait, dans les premières années du siècle, à l'administration préfectorale d'Indre-et-Loire et entretint des relations avec Bernard-François Balzac, père du romancier, adjoint au maire de Tours, qui devait acheter à son gendre la ferme Saint-Lazare. Son imprimerie fit faillite en 1807, passa à une autre branche de la famille et, neuf ans plus tard, fut cédée à la maison Mame. Marie-Louise Vauquer, sa femme, demeura établie à Tours, 18 rue des Cerisiers, où elle mourut le 10 mai 1823 [3] ; elle devait y tenir une maison d'éducation, car on sait d'autre part que Laure et Laurence Balzac furent élevées à l'institution Vauquer, rue des Cerisiers [4]. Enfin la grand'mère maternelle de Balzac, Marie-Barbe Sallembier, née Chauvet, connaissait Charles-Marie Simon, l'ancien propriétaire du 21 rue de la Clef, et lui était même lointainement apparentée, par le cousinage commun des Nodille.

Il apparaît tout à fait probable que Balzac a entendu parler de cette pension bourgeoise et qu'il a eu la curiosité de la visiter. Sans doute l'a-t-il délibérément choisie, sinon comme le modèle, du moins comme un modèle de la pension du Père Goriot. *Il s'est souvenu, en outre, du nom de Vauquer.*

---

1. M. Fargeaud, *Les Balzac et les Vauquer*, dans *L'Année balzacienne 1960* (Librairie Garnier). A Mlle Fargeaud revient tout le mérite des découvertes dont nous faisons état sur cette question.

2. Selon l'acte de décès consulté aux Archives de la Seine.

3. Selon les archives de l'état-civil de Tours.

4. Voir l'article de J.-E. Weelen, dans *Balzac à Saché*, n° 2. L'indication vient des archives de Maître Lainé à Tours.

Quant aux usages et aux mœurs de l'établissement, ne doutons pas qu'il les ait peints d'après nature. Pendant les périodes de sa jeunesse où il vécut seul à Paris, l'occasion s'offrit certainement à lui de dîner dans des pensions bourgeoises, et peut-être même rue de la Clef. Nous n'avons conservé, il est vrai, aucun témoignage indiscutable sur de telles expériences [1]. *Mais nous pouvons apprécier l'exactitude de sa peinture en la comparant avec les documents pris sur le vif que nous ont laissés les chroniqueurs du temps.*

Un chapitre du Provincial à Paris, *publié en 1825 par Montigny, est consacré tout entier à la description d'une pension bourgeoise, derrière le Jardin des Plantes* [2] *: l'atmosphère est la même qu'à la Maison-Vauquer; les pensionnaires y sont au nombre de six, mais des externes viennent dîner, à cinq heures, pour cinquante francs par mois; comme à la table de la rue Neuve-Sainte-Geneviève, on évoque « un mélodrame nouveau » et on mange des repas composés selon la plus stricte économie :* « haricot de mouton, salade de mâches, gruyère, pomme, pas assez de pain et du vin aigre ».

Dans Le Livre des Cent-et-Un, *Louis Desnoyers, qui signe L. D. Derville, s'attache, en 1832, à définir les caractères qui distinguent telle « pension bourgeoise » d'une « gargote » de bas étage ou de la « table d'hôte » proprement dite, plus chère et moins familiale. Une hôtesse au langage vulgaire y donne des ordres à « la grosse Agathe »,* sa fille de cuisine; *les pensionnaires y sont des clercs inférieurs, de jeunes commis, de petits bureaucrates et même de « soi-disant artistes »; aux jours d'extra, ils commandent de bonnes bouteilles; parmi eux se trouve traditionnellement « un farceur ».* [3] *Ce rôle de farceur, c'est Vautrin qui le tient dans* Le Père Goriot, *et avec une verve incomparable, mais selon toutes les normes de l'emploi, si on en juge d'après ce*

---

1. Le docteur Bouillaud, qui se considérait comme l'original de Bianchon, assure avoir été le commensal de Balzac au Quartier Latin ; mais son témoignage est tardif. Voir A. Lutaud. *Les Médecins dans Balzac.* Bianchon-Bouillaud (Bulletin de la Société française d'Histoire de la Médecine, 1925).

2. *Le Provincial à Paris,* tome III, chap. 10.

3. *Le Livre des Cent-et-Un,* tome VI, p. 289 sq.

portrait-type, esquissé en 1832 par un anonyme dans L'Espion *de la rue Vivienne :*

« Le Farceur de table d'hôte est généralement vulgaire, haut en couleurs, de caractère jovial, familier avec les pensionnaires masculins, galant avec les dames et libertin avec la bonne, grand mangeur, grand buveur, grand amateur de chansons, il n'hésite pas à en fredonner une au dessert. C'est lui qui lance le quolibet, le mot pour rire, le calembour et le coq-à-l'âne. C'est lui qui poursuit de ses moqueries un souffre-douleur qu'il a choisi parmi les hôtes et qui sera la cible vivante sur laquelle il décochera ses flèches. C'est lui qui montera les scies, qui inventera les petites plaisanteries quotidiennes... »[1]

On relève encore, dans ces divers recueils et dans plusieurs autres du même genre, de nombreux détails de mœurs qui se retrouvent, presque identiques, dans Le Père Goriot *et qui valent d'être notés au fil des pages. Ces rencontres ne signifient nullement que Balzac utilise des sources livresques, mais que, comme un Montigny, un Desnoyers ou un Henri Monnier, il observe et transpose une réalité placée sous son regard. Si la Maison-Vauquer nous paraît si réelle, si présente, c'est, d'abord, parce que son créateur l'a composée d'éléments empruntés à la vie de son temps. Balzac savait bien que ce scrupule d'exactitude attaché à la vision d'un instant fixe cet instant pour la postérité et assure à l'œuvre un intérêt durable:* « La plupart des livres dont le sujet est entièrement fictif, qui ne se rattachent de loin ou de près à aucune réalité, sont mort-nés; tandis que ceux qui reposent sur des faits observés, étendus, pris à la vie réelle, obtiennent les honneurs de la longévité[2]. »

Balzac était-il en mesure de peindre, avec la même vérité que la Maison-Vauquer, les résidences de la haute société parisienne? Sans doute n'a-t-il jamais été adopté par le Faubourg. Il était reçu, du moins, dans les « raouts », *où se coudoyaient parfois des écrivains en renom. Chez la comtesse Charles d'Agoult, chez la duchesse de Rauzan ou encore à l'ambassade d'Autriche,*

---

1. Texte cité par J. Bertaut dans « *Le Père Goriot* » *de Balzac*, p. 102.
2. *Le Cabinet des Antiques*, préface (éd. citée, p. 250).

il avait pu, à loisir, parcourir du regard les salons, les terrasses, les jardins [1]. *Surtout, il demeurait l'ami de Mme de Castries, malgré le décevant épilogue du roman sentimental* [2].

Un passage du Père Goriot *révèle qu'en évoquant le Faubourg Saint-Germain, il dirigeait volontiers sa pensée vers les lieux associés à la personne de la Marquise. Le cocher qui conduit Rastignac chez sa cousine lui demande à quel hôtel de Beauséant il doit le déposer et lui apprend qu'il en existe plusieurs : celui du vicomte, rue de Grenelle, celui du comte et du marquis, rue Saint-Dominique* [3]. *Cette distinction, ces précisions peuvent paraître étranges ; on devine pourtant comment elles sont venues à l'esprit du romancier : la Marquise vit rue de Grenelle, à l'hôtel Castellane ; son père, le duc de Maillé, réside rue Saint-Dominique ; enfin, le marquis et le comte de Castries ont chacun un appartement (rue de Varenne) auprès du duc leur père* [4].

Il est particulièrement frappant que Mme de Beauséant et Mme de Castries habitent la même rue. D'ailleurs l'héroïne du roman, dans Le Père Goriot comme dans La Femme abandonnée, emprunte quelques traits à la Marquise [5]. Mais l'hôtel de Castellane n'existe plus et il est impossible de voir sur place si Balzac l'a pris pour modèle lorsqu'il a décrit l'hôtel de Beauséant : la conjecture apparaît même peu vraisemblable, quand on songe à sa méthode de création romanesque. Du reste, cette description est rapide : un porche, une cour, un perron, un escalier blanc à rampe dorée et à tapis rouge, un boudoir rose... De telles indications suffisent pour créer un décor de grand style, non pour fixer les caractères originaux d'une demeure.

Au contraire, l'hôtel de Restaud, rue du Helder, livre quelques secrets de son aménagement intérieur. Le plan général est bien

---

1. Voir notamment L. J. Arrigon, *Les Années romantiques de Balzac*, passim.

2. Voir dans l'*Histoire des Treize*, éd. Garnier, l'introduction à *La Duchesse de Langeais*, p. 184 sq.

3. *Le Père Goriot*, p. 77.

4. Renseignements réunis d'après divers annuaires de l'époque et confirmés par M. le comte de Miramon Fritz-James, qui a bien voulu nous réserver l'accueil le plus courtois et le plus obligeant.

5. Pour *La Femme abandonnée*, voir surtout B. Guyon, *La Pensée politique et sociale de Balzac*, p. 594 sq. Pour *Le Père Goriot*, voir la note 1 de la page 83.

celui qui a été adopté dans les résidences aristocratiques construites au XVIIIe siècle[1] : les pièces de réception (antichambre et deux salons) se succèdent, au centre, de la cour au jardin; les pièces d'intimité (le boudoir) ou d'utilité (salle de bain) sont latérales. Mais l'antichambre sert en même temps de salle à manger et débouche directement, par une porte de côté, sur la salle de bain, qui est aussi un débarras et qui donne dans un corridor obscur[2]. Une telle distribution, où le faste apparent se concilie avec une ingénieuse économie, se pratiquait parfois dans les plus petits hôtels de la rive gauche, mais plus couramment à la Chaussée d'Antin, dans des demeures édifiées vers 1780 à l'imitation des hôtels du Faubourg, moins spacieuses cependant et souvent habitées par une aristocratie moins prestigieuse.

Quant au baron de Nucingen, il s'est installé rue Saint-Lazare « dans une de ces maisons légères, à colonnes minces, à portiques mesquins, qui constituent le *joli* à Paris, une véritable maison de banquier, pleine de recherches coûteuses, de stucs, de paliers d'escalier en mosaïque de marbre »; *on y est reçu* « dans un petit salon à peintures italiennes, dont le décor ressemblait à celui des cafés[3] ». *Cette fois, le romancier marque nettement les distances : ce style néo-pompéien s'est répandu, en effet, surtout dans les quartiers de la banque et du haut commerce, sous le Directoire, sous le Consulat, sous l'Empire, et s'oppose au pur style XVIIIe comme la récente aristocratie d'argent à la vieille noblesse d'épée.*

Ainsi les nuances apportées dans la description du Paris mondain et brillant, comme les détails accumulés dans celle d'un Paris misérable et obscur, concourent à la vérité du cadre social où Balzac a inscrit son drame.

VII

Composer un drame vrai, à l'image de la vie, non une œuvre de convention à l'exemple des pièces en vogue, telle a bien été, dans Le Père Goriot, *l'ambition de Balzac. Sa vision de la*

---

1. Voir les planches gravées à l'époque par Mariette.
2. *Le Père Goriot,* p. 68. M. André Martel a souligné ces particularités dans un mémoire inédit sur *Le Paris de Balzac.*
3. *Ibid.,* p. 160.

*société est, au sens propre, dramatique, car elle s'attache avant
tout au spectacle de forces qui s'affrontent : aussi ne renoncera-t-il
jamais tout à fait à écrire pour le théâtre.* Mais il juge avec sévérité
les dramaturges de son temps : dans Hernani, *les ressorts sont*
« usés », *le sujet* « inadmissible », *les caractères* « faux » ; *bref la
distance est* « énorme » *entre cette pièce et la préface de* Cromwell[1].
*C'est qu'au fond le roman seul, dans la littérature moderne,
possède à ses yeux la souplesse et la diversité de ressources nécessaires pour répondre aux intentions du manifeste lancé par Victor
Hugo et pour exprimer la vérité complexe du monde réel. Cette
conviction éclate dans* Le Père Goriot: *le romancier flétrit
l'artifice des* « drames joués à la lueur des lampes entre des
toiles peintes », *note le* « discrédit » *où le mot même de drame est
tombé[2] ; il estime pourtant nécessaire d'employer à son tour ce
mot pour définir l'histoire qu'il se dispose à raconter.*

  Balzac *a raison: malgré les interventions constantes du romancier, malgré les analyses psychologiques, les remarques morales, les
développements digressifs de toute sorte, l'œuvre se déroule comme
un drame, ou comme une tragédie[3]. Les mécanismes sont mis en
place avec lenteur, car il faut de minutieuses descriptions, des
portraits détaillés, de patients retours en arrière pour donner une
présence aux personnages et un cadre à leurs aventures: au tiers de
l'ouvrage environ, l'auteur, utilisant naturellement le vocabulaire
technique du théâtre, note que* « l'exposition » *se termine[4].
Puis, longtemps encore, l'action demeure indécise, sinon suspendue :
plus de deux mois passent sans événements. Enfin éclate, comme
dans le théâtre classique, une crise violente et brève ; brutalement,
les ressorts se détendent; en quelques jours, tout est consommé.
Les scènes à effet (beuverie à la Maison-Vauquer, arrestation
de Vautrin, dispute des deux sœurs, bal à l'hôtel de Beauséant,
agonie du père Goriot, défi de Rastignac à Paris) se succèdent
à un rythme précipité.*

  *D'ailleurs, si Balzac condamne, chez les auteurs dramatiques,
l'abus de certains procédés qui appartiennent à la routine de leur*

---

  1. *Œuvres diverses*, Conard, I, p. 379 sq.
  2. *Le Père Goriot*, pp. 18 et 5.
  3. Voir à ce propos un article de M. Robert Vivier, *Balzac ou la
Tragédie dans le Roman*, dans *Marche romane*, oct-déc. 1952.
  4. *Le Père Goriot*, p. 105.

métier, il ne s'interdit pas d'y recourir pour son compte, même dans un roman. Le Père Goriot *contient des morceaux de bravoure, des mots d'auteur, et même quelques effets un peu faciles, obtenus aux dépens de la vraisemblance. Lorsque Vautrin articule les premières lettres de son surnom Trompe-la-Mort, puis se ressaisit et profère un juron* [1], *nous pouvons nous croire au mélodrame... Mais de telles naïvetés sont rares. Au reste, le lecteur n'y regarde pas de si près. Pas davantage il ne s'émeut de rencontrer sous la plume du narrateur quelques expressions gauches, quelques comparaisons singulières* [2]. *Tout est emporté dans le mouvement d'un récit qui, comme un drame bien construit, tient son public en haleine jusqu'au dénouement.*

Ce caractère scénique de l'œuvre est encore accentué grâce à un art du dialogue que Balzac n'a peut-être jamais poussé aussi loin. C'est Le Père Goriot *que M. Mario Roques a choisi pour illustrer l'aptitude extraordinaire du romancier à prendre tous les tons, tous les styles :* « Tout ce monde se rencontre, se coudoie, échange des paroles à la table commune, au besoin des conversations ; mais chacun se distingue de tous par sa voix : parler vulgaire de la tenancière, parler plus fruste chez ses serviteurs, correction des ex-bourgeois, blague des jeunes gens, stupide dignité de Poiret, le commis retraité, ou gouaille redoutable de Vautrin... Tout cela d'un réalisme un peu théâtral, mais d'une variété et d'une souplesse de langage incomparables. [3] »

De telles qualités de composition et d'expression dramatique sont parmi celles qui, d'emblée, conquièrent les lecteurs de romans, comme les habitués des salles de spectacle : le succès du Père Goriot *fut immédiat et vif.* « Il n'y a qu'une voix : *Eugénie Grandet,*

---

1. *Ibid.*, p. 117.
2. P. 6 : « Le char de la civilisation, semblable à celui de l'idole de Jaggernat, à peine retardé par un cœur moins facile à broyer que les autres et qui enraie sa roue, l'a brisé bientôt et continue sa marche glorieuse ». P. 172 : « Rastignac [...] aspirait tous les enseignements, toutes les séductions du luxe, avec l'ardeur dont est saisi l'impatient calice d'un dattier femelle pour les fécondantes poussières de son hyménée ».
3. *La langue de Balzac*, dans *Balzac, Le Livre du Centenaire*, p. 254.

L'Absolu, tout est surpassé », écrit Balzac à Mme Hanska
dès le 15 décembre 1834, alors que la première livraison vient
juste de paraître dans la Revue de Paris. Il notera le 11 mars
1835 que la première édition en volumes a été vendue « avant les
annonces » et que deux autres éditions sont en chantier [1].
Nous avons pu contrôler l'exactitude de ces indications [2].

Mais un fait d'un autre ordre prouve mieux encore la popularité
instantanée de l'ouvrage et, en même temps, les tentations qu'il
pouvait offrir à des professionnels de l'adaptation dramatique :
le 6 avril 1835, deux pièces intitulées Le Père Goriot ont été
créées concurremment, l'une au Vaudeville, l'autre aux Variétés.
La pièce du Vaudeville, « comédie en deux actes mêlée de
chants », par Ancelot et Paulin, ne fit pas recette et quitta l'affi-
che après trois représentations; mais celle des Variétés, comédie
en trois actes, par Théaulon, Decomberousse et Jaime, un peu
mieux ourdie, brillamment interprétée par Bressant (Rastignac)
et Vernet (Goriot), fut au contraire accueillie avec faveur.

On est frappé de constater les libertés considérables que les
auteurs de ces pièces ont prises, sans l'aveu du romancier, avec le
sujet emprunté à son roman. Au Vaudeville, Delphine de Nucingen, ruinée par son mari, qui est passé en Angleterre, se réfugie
auprès de son père à la Maison-Vauquer, se met courageusement
au travail et noue une idylle avec un étudiant en droit, qui l'épouse,
après avoir hérité d'un commis-voyageur nommé Martel. Aux
Variétés, le premier acte se déroule dans la boutique de Goriot
vermicellier, le second à la pension bourgeoise, le troisième dans
la maison de santé où le vieillard a été interné, par l'entremise
de ses gendres, en attendant d'être admis à Bicêtre ; mais le
père Goriot a eu, avant son mariage, une fille naturelle, Victorine,
qui, ayant gardé sa dot intacte, le sauve et qui est unie à Rastignac,
grâce à l'intervention d'un Vautrin généreux et affadi.

Balzac prit-il la peine de s'irriter en voyant son œuvre ainsi
pillée et défigurée? Nous l'ignorons. Du moins ne cacha-t-il
pas son amertume, lorsque son roman, après avoir connu la faveur
du public, subit les rigueurs de la critique. Les feuilletonistes,

---

1. *Étr.* I, 216 et 237. Voir aussi p. 218 et 223-224.
2. Voir l'appendice critique, pp. 339 sq.

*en effet, ont obéi, dans leurs jugements, à des préventions que ne
connaissaient pas les lecteurs sans arrière-pensée de la première
heure. Ils accordent presque toujours au romancier quelque mérite
et louent la vérité du détail, l'intérêt de l'action ou le relief d'un
caractère. A l'éloge se mêlent pourtant diverses réserves d'ordre
technique :* un critique estime que le récit est « bien posé dans sa
première partie, plein d'intérêt quoique un peu lent »,
mais « décline quand arrive le drame [1] » ; *un autre, ne devinant
pas le dessein général de la future* Comédie humaine, *observe
qu'à la dernière page* « tout *cesse* et ne finit pas » *et que* « les
personnages restent suspendus dans leur mouvement » [2].
*Mais les griefs essentiels sont d'un tout autre ordre et reviennent
de façon plus constante.*

On reproche d'abord à Balzac l'exagération de sa peinture :
« Le premier trait de l'auteur est pur, mais il le charge ensuite
tellement que la figure grimace [3]. » *Ce genre de critique s'attache
surtout au personnage de Goriot,* « type exagéré du sentiment
purement instinctif, du sentiment qu'aucune lueur de
raison n'éclaire [4] ». *En voulant peindre un héros* « plus grand,
plus beau, plus complet que nature », *l'auteur montre une
de ces exceptions qui, sans doute,* « peuvent se trouver par hasard
dans le monde », *mais* « qu'on doit laisser dans l'ombre,
surtout quand on se propose d'être le peintre vrai d'une
époque et l'historien des mœurs d'un pays » [5].

A ce reproche se mêle d'ailleurs un préjugé moral. Goriot
choque, *parce que Balzac, en le peignant, a ôté à l'amour paternel*
« son diadème de dignité [6] ». *On s'indigne surtout qu'il ait
osé l'appeler un Christ de la Paternité :* « Quelle erreur !
quel blasphème !... c'est le *pourceau* qu'il fallait dire »,
s'écrie l'un [7] ; tel autre insiste sur la « faiblesse ridicule, pitoya-
ble et stupide » *de ce* « père Ganache », *qu'il faudrait nommer*

---

1. *Le Constitutionnel,* 25 mars 1835.
2. *Journal des Femmes,* 1er juillet 1835.
3. *Le Constitutionnel,* art. cité.
4. *Le Constitutionnel,* 13 avril 1835.
5. *Revue du XIXe siècle,* tome VI (1836), pp. 413-415.
6. *Journal des Femmes,* art. cité.
7. *Le Courrier français,* art. cité.

plutôt « le *Cadet Roussel* » *de la Paternité* [1]. *Plus généralement,
on déplore que l'auteur ait* « prodigué les peintures de mauvaises
mœurs et les tableaux cyniques », *on s'écrie :* « Quel monde !
quelle société ! » [2] *Un rédacteur de la* Revue britannique *se
demandera si Rastignac est le type de la jeunesse française et
déclarera en se voilant la face :* « Voilà d'étranges mœurs.
La plupart des femmes sont trois ou quatre fois adultères.
Les messieurs, comme on peut s'y attendre, sont les
mâles de ces femelles [3]. »

    *Ce grief d'immoralité n'est pas nouveau. Combien de fois,
depuis la* Physiologie du Mariage, *Balzac dut-il y faire face !
Il savait que* Le Père Goriot *n'y échapperait pas. Aussi voulut-il
prendre les devants, sinon pour désarmer les censeurs, du moins
pour mettre les rieurs de son côté. Dans la préface destinée à l'édition originale de son roman, il prétend que, s'il a fait reparaître
plusieurs pécheresses déjà présentées dans ses récits antérieurs,
c'est pour éviter d'avoir à en introduire de nouvelles ; il promet
de choisir prochainement pour héroïne une femme* « vertueuse
par goût », *afin de se faire pardonner Mme de Nucingen ; il
dresse enfin le tableau de ses femmes honnêtes et de ses femmes
criminelles et montre que la balance est* « de trente huit sur
soixante en faveur de la vertu ». *Il ne prend pas même la
peine de donner pour sérieuses de telles justifications, observant
avec esprit qu'on ne doit pas* « s'armer d'une hache pour tuer
une mouche [4] ».

    *Le ton s'élève un peu dans la préface de l'édition suivante,
postérieure aux feuilletons des courriéristes littéraires. L'écrivain revendique le droit de peindre la réalité et déclare que son
dessein l'oblige à représenter sans complaisance* « les sentiments
humains, les crises sociales, tout le pêle-mêle de la civilisation [5] ». *Ce point de vue a toujours été le sien. Si Paris est
corrompu, est-ce sa faute ? Il appartient au public de tirer la*

---

1. *Revue du Théâtre*, avril 1835.
2. *Le Courrier français.*
3. Année 1836, pp. 252-253.
4. *Le Père Goriot*, p. 315 sq.
5. *Ibid.*, p. 327.

leçon du spectacle et de dire avec la duchesse de Langeais: « Le monde est un bourbier, tâchons de rester sur les hauteurs [1] ».

Balzac pouvait ajouter que sa peinture n'est pas si sombre: l'air du siècle n'étouffe pas tout sentiment ni toute noblesse chez ses personnages, dont quelques-uns donnent même des exemples rafraîchissants ou édifiants. Bianchon gagne notre sympathie par des qualités profondes de droiture, de ferveur professionnelle et d'agissante bonté; Mme de Beauséant, parfois guindée dans son orgueil aristocratique, mais bienveillante et généreuse, donne, dans l'épreuve, la mesure de son héroïsme.

Mais de telles raisons, qui valent contre la pruderie ou l'hypocrisie d'une époque, ne répondent pas à la véritable pensée du romancier. Au fond de lui-même, Balzac juge les hommes sans se soucier beaucoup des notions ordinaires du Bien et du Mal. Il méprise les êtres veules, amorphes, qui vivent, tel Poiret, comme des huîtres sur un rocher; les esprits rétrécis qui se laissent gouverner, comme Mme Vauquer, par des idées basses ou mesquines. Il admire les caractères forts qui commandent aux événements, les natures ardentes que stimule un grand sentiment ou une grande pensée : chacun a sa manière, Vautrin, Goriot et Rastignac vivent, tous trois, au sens plein du terme, par la vertu de la passion qui les habite, les exalte et, dans une certaine mesure, les justifie.

Pierre-Georges CASTEX.

Grâce à la solidarité qui existe entre les balzaciens, toute édition d'un roman de Balzac est aujourd'hui, de quelque manière, un travail collectif. Celle-ci doit beaucoup à M. Marcel Bouteron, qui a si généreusement mis à notre disposition le précieux dossier de ses notes sur *Le Père Goriot;* à Mlle Madeleine Fargeaud, qui nous a communiqué ses importantes découvertes sur la famille Vauquer et sur la pension de la rue de la Clef; à M. Jean Pommier, conservateur de la Bibliothèque Lovenjoul; à Mme A.-M. Meininger; à MM. Wayne Conner, Roger Pierrot; à Mme Robert-Siohan, qui a mené pour nous diverses recherches avec bonheur et assemblé les éléments d'une illustration originale.

---

1. *Ibid.*, p. 92.

SOMMAIRE BIOGRAPHIQUE

1799 :

Naissance, à Tours, le 20 mai, d'Honoré Balzac, fils du « citoyen Bernard-François Balzac » et de la « citoyenne Anne-Charlotte-Laure Sallambier, son épouse ». Il sera mis en nourrice à Saint-Cyr-sur-Loire jusqu'à l'âge de quatre ans. Il aura deux sœurs : Laure, née en 1800, et Laurence, née en 1802; un frère, Henri, né en 1807.

1804 :

Il entre à la pension Le Guay, à Tours.

1807 :

Il entre, le 22 juin, au collège des Oratoriens de Vendôme, qu'il quittera, après un rigoureux internat, le 22 avril 1813.

1814 :

Pendant l'été, il fréquente le collège de Tours. En novembre, il suit sa famille à Paris, rue du Temple.

1815 :

Il fréquente deux institutions du quartier du Marais, l'institution Lepître, puis, à partir d'octobre, l'institution Ganser et suit vraisemblablement les cours du lycée Charlemagne.

1816 :

*En novembre, il s'inscrit à la Faculté de Droit et entre,
     comme clerc, chez Me Guillonnet-Merville, avoué, rue
     Coquillière.*

1818 :

*Il quitte, en mars, l'étude de Me Guillonnet-Merville
     pour entrer dans celle de Me Passez, notaire, ami de
     ses parents et qui habite la même maison, rue du Temple.
     Il rédige des* Notes sur l'immortalité de l'âme.

1819 :

*Vers le 1er août, Bernard-François Balzac, retraité de
     l'administration militaire, se retire à Villeparisis avec
     sa famille. Honoré, bachelier en droit depuis le mois
     de janvier, obtient de rester à Paris pour devenir homme
     de lettres. Installé dans un modeste logis mansardé,
     rue Lesdiguières, il y compose une tragédie,* Cromwell,
     qui ne sera ni jouée, ni publiée de son vivant.

1820 :

Il commence Falthurne *et* Sténie, *deux récits qu'il n'achè-
     vera pas. Le 18 mai, il assiste au mariage de sa sœur
     Laure avec Eugène Surville, ingénieur des Ponts et
     Chaussées. Ses parents donnent congé rue Lesdiguières
     pour le 1er janvier 1821.*

1821 :

Le 1er septembre sa sœur Laurence épouse M. de Montzaigle.

1822 :

*Début de sa liaison avec Laure de Berny, âgée de quarante-
     cinq ans, dont il a fait la connaissance à Villeparisis
     l'année précédente; elle sera pour lui la plus vigilante
     et la plus dévouée des amies. Pendant l'été, il séjourne
     à Bayeux, en Normandie, avec les Surville.*

Ses parents emménagent avec lui à Paris, dans le Marais, rue du Roi-Doré.

Sous le pseudonyme de Lord R'hoone, il publie, en collaboration, L'Héritière de Birague *et* Jean-Louis; *puis, seul,* Clotilde de Lusignan. Le Centenaire *et* Le Vicaire des Ardennes, *parus la même année, sont signés Horace de Saint-Aubin.*

1823 :

Au cours de l'été, séjour en Touraine.
La Dernière Fée, *par Horace de Saint-Aubin.*

1824 :

Vers la fin de l'été, ses parents ayant regagné Villeparisis, il s'installe rue de Tournon.
Annette et le Criminel (Argow le Pirate), *par Horace de Saint-Aubin. Sous l'anonymat :* Du Droit d'Aînesse; Histoire impartiale des Jésuites.

1825 :

Associé avec Urbain Canel, il réédite les œuvres de Molière et de La Fontaine. En avril, bref voyage à Alençon. Début des relations avec la duchesse d'Abrantès. Sa sœur Laurence meurt le 11 août.
Wann-Chlore, *par Horace de Saint-Aubin. Sous l'anonymat :* Code des gens honnêtes.

1826 :

Le 1er juin, il obtient un brevet d'imprimeur. Associé avec Barbier, il s'installe rue des Marais-Saint-Germain (aujourd'hui rue Visconti). Au cours de l'été, sa famille abandonne Villeparisis pour se fixer à Versailles.

1827 :

Le 15 juillet, avec Laurent et Barbier, il crée une société pour l'exploitation d'une fonderie de caractères d'imprimerie.

1828 :

*Au début du printemps, Balzac s'installe 1, rue Cassini,
    près de l'Observatoire. Ses affaires marchent mal :
    il doit les liquider et contracter de lourdes dettes. Il
    revient à la littérature : du 15 septembre à la fin d'octobre,
    il séjourne à Fougères, chez le général de Pommereul,
    pour préparer un roman sur la chouannerie.*

1829 :

*Balzac commence à fréquenter les salons : il est reçu chez
    Sophie Gay, chez le baron Gérard, chez Mme Hamelin,
    chez la princesse Bagration, chez Mme Récamier. Début
    de la correspondance avec Mme Zulma Carraud qui,
    mariée à un commandant d'artillerie, habite alors Saint-
    Cyr-l'École. Le 19 juin, mort de Bernard-François
    Balzac.*

En mars a paru, avec la signature Honoré Balzac, Le
    Dernier Chouan ou La Bretagne en 1800 *qui, sous
    le titre définitif* Les Chouans, *sera le premier roman
    incorporé à* La Comédie humaine. *En décembre,*
    Physiologie du Mariage, « *par un jeune célibataire* ».

1830 :

Balzac collabore à la Revue de Paris, *à la* Revue des
    Deux Mondes, *ainsi qu'à divers journaux : le* Feuilleton
    des Journaux politiques, La Mode, La Silhouette,
    Le Voleur, La Caricature. *Il adopte la particule et
    commence à signer* « de Balzac ». *Avec Mme de Berny,
    il descend la Loire en bateau (juin) et séjourne, pendant
    l'été, dans la propriété de La Grenadière, à Saint-Cyr-
    sur-Loire. A l'automne, il devient un familier du salon
    de Charles Nodier, à l'Arsenal.*

Premières « Scènes de la vie privée » : La Vendetta;
    Les Dangers de l'inconduite (Gobseck); Le Bal
    de Sceaux; Gloire et Malheur (La Maison du Chat-

qui-pelote) ; La Femme vertueuse (Une double famille); La Paix du ménage. *Parmi les premiers « contes philosophiques »* : Les Deux Rêves, L'Élixir de longue vie...

1831 :

Désormais consacré comme écrivain, il travaille avec acharnement, tout en menant, à ses heures, une vie mondaine et luxueuse, qui ranimera indéfiniment ses dettes. Ambitions politiques demeurées insatisfaites.

La Peau de chagrin, *roman philosophique. Sous l'étiquette « Contes philosophiques »* : Les Proscrits; Le Chef-d'Œuvre inconnu...

1832 :

Entrée en relations avec Mme Hanska, « l'Étrangère », qui habite le château de Wierzchownia, en Ukraine. Il est l'hôte de M. de Margonne à Saché (où il a fait et fera d'autres séjours) ; puis des Carraud, qui habitent maintenant Angoulême. Il est devenu l'ami de la marquise de Castries, qu'il rejoint en août à Aix-les-Bains et qu'il suit en octobre à Genève : désillusion amoureuse. Au retour, il passe trois semaines à Nemours auprès de Mme de Berny. Il a adhéré au parti néo-légitimiste et publié plusieurs essais politiques.

La Transaction (Le Colonel Chabert). *Parmi de nouvelles « Scènes de la vie privée »* : Les Célibataires (Le Curé de Tours) *et cinq « scènes » distinctes qui seront groupées plus tard dans* La Femme de trente ans. *Parmi de nouveaux « contes philosophiques »* : Louis Lambert. *En marge de la future* Comédie humaine : *premier dixain des* Contes drolatiques.

1833 :

Début d'une correspondance suivie avec Mme Hanska. Il la rencontre pour la première fois en septembre à

*Neuchâtel et la retrouve à Genève pour la Noël. Contrat
avec Mme Béchet pour la publication, achevée par Werdet,
des* Études de mœurs au XIXe siècle *qui, de 1833 à
1837, paraîtront en douze volumes et qui sont comme
une préfiguration de* La Comédie humaine *(I à IV :
« Scènes de la vie privée ». V à VIII : « Scènes de la vie
de province ». IX à XII : « Scènes de la vie parisienne »).*
Le Médecin de campagne. *Parmi les premières* « Scènes
de la vie de province » : La Femme abandonnée; La
Grenadière; L'Illustre Gaudissart; Eugénie Grandet
(*décembre*).

1834 :

*Retour de Suisse en février. Le 4 juin naît Maria du Fresnay,
sa fille présumée. Nouveaux développements de la vie
mondaine : il se lie avec la comtesse Guidoboni-Visconti.*
La Recherche de l'absolu. *Parmi les premières* « Scènes
de la vie parisienne » : Histoire des Treize (*I. Ferragus, 1833. II.* Ne touchez pas la hache (La Duchesse
de Langeais), *1833-1834. III.* La Fille aux yeux d'or,
1834-1835).

1835 :

*Une édition collective d'*Études philosophiques *(1835-
1840) commence à paraître chez Werdet. Au printemps,
Balzac s'installe en secret rue des Batailles, à Chaillot.
Au mois de mai, il rejoint Mme Hanska, qui est avec
son mari à Vienne, en Autriche; il passe trois semaines
auprès d'elle et ne la reverra plus pendant huit ans.*
Le Père Goriot *(1834-1835).* Melmoth réconcilié.
La Fleur des pois (Le Contrat de mariage). Séraphîta.

1836 :

*Année agitée. Le 20 mai naît Lionel-Richard Guidoboni-
Visconti, qui est peut-être son fils naturel. En juin,*

Balzac gagne un procès contre la Revue de Paris *au sujet du* Lys dans la vallée. *En juillet, il doit liquider* La Chronique de Paris, *qu'il dirigeait depuis janvier. Il va passer quelques semaines à Turin; au retour, il apprend la mort de Mme de Berny, survenue le 27 juillet.*

Le Lys dans la vallée. L'Interdiction. La Messe de l'athée. Facino Cane. L'Enfant maudit *(1831-1836)*. Le Secret des Ruggieri (La Confidence des Ruggieri).

1837 :

Nouveau voyage en Italie (février-avril) : Milan, Venise, Gênes, Livourne, Florence, le lac de Côme.

La Vieille Fille. Illusions perdues *(début)*. César Birotteau.

1838 :

Séjour à Frapesle, près d'Issoudun, où sont fixés désormais les Carraud (février-mars); quelques jours à Nohant, chez George Sand. Voyage en Sardaigne et dans la péninsule italienne (avril-mai). En juillet, installation aux Jardies, entre Sèvres et Ville-d'Avray.

La Femme supérieure (Les Employés). La Maison Nucingen. *Début des futures* Splendeurs et Misères des courtisanes (La Torpille).

1839 :

Balzac est nommé, en avril, président de la Société des Gens de Lettres. En septembre-octobre, il mène une campagne inutile en faveur du notaire Peytel, ancien co-directeur du Voleur, *condamné à mort pour meurtre de sa femme et d'un domestique. Activité dramatique : il achève* L'École des Ménages *et* Vautrin. *Candidat à l'Académie française, il s'efface, le 2 décembre, devant Victor Hugo, qui ne sera pas élu.*

Le Cabinet des antiques. Gambara. Une fille d'Ève.

Massimilla Doni. Béatrix ou les Amours forcés.
Une princesse parisienne (Les Secrets de la princesse
de Cadignan).

1840 :

Vautrin, *créé le 14 mars à la Porte-Saint-Martin, est
interdit le 16. Balzac dirige et anime la* Revue parisienne,
*qui aura trois numéros (juillet-août-septembre); dans
le dernier, la célèbre étude sur* La Chartreuse de Parme.
*En octobre, il s'installe 19, rue Basse (aujourd'hui la
« Maison de Balzac », 47, rue Raynouard).*
Pierrette. Pierre Grassou. Z. Marcas. Les Fantaisies
de Claudine (Un prince de la bohème).

1841 :

*Le 2 octobre, traité avec Furne et un consortium de libraires
pour la publication de* La Comédie humaine, *qui
paraîtra avec un* Avant-propos *capital, en dix-sept
volumes (1842-1848) et un volume posthume (1855).*
Le Curé de village *(1839-1841).* Les Lecamus (Le
Martyrcalviniste).

1842 :

Le 19 mars, création, à l'Odéon, des Ressources de Quinola.
Mémoires de Deux Jeunes Mariées. Albert Savarus.
La Fausse Maîtresse. Autre Étude de Femme.
Ursule Mirouët. Un Début dans la vie. Les Deux
Frères (La Rabouilleuse).

1843 :

*Juillet-octobre : séjour à Saint-Pétersbourg, auprès de
Mme Hanska, veuve depuis le 10 novembre 1841;
retour par l'Allemagne. Le 26 septembre, création,
à l'Odéon, de* Paméla Giraud.
Une ténébreuse affaire. La Muse du département.

Honorine. Illusions perdues, *complet en trois parties*
(*I*. Les Deux Poètes, *1837*. *II*. Un grand homme
de province à Paris, *1839*. *III*. Les Souffrances de
l'inventeur, *1843*).

1844 :

Modeste Mignon. Les Paysans *(début)*. Béatrix (*II*. La
Lune de miel). Gaudissart II.

1845 :

*Mai-août : Balzac rejoint à Dresde Mme Hanska, sa
fille Anna et le comte Georges Mniszech; il voyage avec
eux en Allemagne, en France, en Hollande et en Belgique.
En octobre-novembre, il retrouve Mme Hanska à Châlons
et se rend avec elle à Naples. En décembre, seconde candi-
dature à l'Académie française.*
Un homme d'affaires. Les Comédiens sans le savoir.

1846 :

*Fin mars : séjour à Rome avec Mme Hanska; puis la
Suisse et le Rhin jusqu'à Francfort. Le 13 octobre, à
Wiesbaden, Balzac est témoin au mariage d'Anna
Hanska avec le comte Mniszech. Au début de novembre,
Mme Hanska met au monde un enfant mort-né, qui
devait s'appeler Victor-Honoré.*
Petites Misères de la vie conjugale *(1845-1846)*. L'En-
vers de l'histoire contemporaine *(premier épisode)*.
La Cousine Bette.

1847 :

*De février à mai, Mme Hanska séjourne à Paris, tandis
que Balzac s'installe rue Fortunée (aujourd'hui rue
Balzac). Le 28 juin, il fait d'elle sa légataire universelle.
Il la rejoint à Wierzchownia en septembre.*
Le Cousin Pons. La Dernière Incarnation de Vautrin

(*dernière partie de* Splendeurs et Misères des courtisanes).

1848 :

*Rentré à Paris le 15 février, il assiste aux premières journées
de la Révolution.* La Marâtre *est créée, en mai, au Théâtre
historique;* Mercadet, *reçu en août au Théâtre-Français
n'y sera pas représenté. A la fin de septembre, il retrouve
Mme Hanska en Ukraine et reste avec elle jusqu'au
printemps de 1850.*
L'Initié, *second épisode de* L'Envers de l'histoire contemporaine.

1849 :

*Deux voix à l'Académie française le 11 janvier (fauteuil
Chateaubriand); deux voix encore le 18 (fauteuil Va-
tout). La santé de Balzac, déjà éprouvée, s'altère gravement : crises cardiaques répétées au cours de l'année.*

1850 :

*Le 14 mars, à Berditcheff, il épouse Mme Hanska. Malade,
il rentre avec elle à Paris le 20 mai et meurt le 18 août.
Sa mère lui survit jusqu'en 1854 et sa femme jusqu'en
1882. Son frère Henri mourra en 1858; sa sœur Laure
en 1871.*

1854 :

Publication posthume du Député d'Arcis, *terminé par
Charles Rabou.*

1855 :

Publication posthume des Paysans, *terminé sur l'initiative
de Mme Honoré de Balzac. Édition, commencée en 1853,
des* Œuvres complètes *en vingt volumes par Houssiaux,
qui prend la suite de Furne comme concessionnaire (I à*

XVIII. La Comédie humaine. *XIX*. Théâtre.
XX. Contes drolatiques).

1856-1857 :

Publication posthume des Petits Bourgeois, *terminé par
Charles Rabou.*

1869-1876 :

Édition définitive des Œuvres complètes *de Balzac en
vingt-quatre volumes chez Michel Lévy, puis Calmann-
Lévy. Parmi les* « Scènes de la vie parisienne » *sont
réunies pour la première fois les quatre parties de* Splendeurs et Misères des courtisanes.

Document inédit communiqué par M. Carlhian.

« *Le surplus des parois est tendu d'un papier verni représentant les
principales scènes de* Télémaque... » (p. 10.)

TÉLÉMAQUE QUITTE L'ILE DE CALYPSO
Élément du papier peint dessiné par Deltil.

« ... elle ressembla parfaitement à l'enseigne du Bœuf à la Mode. » (p. 31.)

LE BŒUF A LA MODE

Enseigne peinte par Ruotte.

B. N. Estampes.

« ... *un septuagénaire hébété, vacillant, blafard.* » (p. 38.)

GORIOT VU PAR DAUMIER

Gravure de l'édition Furne (1843).

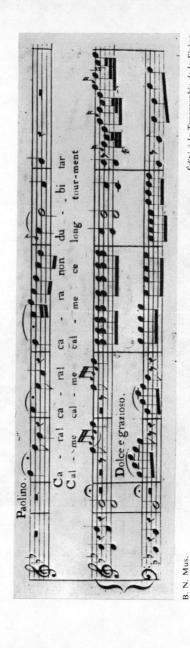

B. N. Mus.

Édité à la Typographie de la Sirène.

« *Ca-a-ro, ca-a-ro, ca-a-a-ro, non du-bi-tare, chanta la comtesse.* » (p. 76.)

AIR DU « MARIAGE SECRET »

« ... l'un des plus élégants coupés de Paris, attelé de deux chevaux fringants qui avaient des roses à l'oreille, qui mordaient leur frein, et qu'un cocher poudré, bien cravaté, tenait en bride... » (p. 78.)

UN COUPÉ DE GRANDE MAISON
Gravure d'Eugène Lami

B. N. Estampes.

ARMES DES RASTIGNAC ET DES NUCINGEN

Selon les descriptions du comte de Gramont, Rastignac
« porte d'or à la jumelle de sable en bande accompagnée de dix
feuilles de trèfle au pied tortillé, mises en orle. La devise : Je pour-
suivrai. » Nucingen « porte au 1 et 4 équipollé d'argent et de
gueules ; au 2 d'or au paon rouant ; au 3 d'azur à huit besans d'or.
Devise : Besans Pesans. »

Blasons dessinés et peints d'après les croquis du comte F.
de Gramont.

Photo J. A. Bricet.

426

BUISSON,

TAILLEUR   TAYLOR and habit MAKER

103, Rue Richelieu.   103, Richelieu Street.

au coin du Boulevard.   Corner of the Boulevard.

Paris, le _____ 18____

Monsieur _____ de Balzac   Doit

les articles ci-après.

1831 Août	31	Solde de l'ancien compte		4
		pour Intérêt de f 350 du 31 x.bre 1830 au 31 Août 1831 8 mois		14
1831 Janvier	8	un pantalon casimir noir		45
		un Gilet de velou		24
	avril	15	une Robe de Chambre		80
		un pantalon à pied (blanc)		22
	15	un pantalon blanc à pied		22
	24	une rédingotte bleue 1ere qualitée		120
		Deux gilets piqué chamois	25	50
	Mai	17	façon d'un habit noir		25
		drap pour dessous de manches & doublure Braguet		20
		fourni un Collet de velou		7
		une garniture boutons poil de chèvre		3
		garniture d'intérieur		3
	août	29	une robe de Chambre batin blanc		35
		un pantalon à pied do do		18
	7.bre	15	une robe de Chambre blanche		35
		un pantalon à pied do		18
		façon dégraissage doublure bocbis en percalin à une robe Chame		18
	X.bre	24	réparé une rédingotte bleue façon		8
		fourni un Collet de velou		7
				568

« ... un tailleur est [...] un ami donné par la facture. »
(p. 111.)

FACTURE DU TAILLEUR BUISSON

Premier feuillet d'un mémoire détaillant les dettes de huit années.

PARISIEN. (Fragment.)

ur parisien (1817).

« *Mon Dieu ! est-on heureux d'avoir une loge aux Italiens.* » (p. 153.)

UNE LOGE AU THÉATRE ITALIEN

Dessin de Gavarni.

VUE DE LA Mᵒⁿ DE Mᶜˡˡᵉ GUIMARD,
RUE DE LA CHAUSSÉE D'ANTIN.

« ... une de ces maisons légères, à colonnes minces, à portiques mesquins,
qui constituent le joli à Paris... » (p. 160.)

UN HÔTEL A LA CHAUSSÉE D'ANTIN

« *Eugène* [...] *demande où est la roulette... le garçon de salle le mène devant une longue table.* » (p. 163.)

SALLE DE ROULETTE AU PALAIS-ROYAL

Collection Destailleurs.

« ... *le fameux chef de la police de sûreté*... » (p. 210.)

VIDOCQ

Frontispice du tome I des *Voleurs*, de Vidocq (1836).

Dessin de Deveria.

B. N. Estampes.

MORT DU PÈRE GORIOT

Dessin de J. Niscron, pour l'Album de mai 1842 (1842).

« *Rastignac, resté seul, fit quelques pas vers le haut du cimetière et vit Paris tortueusement couché le long des deux rives de la Seine...* » (p. 309.)

PARIS VU DU PÈRE-LACHAISE

Vignette tirée de *Paris and its environs* (Londres, 1831).

Cl. J. A. Bricet.

Collection Rondel (Bibl. de l'Arsenal). *Photo M. Rigal.*

UNE SINGULIÈRE ADAPTATION DRAMATIQUE

« *L'artiste a choisi le moment où le Père Goriot* (Vernet), *appuyé sur sa troisième fille* (Mme Atala Beauchêne), *qui ne l'a pas abandonné dans son malheur, et sur le jeune amant de cette dernière* (Bressant), *maudit ses deux filles aînées* (Mmes Jollivet et Pouzault) *ainsi que ses gendres* (Alexis et Delamarre), *pour qui il s'est dépouillé de toute sa fortune, et qui, sur le bruit que la misère lui avait fait perdre la raison, venaient l'arracher d'une modeste maison de santé pour le faire conduire à Bicêtre. Le personnage placé à droite est le chevalier d'industrie Vautrin* (Dumoulin). » (*Le Charivari*, 19-20 avril 1835, à propos du *Père Goriot* aux Variétés).

Dessin de Bouchot.

LE PÈRE GORIOT

AU GRAND ET ILLUSTRE
GEOFFROY-SAINT-HILAIRE [1]

Comme un témoignage d'admiration
de ses travaux et de son génie.

DE BALZAC [a]. ★

---

1. Dans l'Avant-Propos de *La Comédie humaine*, rédigé en 1842, Balzac se faisait gloire d'avoir appliqué à l'étude des espèces sociales le principe d'unité de composition formulé par Geoffroy-Saint-Hilaire à propos des espèces animales. L'hommage à ce savant qu'il inscrit l'année suivante en tête de l'édition Furne du *Père Goriot* est pleinement significatif, puisqu'il a manifesté pour la première fois dans ce roman son dessein de peindre toute une société et mis en œuvre, pour y parvenir, sa technique des personnages « reparaissants ».

Une lettre à George Sand, conservée à la collection Lovenjoul, révèle qu'en 1839 Balzac, préparant l'édition Charpentier, avait nourri une intention différente : « Mon éditeur a oublié, le misérable, une dédicace que je vous ai faite du *Père Goriot*, mais à la première réimpression elle s'y trouvera et je vous l'enverrai : il n'y a qu'*A George Sand, son ami* — et il la mettra par un carton dès que ses brochés seront épuisés. Ce petit présent est la preuve d'une grande amitié... » Notre attention a été attirée sur cette lettre par M. Pierre Reboul.

★ Les indices d'appel en lettres renvoient aux variantes qui sont réunies à la fin du volume.

I

UNE PENSION BOURGEOISE

M<small>ADAME</small> V<small>AUQUER</small>, née de Conflans [1], est [a] une vieille femme qui, depuis quarante [b] ans, tient à Paris une pension bourgeoise établie rue Neuve-Sainte-Geneviève [2], entre le quartier latin et le faubourg Saint-Marceau. Cette pension, connue sous le nom de la Maison-Vauquer, admet également des hommes et des femmes, des jeunes gens et des vieillards, sans que jamais la médisance ait attaqué les mœurs [c] de ce respectable établissement [d]. Mais aussi depuis trente ans ne s'y était-il jamais vu de jeune personne, et pour qu'un jeune homme y demeure, sa famille doit-elle lui faire une bien maigre pension. Néanmoins, en 1819 [e], époque à laquelle ce drame commence, il s'y trouvait une pauvre [f] jeune fille [g]. En quelque discrédit que soit tombé le mot drame par la manière abusive et tortionnaire dont il a été prodigué dans ces temps de douloureuse littérature, il est nécessaire de l'employer ici : non que cette histoire soit dramatique dans le sens vrai du mot; mais [h], l'œuvre accomplie, peut-être aura-t-on versé quelques larmes *intra muros* et *extra*. Sera-t-elle comprise au delà de Paris ? le

---

1. Balzac n'ignorait sans doute pas qu'un marquis de Conflans siégeait à la Chambre des Pairs. En associant ce nom aristocratique au nom bourgeois de Vauquer, dont nous avons signalé dans notre introduction l'origine tourangelle, il créait un effet plaisant, moins sensible aujourd'hui.

2. Sur la façade du n⁰ 20 de la rue Tournefort, on lit encore, gravée dans la pierre, l'inscription *rue Neuve [Ste] Geneviève*, où les lettres Ste ont été grattées sous la Révolution.

doute est permis [1]. Les particularités de cette scène pleine
d'observations et de couleurs locales ne peuvent être appréciées qu'entre [a] les buttes de Montmartre et les hauteurs
de Montrouge, dans cette illustre vallée de plâtras incessamment près de tomber et de ruisseaux noirs de boue [b] ; vallée
remplie de souffrances réelles, de joies souvent fausses, et [c]
si terriblement [d] agitée qu'il faut je ne sais quoi d'exor-
bitant pour y produire une sensation de quelque durée.
Cependant [e] il s'y rencontre çà et là des douleurs que
l'agglomération des vices et des vertus rend grandes et
solennelles : à leur aspect, les égoïsmes, les intérêts, s'arrêtent
et s'apitoient ; mais l'impression qu'ils en reçoivent est
comme un fruit [f] savoureux promptement dévoré. Le char
de la civilisation, semblable à celui de l'idole de Jaggernat [2][g],
à peine retardé par un cœur moins facile à broyer que les
autres et qui enraie sa roue, l'a brisé bientôt et continue
sa marche glorieuse. Ainsi ferez-vous, vous qui tenez ce
livre [h] d'une main blanche, vous qui vous enfoncez dans
un moelleux fauteuil en vous disant : Peut-être ceci va-t-il
m'amuser. Après avoir lu les secrètes infortunes du père
Goriot, vous dînerez avec appétit en mettant votre insensi-
bilité sur le compte de l'auteur, en le taxant d'exagération,
en l'accusant de poésie. Ah ! sachez-le : ce drame n'est
ni une fiction, ni un roman. *All is true* [3], il est si véritable,

---

1. Le roman porte en sous-titre, dans l'édition originale, « histoire
parisienne », et c'est parmi les *Scènes de la Vie parisienne* qu'il sera rangé,
en 1843, dans *La Comédie humaine,* avant d'être reclassé par Balzac,
deux ans plus tard, parmi les *Scènes de la Vie privée.*

2. L'idole du dieu Vichnou, à Jaggernat, dans l'Hindoustan, était
promenée tous les ans sur un char sous lequel venaient se jeter des
fidèles pour mériter la faveur d'accéder, dans une nouvelle vie, à une
caste supérieure.

3. Le 10 août 1831, Philarète Chasles signalait dans un article de
la *Revue de Paris* que la tragédie de Shakespeare connue sous le nom
de *Henry VIII* avait été annoncée, à la création, sous le titre *All is
true* (Tout est vrai), l'auteur ayant voulu « prévenir favorablement le
peuple et désarmer la critique ». (Indication fournie par M. Marcel
Bouteron.) En reprenant ces trois mots à son compte pour les appliquer
au *Père Goriot,* Balzac s'inspire sans doute de raisons analogues à
celles que son ami Chasles prête au dramaturge anglais. Dans la
première édition, d'ailleurs, ces mêmes mots, détachés en épigraphe,

que chacun peut en reconnaître les éléments chez soi, dans son cœur peut-être.

La maison où s'exploite la pension bourgeoise appartient à madame Vauquer. Elle est située dans le bas de la rue Neuve-Sainte-Geneviève, à l'endroit où le terrain s'abaisse vers la rue de l'Arbalète [a] par une pente si brusque et si rude que les chevaux la montent ou la descendent rarement. Cette circonstance est favorable au silence qui règne dans ces rues serrées [b] entre le dôme du Val-de-Grâce et le dôme du Panthéon, deux monuments qui changent les conditions de l'atmosphère en y jetant des tons jaunes, en y assombrissant tout par les teintes sévères que projettent leurs coupoles. Là, les pavés sont secs, les ruisseaux n'ont ni boue ni eau, l'herbe croît le long des murs. L'homme le plus insouciant s'y attriste comme tous les passants [c], le bruit d'une voiture y devient un événement, les maisons y sont mornes, les murailles y sentent la prison. Un Parisien égaré ne verrait là [d] que des pensions bourgeoises ou des institutions [1], de la misère ou de l'ennui, de la vieillesse qui meurt, de la joyeuse jeunesse contrainte [e] à travailler. Nul quartier de Paris n'est plus horrible, ni, disons-le, plus inconnu. La rue Neuve-Sainte-Geneviève surtout est comme un cadre de bronze, le seul qui convienne à ce récit, auquel on ne saurait trop préparer l'intelligence par des couleurs brunes, par des idées graves ; ainsi que, de marche en marche, le jour diminue et le chant du conducteur se creuse, alors que le voyageur descend aux Catacombes [2]. Comparaison vraie ! Qui [f] décidera de ce qui est

---

sont expressément attribués à Shakespeare, sous le patronage duquel se trouvait ainsi placé le roman.

1. Nous avons relevé dans divers annuaires de l'époque, rue Neuve-Sainte-Geneviève, l'institution Loriol, pour jeunes gens (au 9), la pension Bardot, pour « malades et valides » (au 21), la pension Caron (au 23), la pension Crouzet (au 24, sur l'emplacement de la Maison-Vauquer), l'institution de demoiselles Leroy-Frémont (au 29). Dans la même rue sont établies les Bénédictines de l'Adoration du Saint-Sacrement (au 12) et les Religieuses de la Miséricorde (au 25).

2. Balzac habite, en 1834, tout près des Catacombes, mais ce lieu historique stimule son imagination depuis longtemps : c'est dans les profondeurs des Catacombes qu'il a situé, en 1822, la dernière scène du *Centenaire*.

plus horrible à voir, ou des cœurs desséchés, ou des crânes vides ?

La façade de la pension donne sur un jardinet, en sorte que la maison [a] tombe à angle droit sur la rue Neuve-Sainte-Geneviève, où vous la voyez coupée [b] dans sa profondeur. Le long de cette façade, entre la maison et le jardinet, règne un cailloutis en cuvette, large d'une toise, devant lequel est une allée sablée, bordée de géraniums, de lauriers-roses et de grenadiers plantés dans de grands vases en faïence bleue et blanche. On entre dans cette allée par une porte bâtarde, surmontée d'un écriteau sur lequel est écrit : MAISON-VAUQUER, et dessous : *Pension bourgeoise des deux sexes et autres* [1] [c]. Pendant le jour, une porte à claire-voie, armée [d] d'une sonnette criarde, laisse apercevoir au bout du petit pavé, sur le mur opposé à la rue, une arcade peinte en marbre vert par un artiste du quartier. Sous le renfoncement que simule cette peinture, s'élève une statue [e] représentant l'Amour. A voir le vernis écaillé qui la couvre, les amateurs de symboles y découvriraient peut-être [f] un mythe de l'amour parisien qu'on guérit à quelques pas de là [2]. Sous le socle, cette inscription à demi effacée rappelle le temps auquel remonte [g] cet ornement par l'enthousiasme dont il témoigne pour Voltaire, rentré dans Paris en 1777 [3] [h] :

> *Qui que tu sois, voici ton maître :*
> *Il l'est, le fut, ou le doit être* [4].

---

1. « Pension des deux sexes » est une expression courante à l'époque : ainsi se trouve désigné par exemple, rue des Postes, l'établissement tenu par M. et Mme Coltier (*Almanach du Commerce* de J. de la Tynna, 1824). En ajoutant sur épreuves les deux mots *et autres*, Balzac a introduit dans sa description réaliste un élément de fantaisie extravagante. On se souvient de sa curiosité pour le troisième sexe et du penchant qu'il attribue à Vautrin.

2. A l'hôpital des Capucins ou des Vénériens, faubourg Saint-Jacques. Cet établissement est nommé plus loin, p. 156.

3. Voltaire, venant de Ferney, fut triomphalement accueilli à Paris le 10 février 1778.

4. Cette inscription, composée par Voltaire pour le jardin du président de Maisons, se retrouvait à Cirey et à Sceaux.

A la nuit tombante, la porte à claire-voie est remplacée par une porte pleine. Le jardinet, aussi large que la façade est longue, se trouve encaissé par le mur de la rue et par le mur mitoyen de la maison voisine, le long de laquelle [a] pend un manteau de lierre qui la cache entièrement, et attire les yeux des passants par un effet pittoresque dans Paris. Chacun de ces murs est tapissé [b] d'espaliers et de vignes dont les fructifications grêles et poudreuses sont l'objet des craintes [c] annuelles de madame Vauquer et de ses conversations avec les pensionnaires. Le long de chaque muraille, règne une étroite allée qui [d] mène à un couvert de tilleuls, mot que madame Vauquer, quoique née de Conflans, prononce obstinément *tieuilles* [1], malgré les observations grammaticales de ses hôtes. Entre les deux allées latérales est un carré d'artichauts flanqué d'arbres fruitiers en quenouille, et bordé d'oseille, de laitue ou de persil. Sous le couvert de tilleuls est plantée une table ronde peinte en vert, et entourée de sièges. Là, durant les jours caniculaires, les convives assez riches pour se permettre de prendre du café viennent le savourer par une chaleur capable de faire éclore des œufs. La façade, élevée de trois étages et surmontée de mansardes, est bâtie en moellons et badigeonnée avec cette couleur jaune qui donne un caractère ignoble à presque toutes les maisons de Paris. Les cinq croisées percées à chaque étage ont de [e] petits carreaux et sont garnies de [f] jalousies dont aucune n'est relevée de la même manière, en sorte que toutes leurs lignes jurent entre elles. La profondeur de cette maison comporte deux croisées qui, au rez-de-chaussée, ont pour ornement des barreaux en fer, grillagés. Derrière le bâtiment est une cour large d'environ vingt pieds, où vivent en bonne intelligence des cochons, des poules, des lapins,

---

1. Ainsi prononçait Mme Hanska (*Lettres à l'Étrangère*, I, 146, 150, 154). Balzac signale à son amie, le 18 octobre 1834, qu'il s'est amusé à placer le mot, « mais non pas dans la bouche d'une jeune femme, non : d'une horrible vieille. Je ne vous ai pas voulu de rivale ». (*ibid.*, 194). Le 15 décembre, après la publication du passage dans la *Revue de Paris*, il note : « *Tieuilles* a fait rire. Je vous renvoie ce succès. » (*ibid.*, 216).

et au fond de laquelle s'élève un hangar à serrer le bois.
Entre ce hangar et la fenêtre de la cuisine se suspend le
garde-manger, au-dessous duquel tombent les eaux grasses
de l'évier. Cette cour [a] a sur la rue Neuve-Sainte-Geneviève
une porte étroite par où la cuisinière chasse les ordures
de la maison en nettoyant cette sentine à grand renfort
d'eau, sous peine de pestilence.

Naturellement destiné à l'exploitation de la pension
bourgeoise, le rez-de-chaussée se compose d'une première
pièce éclairée par les deux croisées de la rue, et où l'on
entre par une porte-fenêtre. Ce salon communique à une
salle à manger qui est séparée de la cuisine par la cage
d'un escalier dont les marches sont en bois et en carreaux
mis en couleur et frottés. Rien n'est plus triste à voir que
ce salon meublé de fauteuils et de chaises en étoffe de
crin à raies alternativement mates et luisantes. Au milieu
se trouve une table ronde à dessus de marbre Sainte-
Anne [1], décorée de ce cabaret en porcelaine blanche ornée
de filets d'or effacés à demi, que l'on rencontre partout
aujourd'hui. Cette pièce, assez mal planchéiée, est lambrissée [b] à hauteur d'appui. Le surplus des parois est tendu
d'un papier verni représentant les principales scènes de
Télémaque, et dont les classiques personnages sont colo-
riés [2]. Le panneau d'entre les croisées grillagées offre aux
pensionnaires le tableau du festin donné au fils d'Ulysse
par Calypso. Depuis quarante ans, cette peinture excite
les [c] plaisanteries des jeunes pensionnaires, qui se croient
supérieurs à leur position en se moquant du dîner auquel
la misère les condamne. La cheminée en pierre, dont le
foyer toujours propre atteste [d] qu'il ne s'y fait de feu que
dans les grandes occasions, est ornée [e] de deux vases pleins
de fleurs artificielles, vieillies et encagées, qui accompagnent une pendule en marbre bleuâtre du [f] plus mauvais
goût. Cette première pièce exhale une odeur sans nom dans
la langue, et qu'il faudrait [g] appeler l'*odeur de pension*. Elle

---

1. Un marbre gris moucheté de blanc, extrait de carrières flamandes.
2. Ce motif de papier peint a été effectivement dessiné par Deltil
pour la maison Dufour et Leroy, rue Beauveau.

sent le renfermé, le moisi, le rance ; elle donne froid, elle
est humide au nez, elle pénètre les vêtements ; elle a le
goût d'une salle où l'on a dîné; elle pue le service, l'office, l'hospice [1]. Peut-être pourrait-elle se décrire [a] si l'on
inventait un procédé pour évaluer les quantités élémen-
taires et nauséabondes qu'y jettent les atmosphères catar-
rhales et *sui generis* de chaque pensionnaire, jeune ou
vieux. Eh bien ! malgré ces plates horreurs, si vous le
compariez à la salle à manger, qui lui est contiguë, vous
trouveriez ce salon élégant et parfumé comme doit l'être un
boudoir [b]. Cette salle, entièrement boisée, fut jadis peinte
en une couleur indistincte aujourd'hui, qui forme un
fond [c] sur lequel la crasse a imprimé ses couches de manière
à y dessiner des figures bizarres. Elle est plaquée [d] de buffets
gluants sur lesquels sont des carafes échancrées, ternies,
des ronds de moiré métallique, des piles d'assiettes en
porcelaine épaisse, à bords bleus, fabriquées à Tournai.
Dans un angle est placé une boîte à cases numérotées
qui sert à garder les serviettes, ou tachées ou vineuses,
de [e] chaque pensionnaire. Il s'y rencontre de ces meubles
indestructibles, proscrits partout, mais placés là comme
le sont les débris de la civilisation aux Incurables [2]. Vous
y verriez [f] un baromètre à capucin qui sort quand il pleut,
des gravures exécrables qui ôtent l'appétit, toutes encadrées en bois verni à filets dorés ; un cartel en écaille incrus-
tée de cuivre; un poêle vert, des quinquets d'Argand [3][g] où la

---

1. Balzac cultive volontiers de telles assonances, qui soulignent
l'effet recherché. Ainsi lit-on dans *La Cousine Bette* : « une femme
tannée, fanée, panée... »

2. Il existait, à l'époque, deux hospices des Incurables, l'un, pour
les hommes, dans l'ancien couvent des Récollets, faubourg Saint-
Martin, l'autre, pour les femmes, rue de Sèvres. On y accueillait,
non pas exclusivement des malades incurables, mais aussi des vieillards indigents et impotents. Ainsi se justifient les mots « débris de la
civilisation ».

3. Le physicien et chimiste genevois Argand fut le véritable inventeur, en 1782, de la lampe à double courant d'air, à cheminée de verre
et à réservoir d'huile qui, exploitée et légèrement modifiée par le phar-
macien Quinquet, reçut communément le nom de ce personnage.
Balzac semble vouloir accomplir un acte de justice en complétant, sur
épreuves, le mot quinquets par le nom d'Argand.

poussière se combine avec l'huile, une longue table couverte
en toile cirée assez grasse pour qu'un facétieux ^a externe [1]
y écrive son nom en se servant de son doigt comme de
style, des chaises estropiées, de petits paillassons piteux
en sparterie qui se déroule toujours sans se perdre jamais ^b,
puis des chaufferettes misérables à trous cassés, à char-
nières défaites, dont le bois se carbonise ^c. Pour expliquer
combien ce mobilier est vieux, crevassé, pourri, tremblant, rongé, manchot, borgne, invalide, expirant, il faudrait en faire une description qui retarderait trop l'intérêt
de cette histoire, et que les gens pressés ne pardonne-
raient pas [2]. Le carreau rouge est plein de vallées produites
par le frottement ou par les mises en couleur. Enfin, là
règne la misère sans poésie; une misère économe, concentrée, râpée. Si elle n'a pas de fange encore, elle a des
taches; si elle n'a ni trous ni haillons, elle va tomber en
pourriture ^d.

Cette pièce est dans tout son lustre au moment où,
vers sept heures du matin, le chat de madame Vauquer
précède sa maîtresse, saute sur les buffets, y flaire le lait
que contiennent plusieurs jattes couvertes d'assiettes, et
fait entendre son *rourou* [3] matinal. Bientôt la veuve se
montre, attifée de son bonnet de tulle sous lequel pend
un tour de faux cheveux mal mis ^e; elle marche en traînas-
sant ses pantoufles grimacées [4] ^f. Sa face ^g vieillotte, grassouil-
lette, du milieu de laquelle sort un nez à bec de perro-

---

1. N'entendons pas, comme certains commentateurs, un externe
en médecine, mais un pensionnaire non logé (voir le même usage du
mot, plus explicite, p. 14 notamment).

2. Balzac tente ici de prévenir un reproche qui ne lui sera pas
épargné. « Pas un mobilier dont le compte ne nous soit fait », notera
par exemple Edmond Scherer, pour qui de telles descriptions sont
« presque toujours trop longues » (*Études sur la littérature contemporaine*, 4e série, pp. 68-69). Cette minutie est pourtant une loi du réalisme
balzacien.

3. *Ronron* est plus usuel, mais *rourou*, phonétiquement, est peut-
être plus exact.

4. « *Grimacer* se dit fréquemment des habits, des étoffes etc., qui
font quelque mauvais pli. *Cet habit, ce sol est grimacé* » (*Dictionnaire de
l'Académie française*, édition de 1835).

quet; ses petites mains potelées, sa personne dodue comme
un rat d'église, son corsage trop plein et qui flotte [a], sont
en harmonie avec cette salle où suinte le malheur, où s'est
blottie la spéculation [1][b] et dont madame Vauquer respire
l'air chaudement fétide sans en être écœurée[c]. Sa figure fraîche comme une première gelée d'automne, ses yeux ridés,
dont l'expression passe du sourire prescrit aux danseuses
à l'amer renfrognement de l'escompteur, enfin toute sa
personne explique la pension, comme la pension implique
sa personne. Le bagne ne va pas sans l'argousin [2], vous
n'imagineriez pas l'un sans l'autre. L'embonpoint blafard
de cette petite femme est le produit de cette vie, comme
le typhus est la conséquence des exhalaisons d'un hôpital.
Son jupon de laine tricotée, qui dépasse sa première jupe
faite avec une vieille robe [3], et dont la ouate s'échappe par
les fentes de l'étoffe lézardée, résume le salon, la salle à
manger, le jardinet, annonce la cuisine et fait pressentir
les pensionnaires. Quand elle est là, ce spectacle est complet [d]. Agée d'environ cinquante ans [4][e], madame Vauquer
ressemble à toutes les *femmes qui ont eu des malheurs*. Elle
a l'œil vitreux, l'air innocent d'une entremetteuse qui va [f]
se gendarmer pour se faire payer plus cher, mais d'ailleurs [g]
prête à tout pour adoucir son sort, à livrer Georges [h] ou
Pichegru, si Georges ou Pichegru étaient encore à livrer [5].

---

1. Ces mots sont obscurs : aucun « spéculateur », au sens propre,
ne s'est blotti dans la Maison-Vauquer. Balzac songe, croyons-nous,
à la « spéculation » mentale de ceux qui, comme Rastignac (voir p. 41),
se consolent de leur misère présente en nourrissant des projets d'avenir.

2. « Bas-officier des bagnes ». *(Acad.* 1835*)*.

3. Félix Davin, porte-parole de Balzac, souligne, dans la préface
des *Études de Mœurs au XIX*e *siècle*, la précision réaliste et pittoresque
d'un tel détail : « ... à madame Vauquer, son jupon de laine tricotée
qui dépasse la robe ; à mademoiselle Michonneau, son abat-jour et
son châle d'amadou... » *(L'Œuvre de Balzac*, éd. Béguin-Ducourneau,
t. XV, p. 141).

4. Il est précisé p. 27 que Mme Vauquer avait « quarante-huit ans
effectifs » lorsque le père Goriot s'est retiré chez elle, en 1813. Elle
a donc exactement cinquante-quatre ans à la date où commence le
récit. Voir les remarques sur l'histoire du texte, p. 356.

5. Georges Cadoudal, le chef vendéen, et Charles Pichegru, l'ancien général de la Révolution, venus à Paris en 1803 pour comploter

Néanmoins, elle est *bonne femme au fond*, disent les pensionnaires, qui la croient sans fortune en l'entendant geindre et [a] tousser comme eux. Qu'avait été monsieur Vauquer? Elle ne s'expliquait jamais sur le défunt. Comment avait-il perdu sa fortune? Dans les malheurs, répondait-elle. Il s'était mal conduit envers elle, ne lui avait laissé que les yeux pour pleurer, cette maison pour vivre, et le droit de ne compatir à aucune infortune, parce que, disait-elle, elle avait souffert tout ce qu'il est possible de souffrir [1]. En entendant trottiner sa maîtresse, la grosse Sylvie, la cuisinière, s'empressait de servir le déjeuner des pensionnaires internes [b].

Généralement les pensionnaires externes ne s'abonnaient qu'au dîner, qui coûtait trente [c] francs par mois. A l'époque où cette histoire commence [d], les internes étaient au nombre de sept. Le premier étage contenait les deux meilleurs appartements de la maison. Madame Vauquer habitait le moins considérable, et l'autre appartenait à madame Couture, veuve d'un Commissaire-Ordonnateur de la République française [2]. Elle avait avec elle une très jeune personne, nommée Victorine Taillefer, à qui elle servait de mère [e]. La pension de ces deux dames montait à dix-huit cent francs [f]. Les deux appartements du second étaient

---

contre le Premier Consul, échappèrent longtemps aux recherches de la police après l'échec de leurs plans, mais finirent par être livrés. Cadoudal, que ses partisans appelaient Georges, figure déjà sous ce simple prénom dans *Volupté* de Sainte-Beuve, que Balzac vient de lire. Ses aventures inspireront à l'auteur de *La Comédie humaine*, en janvier 1847, un roman, *Mademoiselle du Vissard*, qui ne sera pas achevé.

1. La « maîtresse de table d'hôte » décrite par A. Delacroix dans *Les Français peints par eux-mêmes* (I, p. 209 sq.) invoque exactement la même sorte de mésaventure pour expliquer la différence entre la médiocrité de sa condition présente et la splendeur prétendue de sa vie passée : « Le tyran à qui on avait confié son innocence et sa dot a également abusé de l'une et de l'autre, et bien que la victime ne vous apparaisse plus aujourd'hui que sous l'humble nom de madame veuve Martin, ce n'est là, vous pouvez l'en croire, qu'une précaution dictée par une honorable fierté. Son véritable nom est illustre et sa famille très haut placée. »

2. Tel est le titre que porta sous la Révolution, dans l'Administration de la Guerre, un oncle de Balzac, Marie-Sébastien Malus.

occupés, l'un par un vieillard nommé Poiret; l'autre, par
un homme âgé d'environ quarante ans, qui portait une
perruque noire, se teignait les favoris, se disait ancien négociant, et s'appelait monsieur Vautrin [1]. Le troisième étage
se composait de quatre chambres, dont deux étaient
louées, l'une par une vieille fille nommée mademoiselle
Michonneau [a], l'autre par un ancien fabricant de vermi-
celles, de pâtes d'Italie et d'amidon, qui se laissait nommer
le père Goriot [2]. Les deux autres chambres étaient destinées

---

1. M. Wayne Conner a publié dans la *Revue des Sciences humaines*
(juillet-septembre 1959) un article intitulé *Vautrin et ses noms* où sont
réunies diverses hypothèses, traditionnelles ou inédites, sur les circonstances qui conduisirent Balzac à nommer ainsi son personnage.
La plus neuve et la plus intéressante de ces hypothèses concerne un
Vautrin qui appartint, en 1822-23, à la troupe du Panorama Dramatique
(théâtre évoqué par Balzac dans *Illusions perdues*), puis à celles du Cirque
Olympique et de l'Ambigu. Cet acteur a joué notamment dans *Bertram*,
mélodrame tiré d'une pièce de Maturin. Plus tard, à l'Ambigu, il
incarna, en particulier, Robert Macaire, sans se montrer trop inférieur, selon *Le Figaro*, à Frédérick Lemaître. Balzac, toujours prompt
à saisir des correspondances implicites, put juger opportun de choisir
le nom de cet artiste pour désigner son personnage, dont l'entrain,
le sens du rôle à jouer, de l'effet à produire, font effectivement songer
parfois aux qualités d'un acteur.
  Moins probable nous paraît une autre origine souvent indiquée :
Vidocq a fait envoyer au bagne un faux monnayeur nommé Watrin.
Si nous en croyons enfin M. Jean Savant, qui, malheureusement, n'a
pas fourni de preuve à l'appui, Vidocq lui-même, dans son enfance, à
Arras, aurait été surnommé *le Vautrin* (*Balzac et Vidocq*, dans *L'Œuvre
de Balzac*, éd. Béguin-Ducourneau, XIII, p. X).
  Mais les *Vautrin* sont nombreux en France, comme le révèle la
consultation des annuaires, des répertoires, des registres d'état-
civil. Une Mme Vautrin tenait pension dans le faubourg Saint-Marcel,
non loin de Mme Vauquer... Un Jacques Vautrin sera le voisin de
Balzac aux Jardies... L'examen du manuscrit révèle en outre que le
romancier a hésité entre le nom de Vautrin et celui de Gautherein.
De telles observations incitent à la prudence.
  2. Goriot est, comme Vautrin, un nom bourgeois, que l'on rencontre dans la vie réelle. On doit encore à M. Wayne Conner un suggestif
article sur les associations d'idées qu'il éveille (*On Balzac's Goriot*,
dans la revue américaine *Symposium*, été 1954). Ici et ailleurs (notamment
pp. 26 et 75, dans une réplique du comte de Restaud), le mot père,
qui accompagne ce nom, implique, d'après le contexte, une nuance
d'irrespect. Balzac a pu, toutefois, cultiver une certaine ambiguïté

aux oiseaux de passage, à ces infortunés étudiants qui, comme le père Goriot et mademoiselle Michonneau, ne pouvaient mettre que quarante-cinq[a] francs par mois à leur nourriture et à leur logement; mais madame Vauquer souhaitait peu leur présence et ne les prenait que quand elle ne trouvait pas mieux : ils mangeaient trop de pain. En ce moment[b], l'une de ces deux chambres appartenait à un jeune homme venu des environs d'Angoulème[1] à Paris pour y faire son Droit, et dont la nombreuse famille se soumettait aux plus dures privations afin de lui envoyer douze cents francs par an. Eugène de Rastignac, ainsi se nommait-il[2][c], était un de ces jeunes gens façonnés au travail par le malheur, qui comprennent dès le jeune âge les espérances que leurs parents placent en eux, et qui se préparent une belle destinée en calculant déjà la portée de leurs études, et, les adaptant par avance au mouvement futur de la société, pour être les premiers à la pressurer[d].

---

implicite, Goriot étant, par excellence et dans toute la noblesse de la notion, le Père.

1. Gascon dans *La Peau de Chagrin*, Rastignac devient donc Charentais. Telle sera aussi l'origine de Rubempré. La Charente est chère au romancier, depuis que ses amis Carraud se sont installés à Angoulème. Balzac, en outre, songe volontiers à celui qu'il appelait son « homonyme littéraire », l'auteur des *Lettres*, Guez de Balzac, qui habitait un domaine à deux lieues d'Angoulème (voir la célèbre préface du *Lys dans la Vallée* et l'article de M. Jean Pommier *Naissance d'un héros : Rastignac*, dans la *Revue d'Histoire littéraire de la France*, avril-juin 1950). Pour le domaine de Rastignac, il eût été plus cohérent d'évoquer les environs de Ruffec, ville où les deux sœurs du héros se rendent à pied (voir p. 109) : Ruffec est à 43 km. d'Angoulème.

2. Selon l'auteur de *Balzac mis à nu* (p. 39), les Balzac auraient eu, à Versailles, vers 1827, un vieux voisin qui s'appelait Rastignac. Mais il est probable que le romancier emprunte, pour son personnage, le nom d'une famille établie près de Sarlat, en Périgord, et mentionnée par la duchesse d'Abrantès dans ses *Mémoires*. Un membre de cette famille, Pierre-Jean-Julie de Rastignac, est mort pair de France en 1833. Il est amusant de relever dans *Le Figaro* du 7 août 1829 (au moment où Polignac succédait, comme président du Conseil, à Martignac), sous le titre *Formation du nouveau ministère*, une énumération fantaisiste de noms en *ac* comportant, notamment, « M. de Balzac », donné comme ministre de la Marine, et « M. le duc de Rastignac », donné comme ministre du Commerce.

Sans ses observations curieuses et l'adresse avec laquelle il sut se produire dans les salons de Paris, ce récit n'eût pas été coloré des tons vrais qu'il devra sans doute à son esprit sagace [1] et à son désir de pénétrer les mystères d'une situation épouvantable, aussi soigneusement cachée par ceux qui l'avaient créée que par celui qui la subissait [a].

Au-dessus de ce troisième étage étaient [b] un grenier à étendre le linge et deux mansardes où couchaient un garçon de peine, nommé Christophe, et la grosse Sylvie, la cuisinière [c]. Outre les sept pensionnaires internes, madame Vauquer avait, bon an, mal an, huit étudiants en Droit ou en Médecine, et deux ou trois habitués qui demeuraient dans le quartier, abonnés tous pour le dîner seulement [d]. La salle contenait à dîner dix-huit personnes et pouvait en admettre une vingtaine; mais le matin, il ne s'y trouvait que sept locataires dont la réunion offrait pendant le déjeuner l'aspect d'un repas de famille. Chacun descendait en pantoufles, se permettait des observations confidentielles sur la mise ou sur l'air des externes, et sur les événements de la soirée précédente, en s'exprimant avec la confiance de l'intimité. Ces sept pensionnaires étaient les enfants gâtés de madame Vauquer, qui leur mesurait avec une précision d'astronome les soins et les égards, d'après le chiffre de leurs pensions. Une même considération affectait ces êtres rassemblés par le hasard. Les deux locataires du second ne payaient que soixante-douze [e] francs par mois. Ce bon marché, qui ne se rencontre que dans le faubourg Saint-Marcel, entre la Bourbe et la Salpêtrière [2][f], et auquel madame Couture faisait seule exception, annonce que ces pensionnaires devaient être sous le poids de malheurs plus ou moins apparents [g]. Aussi

---

1. Le romancier feint, pour accréditer son récit, d'en faire honneur à un témoin oculaire. La convention est la même dans *Le Cabinet des Antiques*, où Balzac se présente comme le transcripteur d'une histoire racontée par Blondet (voir notre édition, p. 16).

2. C'est la région de Paris située entre la partie ouest de l'actuel boulevard de Port-Royal et les abords du quai d'Austerlitz. La Bourbe (rue de la Bourbe, aujourd'hui englobée au boulevard de Port-Royal) désignait l'hospice de la Maternité.

le spectacle désolant que présentait l'intérieur de cette
maison se répétait-il dans le costume[a] de ses habitués, également délabrés. Les hommes portaient des redingotes
dont la couleur était devenue problématique, des chaussures comme il s'en jette au coin des bornes dans les
quartiers élégants, du linge élimé, des vêtements qui
n'avaient plus que l'âme. Les femmes avaient des robes
passées, reteintes, déteintes, de vieilles dentelles raccom-
modées, des gants glacés par l'usage, des collerettes toujours rousses et des fichus éraillés[b]. Si tels étaient les habits,
presque tous[c] montraient des corps solidement charpentés,
des constitutions qui avaient résisté aux tempêtes de la
vie, des faces froides, dures, effacées comme celles des
écus démonétisés. Les bouches flétries étaient armées de
dents avides. Ces pensionnaires faisaient pressentir des[d]
drames accomplis ou en action[e]; non pas de ces drames
joués à la lueur des rampes, entre des toiles peintes, mais
des drames vivants et muets, des drames glacés qui re-
muaient chaudement le cœur, des drames continus.

La vieille demoiselle Michonneau[1] gardait sur ses yeux
fatigués un crasseux abat-jour en taffetas vert[2], cerclé par
du fil d'archal qui aurait effarouché[f] l'ange de la Pitié. Son
châle à franges maigres et pleurardes semblait couvrir un
squelette, tant les formes qu'il cachait étaient anguleuses.
Quel acide avait dépouillé cette créature de ses formes fé-
minines? elle devait avoir été jolie et bien faite[g] : était-ce le
vice, le chagrin, la cupidité? avait-elle trop aimé, avait-
elle été marchande à la toilette, ou seulement[h] courtisane?
Expiait-elle les triomphes d'une jeunesse insolente au-devant de laquelle s'étaient rués les plaisirs par une vieillesse
que fuyaient les passants ? Son regard blanc donnait froid,
sa figure rabougrie menaçait. Elle avait la voix clairette
d'une cigale criant dans son buisson aux approches de

---

1. Selon M. Jean Savant, une veuve Michonneau, ancienne amie de
Vidocq, aurait tenu table d'hôte à Arras, vers le temps où Balzac
écrivait *Le Père Goriot* (*Balzac et Vidocq*, p. 126).

2. Déjà, dans *Ferragus*, le personnage nommé Jacquet porte un
« garde-vue en taffetas vert ».

l'hiver. Elle disait avoir pris soin d'un vieux monsieur affecté d'un catarrhe à la vessie et abandonné par ses enfants, qui l'avaient cru[a] sans ressource. Ce vieillard lui avait légué mille[b] francs de rente viagère, périodiquement disputé par les héritiers, aux calomnies desquels elle était en butte. Quoique le jeu des passions eût ravagé sa figure, il s'y trouvait encore certains vestiges d'une blancheur et d'une finesse dans le tissu qui permettaient de supposer que le corps conservait quelques restes de beauté[c].

Monsieur Poiret était une espèce de mécanique[d]. En l'apercevant s'étendre comme une ombre grise le long d'une allée au Jardin-des-Plantes[e], la tête couverte d'une vieille casquette flasque, tenant à peine[f] sa canne à pomme d'ivoire jauni dans sa main, laissant flotter les pans flétris de sa redingote qui cachait mal une culotte[g] presque vide, et des jambes en bas bleus qui flageolaient comme celles d'un homme ivre, montrant[h] son gilet blanc sale et son jabot de grosse mousseline recroquevillée qui s'unissait imparfaitement à[i] sa cravate cordée[j] autour de son cou de dindon, bien des gens se demandaient si cette ombre chinoise appartenait[k] à la race audacieuse des fils de Japhet[1] qui papillonnent[l] sur le boulevard Italien. Quel travail avait pu le ratatiner ainsi ? quelle passion avait bistré[m] sa face bulbeuse, qui, dessinée en caricature, aurait paru hors du vrai ? Ce qu'il avait été ? mais peut-être avait-il été employé au Ministère de la Justice, dans le bureau où les exécuteurs des hautes œuvres envoient leurs mémoires de frais, le compte des fournitures de voiles noirs pour les parricides, de son pour les paniers, de ficelle pour les couteaux[2]. Peut-être avait-il été receveur à la porte d'un abattoir, ou sous-inspecteur de salubrité. Enfin, cet homme

---

1. La Bible fait descendre de Japhet les hommes de race blanche.

2. La précision macabre de ces détails est peut-être nourrie des souvenirs de l'entretien qu'avait eu quelques mois plus tôt Balzac avec le bourreau Sanson, chez Appert. Mais il y a là plus probablement, comme nous le signale M. Robert Ricatte, un souvenir de fonctions naguère exercées par Henri Monnier.

semblait avoir été l'un des ânes de notre grand moulin
social, l'un de ces Ratons parisiens qui ne connaissent
même pas leurs Bertrands [1][a], quelque pivot sur lequel avaient
tourné les infortunes ou les saletés publiques, enfin l'un
de ces hommes dont nous disons, en les voyant : *Il en faut
pourtant comme ça.* Le beau Paris ignore ces figures blêmes
de souffrances morales ou physiques. Mais Paris est un
véritable océan [2]. Jetez-y la sonde, vous n'en connaîtrez
jamais la profondeur. Parcourez-le, décrivez-le ! quelque
soin que vous mettiez à le parcourir, à le décrire ; quelque
nombreux et intéressés que soient les explorateurs de cette
mer, il s'y rencontrera toujours un lieu vierge, un antre
inconnu, des fleurs, des perles, des monstres, quelque
chose d'inouï, oublié par les plongeurs littéraires. La
Maison Vauquer est une de ces monstruosités curieuses.

Deux figures y formaient un contraste frappant avec
la masse des pensionnaires et des habitués [b]. Quoique mademoiselle Victorine Taillefer eût une blancheur maladive
semblable à celle des jeunes filles attaquées de chlorose [3],
et qu'elle se rattachât à la souffrance générale qui faisait
le fond de ce tableau par une tristesse habituelle, par une
contenance gênée, par un air pauvre et grêle, néanmoins
son visage n'était pas vieux, ses mouvements et sa voix
étaient agiles. Ce jeune malheur ressemblait à un arbuste [c]
aux feuilles jaunies [d], fraîchement planté dans un terrain
contraire [e]. Sa physionomie roussâtre, ses cheveux d'un
blond fauve, sa taille trop mince, exprimaient cette grâce

1. Depuis La Fontaine (*Le Singe et le Chat*, Fables, IX, 16) qui a
montré Raton tirant les marrons du feu pour Bertrand, Bertrand
désigne un roué et Raton sa victime. Picard a fait représenter en 1804
Bertrand et Raton ou L'Intrigant et sa dupe ; Scribe, en 1833, *Bertrand et
Raton ou l'Art de conspirer.*

2. Baudelaire se souvient peut-être de Balzac, dans *Mæsta et Erra-
bunda*, lorsqu'il évoque « le noir océan de l'immonde cité ».

3. Le diagnostic de chlorose était fréquent à l'époque ; l'œuvre de
Balzac en témoigne. L'héroïne d'un roman de jeunesse est appelée
Wann-Chlore (ou Jane la Pâle) à cause de sa blancheur diaphane, qui
donne le soupçon de cette maladie. Les symptômes de chlorose (pâleur,
anorexie, goûts bizarres) seront décrits avec quelque précision chez
Madeleine de Mortsauf, dans *Le Lys dans la Vallée.*

que les poètes modernes trouvaient aux statuettes du Moyen-Age ᵃ. Ses yeux gris mélangés de noir exprimaient une douceur, une résignation chrétiennes. Ses vêtements simples, peu coûteux, trahissaient ᵇ des formes jeunes ᶜ. Elle était jolie par juxtaposition. Heureuse, elle eût été ravissante : le bonheur est la poésie des femmes, comme la toilette en est le fard. Si la joie d'un bal eût reflété ses teintes rosées sur ce visage pâle; si les douceurs d'une vie élégante eussent rempli, eussent vermillonné ces joues déjà légèrement creusées; si l'amour eût ranimé ces yeux tristes, Victorine aurait pu lutter avec les plus belles jeunes filles. Il lui manquait ce qui crée une seconde fois la femme, les chiffons et les billets doux ᵈ. Son histoire eût fourni le sujet d'un livre. Son père croyait avoir des raisons pour ne pas la reconnaître [1], refusait de la garder près de lui, ne lui accordait que six cents francs par an, et avait dénaturé sa fortune, afin de pouvoir la transmettre en entier à son fils [2]. Parente éloignée de la mère de Victorine, qui jadis était venue mourir de désespoir chez elle, madame Couture prenait soin de l'orpheline comme de son enfant. Malheureusement la veuve du Commissaire-Ordonnateur des armées de la République ne possédait rien au monde que son douaire et sa pension; elle pouvait laisser un jour cette pauvre fille, sans expérience et sans ressources, à la merci du monde ᵉ. La bonne femme ᶠ menait Victorine à la messe tous les dimanches, à confesse tous les quinze jours, afin d'en faire ᵍ à tout hasard une fille pieuse. Elle avait raison ʰ. Les sentiments religieux offraient un avenir à cet enfant désavoué ⁱ, qui aimait son père, qui tous les ans s'acheminait chez lui pour y apporter le pardon de sa mère; mais qui, tous les ans, se cognait contre la porte de la maison paternelle, inexorablement fermée ʲ. Son frère, son unique médiateur, n'était pas venu

---

1. Elle porte pourtant son nom.
2. On lit dans *L'Auberge rouge* (*La Comédie humaine*, éd. Pléiade, IX, pp. 957 et 981) que Taillefer, après la mort de son fils « tué malheureusement en duel », a fini par reconnaître Victorine : la jeune fille, devenue « bien belle et bien riche », mène une vie mondaine, et on l'a vue « au bal de l'ambassadeur de Naples ».

la voir une seule fois en quatre ans, et ne lui envoyait
aucun secours. Elle suppliait Dieu de dessiller les yeux
de son père, d'attendrir le cœur de son frère, et priait
pour eux sans les accuser. Madame Couture et madame
Vauquer ne trouvaient pas assez de mots dans le dictionnaire des injures pour qualifier cette conduite barbare.
Quand elles maudissaient ce millionnaire infâme, Victorine faisait entendre de douces paroles, semblables au
chant du ramier blessé, dont le cri de douleur exprime
encore l'amour [a].

Eugène de Rastignac avait un visage tout méridional [1],
le teint blanc, des cheveux noirs, des yeux bleus. Sa tournure, ses manières, sa pose habituelle dénotaient le fils
d'une famille noble, où l'éducation première n'avait comporté que des traditions de bon goût [b]. S'il était ménager
de ses habits, si les jours ordinaires il achevait d'user les
vêtements de l'an passé, néanmoins il pouvait sortir quelquefois mis comme l'est un jeune homme élégant. Ordinairement [c] il portait une vieille redingote, un mauvais
gilet, la méchante cravate noire [d], flétrie, mal nouée de
l'Étudiant, un pantalon à l'avenant et des bottes ressemelées.

Entre ces deux personnages et les autres, Vautrin,
l'homme de quarante ans, à favoris peints, servait de transition. Il était un de ces gens dont le peuple dit : Voilà un
fameux gaillard ! Il avait les épaules larges, le buste bien
développé, les muscles apparents, des mains épaisses,
carrées et fortement marquées aux phalanges par des bou-
quets de poils touffus et d'un roux ardent [e]. Sa figure, rayée
par des rides prématurées, offrait des signes de dureté
que démentaient ses manières souples et liantes. Sa voix
de basse-taille, en harmonie avec sa grosse gaieté, ne dé-
plaisait point. Il était obligeant et rieur. Si quelque serrure allait mal, il l'avait bientôt démontée, rafistolée,
huilée, limée [f], remontée, en disant : « Ça me connaît. » Il
connaissait tout d'ailleurs, les vaisseaux, la mer, la France,

---

1. L'adjectif surprend, appliqué à un Charentais, mais on constatera
p. 114 que Balzac, selon un usage tourangeau, appelle Méridional tout
« homme d'outre-Loire ».

l'étranger, les affaires, les hommes, les événements, les
lois, les hôtels et [a] les prisons. Si quelqu'un se plaignait par
trop, il lui offrait aussitôt ses services [b]. Il avait prêté plusieurs fois de l'argent à madame Vauquer et à quelques
pensionnaires; mais ses obligés seraient morts plutôt que
de ne pas le lui rendre, tant, malgré son air bonhomme,
il imprimait de crainte par un certain regard profond et
plein [c] de résolution. A la manière dont il lançait un jet de
salive, il annonçait un sang-froid imperturbable qui ne devait pas le faire reculer devant un crime pour sortir d'une
position équivoque. Comme un juge sévère, son œil semblait [d] aller au fond de toutes les questions, de toutes les
consciences, de tous les sentiments. Ses mœurs consis-
taient à sortir après [e] le déjeuner, à revenir pour dîner, à
décamper pour toute la soirée, et à rentrer vers minuit,
à l'aide d'un passe-partout que lui avait confié madame
Vauquer. Lui seul jouissait de cette faveur. Mais aussi
était-il au mieux avec la veuve, qu'il appelait maman en
la saisissant par la taille, flatterie peu comprise! La bonne
femme [f] croyait la chose encore facile, tandis que Vautrin
seul avait les bras assez longs pour presser cette pesante
circonférence. Un trait de son caractère était de payer généreusement quinze francs [g] par mois pour le *gloria* qu'il
prenait au dessert. Des gens moins superficiels que ne
l'étaient ces jeunes gens emportés par les tourbillons de
la vie parisienne, ou ces vieillards indifférents à ce qui ne
les touchait pas directement, ne se seraient pas arrêtés à
l'impression douteuse que leur causait Vautrin. Il savait
ou devinait les affaires [h] de ceux qui l'entouraient, tandis
que nul ne pouvait pénétrer ni ses pensées ni ses occupations. Quoiqu'il eût jeté son apparente bonhomie, sa
constante complaisance et sa gaieté comme une barrière
entre les autres et lui, souvent il laissait percer [i] l'épouvantable profondeur de son caractère. Souvent une boutade
digne de Juvénal, et par laquelle il semblait se complaire
à bafouer les lois, à fouetter la haute société, à la con-
vaincre d'inconséquence avec elle-même, devait faire
supposer qu'il gardait rancune à l'état social, et qu'il y
avait au fond de sa vie un mystère soigneusement enfoui.

Attirée, peut-être à son insu, par la force de l'un ou par la beauté[a] de l'autre, mademoiselle Taillefer partageait[b] ses regards furtifs, ses pensées secrètes[c], entre ce quadragénaire et le jeune étudiant; mais aucun d'eux ne paraissait songer à elle, quoique d'un jour à l'autre le hasard pût changer sa position et la rendre un riche parti. D'ailleurs aucune de ces personnes ne se donnait la peine de vérifier si les malheurs allégués par l'une d'elles étaient faux ou véritables. Toutes avaient les unes pour les autres une indifférence mêlée de défiance qui résultait de leurs situations respectives. Elles se savaient impuissantes à soulager leurs peines, et toutes avaient en se les contant épuisé la coupe des condoléances. Semblables à de vieux époux[d], elles n'avaient plus rien à se dire. Il ne restait donc entre elles que les rapports d'une vie mécanique, le jeu de rouages sans huile. Toutes devaient passer droit dans la rue devant un aveugle, écouter sans émotion le récit d'une infortune, et voir dans une mort la solution d'un problème de misère qui les rendait froides à la plus terrible agonie[e]. La plus heureuse de ces âmes désolées était madame Vauquer, qui trônait dans cet hospice[f] libre. Pour elle seule ce petit jardin, que le silence et le froid, le sec et l'humide faisaient vaste comme un[g] steppe, était un riant bocage[h]. Pour elle seule cette maison jaune et morne, qui sentait le vert-de-gris du comptoir[i], avait des délices[j]. Ces cabanons lui appartenaient. Elle nourrissait ces forçats acquis à des peines perpétuelles, en exerçant sur eux une autorité respectée. Où ces pauvres êtres auraient-ils trouvé dans Paris, au prix où elle les donnait, des aliments sains, suffisants, et un appartement qu'ils étaient maîtres de rendre, sinon élégant ou commode, du moins propre et salubre ? Se fût-elle permis une injustice criante, la victime l'aurait supportée sans se plaindre.

Une réunion semblable devait offrir et offrait en petit les éléments d'une société complète[1]. Parmi les dix-huit

---

1. Par une pente naturelle de son esprit, Balzac se plaît à retrouver dans un cercle restreint les caractères qui s'étalent dans une société plus vaste. Il observera de même dans *La Cousine Bette* : « Un bal de noces, c'est le monde en raccourci. »

convives il se rencontrait, comme dans les collèges, comme dans le monde, une pauvre créature rebutée, un souffre-douleur sur qui pleuvaient les plaisanteries. Au commencement de la seconde année, cette figure devint[a] pour Eugène de Rastignac la plus saillante de toutes celles au milieu desquelles il était condamné à vivre encore pendant deux ans[b]. Ce *Patiras*[1] était l'ancien vermicellier, le père Goriot, sur la tête duquel un peintre aurait, comme l'historien, fait tomber toute la lumière du tableau. Par quel hasard ce mépris à demi haineux, cette persécution mélangée de pitié, ce non respect[c] du malheur avaient-ils frappé le plus ancien pensionnaire ? Y avait-il donné lieu par quelques-uns de ces ridicules ou de ces bizarreries que l'on pardonne moins qu'on ne pardonne des vices ? Ces questions tiennent de près à bien des injustices sociales. Peut-être est-il dans la nature humaine de tout faire supporter à qui souffre tout par humilité vraie, par faiblesse ou par indifférence. N'aimons-nous pas tous à prouver notre force aux dépens de quelqu'un ou de quelque chose ? L'être le plus débile, le gamin[2] sonne à toutes les portes quand il gèle[d], ou se hisse pour écrire son nom sur un monument vierge[e].

Le père Goriot, vieillard de soixante-neuf ans environ, s'était retiré chez madame Vauquer, en 1813[f], après avoir quitté les affaires. Il y avait d'abord pris l'appartement occupé par madame Couture, et donnait alors douze cents[g] francs de pension, en homme pour qui cinq louis de plus

---

1. Ce mot, régional plutôt que populaire, est encore employé dans l'Ouest, en Touraine notamment, pour désigner *celui qui pâtit* (un enfant malingre, un malheureux, un souffre-douleur). Il ne figure pas dans les dictionnaires du temps de Balzac. Nous en avons pourtant relevé un emploi littéraire légèrement antérieur au *Père Goriot* dans l'article de Gaillardet sur *La Rue des Postes* (*Livre des Cent-et-Un*, VII, 315) : « Ils étaient devenus leur plastron, leur cible, leurs suppliciés, leur *pâtira*, leur victime... »

2. Balzac a consacré un article au Gamin (*Œuvres diverses*, éd. Conard, II, p. 195), silhouette familière de la rue parisienne qu'immortalisera Victor Hugo, mais qui, au temps du *Père Goriot*, n'avait guère encore été décrite. *Le Livre des Cent-et-Un* contient toutefois ın bref essai de Gustave d'Outrepont intitulé *Le Gamin de Paris* (VI[r], 121 sq.)

ou de moins étaient une bagatelle. Madame Vauquer avait
rafraîchi les trois chambres de cet appartement[a] moyennant une indemnité préalable qui paya, dit-on, la valeur d'un méchant ameublement composé de rideaux en
calicot jaune, de fauteuils en bois verni couverts en velours d'Utrecht, de quelques peintures à la colle, et de
papiers que refusaient les cabarets de la banlieue[b]. Peut-
être l'insouciante générosité que mit à se laisser attraper
le père Goriot, qui vers cette époque était respectueusement nommé monsieur Goriot, le fit-elle considérer
comme un imbécile qui ne connaissait rien aux affaires.
Goriot vint muni d'une garde-robe bien fournie, le trousseau magnifique du négociant qui ne se refuse rien en se
retirant du commerce. Madame Vauquer avait admiré
dix-huit chemises de demi-hollande, dont la finesse était
d'autant plus remarquable que le vermicellier portait sur
son jabot dormant deux épingles unies par une chaînette,
et dont chacune était montée d'un gros diamant. Habituellement vêtu d'un habit bleu-barbeau, il prenait chaque
jour un gilet de piqué blanc[1], sous lequel fluctuait son
ventre piriforme[2] et proéminent[c], qui faisait rebondir une
lourde chaîne d'or garnie de breloques. Sa tabatière, également en or, contenait un médaillon plein de cheveux
qui le rendaient en apparence coupable de quelques
bonnes fortunes. Lorsque son hôtesse l'accusa d'être un
galantin[3], il laissa errer sur ses lèvres le gai sourire du

---

1. Habit bleu-barbeau et gilet de piqué blanc, Balzac prêtera exactement la même élégance au père Cardot, ce « Géronte égrillard »
(*Un Début dans la Vie*, éd. Robert et Matoré, Droz, 1950, p. 147).
Comme Goriot encore, Cardot sera nommé roquentin ou galantin.
Extérieurement, les deux personnages, à ce moment de leur vie,
appartiennent à la même catégorie des vieux beaux ridicules. Mais
c'est une simple apparence chez Goriot, qui a un secret.

2. Balzac, qui hésite curieusement, pour noter cet adjectif pittoresque, entre *piriforme* et *pyriforme*, l'applique encore à Georges Marest
dans *Un Début dans la Vie* (éd. cit., p. 207) et à Crevel, compagnon de
débauche de Hulot, dans *La Cousine Bette* (éd. cit., p. 2).

3. « Homme ridiculement galant auprès des femmes. *Il fait le galant,
il n'est qu'un galantin* ». (*Acad.* 1835). Le contexte prouve ici (et plus
nettement encore p. 34) que ce terme n'a pas toujours une valeur aussi

bourgeois dont on a flatté le dada ª. Ses *ormoires* ¹ (il prononçait ce mot à la manière du menu peuple) furent
remplies par la nombreuse argenterie de son ménage. Les
yeux de la veuve s'allumèrent quand elle l'aida complaisamment à déballer et ranger les louches, les cuillers à
ragoût, les couverts, les huiliers, les saucières, plusieurs
plats, des déjeuners en vermeil, enfin des pièces plus ou
moins belles, pesant un certain nombre de marcs, et dont
il ne voulait pas se défaire. Ces cadeaux ᵇ lui rappelaient
les solennités de sa vie domestique. « Ceci, dit-il à madame Vauquer en serrant un plat et une petite écuelle
dont le couvercle représentait deux tourterelles qui se
becquetaient, est le premier présent que m'a fait ma
femme, le jour de notre anniversaire. Pauvre bonne! elle
y avait consacré ses économies de demoiselle. Voyez-vous,
madame ? j'aimerais mieux gratter la terre avec mes ongles
que de me séparer de cela. Dieu merci! je pourrai prendre
dans cette écuelle mon café ᶜ tous les matins durant le reste
de mes jours. Je ne suis pas à plaindre, j'ai sur la planche
du pain de cuit pour longtemps ᵈ. » Enfin, madame Vauquer avait bien vu, de son œil de pie, quelques inscriptions sur le Grand-Livre qui, vaguement additionnées,
pouvaient faire à cet excellent ᵉ Goriot un revenu d'environ
huit à dix ᶠ mille francs. Dès ce jour, madame Vauquer,
née de Conflans, qui avait alors quarante-huit ans effectifs
et n'en acceptait que trente-neuf ᵍ, eut des idées. Quoique

---

péjorative : Mme Vauquer, qui l'emploie, ne voudrait pas blesser
le père Goriot et le père Goriot, qui l'entend, le prend en bonne
part.
    1. Dans *César Birotteau* (*La Comédie humaine*, Pl. V, p. 355), Balzac
attribue cette prononciation au bourgeois de Paris, qui « soutient
que l'on doit dire *ormoire*, parce que les femmes serraient dans ces
meubles leur *or* et leurs robes, autrefois presque toujours en *moire*,
et que l'on a dit par corruption armoire ». Dans le célèbre compte rendu
d'*Hernani* publié par le *Feuilleton des Journaux politiques* (*Œuvres
diverses*, Conard, I, 379), il commentait en note l'origine du mot de
façon moins fantaisiste : « Une armoire servait à mettre des armes,
comme l'indique son étymologie. »

le larmier des yeux de Goriot fût retourné, gonflé, pendant, ce qui l'obligeait à les essuyer assez fréquemment[1], elle lui trouva l'air agréable et comme il faut. D'ailleurs son mollet charnu, saillant, pronostiquait, autant que son long nez carré, des qualités morales[2a] auxquelles paraissait tenir la veuve, et que confirmait la face lunaire et[b] naïvement niaise du bonhomme. Ce devait être une bête solidement bâtie, capable de dépenser[c] tout son esprit en sentiment. Ses cheveux en ailes de pigeon, que le coiffeur de l'École Polytechnique vint lui poudrer tous les matins, dessinaient cinq pointes sur son front bas, et décoraient bien sa figure. Quoique un peu rustaud, il était si bien tiré à quatre épingles, il prenait si richement son tabac, il le humait en homme si sûr de toujours avoir sa tabatière pleine de macouba[3], que le jour où monsieur Goriot s'installa chez elle, madame Vauquer se coucha le soir en rôtissant, comme une perdrix dans sa barde, au feu du désir qui la saisit de quitter le suaire de Vauquer pour renaître en Goriot. Se marier, vendre sa pension, donner le bras à cette fine fleur de bourgeoisie, devenir[d] une dame notable dans le quartier, y quêter pour les indigents, faire de petites parties le dimanche à Choisy, Soissy[e], Gentilly ; aller au spectacle à sa guise, en loge, sans attendre les billets d'auteur que lui donnaient quelques-uns de ses pensionnaires, au mois de juillet : elle rêva tout l'Eldorado des petits ménages parisiens. Elle n'avait avoué à personne qu'elle possédait quarante mille francs amassés sou à sou. Certes elle se croyait, sous le rapport de la fortune, un parti sortable. « Quant au reste, je vaux bien le bonhomme[f] ! » se dit-elle en se retournant dans son lit, comme pour s'attester à elle-même des charmes que la

---

1. Comme l'a remarqué M. Wayne Conner, le père Goriot est affligé d'un compère-loriot (voir encore p. 64 et appendice critique, p. 351).
2. Le Lavater en dix volumes dont Balzac possédait un exemplaire contient d'abondantes remarques sur les diverses configurations des parties du corps et du visage, des nez notamment, et sur les conclusions qu'il est permis d'en tirer pour l'étude des caractères.
3. Tabac des plantations de la Macouba (Martinique).

grosse Sylvie trouvait chaque matin moulés en creux [1].

Dès ce jour, pendant environ trois mois, la veuve Vauquer profita du coiffeur de monsieur Goriot, et fit quelques frais de toilette, excusés par la nécessité de donner à sa maison un certain décorum en harmonie avec les personnes honorables qui la fréquentaient. Elle s'intrigua beaucoup pour changer le personnel de ses pensionnaires, en affichant la prétention de n'accepter désormais que les gens les plus distingués sous tous les rapports [a]. Un étranger se présentait-il, elle lui vantait [b] la préférence que monsieur Goriot, un des négociants les plus notables et les plus respectables [c] de Paris, lui avait accordée. Elle distribua des prospectus en tête desquels se lisait : MAISON-VAUQUER. « C'était, disait-elle, une des plus anciennes et des plus estimées pensions bourgeoises du pays latin. Il y existait une vue des plus agréables sur la vallée des Gobelins (on l'apercevait du troisième étage), et un *joli* jardin, au bout duquel s'ÉTENDAIT une ALLÉE de tilleuls. » Elle y parlait du bon air et de la solitude [2]. Ce prospectus lui amena madame la comtesse de l'Ambermesnil, femme de trente-six [d] ans, qui attendait la fin de la liquidation et le règlement d'une pension qui lui était due, en qualité de veuve d'un général mort sur *les* champs de bataille [3]. Madame Vauquer soigna sa table, fit du feu dans les salons pendant près de six mois, et tint si bien les pro-

---

1. On relève un détail du même ordre dans *La Vieille Fille* : l'héroïne rêve, la nuit, de « mariages fantastiques » et la servante Josette, le lendemain, trouve « le lit de sa maîtresse cen dessus-dessous » (voir notre édition, p. 96).

2. « Air pur, promenades », lit-on par exemple à propos de la « maison de santé et pension bourgeoise » tenue non loin de là, 86 rue de Lourcine, par Mme Laisné (*Almanach du Commerce*, 1824). La publicité conçue par Mme Vauquer n'a de particulier que la complaisante emphase du style.

3. Le même type d'aventurière se trouve décrit par L.-D. Derville dans son article sur *Les Tables d'hôte parisiennes* : « Une grande et sèche femme, s'étiquetant baronne de St-Elme, ou bien de St-Amour... Elle parle sans cesse de ses ex-chevaux, de son ex-mari, de ses ex-valets... Défiez-vous de la baronne... » (*Le Livre des Cent-et-Un*, VI, 315).

messes de son prospectus, qu'*elle y mit du sien*. Aussi la
comtesse disait-elle à madame Vauquer, en l'appelant *chère
amie*, qu'elle lui procurerait la baronne de Vaumerland [a]
et la veuve du colonel comte Picquoiseau [b], deux de ses
amies, qui achevaient au Marais leur terme dans une pension plus coûteuse que ne l'était la Maison-Vauquer. Ces
dames seraient d'ailleurs fort à leur aise quand les Bureaux de la Guerre auraient fini leur travail. « Mais, disait-elle, les Bureaux ne terminent rien. » [c] Les deux veuves
montaient ensemble après le dîner dans la chambre de
madame Vauquer, et y faisaient de petites causettes [d] en
buvant du cassis et mangeant des friandises réservées
pour la bouche de la maîtresse [e]. Madame de l'Ambermesnil [f] approuva beaucoup les vues de son hôtesse sur
le Goriot [g], vues excellentes, qu'elle avait d'ailleurs devinées [h] dès le premier jour; elle le trouvait un homme
parfait.

— Ah! ma chère dame [i], un homme sain comme mon
œil, lui disait la veuve, un homme parfaitement conservé,
et qui peut donner encore bien de l'agrément à une femme.

La comtesse fit généreusement des observations à madame Vauquer sur sa mise, qui n'était pas en harmonie
avec ses prétentions. « Il faut vous mettre sur le pied de
guerre, » lui dit-elle. Après bien des calculs, les deux veuves
allèrent ensemble au Palais-Royal [j], où elles achetèrent,
aux Galeries de Bois [1], un chapeau à plumes et un bonnet.
La comtesse entraîna son amie [k] au magasin de *La Petite
Jeannette* [2], où elles choisirent une robe et une écharpe.

---

1. Les Galeries de Bois, au Palais-Royal, étaient des hangars en
planches, construits sur le côté des jardins non entouré d'arcades et
loués à des commerçants. Elles furent abattues en 1828 et remplacées
par la Galerie d'Orléans.

2. *La Petite Jeannette* était un magasin de nouveautés assez réputé,
au coin de la rue de Richelieu et du boulevard des Italiens. On y
trouvait, à prix fixe, des toiles, des mousselines, des soieries, des
châles, des bas de soie. Son enseigne est ainsi évoquée par Brismontier,
dans le *Dictionnaire des Enseignes*, souvent attribué à Balzac, qui l'édita
en 1826 : « Jeannette a cassé ses œufs ; ses espérances sont évanouies,
elle est Jeannette comme devant. M. Nicolas, au contraire, n'a pas voulu

Quand ces munitions furent employées, et que la veuve
fut sous les armes, elle ressembla parfaitement à l'enseigne
du *Bœuf à la Mode* [1][a]. Néanmoins elle se trouva si changée
à son avantage, qu'elle se crut l'obligée de la comtesse,
et, quoique peu *donnante*, elle la pria d'accepter un chapeau de vingt francs. Elle comptait, à la vérité, lui demander le service de sonder Goriot et de la faire valoir
auprès de lui. Madame de l'Ambermesnil se prêta fort
amicalement à ce manège, et cerna le vieux vermicellier
avec lequel elle réussit à avoir une conférence; mais après
l'avoir trouvé pudibond, pour ne pas dire réfractaire aux
tentatives que lui suggéra son désir particulier de le séduire pour son propre compte, elle sortit révoltée de sa
grossièreté.

— Mon ange, dit-elle à sa chère amie, vous ne tirerez [b]
rien de cet homme-là! il est ridiculement défiant, c'est
un grippe-sou, une bête, un sot [c], qui ne vous causera que
du désagrément.

Il y eut entre monsieur Goriot et madame de l'Ambermesnil des choses telles que [d] la comtesse ne voulut même
plus se trouver avec lui. Le lendemain, elle partit en
oubliant de payer six [e] mois de pension, et en laissant une
défroque prisée cinq francs [f]. Quelque âpreté que madame
Vauquer mît à ses recherches, elle ne put obtenir aucun
renseignement dans Paris sur la comtesse de l'Ambermesnil. Elle parlait souvent de cette déplorable affaire, en
se plaignant de son trop de confiance, quoiqu'elle fût
plus méfiante que ne l'est une chatte ; mais elle ressemblait
à beaucoup de personnes qui se défient de leurs proches, et se livrent au premier venu. Fait moral, bizarre, mais vrai, dont la racine est facile à trouver dans le
cœur humain. Peut-être certaines gens n'ont-ils plus rien

---

rester Jeannot ; son magasin est un des mieux achalandés de Paris,
et qui ne va pas consoler Jeannette n'est pas à la mode... »

1. « Des châles, un chapeau ornent un bœuf que le restaurateur
calembouriste a cru pouvoir appeler à la mode » (*Dictionnaire des
Enseignes*). Ce restaurant si pittoresquement désigné à l'attention se
trouvait rue du Lycée (aujourd'hui rue de Valois), près du Palais-
Royal.

à gagner auprès des personnes avec lesquelles ils vivent;
après leur avoir montré le vide de leur âme, ils se sentent
secrètement jugés par elles avec une sévérité méritée;
mais, éprouvant un invincible besoin de flatteries qui
leur manquent, ou dévorés par l'envie de paraître posséder les qualités qu'ils n'ont pas, ils espèrent surprendre
l'estime ou le cœur [a] de ceux qui leur sont étrangers, au
risque d'en déchoir un jour. Enfin il est des individus [b] nés
mercenaires qui ne font aucun bien à leurs amis ou à
leurs proches, parce qu'ils le doivent ; tandis qu'en rendant service à des inconnus [c], ils en recueillent un gain
d'amour-propre : plus le cercle de leurs affections est près
d'eux, moins ils aiment; plus il s'étend, plus serviables
ils sont. Madame Vauquer tenait sans doute de ces deux
natures, essentiellement mesquines, fausses, exécrables.

— Si j'avais été ici, lui disait alors Vautrin, ce malheur ne vous serait pas arrivé! je vous aurais [d] joliment dé-
visagé cette farceuse-là. Je connais leurs *frimousses* [1] [e].

Comme tous les esprits rétrécis, madame Vauquer avait
l'habitude de ne pas sortir du cercle des événements, et
de ne pas juger leurs causes [f]. Elle aimait à s'en prendre à
autrui de ses propres fautes. Quand cette perte eut lieu,
elle considéra l'honnête vermicellier comme le principe
de son infortune, et commença dès lors, disait-elle, à se
dégriser sur son compte. Lorsqu'elle eut reconnu l'inutilité de ses agaceries et de ses frais de représentation, elle
ne tarda pas à en deviner la raison. Elle s'aperçut alors
que son pensionnaire avait déjà, selon son expression, ses
allures [2]. Enfin il lui fut prouvé que son espoir si mignon-
nement caressé reposait sur une base chimérique, et
qu'elle ne tirerait jamais rien de cet homme-là, suivant le
mot énergique de la comtesse, qui paraissait être une con-

---

1. Balzac emploie de nouveau ce mot populaire dans *Splendeurs et
Misères des Courtisanes* et juge à propos de l'expliquer : « ... la frimousse
[figure]... » (éd. Garnier, p. 542).
2. Manières suspectes de se comporter. « *Ce jeune homme a des allures.*
Il a quelque commerce secret de galanterie. Cette manière de parler
vieillit. » (*Acad.* 1835). La suite du récit montre que Mme Vauquer
prend bien le mot dans ce sens.

naisseuse. Elle alla nécessairement plus loin en aversion
qu'elle n'était allée [a] dans son amitié. Sa haine ne fut pas
en raison de son amour, mais de ses espérances trompées.
Si le cœur humain trouve des repos en montant les hauteurs de l'affection, il s'arrête rarement [b] sur la pente rapide des sentiments haineux. Mais monsieur Goriot était
son pensionnaire, la veuve fut donc obligée de réprimer
les explosions de son amour-propre blessé, d'enterrer les
soupirs que lui causa cette déception, et de dévorer ses
désirs de vengeance, comme un moine vexé par son
prieur. Les petits esprits satisfont leurs sentiments, bons
ou mauvais, par des petitesses incessantes. La veuve em-
ploya sa malice de femme à inventer de sourdes persécutions contre sa victime [c]. Elle commença par retrancher les
superfluités introduites dans sa pension. « Plus de corni-
chons [1], plus d'anchois : c'est des duperies ! [d] » dit-elle à
Sylvie, le matin où elle rentra dans son ancien programme.
Monsieur Goriot était un homme frugal, chez qui
la parcimonie nécessaire aux gens qui font eux-mêmes
leur fortune était dégénérée en habitude. La soupe, le
bouilli [e], un plat de légumes, avaient été, devaient toujours
être son dîner de prédilection. Il fut donc bien difficile à
madame Vauquer de tourmenter son pensionnaire, de
qui [f] elle ne pouvait en rien froisser les goûts. Désespérée
de rencontrer un homme inattaquable, elle se mit à le dé-
considérer, et fit ainsi partager son aversion pour Goriot
par ses pensionnaires, qui, par amusement, servirent ses
vengeances [g]. Vers la fin de la première année [h], la veuve en
était venue à un tel degré de méfiance, qu'elle se demandait pourquoi ce négociant, riche de sept à huit mille
livres de rente, qui possédait une argenterie superbe et
des bijoux aussi beaux que ceux d'une fille entretenue,
demeurait chez elle, en lui payant une pension si mo-
dique relativement à sa fortune. Pendant la plus grande

---

1. L.-D. Derville, dans *Les Tables d'hôte parisiennes*, signale que
« l'énorme cornichon » est couramment servi sur la table à discrétion,
avec le radis, le sel et le poivre, dans les maisons qui annoncent « cuisine
bourgeoise ».

partie de cette première année, Goriot avait souvent dîné
dehors une ou deux fois par semaine; puis, insensiblement, il en était arrivé à ne plus dîner en ville que deux
fois par mois. Les petites parties fines du sieur [a] Goriot
convenaient trop bien aux intérêts de madame Vauquer
pour qu'elle ne fût pas mécontente de l'exactitude progressive avec laquelle son pensionnaire prenait ses repas
chez elle. Ces changements furent attribués autant à une
lente diminution de fortune qu'au désir de contrarier son
hôtesse. Une des plus détestables habitudes de ces esprits
lilliputiens [1] est de supposer leurs petitesses chez les autres.
Malheureusement [b], à la fin de la deuxième année, monsieur Goriot justifia les bavardages dont il était l'objet, en
demandant à madame Vauquer de passer au second étage,
et de réduire sa pension à neuf cents [c] francs. Il eut besoin
d'une si stricte économie qu'il ne fit plus de feu chez lui
pendant l'hiver. La veuve Vauquer voulut être payée
d'avance; à quoi consentit monsieur Goriot, que dès lors
elle nomma le père Goriot. Ce fut à qui devinerait les
causes de cette décadence. Exploration difficile [d] ! Comme
l'avait dit la fausse comtesse, le père Goriot était un sournois, un taciturne. Suivant la logique des gens à tête vide,
tous indiscrets parce qu'ils n'ont que des riens à dire [e],
ceux qui ne parlent pas de leurs affaires en doivent faire
de mauvaises [f]. Ce négociant si distingué devint donc un
fripon [g], ce galantin fut un vieux drôle. Tantôt, selon Vautrin [h], qui vint vers cette époque habiter la Maison-Vauquer,
le père Goriot était un homme qui allait à la Bourse et
qui, suivant une expression assez énergique de la langue
financière, *carottait* sur les rentes [2] après s'y être ruiné.
Tantôt c'était un de ces petits joueurs qui vont hasarder

---

1. Ce mot, qui ne figure pas en 1835 dans le *Dictionnaire de l'Académie*
et qui sera donné en 1878 comme un néologisme, semble avoir été
créé par Balzac.

2. Carotter sur les rentes, c'est proprement jouer au jour le jour
en spéculant sur la différence entre le cours d'ouverture et le cours de
clôture. Plus loin, p. 125, le même verbe, pris dans une acception un
peu élargie, signifie jouer mesquinement, faire des opérations sans
envergure : Vautrin refuse de s'enrichir en carottant.

et gagner tous les soirs dix francs au jeu. Tantôt on en
faisait un espion attaché à la haute police; mais Vautrin
prétendait qu'il n'était pas assez rusé pour *en être*. Le père
Goriot était encore un avare qui prêtait à la petite semaine,
un homme qui nourrissait des numéros à la loterie [1]. On
en faisait tout ce que le vice, la honte, l'impuissance en-
gendrent de plus mystérieux. Seulement, quelque ignobles
que fussent sa conduite ou ses vices, l'aversion qu'il inspi-
rait n'allait pas jusqu'à le faire bannir : il payait sa pension. Puis il était utile, chacun essayait sur lui sa bonne
ou mauvaise humeur par des plaisanteries ou par des bourrades [a]. L'opinion qui paraissait plus probable, et qui fut
généralement adoptée, était celle de madame Vauquer.
A l'entendre, cet homme si bien conservé, sain comme
son œil et avec lequel on pouvait avoir encore beaucoup
d'agrément, était un libertin qui avait [b] des goûts étranges.
Voici sur quels faits la veuve Vauquer appuyait ses calomnies [c]. Quelques mois après le départ de cette désas-
treuse comtesse qui avait su vivre pendant six [d] mois à ses
dépens, un matin, avant de se lever, elle entendit dans
son escalier le froufrou d'une robe de soie et le pas mignon [e] d'une femme jeune et légère qui filait chez Goriot,
dont la porte s'était intelligemment [f] ouverte. Aussitôt la
grosse Sylvie vint dire à sa maîtresse qu'une fille trop
jolie pour être honnête, *mise comme une divinité*, chaussée
en brodequins de prunelle [2] qui n'étaient pas crottés, avait
glissé [g] comme une anguille [h] de la rue jusqu'à sa cuisine, et
lui avait demandé l'appartement de monsieur Goriot. Madame Vauquer et sa cuisinière se mirent aux écoutes, et
surprirent plusieurs mots tendrement prononcés pendant
la visite, qui dura quelque temps. Quand monsieur Goriot reconduisit *sa dame*, la grosse Sylvie prit aussitôt son
panier, et feignit d'aller au marché, pour suivre le couple
amoureux.

---

1. « Nourrir un numéro à la loterie. Mettre sur le même numéro
à chaque tirage, en augmentant toujours la mise » (*Acad.* 1835).

2. La prunelle est une étoffe de laine unie qu'on utilisait, notamment, pour fabriquer des chaussures de qualité.

— Madame, dit-elle à sa maîtresse en revenant, il faut [a] que monsieur Goriot soit diantrement riche tout de même, pour les mettre sur ce pied-là. Figurez-vous qu'il y avait au coin de l'Estrapade un superbe équipage dans lequel *elle* [b] est montée.

Pendant le dîner, madame Vauquer alla tirer un rideau, pour empêcher que Goriot ne fût incommodé par le soleil dont un rayon lui tombait sur les yeux [c].

— Vous êtes aimé des belles, monsieur Goriot, le soleil vous cherche, dit-elle en faisant allusion à la visite qu'il avait reçue. Peste [d] ! vous avez bon goût, elle était bien jolie.

— C'était ma fille, dit-il avec une sorte d'orgueil dans lequel les pensionnaires voulurent voir la fatuité d'un vieillard qui garde les apparences.

Un mois après cette visite, monsieur Goriot en reçut une autre. Sa fille qui, la première fois, était venue en toilette du matin [e], vint après le dîner et habillée comme pour aller dans le monde [f]. Les pensionnaires, occupés à causer dans le salon, purent voir en elle une jolie [g] blonde, mince de taille, gracieuse, et beaucoup trop distinguée pour être la fille d'un père Goriot [h].

— Et de deux [i] ! dit la grosse Sylvie [j], qui ne la reconnut pas.

Quelques jours après, une autre fille, grande et bien faite, brune, à cheveux noirs et à l'œil vif, demanda monsieur Goriot [l].

— Et de trois ! dit Sylvie.

Cette seconde fille, qui la première fois était aussi venue voir son père le matin, vint quelques jours après, le soir, en toilette de bal et en voiture.

— Et de quatre ! dirent madame Vauquer et la grosse Sylvie, qui ne reconnurent dans cette grande dame aucun vestige de la fille simplement mise le matin [k] où elle fit sa première visite [l].

Goriot payait encore douze cents [m] francs de pension.

---

1. La jolie blonde, mince de taille, est la cadette, Delphine (voir p. 89) La brune à cheveux noirs, grande et bien faite, est Anastasie (voir p. 271)

Madame Vauquer trouva tout naturel qu'un homme riche
eût quatre ou cinq maîtresses, et le trouva même fort
adroit de les faire passer pour ses filles. Elle ne se forma-
lisa point de ce qu'il les mandait ᵃ dans la Maison-Vauquer.
Seulement, comme ces visites lui expliquaient l'indifférence de son pensionnaire à son égard, elle se permit, au
commencement de la deuxième année, de l'appeler *vieux
matou*. Enfin, quand son pensionnaire tomba dans les
neuf cents ᵇ francs, elle lui demanda fort insolemment ce
qu'il comptait faire de sa maison, en voyant descendre
une de ces dames ᶜ. Le père Goriot lui répondit que cette
dame était sa fille aînée.

— Vous en avez donc trente-six, des filles ? dit aigrement madame Vauquer ᵈ.

— Je n'en ai que deux, répliqua le pensionnaire avec
la douceur d'un homme ruiné qui arrive à toutes les doci-
lités de la misère ᵉ.

Vers la fin de la troisième année, le père Goriot rédui-
sit encore ses dépenses, en montant au troisième étage et
en se mettant à quarante-cinq ᶠ francs de pension par mois.
Il se passa de tabac ᵍ, congédia son perruquier et ne mit
plus de poudre. Quand le père Goriot parut pour la première fois sans être poudré, son hôtesse laissa échapper
une exclamation de surprise en apercevant la couleur de
ses cheveux, ils étaient d'un gris sale et verdâtre. Sa physionomie, que des chagrins secrets avaient insensiblement
rendue plus triste de jour en jour, semblait la plus désolée
de toutes celles qui garnissaient la table. Il n'y eut alors
plus aucun doute. Le père Goriot était un vieux libertin
dont les yeux n'avaient été préservés de la maligne influence des remèdes nécessités par ses maladies que par
l'habileté d'un médecin. La couleur dégoûtante de ses
cheveux provenait de ses excès et des drogues ʰ qu'il avait
prises pour les continuer ¹. L'état physique et moral du

---

1. Si les « remèdes » mentionnés dans la phrase précédente répondent au soupçon d'une maladie vénérienne, ces « drogues », comme le
précise le manuscrit, sont proprement, dans la pensée de Mme Vauquer,
des aphrodisiaques. La juxtaposition des deux hypothèses donne un
grand relief aux calomnies dont le père Goriot est la victime.

bonhomme donnait raison à ces radotages. Quand son
trousseau fut usé, il acheta du calicot à quatorze sous
l'aune pour remplacer son beau linge[a]. Ses diamants, sa
tabatière d'or, sa chaîne, ses bijoux, disparurent[b] un à un.
Il avait quitté l'habit bleu-barbeau, tout son costume
cossu, pour porter, été comme hiver, une redingote de
drap marron grossier, un gilet en poil de chèvre, et un
pantalon gris en cuir de laine. Il devint progressivement
maigre; ses mollets tombèrent; sa figure, bouffie par le
contentement d'un bonheur bourgeois, se rida démesu-
rément; son front se plissa, sa mâchoire se dessina. Durant la quatrième année de son établissement rue Neuve-
Sainte-Geneviève, il ne se ressemblait plus. Le bon
vermicellier de soixante-deux ans qui ne paraissait
pas en avoir quarante, le bourgeois gros et gras, frais de
bêtise[c], dont la tenue égrillarde réjouissait les passants[d],
qui avait quelque chose de jeune[e] dans le sourire, semblait
être un septuagénaire hébété, vacillant, blafard. Ses yeux
bleus si vivaces prirent des teintes ternes et gris-de-fer[f], ils
avaient pâli, ne larmoyaient plus, et leur bordure rouge
semblait pleurer du sang. Aux uns, il faisait horreur; aux
autres, il faisait pitié. De jeunes étudiants en Médecine,
ayant remarqué l'abaissement de sa lèvre inférieure et
mesuré le sommet de[g] son angle facial, le déclarèrent
atteint de crétinisme, après l'avoir longtemps houspillé
sans en rien tirer. Un soir, après le dîner[h], madame Vauquer lui ayant dit en manière de raillerie : « Eh bien !
elles ne viennent donc plus vous voir, vos filles ? »
en mettant en doute sa paternité, le père Goriot tressaillit
comme si son hôtesse l'eût piqué[i] avec un fer.

— Elles viennent quelquefois, répondit-il d'une voix
émue.

— Ah ! ah ! vous les voyez encore quelquefois ! s'écrièrent les étudiants. Bravo, père Goriot !

Mais le vieillard[j] n'entendit pas les plaisanteries que sa
réponse lui attirait[k], il était retombé dans un état méditatif
que ceux qui l'observaient superficiellement prenaient
pour un engourdissement sénile dû à son défaut d'intelligence. S'ils l'avaient bien connu, peut-être auraient-ils été

vivement intéressés par le problème que présentait sa
situation physique et morale; mais rien n'était plus difficile [a]. Quoiqu'il fût aisé de savoir si Goriot avait réellement
été vermicellier, et quel était le chiffre de sa fortune, les
vieilles gens dont la curiosité s'éveilla sur son compte ne
sortaient pas du quartier et vivaient dans la pension
comme des huîtres sur un rocher. Quant aux autres personnes, l'entraînement particulier de la vie parisienne leur
faisait oublier, en sortant de la rue Neuve-Sainte-Geneviève, le pauvre vieillard dont ils se moquaient. Pour ces
esprits étroits, comme pour ces jeunes gens insouciants,
la sèche misère du père Goriot et sa stupide attitude
étaient incompatibles avec une fortune et une capacité
quelconques. Quant aux femmes qu'il nommait ses filles,
chacun partageait l'opinion de madame Vauquer, qui
disait, avec la logique sévère que l'habitude de tout supposer donne aux vieilles femmes occupées à bavarder
pendant leurs soirées : « Si le père Goriot avait des filles
aussi riches que paraissaient l'être [b] toutes les dames qui
sont venues le voir, il ne serait pas dans ma maison, au
troisième, à quarante-cinq [c] francs par mois, et n'irait pas
vêtu comme un pauvre. » Rien ne pouvait démentir ces
inductions. Aussi, vers la fin [d] du mois de novembre 1819 [e],
époque à laquelle éclata ce drame [f], chacun dans la pension
avait-il des idées arrêtées sur le pauvre vieillard. Il n'a-
vait jamais eu ni fille ni femme; l'abus des plaisirs en
faisait un colimaçon, un mollusque anthropomorphe à
classer dans les *Casquettifères* [1][g], disait un employé au Muséum, un des habitués à cachet [h]. Poiret était un aigle, un
gentleman auprès de Goriot. Poiret parlait, raisonnait,
répondait, il ne disait rien, à la vérité, en parlant, rai-
sonnant ou répondant, car il avait l'habitude de répéter
en d'autres termes ce que les autres disaient; mais il con-
tribuait à la conversation, il était vivant, il paraissait sensible; tandis que le père Goriot, disait encore l'employé

---

1. On doit entendre, si on prend ce néologisme à la lettre, que
Goriot porte désormais casquette, comme Poiret, auquel il va justement être comparé.

au Muséum, était constamment[a] à zéro de Réaumur[b].

Eugène de Rastignac était revenu[c] dans une disposition d'esprit que doivent avoir connue les jeunes gens supérieurs, ou ceux auxquels une position difficile communique momentanément les qualités des hommes d'élite. Pendant sa première année de séjour à Paris, le peu de travail que veulent les premiers grades à prendre dans la Faculté l'avait laissé libre de goûter les délices visibles du Paris matériel. Un étudiant n'a pas trop de temps s'il veut connaître le répertoire de chaque théâtre, étudier les issues du labyrinthe parisien, savoir les usages, apprendre la langue et s'habituer aux[d] plaisirs particuliers de la capitale ; fouiller les bons et les mauvais endroits, suivre les cours qui amusent, inventorier les richesses des musées. Un étudiant se passionne alors[e] pour des niaiseries qui lui paraissent grandioses. Il a son grand homme, un professeur du Collège de France, payé pour se tenir à la hauteur de son auditoire. Il rehausse sa cravate et se pose pour la femme des premières galeries de l'Opéra-Comique. Dans ces initiations successives, il se dépouille de son aubier[1], agrandit l'horizon de sa vie, et finit par concevoir la superposition des couches humaines qui composent[f] la société. S'il a commencé par admirer les voitures au défilé[g] des Champs-Élysées par un beau soleil, il arrive bientôt à les envier. Eugène avait subi cet apprentissage à son insu, quand il partit en vacances, après avoir été reçu bachelier ès-Lettres et bachelier en Droit[2]. Ses illusions d'enfance[h], ses idées de province avaient disparu. Son intelligence modifiée, son ambition exaltée lui firent voir juste au milieu du manoir paternel,

---

1. L'aubier est la première couche du bois, très tendre et ordinairement blanche. Le mot avait frappé l'écrivain, qui l'emploie encore, le 28 octobre 1834, dans une lettre à la marquise de Castries : « Le caractère rieur et enfant, *surtout léger*, que vous me connaissez est un aubier qui m'a bien préservé souvent » (*Corr. Castries*, p. 22).

2. Balzac a conquis, lui aussi, ces deux grades et n'est pas allé plus loin.

au sein de la famille. Son père, sa mère, ses deux frères [a], ses deux sœurs, et une tante dont la fortune consistait en pensions, vivaient sur la petite terre de Rastignac [b]. Ce domaine d'un revenu d'environ trois mille francs
était soumis à l'incertitude qui régit le produit tout industriel de la vigne, et néanmoins il fallait en extraire [c] chaque
année douze cent francs pour lui. L'aspect de cette constante détresse qui lui était généreusement cachée, la
comparaison qu'il fut forcé d'établir entre ses sœurs, qui
lui semblaient si belles dans son enfance, et les femmes
de Paris, qui lui avaient réalisé le type d'une beauté rêvée [d],
l'avenir incertain de cette nombreuse famille qui reposait
sur lui, la parcimonieuse attention avec laquelle il vit serrer les plus minces productions, la boisson faite pour sa
famille [e] avec les marcs de pressoir, enfin une foule de circonstances inutiles à consigner ici, décuplèrent son désir
de parvenir et lui donnèrent [f] soif [g] des distinctions. Comme
il arrive aux âmes grandes, il voulut ne rien devoir [h] qu'à
son mérite. Mais son esprit était éminemment méridional;
à l'exécution, ses déterminations devaient donc être frappées de ces hésitations qui [i] saisissent les jeunes gens quand
ils se trouvent en pleine mer, sans savoir ni de quel côté
diriger leurs forces, ni sous quel angle enfler leurs voiles.
Si d'abord il voulut se jeter à corps perdu dans le travail,
séduit bientôt par la nécessité de se créer des relations, il
remarqua combien les femmes ont d'influence sur la vie
sociale, et avisa soudain à se lancer dans le monde, afin
d'y conquérir des protectrices : devaient-elles manquer [j]
à un jeune homme ardent et spirituel dont l'esprit et
l'ardeur étaient rehaussés par une tournure élégante et par
une sorte de beauté nerveuse à laquelle les femmes se
laissent prendre volontiers? Ces idées l'assaillirent au
milieu des champs, pendant les promenades que jadis il
faisait gaiement avec ses sœurs, qui le trouvèrent bien
changé. Sa tante, madame de Marcillac, autrefois présentée à la Cour, y avait connu les sommités [1] aristocratiques.

---

1. A propos de *sommités*, F. Wey écrit dans ses *Remarques sur la
langue française au XIXe siècle* : « Ce langage hyperbolique est ambitieux

Tout à coup le jeune ambitieux reconnut, dans les souvenirs dont sa tante l'avait si souvent bercé, les éléments
de plusieurs conquêtes sociales, au moins aussi importantes que celles qu'il entreprenait à l'École de Droit; il
la questionna sur les liens de parenté qui pouvaient encore
se renouer. Après avoir secoué les branches de l'arbre
généalogique [1], la vieille dame estima que, de toutes les
personnes qui pouvaient servir son neveu parmi la gent
égoïste des parents riches, madame la vicomtesse de Beauséant serait la moins récalcitrante. Elle écrivit à cette
jeune femme une lettre dans l'ancien style, et la remit à
Eugène, en lui disant que, s'il réussissait auprès de la
vicomtesse, elle lui ferait retrouver ses autres parents.
Quelques jours après son arrivée, Rastignac envoya la
lettre de sa tante à madame de Beauséant. La vicomtesse
répondit par une invitation de bal pour le lendemain [a].

Telle était la situation générale de la pension bourgeoise à la fin du mois de novembre 1819 [b]. Quelques
jours plus tard [2][c], Eugène, après être allé au bal de madame
de Beauséant, rentra vers deux heures dans la nuit [d]. Afin
de regagner le temps perdu, le courageux étudiant s'était
promis, en dansant, de travailler [e] jusqu'au matin. Il allait
passer la nuit pour la première fois au milieu de ce silencieux quartier, car il s'était mis sous le charme d'une
fausse énergie en voyant les splendeurs du monde. Il
n'avait pas dîné chez madame Vauquer. Les pensionnaires
purent donc croire [f] qu'il ne reviendrait du bal que le lendemain matin au petit jour, comme il était quelquefois
rentré des fêtes du Prado [3] ou des bals de l'Odéon, en [g]

---

et de mauvais goût. » Mais le mot plaisait à Balzac, qui l'a souvent
employé (voir G. Matoré, *Le Vocabulaire et la Société sous Louis-Philippe*) et qui ira, dans le manuscrit, jusqu'à le renforcer d'un superlatif
(voir appendice critique, p. 377).

1. Une variante de cette métaphore se rencontre dans *Le Cabinet
des Antiques,* où le vieux marquis d'Esgrignon est décrit « posé sur
son arbre généalogique » (voir notre édition, p. 128).

2. En fait, moins de quarante-huit heures plus tard, puisque le bal
en question était fixé au « lendemain » (voir variantes, p. 376).

3. L'ancien théâtre de la Cité, rue de la Barillerie (aujourd'hui

crottant ses bas de soie et gauchissant ses escarpins. Avant
de mettre les verrous à la porte, Christophe l'avait ouverte
pour regarder dans la rue. Rastignac se présenta dans ce
moment, et put monter à sa chambre sans faire de bruit,
suivi de Christophe qui en faisait beaucoup. Eugène se
déshabilla, se mit en pantoufles, prit une méchante redingote, alluma son feu de mottes, et se prépara lestement au
travail[a], en sorte que Christophe couvrit encore par le
tapage de ses gros souliers les apprêts peu bruyants du
jeune homme[b]. Eugène resta pensif pendant quelques
moments avant de se plonger dans ses livres[c] de Droit. Il
venait de reconnaître en madame la vicomtesse de Beauséant[d] l'une des reines de la mode à Paris, et dont la maison passait pour être la plus agréable du faubourg Saint-
Germain. Elle était d'ailleurs, et par son nom et par sa
fortune, l'une des sommités[e] du monde aristocratique.
Grâce à sa tante de Marcillac, le pauvre étudiant avait été
bien reçu dans cette maison, sans connaître l'étendue de
cette faveur. Être admis dans ces salons dorés équivalait
à[f] un brevet de haute noblesse. En se montrant dans cette
société, la plus exclusive de toutes, il avait conquis[g] le
droit d'aller partout. Ébloui par cette brillante assemblée,
ayant à peine échangé quelques paroles avec la vicomtesse, Eugène s'était contenté de distinguer, parmi la
foule des déités parisiennes qui se pressaient dans ce raoût,
une de ces femmes[h] que doit adorer tout d'abord
un jeune homme[1]. La comtesse Anastasie de Restaud,
grande et bien faite, passait pour avoir l'une des plus
jolies tailles de Paris. Figurez-vous de grands yeux noirs,

---

boulevard du Palais), était devenu le Prado, une salle de bal fréquentée
par les étudiants.
  1. Un raout (du mot anglais rout) est une réunion mondaine où
les invités sont nombreux et relativement peu triés. Il est question,
dans *Le Livre des Cent-et-Un* (XII, 18), de « ces cohues appelées routs ».
A la fin de *Gobseck*, la vicomtesse de Grandlieu précise avec dédain
que Mme de Restaud était reçue par Mme de Beauséant, non dans son
intimité (comme la duchesse de Langeais), mais « dans ses raouts ».
La comtesse de Restaud est tenue à distance par le vrai Faubourg
en raison de ses origines et n'a d'ailleurs, au jugement de Balzac, ni
le goût ni le caractère d'une grande dame (voir p. 44).

une main magnifique, un pied bien découpé, du feu dans
les mouvements, une femme que le marquis de Ronquerolles nommait un cheval de pur sang. Cette finesse de
nerfs ne lui ôtait aucun avantage; elle avait les formes
pleines et rondes, sans qu'elle pût être accusée de trop
d'embonpoint. *Cheval de pur sang, femme de race,* ces locu-
tions commençaient à remplacer les anges du ciel, les
figures ossianiques, toute l'ancienne mythologie amoureuse repoussée par le dandysme [1a]. Mais pour Rastignac,
madame Anastasie de Restaud fut la femme désirable. Il
s'était ménagé deux tours [b] dans la liste des cavaliers écrite
sur l'éventail, et avait pu lui parler pendant la première
contredanse [c]. — Où vous rencontrer désormais, madame ?
lui avait-il dit brusquement avec cette force de passion
qui plaît tant aux femmes. — Mais, dit-elle, au Bois, aux
Bouffons, chez moi, partout. Et l'aventureux Méridional
s'était empressé de se lier avec cette délicieuse comtesse,
autant qu'un jeune homme peut se lier avec une femme
pendant une contredanse et une valse [d]. En se disant cousin de madame de Beauséant [e], il fut invité par cette femme,
qu'il prit pour une grande dame [f], et eut ses entrées chez
elle. Au dernier sourire qu'elle lui jeta, Rastignac crut sa
visite nécessaire. Il avait eu le bonheur de rencontrer un
homme qui ne s'était pas moqué de son ignorance, défaut mortel au milieu des illustres impertinents de
l'époque, les Maulincourt, les Ronquerolles, les Maxime
de Trailles, les de Marsay, les Ajuda-Pinto, les Vande-

---

1. C'est pourtant bien « l'ancienne mythologie amoureuse » qui va
triompher, en 1820, avec les *Méditations* de Lamartine. Balzac commet-
il un anachronisme ? Il est possible que les métaphores hippiques citées
dans ce passage soient en usage dès cette date dans quelques cercles
d'élégants. Toutefois, elles ne se répandront que sous la Monarchie
de Juillet, avec la vogue des courses de chevaux, manifestée en 1833
par la création du Jockey-Club. M. Matoré (*op. cit.*, pp. 54-55) en relève
des exemples chez Musset, chez Gautier et cite, mais à la date de 1845,
cette protestation de Francis Wey : « N'est-il pas honteux qu'on écrive
d'une femme qu'elle a de la *race*, qu'elle est *pur-sang*, qu'elle a de la
croupe, qu'on lui trouve une belle *encolure*, un *poitrail* superbe et le pas
fringant ? »

nesse [a], qui étaient là dans la gloire de leurs fatuités et
mêlés aux femmes les plus élégantes, lady Brandon, la
duchesse de Langeais, la comtesse de Kergarouët [1], madame de Sérisy, la duchesse de Carigliano, la comtesse
Ferraud, madame de Lanty [b], la marquise d'Aiglemont,
madame Firmiani, la marquise de Listomère et la marquise d'Espard, la duchesse de Maufrigneuse et les Grandlieu [2][c]. Heureusement donc, le naïf étudiant tomba [d]
sur le marquis de Montriveau, l'amant [3] de la duchesse de
Langeais [e], un général simple comme un enfant, qui lui
apprit que la comtesse de Restaud demeurait rue du Helder. Être jeune, avoir soif du monde, avoir faim [f] d'une
femme, et voir s'ouvrir pour soi deux maisons ! mettre le
pied au faubourg Saint-Germain chez la vicomtesse de
Beauséant, le genou dans [g] la Chaussée-d'Antin chez la
comtesse de Restaud ! plonger d'un regard dans les salons [h]
de Paris en enfilade, et se croire assez joli garçon pour y
trouver aide et protection dans un cœur de femme ! se
sentir assez ambitieux pour donner un superbe [i] coup de
pied à la corde roide sur laquelle il faut marcher avec
l'assurance du sauteur qui ne tombera pas, et avoir trouvé
dans une charmante femme le meilleur des balanciers !
Avec ces pensées et devant cette femme qui se dressait sublime [j] auprès d'un feu de mottes, entre le Code et la misère, qui n'aurait comme Eugène sondé l'avenir par
une méditation, qui ne l'aurait meublé de succès ? Sa
pensée vagabonde escomptait si drûment [4] ses joies futures [k]

---

1. Comme l'observe le docteur Lotte dans les notes de son *Dictionnaire*, p. 666, Émilie de Fontaine n'a épousé le comte de Kergarouët
qu'en 1827 *(Le Bal de Sceaux)* et ne peut donc assister en 1819 à ce bal
sous le nom de comtesse de Kergarouët.

2. Ces énumérations, complétées ou retouchées d'une édition à
l'autre, ont pour objet de créer des liens avec des romans déjà publiés
et de concourir ainsi à l'unité de l'œuvre. Balzac recourra au même
procédé dans *Illusions perdues* (éd. Garnier, p. 450), dans *Le Cabinet
des Antiques* (éd. Garnier, p. 87).

3. Entendons ici l'amoureux, puisque la duchesse de Langeais ne
devait jamais appartenir au général de Montriveau.

4. Avec tant d'intensité. Cet adverbe semble être un néologisme.
Balzac l'emploie de nouveau p. 144.

qu'il se croyait auprès de madame de Restaud quand un
soupir semblable à un *ban* de saint Joseph [1] troubla le
silence [a] de la nuit, retentit au cœur du jeune homme de
manière à le lui faire prendre pour le râle d'un moribond [b]
Il ouvrit doucement sa porte, et quand il fut dans le corridor, il aperçut une ligne de lumière tracée au bas de la
porte du père Goriot. Eugène craignit que son voisin ne
se trouvât indisposé, il approcha son œil de la serrure,
regarda dans la chambre, et vit le vieillard occupé de travaux qui lui parurent trop criminels pour qu'il ne crût
pas rendre service à la société en examinant bien ce que
machinait [c] nuitamment le soi-disant vermicellier. Le père
Goriot, qui sans doute avait attaché sur la barre [d] d'une
table renversée un plat et une espèce de soupière en vermeil, tournait une espèce de câble [e] autour de ces objets
richement [f] sculptés, en les serrant avec une si grande force
qu'il les tordait vraisemblablement pour les convertir
en lingots [g]. — Peste ! quel homme ! se dit Rastignac en
voyant le bras nerveux du vieillard qui, à l'aide de cette
corde, pétrissait sans bruit l'argent doré, comme une
pâte. Mais serait-ce donc un voleur ou un recéleur qui,
pour se livrer plus sûrement à son commerce, affecterait
la bêtise, l'impuissance, et vivrait en mendiant ? se dit
Eugène en se relevant un moment [h]. L'étudiant appliqua
de nouveau son œil à la serrure [i]. Le père Goriot, qui
avait déroulé son câble, prit la masse d'argent, la mit sur
la table après y avoir étendu sa couverture, et l'y roula
pour l'arrondir en barre, opération dont il s'acquitta [j]
avec une facilité merveilleuse [k]. — Il serait donc aussi
fort que l'était Auguste, roi de Pologne [2] ? se dit Eugène
quand la barre ronde fut à peu près façonnée. Le père
Goriot regarda tristement son ouvrage [l], des larmes

---

1. De charpentier.
2. Voltaire raconte, dans l'*Histoire de Charles XII*, que le roi Frédé-
ric-Auguste Ier avait « une force de corps incroyable » et qu'il terrassa
un jour, avec un filet et un bâton, « un ours d'une grandeur démesurée ».
L'*Histoire de Charles XII* est l'un des premiers livres que Balzac ait
possédés : il l'avait reçu en récompense au Collège de Vendôme,
le 30 avril 1809, pour un premier accessit de version latine.

sortirent de ses yeux, il souffla le rat-de-cave à la lueur
duquel il avait tordu ce vermeil, et Eugène l'entendit se
coucher en poussant un soupir. — Il est fou, pensa l'étudiant.

— Pauvre enfant! dit à haute voix[a] le père Goriot.

A cette parole, Rastignac[b] jugea prudent de garder le
silence sur cet événement, et de ne pas inconsidérément
condamner son voisin. Il allait rentrer quand il distingua
soudain[c] un bruit assez difficile à exprimer, et qui devait
être produit par des hommes en chaussons de lisière
montant l'escalier. Eugène prêta l'oreille, et reconnut en
effet le son alternatif de la respiration de deux hommes.
Sans avoir entendu ni le cri de la porte ni les pas des
hommes, il vit tout à coup une faible lueur au second
étage, chez monsieur Vautrin. — Voilà bien des mystères
dans une pension bourgeoise! se dit-il. Il descendit
quelques marches, se mit à écouter, et le son de l'or
frappa son oreille[d]. Bientôt la lumière fut éteinte, les deux
respirations se firent entendre derechef[e] sans que la porte
eût crié. Puis, à mesure que les deux hommes descendirent, le bruit alla s'affaiblissant.

— Qui va là? cria madame Vauquer en ouvrant la
fenêtre de sa chambre[f].

— C'est moi qui rentre, maman Vauquer, dit Vautrin
de sa grosse voix.

— C'est singulier! Christophe avait mis le verrou,
se dit Eugène en rentrant dans sa chambre. Il faut veiller
pour bien savoir ce qui se passe autour de soi, dans Paris.
Détourné par ces petits évènements de sa méditation
ambitieusement amoureuse, il se mit au travail. Distrait
par les soupçons qui lui venaient sur le compte du père
Goriot, plus distrait encore par la figure de madame de
Restaud, qui de moments en moments se posait devant
lui comme la messagère d'une brillante destinée, il finit
par se coucher et par dormir[g] à poings fermés[h]. Sur dix
nuits promises au travail par les jeunes gens, ils en donnent sept au sommeil. Il faut avoir plus de vingt ans[i]
pour veiller.

Le lendemain matin régnait à Paris un de ces épais

brouillards qui l'enveloppent et l'embrument[a] si bien
que les gens les plus exacts sont trompés par le temps.
Les rendez-vous d'affaires se manquent. Chacun se croit
à huit heures quand midi sonne. Il était neuf heures et
demie, madame Vauquer n'avait pas encore bougé de
son lit. Christophe et la grosse Sylvie, attardés aussi, prenaient tranquillement leur café[b], préparé avec les couches
supérieures du lait destiné aux pensionnaires, et que Sylvie faisait longtemps bouillir, afin que madame Vauquer
ne s'aperçût pas de cette dîme illégalement levée.

— Sylvie, dit Christophe en mouillant sa première
rôtie, monsieur Vautrin, qu'est un bon homme tout de
même, a encore vu deux personnes[c] cette nuit. Si madame
s'en inquiétait, ne faudrait rien lui dire.

— Vous a-t-il[d] donné quelque[e] chose ?

— Il m'a donné cent sous pour son mois, une manière
de me dire : « Tais-toi.[f] »

— Sauf[g] lui et madame Couture, qui ne sont pas regar-
dants, les autres voudraient nous retirer de la main gauche ce qu'ils nous donnent de la main droite au jour de
l'an, dit Sylvie.

— Encore, qu'est-ce qu'ils donnent ! fit Christophe,
une méchante pièce *et*[1] de cent sous. Voilà depuis deux ans
le père Goriot[h] qui fait ses souliers lui-même. Ce *grigou* de
Poiret se passe de cirage, et le boirait plutôt que de le
mettre à ses savates[i]. Quant au gringalet d'étudiant, il me
donne quarante sous. Quarante sous ne payent pas mes
brosses[j], et il vend ses vieux habits, par-dessus le marché.
Qué baraque !

— Bah ! fit Sylvie en buvant de petites gorgées de
café, nos places sont encore les meilleures du quartier :
on y vit bien. Mais, à propos du gros papa Vautrin[k],
Christophe, vous a-t-on dit quelque chose ?

— Oui, j'ai rencontré il y a quelques jours un monsieur dans la rue, qui m'a dit : — N'est-ce pas chez vous
que demeure un gros monsieur qui a des favoris qu'il

---

1. Le mot est ici pléonastique. L'italique attire l'attention sur cet
abus populaire.

teint ? Moi j'ai dit : « Non, monsieur, il ne les teint pas. Un homme gai comme lui, il n'en a pas le temps. » J'ai donc dit ça [a] à monsieur Vautrin, qui m'a répondu : « Tu as bien fait, mon garçon ! Réponds toujours comme ça. Rien n'est plus désagréable que de laisser connaître nos infirmités. Ça peut faire manquer des mariages [b]. »

— Eh bien ! à moi, au marché, on a voulu m'englauder [1] aussi pour me faire dire si je lui voyais passer sa chemise. C'te farce ! [c] Tiens, dit-elle en s'interrompant [d], voilà dix heures quart moins [e] qui sonnent au Val-de-Grâce, et personne ne bouge.

— Ah bah ! ils sont tous sortis. Madame Couture et sa jeune personne sont allées [f] manger le bon Dieu à Saint-Étienne [2] dès huit [g] heures. Le père Goriot est sorti avec un paquet. L'étudiant ne reviendra qu'après son cours, à dix heures. Je les ai vus partir [h] en faisant mes escaliers ; que le père Goriot m'a donné un coup avec ce qu'il portait, qu'était dur comme du fer. Qué qui fait [i] donc, ce bonhomme-là ? Les autres le font aller comme une toupie [j], mais c'est un brave homme tout de même [k], et qui vaut mieux qu'eux tous. Il ne donne pas grand' chose ; mais les dames chez lesquelles il m'envoie quelquefois allongent de fameux pourboires, et sont joliment ficelées [3].

— Celles qu'il appelle ses filles, hein ? Elles sont une douzaine.

---

1. Duper. *Englauder* est une prononciation déformée pour *enclauder*, formé sur *Claude* (ce prénom, comme celui de Colas, servant parfois, dès le XVIIIᵉ siècle, pour désigner un sot). Deux personnages de *La Comédie humaine* moins frustes que Sylvie (Croizeau, dans *Un Homme d'affaires*, Lupin, dans *Les Paysans*) emploient *enclauder* : « Il avait enclaudé, disait-il, la veuve » ; « Nous saurons bien l'enclauder ».

2. Saint-Étienne-du-Mont, naturellement. Balzac juge à propos de préciser tout à la fin du roman (p. 307) : « église peu distante de la rue Neuve-Sainte-Geneviève ».

3. Déjà dans *Ferragus* (éd. Garnier, p. 109), Balzac appliquait ce verbe à une mise élégante, en précisant qu'il utilisait « une expression pittoresque créée par les soldats ». Il l'emploie une seconde fois dans *Le Père Goriot*, avec une nuance plaisante, p. 208.

— Je ne suis jamais allé[a] que chez deux, les mêmes qui sont venues ici.

— Voilà madame qui se remue[b]; elle va faire son sabbat : faut que j'y aille. Vous veillerez au lait, Christophe, rapport au chat.

— Comment, Sylvie, voilà dix heures quart moins[c], vous m'avez laissée dormir comme une marmotte! Jamais pareille chose n'est arrivée.

— C'est le brouillard, qu'est à couper au couteau.

— Mais le déjeuner ?

— Bah! vos pensionnaires avaient bien le diable au corps ; ils ont tous décanillé dès le patron-jacquette[d].

— Parle donc bien, Sylvie, reprit madame Vauquer : on dit le patron-minette[1][e].

— Ah! madame, je dirai comme vous voudrez. Tant y a que vous pouvez déjeuner à dix heures[2]. La Michonnette et le Poireau[f] n'ont pas bougé. Il n'y a qu'eux qui soient dans la maison, et ils dorment comme des souches qui sont[g].

— Mais, Sylvie, tu les mets tous les deux ensemble, comme si...

— Comme si, quoi ? reprit Sylvie en laissant échapper un gros rire bête. Les deux font la paire.

— C'est singulier, Sylvie : comment monsieur Vautrin est-il donc rentré cette nuit après que Christophe a eu mis les verrous ?

— Bien au contraire, madame. Il a entendu mon-

---

1. Cette locution, qui évoque le lever du jour, se rencontre, dès le XVIIIe siècle, sous les formes potron-minet et potron-jacquet. Si *jacquet* désigne l'écureuil comme *minet* le chat, *potron* n'a jamais été clairement expliqué. En tout cas, *patron* est une forme ultérieurement substituée à *potron* ; *minette* et *jacquette* sont des prononciations régionales, propres aux parlers de l'Ouest et du Midi. Ainsi donc, Mme Vauquer, tout comme Sylvie, emploie sous une forme corrompue une expression en elle-même familière : il est plaisant de la voir manifester si malencontreusement sa prétention au bon usage.
2. On déjeunait alors assez tôt dans la journée, mais en général vers onze heures (voir R. Burnand, *La vie quotidienne en France*, Hachette, éd. non illustrée, p. 127).

sieur Vautrin, et est descendu pour lui ouvrir la porte [a]. Et voilà ce que vous avez cru...

— Donne-moi ma camisole, et va vite voir au déjeuner. Arrange le reste du mouton avec des pommes de terre, et donne des poires cuites, de celles qui coûtent deux liards la pièce [b].

Quelques instants après, madame Vauquer descendit au moment où son chat venait de renverser d'un coup de patte l'assiette qui couvrait un bol de lait, et le lapait en toute hâte.

— Mistigris! s'écria-t-elle. Le chat se sauva, puis revint se frotter à ses jambes. Oui, oui, fais ton capon [1], vieux lâche! lui dit-elle. Sylvie! Sylvie!

— Eh bien! quoi, madame?

— Voyez donc ce qu'a bu le chat.

— C'est la faute de cet animal de Christophe, à qui j'avais dit de mettre le couvert. Où est-il passé [c]? Ne vous inquiétez pas, madame; ce sera le café du père Goriot. Je mettrai de l'eau dedans, il ne s'en apercevra pas. Il ne fait attention à rien, pas même à ce qu'il mange [d].

— Où donc est-il allé, ce chinois-là [2]? dit madame Vauquer en plaçant les assiettes [e].

— Est-ce qu'on sait? Il fait des trafics des cinq cents diables.

— J'ai trop dormi, dit madame Vauquer.

— Mais aussi madame est-elle [f] fraîche comme une rose...

En ce moment la sonnette se fit entendre, et Vautrin entra dans le salon en chantant de sa grosse voix:

J'ai longtemps parcouru le monde,
Et l'on m'a vu de toute part...

---

1. Le mot signifie ici: « câlin, flatteur ». On le trouve, ainsi défini, dans le *Dictionnaire du bas-langage* de d'Hautel. Balzac, dans *La Cousine Bette*, emploie le verbe caponner: « Si tu veux te venger, il faut caponner. »

2. Le terme *chinois* est attesté comme vaguement injurieux par d'Hautel. M. Dagneaud, dans son ouvrage *Les éléments populaires dans le lexique de La Comédie humaine*, en a relevé plusieurs autres exemples chez Balzac (p. 28).

— Oh! oh! bonjour, maman Vauquer, dit-il en apercevant l'hôtesse, qu'il prit galamment dans ses bras[a].

— Allons, finissez donc.

— Dites impertinent! reprit-il. Allons, dites-le. Voulez-vous bien le dire[b]? Tenez, je vais mettre le couvert avec vous. Ah! je suis gentil, n'est-ce pas?[c]

> *Courtiser la brune et la blonde,*
> *Aimer, soupirer...*

— Je viens de voir quelque chose de singulier.

> *... au hasard*[1].

— Quoi? dit la veuve.

— Le père Goriot était à huit heures et demie rue Dauphine, chez l'orfèvre qui achète de vieux couverts et des galons. Il lui a vendu pour une bonne somme[d] un ustensile de ménage, en vermeil[e], assez joliment tortillé pour un homme qui n'est pas de la manique[2][f].

— Bah! vraiment?

— Oui. Je revenais ici après avoir conduit un de mes amis qui s'expatrie[g] par les Messageries royales[3]; j'ai attendu le père Goriot pour voir : histoire de rire. Il a remonté[h] dans ce quartier-ci, rue des Grès[4], où il est entré dans la maison d'un usurier connu, nommé Gobseck[i], un fier drôle, capable de faire des dominos avec les os de son père; un juif, un arabe, un grec, un bohémien, un homme qu'on serait bien embarrassé de dévaliser, il met ses écus[j] à la Banque.

---

1. Rondo tiré de *Joconde ou les coureurs d'aventures*, opéra-comique de Nicolo, paroles d'Étienne, créé en 1814. Balzac évoque encore « le fameux rondo de Joconde » dans l'article *Rondo brillant, mais facile* signé R. Coudreux (*Œuvres diverses*, Conard, II, 403).

2. « MANIQUE. Morceau de cuir dont les cordonniers se couvrent une partie de la main pour leur travail... On dit, en parlant d'un savetier : il est de la manique, c'est un homme de la manique. » (Littré). L'expression s'entend ici dans un sens élargi : qui n'est pas de la partie.

3. Cette entreprise de transports exerçait, à l'époque, un monopole de fait.

4. Aujourd'hui rue Cujas.

— Qu'est-ce que fait donc ce père Goriot ?

— Il ne fait rien, dit Vautrin, il défait. C'est un imbécile assez bête pour se ruiner à aimer les filles qui...

— Le voilà ! dit Sylvie.

— Christophe, cria le père Goriot, monte avec moi. Christophe suivit le père Goriot, et redescendit bientôt.

— Où vas-tu ? dit madame Vauquer à son domestique.

— Faire une commission pour monsieur Goriot.

— Qu'est-ce que c'est que ça ? dit Vautrin en arrachant des mains de Christophe une lettre sur laquelle [a] il lut [b] : *A madame la comtesse Anastasie de Restaud.* Et tu vas ? reprit-il en rendant la lettre à Christophe [c].

— Rue du Helder. J'ai ordre de ne remettre ceci qu'à madame la comtesse.

— Qu'est-ce qu'il y a là-dedans ? dit Vautrin en mettant la lettre au jour ; un billet de banque ? non. Il entr'ouvrit l'enveloppe. — Un billet acquitté, s'écria-t-il. Fourche ! il est galant, le roquentin [1] [d]. Va, vieux Lascar, dit-il en coiffant de sa large main Christophe, qu'il fit tourner sur lui-même comme un dé [e], tu auras un bon pourboire.

Le couvert était mis. Sylvie faisait bouillir le lait. Madame Vauquer allumait le poêle, aidée par Vautrin, qui fredonnait toujours :

> *J'ai longtemps parcouru le monde*
> *Et l'on m'a vu de toute part* [f]...

Quand tout fut prêt, madame Couture et mademoiselle Taillefer rentrèrent.

— D'où venez-vous donc si matin, ma belle dame ? dit madame Vauquer à madame Couture.

— Nous venons de faire nos dévotions à Saint-Étienne-du-Mont, ne devons-nous pas aller [g] aujourd'hui chez monsieur Taillefer ? Pauvre petite, elle tremble comme la feuille, reprit madame Couture en s'asseyant devant le

---

1. « Terme burlesque dont on se sert pour désigner un vieillard ridicule. *Voyez ce vieux roquentin* ». (*Acad.* 1835).

poêle à la bouche duquel elle présenta ses souliers qui
fumèrent.

— Chauffez-vous donc, Victorine, dit madame Vauquer [a].

— C'est bien, mademoiselle, de prier le bon Dieu
d'attendrir le cœur de votre père, dit Vautrin en avançant
une chaise à l'orpheline. Mais ça ne suffit pas. Il vous
faudrait un ami qui se chargeât de dire son fait à ce mar-
souin-là [1], un sauvage qui a, dit-on, trois millions, et qui
ne vous donne pas de dot. Une belle fille a besoin de dot [b]
dans ce temps-ci.

— Pauvre enfant, dit madame Vauquer. Allez, mon
chou, votre monstre de père attire le malheur à plaisir
sur lui [c].

A ces mots, les yeux de Victorine se mouillèrent de
larmes, et la veuve s'arrêta sur un signe que lui fit madame Couture.

— Si nous pouvions seulement le voir, si je pouvais
lui parler, lui remettre la dernière lettre de sa femme,
reprit la veuve du Commissaire-Ordonnateur [d]. Je n'ai
jamais osé la risquer par la poste; il connaît mon écriture...

— *O femmes innocentes, malheureuses et persécutées* [2][e], s'é-
cria Vautrin en interrompant [f], voilà donc où vous en êtes?
D'ici à quelques jours je me mêlerai de vos affaires, et
tout ira bien.

— Oh! monsieur, dit Victorine en jetant un regard à
la fois humide et brûlant à Vautrin, qui ne s'en émut
pas, si vous saviez un moyen d'arriver à mon père, dites-

---

1. *Marsouin* désigne injurieusement un « homme laid, mal bâti et
de grosse taille » (*Dictionnaire comique* de Leroux).

2. Il existe une pantomime en quatre actes, *La Femme innocente,
malheureuse et persécutée ou l'Époux crédule et barbare*, par B. de R. (Balis-
son de Rougemont). C'est une amusante parodie du mélodrame, représentée pour la première fois sur le Théâtre de Sa Majesté l'Impératrice
le 21 février 1811, encore jouée vers 1830 et notamment à l'Odéon
une quinzaine de fois en février-mars 1832. M. Wayne Conner, à qui
nous devons cette indication, attribue à Balzac un texte intitulé « Le
Champion du notaire innocent, malheureux et persécuté » qu'il
date de 1830 ou 1831. Voir ce texte dans *L'Année balzacienne*, 1960.

lui bien que son affection et l'honneur de ma mère me
sont plus précieux que toutes les richesses du monde.
Si vous obteniez quelque adoucissement à sa rigueur,
je prierais Dieu pour vous. Soyez sûr d'une reconnaissance...

— *J'ai longtemps parcouru le monde*, chanta Vautrin
d'une voix ironique.

En ce moment, Goriot, mademoiselle Michonneau,
Poiret descendirent, attirés peut-être par l'odeur du roux
que faisait Sylvie pour accommoder[a] les restes du mouton.
A l'instant où les sept convives s'attablèrent en se souhaitant le bonjour, dix heures sonnèrent, l'on entendit dans
la rue le pas de l'étudiant.

— Ah! bien, monsieur Eugène, dit Sylvie, aujour-
d'hui vous allez déjeuner avec tout le monde.

L'étudiant salua les pensionnaires, et s'assit auprès du
père Goriot.

— Il vient de m'arriver une singulière aventure, dit-il
en se servant abondamment du mouton et se coupant un
morceau[b] de pain[c] que madame Vauquer mesurait toujours
de l'œil.

— Une aventure! dit Poiret.

— Eh bien! pourquoi vous en étonneriez-vous, vieux
chapeau ? dit Vautrin à Poiret. Monsieur[d] est bien fait pour
en avoir.

Mademoiselle Taillefer coula timidement un regard
sur le jeune étudiant.

— Dites-nous votre aventure, demanda madame Vauquer.

— Hier j'étais au bal chez madame la vicomtesse de
Beauséant[e], une cousine à moi, qui possède[f] une maison
magnifique, des appartements habillés de soie, enfin qui
nous a donné une fête[g] superbe, où je me suis amusé
comme un roi...

— Telet, dit Vautrin en interrompant net[h].

— Monsieur, reprit vivement Eugène, que voulez-vous
dire[i] ?

— Je dis *telet*, parce que les roitelets s'amusent beaucoup plus que les rois.

— C'est vrai : j'aimerais mieux être ce petit oiseau sans
souci que roi, parce... fit Poiret l'*idémiste* [1][a].

— Enfin, reprit l'étudiant en lui coupant la parole [b], je
danse avec une des plus belles femmes du bal, une comtesse ravissante, la plus délicieuse créature que j'aie jamais
vue. Elle était coiffée avec des fleurs de pêcher, elle avait
au côté le plus beau bouquet de fleurs, des fleurs naturelles qui embaumaient; mais, bah! il faudrait que vous
l'eussiez vue, il est [c] impossible de peindre une femme
animée par la danse. Eh bien! ce matin j'ai rencontré
cette divine comtesse, sur les neuf heures, à pied, rue des
Grès. Oh! le cœur m'a battu, je me figurais...

— Qu'elle venait ici, dit Vautrin en jetant un regard
profond à l'étudiant. Elle [d] allait sans doute chez le papa
Gobseck, un usurier [2]. Si jamais vous fouillez des cœurs
de femmes à Paris, vous y trouverez l'usurier avant l'a-
mant. Votre comtesse se nomme Anastasie de Restaud [e],
et demeure rue du Helder [f].

À ce nom, l'étudiant regarda fixement Vautrin. Le père
Goriot leva brusquement la tête, il jeta sur les deux inter-
locuteurs un regard lumineux et plein d'inquiétude qui
surprit les pensionnaires.

— Christophe arrivera trop tard, elle y sera donc
allée [g], s'écria douloureusement Goriot.

— J'ai deviné, dit Vautrin en se penchant à l'oreille
de madame Vauquer.

Goriot mangeait machinalement et sans savoir ce qu'il
mangeait. Jamais il n'avait semblé plus stupide et plus
absorbé qu'il l'était en ce moment.

---

1. Balzac fabrique le mot, mais cette manie de répéter les propos
d'autrui, qui caractérise le personnage, a déjà été observée et raillée
par L. Desnoyers dans son article du *Livre des Cent-et-Un* sur *Les
Béotiens de Paris* (III, 70 sq.). Desnoyers évoque « l'homme qui parle
quand vous parlez, qui se tait quand vous vous taisez... C'est un écho.
Dites : La paix est une excellente chose, quand elle ne coûte pas plus
cher que la guerre. — Oh! oui, redira-t-il, pas plus cher que la guerre.
Dites : La Régie nous vend du tabac qui ne vaut pas le diable ! — Oh !
non, redira-t-il, qui ne vaut pas le diable ».
2. On assiste, dans *Gobseck*, à une visite de Mme de Restaud chez
l'usurier.

— Qui diable, monsieur Vautrin, a pu vous dire son nom ? demanda Eugène.

— Ah ! ah ! voilà, répondit Vautrin. Le père Goriot le savait bien, lui ! pourquoi ne le saurais-je pas ?

— Monsieur Goriot, s'écria l'étudiant.

— Quoi ! dit le pauvre vieillard. Elle était donc bien belle hier ?

— Qui ?

— Madame de Restaud.

— Voyez-vous le vieux grigou, dit madame Vauquer à Vautrin [a], comme ses yeux s'allument.

— Il l'entretiendrait donc [b] ? dit à voix basse mademoiselle Michonneau à l'étudiant.

— Oh ! oui, elle était furieusement [c] belle, reprit Eugène, que le père Goriot regardait avidement. Si madame de Beauséant n'avait pas été là, ma divine comtesse eût été [d] la reine du bal, les jeunes gens n'avaient d'yeux que pour elle [e], j'étais le douzième inscrit sur sa liste, elle dansait toutes les contredanses. Les autres femmes enrageaient. Si une créature [f] a été heureuse hier, c'était bien elle. On a bien raison de dire qu'il n'y a rien de plus beau que frégate à la voile, cheval au galop et femme qui danse [g].

— Hier en haut de la roue, chez une duchesse [h], dit Vautrin ; ce matin en bas de l'échelle [i] chez un escompteur : voilà les Parisiennes [j]. Si leurs maris ne peuvent entretenir leur luxe effréné [k], elles se vendent. Si elles ne savent pas se vendre, elles éventreraient leurs mères pour y chercher de quoi briller. Enfin elles font les cent mille coups. Connu, connu [l] !

Le visage du père Goriot, qui s'était allumé [m] comme le soleil d'un beau jour en entendant l'étudiant, devint sombre à cette cruelle observation de Vautrin.

— Eh bien ! dit madame Vauquer, où donc est votre aventure ? Lui avez-vous parlé ? lui avez-vous demandé si elle voulait apprendre le Droit ?

— Elle ne m'a pas vu, dit Eugène. Mais rencontrer une des plus jolies femmes de Paris rue des Grès, à neuf heures, une femme qui a dû rentrer du bal à deux heures

du matin, n'est-ce pas singulier ? Il n'y a que Paris pour
ces aventures-là.

— Bah! il y en a de bien plus drôles, s'écria Vautrin.

Mademoiselle Taillefer avait à peine écouté, tant elle
était préoccupée par la tentative qu'elle allait faire. Madame Couture lui fit signe de se lever pour aller s'habiller. Quand les deux dames sortirent, le père Goriot les
imita.

— En bien! l'avez-vous vu ? dit madame Vauquer à
Vautrin et à ses autres pensionnaires. Il est clair qu'il s'est
ruiné pour ces femmes-là.

— Jamais on ne me fera croire, s'écria l'étudiant, que
la belle comtesse de Restaud appartienne au père Goriot.

— Mais, lui dit Vautrin en l'interrompant, nous ne
tenons pas à vous le faire croire. Vous êtes encore trop
jeune pour bien connaître Paris, vous saurez plus tard
qu'il s'y rencontre ce que nous nommons des *hommes à
passions*[1]... (A ces mots, mademoiselle Michonneau regarda Vautrin d'un air intelligent. Vous eussiez dit un
cheval de régiment entendant le son de la trompette.) —
Ah! ah! fit Vautrin en s'interrompant pour lui jeter un
regard profond, *que* nous *n'avons néu* nos [a] petites passions,
nous ? (La vieille fille baissa les yeux comme une religieuse qui voit des statues [b].) — Eh bien! reprit-il, ces
gens-là chaussent une idée et n'en démordent pas. Ils n'ont
soif [c] que d'une certaine eau prise à une certaine fontaine,
et souvent croupie; pour en boire, ils vendraient [d] leurs
femmes, leurs enfants; ils vendraient leur âme au diable [e].
Pour les uns, cette fontaine [f] est le jeu, la Bourse, une collection de tableaux ou d'insectes [g], la musique; pour d'autres, c'est une femme qui sait leur cuisiner des friandises.
A ceux-là [h], vous leur offririez toutes les femmes de la

---

1. Selon M. Dagneaud, cette expression, détachée en italiques,
appartient au vocabulaire des filles et désigne les hommes travaillés
par des perversions érotiques. Ainsi semble l'entendre Mlle Michonneau, dont la réaction est, en quelque sorte, professionnelle. Mais
Vautrin la prend dans un sens beaucoup plus large. Balzac la place
encore dans la bouche de Josépha, qui l'applique au baron Hulot
(*La Cousine Bette*, éd. Garnier, p. 321).

terre, ils s'en moquent, ils ne veulent que celle qui satisfait leur passion[a]. Souvent cette femme ne les aime pas
du tout, vous [b] les rudoie, leur vend fort cher des bribes
de satisfactions [c]; eh bien! mes farceurs ne se lassent pas,
et mettraient leur dernière couverture au Mont-de-Piété
pour lui apporter leur dernier écu. Le père Goriot est un
de ces gens-là. La comtesse l'exploite parce qu'il est discret, et voilà le beau monde [d]! Le pauvre bonhomme [e] ne
pense qu'à elle. Hors de sa passion, vous le voyez, c'est
une bête brute. Mettez-le sur ce chapitre-là, son visage
étincelle comme un diamant. Il n'est pas difficile de deviner ce secret-là. Il a porté ce matin du vermeil à la fonte,
et je l'ai vu entrant [f] chez le papa Gobseck, rue des Grès.
Suivez bien [g]! En revenant, il a envoyé chez la comtesse
de Restaud ce niais de Christophe qui nous a montré l'a-
dresse de la lettre dans laquelle était un billet acquitté. Il
est clair que si la comtesse allait aussi chez le vieil escompteur, il y avait urgence. Le père Goriot a galamment
financé pour elle. Il ne faut pas coudre deux idées pour
voir clair là-dedans. Cela vous prouve, mon jeune étudiant, que, pendant que votre comtesse riait, dansait, faisait ses singeries, balançait ses fleurs de pêcher, et pinçait
sa robe, elle était dans ses petits souliers, comme on dit,
en pensant à ses lettres de change protestées, ou à celles
de son amant[1].

— Vous me donnez une furieuse envie de savoir la
vérité. J'irai demain chez madame de Restaud, s'écria
Eugène.

— Oui, dit Poiret, il faut aller demain chez madame
de Restaud.

— Vous y trouverez peut-être le bonhomme Goriot
qui viendra toucher le montant de ses galanteries [2][h].

— Mais, dit Eugène avec un air de dégoût, votre
Paris est donc un bourbier.

---

1. Vautrin sait ou devine que des lettres de change ont circulé
au nom de Maxime de Trailles, amant de Mme de Restaud.

2. Vautrin lui-même ne paraît pas soupçonner encore la nature
du lien qui unit Goriot à Mme de Restaud.

— Et un drôle de bourbier, reprit Vautrin. Ceux qui s'y crottent en voiture sont d'honnêtes gens, ceux qui s'y crottent à pied sont des fripons. Ayez le malheur d'y décrocher n'importe quoi, vous êtes montré sur la place du Palais-de-Justice comme une curiosité. Volez un million, vous êtes marqué dans les salons comme une vertu. Vous payez trente millions à la Gendarmerie et à la Justice pour maintenir cette morale-là. Joli [a] !

— Comment, s'écria madame Vauquer, le père Goriot aurait fondu son déjeuner de vermeil ?

— N'y avait-il pas [b] deux tourterelles sur le couvercle ? dit Eugène.

— C'est bien cela [c].

— Il y tenait donc beaucoup, il a pleuré quand il a eu pétri l'écuelle et le plat. Je l'ai vu par hasard, dit Eugène.

— Il y tenait comme à sa vie, répondit la veuve [d].

— Voyez-vous le bonhomme, combien il est passionné, s'écria Vautrin. Cette femme-là sait lui chatouiller l'âme [e].

L'étudiant remonta chez lui. Vautrin [f] sortit. Quelques instants après, madame Couture et Victorine montèrent dans un fiacre que Sylvie alla [g] leur chercher. Poiret offrit son bras à mademoiselle Michonneau, et tous deux allèrent se promener au Jardin-des-Plantes, pendant les deux belles heures de la journée.

— Eh bien ! les voilà donc quasiment mariés, dit la grosse Sylvie. Ils sortent ensemble aujourd'hui pour la première fois. Ils sont tous deux si secs que, s'ils se cognent, ils feront feu comme un briquet.

— Gare au châle de mademoiselle Michonneau, dit en riant madame Vauquer [h], il prendra comme de l'amadou.

A quatre heures du soir, quand Goriot rentra, il vit, à la lueur de deux lampes fumeuses, Victorine dont les yeux étaient rouges. Madame Vauquer écoutait le récit de la visite infructueuse faite à monsieur Taillefer pendant la matinée [i]. Ennuyé de recevoir sa fille et cette vieille femme, Taillefer les avait laissé parvenir jusqu'à lui pour s'expliquer avec elles.

— Ma chère dame, disait madame Couture à madame

Vauquer, figurez-vous qu'il n'a pas même fait asseoir Victorine, qu'est restée constamment debout. A moi, il m'a dit, sans se mettre en colère, tout froidement, de nous épargner la peine de venir chez lui; que mademoiselle, sans dire sa fille, se nuisait [a] dans son esprit en l'importunant (une fois par an, le monstre!); que la mère de Victorine ayant été épousée [b] sans fortune, elle n'avait rien à prétendre; enfin les choses les plus dures, qui ont fait fondre en larmes cette pauvre petite. La petite [c] s'est jetée alors aux pieds de son père [d], et lui a dit avec courage qu'elle n'insistait autant que pour sa mère, qu'elle obéirait à ses volontés sans murmure, mais qu'elle le suppliait de lire le testament de la pauvre défunte; elle a pris la lettre et la lui a présentée en disant les plus belles choses du monde et les mieux senties, je ne sais pas où elle les a prises [e], Dieu les lui dictait, car la pauvre enfant [f] était si bien inspirée qu'en l'entendant, moi, je pleurais comme une bête [g]. Savez-vous ce que faisait cette horreur d'homme, il se coupait les ongles, il a pris cette lettre que la pauvre madame Taillefer avait trempée de larmes, et l'a jetée sur la cheminée en disant : « C'est bon! » [h] Il a voulu relever sa fille qui lui prenait les mains pour les lui baiser [i], mais il les a retirées. Est-ce pas une scélératesse ? Son grand dadais de fils est entré sans saluer sa sœur [j].

— C'est [k] donc des monstres ? dit le père Goriot.

— Et puis, dit madame Couture sans faire attention à l'exclamation du bonhomme, le père [l] et le fils s'en sont allés en me saluant et en me priant de les excuser, ils avaient des affaires pressantes. Voilà notre visite. Au moins, il a vu sa fille. Je ne sais pas comment il peut la renier, elle [m] lui ressemble comme deux gouttes d'eau.

Les pensionnaires, internes et externes, arrivèrent les uns après les autres, en se souhaitant mutuellement le bonjour, et se disant de ces riens qui constituent, chez certaines classes parisiennes, un esprit drolatique dans lequel la bêtise entre comme élément principal [1], et dont le

---

1. Balzac se souvient nettement ici de l'article *Les Béotiens de Paris*, publié par Louis Desnoyers dans le *Livre des Cent-et-Un.* Des-

mérite consiste particulièrement dans le geste ou la prononciation. Cette espèce d'argot varie continuellement.
La plaisanterie qui en est le principe n'a jamais un mois
d'existence. Un événement politique, un procès en cour
d'assises, une chanson des rues, les farces d'un acteur,
tout sert à entretenir ce jeu d'esprit qui consiste surtout à
prendre les idées et les mots comme des volants, et à se
les renvoyer sur des raquettes. La récente invention du
Diorama [a], qui portait l'illusion de l'optique à un plus haut
degré que dans les [b] Panoramas [1], avait amené dans quelques ateliers de peinture la plaisanterie de parler en *rama*,
espèce de charge qu'un jeune peintre, habitué de la pension Vauquer, y avait inoculée.

— Eh bien! *monsieurre* [c] Poiret, dit l'employé au Muséum, comment va cette petite *santérama ?* Puis, sans
attendre sa réponse [d] : Mesdames, vous avez du chagrin,
dit-il à madame Couture et à Victorine [e].

— Allons-nous *dînaire ?* s'écria Horace Bianchon, un
étudiant en médecine, ami de Rastignac [2][f], ma petite estomac est descendue *usque ad talones.*

---

noyers y dénombre les types de sots et les formes de sottes plaisanteries
qui caractérisent l'esprit béotien, par opposition à l'esprit attique. Le
mot *Béotiens* figurait d'ailleurs dans le texte manuscrit de ce passage.

1. Le Diorama était un établissement panoramique où l'éclairage
intervenait pour ajouter la mobilité des effets au charme de la couleur.
L'édifice fut bâti d'après les plans de Daguerre et Bouton, par l'archi-
tecte Châtelain, sur l'emplacement des jardins de l'hôtel Samson
(près de l'actuelle place de la République). On y représentait, sur d'immenses toiles, des monuments, des sites célèbres, des cérémonies, des
scènes d'histoire ou de légende. *La Messe de Minuit à Saint-Étienne-du-
Mont* est souvent citée comme type du genre.
Balzac vante le Diorama, « merveille du siècle », dans une lettre
à sa sœur Laure du 20 août 1822 (*Lettres à sa famille*, pp. 77-78). Il
commet un léger anachronisme en évoquant ce spectacle dans un roman
qui se déroule en 1819-1820, car le Diorama ne fut inauguré que le
11 juillet 1822 (voir à ce propos l'appendice critique, p. 354).

2. Balzac, en 1834, se trouve étroitement lié avec l'étudiant en médecine Émile Regnault, qui est devenu, rue Cassini, son voisin et celui
de Sandeau. Bianchon est, comme Regnault, ancien interne à l'Hôtel-
Dieu. Dans l'édition de *La Grande Bretèche* revue en 1836, l'écrivain,
associant Bianchon à Lousteau, précise que les deux personnages
sont nés à Sancerre et donne à entendre qu'ils ont été condisciples

— Il fait un fameux *froitorama !* dit Vautrin. Dérangez-vous donc, père Goriot ! Que diable[a] ! votre pied prend toute la gueule du poêle.

— Illustre monsieur Vautrin, dit Bianchon [b], pourquoi dites-vous *froitorama ?* il y a une faute, c'est *froidorama.*

— Non, dit l'employé au Muséum, c'est *froitorama,* par la règle : j'ai froit aux pieds.

— Ah ! ah !

— Voici son excellence le marquis de Rastignac, docteur en droit-travers, s'écria Bianchon [c] en saisissant Eugène par le cou et le serrant de manière à l'étouffer. Ohé ! les autres, ohé [d] !

Mademoiselle Michonneau entra doucement, salua les convives sans rien dire, et s'alla placer près des trois femmes [e].

— Elle me fait toujours grelotter, cette vieille chauve-souris, dit à voix basse Bianchon à Vautrin en montrant mademoiselle Michonneau. Moi qui étudie le système de Gall, je lui trouve les bosses de Judas.

— Monsieur l'a connu ? dit Vautrin.

— Qui ne l'a pas rencontré [f] ! répondit Bianchon. Ma parole d'honneur, cette vieille fille blanche me fait l'effet de ces longs vers qui finissent par ronger une poutre.

— Voilà ce que c'est, jeune homme, dit le quadragénaire en peignant ses favoris.

Et rose, elle a vécu ce que vivent les roses,
L'espace d'un matin [1][g].

au lycée de Bourges : ces détails correspondent exactement aux biographies de Regnault et de Sandeau ; en outre, le futur *Étienne* Lousteau se prénomme tantôt Émile, comme Regnault, et tantôt Jules, comme Sandeau. Le nom de Bianchon étant né sous la plume de Balzac dans le manuscrit du *Père Goriot* (voir appendice critique, p. 352), on doit tenir pour probable que les premières incarnations de ce personnage ont été conçues à partir d'Émile Regnault.

1. Bien que ces vers de la *Consolation à M. du Périer* par Malherbe soient célèbres, la citation témoigne, chez Vautrin, d'une certaine culture littéraire. Balzac précisera dans *Splendeurs et Misères des Courtisanes* qu'il a fait des études chez les Oratoriens jusqu'à la rhétorique.

— Ah! ah! voici une fameuse *soupeaurama*, dit Poiret en voyant Christophe qui entrait en tenant respectueusement le potage.

— Pardonnez-moi, monsieur, dit madame Vauquer, c'est une soupe aux choux.

Tous les jeunes gens éclatèrent de rire.

— Enfoncé[1], Poiret!

— Poirrrrrette enfoncé!

— Marquez deux points à maman Vauquer, dit Vautrin.

— Quelqu'un a-t-il fait attention au brouillard de ce matin ? dit l'employé[a].

— C'était, dit Bianchon, un brouillard frénétique et sans exemple, un brouillard lugubre, mélancolique, vert, poussif, un brouillard Goriot.

— Goriorama, dit le peintre, parce qu'on n'y voyait goutte[2].

— Hé, milord Gâôriotte[b], il être questiônne dé[c] véaus[d].

Assis au bas-bout de la table, près de la porte par laquelle on servait, le père Goriot leva la tête en flairant un morceau de pain qu'il avait sous sa serviette, par une vieille habitude commerciale qui reparaissait quelquefois.

— Eh bien! lui cria aigrement madame Vauquer d'une voix qui domina le bruit des cuillers, des assiettes et des voix, est-ce que vous ne trouvez pas le pain bon ?

— Au contraire, madame, répondit-il, il est fait avec de la farine d'Étampes[e], première qualité.

— A quoi voyez-vous cela ? lui dit Eugène.

— A la blancheur, au goût.

— Au goût du nez, puisque vous le sentez, dit madame Vauquer. Vous devenez[f] si économe que vous finirez par trouver le moyen de vous nourrir en humant l'air de la cuisine.

— Prenez alors un brevet d'invention, cria l'employé au Muséum, vous ferez une belle fortune.

---

1. Cette exclamation familière, employée pour souligner une défaite, se trouve déjà dans *Les Béotiens de Paris* (*Livre des Cent-et-Un*, III, 80).
2. On doit se souvenir que Goriot souffre des yeux.

— Laissez-donc, il fait ça pour nous persuader qu'il a été vermicellier, dit le peintre[a].

— Votre nez est donc une cornue, demanda encore l'employé au Muséum.

— Cor quoi ? fit Bianchon.

— Cor-nouille.

— Cor-nemuse.

— Cor-naline.

— Cor-niche.

— Cor-nichon.

— Cor-beau.

— Cor-nac.

— Cor-norama [1].

Ces huit réponses partirent de tous les côtés de la salle avec la rapidité d'un feu de file, et prêtèrent d'autant plus à rire, que le pauvre père Goriot regardait les convives d'un air niais, comme un homme qui tâche [b] de comprendre une langue étrangère.

— Cor ? dit-il à Vautrin qui se trouvait près de lui.

— Cor aux pieds, mon vieux! dit Vautrin en enfonçant le chapeau du père Goriot par une tape qu'il lui appliqua sur la tête et qui le lui fit descendre jusque sur les yeux.

Le pauvre vieillard, stupéfait de cette brusque attaque, resta pendant un moment immobile. Christophe emporta l'assiette du bonhomme, croyant qu'il avait fini sa soupe; en sorte que quand Goriot, après avoir relevé son chapeau, prit sa cuiller, il frappa sur la table. Tous les convives éclatèrent de rire.

— Monsieur, dit le vieillard, vous êtes un mauvais plaisant, et si vous vous permettez encore de me donner de pareils renfoncements...

---

1. Balzac lui-même aimait à pratiquer de tels jeux. Il avait imaginé, modifiant une plaisanterie d'étudiants qui consistait à remplacer la dernière syllabe de certains mots par *mar*, d'ajouter au contraire diverses terminaisons à cette syllabe, se désignant lui-même comme un mar-tyr ou comme un mar-about (voir Albéric Second, *Le Tiroir aux Souvenirs*, p. 32 et Félix Pyat, *Nouveau Tableau de Paris*, IV, 9).

— Eh bien, quoi, papa ? dit Vautrin en l'interrompant.

— Eh bien! vous payerez cela bien cher quelque jour...

— En enfer, pas vrai ? dit le peintre, dans ce petit coin noir où l'on met les enfants méchants!

— Eh bien! mademoiselle, dit Vautrin à Victorine, vous ne mangez pas. Le papa s'est donc montré récalcitrant ?

— Une horreur, dit madame Couture.

— Il faut le mettre à la raison, dit Vautrin[1].

— Mais, dit Rastignac, qui se trouvait assez près de Bianchon[a], mademoiselle pourrait intenter un procès sur la question des aliments, puisqu'elle ne mange pas. Eh! eh! voyez donc comme le père Goriot examine mademoiselle Victorine.

Le vieillard oubliait de manger pour contempler la pauvre jeune fille dans les traits de laquelle éclatait une douleur vraie, la douleur de l'enfant méconnu qui aime son père.

— Mon cher, dit Eugène à voix basse, nous nous sommes trompés sur le père Goriot. Ce n'est ni un imbécile ni un homme sans nerfs. Applique-lui ton système de Gall, et dis-moi ce que tu en penseras. Je lui ai vu cette nuit tordre un plat de vermeil[b], comme si ç'eût été de la cire, et dans ce moment l'air de son visage trahit des sentiments extraordinaires. Sa vie me paraît être trop mystérieuse pour ne pas valoir la peine d'être étudiée[c]. Oui, Bianchon, tu as beau rire, je ne plaisante pas.

— Cet homme est un fait médical, dit Bianchon, d'accord; s'il veut, je le dissèque.

— Non, tâte-lui la tête[2 d].

— Ah! bien, sa bêtise est peut-être contagieuse[e].

Le lendemain Rastignac s'habilla fort élégamment, et

---

1. Cette parole apparemment inoffensive implique en réalité un projet criminel qui sera formulé p. 130.

2. Selon le système de Gall, dont Bianchon s'est déclaré l'adepte, la palpation du crâne suffit, en révélant au toucher les bosses correspondantes, pour reconnaître les aptitudes et les sentiments.

alla, vers trois heures de l'après-midi, chez madame de
Restaud [a] en se livrant pendant la route à ces espérances
étourdiment folles qui rendent [b] la vie des jeunes gens si
belle d'émotions : ils ne calculent alors ni les obstacles ni
les dangers, ils voient en tout le succès, poétisent [c] leur
existence par le seul jeu de leur imagination, et se font [d]
malheureux ou tristes par le renversement de projets qui
ne vivaient encore que dans leurs désirs effrénés; s'ils n'é-
taient pas ignorants et timides, le monde social serait impossible. Eugène marchait avec mille précautions [e] pour
ne se point crotter, mais il marchait en pensant à ce qu'il
dirait à madame de Restaud, il s'approvisionnait d'esprit,
il inventait les reparties d'une conversation imaginaire, il
préparait ses mots fins [f], ses phrases à la Talleyrand [g], en
supposant de petites circonstances favorables à la déclara-
tion sur laquelle il fondait son avenir. Il se crotta, l'étudiant [h], il fut forcé de faire cirer ses bottes et brosser son
pantalon au Palais-Royal. « Si j'étais riche, se dit-il en
changeant une pièce de trente sous [1] qu'il avait prise *en cas
de malheur* [i], je serais allé en voiture, j'aurais pu penser à
mon aise. » Enfin il arriva rue du Helder et demanda la
comtesse de Restaud. Avec la rage froide d'un homme
sûr de triompher un jour, il reçut le coup d'œil méprisant
des gens qui l'avaient vu traversant [j] la cour à pied, sans
avoir entendu le bruit d'une voiture à la porte. Ce coup
d'œil lui fut d'autant plus sensible qu'il avait déjà compris
son infériorité en entrant dans cette cour, où piaffait un
beau cheval richement attelé à l'un de ces cabriolets pim-
pants qui affichent le luxe d'une existence dissipatrice [k], et
sous-entendent l'habitude de toutes les félicités parisiennes.
Il se mit, à lui tout seul, de mauvaise humeur. Les tiroirs
ouverts dans son cerveau et qu'il comptait trouver [l] pleins
d'esprit se fermèrent, il devint stupide. En attendant la
réponse de la comtesse, à laquelle un valet de chambre
allait dire les noms du visiteur, Eugène se posa [m] sur un
seul pied devant une croisée de l'antichambre, s'appuya

---

1. Des pièces de trente sous en argent avaient été créées par un décret
de l'Assemblée Législative en 1791 et circulaient encore.

le coude sur une espagnolette, et regarda machinalement
dans la cour. Il trouvait le temps long, il s'en serait allé [a]
s'il n'avait pas été doué de cette ténacité méridionale qui
enfante des prodiges quand elle va en ligne droite [b].

— Monsieur, dit le valet de chambre, madame est
dans son boudoir et fort occupée, elle ne m'a pas répondu; mais, si monsieur veut passer au salon, il y a déjà
quelqu'un.

Tout en admirant l'épouvantable pouvoir de ces gens
qui, d'un seul mot, accusent ou jugent [c] leurs maîtres, Rastignac ouvrit délibérément la porte par laquelle était sorti
le valet de chambre, afin sans doute de faire croire à ces
insolents valets qu'il connaissait les êtres de la maison;
mais déboucha fort étourdiment dans une pièce où se
trouvaient [d] des lampes, des buffets, un appareil à chauffer
des serviettes pour le bain, et qui menait à la fois dans
un corridor obscur et dans un escalier dérobé. Les rires
étouffés qu'il entendit dans l'antichambre mirent le comble
à sa confusion [e].

— Monsieur, le salon est par ici, lui dit le valet de
chambre avec ce faux respect qui semble être une raillerie
de plus.

Eugène revint sur ses pas avec une telle précipitation
qu'il se heurta contre une baignoire, mais il retint assez
heureusement son chapeau pour l'empêcher de tomber
dans le bain [1][f]. En ce moment, une porte s'ouvrit [g] au fond
du long corridor éclairé par une petite lampe, Rastignac
y entendit à la fois la voix de madame de Restaud, celle
du père Goriot, et le bruit d'un baiser. Il rentra dans la
salle à manger [2], la traversa, suivit le valet de chambre,
et rentra [h] dans un premier salon où il resta posé devant
la fenêtre, en s'apercevant qu'elle avait vue sur la cour [i]. Il
voulait voir si ce père Goriot était bien réellement son

1. Les salles de bain, rares encore, se trouvaient en général situées
au rez-de-chaussée pour des raisons de commodité : l'eau chaude
était livrée en tonnelets par les Auvergnats (voir R. Burnand, *La Vie
quotidienne en France en 1830*).

2. Cette pièce a été désignée plus haut comme l'antichambre, mais
pouvait fort bien avoir les deux usages.

père Goriot. Le cœur lui battait étrangement, il se souvenait des épouvantables réflexions de Vautrin. Le valet de
chambre attendait Eugène à la porte du salon, mais il en
sortit tout à coup un élégant jeune homme, qui dit impatiemment : « Je m'en vais ᵃ, Maurice. Vous direz à madame
la comtesse que je l'ai attendue plus d'une demi-heure. »
Cet impertinent, qui sans doute avait le droit de l'être ᵇ,
chantonna ᶜ quelque roulade italienne en se dirigeant vers
la fenêtre où stationnait Eugène, autant pour voir la figure
de l'étudiant ᵈ que pour regarder dans la cour.

— Mais monsieur le comte ferait mieux d'attendre
encore un instant, Madame a fini, dit Maurice en retournant à l'antichambre ᵉ.

En ce moment, le père Goriot débouchait près de la
porte cochère par la sortie du petit escalier. Le bonhomme
tirait son parapluie et se disposait à le déployer, sans faire
attention que la grande porte était ouverte pour donner
passage à un jeune homme décoré qui conduisait un tilbury. Le ᶠ père Goriot n'eut que le temps de se jeter en
arrière pour n'être pas écrasé. Le taffetas du parapluie
avait effrayé le cheval, qui fit un léger écart en se préci-
pitant vers le perron. Ce jeune homme détourna la tête
d'un air de colère, regarda le père Goriot, et lui fit, avant
qu'il ne sortît, un salut qui peignait la considération for-
cée que l'on accorde aux usuriers dont on a besoin, ou ce
respect nécessaire exigé par un homme taré, mais ᵍ dont
on rougit plus tard. Le père Goriot répondit par un petit
salut amical, plein de bonhomie ʰ. Ces événements se passèrent avec la rapidité de l'éclair. Trop attentif pour s'apercevoir qu'il n'était pas seul, Eugène entendit tout à coup
la voix de la comtesse.

— Ah! Maxime, vous vous en alliez, dit-elle avec un
ton de reproche où se mêlait un peu de dépit ⁱ.

La comtesse n'avait pas fait attention à l'entrée du tilbury. Rastignac se retourna brusquement et vit la comtesse coquettement vêtue d'un peignoir en cachemire
blanc, à nœuds roses, coiffée négligemment, comme le
sont les femmes de Paris au matin; elle embaumait, elle
avait sans doute pris un bain, et sa beauté, pour ainsi

dire assouplie, semblait plus voluptueuse; ses yeux étaient
humides. L'œil des jeunes gens sait tout voir : leurs esprits
s'unissent [a] aux rayonnements de la femme comme une
plante aspire dans l'air des substances qui lui sont propres.
Eugène sentit donc la fraîcheur épanouie des mains de
cette femme sans avoir besoin d'y toucher. Il voyait, à
travers le cachemire, les teintes rosées du corsage que le
peignoir, légèrement entr'ouvert, laissait parfois à nu, et
sur lequel son regard s'étalait [b]. Les ressources du busc
étaient inutiles à la comtesse, la ceinture marquait seule [c]
sa taille flexible, son cou invitait à l'amour, ses pieds
étaient jolis dans les pantoufles. Quand Maxime prit cette
main pour la baiser, Eugène aperçut alors Maxime, et la
comtesse aperçut Eugène.

— Ah! c'est vous, monsieur de Rastignac, je suis bien
aise de vous voir, dit-elle d'un air auquel savent obéir les
gens d'esprit.

Maxime [d] regardait alternativement Eugène et la comtesse d'une manière assez significative pour faire décamper
l'intrus [e]. « Ah çà, ma chère, j'espère que tu vas me mettre
ce petit drôle à la porte! » Cette phrase était une traduction
claire et intelligible des regards du jeune homme imper-
tinemment fier que la comtesse Anastasie avait nommé
Maxime, et dont elle consultait le visage de cette intention soumise qui dit tous les secrets d'une femme sans
qu'elle s'en doute. Rastignac se sentit une haine violente
pour ce jeune homme. D'abord les beaux cheveux blonds
et bien frisés de Maxime lui apprirent combien les siens
étaient horribles [f]. Puis Maxime avait des bottes fines et
propres, tandis que les siennes, malgré le soin qu'il avait
pris en marchant [g], s'étaient empreintes d'une légère teinte [h]
de boue. Enfin Maxime portait une redingote qui lui
serrait élégamment la taille et le faisait ressembler à une
jolie femme, tandis qu'Eugène [i] avait à deux heures et
demie un habit noir. Le spirituel enfant de la Charente
sentit [j] la supériorité que la mise donnait à ce dandy, mince
et grand, à l'œil clair, au teint pâle, un de ces hommes capables de ruiner des orphelins [k]. Sans attendre la réponse
d'Eugène, madame de Restaud se sauva comme à tire-

d'aile dans l'autre salon, en laissant flotter les pans de son peignoir qui se roulaient et se déroulaient de manière à lui donner l'apparence ^a d'un papillon ^b; et Maxime la suivit. Eugène furieux suivit Maxime et la comtesse. Ces trois personnages se trouvèrent donc en présence, à la hauteur de la cheminée, au milieu du grand salon. L'étudiant savait bien qu'il allait gêner cet odieux ^c Maxime; mais, au risque de déplaire à madame de Restaud, il voulut gêner le dandy. Tout à coup, en se souvenant d'avoir vu ce jeune homme au bal de madame de Beauséant, il devina ce qu'était Maxime pour madame de Restaud; et avec cette audace juvénile qui fait commettre de grandes sottises ou obtenir de grand succès, il se dit ^d : « Voilà mon rival, je veux triompher de lui. » L'imprudent! il ignorait que le comte Maxime de Trailles ^e se laissait insulter ^f, tirait le premier et tuait son homme. Eugène était un adroit chasseur, mais il n'avait pas encore abattu vingt poupées sur vingt-deux dans un tir ^g. Le jeune comte ^h se jeta dans une bergère au coin du feu, prit les pincettes et fouilla le foyer par un mouvement si violent, si grimaud [1], que le beau visage d'Anastasie se chagrina soudain. La jeune femme se tourna vers Eugène, et lui lança ⁱ un de ces regards froidement interrogatifs qui disent si bien : Pourquoi ne vous en allez-vous pas ? que les gens bien élevés savent aussitôt faire de ces phrases qu'il faudrait appeler des phrases de sortie.

Eugène prit un air agréable et dit : — Madame, j'avais hâte de vous voir pour...

Il s'arrêta tout court. Une porte s'ouvrit. Le monsieur qui conduisait le tilbury se montra soudain, sans chapeau, ne salua pas la comtesse, regarda soucieusement Eugène, et tendit la main à Maxime, en lui disant : « Bonjour » avec une expression fraternelle qui surprit singu-

---

1. Le mot n'est guère employé que comme substantif. Richelet le commentait par *écolier, marmot*. De là est venue l'acception : écrivain sans expérience et sans talent (« petit grimaud », jette Trissotin à Vadius). Balzac s'écarte de l'usage en faisant de *grimaud* un adjectif. Le sens en paraît être : impatient, désagréable comme un geste d'enfant boudeur.

lièrement Eugène. Les jeunes gens de province ignorent
combien est douce la vie à trois [a].

— Monsieur de Restaud, dit la comtesse à l'étudiant
en lui montrant son mari.

Eugène s'inclina profondément.

— Monsieur, dit-elle en continuant et en présentant
Eugène au comte de Restaud, est monsieur de Rastignac,
parent de madame la vicomtesse de Beauséant par les
Marcillac [b], et que j'ai eu le plaisir de rencontrer à son
dernier bal.

Parent de madame la vicomtesse de Beauséant par les Mar-
cillac ! ces mots, que la comtesse prononça presque em-
phatiquement, par suite de l'espèce d'orgueil qu'éprouve
une maîtresse de maison à prouver qu'elle n'a chez elle
que des gens de distinction, furent d'un effet magique,
le comte quitta son air froidement cérémonieux et salua [c]
l'étudiant.

— Enchanté, dit-il, monsieur, de pouvoir faire votre
connaissance.

Le comte Maxime de Trailles lui-même jeta sur Eugène
un regard inquiet et quitta tout à coup son air impertinent.
Ce coup de baguette, dû à la puissante intervention d'un
nom, ouvrit trente cases [1] dans le cerveau du méridional,
et lui rendit l'esprit qu'il avait préparé [d]. Une soudaine lumière lui fit voir clair dans l'atmosphère de la haute société
parisienne, encore ténébreuse pour lui. La Maison Vauquer, le père Goriot étaient alors bien loin de sa pensée.

— Je croyais les Marcillac éteints ? dit le comte de
Restaud à Eugène.

— Oui, monsieur, répondit-il. Mon grand-oncle [e], le
chevalier [f] de Rastignac, a épousé l'héritière de la famille
de Marcillac. Il n'a eu qu'une fille, qui a épousé le maréchal de Clarimbault [g], aïeul maternel de madame de Beauséant. Nous sommes la branche cadette, branche d'autant

---

1. Cette métaphore, aujourd'hui surprenante, s'explique par la
vogue de la phrénologie et de la théorie des localisations cérébrales.
On a rencontré plus haut, p. 67, une autre métaphore du même genre,
mais plus banale : « Les tiroirs ouverts dans son cerveau ».

plus pauvre que mon grand-oncle, vice-amiral[a], a tout
perdu au service du Roi. Le gouvernement révolutionnaire[b]
n'a pas voulu admettre nos créances dans la liquidation
qu'il a faite de la Compagnie des Indes[1].

— Monsieur votre grand-oncle[c] ne commandait-il pas
le *Vengeur*[2] avant 1789[d] ?

— Précisément.

— Alors, il a connu mon grand-père[e], qui comman-
dait le *Warwick*[3].

Maxime haussa légèrement les épaules en regardant
madame de Restaud, et eut l'air de lui dire : « S'il se met
à causer marine avec celui-là, nous sommes perdus. » Anastasie comprit le regard de monsieur de Trailles. Avec cette
admirable puissance que possèdent les femmes, elle se
mit à sourire en disant : « Venez, Maxime; j'ai quelque
chose à vous demander. Messieurs, nous vous laisserons
naviguer de conserve sur le *Warwick* et sur le *Vengeur*. »
Elle se leva et fit un signe plein de traîtrise railleuse à
Maxime, qui prit avec elle la route du boudoir. A peine
ce couple *morganatique*[4], jolie expression allemande qui
n'a pas son équivalent en français, avait-il atteint la porte,
que le comte interrompit sa conversation avec Eugène.

— Anastasie! restez donc, ma chère, s'écria-t-il avec
humeur, vous savez bien que...

— Je reviens, je reviens, dit-elle en l'interrompant, il

---

1. La Compagnie des Indes, fondée par Louis XIV et Colbert en
1664, fut définitivement supprimée le 24 août 1793 par un décret
de la Convention qui l'accusa d'avoir volé cinquante millions à l'épar-
gne française.

2. *Le Vengeur*, construit à Brest en 1680, prit part, notamment, à
la Guerre d'Indépendance américaine et fut coulé en 1794 après
un dernier combat contre la flotte anglaise. On connaît l'ode qu'Ecou-
chard-Lebrun a consacrée à ce prestigieux vaisseau.

3. Un vaisseau de ce nom fut arraisonné en 1756, près de la Martinique, par la frégate française *L'Atalante*.

4. Il semble que Balzac détourne cet adjectif de son sens. *Morganatique*, mot d'origine allemande en effet, se dit du mariage d'un prince
ou d'un personnage hautement titré avec une personne d'un rang
inférieur. On ne voit pas qu'il y ait mésalliance dans cet adultère mondain.

ne me faut qu'un moment pour dire à Maxime ce dont
je veux le charger.

Elle revint promptement. Comme toutes les femmes
qui, forcées d'observer le caractère de leurs maris pour
pouvoir se conduire à leur fantaisie, savent [a] reconnaître
jusqu'où elles peuvent aller afin de ne pas perdre une
confiance précieuse [b], et qui alors ne les choquent jamais
dans les petites choses de la vie, la comtesse avait vu
d'après les inflexions [c] de la voix du comte qu'il n'y aurait
aucune sécurité à rester dans le boudoir. Ces contre-
temps étaient dus à Eugène. Aussi la comtesse montra-
t-elle l'étudiant [d] d'un air et par un geste pleins de dépit à
Maxime, qui dit fort épigrammatiquement au comte, à sa
femme et à Eugène : — Écoutez, vous êtes en affaires,
je ne veux pas vous gêner; adieu. Il se sauva.

— Restez [e] donc, Maxime ! cria le comte.

— Venez dîner, dit la comtesse qui, laissant encore une
fois Eugène et le comte, suivit Maxime dans le premier
salon où ils restèrent assez de temps ensemble pour croire
que monsieur de Restaud congédierait Eugène.

Rastignac les entendait tour à tour éclatant de rire,
causant, se taisant [f] ; mais le malicieux étudiant [g] faisait de
l'esprit avec monsieur de Restaud, le flattait ou l'embar-
quait dans des discussions, afin de revoir la comtesse et
de savoir quelles étaient ses relations avec le père Goriot.
Cette femme, évidemment amoureuse [h] de Maxime; cette
femme, maîtresse de son mari, liée secrètement au vieux
vermicellier, lui semblait tout un mystère. Il [i] voulait
pénétrer ce mystère, espérant ainsi pouvoir régner en
souverain sur cette femme si éminemment Parisienne [j].

— Anastasie, dit le comte appelant de nouveau sa femme [k].

— Allons, mon pauvre Maxime [l], dit-elle au jeune
homme [m], il faut se résigner. A ce soir...

— J'espère, *Nasie*, lui dit-il à l'oreille, que vous con-
signerez ce petit jeune homme dont les yeux s'allumaient [n]
comme des charbons [o] quand votre peignoir s'entr'ouvrait.
Il vous ferait des déclarations, vous compromettrait, et
vous me forceriez à le tuer.

— Êtes-vous fou, Maxime ? dit-elle. Ces petits étudiants ne sont-ils pas, au contraire, d'excellents paratonnerres ? Je le ferai, certes, prendre en grippe à Restaud[a].

Maxime éclata de rire et sortit suivi de la comtesse, qui se mit à la fenêtre pour le voir montant en voiture, faire piaffer son cheval, et agitant[b] son fouet. Elle ne revint que quand la grande porte fut fermée.

— Dites donc, lui cria le comte quand elle rentra, ma chère, la terre où demeure la famille de monsieur n'est pas loin de Verteuil[c], sur la Charente. Le grand-oncle de monsieur et mon grand-père[d] se connaissaient.

— Enchantée d'être en pays de connaissance, dit la comtesse distraite.

— Plus que vous ne le croyez, dit à voix basse Eugène.

— Comment ? dit-elle vivement.

— Mais, reprit l'étudiant, je viens[e] de voir sortir de chez vous un monsieur avec lequel je suis[f] porte à porte dans la même pension, le père Goriot.

A ce nom enjolivé du mot *père*, le comte, qui tisonnait, jeta les pincettes dans le feu, comme si elles lui eussent brûlé les mains, et se leva.

— Monsieur, vous auriez pu dire monsieur Goriot ! s'écria-t-il[g].

La comtesse pâlit d'abord en voyant l'impatience de son mari, puis elle rougit, et fut évidemment embarrassée[h]; elle répondit d'une voix qu'elle voulut rendre naturelle, et d'un air faussement[i] dégagé : « Il est impossible de connaître quelqu'un que nous aimions mieux... [j] » Elle s'interrompit, regarda son piano, comme s'il se réveillait en elle quelque fantaisie, et dit : — Aimez-vous la musique, monsieur ?

— Beaucoup, répondit Eugène devenu rouge et bêtifié par l'idée confuse[k] qu'il eut d'avoir commis quelque[l] lourde sottise.

— Chantez-vous ? s'écria-t-elle en s'en allant à son piano dont elle attaqua vivement toutes les touches en les remuant depuis l'ut[m] d'en bas jusqu'au fa d'en haut. Rrrrah !

— Non, madame.

Le comte de Restaud se promenait de long en large.[n]

— C'est dommage, vous êtes privé[a] d'un grand moyen de succès. — *Ca-a-ro, ca-a-ro, ca-a-a-ro, non du-bita-re*[1], chanta la comtesse.

En prononçant[b] le nom du père Goriot, Eugène avait donné un coup de baguette magique, mais dont l'effet était inverse de celui qu'avaient frappé ces mots : parent de madame de Beauséant. Il se trouvait dans la situation d'un homme introduit par faveur chez un amateur de curiosités, et qui, touchant par mégarde une armoire pleine[c] de figures sculptées, fait tomber trois ou quatre têtes mal collées. Il aurait voulu se jeter dans un gouffre. Le visage de madame de Restaud était sec, froid, et ses yeux devenus indifférents fuyaient ceux du malencontreux étudiant[d].

— Madame, dit-il, vous avez à causer avec monsieur de Restaud, veuillez agréer mes hommages, et me permettre...

— Toutes les fois que vous viendrez, dit précipitamment la comtesse en arrêtant Eugène par un geste, vous êtes sûr de nous faire, à monsieur de Restaud comme à moi, le plus vif plaisir.

Eugène salua profondément le couple et sortit suivi de monsieur de Restaud, qui, malgré ses instances, l'accompagna jusque dans l'antichambre.

— Toutes les fois que monsieur se présentera, dit le comte à Maurice, ni madame ni moi nous n'y serons[e].

Quand Eugène mit pied sur le perron, il s'aperçut qu'il pleuvait. — Allons, se dit-il, je suis venu faire une gaucherie dont j'ignore la cause et la portée, je gâterai par-dessus le marché mon habit et mon chapeau. Je devrais rester dans un coin à piocher[f] le Droit, ne penser

---

1. Ces paroles, quelque peu infidèlement transcrites, sont tirées d'*Il Matrimonio segreto* de Cimarosa. La fille cadette d'un riche négociant, Carolina, a épousé en secret Paolino qui, dès le lever du rideau, s'emploie à la rassurer en chantant : « Ca - a - ra, ca - a - ra, ca - a - ra, non dubitar ». Sur le même air, Carolina répond : « Ca - a - ro, ca - a - ro, ca - a - ro, mi fai sperar ». Balzac fait encore allusion à ce duo dans *Le Bal de Sceaux*. *Il Matrimonio segreto* appartenait au répertoire du Théâtre Italien et fut joué quatorze fois entre le 9 novembre 1819 et le 16 mars 1820.

qu'à devenir un rude magistrat. Puis-je aller dans le monde
quand, pour y manœuvrer convenablement, il faut un
tas de cabriolets, de bottes cirées, d'agrès indispensables,
de chaînes d'or, dès le matin [a] des gants de daim blancs
qui coûtent six francs, et toujours des gants jaunes le soir ?
Vieux drôle [b] de père Goriot, va !

Quand il se trouva sous la porte de la rue, le cocher
d'une voiture de louage, qui venait sans doute de remiser
de nouveaux mariés et qui ne demandait pas mieux que
de voler à son maître quelques courses de [c] contrebande,
fit à Eugène un signe en le voyant sans parapluie, en habit noir, gilet blanc, gants jaunes et bottes cirées. Eugène
était sous l'empire de ces rages sourdes [d] qui poussent
un jeune homme à s'enfoncer de plus en plus dans l'abîme
où il est entré, comme s'il espérait y trouver une heureuse
issue. Il consentit par un mouvement de tête à la demande
du cocher. Sans avoir plus de vingt-deux sous dans sa poche, il monta dans la voiture où quelques grains de fleurs
d'oranger et des brins de cannetille [1] attestaient le passage
des mariés [e].

— Où monsieur va-t-il ? demanda le cocher, qui n'a-
vait déjà plus ses gants blancs [f].

— Parbleu ! se dit Eugène, puisque je m'enfonce, il faut
au moins que cela me serve à quelque chose ! Allez à l'hôtel de Beauséant, ajouta-t-il à haute voix [g].

— Lequel ? dit le cocher.

Mot sublime qui confondit Eugène. Cet élégant inédit [h]
ne savait pas qu'il y avait deux hôtels de Beauséant [i], il ne
connaissait pas combien il était riche en parents qui ne se
souciaient pas de lui [j].

— Le vicomte de Beauséant, rue...

— De Grenelle, dit le cocher en hochant la tête et
l'interrompant [k]. Voyez-vous, il y a [l] encore l'hôtel du comte
et du marquis [m] de Beauséant, rue Saint-Dominique, ajouta-t-il en relevant le marchepied [2].

---

1. « Petite lame très fine d'or ou d'argent tortillé. » (*Acad.* 1835)
2. Nous avons indiqué dans notre introduction, p. XLIV, l'origine
probable de cet étrange dialogue entre Rastignac et le cocher.

— Je le sais bien, répondit Eugène d'un air sec [a]. Tout
le monde aujourd'hui se moque donc de moi! dit-il en
jetant son chapeau sur les coussins de devant. Voilà une
escapade qui va me coûter la rançon d'un roi [b]. Mais au
moins je vais faire [c] ma visite à ma soi-disant cousine d'une
manière solidement aristocratique. Le père Goriot me
coûte déjà au moins [d] dix francs, le vieux scélérat! Ma foi,
je vais raconter mon aventure à madame de Beauséant,
peut-être la ferai-je rire [e]. Elle saura sans doute le mystère
des liaisons criminelles de ce vieux rat sans queue et de
cette belle femme. Il vaut mieux plaire à ma cousine que
de me cogner contre cette femme immorale, qui me fait
l'effet d'être bien coûteuse. Si le nom de la belle vicomtesse est si puissant, de quel poids doit donc être sa personne ? Adressons-nous en haut. Quand on s'attaque à
quelque chose dans le ciel, il faut viser Dieu [f] !

Ces paroles sont la formule brève des mille et une pensées entre lesquelles il flottait. Il reprit un peu de calme
et d'assurance en voyant tomber la pluie. Il se dit que s'il
allait dissiper deux des [g] précieuses pièces de cent sous qui
lui restaient, elles seraient heureusement employées [h] à la
conservation de son habit, de ses bottes et de son chapeau. Il n'entendit pas sans un mouvement d'hilarité son
cocher criant : *La porte, s'il vous plaît ?* Un suisse rouge et
doré fit grogner sur ses gonds la porte de l'hôtel, et Rastignac vit avec une douce satisfaction sa voiture passant
sous le porche [i], tournant dans la cour, et s'arrêtant [j] sous
la marquise du perron. Le cocher à grosse houppelande
bleue bordée de rouge vint déplier le marchepied. En
descendant de sa voiture, Eugène entendit des rires étouffés qui partaient sous le péristyle. Trois ou quatre valets
avaient déjà plaisanté sur [k] cet équipage de mariée vulgaire [l].
Leur rire éclaira l'étudiant au moment où il compara cette
voiture à l'un des plus élégants coupés de Paris, attelé de
deux chevaux fringants qui avaient des roses à l'oreille,
qui mordaient leur frein, et qu'un cocher poudré, bien
cravaté, tenait en bride comme s'ils eussent voulu s'échapper. A la Chaussée-d'Antin, madame de Restaud avait
dans sa cour le fin cabriolet de l'homme de vingt-six ans.

Au faubourg Saint-Germain, attendait le luxe d'un grand
seigneur, un équipage que trente mille francs n'auraient
pas payé.

— Qui donc est là ? se dit Eugène en comprenant un
peu tardivement qu'il devait se rencontrer à Paris bien peu
de femmes qui ne fussent occupées, et que la conquête
d'une de ces reines coûtait plus que du sang. Diantre !
ma cousine aura sans doute aussi son Maxime[a].

Il monta le perron la mort dans l'âme. A son aspect la
porte vitrée s'ouvrit; il trouva les valets sérieux comme
des ânes qu'on étrille. La fête à laquelle il avait assisté
s'était donnée dans les grands appartements de réception,
situés au rez-de-chaussée de l'hôtel de Beauséant. N'ayant
pas eu le temps, entre l'invitation et le bal, de faire une
visite à sa cousine, il n'avait donc pas encore pénétré[b] dans
les appartements de madame de Beauséant; il allait donc[c]
voir pour la première fois les merveilles de cette élégance
personnelle qui trahit l'âme et les mœurs d'une femme
de distinction. Étude d'autant plus curieuse que le salon
de madame de Restaud lui fournissait un terme de comparaison[d]. A quatre heures et demie la vicomtesse était
visible. Cinq minutes plus tôt, elle n'eût pas reçu son
cousin[e]. Eugène, qui ne savait rien des diverses étiquettes
parisiennes, fut conduit[f] par un grand escalier plein de
fleurs, blanc de ton, à rampe dorée, à tapis rouge, chez
madame de Beauséant, dont il ignorait la biographie ver-
bale, une de ces changeantes histoires qui se content tous
les soirs d'oreille à oreille dans les salons de Paris.

La vicomtesse était liée depuis trois[g] ans avec un des plus
célèbres et des plus riches seigneurs portugais, le marquis[h]
d'Ajuda-Pinto[i]. C'était une de ces liaisons innocentes qui
ont tant d'attraits pour les personnes ainsi liées, qu'elles
ne peuvent supporter personne en tiers. Aussi le vicomte
de Beauséant avait-il donné lui-même l'exemple au public
en respectant, bon gré, mal gré, cette union morganatique[j]. Les personnes qui, dans les premiers jours de cette
amitié, vinrent voir la vicomtesse à deux heures, y trouvaient le marquis d'Ajuda-Pinto. Madame de Beauséant,
incapable de fermer sa porte, ce qui eût été fort incon-

venant, recevait si froidement les gens et contemplait si
studieusement sa corniche[a], que chacun comprenait combien il la gênait. Quand on sut dans Paris qu'on gênait
madame de Beauséant en venant la voir entre deux et
quatre heures[b], elle se trouva dans la solitude la plus complète. Elle allait aux Bouffons ou à l'Opéra[1] en compagnie
de monsieur de Beauséant et de monsieur d'Ajuda-Pinto ;
mais en homme qui sait vivre, monsieur de Beauséant
quittait toujours sa femme et le Portugais[c] après les y avoir
installés. Monsieur d'Ajuda devait se marier. Il épousait
une demoiselle de Rochefide[d]. Dans toute la haute société
une seule personne ignorait encore ce mariage, cette personne était madame de Beauséant. Quelques-unes de ses
amies lui en avaient bien parlé vaguement; elle en avait
ri, croyant que ses amies voulaient troubler un bonheur
jalousé[e]. Cependant les bans allaient se publier. Quoiqu'il
fût venu pour notifier ce mariage à la vicomtesse, le beau
Portugais n'avait pas encore osé dire un traître mot[f]. Pourquoi ? rien sans doute n'est plus difficile que de notifier à
une femme un semblable *ultimatum*[g]. Certains hommes se
trouvent plus à l'aise sur le terrain, devant un homme qui
leur menace le cœur avec une épée, que devant une femme
qui, après avoir débité[h] ses élégies pendant deux heures,
fait la morte et demande des sels[i]. En ce moment donc
monsieur d'Ajuda-Pinto était sur les épines, et voulait
sortir[j], en se disant que madame de Beauséant apprendrait
cette nouvelle, il lui écrirait, il serait plus commode de
traiter ce galant assassinat par correspondance que de vive
voix[k]. Quand le valet de chambre de la vicomtesse annonça
monsieur Eugène de Rastignac, il fit tressaillir de joie le
marquis d'Ajuda-Pinto. Sachez-le bien, une femme aimante est encore plus ingénieuse à se créer des doutes
qu'elle n'est habile à varier le plaisir. Quand elle est sur
le point d'être quittée, elle devine plus rapidement le sens
d'un geste que le coursier de Virgile ne flaire les lointains
corpuscules qui lui annoncent l'amour. Aussi comptez

---

1. Balzac, familier de l'Opéra, dispose en outre, depuis peu, d'une
loge aux Bouffons ou Théâtre Italien (*Étr.* I, 195).

que madame de Beauséant surprit ce tressaillement involontaire, léger, mais naïvement épouvantable [a]. Eugène ignorait qu'on ne doit jamais se présenter chez qui que ce soit
à Paris sans s'être fait conter par les amis de la maison
l'histoire du mari, celle de la femme ou des enfants [b], afin
de n'y commettre aucune de ces balourdises dont on dit [c]
pittoresquement en Pologne : *Attelez cinq bœufs à votre char !*
sans doute pour vous tirer du mauvais pas où vous vous
embourbez [1]. Si ces malheurs de la conversation n'ont encore aucun nom en France, on les y suppose sans doute
impossibles [d], par suite de l'énorme publicité qu'y obtiennent les médisances. Après s'être embourbé [e] chez madame de Restaud, qui ne lui avait pas même laissé le
temps d'atteler les cinq bœufs à son char [f], Eugène seul
était capable de recommencer son métier de bouvier, en
se présentant chez madame de Beauséant. Mais s'il avait
horriblement gêné madame de Restaud et monsieur de
Trailles, il tirait d'embarras monsieur d'Ajuda.

— Adieu, dit le Portugais en s'empressant de gagner
la porte quand Eugène [g] entra dans un petit salon coquet,
gris et rose, où le luxe semblait n'être que de l'élégance.

— Mais à ce soir, dit madame de Beauséant en retournant la tête et jetant un regard au marquis. N'allons-nous
pas aux Bouffons [h] ?

— Je ne le puis, dit-il en prenant le bouton de la porte.

Madame de Beauséant se leva, le rappela près d'elle,
sans faire la moindre attention à Eugène, qui, debout,
étourdi par les scintillements d'une richesse merveilleuse,
croyait à la réalité des contes arabes, et ne savait où se
fourrer en se trouvant en présence de cette femme sans
être remarqué par elle [i]. La vicomtesse avait levé l'index
de sa main droite, et par un joli mouvement désignait au
marquis une place devant elle. Il y eut dans ce geste un [j]

---

1. L'écrivain tient sans doute cette expression de Mme Hanska.
M. André Billy observe que, dans le temps où il écrit *Le Père Goriot*,
Balzac attelle lui-même cinq bœufs à son char pour tenter de faire
considérer comme innocentes deux lettres d'amour surprises par le
comte Hanski (*Étr.* I, 189 et A. Billy, *Vie de Balzac*, I, 189). Voir en
outre l'appendice critique, p. 388.

si violent despotisme de passion que le marquis laissa le
bouton de la porte et vint. Eugène le regarda non sans
envie.

— Voilà, se dit-il, l'homme au coupé! Mais il faut
donc avoir des chevaux fringants, des livrées[a] et de l'or à
flots pour obtenir le regard d'une femme de Paris ? Le
démon du luxe le mordit au cœur, la fièvre du gain le prit,
la soif de l'or lui sécha la gorge. Il avait cent trente francs
pour son trimestre[1b]. Son père, sa mère, ses frères, ses
sœurs, sa tante, ne dépensaient pas deux cents francs
par mois, à eux tous[c]. Cette rapide comparaison entre sa
situation présente et le but auquel il fallait parvenir con-
tribuèrent à le stupéfier.

— Pourquoi, dit la vicomtesse[d] en riant, ne *pouvez-vous
pas* venir aux Italiens ?

— Des affaires ! Je dîne chez l'ambassadeur d'Angleterre.

— Vous les quitterez.

Quand un homme trompe, il est invinciblement forcé
d'entasser mensonges sur mensonges. Monsieur d'Ajuda
dit alors en riant : « Vous l'exigez ? »

— Oui, certes.

— Voilà ce que je voulais me faire dire, répondit-il
en jetant un de ces fins regards qui auraient rassuré toute
autre femme[e]. Il prit la main de la vicomtesse, la baisa et
partit.

Eugène passa la main dans ses cheveux et se tortilla
pour saluer en croyant que madame de Beauséant allait
penser à lui; tout à coup elle s'élance, se précipite dans la
galerie, accourt à la fenêtre et regarde monsieur[f] d'Ajuda
pendant qu'il montait en voiture; elle prête l'oreille à
l'ordre, et entend[g] le chasseur répétant[h] au cocher : « Chez
monsieur de Rochefide. » Ces mots, et la manière dont

---

1. On doit entendre sans doute qu'en ce début de décembre il lui
reste cent trente francs, sur les trois cents de son trimestre, puisque
ses parents lui assurent douze cents francs par an (voir p. 16). La pension
due à Mme Vauquer n'a d'ailleurs pas encore été payée (voir p. 115 et
la note).

d'Ajuda se plongea dans sa voiture, furent l'éclair et la
foudre pour cette femme, qui revint en proie à de mortelles appréhensions [a]. Les plus horribles catastrophes ne
sont que cela dans le grand monde. La vicomtesse rentra
dans sa chambre à coucher, se mit à sa table, et prit un
joli papier.

Du moment, écrivait-elle, *où* [b] *vous dînez chez les Rochefide,
et non à l'ambassade anglaise, vous me devez une explication,
je vous attends.*

Après avoir redressé quelques lettres défigurées par le
tremblement convulsif de sa main, elle mit un C qui
voulait dire Claire de Bourgogne, et sonna [1][c].

— Jacques, dit-elle à son valet de chambre qui vint
aussitôt [d], vous irez à sept heures et demie chez monsieur
de Rochefide, vous y demanderez le marquis [e] d'Ajuda.
Si monsieur le marquis y est, vous lui ferez parvenir ce
billet sans demander de réponse; s'il n'y est pas, vous
reviendrez et me rapporterez ma lettre.

— Madame la vicomtesse a quelqu'un dans son salon.

— Ah! c'est vrai, dit-elle en poussant la porte.

Eugène commençait à se trouver très mal à l'aise, il
aperçut enfin la vicomtesse qui lui dit d'un ton dont l'émotion lui [f] remua les fibres du cœur : « Pardon, monsieur,
j'avais un mot à écrire, je suis maintenant tout [g] à vous. »
Elle ne savait ce qu'elle disait, car voici ce qu'elle pensait:
« Ah! il veut épouser mademoiselle de Rochefide. Mais
est-il donc libre ? Ce soir ce mariage sera brisé, ou je [2]...
Mais il n'en sera plus question demain. »

— Ma cousine... répondit Eugène.

— Hein [h] ? fit la vicomtesse en lui jetant un regard dont
l'impertinence glaça l'étudiant.

Eugène comprit ce hein. Depuis trois heures il avait
appris tant de choses, qu'il s'était mis sur le qui-vive.

---

1. Dans ce billet se manifeste le souvenir précis de la marquise
Henriette de Castries. Elle a signé H la première lettre que nous ayons
conservée d'elle à Balzac et utilisait en outre un papier où se trouvait
gravée cette simple initiale, qui figure aussi sur l'un de ses cachets.
A l'état-civil, son premier prénom était Claire.

2. Mme de Beauséant envisage déjà son futur exil.

— Madame, reprit-il en rougissant. Il hésita, puis il
dit en continuant[a]: Pardonnez-moi; j'ai besoin de tant de
protection qu'un bout de parenté n'aurait rien gâté.

Madame de Beauséant sourit, mais tristement: elle
sentait déjà le malheur qui grondait dans son atmosphère[b].

— Si vous connaissiez la situation dans laquelle se
trouve ma famille, dit-il en continuant[c], vous aimeriez à
jouer le rôle d'une de ces fées fabuleuses qui se plaisaient
à dissiper les obstacles autour de leurs filleuls.

— Eh bien! mon cousin[d], dit-elle en riant, à quoi
puis-je vous être bonne?

— Mais le sais-je? Vous appartenir par un lien de
parenté qui se perd dans l'ombre est déjà toute une fortune.
Vous m'avez troublé, je ne sais plus ce que je venais vous
dire. Vous êtes la seule personne que je connaisse à Paris.
Ah! je voulais vous consulter en vous demandant de
m'accepter comme un pauvre enfant qui désire se coudre
à votre jupe, et qui saurait mourir pour vous.

— Vous tueriez quelqu'un pour moi?

— J'en tuerais deux, fit Eugène.

— Enfant! Oui, vous êtes un enfant, dit-elle en répri-
mant quelques larmes; vous aimeriez sincèrement, vous!

— Oh! fit-il en hochant la tête[e].

La vicomtesse s'intéressa vivement à l'étudiant pour
une[f] réponse d'ambitieux. Le méridional en était à son
premier calcul. Entre le boudoir bleu[g] de madame de
Restaud et le salon rose de madame de Beauséant, il avait
fait trois années de ce *Droit parisien* dont on ne parle pas,
quoiqu'il constitue une haute jurisprudence sociale qui,
bien apprise et bien pratiquée, mène à tout.

— Ah! j'y suis, dit Eugène. J'avais remarqué madame
de Restaud à votre bal, je suis allé ce matin chez elle[h].

— Vous avez dû bien la gêner, dit en souriant[i] madame
de Beauséant.

— Eh! oui, je suis un ignorant qui mettra contre lui
tout le monde, si vous me refusez votre secours. Je crois
qu'il est fort difficile de rencontrer à Paris une femme
jeune, belle, riche, élégante qui soit inoccupée, et il m'en
faut une qui m'apprenne ce que, vous autres femmes,

vous savez si bien expliquer : la vie[a]. Je trouverai partout un monsieur de Trailles. Je venais donc à vous pour
vous demander le mot d'une énigme, et vous prier de
me dire de quelle nature est la sottise que j'y ai faite. J'ai
parlé d'un père...

— Madame la duchesse de Langeais, dit Jacques en
coupant la parole à l'étudiant, qui fit le geste d'un homme
violemment contrarié.

— Si vous voulez réussir, dit la vicomtesse à voix
basse, d'abord ne soyez pas aussi démonstratif[b].

— Eh! bonjour, ma chère[c], reprit-elle en se levant et
allant au-devant de la duchesse dont elle pressa les mains
avec l'effusion caressante qu'elle aurait pu montrer pour
une sœur et à laquelle la duchesse répondit par les plus
jolies câlineries.

— Voilà deux bonnes amies, se dit Rastignac[d]. J'aurai
dès lors deux protectrices; ces deux femmes doivent avoir
les mêmes affections, et celle-ci s'intéressera sans doute à
moi[e].

— A quelle heureuse pensée dois-je le bonheur de te[f]
voir, ma chère Antoinette ? dit madame de Beauséant.

— Mais j'ai vu monsieur d'Ajuda-Pinto entrant chez
monsieur de Rochefide, et j'ai pensé qu'alors vous étiez
seule.

Madame de Beauséant ne se pinça point les lèvres, elle
ne rougit pas, son regard resta le même, son front parut
s'éclaircir pendant que la duchesse prononçait ces fatales
paroles.

— Si j'avais su que vous fussiez occupée... ajouta la
duchesse en se tournant vers Eugène.

— Monsieur est monsieur Eugène de Rastignac[g], un
de mes cousins, dit la vicomtesse. Avez-vous des nouvelles
du général[h] Montriveau ? fit-elle. Sérisy[i] m'a dit hier qu'on
ne le voyait plus, l'avez-vous eu chez vous aujourd'hui[1][j] ?

---

1. Cette indication se rattache étroitement à *La Duchesse de Langeais*,
dont l'héroïne est obligée de convenir avec Mme de Sérisy qu'elle n'a
pas vu Montriveau depuis longtemps et qu'elle le regrette (*Histoire
des Treize*, éd. Garnier, p. 310).

La duchesse, qui passait pour être abandonnée par monsieur de Montriveau, de qui elle était éperdument éprise, sentit au cœur la pointe de cette question[a], et rougit en répondant : — Il était hier [b] à l'Élysée.

— De service, dit madame de Beauséant [1].

— Clara [c], vous savez sans doute, reprit la duchesse en jetant des flots de malignité par ses regards, que demain les bans de monsieur d'Ajuda-Pinto et de mademoiselle de Rochefide se publient ?

Ce coup était trop violent, la vicomtesse pâlit et répondit en riant : — Un [d] de ces bruits dont s'amusent les sots. Pourquoi monsieur d'Ajuda porterait-il chez les Rochefide un des plus beaux noms du Portugal ? Les Rochefide sont des gens anoblis d'hier [2].

— Mais Berthe [e] réunira, dit-on, deux cent mille livres de rente.

— Monsieur d'Ajuda est trop riche pour faire de ces calculs [f].

— Mais, ma chère, mademoiselle de Rochefide est charmante.

— Ah !

— Enfin il y dîne aujourd'hui, les conditions sont arrêtées. Vous m'étonnez étrangement d'être si peu instruite [g].

— Quelle sottise avez-vous donc faite, monsieur ? dit madame de Beauséant. Ce pauvre enfant est si nouvellement jeté dans le monde, qu'il ne comprend rien, ma chère Antoinette[h], à ce que nous disons [i]. Soyez bonne pour lui, remettons à causer de cela demain. Demain, voyez-

---

1. Ce passage est obscur, mais s'explique. La réponse assez vague de Mme de Langeais pouvait laisser supposer qu'elle avait vu Montriveau dans les salons de l'Élysée, où demeure la duchesse de Berry, son amie. L'implacable précision de Mme de Beauséant remet les choses au point : Montriveau, qui appartient à la Garde Royale (*Histoire des Treize*, éd. citée, p. 240), ne se trouvait à l'Élysée qu'en service commandé.

2. Telle n'était pas la première pensée de Balzac, puisque Mlle de Rochefide porta un instant, sur le manuscrit, un nom historique et ancien (voir appendice critique, p. 352).

vous, tout sera sans doute officiel, et vous pourrez être
officieuse à coup sûr [a].

La duchesse tourna sur Eugène un de ces regards impertinents qui enveloppent un homme des pieds à la tête,
l'aplatissent, et le mettent à l'état de zéro.

— Madame, j'ai, sans [b] le savoir, plongé un poignard
dans le cœur de madame de Restaud. Sans le savoir, voilà
ma faute, dit l'étudiant que son génie avait assez bien
servi et qui avait découvert les mordantes épigrammes
cachées sous les phrases affectueuses de ces deux femmes.
Vous continuez à voir, et vous craignez peut-être les gens
qui sont dans le secret du mal qu'ils vous font [c], tandis
que celui qui blesse en ignorant la profondeur de sa blessure [d] est regardé comme un sot, un maladroit qui ne sait
profiter de rien, et chacun le méprise [e].

Madame de Beauséant jeta sur l'étudiant un de ces
regards fondants où les grandes âmes savent mettre tout
à la fois de la reconnaissance et de la dignité. Ce regard
fut comme un baume qui calma la plaie que venait de
faire au cœur de l'étudiant le coup d'œil d'huissier-priseur
par lequel la duchesse l'avait évalué.

— Figurez-vous que je venais, dit Eugène en continuant, de capter la bienveillance du comte de Restaud;
car, dit-il en se tournant vers la duchesse d'un air à la fois
humble et malicieux, il faut vous dire, madame, que je
ne suis encore qu'un pauvre diable d'étudiant, bien seul,
bien pauvre...

— Ne dites pas cela, monsieur de Rastignac [f]. Nous
autres femmes, nous ne voulons jamais de ce dont personne ne veut.

— Bah! fit Eugène, je n'ai que vingt-deux ans [1], il faut
savoir supporter les malheurs de son âge. D'ailleurs, je
suis à confesse; et il est impossible de se mettre à genoux

---

1. Rastignac se vieillit d'un an. A la roulette (p. 163), il misera sur
« le chiffre de son âge, vingt et un ». D'ailleurs Vautrin, qui est si
bien renseigné, lui dira, p. 119 : « j'avais votre âge, vingt et un ans ».
Voir encore p. 165, dans la bouche de Mme de Nucingen.

dans un plus joli confessionnal: on y fait les péchés dont
on s'accuse dans l'autre.

La duchesse prit un air froid à ce discours antireligieux,
dont elle proscrivit le mauvais goût en disant à la vicomtesse. — Monsieur arrive...

Madame de Beauséant se prit à rire franchement et de
son cousin et de la duchesse.

— Il arrive, ma chère, et cherche une institutrice qui
lui enseigne le bon goût.

— Madame la duchesse, reprit Eugène, n'est-il pas
naturel de vouloir s'initier aux secrets de ce qui nous
charme ? (Allons, se dit-il en lui-même, je suis sûr que
je leur fais des phrases de coiffeur.)

— Mais madame de Restaud ᵃ est, je crois, l'écolière
de monsieur de Trailles, dit la duchesse.

— Je n'en savais rien, madame, reprit l'étudiant. Aussi
me suis-je étourdiment jeté entre eux ᵇ. Enfin, je m'étais
assez bien entendu avec le mari ᶜ, je me voyais souffert
pour un temps par la femme, lorsque je me suis avisé
de leur dire que je connaissais un homme que je venais de
voir sortant par un escalier dérobé, et qui avait au fond d'un
couloir embrassé la comtesse.

— Qui est-ce ? dirent les deux femmes.

— Un vieillard qui vit à raison de deux louis par mois,
au fond du faubourg Saint-Marceau, comme moi, pauvre
étudiant; un véritable malheureux dont tout le monde
se moque, et que nous appelons le père Goriot.

— Mais, enfant que vous êtes, s'écria la vicomtesse,
madame de Restaud est une demoiselle ᵈ Goriot.

— La fille d'un vermicellier, reprit la duchesse, une
petite femme qui s'est fait présenter le même jour qu'une
fille de pâtissier ᵉ. Ne vous en souvenez-vous pas, Clara ᶠ ?
Le Roi s'est mis à rire, et a dit en latin un bon mot sur
la farine. Des gens, comment donc ? des gens ᵍ...

— *Ejusdem farinæ,* dit Eugène [1].

_____

1. Dans *Le Bal de Sceaux*, Balzac a déjà prêté à Louis XVIII un
quatrain malicieux. Ce roi passait pour avoir de l'esprit et on recueillait
même ses bons mots.

— C'est cela, dit la duchesse.

— Ah! c'est son père, reprit l'étudiant en faisant un geste d'horreur.

— Mais oui; ce bonhomme avait deux filles dont il est quasi fou [a], quoique l'une et l'autre l'aient à peu près renié [b].

— La seconde n'est-elle pas, dit la vicomtesse en regardant madame de Langeais [c], mariée à un banquier dont le nom est allemand, un baron de Nucingen? Ne se nomme-t-elle pas Delphine? N'est-ce pas [d] une blonde qui a une loge de côté à l'Opéra, qui vient aussi aux Bouffons [1], et rit très haut pour se faire remarquer [e]?

La duchesse sourit [f] en disant : — Mais, ma chère, je vous admire. Pourquoi vous occupez-vous donc tant de ces gens-là? Il a fallu être amoureux fou, comme l'était Restaud, pour s'être enfariné de mademoiselle Anastasie. Oh! il n'en sera pas le bon marchand! Elle est entre les mains de monsieur de Trailles, qui la perdra [g].

— Elles ont renié leur père, répétait Eugène [h].

— Eh bien! oui, leur père [i], le père, un père, reprit la vicomtesse, un bon père qui leur a donné, dit-on, à chacune cinq ou six [j] cent mille francs [2] pour faire leur bonheur en les mariant bien, et qui ne s'était réservé que huit à dix mille livres de rente pour lui, croyant que ses filles resteraient ses filles, qu'il s'était créé chez elles [k] deux existences, deux maisons où il serait adoré, choyé. En deux ans, ses gendres l'ont banni [l] de leur société comme le dernier des misérables...

Quelques larmes roulèrent dans les yeux d'Eugène, récemment rafraîchi par les pures et saintes émotions de la famille, encore sous le charme des croyances jeunes, et qui n'en était qu'à sa première journée sur le champ de

---

1. Au temps où Balzac rédigeait *Le Père Goriot*, il rencontrait, aux Bouffons, la comtesse Delphine Potocka. Voir *Etr.*, I, 209 sq.

2. Chiffre approximatif et inexact. Mme de Nucingen, p. 164, se déclarera « riche de sept cent mille francs »; le père Goriot, p. 195, parle de « huit cent mille » et p. 252 d'un « bon petit million ». Voir notre article *Scrupules et défaillances du réalisme balzacien*, dans *Les Etudes balzaciennes*, n° 10.

bataille de la civilisation parisienne. Les émotions véritables sont si communicatives, que pendant un moment
ces trois personnes se regardèrent en silence.

— Eh! mon Dieu, dit madame de Langeais, oui, cela
semble bien horrible, et nous voyons cependant cela
tous les jours. N'y a-t-il pas une cause à cela ? Dites-moi,
ma chère, avez-vous pensé jamais à ce qu'est un gendre ?
Un gendre est un homme pour qui nous élèverons, vous
ou moi, une chère petite créature à laquelle nous tien-
drons par mille liens, qui sera pendant dix-sept ans la [a]
joie de la famille, qui en est l'âme blanche, dirait Lamartine,
et qui en deviendra la peste. Quand cet homme nous
l'aura prise, il commencera par saisir son amour comme
une hache, afin de couper dans le cœur [b] et au vif de cet
ange tous les sentiments par lesquels elle s'attachait à
sa famille. Hier, notre fille était tout pour nous, nous
étions tout pour elle; le lendemain elle se fait notre enne-
mie. Ne voyons-nous pas cette tragédie s'accomplissant
tous les jours ? Ici, la belle-fille [c] est de la dernière impertinence avec le beau-père [d], qui a tout sacrifié pour son
fils. Plus loin [e], un gendre met sa belle-mère à la porte.
J'entends demander ce [f] qu'il y a de dramatique aujour-
d'hui dans la société ; mais le drame du gendre est effrayant,
sans compter nos mariages qui sont devenus de fort
sottes choses [g] Je me rends parfaitement compte de
ce qui est arrivé à ce vieux vermicellier. Je crois [h] me rappeler que ce Foriot...

— Goriot, madame.

— Oui, ce [i] Moriot a été président de sa section [1] pendant la Révolution; il a été dans le secret de la fameuse
disette, et a commencé sa fortune par vendre dans ce
temps-là des farines dix fois plus qu'elles ne lui coûtaient.
Il en a eu tant qu'il en a voulu. L'intendant de ma grand'
mère lui en a vendu pour des sommes immenses. Ce
Goriot [j] partageait sans doute, comme tous ces gens-là,

---

1. En 1790, les 60 « districts » de Paris, qui avaient été substitués
aux anciennes « paroisses », ont été regroupés en 48 « sections », qui
correspondent aux actuels quartiers, subdivisions des arrondissements.

avec le Comité de Salut Public [1]. Je me souviens que l'intendant disait à ma grand'mère qu'elle pouvait rester en
toute sûreté à Grandvilliers [a], parce que ses blés étaient
une excellente carte civique. Eh bien! ce Loriot [b], qui
vendait du blé aux coupeurs de têtes, n'a eu qu'une passion.
Il adore, dit-on, ses filles. Il a juché l'aînée dans [c] la maison
de Restaud, et greffé [d] l'autre sur le baron de Nucingen,
un riche banquier qui fait le royaliste [e]. Vous comprenez
bien que, sous l'empire, les deux gendres ne se sont pas
trop formalisés d'avoir ce vieux Quatre-vingt-treize
chez eux; ça pouvait encore aller avec Buonaparte [f].
Mais quand les Bourbons sont revenus, le bonhomme a
gêné monsieur de Restaud, et plus encore le banquier.
Les filles, qui aimaient peut-être toujours leur père, ont [g]
voulu ménager la chèvre et le chou, le père et le mari;
elles ont reçu le Goriot [h] quand elles n'avaient personne;
elles ont imaginé des prétextes de tendresse. « Papa,
venez, nous serons mieux, parce que nous serons seuls! »
etc. [i] Moi, ma chère, je crois que les sentiments vrais ont
des yeux et une intelligence: le cœur de ce pauvre Quatre-
vingt-treize a donc saigné. Il a vu que ses filles avaient
honte de lui; que, si elles aimaient leurs maris, il nuisait
à ses gendres. Il fallait donc se sacrifier. Il s'est sacrifié, parce qu'il était père: il s'est banni de lui-même. En
voyant ses filles contentes, il comprit qu'il avait bien fait.
Le père et les enfants ont été complices de ce petit crime.
Nous voyons cela partout. Ce père Doriot [j] n'aurait-
il pas été une tache de cambouis dans le salon de ses filles [2]?
il y aurait été gêné, il se serait ennuyé. Ce qui arrive à
ce père peut arriver à la plus jolie femme avec l'homme
qu'elle aimera le mieux : si elle l'ennuie de son amour,
il s'en va, il fait des lâchetés pour la fuir. Tous les senti-

---

1. C'est une légitimiste qui parle. En fait, le Comité de Salut Public
combattit les manœuvres d' « accaparement », dont il s'agit ici, avec
la dernière rigueur.

2. La même expression revient, avec la même valeur, dans *Splendeurs et Misères des Courtisanes* (éd. Garnier, p. 412) : Asie, « sur les
tapis du petit salon de l'hôtel de Cadignan, faisait l'effet d'une tache
de cambouis sur une robe de satin blanc ».

ments en sont là. Notre cœur est un trésor, videz-le d'un coup, vous êtes ruinés. Nous ne pardonnons pas plus à un sentiment de s'être montré tout entier qu'à un homme de ne pas avoir un sou à lui. [a] Ce père avait tout donné. Il avait donné, pendant vingt ans, ses entrailles, son amour; il avait donné sa fortune [b] en un jour [c]. Le citron bien pressé, ses filles ont laissé le zeste au coin des rues [d].

— Le monde est infâme, dit la vicomtesse en effilant son châle et sans lever les yeux, car elle était atteinte au vif par les mots que madame de Langeais avait dits, pour elle, en racontant cette histoire [e].

— Infâme! non, reprit la duchesse; il va son train [f], voilà tout. Si je vous en parle ainsi, c'est pour montrer que je ne suis pas la dupe du monde. Je pense comme vous, dit-elle en pressant la main de la vicomtesse. Le monde est un bourbier [g], tâchons de rester [h] sur les hauteurs. Elle se leva, embrassa madame de Beauséant au front en lui disant : « Vous êtes bien belle en ce moment, ma chère. Vous avez les plus jolies couleurs que j'aie vues jamais. » Puis elle sortit après avoir légèrement incliné la tête en regardant le cousin [i].

— Le père Goriot est sublime! dit Eugène en se souvenant de l'avoir vu tordant son vermeil la nuit.

Madame de Beauséant n'entendit pas, elle était pensive. Quelques moments de silence s'écoulèrent, et le pauvre étudiant, par une sorte de stupeur honteuse, n'osait ni s'en aller, ni rester, ni parler [j].

— Le monde est infâme et méchant, dit enfin la vicomtesse. Aussitôt qu'un malheur nous arrive, il se rencontre [k] toujours un ami prêt à venir nous le dire, et à nous fouiller le cœur avec un poignard en nous en faisant admirer le manche [l]. Déjà le sarcasme, déjà les railleries [m]! Ah! je me défendrai. Elle releva la tête comme une grande dame qu'elle était [1], et des éclairs sortirent de ses yeux fiers. — Ah! fit-elle en voyant Eugène, vous êtes là!

— Encore, dit-il piteusement.

---

1. Par opposition à Mme de Restaud, que Rastignac « prit pour une grande dame » (p. 44).

— Eh bien! monsieur de Rastignac[a], traitez ce monde comme il mérite de l'être. Vous voulez parvenir, je vous aiderai. Vous sonderez combien est profonde la corruption féminine, vous toiserez la largeur de la misérable vanité des hommes. Quoique j'aie bien lu dans ce livre du monde, il y avait des pages qui cependant m'étaient inconnues. Maintenant je sais tout[b]. Plus froidement vous calculerez, plus avant vous irez. Frappez sans pitié, vous serez craint. N'acceptez les hommes et les femmes que comme des chevaux de poste que vous laisserez crever à chaque relais, vous arriverez ainsi au faîte de vos désirs. Voyez-vous, vous ne serez rien ici si vous n'avez pas une femme qui s'intéresse à vous. Il vous la faut jeune, riche, élégante[c]. Mais si vous avez un sentiment vrai, cachez-le comme un trésor; ne le laissez jamais soupçonner, vous seriez perdu. Vous ne seriez plus le bourreau, vous deviendriez la victime. Si jamais vous aimiez, gardez bien votre secret! ne le livrez pas avant d'avoir bien su à qui vous ouvrirez votre cœur. Pour préserver par avance cet amour qui n'existe pas encore, apprenez à vous méfier de ce monde-ci. Écoutez-moi, Miguel[1]... (Elle se trompait naïvement de nom sans s'en apercevoir.) Il existe quelque chose[d] de plus épouvantable que ne l'est l'abandon du père par ses deux filles, qui le voudraient mort. C'est la rivalité des deux sœurs entre elles. Restaud a de la naissance, sa femme a été adoptée, elle a été présentée; mais sa sœur, sa riche sœur, la belle madame[e] Delphine de Nucingen, femme d'un homme d'argent, meurt de chagrin; la jalousie la dévore, elle est à cent lieues de sa sœur; sa sœur n'est plus sa sœur; ces deux femmes se renient entre elles comme elles renient leur père. Aussi, madame de Nucingen laperait-elle toute la boue[f] qu'il y a entre la rue Saint-Lazare et la rue de Grenelle pour entrer dans mon salon. Elle a cru que de Marsay la[g] ferait arriver à son but, et elle s'est faite l'esclave de de Marsay[h], elle assomme de Marsay. De Marsay se soucie fort peu

1. Ce lapsus fait songer à celui qui manquera d'échapper à Vautrin, p. 117 (« Foi de Tromp... ») ; mais est moins invraisemblable.

d'elle[a]. Si vous me la présentez, vous serez son Benjamin [1],
elle vous adorera. Aimez-la si vous pouvez après, sinon
servez-vous d'elle[b]. Je la verrai une ou deux fois, en
grande soirée, quand il y aura cohue; mais je ne la rece-
vrai jamais le matin. Je la saluerai, cela suffira. Vous vous
êtes fermé la porte de la comtesse pour avoir prononcé
le nom du père Goriot. Oui, mon cher, vous iriez[c] vingt
fois chez madame Restaud, vingt fois vous la trouveriez
absente. Vous avez été consigné. Eh bien! que le père Goriot vous introduise près de madame Delphine de Nucingen. La belle madame de Nucingen sera pour vous[d]
une enseigne. Soyez l'homme qu'elle distingue[e], les
femmes raffoleront de vous. Ses rivales, ses amies, ses
meilleures amies voudront vous enlever à elle. Il y a des
femmes qui aiment l'homme déjà choisi par une autre,
comme il y a de pauvres bourgeoises qui, en prenant
nos chapeaux, espèrent avoir nos manières[f]. Vous aurez
des succès. A Paris, le succès est tout, c'est la clef du
pouvoir[g]. Si les femmes vous trouvent de l'esprit, du
talent, les hommes le croiront, si vous ne les détrompez
pas. Vous pourrez alors[h] tout vouloir, vous aurez le pied
partout[i]. Vous saurez alors ce qu'est le monde, une réunion de dupes et de fripons. Ne soyez ni parmi les uns
ni parmi les autres. Je vous donne mon nom comme un
fil d'Ariane pour entrer dans ce labyrinthe[2][j]. Ne le com-
promettez pas, dit-elle en recourbant son cou et jetant un
regard de reine à l'étudiant, rendez-le moi blanc[k]. Allez,
laissez-moi. Nous autres femmes, nous avons aussi[l] nos
batailles à livrer.

— S'il vous fallait un homme de bonne volonté pour
aller mettre le feu à une mine ? dit Eugène en l'interrompant.

— Eh bien ? dit-elle[m].

Il se frappa le cœur, sourit au sourire de sa cousine, et

---

1. Son préféré (comme Benjamin était le préféré des enfants de
Jacob).
2. Cette métaphore mythologique a été amorcée plus haut : Balzac,
p. 40, évoquait déjà le « labyrinthe parisien ».

sortit. Il était cinq heures. Eugène avait faim, il craignit
de ne pas arriver à temps pour l'heure du dîner. Cette
crainte lui fit sentir le bonheur d'être rapidement emporté dans Paris. Ce plaisir purement machinal le laissa
tout entier aux pensées qui l'assaillaient. Lorsqu'un jeune
homme de son âge est atteint par le mépris, il s'emporte,
il enrage, il menace du poing la société tout entière, il
veut se venger et doute aussi de lui-même ᵃ. Rastignac était
en ce moment accablé par ces mots : *Vous vous êtes fermé
la porte de la comtesse* ᵇ. — J'irai ! se dit-il, et si madame de
Beauséant a raison, si je suis consigné... je... Madame
de Restaud me trouvera dans tous les salons où elle va.
J'apprendrai à faire des armes, à tirer le pistolet, je lui
tuerai son Maxime ᶜ ! Et de l'argent ! lui criait sa conscience,
où donc en prendras-tu ? Tout à coup la richesse étalée
chez la comtesse de Restaud brilla devant ses yeux. Il
avait vu là le luxe dont une demoiselle Goriot devait être
amoureuse, des dorures, des objets de prix en évidence,
le luxe inintelligent du parvenu, le gaspillage de la femme
entretenue. Cette fascinante image fut soudainement écra-
sée par le grandiose hôtel ᵈ de Beauséant. Son imagination,
transportée dans les hautes régions de la société parisienne, lui inspira mille pensées mauvaises au cœur, en lui
élargissant la tête et la conscience. Il vit le monde comme
il est : les lois et la morale impuissantes chez les riches, et
vit dans la fortune l'*ultima ratio mundi*. « Vautrin a raison,
la fortune est la vertu ! » se dit-il ᵉ.

Arrivé rue Neuve-Sainte-Geneviève, il monta rapidement chez lui, descendit pour donner dix francs au cocher, et vint dans cette salle à manger nauséabonde où
il aperçut, comme des animaux à un râtelier, les dix-huit
convives en train de se repaître. Le spectacle de ces misères et l'aspect de cette salle lui furent horribles. La
transition était trop brusque, le contraste trop complet,
pour ne pas développer outre mesure chez lui le sentiment de l'ambition. D'un côté, les fraîches et charmantes
images de la nature sociale la plus élégante, des figures
jeunes, vives, encadrées par les merveilles de l'art et du
luxe, des têtes passionnées pleines de poésie ; de l'autre,

de sinistres tableaux bordés de fange, et des faces où les passions n'avaient laissé que leurs cordes et leur mécanisme [a]. Les enseignements que la colère d'une femme abandonnée [1] avaient arrachés à madame de Beauséant, ses offres captieuses [b] revinrent dans sa mémoire, et la misère les commenta. Rastignac résolut d'ouvrir deux tranchées parallèles pour arriver à la fortune, de s'appuyer [c] sur la science et sur l'amour, d'être un savant docteur et un homme à la mode. Il était encore bien enfant [d]! Ces deux lignes sont des asymptotes qui ne peuvent jamais se rejoindre [2] [e].

— Vous êtes bien sombre, monsieur le marquis, lui dit Vautrin, qui lui jeta un de ces regards par lesquels cet homme semblait s'initier aux secrets les plus cachés du cœur.

— Je ne suis pas [f] disposé à souffrir les plaisanteries de ceux qui m'appellent monsieur le marquis, répondit-il. Ici, pour être vraiment [g] marquis, il faut avoir cent mille livres de rente, et quand on vit dans la Maison Vauquer on n'est pas précisément le favori de la Fortune [h].

Vautrin regarda Rastignac d'un air paternel et méprisant, comme s'il eût dit : « Marmot [i]! dont je ne ferais qu'une bouchée! » Puis il répondit : — Vous êtes de mauvaise humeur, parce que vous n'avez peut-être pas réussi auprès de la belle comtesse de Restaud.

— Elle m'a fermé sa porte pour lui avoir dit que son père mangeait à notre table, s'écria Rastignac [j].

Tous les convives s'entre-regardèrent. Le père Goriot baissa les yeux, et se retourna pour les essuyer.

— Vous m'avez jeté du tabac dans l'œil, dit-il à son voisin.

---

1. Balzac reprend les deux mots qui lui ont servi, en 1832, pour intituler la nouvelle où se trouvent contées les aventures ultérieures de Mme de Beauséant.

2. Dans cette phrase ajoutée (voir appendice critique), Balzac paraît confondre la notion d'*asymptotes* avec celle de *parallèles*. On peut supposer qu'il a voulu éviter la répétition de *parallèles*. Mais il commettra la même impropriété dans *Le Lys dans la Vallée* (voir Étienne Cluzel, *Les démêlés d'Honoré de Balzac avec la géométrie*, dans la *Revue des Sciences humaines*, juillet-septembre 1957).

— Qui vexera le père Goriot s'attaquera désormais à moi, répondit Eugène en regardant le voisin de l'ancien vermicellier [a] ; il vaut mieux que nous tous. Je ne parle pas des dames, dit-il en se retournant vers mademoiselle Taillefer.

Cette phrase fut un dénoûment [b], Eugène l'avait prononcée d'un air qui imposa silence aux convives. Vautrin seul lui dit en goguenardant : — Pour prendre le père Goriot à votre compte, et vous établir son éditeur responsable [c], il faut savoir bien tenir une épée et bien tirer le pistolet [d].

— Ainsi ferai-je, dit Eugène.

— Vous êtes donc entré en campagne aujourd'hui ?

— Peut-être, répondit Rastignac. Mais je ne dois compte de mes affaires à personne, attendu que je ne cherche pas à deviner celles que [e] les autres font la nuit.

Vautrin regarda Rastignac de travers.

— Mon petit, quand on ne veut pas être dupe des marionnettes, il faut entrer tout à fait dans la baraque, et ne pas se contenter de regarder par les trous de la tapisserie [f]. Assez causé, ajouta-t-il en voyant Eugène près de se gendarmer. Nous aurons ensemble un petit bout de conversation quand vous le voudrez.

Le dîner devint sombre et froid. Le père Goriot, absorbé par la profonde douleur que lui avait causée la phrase de l'étudiant, ne comprit pas que les dispositions des esprits étaient changées à son égard, et qu'un jeune homme en état d'imposer silence à la persécution [g] avait pris sa défense.

— Monsieur Goriot, dit madame Vauquer à voix basse, serait donc le père d'une comtesse à c't'heure [h] ?

— Et d'une baronne, lui répliqua Rastignac.

— Il n'a que ça à faire, dit Bianchon à Rastignac, je lui ai pris la tête : il n'y a qu'une bosse, celle de la paternité, ce sera un Père *Éternel* [1] [i].

---

1. Parmi les bosses désignées par Gall se trouvent celles de la musique, des mathématiques, du meurtre, de la docilité, de l'ambition, de la théosophie *etc.*,

Eugène était trop sérieux pour que la plaisanterie de
Bianchon le fît rire. Il voulait ᵃ profiter ᵇ des conseils de
madame de Beauséant, et se demandait où et comment il
se procurerait de l'argent ᶜ. Il devint soucieux en voyant ᵈ
les savanes [1] du monde qui se déroulaient à ses yeux à la
fois vides et pleines ᵉ ; chacun le laissa seul dans la salle à
manger quand le dîner fut fini.

— Vous êtes donc vu ma fille ? lui dit Goriot d'une
voix émue.

Réveillé de sa méditation par le bonhomme, Eugène
lui prit la main, et le contemplant avec une sorte d'atten-
drissement : — Vous êtes un brave et digne homme,
répondit-il. Nous causerons de vos filles plus tard ᶠ. Il se
leva sans vouloir écouter le père Goriot, et se retira dans
sa chambre, où il écrivit à sa mère la lettre suivante :

« Ma chère mère, vois si tu n'as pas une troisième ma-
« melle à t'ouvrir ᵍ pour moi. Je suis dans une situation à
« faire promptement fortune. J'ai besoin de douze cents
« francs, et il me les faut à tout prix. Ne dis rien de ma
« demande à mon père, il s'y opposerait peut-être, et si je
« n'avais pas cet argent, je serais en proie à un désespoir
« qui me conduirait à me brûler la cervelle ʰ. Je t'explique-
« rai mes motifs ⁱ aussitôt que je te verrai, car il faudrait
« t'écrire des volumes pour te faire comprendre la situa-
« tion dans laquelle je suis. Je n'ai pas joué, ma bonne
« mère, je ne dois rien ; mais si tu tiens à me conserver la
« vie que tu m'as donnée, il faut me trouver cette somme ʲ.
« Enfin, je vais chez la vicomtesse de Beauséant, qui m'a
« pris sous sa protection. Je dois aller dans le monde ᵏ, et
« n'ai pas un sou pour avoir des gants propres. Je saurai
« ne manger que du pain, ne boire que de l'eau, je jeû-
« nerai au besoin ; mais je ne puis me passer des outils
« avec lesquels on pioche la vigne dans ce pays-ci. Il s'agit ˡ
« pour moi de faire mon chemin ou de rester dans la

---

1. Ce mot trahit le souvenir de Fenimore Cooper, dont les romans
ont exercé sur l'imagination de Balzac une vive influence, déjà saisis-
sable dans *Les Chouans*. Voir encore p. 128.

« boue [1][a]. Je sais [b] toutes les espérances que vous avez mises
« en moi, et veux les réaliser promptement. Ma bonne
« mère, vends quelques-uns de tes anciens bijoux, je les
« remplacerai bientôt. Je connais assez la situation de notre
« famille pour savoir apprécier de tels sacrifices, et tu dois
« croire que je ne te demande pas de les faire en vain,
« sinon je serais un monstre. Ne vois dans ma prière
« que le cri d'une impérieuse nécessité. Notre avenir est
« tout entier dans ce subside, avec lequel je dois ouvrir la
« campagne; car cette vie de Paris est un combat perpé-
« tuel. Si, pour compléter la somme, il n'y a pas d'autres
« ressources que de vendre les dentelles de ma tante, dis-
« lui que je lui en enverrai de plus belles [c]. » Etc.

Il écrivit à chacune de ses sœurs en leur demandant
leurs économies, et, pour les [d] leur arracher sans qu'elles
parlassent en famille [e] du sacrifice qu'elle ne manqueraient
pas de lui faire avec bonheur, il intéressa leur délicatesse
en attaquant les cordes de l'honneur qui sont si bien ten-
dues et résonnent si fort dans de jeunes cœurs. Quand il
eut écrit ces lettres, il éprouva néanmoins une trépidation
involontaire : il palpitait, il tressaillait. Ce jeune ambitieux
connaissait la noblesse immaculée de ces âmes ensevelies
dans la solitude, il savait quelles peines il causerait à ses
deux sœurs, et aussi quelles seraient leurs joies; avec quel
plaisir elles s'entretiendraient en secret de ce frère bien-
aimé, au fond du clos [f]. Sa conscience se dressa lumineuse,
et les lui montra comptant en secret leur petit trésor : il
les vit, déployant le génie malicieux des jeunes filles pour
lui envoyer *incognito* cet argent, essayant une première
tromperie pour être sublimes. « Le cœur d'une sœur est
un diamant de pureté, un abîme de tendresse! » se dit-il.
Il avait honte d'avoir écrit. Combien seraient puissants leurs
vœux [g], combien pur serait l'élan de leurs âmes vers le
ciel! Avec quelle volupté ne se sacrifieraient-elles pas [h] !
De quelle douleur serait atteinte sa mère, si elle ne pouvait

---

1. Rastignac songe expressément à obtenir des « succès de femmes »
(voir appendice critique, p. 394).

envoyer toute la somme ! Ces beaux sentiments, ces effroy-
ables sacrifices allaient lui servir d'échelon pour arriver à Delphine de Nucingen. Quelques larmes, derniers
grains d'encens jetés sur l'autel sacré de la famille, lui
sortirent des yeux. Il se promena dans une agitation pleine
de désespoir. Le père Goriot, le voyant ainsi par sa porte
qui était restée entre-bâillée, entra et lui dit : — Qu'avez-
vous, monsieur ?

— Ah ! mon bon voisin, je suis encore fils et frère ᵃ
comme vous êtes père. Vous avez raison de trembler pour
la comtesse Anastasie, elle est à un monsieur Maxime de
Trailles qui la perdra.

Le père Goriot se retira en balbutiant quelques paroles
dont Eugène ne saisit pas le sens. Le lendemain, Rastignac alla jeter ses lettres à la poste. Il hésita jusqu'au dernier moment, mais il les lança dans la boîte en disant :
« Je réussirai ! » Le mot du joueur, du grand capitaine, mot
fataliste qui perd plus ᵇ d'hommes qu'il n'en sauve. Quelques jours après, Eugène alla chez madame de Restaud
et ne fut pas reçu. Trois fois, il y retourna, trois fois
encore il trouva la porte close, quoiqu'il se présentât à
des heures où le comte Maxime de Trailles n'y était pas.
La vicomtesse avait eu raison. L'étudiant n'étudia plus.
Il allait aux cours pour y répondre à l'appel, et quand il
avait attesté sa présence, il décampait. Il s'était fait le raisonnement que se font la plupart des étudiants. Il réser-
vait ses études pour le moment où il s'agirait de passer ses
examens ; il avait résolu d'entasser ses inscriptions de
seconde et de troisième année, puis d'apprendre le Droit
sérieusement et d'un seul coup au dernier moment. Il
avait ainsi quinze mois de loisirs pour naviguer sur l'océan
de Paris, pour s'y livrer à la traite des femmes ᶜ, ou y pêcher la fortune. Pendant cette semaine, il vit deux fois
madame de Beauséant, chez laquelle il n'allait qu'au moment où sortait la voiture du marquis d'Ajuda. Pour
quelques jours encore cette illustre femme, la plus poé-
tique figure du faubourg Saint-Germain, resta victorieuse,
et fit suspendre le mariage de mademoiselle de Rochefide
avec le marquis ᵈ d'Ajuda-Pinto. Mais ces derniers jours,

que la crainte de perdre son bonheur rendit les plus ardents de tous, devaient précipiter la catastrophe. Le marquis d'Ajuda, de concert avec les Rochefide, avait regardé cette brouille et ce raccommodement comme une circonstance heureuse : ils espéraient que madame de Beauséant s'accoutumerait à l'idée de ce mariage et finirait par sacrifier ses matinées à un avenir prévu dans la vie des hommes. Malgré les plus saintes promesses [a] renouvelées chaque jour [b], monsieur d'Ajuda jouait donc la comédie, la vicomtesse aimait à être trompée [c]. « Au lieu de sauter noblement [d] par la fenêtre, elle se laissait rouler [e] dans les escaliers, » disait la duchesse de Langeais, sa meilleure amie. Néanmoins, ces dernières lueurs brillèrent assez longtemps pour que la vicomtesse restât à Paris et y servît son jeune parent auquel elle portait une sorte d'affection superstitieuse. Eugène s'était montré pour elle plein de dévouement et de sensibilité dans une circonstance où les femmes ne voient de pitié, de consolation vraie dans aucun regard. Si un homme leur dit alors de douces paroles, il les dit par spéculation [f].

Dans le désir de parfaitement bien connaître son échiquier avant de tenter l'abordage de la maison de Nucingen [g], Rastignac voulut se mettre au fait de la vie antérieure du père Goriot, et recueillit des renseignements certains, qui peuvent se réduire à ceci.

Jean-Joachim Goriot était, avant la Révolution, un simple ouvrier vermicellier, habile, économe, et assez entreprenant pour avoir acheté le fonds de son maître, que le hasard rendit victime du premier soulèvement de 1789. Il s'était établi rue de la Jussienne, près de la Halle-aux-Blés [1], et avait eu le gros bon sens d'accepter la présidence de sa section, afin de faire protéger son commerce par les personnages les plus influents de cette dangereuse époque. Cette sagesse avait été l'origine de sa fortune qui commença dans la disette, fausse ou vraie, par suite de laquelle les grains acquirent un prix énorme à Paris. Le peuple se

---

1. La rue de la Jussienne, au nord-est de la Halle-aux-Blés (aujourd'hui Bourse du Commerce), aboutit à la rue Montmartre.

tuait à la porte des boulangers, tandis que certaines personnes allaient chercher sans émeute des pâtes d'Italie
chez les épiciers. Pendant cette année, le citoyen Goriot
amassa les capitaux qui plus tard lui servirent à faire son
commerce avec toute la supériorité que donne une grande
masse d'argent à celui qui la possède [a]. Il lui arriva ce qui
arrive à tous les hommes qui n'ont qu'une capacité relative. Sa médiocrité le sauva. D'ailleurs, sa fortune n'étant
connue qu'au moment où il n'y avait plus de danger à
être riche, il n'excita l'envie de personne. Le commerce
des grains semblait avoir absorbé toute son intelligence.
S'agissait-il de blés, de farines, de grenailles [b], de reconnaître leurs qualités [c], les provenances, de veiller à leur
conservation, de prévoir les cours, de prophétiser l'abondance ou la pénurie des récoltes, de se procurer les céréales
à bon marché, de s'en approvisionner en Sicile, en Ukraine,
Goriot n'avait pas son second. A lui voir conduire ses
affaires, expliquer les lois sur l'exportation, sur l'im-
portation des grains, étudier leur esprit, saisir leurs défauts [d],
un homme l'eût jugé capable d'être ministre d'État [e].
Patient, actif, énergique, constant, rapide dans ses expé-
ditions, il avait un coup d'œil d'aigle, il devançait tout,
prévoyait tout, savait tout, cachait tout; diplomate pour
concevoir, soldat pour marcher. Sorti de sa spécialité,
de sa simple et obscure boutique sur le pas de laquelle
il demeurait pendant ses heures d'oisiveté, l'épaule appuyée au montant de la porte, il redevenait l'ouvrier
stupide et grossier, l'homme incapable de comprendre un
raisonnement, insensible à tous les plaisirs de l'esprit,
l'homme qui s'endormait au spectacle, un de ces Dolibans [1][f] parisiens, forts seulement en [g] bêtise. Ces natures se

---

1. M. d'Oliban, dans *Le Sourd ou l'Auberge pleine*, une comédie
de Choudart-Desforges créée en 1790, est un père qui, par sottise,
est tout près de faire le malheur de sa fille, mais qui finit par lui laisser
épouser l'homme de son choix. Le père de Victorine Taillefer sera,
lui aussi, comparé à d'Oliban, p. 195. Balzac avait évidemment été
frappé par ce personnage, car il voulait écrire un roman intitulé *Papa
d'Oliban Ier*, dont nous avons conservé un plan. Il joue encore avec
ce nom dans la correspondance des dernières années avec Mme Hanska.

ressemblent presque toutes. A presque toutes, vous trouveriez un sentiment sublime au cœur. Deux sentiments
exclusifs avaient rempli le cœur du vermicellier, en avaient
absorbé l'humide, comme le commerce des grains employait [a] toute l'intelligence de sa cervelle [b]. Sa femme, fille
unique d'un riche fermier de la Brie, fut pour lui l'objet
d'une admiration religieuse, d'un amour sans bornes.
Goriot avait admiré en elle une nature frêle et forte, sensible et jolie, qui contrastait vigoureusement [c] avec la sienne.
S'il est un sentiment inné dans le cœur de l'homme, n'est-ce
pas l'orgueil [d] de la protection exercée à tout moment
en faveur d'un être faible ? joignez-y l'amour, cette reconnaissance vive de toutes les âmes franches pour le principe [e] de leurs plaisirs, et vous comprendrez une foule
de bizarreries morales. Après sept ans de bonheur sans
nuages, Goriot, malheureusement pour lui, perdit sa
femme : elle commençait à prendre de l'empire sur lui,
en dehors de la sphère des sentiments. Peut-être eût-elle
cultivé cette nature inerte, peut-être y eût-elle jeté l'intelligence des choses du monde et de la vie. Dans cette
situation, le sentiment de la paternité se développa chez
Goriot jusqu'à la déraison. Il reporta [f] ses affections trompées par la mort sur ses deux filles, qui d'abord [g] satisfirent [h] pleinement tous ses sentiments. Quelque brillantes
que fussent les propositions qui lui furent faites par des
négociants ou des fermiers jaloux de lui donner leurs filles,
il voulut rester veuf. Son beau-père, le seul homme pour
lequel il avait eu du penchant, prétendait savoir pertinem-
ment que Goriot avait juré de ne pas faire d'infidélité
à sa femme, quoique morte. Les gens de la Halle, incapables de comprendre cette sublime folie, en plaisantèrent,
et donnèrent à Goriot [i] quelque grotesque sobriquet.
Le premier d'entre eux qui, en buvant le vin d'un marché,
s'avisa de le prononcer, reçut du vermicellier un coup de
poing sur l'épaule qui l'envoya, la tête la première, sur
une borne de la rue Oblin [1]. Le dévouement irréfléchi,

---

1. La rue Oblin partait de la rue Coquillière et aboutissait directement à la rotonde de la Halle-aux-Blés.

l'amour ombrageux et délicat que portait Goriot à ses filles était si connu, qu'un jour un de ses concurrents, voulant le faire partir du marché pour rester maître du cours, lui dit que Delphine venait d'être renversée par un cabriolet. Le vermicellier, pâle et blême, quitta aussitôt la Halle. Il fut malade pendant plusieurs jours par suite de la réaction des sentiments contraires auxquels le livra cette fausse alarme [a]. S'il n'appliqua pas sa tape meurtrière [b] sur l'épaule de cet homme, il le chassa de la Halle en le forçant, dans une circonstance critique, à faire faillite. L'éducation de ses deux filles fut naturellement déraisonnable. Riche de plus de soixante mille livres de rente, et ne dépensant pas douze cents francs pour lui, le bonheur de Goriot était de satisfaire les fantaisies de ses filles : les plus excellents maîtres furent chargés de les douer des talents qui signalent une bonne éducation; elles eurent une demoiselle de compagnie; heureusement pour elles, ce fut une femme d'esprit et de goût; elles allaient à cheval, elles avaient voiture, elles vivaient comme auraient vécu les maîtresses d'un vieux seigneur riche; il leur suffisait d'exprimer les plus coûteux désirs pour voir leur père s'empressant de les combler; il ne demandait [c] qu'une caresse en retour de ses offrandes. Goriot mettait ses filles [d] au rang des anges, et nécessairement au-dessus de lui, le pauvre homme! il aimait jusqu'au mal qu'elles lui faisaient. Quand ses filles furent en âge d'être mariées, elles purent choisir leurs maris suivant leurs goûts [e] : chacune d'elles devait avoir en dot la moitié de la fortune de son père. Courtisée pour sa beauté par le comte de Restaud, Anastasie avait des penchants aristocratiques qui la portèrent à quitter la maison paternelle pour s'élancer dans les hautes sphères sociales [f]. Delphine aimait l'argent : elle [g] épousa Nucingen, banquier d'origine allemande qui devint baron [h] du Saint-Empire. Goriot resta [i] vermicellier. Ses filles et gendres se choquèrent bientôt de lui voir continuer ce commerce, quoique ce fût toute sa vie [j]. Après avoir subi pendant cinq ans [k] leurs instances, il consentit à se retirer avec le produit de son fonds, et les bénéfices de ces dernières années [l]; capital que madame Vauquer, chez laquelle il était venu s'établir, avait estimé rapporter de [a] huit à dix mille livres de rente. Il se jeta dans cette pension par suite du désespoir qui l'avait saisi en voyant ses deux filles obligées par leurs maris de refuser non seulement de le prendre chez elles, mais encore de l'y recevoir ostensiblement [b].

Ces renseignements étaient tout ce que savait un [c] monsieur Muret [1] [d] sur le compte du père Goriot, dont il [e] avait acheté le fonds. Les suppositions que Rastignac avait entendu faire par la duchesse de Langeais se trouvaient ainsi confirmées [f]. Ici se termine l'exposition de cette obscure, mais effroyable [g] tragédie parisienne.

---

1. Balzac n'indique pas comment Rastignac a pu se trouver mis en rapports avec ce personnage, dont la mention épisodique surprend un peu. Voir à ce propos notre introduction, p. XIII.

II

L'ENTRÉE DANS LE MONDE

VERS la fin de cette première semaine du mois de décembre, Rastignac reçut deux lettres, l'une de sa mère, l'autre de sa sœur aînée. Ces écritures si connues le firent à la fois palpiter d'aise et trembler de terreur. Ces deux frêles papiers contenaient un arrêt de vie ou de mort sur ses espérances. S'il concevait quelque terreur en se rappelant la détresse de ses parents, il avait trop bien éprouvé leur prédilection pour ne pas craindre d'avoir aspiré [a] leurs dernières gouttes de sang. La lettre de sa mère était ainsi conçue:

« Mon cher enfant, je t'envoie ce que tu m'as demandé.
« Fais un bon emploi de cet argent, je ne pourrais, quand
« il s'agirait de te sauver la vie, trouver une seconde fois
« une somme si [b] considérable sans que ton père en fût
« instruit, ce qui troublerait l'harmonie de notre ménage.
« Pour nous la procurer, nous serions obligés de donner
« des garanties sur notre terre. Il m'est impossible de juger
« le mérite de projets que je ne connais pas; mais de quelle
« nature sont-ils donc pour te faire craindre de me les
« confier ? Cette explication ne demandait pas des vo-
« lumes, il ne nous faut qu'un mot à nous autres mères,
« et ce mot m'aurait évité les angoisses de l'incertitude.
« Je ne saurais te cacher l'impression douloureuse [c] que ta
« lettre m'a causée. Mon cher fils, quel est donc le senti-
« ment qui t'a contraint à jeter un tel effroi dans mon
« cœur ? tu as dû bien souffrir en m'écrivant, car j'ai bien

« souffert en te lisant[a]. Dans quelle carrière t'engages-tu
« donc ? Ta vie, ton bonheur seraient attachés à paraître [b]
« ce que tu n'es pas, à voir un monde où tu ne saurais
« aller sans faire des dépenses d'argent que tu ne peux
« soutenir, sans perdre un temps précieux pour tes études [c] ?
« Mon bon Eugène, crois-en le cœur de ta mère, les voies
« tortueuses ne mènent à rien de grand. La patience et la
« résignation doivent être les vertus des jeunes gens qui
« sont dans ta position. Je ne te gronde pas, je ne vou-
« drais communiquer à notre offrande aucune amertume.
« Mes paroles sont celles d'une mère aussi confiante que
« prévoyante. Si tu sais [d] quelles sont tes obligations, je sais,
« moi, combien ton cœur est pur, combien tes intentions
« sont excellentes. Aussi puis-je te dire sans crainte [e] : Va,
« mon bien-aimé, marche ! Je tremble parce que je suis
« mère ; mais [f] chacun de tes pas sera tendrement accom-
« pagné de nos vœux et de nos bénédictions. Sois pru-
« dent, cher enfant. Tu dois être sage comme un homme [g],
« les destinées de cinq personnes qui te sont chères repo-
« sent sur ta tête. Oui, toutes nos fortunes [1] sont en toi,
« comme ton bonheur est le nôtre. Nous [h] prions tous Dieu
« de te seconder dans tes entreprises. Ta tante Marcillac
« a été, dans cette circonstance, d'une bonté inouïe : elle
« allait jusqu'à concevoir ce que tu me dis de tes gants.
« Mais elle a un faible pour l'aîné, disait-elle gaiement.
« Mon Eugène, aime bien ta tante, je ne te dirai ce qu'elle
« a fait pour toi que quand tu auras réussi ; autrement, son
« argent te brûlerait les doigts. Vous ne savez pas, enfants,
« ce que c'est que de sacrifier des souvenirs ! Mais que
« ne vous sacrifierait-on pas ? Elle me charge [i] de te dire
« qu'elle te baise au front, et voudrait te communiquer
« par ce baiser [j] la force d'être souvent heureux [k]. Cette
« bonne et excellente femme t'aurait écrit si elle n'avait pas
« la goutte aux doigts [l]. Ton père va bien. La récolte de
« 1819 [m] passe nos espérances. Adieu, cher enfant. Je ne
« dirai rien de tes sœurs : Laure t'écrit. Je lui laisse le plaisir [n]

---

1. Quatre frères et sœurs, le père, la mère, la tante Marcillac :
en doit-on pas compter *sept* personnes ?

« de babiller sur les petits événements de la famille. Fasse
« le ciel que tu réussisses ! Oh ! oui, réussis, mon Eugène,
« tu m'as fait connaître une douleur trop vive pour que
« je puisse la supporter une seconde fois [a]. J'ai su ce
« que c'était d'être pauvre, en désirant la fortune pour
« la donner à mon enfant [b]. Allons, adieu. Ne nous laisse
« pas sans nouvelles, et prends ici le baiser que ta mère
« t'envoie [c]. »

Quand Eugène eut achevé cette lettre, il était en pleurs,
il pensait au père Goriot tordant son vermeil et le vendant pour aller payer la [d] lettre de change de sa fille. « Ta
mère a tordu ses bijoux ! se disait-il [e]. Ta tante a pleuré
sans doute en vendant quelques-unes de ses reliques [f] ! De
quel droit maudirais-tu Anastasie ? Tu viens d'imiter pour
l'égoïsme de ton avenir ce qu'elle a fait pour son amant !
Qui, d'elle ou de toi, vaut mieux [g] ? » L'étudiant se sentit les
entrailles rongées par une sensation de chaleur intolérable.
Il voulait renoncer au monde, il voulait ne pas prendre
cet argent. Il éprouva ces nobles et beaux remords secrets
dont le mérite est rarement apprécié par les hommes
quand ils jugent [h] leurs semblables, et qui font souvent
absoudre par les anges du ciel le criminel condamné par
les juristes de la terre. Rastignac ouvrit la lettre de sa
sœur, dont les expressions innocemment gracieuses lui
rafraîchirent le cœur [i].

« Ta lettre est venue bien à propos, cher frère. Agathe
« et moi nous voulions employer [j] notre argent de tant de
« manières différentes, que nous ne savions plus à quel
« achat nous résoudre [k]. Tu as fait comme le domestique
« du roi d'Espagne quand il a renversé les montres de
« son maître, tu nous as mises d'accord [l]. Vraiment, nous
« étions constamment en querelle pour celui de nos désirs
« auquel nous donnerions la préférence, et nous n'avions [m]
« pas deviné, mon bon Eugène, l'emploi qui comprenait
« tous nos désirs. Agathe a sauté de joie [n]. Enfin, nous
« avons été comme deux folles pendant toute la journée,
« *à telles enseignes* (style de tante) que ma mère nous disait

« de son air sévère: « Mais qu'avez-vous donc, mesdemoi-
« selles ? » Si nous avions été grondées un brin[a], nous en
« aurions été, je crois, encore [b] plus contentes. Une femme
« doit trouver bien du plaisir à souffrir pour celui qu'elle
« aime [c]! Moi seule étais rêveuse et chagrine au milieu
« de ma joie. Je ferai sans doute une mauvaise femme [d], je
« suis trop dépensière. Je m'étais acheté deux ceintures,
« un joli poinçon pour percer les œillets [e] de mes [f] corsets,
« des niaiseries, en sorte que j'avais moins d'argent que
« cette grosse Agathe, qui est économe, et entasse ses écus
« comme une pie [g]. Elle avait deux cents francs! Moi, mon
« pauvre ami, je n'ai que cinquante écus. Je suis bien
« punie, je voudrais jeter ma ceinture dans le puits, il me
« sera toujours pénible de la porter. Je t'ai volé. Agathe a
« été charmante. Elle m'a dit: « Envoyons les trois cent
« cinquante francs, à nous deux! » Mais je n'ai pas tenu à
« te raconter les choses comme elles se sont passées. Sais-
« tu comment nous avons fait pour obéir à tes comman-
« dements [h], nous avons pris notre glorieux argent, nous
« sommes allées [i] nous promener toutes deux [j], et quand
« une fois nous avons eu gagné la grande route, nous avons
« couru à Ruffec, où nous avons tout bonnement donné
« la somme à monsieur Grimbert [k], qui tient le bureau des
« Messageries royales [1]! Nous étions légères comme des hi-
« rondelles en revenant. « Est-ce que le bonheur nous allé-
« girait [2] ? » me dit Agathe. Nous nous sommes dit mille
« choses [l] que je ne vous répéterai pas, monsieur le Pari-
« sien, il était trop question de vous. Oh! cher frère, nous
« t'aimons bien, voilà tout en deux mots. Quant au secret,
« selon ma tante, de petites masques comme nous sont
« capables de tout, même de se taire [m]. Ma mère est allée
« mystérieusement à Angoulême avec ma tante, et toutes

---

1. Il existait bien, sous la Restauration, un bureau des Messageries
royales à Ruffec (voir *Le Père Goriot*, éd. Albert Prioult, p. 685).

2. Tel est bien le texte du manuscrit, reproduit par toutes les éditions.
Allégir est un terme technique, qui appartient au vocabulaire des
arts et métiers, et aussi de l'équitation : « Allégir un cheval se dit du
cavalier qui se porte en arrière pour rendre l'allure plus légère » (*Dictionnaire général* de Darmesteter et Hatzfeld).

« deux ᵃ ont gardé le silence sur la haute politique de leur
« voyage ᵇ, qui n'a pas eu lieu sans de longues conférences ᶜ
« d'où ᵈ nous avons été bannies, ainsi que monsieur le
« baron. De grandes conjectures occupent les esprits dans
« l'État de Rastignac. La robe de mousseline semée de
« fleurs à jour que brodent les infantes pour sa majesté la
« reine avance dans le plus profond secret. Il n'y a plus
« que deux laizes à faire. Il a été décidé qu'on ne ferait
« pas de mur du côté de Verteuil, il y aura une haie. Le
« menu peuple y perdra des fruits, des espaliers, mais on
« y gagnera une belle vue pour les étrangers ᵉ. Si l'héritier
« présomptif avait besoin de mouchoirs ᶠ, il est prévenu
« que la douairière de Marcillac, en fouillant dans ses tré-
« sors et ses malles, désignées sous le nom de Pompéia et
« d'Herculanum ᵍ, a découvert une pièce de belle toile de
« Hollande ʰ, qu'elle ne se connaissait pas; les princesses
« Agathe et Laure mettent à ses ordres leur fil, leur ai-
« guille, et des mains toujours un peu trop rouges. Les
« deux jeunes princes don Henri et don Gabriel ont con-
« servé la funeste habitude de se gorger de raisiné, de faire ⁱ
« enrager leurs sœurs, de ne vouloir rien apprendre, de
« s'amuser à dénicher des oiseaux, de tapager ʲ et de cou-
« per, malgré les lois de l'État, des osiers pour se faire des
« badines ᵏ. Le nonce du pape, vulgairement appelé mon-
« sieur le curé, menace de les excommunier s'ils conti-
« nuent à laisser les saints canons de la grammaire pour
« les canons du sureau belliqueux ˡ. Adieu, cher frère,
« jamais lettre n'a porté tant de vœux faits pour ton bon-
« heur, ni tant ᵐ d'amour satisfait. Tu auras donc bien
« des choses à nous dire quand tu viendras! Tu me diras
« tout, à moi, je suis l'aînée ⁿ. Ma tante nous a laissé soup-
« çonner que tu avais des succès dans le monde ¹.

L'on parle d'une dame et l'on se tait du reste ².

1. La tante Marcillac fait songer ici à la grand'mère Sallembier, qui reçut la confidence des premiers succès féminins d'Honoré.
2. « On parle d'eaux, de Tibre, et l'on se tait du reste » (Corneille, *Cinna*, IV, vers 1290).

« Avec nous s'entend! Dis donc[a] Eugène, si tu voulais,
« nous pourrions nous passer de mouchoirs, et nous te
« ferions des chemises. Réponds-moi vite à ce sujet. S'il
« te fallait promptement de belles chemises bien cousues,
« nous serions obligées de nous y mettre tout de suite; et
« s'il y avait à Paris des façons que nous ne connussions
« pas, tu nous enverrais un modèle, surtout pour les poi-
« gnets. Adieu, adieu! je t'embrasse au front du côté
« gauche, sur la tempe qui m'appartient exclusivement.
« Je laisse l'autre feuillet pour Agathe, qui m'a promis de
« ne rien lire de ce que je te dis. Mais, pour en être plus
« sûre, je resterai près d'elle pendant qu'elle t'écrira. Ta
« sœur qui t'aime.

« LAURE DE RASTIGNAC [b] ».

— Oh! oui, se dit Eugène, oui, la fortune à tout prix!
Des trésors ne payeraient pas ce dévouement. Je voudrais
leur apporter tous les bonheurs ensemble. Quinze cent
cinquante francs! se dit-il après une pause. Il faut [c] que
chaque pièce porte coup! Laure a raison. Nom d'une
femme! Je n'ai que des chemises de grosse toile [d]. Pour le
bonheur d'un autre, une jeune fille devient rusée autant
qu'un voleur. Innocente [e] pour elle et prévoyante pour
moi, elle est comme l'ange du ciel qui pardonne les fautes
de la terre sans les comprendre [f].

Le monde était à lui! Déjà son tailleur avait été convoqué,
sondé, conquis. En voyant monsieur de Trailles, Rastignac
avait compris l'influence qu'exercent les tailleurs sur
la vie des jeunes gens. Hélas! il n'existe pas de moyenne
entre ces deux termes: un tailleur est ou un ennemi mortel,
ou un ami donné par la facture [1][g]. Eugène rencontra dans

---

1. On trouve une longue liste de maximes et proverbes déformés
par Balzac dans l'album *Pensées, sujets, fragmens* publié par Jacques
Crépet. Plusieurs romans, en particulier *Un Début dans la Vie*, fournissent des exemples du même genre. L'écrivain a toujours eu beaucoup de goût pour ce jeu, que cultiveront à leur tour les surréalistes.
Ici le typographe ne comprit pas la plaisanterie, car il imprima « un ami
donné par la nature »: Balzac tint à insérer une note rectificative dans

le sien un homme qui avait compris la paternité de son
commerce, et qui se considérait comme un trait d'union
entre le présent et l'avenir des jeunes gens. Aussi Rastignac
reconnaissant a-t-il fait la fortune de cet homme par un
de ces mots auxquels il excella plus tard [1]. — Je lui connais,
disait-il, deux pantalons [a] qui ont fait faire des mariages de
vingt mille livres de rente [b].

Quinze cents francs et des habits à discrétion ! En ce
moment le pauvre méridional ne douta plus de rien [c], et
descendit au déjeuner avec cet air indéfinissable que
donne à un jeune homme la possession d'une somme
quelconque. A l'instant où l'argent se glisse [d] dans la poche
d'un étudiant, il se dresse en lui-même une colonne fantastique sur laquelle il s'appuie. Il marche mieux qu'auparavant, il se sent un point d'appui pour son levier, il a le
regard plein, direct, il a les mouvements agiles ; la veille,
humble et timide [e], il aurait reçu des coups; le lendemain,
il en donnerait à un premier ministre [f]. Il se passe en lui
des phénomènes inouïs: il veut tout et peut tout [g], il désire
à tort et à travers, il est gai, généreux, expansif. Enfin,
l'oiseau naguère sans ailes a retrouvé son envergure. L'étudiant sans argent happe un brin de plaisir comme un
chien qui dérobe un os à travers mille périls, il le casse,
en suce la moelle, et court encore; mais le jeune homme
qui fait mouvoir [h] dans son gousset quelques fugitives
pièces d'or déguste ses jouissances, il les détaille, il s'y
complaît, il se balance dans le ciel, il ne sait plus ce que
signifie le mot *misère* [i]. Paris lui appartient tout entier [j]. Age
où tout est luisant, où tout scintille et flambe ! âge de
force joyeuse dont personne ne profite, ni l'homme, ni
la femme ! âge des dettes et des vives craintes qui décuplent tous les plaisirs [k] ! Qui n'a pas pratiqué la rive
gauche de la Seine, entre la rue Saint-Jacques et la rue

la livraison suivante de la *Revue de Paris* et signala cet *erratum* à Mme
Hanska (*Etr.* I, 232).
    1. Balzac, qui devait lui-même en permanence à son tailleur, Buis-
son, des sommes importantes, lui rend ici un hommage implicite
et lui témoigna, à sa façon, sa reconnaissance en mentionnant son nom
dans plusieurs romans.

des Saints-Pères, ne connaît rien à la vie humaine ! — « Ah !
si les femmes de Paris savaient ! se disait Rastignac en
dévorant les poires cuites, à un liard la pièce [1][a], servies
par madame Vauquer, elles viendraient se faire aimer
ici [b] .» En ce moment un facteur des Messageries royales
se présenta dans la salle à manger, après avoir fait sonner
la porte à claire-voie. Il demanda monsieur Eugène de
Rastignac, auquel il tendit deux sacs à prendre, et un
registre à émarger. Rastignac fut alors sanglé comme d'un
coup de fouet par le regard profond que lui lança Vautrin.

— Vous aurez de quoi payer des leçons d'armes et des
séances au tir, lui dit cet homme.

— Les galions sont arrivés [2], lui dit madame Vauquer
en regardant les sacs.

Mademoiselle Michonneau [c] craignait de jeter les yeux
sur l'argent, de peur de montrer sa convoitise.

— Vous avez une bonne mère [d], dit madame Couture.

— Monsieur a une bonne mère, répéta Poiret.

— Oui, la maman s'est saignée, dit Vautrin. Vous
pourrez maintenant faire vos farces, aller dans le monde,
y pêcher des dots, et danser avec des comtesses qui ont
des fleurs de pêcher sur la tête [e]. Mais croyez-moi, jeune
homme, fréquentez le tir.

Vautrin [f] fit le geste d'un homme qui vise son adversaire. Rastignac voulut donner pour boire au facteur, et
ne trouva rien dans sa poche. Vautrin fouilla dans la
sienne, et jeta [g] vingt sous à l'homme.

— Vous avez bon crédit, reprit-il en regardant l'étudiant.

Rastignac fut forcé de le remercier, quoique depuis les
mots aigrement échangés, le jour où il était revenu de
chez madame de Beauséant, cet homme lui fût insup-

---

1. Mme Vauquer en utilise apparemment de plusieurs qualités,
puisqu'elle ordonnait plus haut à Sylvie (p. 51) d'en servir « de celles
qui coûtent deux liards la pièce ».

2. L'expression est aujourd'hui vieillie, mais elle était courante à
l'époque dans le langage familier pour évoquer l'arrivée d'une somme
d'argent.

portable. Pendant ces huit jours Eugène et Vautrin étaient
restés silencieusement en présence, et s'observaient l'un
l'autre. L'étudiant se demandait vainement pourquoi.
Sans doute les idées se projettent en raison directe de la
force avec laquelle elles [a] se conçoivent, et vont frapper là
où le cerveau les envoie, par une loi mathématique comparable à celle qui dirige les bombes [b] au sortir du mortier [c].
Divers en sont les effets. S'il est des natures tendres [d] où les
idées se logent et qu'elles ravagent, il est aussi des natures
vigoureusement munies, des crânes à remparts d'airain [e]
sur lesquels les volontés des autres s'aplatissent et tombent
comme les balles devant une muraille; puis il est encore
des natures flasques et cotonneuses où les idées d'autrui
viennent mourir commes des boulets s'amortissent dans la
terre molle des redoutes. Rastignac avait une de ces têtes
pleines de poudre qui sautent au moindre choc [f]. Il était
trop vivacement jeune pour ne pas être accessible à cette
projection des idées, à cette contagion des sentiments [g]
dont tant de bizarres phénomènes nous frappent à notre
insu [h]. Sa vue morale avait la portée lucide de ses yeux de
lynx [i]. Chacun de ses doubles sens [j] avait cette longueur
mystérieuse, cette flexibilité d'aller et de retour qui nous
émerveille chez les gens supérieurs, bretteurs habiles [k] à
saisir le défaut de toutes les cuirasses. Depuis un mois [l] il
s'était d'ailleurs développé chez Eugène autant de qualités
que de défauts. Ses défauts, le monde et l'accomplis-
sement de ses croissants désirs les lui avaient demandés [m].
Parmi ses qualités se trouvait cette vivacité méridionale
qui fait marcher droit à la difficulté pour la résoudre, et
qui ne permet pas à un homme d'outre-Loire [n] de rester
dans une incertitude quelconque; qualité que les gens du
Nord nomment un défaut : pour eux, si ce fut l'origine
de la fortune de Murat [1], ce fut aussi la cause de sa mort.
Il faudrait conclure de là que quand un Méridional sait

---

1. Murat était né à la Bastide-sur-Lot. S'il dut son prestige à son
intrépidité, il se perdit en effet par un excès d'audace : le 28 septembre 1815, il prétendit reconquérir le royaume de Naples, mais il
fut pris et fusillé.

unir la fourberie du Nord à l'audace d'outre-Loire, il est complet et reste[a] roi de Suède [1]. Rastignac ne pouvait donc pas demeurer longtemps sous le feu des batteries de Vautrin sans savoir si cet homme était son ami ou son ennemi. De moment en moment, il lui semblait que ce singulier personnage pénétrait ses passions et lisait dans son cœur[b], tandis que chez lui tout était si bien clos qu'il semblait avoir[c] la profondeur immobile d'un sphinx qui sait, voit tout[d], et ne dit rien. En se sentant le gousset plein, Eugène se mutina[e].

— Faites-moi le plaisir d'attendre, dit-il à Vautrin qui se levait pour sortir après avoir savouré les dernières gorgées de son café[f].

— Pourquoi ? répondit le quadragénaire[g] en mettant son chapeau à larges bords[h] et prenant une canne en fer avec laquelle il faisait souvent des moulinets en homme qui n'aurait pas craint d'être assailli par quatre voleurs.

— Je vais vous rendre, reprit Rastignac qui défit promptement un sac et compta cent quarante francs à madame Vauquer. Les bons comptes font les bons amis, dit-il à la veuve [i]. Nous sommes quittes jusqu'à la Saint-Sylvestre. Changez-moi ces cent sous [2].

— Les bons amis font les bons comptes, répéta Poiret en regardant Vautrin.

— Voici vingt sous, dit Rastignac en tendant une pièce au sphinx en perruque[j].

— On dirait que vous avez peur de me devoir quelque chose ? s'écria Vautrin en plongeant un[k] regard divinateur dans l'âme du jeune homme auquel il jeta un de ces sou-

---

1. Balzac songe au Palois Bernadotte, dont il notait déjà l'origine méridionale dans le *Code des gens honnêtes*.

2. Rastignac paie pour sa pension quarante-cinq francs par mois (p. 16). Les « cent sous » sur lesquels il demande de la monnaie pour rembourser Vautrin sont sans doute ceux que lui rend Mme Vauquer sur les cent quarante francs qu'il vient de lui donner. En versant net cent trente-cinq francs, il s'est acquitté jusqu'au 31 décembre. C'est donc qu'il devait encore intégralement le montant du trimestre en cours.

rires goguenards et diogéniques [1] desquels [a] Eugène avait
été sur le point de se fâcher cent fois [b].

— Mais... oui, répondit l'étudiant qui tenait ses deux
sacs à la main et s'était levé pour monter chez lui.

Vautrin sortait par la porte qui donnait dans le salon,
et l'étudiant se disposait à s'en aller par celle qui menait
sur le carré de l'escalier.

— Savez-vous, monsieur le marquis de Rastignacorama,
que ce que vous me dites n'est pas exactement poli, dit
alors Vautrin en fouettant la porte du salon et venant à
l'étudiant qui le regarda froidement.

Rastignac ferma la porte de la salle à manger, en emmenant avec lui Vautrin au bas de l'escalier, dans le carré
qui séparait la salle à manger de la cuisine, où se trouvait
une porte pleine donnant sur le jardin, et surmontée d'un
long carreau garni de barreaux en fer. Là, l'étudiant dit devant
Sylvie [c] qui déboucha de sa cuisine : — *Monsieur* Vautrin,
je ne suis pas marquis, et je ne m'appelle pas Rastignacorama [2].

— Ils vont se battre, dit mademoiselle Michonneau
d'un air indifférent.

— Se battre ! répéta [d] Poiret.

— Que non, répondit madame Vauquer en caressant
sa pile d'écus.

— Mais les voilà qui vont sous les tilleuls, cria mademoiselle Victorine en se levant pour regarder dans le jardin [e]. Ce pauvre jeune homme a pourtant raison.

— Remontons, ma chère petite, dit madame Couture,
ces affaires-là ne nous regardent pas.

Quand madame Couture et Victorine se levèrent, elles
rencontrèrent, à la porte, la grosse Sylvie qui leur barra
le passage.

— Quoi qui n'y a donc ? dit-elle. Monsieur Vautrin a
dit à monsieur Eugène : « Expliquons-nous ! » Puis il l'a

---

1. D'une insolence cynique. Cet adjectif paraît être une création de
Balzac.

2. Rastignac, d'ailleurs très susceptible, réagit d'autant plus vivement que Vautrin s'est déjà diverti une première fois à l'apostropher
en lui donnant le titre de marquis (p. 96).

pris par le bras, et les voilà qui marchent dans nos artichauts [a].

En ce moment Vautrin parut. — Maman Vauquer,
dit-il en souriant, ne vous effrayez de rien, je vais essayer
mes pistolets sous les tilleuls.

— Oh! monsieur, dit Victorine en joignant les mains,
pourquoi voulez-vous tuer monsieur Eugène [b] ?.

Vautrin fit deux pas en arrière et contempla Victorine [c].

— Autre histoire, s'écria-t-il d'une voix railleuse qui fit
rougir la pauvre fille [d]. Il est bien gentil, n'est-ce pas, ce
jeune homme-là ? reprit-il. Vous me donnez une idée.
Je ferai votre bonheur à tous deux, ma belle enfant [e].

Madame Couture avait pris sa pupille par le bras et
l'avait entraînée en lui disant à l'oreille : — Mais, Victorine, vous êtes inconcevable ce matin.

— Je ne veux pas qu'on tire des coups de pistolet
chez moi, dit madame Vauquer. N'allez-vous pas effrayer
tout le [f] voisinage et amener la police, à c't'heure [g] !.

— Allons, du calme, maman Vauquer, répondit Vautrin. Là, là, tout beau, nous irons au tir. Il rejoignit Rastignac, qu'il prit familièrement par le bras : — Quand je
vous aurais prouvé qu'à trente-cinq pas je mets cinq fois
de suite ma balle dans un as de pique, lui dit-il, cela ne
vous ôterait pas votre courage. Vous m'avez l'air d'être un
peu rageur, et vous [h] vous feriez tuer comme un imbécile.

— Vous reculez, dit Eugène.

— Ne m'échauffez pas la bile, répondit Vautrin [i]. Il ne
fait pas froid ce matin, venez nous asseoir là-bas, dit-il
en montrant les siéges peints en vert. Là, personne ne
nous entendra. J'ai à causer avec vous. Vous êtes un bon
petit jeune homme auquel je ne veux pas de mal. Je vous
aime, foi de Tromp... (mille tonnerres !), foi de Vautrin. Pourquoi vous aimé-je [j] je vous le dirai. En attendant, je vous connais comme si je vous avais fait, et vais
vous le prouver. Mettez vos sacs là, reprit-il en lui montrant la table ronde.

Rastignac posa son argent sur la table et s'assit en proie
à une curiosité que développa chez lui au plus haut degré
le changement soudain opéré dans les manières de cet

homme, qui, après avoir parlé de le tuer, se posait comme son protecteur.

— Vous voudriez bien savoir qui je suis, ce que j'ai fait, ou ce que je fais, reprit Vautrin. Vous êtes trop curieux, mon petit. Allons, du calme. Vous allez en entendre bien d'autres ! J'ai eu des malheurs. Écoutez-moi d'abord, vous me répondrez après. Voilà ma vie antérieure en trois mots. Qui suis-je ? Vautrin. Que fais-je ? Ce qui me plaît[a]. Passons[b]. Voulez-vous connaître mon caractère[c] ? Je suis bon avec ceux qui me font du bien ou dont le cœur parle au mien. A ceux-là tout est permis, ils peuvent me donner des coups de pied dans les os des jambes sans que je leur dise : *Prends garde !* Mais, nom d'une pipe ! je suis[d] méchant comme le diable avec ceux qui me tracassent, ou qui ne me reviennent pas. Et il est bon de vous apprendre que je me soucie[e] de tuer un homme comme de ça ! dit-il en lançant un jet de salive. Seulement je m'efforce de le tuer proprement, quand il le faut absolument. Je suis ce que vous appelez un artiste. J'ai lu les Mémoires de Benvenuto Cellini[1], tel que vous me voyez, et en italien encore ! J'ai appris de cet homme-là, qui était un fier luron, à imiter la Providence qui nous tue à tort et à travers, et à aimer le beau partout où il se trouve. N'est-ce pas d'ailleurs une belle partie à jouer que d'être seul contre tous les hommes et d'avoir la chance ? J'ai bien réfléchi à la constitution actuelle de votre désordre social[f] Mon petit, le duel est un jeu d'enfant, une sottise. Quand de deux hommes vivants l'un doit disparaître, il faut être[g] imbécile pour s'en remettre au hasard. Le duel ? croix ou pile ! voilà. Je mets cinq balles de suite dans un as de pique en renfonçant chaque nouvelle balle sur l'autre, et à trente-cinq pas encore ! quand on est doué de ce petit talent-là, l'on peut se croire sûr

---

1. Les *Mémoires* du célèbre orfèvre Benvenuto Cellini peignent en effet avec beaucoup de relief un caractère fougueux, batailleur et indomptable, qui allie le goût de la force brutale à celui de la beauté raffinée. Taine, dans la *Philosophie de l'Art*, verra dans les contrastes de cette personnalité ardente une expression typique du génie de la Renaissance italienne.

d'abattre son homme. Eh bien [a] ! j'ai tiré sur un homme à
vingt pas [b], je l'ai manqué. Le drôle [c] n'avait jamais manié
de sa vie un pistolet. Tenez! dit cet homme extraordinaire en défaisant son gilet et montrant sa poitrine velue
comme le dos d'un ours, mais garnie d'un crin fauve qui
causait une sorte de dégoût mêlé d'effroi, ce blanc-bec
m'a roussi le poil [d][1], ajouta-t-il en mettant le doigt de Rastignac sur un trou qu'il avait au sein. Mais dans ce temps-là
j'étais un enfant, j'avais votre âge, vingt et un ans. Je
croyais encore à quelque chose, à l'amour d'une femme,
un tas de bêtises dans lesquelles vous allez vous embar-
bouiller. Nous nous serions battus, pas vrai [e] ? Vous auriez
pu me tuer. Supposez que je sois en terre, où seriez-
vous ? Il faudrait décamper, aller en Suisse, manger
l'argent de papa, qui n'en a guère. Je vais vous éclairer,
moi, la position dans laquelle vous êtes; mais je vais le
faire avec la supériorité d'un homme qui, après avoir examiné les choses d'ici-bas, a vu qu'il n'y avait que deux
partis à prendre : ou une stupide obéissance ou la révolte.
Je n'obéis à rien, est-ce clair ? Savez-vous ce qu'il vous
faut, à vous, au train dont vous allez ? un million, et
promptement; sans quoi, avec notre petite tête, nous
pourrions aller flâner dans les filets de Saint-Cloud, pour
voir s'il y a un Être-Suprême [2]. Ce million, je vais vous le
donner. Il fit une pause en regardant Eugène. — Ah! ah!
vous faites meilleure mine à votre petit papa Vautrin [f]. En
entendant ce mot-là, vous êtes comme une jeune fille à qui
l'on dit : « A ce soir », et qui se toilette en se pourléchant
comme un chat qui boit du lait. A la bonne heure [g]. Allons
donc! A nous deux [h]! Voici votre compte, jeune homme.

---

1. Son poil est naturellement roux. Vautrin, qui porte perruque
noire et teint ses favoris, veut-il expliquer la couleur « fauve » du
« crin » qu'aperçoit Rastignac ?
2. Raphaël de Valentin, dans *La Peau de Chagrin*, Lucien de Rubempré, dans *Illusions perdues*, envisagent l'un et l'autre la noyade comme
un suprême recours à leur détresse. Dans *La Vieille Fille*, Athanase
Granson, lui, se noie pour de bon. Selon une tradition rapportée par
Étienne Arago, le jeune Balzac, désespéré de son insuccès, aurait songé
à se jeter dans la Seine (voir André Billy, *Vie de Balzac*, I, 66).

Nous avons, là-bas, papa, maman, grand'tante, deux
sœurs (dix-huit et dix-sept[a] ans), deux petits frères (quinze
et dix[b] ans), voilà le contrôle de l'équipage [1][c]. La tante
élève vos sœurs. Le curé vient apprendre le latin aux deux
frères [2]. La famille[d] mange plus de bouillie de marrons[e]
que de pain blanc, le papa ménage[f] ses culottes, maman
se donne à peine une robe d'hiver et une robe d'été, nos
sœurs font comme elles peuvent. Je sais tout, j'ai été dans
le Midi. Les choses sont comme cela chez vous, si l'on vous
envoie douze cents francs par an, et que votre terrine [3][g]
ne rapporte que trois mille francs. Nous avons une cuisinière et un domestique, il faut garder le décorum, papa
est baron. Quant à nous[h], nous avons de l'ambition, nous
avons les Beauséant[i] pour alliés et nous allons à pied, nous
voulons la fortune et nous n'avons pas le sou, nous mangeons les *ratatouilles* [4] de maman Vauquer et nous aimons
les beaux[j] dîners du faubourg Saint-Germain, nous
couchons sur un grabat et nous voulons un hôtel! Je ne
blâme pas vos vouloirs. Avoir de l'ambition, mon petit
cœur, ce n'est pas donné à tout le monde. Demandez
aux femmes quels hommes elles recherchent, les ambitieux.
Les ambitieux ont les reins plus forts, le sang plus riche en
fer, le cœur plus chaud que ceux des autres hommes. Et
la femme se trouve si heureuse et si belle aux heures où elle
est forte, qu'elle préfère à tous les hommes celui dont la

---

1. L'emploi de cette métaphore maritime confirme que Vautrin
connaît les « vaisseaux » (voir p. 22) ; mais nous ne saurons pourquoi
que p. 185.
2. Vautrin est étrangement bien renseigné. S'est-il borné à enregis-
trer et à réunir les indications éparses que Rastignac a pu fournir
au fil des conversations, à la table d'hôte ? ou son intérêt pour le
jeune homme l'a-t-il conduit à mettre en œuvre les ressources de sa
police personnelle ?
3. *Terrine*, dans cette acception de petite terre, petit domaine, ne
s'emploie guère et ne se trouve pas dans les dictionnaires.
4. Ici : plats grossièrement cuisinés. Le mot est formé sur *rata* ou
ratat, qui appartient au langage des soldats et qui est aussi noté comme
argotique dans *Les Voleurs* de Vidocq avec le sens de « fricassée ».
On lit dans *Les Français peints par eux-mêmes*, IV, 375 (P. Borel, *Le
Gniaffe*) : « un poêle de tôle où l'on peut faire [...] cuire les ratats (vulgairement ratatouilles) ».

LE PÈRE GORIOT   121

force est énorme, fût-elle en danger d'être brisée par lui.
Je fais l'inventaire de vos désirs afin de vous poser la question. Cette question, la voici. Nous avons une faim de loup,
nos quenottes sont incisives, comment nous y prendrons-
nous pour approvisionner la marmite ? Nous avons d'abord
le Code à manger, ce n'est pas amusant, et ça n'apprend
rien; mais il le faut. Soit. Nous nous faisons avocat [a] pour
devenir président d'une cour d'assises, envoyer les pauvres
diables qui valent mieux que nous avec T. F. sur l'épaule,
afin de prouver aux riches qu'ils peuvent dormir tranquillement [b]. Ce n'est pas drôle, et puis [c] c'est long. D'abord,
deux années à droguer [1] dans Paris, à regarder, sans y
toucher, les *nanans* dont nous sommes friands. C'est fa-
tigant de désirer toujours sans jamais se satisfaire. Si
vous étiez pâle et de la nature des mollusques, vous n'auriez rien à craindre; mais nous avons le sang fiévreux des
lions et un appétit à faire vingt sottises par jour. Vous
succomberez donc à ce supplice, le plus horrible que
nous ayons aperçu dans l'enfer du bon Dieu. Admettons
que vous soyez sage, que vous buviez du lait et que vous
fassiez des élégies [d] ; il faudra, généreux comme vous
l'êtes, commencer, après bien des ennuis et des privations à rendre un chien enragé [e], par devenir le substitut [f]
de quelque drôle, dans un trou de ville où le gouvernement vous jettera mille [g] francs d'appointements, comme
on jette une soupe à un dogue de boucher [h]. Aboie après
les voleurs, plaide pour le riche [i], fais guillotiner des
gens de cœur [j]. Bien obligé! Si vous n'avez pas de protections, vous pourrirez dans votre tribunal de province.
Vers trente ans [k], vous serez juge à douze cents francs par
an, si vous n'avez pas encore jeté la robe aux orties [l].
Quand vous aurez atteint la quarantaine, vous épouserez
quelque fille de meunier, riche d'environ six mille livres
de rente. Merci. Ayez des protections, vous serez procureur du roi à trente ans, avec mille écus d'appointements,

---

1. S'ennuyer à attendre. Dans l'ancien jeu de cartes appelé drogue,
le perdant mettait sur son nez une *drogue* (sorte de pince en bois)
et attendait ainsi de pouvoir reprendre la partie.

et vous épouserez la fille du maire [1]. Si vous faites quelques-unes de ces petites bassesses politiques, comme de
lire sur un bulletin Villèle au lieu de Manuel [2] (ça rime,
ça met la conscience en repos [a]), vous serez, à quarante ans,
procureur général, et pourrez devenir [b] député. Remarquez, mon cher enfant, que nous aurons fait des accrocs
à notre petite conscience, que nous aurons eu [c] vingt ans
d'ennuis, de misères secrètes, et que nos sœurs [d] auront
coiffé sainte Catherine. J'ai l'honneur de vous faire observer de plus qu'il n'y a [e] que vingt procureurs généraux en
France, et que vous êtes vingt mille aspirants au grade,
parmi lesquels il se rencontre des farceurs qui vendraient
leur famille pour monter d'un cran. Si le métier vous dé-
goûte, voyons autre chose [f]. Le baron de Rastignac veut-il
être avocat ? Oh! joli. Il faut pâtir pendant dix ans,
dépenser mille francs par mois, avoir une bibliothèque,
un cabinet, aller dans le monde, baiser la robe d'un avoué
pour avoir des causes, balayer le palais avec sa langue. Si
ce métier vous menait à bien, je ne dirais pas non; mais
trouvez-moi dans Paris cinq avocats qui, à cinquante ans,
gagnent plus de cinquante mille francs par an ? Bah! plutôt que de m'amoindrir ainsi l'âme, j'aimerais mieux me
faire corsaire. D'ailleurs [g], où prendre des écus ? Tout ça
n'est pas gai. Nous avons une ressource dans la dot d'une

1. Ces chiffres, ces faits sont exacts, comme le confirment, notamment, les travaux de M. Marcel Rousselet sur l'histoire de la magis-
trature. M. Jean-Hervé Donnard nous signale une pétition, rédigée
en 1819 (*Réclamation présentée au Ministre de la Justice*) et qui a sans
doute une portée générale. L'auteur déplore que la plupart des magistrats piétinent en bas de l'échelle et que « l'avancement ait été accordé
bien plus à la protection de la parenté qu'à la prééminence des services »,
citant comme bénéficiaires de faveurs scandaleuses le neveu d'un
député et le fils d'un haut magistrat.
2. Sans doute, en dépouillant un scrutin, lire sur un bulletin le nom
du candidat légitimiste au lieu de celui du candidat libéral, donc faire
le jeu du gouvernement : les élections, sous Louis XVIII, se sont souvent déroulées de façon irrégulière (voir Bertier de Sauvigny, *La
Restauration*, p. 400 sq.) Dans ce passage, Manuel n'est cité que comme
symbole d'opposition. Ce député devait se heurter directement à
Villèle le 4 mars 1823, à propos de l'expédition d'Espagne, et fut ex-
pulsé à la suite d'un violent incident de séance.

femme. Voulez-vous vous marier ? ce sera vous mettre
une pierre au cou; puis, si vous vous mariez pour de
l'argent, que deviennent [a] nos sentiments d'honneur,
notre [b] noblesse ! Autant commencer aujourd'hui votre
révolte contre les conventions humaines [c]. Ce ne serait rien
que se coucher comme un serpent devant [d] une femme,
lécher les pieds de la mère, faire des bassesses à dégoûter
une truie, pouah! si vous trouviez au moins le bonheur. Mais
vous serez malheureux comme les pierres d'égout avec
une femme que vous aurez épousée ainsi. Vaut encore
mieux guerroyer avec les hommes que de lutter avec sa
femme [e]. Voilà le carrefour de la vie [f], jeune homme, choi-
sissez. Vous avez déjà choisi [g] : vous êtes allé chez notre
cousin de Beauséant, et vous y avez flairé le luxe. Vous
êtes allé chez madame de Restaud, la fille du père Goriot,
et vous y avez flairé la Parisienne. Ce jour-là vous êtes
revenu avec un mot écrit sur votre front, et que j'ai bien
su lire : *Parvenir* [h] ! parvenir à tout prix. Bravo! ai-je dit,
voilà un gaillard qui me va. Il vous a fallu de l'argent.
Où en prendre ? Vous avez saigné vos sœurs. Tous les
frères *flouent* [1] plus ou moins leurs sœurs. Vos quinze cents
francs arrachés, Dieu sait comme! dans un pays où l'on
trouve plus de châtaignes [i] que de pièces de cent sous,
vont filer [j] comme des soldats à la maraude. Après, que
ferez-vous ? vous travaillerez ? Le travail, compris comme
vous le comprenez en ce moment, donne, dans les vieux
jours [k], un appartement chez maman Vauquer à des gars
de la force de Poiret. Une rapide fortune [l] est le problème
que se proposent de résoudre en ce moment cinquante
mille jeunes gens qui se trouvent tous dans votre position.

---

1. Dans *Les Voleurs*, Vidocq écrit que « le nom de *floueur* appartient à tous les fripons qui font métier de tromper au jeu ». Toutefois,
Froment note dans l'*Histoire de Vidocq* que le mot a désigné aussi,
autrefois, la catégorie de voleurs plus exactement appelés voleurs
à la tire ou tireurs, « qui font la bourse, les montres, les tabatières, les
mouchoirs... » (II, 331). Le mot *flouer*, passé dans la langue familière
courante, y prend le sens général de duper, voler. C'est bien dans ce
sens que nous le trouverons encore p. 224 : « l'on me craint trop pour
me flouer ».

Vous êtes une unité de ce nombre-là. Jugez des efforts
que vous avez à faire et de l'acharnement du combat. Il
faut vous manger les uns les autres comme des araignées
dans un pot, attendu qu'il n'y a pas cinquante mille bonnes places. Savez-vous comment on fait son chemin
ici ? par l'éclat du génie ou par l'adresse de la corruption.
Il faut entrer dans cette masse d'hommes comme un
boulet de canon, ou s'y glisser comme une peste. L'hon-
nêteté ne sert à rien. L'on plie sous le pouvoir du génie,
on le hait, on tâche de le calomnier, parce qu'il prend sans
partager; mais on plie s'il persiste; en un mot, on [a] l'adore
à genoux quand on n'a pas pu l'enterrer [b] sous la boue.
La corruption est en force, le talent [c] est rare. Ainsi, la
corruption est l'arme de la médiocrité qui abonde, et vous [d]
en sentirez partout la pointe. Vous verrez des femmes dont
les maris ont six [e] mille francs d'appointements pour
tout potage, et qui dépensent plus de dix mille francs à
leur toilette. Vous verrez des employés à douze cents francs
acheter des terres. Vous verrez des femmes se prostituer
pour aller dans la voiture du fils d'un pair de France, qui peut
courir à Longchamps sur la chaussée du milieu. Vous avez
vu le pauvre bêta de père Goriot obligé de payer la lettre de
change endossée par sa fille, dont le mari a cinquante mille
livres de rente. Je vous défie de faire deux pas dans Paris sans
rencontrer des manigances infernales. Je parierais ma
tête contre un pied de cette salade que vous donnerez
dans un guêpier chez la première femme qui vous plaira,
fût-elle riche, belle et jeune. Toutes sont bricolées [1] par
les lois, en guerre avec leurs maris à propos de tout. Je
n'en finirais pas s'il fallait vous expliquer les trafics qui
se font pour des amants, pour des chiffons, pour des
enfants, pour le ménage ou pour la vanité, rarement par
vertu, soyez-en sûr. Aussi l'honnête homme est-il l'ennemi commun. Mais que croyez-vous que soit l'honnête
homme ? A Paris, l'honnête homme est celui qui se tait,

---

1. Tenues en lisière comme avec une bricole, un tour de cou.

et refuse de partager. Je ne vous parle pas de ces pauvres
ilotes qui partout font la besogne sans être jamais récom-
pensés de leurs travaux, et que je nomme la confrérie[a]
des savates du bon Dieu. Certes, là est la vertu dans
toute la fleur de sa bêtise, mais là est la misère. Je vois
d'ici la grimace de ces[b] braves gens si Dieu nous faisait la
mauvaise plaisanterie de s'absenter au jugement dernier.
Si donc vous voulez promptement la fortune, il faut être
déjà riche ou le paraître. Pour s'enrichir, il s'agit ici de
jouer de grands coups ; autrement on carotte, et votre
serviteur ! Si, dans les cent professions que vous pouvez
embrasser, il se rencontre dix hommes qui réussissent
vite, le public les appelle des voleurs[c]. Tirez vos conclusions. Voilà la vie telle qu'elle est. Ça n'est pas plus
beau que la cuisine, ça pue tout autant, et il faut se salir
les mains si l'on veut fricoter ; sachez seulement vous bien
débarbouiller : là est toute la morale de notre[d] époque. Si
je vous parle ainsi du monde, il m'en a donné le droit, je
le connais. Croyez-vous que je blâme ? du tout. Il a toujours été ainsi. Les moralistes ne le changeront jamais.
L'homme est imparfait. Il est parfois plus ou moins hypo-
crite, et les niais disent alors qu'il a ou n'a pas de mœurs.
Je n'accuse pas les riches en faveur du peuple : l'homme
est le même en haut, en bas, au milieu. Il se rencontre
par chaque million de ce haut bétail dix lurons qui se
mettent au-dessus de tout, même des lois ; j'en suis[1]. Vous,
si vous êtes un homme supérieur, allez en droite ligne et
la tête haute. Mais il faudra lutter contre l'envie, la calomnie, la médiocrité, contre tout le monde. Napoléon a rencontré un ministre de la guerre qui s'appelait Aubry[2], et
qui a failli l'envoyer[e] aux colonies. Tâtez-vous ! Voyez si
vous pourrez vous lever tous les matins avec plus de

---

1. Vautrin rejoint l'idéologie des Treize.
2. Aubry, membre du Comité de Salut Public après le Neuf Ther-
midor et successeur de Carnot à la Direction de la Guerre, releva
Bonaparte du commandement de l'artillerie dans l'armée d'Italie.

volonté que vous n'en aviez la veille [1]. Dans ces conjonc-
tures, je vais vous faire une proposition que personne ne
refuserait. Écoutez bien. Moi, voyez-vous [a], j'ai une idée.
Mon idée est d'aller vivre [b] de la vie patriarcale [c] au milieu
d'un grand domaine, cent mille arpents, par exemple,
aux États-Unis, dans le sud. Je veux m'y faire planteur,
avoir des esclaves, gagner quelques bons petits millions [d]
à vendre mes bœufs, mon tabac, mes bois, en vivant
comme un souverain, en faisant mes volontés, en menant
une vie qu'on ne conçoit pas ici, où l'on se tapit dans un
terrier de plâtre. Je suis un grand poète. Mes poésies, je
ne les écris pas : elles consistent en actions et en sentiments. Je possède en ce moment cinquante mille francs [e]
qui me donneraient à peine quarante nègres [f]. J'ai besoin
de deux cent mille francs, parce que je veux deux cents
nègres, afin de satisfaire mon goût pour la vie patriarcale [2].
Des nègres, voyez-vous ? c'est des enfants tout venus dont
on fait ce qu'on veut, sans qu'un curieux procureur du
roi arrive vous en demander compte [g]. Avec ce capital
noir, en dix ans [h] j'aurai trois ou quatre millions Si je
réussis, personne ne me demandera : « Qui es-tu ? » Je serai
monsieur Quatre-Millions, citoyen des États-Unis. J'aurai
cinquante ans, je ne serai pas encore pourri, je m'amuserai
à ma façon [i]. En deux mots, si je vous procure une dot
d'un million, me donnerez-vous deux cent mille francs ?
Vingt pour cent de commission. hein ! est-ce trop cher [j] ?
Vous vous ferez aimer de votre petite femme. Une fois

---

1. Balzac écrivait à Mme Hanska le 26 octobre 1834 : « Quand, pour
avoir la royauté littéraire, je me lève toutes les nuits avec une volonté
plus aiguë que celle de la veille, je crois pouvoir me dire fort » (*Etr.* I,
202).

2. L'attention de Balzac a été attirée sur le commerce des noirs par
l'aventure de son jeune frère. Henry de Balzac avait épousé, à l'île
Maurice, une dame créole, la veuve Dupont, qui possédait une trentaine d'esclaves. Le ménage fut ruiné en 1834 par l'abolition de l'esclavage et Henry dut quitter l'île en vendant à très bas prix ses noirs
(voir *Lettres de Laure Surville à une amie*, p. 147). Mais Vautrin rêve
d'aller dans le sud des États-Unis, où l'esclavage demeure (nous ne
sommes d'ailleurs qu'en 1819). Quant à Balzac, il prendra position
contre l'abolition de la traite (*Œuvres diverses*, Conard, III, p. 758).

marié, vous manifesterez des inquiétudes, des remords[a],
vous ferez le triste pendant quinze jours. Une nuit, après
quelques singeries, vous déclarerez, entre deux baisers,
deux cent mille francs de dettes à votre femme, en lui disant : « Mon amour[b] ! » Ce vaudeville est joué tous les jours
par les jeunes gens les plus distingués[c]. Une jeune femme
ne refuse pas sa bourse à celui qui lui prend le cœur.
Croyez-vous que vous y perdrez ? Non. Vous trouverez
le[d] moyen de regagner vos deux cent mille francs dans
une affaire. Avec votre argent et votre esprit, vous amas-
serez une fortune aussi considérable que vous pourrez la
souhaiter. *Ergo*[1] vous aurez fait, en six mois de temps,
votre bonheur[e], celui d'une femme aimable et celui de
votre papa Vautrin, sans compter celui de votre famille
qui souffle dans ses doigts, l'hiver, faute de bois. Ne vous
étonnez ni de ce que je vous propose, ni de ce que je
vous demande[f] ! Sur soixante beaux mariages qui ont lieu
dans Paris, il y en a quarante-sept qui donnent lieu à des
marchés semblables[g]. La Chambre des Notaires a forcé
monsieur... [2][h].

— Que faut-il que je fasse ? dit avidement Rastignac
en interrompant Vautrin[i].

— Presque rien, répondit cet homme en laissant échapper un mouvement de joie semblable à la sourde expression d'un pêcheur qui sent un poisson au bout de sa
ligne. Écoutez-moi bien ! Le cœur d'une pauvre fille
malheureuse et misérable est l'éponge la plus avide à se
remplir d'amour, une éponge sèche qui se dilate aussitôt
qu'il y tombe une goutte de sentiment. Faire[j] la cour à
une jeune personne qui se rencontre dans des conditions
de solitude, de désespoir et de pauvreté sans qu'elle se
doute de sa fortune à venir ! dam ! c'est quinte et quatorze

---

1. L'emploi de cette locution en usage dans l'ancienne logique et
l'ancienne rhétorique confirme que Vautrin, malgré son habitude du
langage argotique ou populaire, se souvient d'avoir fait des études.

2. L'interruption de Rastignac nous réduit aux conjectures sur
le sens de ce début de phrase.

en main [1], c'est connaître les numéros à la loterie, et c'est jouer sur les rentes en sachant les nouvelles. Vous construisez sur pilotis un mariage indestructible. Viennent des millions [a] à cette jeune fille, elle vous les jettera aux pieds, comme si c'était des cailloux. « Prends, mon bien-aimé! Prends, Adolphe! Alfred! Prends, Eugène! » dira-t-elle si Adolphe, Alfred ou Eugène ont eu le bon esprit de se sacrifier pour elle. Ce que j'entends par des sacrifices, c'est [b] vendre un vieil habit afin d'aller au Cadran-Bleu manger ensemble des croûtes aux champignons; de là, le soir, à l'Ambigu-Comique [2]; c'est mettre sa montre au Mont-de-Piété pour lui donner un châle. Je ne vous parle pas du gribouillage [c] de l'amour ni des fariboles auxquelles tiennent tant les femmes, comme, par exemple, de répandre des gouttes d'eau sur le papier à lettre en manière de larmes quand on est loin d'elles : vous m'avez l'air de connaître parfaitement l'argot du cœur [d]. Paris, voyez-vous, est comme une forêt du Nouveau-Monde, où s'agitent vingt espèces de peuplades sauvages, les Illinois, les Hurons, qui vivent [e] du produit que donnent les différentes chasses sociales [f]; vous êtes un chasseur de millions. Pour les prendre, vous usez [g] de piège, de pipeaux, d'appeaux. Il y a plusieurs manières de chasser. Les uns chassent à la dot; les autres chassent à la liquidation; ceux-ci pêchent des consciences, ceux-là

---

1. Avoir quinte et quatorze en main, au piquet, c'est avoir à la fois une quinte (cinq cartes qui se suivent dans la même couleur) et un carré, qui vaut quatorze (les quatre cartes du même degré, dans les quatre couleurs). L'expression s'emploie au figuré pour évoquer une position extrêmement forte.

2. A l'enseigne d'un cadran qui marque quatre heures (voir le *Dictionnaire des Enseignes*), le restaurant du Cadran-Bleu, boulevard du Temple, au coin de la rue Charlot, était fréquenté par une clientèle qui accepte à l'occasion de dépenser de l'argent pour un bon repas, mais qui appartient rarement à la haute société (la grisette Ida Gruget s'y fait inviter, voir *Histoire des Treize*, éd. citée, p. 131). L'Ambigu-Comique, boulevard Saint-Martin, où l'on joue le mélodrame, accueille un public en partie populaire. Vautrin veut indiquer par ces exemples que, si un mari a pris soin de bien choisir sa jeune femme, il gagne sa reconnaissance en lui procurant des plaisirs assez communs.

vendent leurs abonnés pieds et poings liés[1]. Celui qui
revient[a] avec sa gibecière bien garnie est salué, fêté, reçu
dans la bonne société. Rendons justice à ce sol hospitalier, vous[b] avez affaire à la ville la plus complaisante qui
soit dans le monde. Si les fières aristocraties de toutes les
capitales de l'Europe refusent d'admettre dans leurs rangs
un millionnaire infâme, Paris lui tend les bras, court à
ses fêtes, mange ses dîners et trinque avec son infamie[c].

— Mais où trouver une fille ? dit Eugène.

— Elle est à vous, devant vous !

— Mademoiselle Victorine ?

— Juste !

— Eh ! comment ?

— Elles vous aime déjà, votre petite[d] baronne de Rastignac !

— Elle n'a pas un sou[e], reprit Eugène étonné.

— Ah ! nous y voilà. Encore deux mots, dit Vautrin,
et tout s'éclaircira[f]. Le père Taillefer est un vieux coquin
qui passe pour avoir assassiné l'un de ses amis pendant la
Révolution[2]. C'est un de mes gaillards qui ont de l'indépendance dans les opinions. Il est banquier, principal associé de la maison Frédéric Taillefer et compagnie. Il a un
fils unique, auquel il veut laisser son bien, au détriment
de Victorine. Moi, je n'aime pas ces injustices-là. Je suis
comme don Quichotte, j'aime à prendre la défense du
faible contre le fort[g]. Si la volonté[h] de Dieu était de lui
retirer son fils, Taillefer reprendrait sa fille ; il voudrait un
héritier quelconque, une bêtise qui est dans la nature[i] et
il ne peut plus avoir d'enfants, je le sais[3][j]. Victorine est

---

1. Il a été question plus haut de « pêcher des dots » (p. 113). Chasser
à la liquidation, c'est se tenir à l'affût pour liquider des valeurs au bon
moment et s'enrichir dans l'opération, comme a su le faire Nucingen
(voir *La Maison Nucingen*). Pêcher des consciences se dit d'actes de
corruption électorale. Vendre des abonnés pieds et poings liés s'entend
d'un propriétaire de journal qui cède son entreprise.

2. Cette histoire est racontée dans *L'Auberge rouge*.

3. « ... il ne pouvait plus avoir d'enfants », lit-on à propos de
Frédéric Taillefer dans l'édition définitive de *L'Auberge rouge* (*Pl.*
IX, 957) ; mais ce détail a été ajouté postérieurement au *Père Goriot*.
D'ailleurs, à l'origine, le personnage de *L'Auberge rouge* ne s'appelait
pas Taillefer, mais Mauricey.

douce et gentille, elle aura bientôt entortillé son père, et
le fera tourner comme une toupie d'Allemagne avec le
fouet du sentiment! Elle sera trop sensible à votre amour
pour vous oublier, vous l'épouserez. Moi, je me charge
du rôle de la Providence, je ferai [a] vouloir le bon Dieu. J'ai
un ami pour qui je me suis dévoué [1], un colonel [b] de l'armée
de la Loire qui vient d'être employé dans la garde royale.
Il écoute mes avis, et s'est fait ultra-royaliste : ce n'est pas
un de ces imbéciles qui tiennent à leurs opinions. Si j'ai
encore un conseil à vous donner, mon ange, c'est de ne
pas plus tenir à vos opinions qu'à vos paroles. Quand on
vous les demandera, vendez-les. Un homme qui se vante
de ne jamais changer d'opinion est un homme qui se
charge d'aller toujours en ligne droite, un niais qui croit
à l'infaillibilité. Il n'y a pas de principes, il n'y a que des
événements; il n'y a pas de lois, il n'y a que des circonstances [2] : l'homme supérieur épouse les événements et les
circonstances [c] pour les conduire. S'il y avait des principes
et des lois fixes, les peuples n'en changeraient pas comme
nous changeons de chemises. L'homme n'est pas tenu
d'être plus sage que toute une nation. L'homme qui a
rendu le moins de services à la France est un fétiche vé-
néré pour avoir toujours vu en rouge, il est tout au plus
bon à mettre au Conservatoire, parmi les machines, en
l'étiquetant la Fayette [3]; tandis que le prince auquel chacun lance sa pierre [d], et qui méprise assez l'humanité pour
lui cracher au visage autant de serments qu'elle en de-

---

1. Cette indication sera précisée pp. 185-186. Vautrin « a consenti
à prendre à son compte le crime d'un autre » (il s'agit du colonel
Franchessini, qui sera nommé seulement pp. 203 et 219).

2. Balzac avait noté dans son Album : « On rougit de la vertu
comme du vice, on s'honore de l'un et de l'autre. La circonstance
fait tout » (*Pensées, sujets, fragmens*, p. 26). Il est curieux d'observer
que, dans *La Maison Nucingen*, l'aphorisme ici énoncé par Vautrin est
cité comme un propos de Rastignac (*Pl.* V, 599-600) : Rastignac a donc
profité de la leçon.

3. Balzac déteste La Fayette, dont le nom est devenu un symbole
de libéralisme. Si Vautrin le traite ici de fétiche, lui-même, dans les
Lettres sur Paris, l'a appelé « un débris » (*Œuvres diverses*, Conard,
II, 81).

mande, a empêché le partage de la France au congrès de Vienne [1] : on lui doit des couronnes, on lui jette de la boue. Oh! je connais les affaires, moi! j'ai les secrets de bien des hommes! Suffit. J'aurai une opinion inébranlable le jour où j'aurai rencontré trois têtes [a] d'accord sur l'emploi d'un principe et j'attendrai longtemps! L'on ne trouve pas dans les tribunaux trois juges qui aient le même avis sur un article de la loi. Je reviens à mon homme. Il remettrait Jésus-Christ [b] en croix si je le lui disais. Sur un seul mot de son papa Vautrin [c], il cherchera querelle à ce drôle qui n'envoie pas seulement cent sous à sa pauvre sœur, et... Ici Vautrin se leva, se mit en garde, et fit le mouvement d'un maître d'armes [d] qui se fend. — Et, à l'ombre! ajouta-t-il [e].

— Quelle horreur! dit Eugène. Vous voulez plaisanter, monsieur Vautrin ?

— Là, là, là, du calme, reprit cet homme. Ne faites pas l'enfant : cependant, si cela peut vous amuser, courroucez-vous [f]! emportez-vous! Dites que je suis un infâme, un scélérat, un coquin, un bandit, mais ne m'appelez ni escroc, ni espion! Allez, dites, lâchez botre bordée [g]! Je vous pardonne, c'est si naturel à votre âge! J'ai été comme ça, moi! Seulement, réfléchissez. Vous ferez pis quelque jour. Vous irez coqueter [h] chez quelque jolie femme et vous recevrez de l'argent. Vous y avez pensé! dit Vautrin; car, comment réussirez-vous, si vous n'escomptez pas votre amour ? La vertu, mon cher étudiant, ne se scinde pas : elle est ou n'est pas. On nous parle de faire pénitence de nos fautes. Encore un joli système [i] que celui en vertu duquel on est quitte d'un crime avec un acte de contrition [j]! Séduire une femme pour arriver à vous poser sur tel bâton de l'échelle sociale, jeter la zizanie entre les enfants d'une famille, enfin toutes les infamies qui se pratiquent sous le manteau d'une cheminée ou autrement

---

1. Balzac, au contraire, admire Talleyrand, auquel il sera fier d'être présenté, en 1836, à Rochecotte, chez la duchesse de Dino. Vautrin, avec des formules cyniques, énonce donc quelques-unes de ses propres idées.

dans un but de plaisir ou d'intérêt personnel [a], croyez-vous
que ce soient des actes de foi, d'espérance et de charité ?
Pourquoi deux mois de prison au dandy qui, dans une
nuit, ôte à un enfant la moitié de sa fortune [b], et pourquoi
le bagne au pauvre diable qui vole un billet de mille
francs avec les circonstances aggravantes ? Voilà vos lois.
Il n'y a pas un article qui n'arrive à l'absurde [c]. L'homme
en gants [d] et à paroles jaunes a commis des assassinats où
l'on ne verse pas de sang, mais où l'on en donne; l'assassin a ouvert une porte avec un monseigneur [1] : deux choses
nocturnes [e] ! Entre ce que je vous propose et ce que vous
ferez un jour, il n'y a que le sang de moins. Vous croyez [f]
à quelque chose de fixe dans ce monde-là ! Méprisez donc
les hommes, et voyez les mailles par où l'on peut passer
à travers le réseau [g] du Code. Le secret des grandes fortunes sans cause apparente est un crime oublié, parce
qu'il a été proprement fait [h].

— Silence, monsieur, je ne veux pas en entendre davantage, vous me feriez douter de moi-même. En ce moment le sentiment est toute ma science.

— A votre aise, bel enfant. Je vous croyais plus fort,
dit Vautrin, je ne vous dirai [i] plus rien. Un dernier mot,
cependant. Il regarda fixement l'étudiant : Vous avez mon
secret, lui dit-il.

— Un jeune homme qui vous refuse saura bien l'oublier [j].

— Vous avez bien dit cela [k], ça me fait plaisir [l]. Un
autre, voyez-vous, sera moins scrupuleux [2]. Souvenez-vous
de ce que je veux [m] faire pour vous. Je vous donne quinze
jours. C'est à prendre ou à laisser.

— Quelle tête de fer a donc cet homme ! se dit Rastignac en voyant Vautrin s'en aller tranquillement, sa canne
sous le bras. Il m'a dit crûment ce que madame de Beauséant me disait en y mettant des formes. Il me déchirait
le cœur avec des griffes d'acier. Pourquoi veux-je aller
chez madame de Nucingen ? Il a deviné mes motifs aus-

---

1. On dit aujourd'hui une pince-monseigneur.
2. Balzac songe sans doute déjà à Lucien de Rubempré.

sitôt que je les ai conçus ᵃ. En deux mots, ce brigand ᵇ m'a
dit plus de choses sur la vertu que ne m'en ont dit les
hommes ᶜ et les livres. Si la ᵈ vertu ne souffre pas de capitu-
lation, j'ai donc volé mes sœurs ? dit-il en jetant le sac sur
la table. Il s'assit, et resta là plongé dans une étourdis-
sante méditation. — Être fidèle à la vertu, martyre sublime ! Bah ! tout le monde croit à la vertu ; mais qui est
vertueux ? Les peuples ont la liberté pour idole ; mais où
est sur la terre un peuple libre ? Ma jeunesse est encore
bleue comme ᵉ un ciel sans nuage : vouloir être grand ou
riche, n'est-ce pas se résoudre à mentir ᶠ, plier, ramper, se
redresser, flatter, dissimuler ? n'est-ce pas consentir à se
faire le valet ᵍ de ceux qui ont menti, plié, rampé ? Avant
d'être leur complice, il faut les servir. Eh bien ! non. Je
veux ʰ travailler noblement, saintement ; je veux travailler
jour et nuit ¹, ne devoir ma fortune qu'à mon labeur. Ce
sera la plus lente des fortunes, mais chaque jour ma tête
reposera sur mon oreiller sans une pensée mauvaise. Qu'y
a-t-il de plus beau que de contempler sa vie et de la trouver pure comme un lis ? Moi et la vie, nous sommes comme
un jeune homme et sa fiancée. Vautrin m'a fait voir
ce qui arrive après dix ans de mariage. Diable ! ma tête
se perd. Je ne veux penser à rien, le cœur est un bon
guide ⁱ.

Eugène fut tiré de sa rêverie par la voix de la grosse
Sylvie, qui lui annonça son tailleur, devant lequel il se
présenta, tenant à la main ses deux sacs d'argent, et il ne
fut pas fâché de cette circonstance. Quand il eut essayé
ses habits du soir, il remit sa nouvelle toilette du matin
qui le métamorphosait complètement. — Je vaux bien
monsieur de Trailles, se dit-il. Enfin j'ai l'air d'un gentilhomme !

— Monsieur, dit le père Goriot en entrant chez Eugène, vous m'avez demandé si je connaissais les maisons
où va ʲ madame de Nucingen ?

— Oui ! ᵏ

---

1. « Jour et Nuit », telle est la devise que Balzac a fait inscrire sur
ses prétendues « armes ».

— Eh bien! elle va lundi prochain [a] au bal du maréchal Carigliano. Si vous pouvez y être, vous me direz si mes deux filles se sont bien amusées, comment elles seront mises, enfin tout [b].

— Comment avez-vous su cela, mon bon père Goriot ? dit Eugène en le faisant asseoir à son feu.

— Sa femme de chambre me l'a dit. Je sais tout ce qu'elles font par Thérèse [c] et par Constance [1], reprit-il d'un air joyeux. Le vieillard ressemblait à un amant encore assez jeune pour être heureux d'un stratagème qui le met en communication avec sa maîtresse sans qu'elle puisse s'en douter. — Vous les verrez, vous! dit-il en exprimant avec naïveté une douloureuse envie.

— Je ne sais pas, répondit Eugène. Je vais aller chez madame de Beauséant lui demander si elle peut me présenter à la maréchale.

Eugène pensait avec une sorte de joie intérieure à se montrer chez la vicomtesse mis comme il le serait désormais. Ce que les moralistes nomment les abîmes du cœur humain sont uniquement les décevantes pensées, les involontaires mouvements de l'intérêt personnel. Ces péripéties, le sujet de tant de déclamations, ces retours soudains sont des calculs faits au profit de nos jouissances. En se voyant bien mis, bien ganté, bien botté, Rastignac oublia sa vertueuse résolution. La jeunesse n'ose pas se regarder au miroir de la conscience quand elle verse [d] du côté de l'injustice, tandis que l'âge mûr s'y est vu: là gît [e] toute la différence entre ces deux phases de la vie. Depuis quelques jours, les deux voisins, Eugène et le père Goriot, étaient devenus bons amis. Leur secrète [f] amitié tenait aux raisons psychologiques qui avaient engendré des sentiments contraires entre Vautrin et l'étudiant. Le hardi philosophe qui voudra constater les effets de nos [g] sentiments dans le monde physique trouvera sans doute plus d'une preuve de leur effective [h] matérialité dans les rapports qu'ils créent entre nous et les animaux. Quel physiognomoniste [i]

---

1. Thérèse est la femme de chambre de Mme de Nucingen ; Constance (ou Victoire, voir p. 272) est celle de Mme de Restaud.

est plus prompt à deviner un caractère qu'un chien l'est à
savoir si un inconnu l'aime ou ne l'aime pas ? Les *atomes
crochus,* expression proverbiale dont chacun se sert, sont
un de ces faits qui restent dans les langages pour démentir
les niaiseries philosophiques dont s'occupent ceux qui
aiment à vanner les épluchures des mots primitifs [a]. On
se sent aimé [b]. Le sentiment s'empreint en toutes choses et
traverse les espaces. Une lettre est une âme, elle est un
si fidèle écho de la voix qui parle que les esprits délicats
la comptent [c] parmi les plus riches trésors de l'amour.
Le père Goriot, que son sentiment irréfléchi élevait jusqu'au sublime de la nature canine, avait flairé la compassion,
l'admirative bonté, les sympathies juvéniles qui s'étaient
émues pour lui dans le cœur de l'étudiant. Cependant
cette union naissante n'avait encore amené aucune confidence. Si Eugène [d] avait manifesté le désir de voir madame
de Nucingen, ce n'était pas [e] qu'il comptât sur le vieillard
pour être introduit par lui chez elle ; mais il espérait qu'une
indiscrétion pourrait le bien servir [f]. Le père Goriot ne lui
avait parlé de ses filles qu'à propos de ce qu'il s'était permis
d'en dire publiquement le jour de ses deux visites [g]. —
Mon cher monsieur, lui avait-il dit le lendemain [h], comment
avez-vous pu croire que madame de Restaud vous en ait
voulu d'avoir prononcé mon nom [i] ? Mes deux filles m'aiment bien. Je suis un heureux père. Seulement, mes deux
gendres se sont mal conduits envers moi. Je n'ai pas voulu
faire souffrir ces chères créatures de mes dissensions avec
leurs maris [j], et j'ai préféré les voir en secret. Ce mystère [k]
me donne mille jouissances que ne comprennent [l] pas les
autres pères qui peuvent voir leurs filles quand ils veulent.
Moi, je ne le peux [m] pas, comprenez-vous ? Alors je vais,
quand il fait beau, dans les Champs-Élysées, après avoir
demandé aux femmes de chambre si mes filles sortent [n].
Je les attends au passage, le cœur me bat quand les voitures
arrivent, je les admire dans leur toilette, elles me jettent en
passant un petit rire qui me dore la nature comme s'il y
tombait un rayon de quelque beau soleil [o]. Et je reste,
elles doivent revenir. Je les vois encore ! [p] l'air leur a fait
du bien, elles sont roses. J'entends dire autour de moi [q]:

Voilà une belle femme! Ça me réjouit le cœur. N'est-ce
pas mon sang [a] ? J'aime les chevaux qui les traînent, et je
voudrais être le petit chien qu'elles ont sur leurs genoux.
Je vis de leurs plaisirs. Chacun a sa façon d'aimer, la
mienne ne fait pourtant [b] de mal à personne, pourquoi le
monde s'occupe-t-il de moi ? Je suis heureux à ma manière. Est-ce contre les lois que j'aille voir mes filles [c], le
soir, au moment où elles sortent de leurs maisons pour se
rendre au bal ? Quel chagrin pour moi si j'arrive trop
tard, et qu'on me dise : Madame est sortie. Un soir j'ai
attendu jusqu'à trois heures du matin pour voir Nasie [d],
que je n'avais [e] pas vue depuis deux jours. J'ai manqué
crever d'aise ! Je vous en prie [f], ne parlez de moi que pour
dire combien mes filles sont bonnes. Elles veulent me
combler de toutes sortes de cadeaux; je les en empêche,
je leur dis: « Gardez donc votre argent! Que voulez-vous
que j'en fasse ? Il ne me faut rien [g]. » En effet, mon cher
monsieur, que suis-je ? un méchant cadavre dont l'âme
est partout où sont mes filles [h]. Quand vous aurez vu madame de Nucingen, vous me direz celle des deux que vous
préférez, dit le bonhomme après un moment de silence
en voyant Eugène qui se disposait à partir pour aller
se promener aux Tuileries en attendant l'heure de se
présenter chez madame de Beauséant.

Cette promenade fut fatale à l'étudiant [i]. Quelques
femmes le remarquèrent. Il était si beau, si jeune, et d'une
élégance de si bon goût! En se voyant l'objet d'une attention presque admirative, il ne pensa plus [j] à ses sœurs
ni à sa tante dépouillées, ni [k] à ses vertueuses répugnances [l].
Il avait vu passer au-dessus de sa tête ce démon qu'il est
si facile de prendre pour un ange, ce Satan aux ailes diaprées, qui sème [m] des rubis, qui jette ses flèches d'or [n] au
front des palais, empourpre les femmes, revêt d'un sot
éclat [o] les trônes, si simples dans leur origine; il avait
écouté le dieu de cette vanité crépitante dont le clinquant
nous semble être [p] un symbole de puissance [q]. La parole de
Vautrin, quelque cynique qu'elle fût, s'était logée dans
son cœur comme dans le souvenir d'une vierge se grave [r]
le profil ignoble d'une vieille marchande à la toilette, qui

lui a dit: « Or et amour à flots [a] ! » Après avoir indolem-
ment flâné, vers cinq heures Eugène se présenta chez madame de Beauséant, et il y reçut un de ces coups terribles
contre lesquels les cœurs jeunes sont sans armes. Il avait
jusqu'alors trouvé la vicomtesse pleine de cette aménité
polie, de cette grâce melliflue donnée par l'éducation aristocratique, et qui n'est complète que si elle vient du cœur.

Quand il entra, madame de Beauséant fit un geste sec,
et lui dit d'une voix brève: — Monsieur de Rastignac, il
m'est impossible de vous voir, en ce moment du moins !
je suis en affaire...

Pour un observateur, et Rastignac l'était devenu promptement [b], cette phrase, le geste, le regard, l'inflexion de
voix, étaient l'histoire du caractère et des habitudes de la
caste. Il aperçut la main de fer sous le gant de velours;
la personnalité, l'égoïsme, sous les manières; le bois,
sous le vernis. Il entendit enfin [c] le MOI LE ROI qui commence sous les panaches du trône et finit sous le cimier [d]
du dernier gentilhomme [1]. Eugène [e] s'était trop facilement
abandonné sur sa parole à croire aux noblesses de la
femme. Comme tous les malheureux, il avait signé de
bonne foi le pacte délicieux qui doit lier le bienfaiteur à
l'obligé, et dont le premier article consacre entre les grands
cœurs une complète égalité. La bienfaisance, qui réunit
deux êtres en un seul [f], est une passion céleste aussi incom-
prise, aussi rare que l'est le véritable amour. L'un et l'autre
est la prodigalité des belles âmes [g]. Rastignac voulait [h] arriver au bal de la duchesse de Carigliano, il dévora cette
bourrasque.

— Madame, dit-il [i] d'une voix émue, s'il ne s'agissait
pas d'une chose importante, je ne serais pas venu vous

---

1. Balzac a noté déjà cet orgueil dans *La Duchesse de Langeais*,
dont l'héroïne, comme Mme de Beauséant, a bien l'esprit de sa caste :
« Elle se comprenait toute seule et se mettait orgueilleusement au
dessus du monde, à l'abri de son nom. Il y avait du *moi* de Médée
dans sa vie, comme dans celle de l'aristocratie... » (*Histoire des Treize*,
éd. citée, p. 230). Dans *Le Cabinet des Antiques*, le comte d'Esgrignon
pratique, lui aussi, la « religion aristocratique du moi ».

importuner [a]; soyez assez gracieuse pour me permettre de
vous voir plus tard, j'attendrai.

— Eh bien! venez dîner avec moi, dit-elle un peu
confuse de la dureté qu'elle avait mise dans ses paroles;
car cette femme était vraiment aussi bonne que grande [b].

Quoique touché de ce retour soudain, Eugène se dit
en s'en allant: « Rampe, [c] supporte tout [d]. Que doivent être
les autres, si, dans un moment, la meilleure des femmes [e]
efface les promesses [f] de son amitié, te laisse là comme un
vieux soulier ? Chacun pour soi, donc ? Il est vrai que sa
maison n'est pas une boutique, et que j'ai tort d'avoir besoin d'elle. Il faut, comme dit Vautrin, se faire boulet de
canon [g]. » Les amères réflexions de l'étudiant furent bientôt dissipées par le plaisir qu'il se promettait en dînant chez
la vicomtesse. Ainsi, par une sorte de fatalité, les moindres événements de sa vie conspiraient à le pousser dans
la carrière où, suivant les observations du terrible sphinx
de la Maison Vauquer [h], il devait [i], comme sur un champ de
bataille, tuer pour ne pas être tué, tromper pour ne pas
être trompé; où il devait déposer à la barrière [j] sa conscience, son cœur, mettre un masque, se jouer sans pitié
des hommes, et, comme à Lacédémone, saisir sa fortune
sans être vu, pour mériter la couronne. Quand il revint
chez la vicomtesse, il la trouva pleine de cette bonté gracieuse qu'elle lui avait toujours témoignée [k]. Tous deux
allèrent dans une salle à manger où le vicomte [l] attendait
sa femme, et où resplendissait ce luxe de table qui sous
la Restauration fut poussé, comme chacun le sait, au plus
haut degré [1]. Monsieur de Beauséant, semblable à beaucoup de gens blasés, n'avait plus guère d'autres plaisirs
que ceux de la bonne chère [2]; il était en fait de gourman-

---

1. « La gastronomie naît — ou ressuscite — avec la Restauration »,
a écrit Robert Burnand (*La Vie quotidienne en France en 1830,* éd.
citée, p. 125). Il rappelle la *Physiologie du Goût* de Brillat-Savarin, les
ouvrages de Carême et l'*Almanach des Gourmands*. Les dîners offerts
par de hauts personnages comme Cambacérès dans son hôtel de la rue
Saint-Dominique et par Talleyrand dans son palais de la rue Saint-
Florentin étaient célèbres.

2. Mme de Beauséant le soupçonnera pourtant un peu plus loin
d'aller rejoindre sa maîtresse.

dise de l'école de Louis XVIII et du duc d'Escars [1]. Sa
table [a] offrait donc un double luxe, celui du contenant et
celui du contenu. Jamais semblable spectacle n'avait
frappé les yeux d'Eugène, qui dînait pour la première
fois dans une de ces maisons où les grandeurs sociales
sont héréditaires [b]. La mode venait de supprimer les sou-
pers qui terminaient autrefois les bals de l'Empire [c], où les
militaires avaient besoin de prendre des forces pour se
préparer à tous les combats qui les attendaient au dedans
comme au dehors. Eugène n'avait [d] encore assisté qu'à des
bals. L'aplomb qui le distingua plus tard si éminemment,
et qu'il commençait à prendre, l'empêcha de [e] s'ébahir
niaisement. Mais en voyant cette argenterie sculptée, et
les mille recherches d'une table somptueuse, en admirant
pour la première fois un service fait sans bruit, il était [f]
difficile à un homme d'ardente imagination de ne pas pré-
férer cette vie constamment élégante à la vie de privations
qu'il voulait embrasser [g] le matin. Sa pensée le rejeta pendant un moment dans sa pension bourgeoise; il en eut
une si profonde horreur qu'il se jura de la quitter au mois
de janvier, autant pour se mettre dans une maison propre
que pour fuir Vautrin, dont il sentait la large main sur
son épaule. Si l'on vient à songer aux mille formes que
prend à Paris la corruption, parlante ou muette, un homme
de bon sens se demande par quelle aberration l'État y
met des écoles, y assemble des jeunes gens, comment
les jolies femmes y sont respectées, comment l'or étalé
par les changeurs ne s'envole pas magiquement de leurs
sébiles. Mais si l'on vient à songer qu'il est peu d'exemples
de crimes, voire même de délits commis par les jeunes
gens, de quel respect ne doit-on pas être pris pour ces patients Tantales qui se combattent eux-mêmes, et sont
presque toujours victorieux [h]! S'il était bien peint dans sa
lutte avec Paris, le pauvre étudiant fournirait un des

---

1. Le duc d'Escars ou des Cars, pair de France, fut, avant tout,
le premier maître d'hôtel du Roi. Il mourut, paraît-il, d'indigestion
(en 1822) et Louis XVIII, seul à avoir goûté avec lui du plat fatal, se
serait écrié : « Ce pauvre d'Escars ! J'ai pourtant meilleur estomac que
lui ! »

sujets les plus dramatiques [a] de notre civilisation moderne. Madame de Beauséant regardait vainement Eugène pour le convier à parler, il ne voulut rien dire en présence du vicomte.

— Me menez-vous ce soir aux Italiens ? demanda la vicomtesse à son mari.

— Vous ne pouvez douter du plaisir que j'aurais à vous obéir, répondit-il avec une galanterie moqueuse dont l'étudiant fut la dupe, mais je dois [b] aller rejoindre quelqu'un aux Variétés.

— Sa maîtresse, se dit-elle.

— Vous n'avez donc pas d'Ajuda ce soir ? demanda le vicomte [c].

— Non, répondit-elle avec humeur.

— Eh bien ! s'il vous faut absolument un bras, prenez celui de [d] monsieur de Rastignac.

La vicomtesse regarda Eugène en souriant.

— Ce sera bien compromettant pour vous, dit-elle.

— *Le Français aime le péril, parce qu'il y trouve la gloire,* a dit monsieur de Chateaubriand, répondit Rastignac en s'inclinant [1] [e].

Quelques moments après, il fut emporté près de madame de Beauséant, dans un coupé rapide, au théâtre à la mode, et crut à quelque féerie lorsqu'il entra dans une loge de face, et qu'il se vit le but de toutes les lorgnettes concurremment avec la vicomtesse, dont la toilette était délicieuse. Il marchait d'enchantements en enchantements.

— Vous avez à me parler, lui dit madame de Beauséant. Ah ! tenez, voici madame de Nucingen à trois loges de la nôtre. Sa sœur et monsieur de Trailles sont de l'autre côté.

En disant ces mots, la vicomtesse regardait la loge où

---

1. Chateaubriand a exalté le caractère des Français dans l'*Essai sur les Révolutions* et surtout dans *Le Génie du Christianisme*. Balzac a même pastiché les pages éloquentes du *Génie* dans son premier essai romanesque, *Falthurne* (voir notre édition de *Falthurne*, pp. 37 sq). Toutefois nous n'avons pas retrouvé la phrase qui est citée ici.

devait être mademoiselle de Rochefide, et, n'y voyant
pas monsieur d'Ajuda, sa figure prit un éclat extraordinaire[a].

— Elle est charmante, dit Eugène après avoir regardé
madame de Nucingen.

— Elle a les cils blancs.

— Oui, mais quelle jolie[b] taille mince!

— Elle a de grosses mains.

— Les beaux yeux!

— Elle a le visage en long.

— Mais la forme longue a de la distinction[c].

— Cela est heureux pour elle qu'il y en ait là. Voyez
comment elle prend et quitte son lorgnon! Le Goriot
perce dans tous ses mouvements, dit la vicomtesse au
grand étonnement d'Eugène.

En effet, madame de Beauséant lorgnait la salle et semblait ne pas faire attention à madame de Nucingen, dont
elle ne perdait cependant pas un geste. L'assemblée était
exquisément[d] belle. Delphine de Nucingen n'était pas peu
flattée d'occuper exclusivement le jeune, le beau, l'élégant cousin de madame de Beauséant, il ne regardait[e]
qu'elle.

— Si vous continuez à la couvrir de vos regards[f], vous
allez faire scandale, monsieur de Rastignac. Vous ne réussirez à rien, si vous vous jetez ainsi à la tête des gens[g].

— Ma chère cousine, dit Eugène, vous m'avez déjà
bien protégé; si vous voulez achever votre ouvrage, je
ne vous demande plus que de me rendre un service qui
vous donnera peu de peine et me fera grand bien. Me
voilà pris.

— Déjà?

— Oui.

— Et de cette femme?

— Mes prétentions seraient-elles donc écoutées ailleurs? dit-il en lançant un regard pénétrant à sa cousine.
Madame la duchesse de Carigliano[1] est attachée à madame

---

1. La duchesse de Carigliano est mariée à un maréchal d'Empire.
Balzac s'est souvenu du titre de duc de Conegliano, porté par le
maréchal Moncey, dont il est plusieurs fois question dans les *Mémoires*
de la duchesse d'Abrantès.

la duchesse de Berry, reprit-il après une pause[a], vous devez la voir, ayez la bonté de me présenter chez elle et de
m'amener au bal[b] qu'elle donne lundi[c]. J'y rencontrerai
madame de Nucingen, et je livrerai ma première escarmouche[d].

— Volontiers, dit-elle. Si vous vous sentez déjà du
goût pour elle[e], vos affaires de cœur vont très-bien. Voici
de Marsay dans la loge de la princesse Galathionne[1][f].
Madame de Nucingen est au supplice, elle se dépite. Il n'y
a pas de meilleur moment pour aborder une femme, surtout une femme de banquier. Ces dames de la Chaussée-
d'Antin aiment toutes la vengeance.

— Que feriez-vous donc, vous, en pareil cas ?

— Moi, je souffrirais en silence[g].

En ce moment le marquis[h] d'Ajuda se présenta dans la
loge de madame de Beauséant.

— J'ai mal fait mes affaires[i] afin de venir vous retrouver, dit-il, et je vous en instruis pour que ce ne soit pas
un sacrifice[j].

Les rayonnements du visage de la vicomtesse apprirent
à Eugène à reconnaître les expressions d'un véritable
amour, et à ne pas les confondre avec les simagrées de la
coquetterie parisienne. Il admira sa cousine, devint muet[k]
et céda sa place à monsieur d'Ajuda en soupirant. « Quelle
noble, quelle sublime créature est une femme qui aime
ainsi ! se dit-il[l]. Et cet homme la trahirait pour une poupée ![m] comment peut-on la trahir ? » Il se sentit au cœur
une rage d'enfant[n]. Il aurait voulu se rouler aux pieds de
madame de Beauséant, il souhaitait le pouvoir des démons afin de l'emporter dans son cœur, comme un aigle
enlève de la plaine dans son aire une jeune chèvre blanche
qui tette encore. Il était humilié d'être dans ce grand
Musée de la beauté sans son tableau, sans une maîtresse
à lui. « Avoir une maîtresse et une position quasi royale,
se disait-il, c'est le signe de la puissance ! » Et il regarda
madame de Nucingen comme un homme insulté regarde

---

1. Balzac a probablement forgé ce nom sur celui de la princesse
Bagration, dont il a fréquenté le salon.

son adversaire [a]. La vicomtesse se retourna vers lui pour lui adresser sur sa discrétion mille remercîments dans un clignement d'yeux. Le premier acte était fini. [b]

— Vous connaissez assez [c] madame de Nucingen pour lui présenter monsieur de Rastignac ? dit-elle au marquis d'Ajuda.

— Mais elle sera charmée de voir monsieur, dit le marquis.

Le beau Portugais se leva, prit le bras de l'étudiant, qui en un clin d'œil se trouva auprès de madame de Nucingen.

— Madame la baronne, dit le marquis, j'ai l'honneur de vous présenter le chevalier Eugène de Rastignac, un [d] cousin de la vicomtesse de Beauséant. Vous faites une si vive impression sur lui, que j'ai [e] voulu compléter son bonheur en le rapprochant de son idole.

Ces mots furent dits avec un certain accent de raillerie qui en faisait passer la pensée un peu brutale, mais qui, bien sauvée, ne déplaît jamais à une femme [f]. Madame de Nucingen sourit, et offrit à Eugène la place de son mari, qui venait de sortir.

— Je n'ose pas vous proposer de rester près de moi, monsieur, lui dit-elle. Quand on a le bonheur d'être auprès de madame de Beauséant, on y reste.

— Mais, lui dit à voix basse Eugène, il me semble, madame, que si je veux plaire à ma cousine, je demeurerai près de vous. Avant l'arrivée de monsieur le marquis, nous parlions de vous et de la distinction de toute votre personne, dit-il à haute voix.

Monsieur d'Ajuda se retira.

— Vraiment, monsieur, dit la baronne [g], vous allez me rester ? Nous ferons donc connaissance, madame de Restaud m'avait déjà donné le plus vif désir de vous voir.

— Elle est donc bien fausse, elle m'a fait consigner à sa porte.

— Comment ?

— Madame, j'aurai la conscience de vous en dire la raison; mais je réclame [h] toute votre indulgence en vous confiant un pareil secret [i]. Je suis le voisin de monsieur

votre père. J'ignorais que madame de Restaud fût sa
fille. J'ai eu l'imprudence d'en parler [a] fort innocemment,
et j'ai fâché madame votre sœur et son mari. Vous ne
sauriez croire combien madame la duchesse de Langeais
et ma cousine ont trouvé cette apostasie filiale [b] de mauvais
goût. Je leur ai raconté la scène, elles en ont ri comme
des folles. Ce fut alors qu'en faisant un parallèle entre
vous et votre sœur, madame [c] de Beauséant me parla en
fort bons termes, et me dit combien vous étiez excellente
pour mon voisin, monsieur Goriot. Comment, en effet,
ne l'aimeriez-vous pas ? il vous adore si passionnément
que j'en suis déjà jaloux. Nous avons [d] parlé de vous ce
matin pendant deux heures. Puis, tout plein de ce que
votre père m'a raconté, ce soir [e] en dînant avec ma cousine, je lui disais que vous ne pouviez pas être aussi belle
que vous étiez aimante [f]. Voulant sans doute favoriser une
si chaude admiration, madame de Beauséant m'a amené
ici, en me disant avec sa grâce habituelle que je vous y
verrais [g].

— Comment, monsieur, dit la femme du banquier,
je vous dois déjà de la reconnaissance ? Encore un peu,
nous allons être de vieux amis.

— Quoique l'amitié doive être près de vous un sentiment peu vulgaire, dit Rastignac, je ne veux jamais être
votre ami.

Ces sottises stéréotypées à l'usage des débutants paraissent toujours charmantes aux femmes, et ne sont
pauvres que lues [h] à froid. Le geste, l'accent, le regard
d'un jeune homme, leur donnent d'incalculables valeurs.
Madame de Nucingen trouva Rastignac charmant. Puis,
comme toutes les femmes, ne pouvant rien dire [i] à des
questions aussi drûment posées que l'était celle de l'étudiant, elle répondit à autre chose [j].

— Oui, ma sœur se fait tort par la manière dont elle
se conduit avec ce pauvre père, qui vraiment a été pour
nous un dieu. Il a fallu que monsieur de Nucingen m'or-
donnât positivement de ne voir mon père que le matin,
pour que je cédasse sur ce point. Mais j'en ai longtemps
été bien malheureuse. Je pleurais. Ces violences, venues

après les brutalités du mariage, ont été l'une des raisons
qui troublèrent le plus mon ménage[a]. Je suis certes la
femme de Paris la plus heureuse aux yeux du monde,
la plus malheureuse en réalité. Vous allez me trouver
folle[b] de vous parler ainsi. Mais vous connaissez mon père,
et, à ce titre, vous ne pouvez pas m'être étranger.

— Vous n'aurez jamais rencontré personne, lui dit
Eugène, qui soit animé d'un plus vif désir de vous appartenir. Que cherchez-vous toutes ? le bonheur, reprit-il
d'une voix qui allait à l'âme. Eh bien ! si, pour une femme,
le bonheur est d'être aimée, adorée, d'avoir un ami à
qui elle puisse confier ses désirs, ses fantaisies, ses chagrins, ses joies ; se montrer dans la nudité[c] de son âme,
avec ses jolis défauts et ses belles qualités, sans craindre
d'être trahie ; croyez-moi, ce cœur dévoué, toujours ardent, ne peut se rencontrer que chez un homme jeune,
plein d'illusions, qui peut mourir sur un seul de vos
signes, qui ne sait rien encore du monde et n'en veut
rien savoir, parce que vous devenez le monde pour lui.
Moi, voyez-vous, vous allez rire de ma naïveté, j'arrive
du fond d'une province, entièrement neuf[d], n'ayant connu
que de belles âmes, et je comptais rester sans amour. Il
m'est arrivé de voir ma cousine, qui m'a mis trop près de
son cœur ; elle m'a fait deviner les mille trésors de la passion[e], je suis, comme Chérubin[1][f], l'amant de toutes les
femmes, en attendant que je puisse me dévouer à quelqu'une d'entre elles. En vous voyant, quand je suis entré,
je me suis senti porté vers vous comme par un courant[g].
J'avais déjà tant pensé à vous ! Mais je ne vous avais pas
rêvée aussi belle que vous l'êtes en réalité. Madame de
Beauséant m'a ordonné[h] de ne pas vous tant regarder. Elle
ne sait pas ce qu'il y a d'attrayant à voir vos jolies lèvres
rouges, votre teint blanc, vos yeux si doux. Moi aussi,
je vous dis des folies, mais laissez-les-moi dire.

Rien ne plaît plus aux femmes que de s'entendre débiter ces douces paroles. La plus sévère dévote les écoute,

---

1. Chérubin s'exprime à peu près ainsi dans sa profession de foi
à Suzanne (*Le Mariage de Figaro*, I, 7).

même quand elle ne doit pas y répondre. Après avoir
ainsi commencé[a], Rastignac défila son chapelet d'une voix
coquettement sourde; et madame de Nucingen encoura-
geait Eugène par des sourires en regardant de temps en
temps de Marsay, qui ne quittait pas la loge de la princesse Galathionne. Rastignac resta près de madame de
Nucingen jusqu'au moment où son mari vint la chercher
pour l'emmener.

— Madame, lui dit Eugène, j'aurai le plaisir de vous
aller voir avant le bal de la duchesse de Carigliano.

— *Puisqui matame fous encache,* dit le baron, épais Alsacien dont la figure ronde annonçait une dangereuse finesse,
fous êtes sir d'être pien ressi [1][b].

— Mes affaires sont en bon train, car elle ne s'est pas
bien effarouchée en m'entendant lui dire: « M'aimerez-
vous bien ? » Le mors [c] est mis à ma bête, sautons dessus et
gouvernons-la, se dit Eugène en allant saluer madame
de Beauséant qui se levait et se retirait avec d'Ajuda. Le
pauvre étudiant ne savait pas que la baronne était distraite, et attendait de de Marsay une de ces lettres décisives
qui déchirent l'âme. Tout heureux de son faux succès,
Eugène accompagna la vicomtesse jusqu'au péristyle [d],
où chacun attend sa voiture.

— Votre cousin ne se ressemble plus à lui-même, dit
le Portugais en riant à la vicomtesse quand Eugène les
eut quittés [e]. Il va faire sauter la banque. Il est souple
comme une anguille, et je crois qu'il ira loin. Vous seule
avez pu lui trier sur le volet une femme au moment où il
faut la consoler [f].

---

1. Pour la première fois, Balzac prête à Nucingen son célèbre
accent tudesque. A ce propos, on a souvent rapproché ce personnage
du baron James de Rothschild qui, effectivement, prononçait de façon
semblable (voir les *Mémoires anecdotiques* du marquis de Bonneval).
Mais d'autres banquiers originaires de l'Est offraient le même trait,
en particulier le baron Humann, qui venait de Strasbourg, comme
Nucingen, et qui, ministre des Finances dès 1832, avait suscité, par sa
façon de parler, les sarcasmes des journaux. Voir l'étude de M. Jean-
Hervé Donnard *Qui est Nucingen ?* (*L'Année balzacienne*, 1960).

— Mais, dit madame de Beauséant, il faut savoir si elle aime encore celui qui l'abandonne.

L'étudiant revint à pied du Théâtre-Italien à la rue Neuve-Sainte-Geneviève, en faisant les plus doux projets. Il avait bien remarqué l'attention avec laquelle madame de Restaud l'avait examiné, soit dans la loge de la vicomtesse, soit dans celle de madame de Nucingen, et il présuma que la porte de la comtesse ne lui serait plus fermée. Ainsi déjà quatre relations majeures, car il comptait bien plaire à la maréchale ᵃ, allaient lui être acquises au cœur de la haute société parisienne. Sans trop s'expliquer les moyens, il devinait par avance que, dans le jeu compliqué des intérêts de ce monde, il devait s'accrocher à un rouage pour se trouver en haut de la machine, et il se sentait la force d'en enrayer la roue ᵇ. « Si madame de Nucingen s'intéresse à moi, je lui apprendrai à gouverner son mari. Ce mari fait des affaires d'or, il pourra m'aider à ramasser tout d'un coup une fortune. » Il ne se disait pas cela crûment, il n'était pas encore assez politique pour chiffrer une situation, l'apprécier et la calculer; ces idées flottaient ᶜ à l'horizon sous la forme de légers nuages, et, quoiqu'elles n'eussent pas l'âpreté de celles de Vautrin, si elles avaient été soumises ᵈ au creuset ᵉ de la conscience, elles n'auraient rien donné de bien pur. Les hommes arrivent, par une suite de transactions de ce genre, à cette morale relâchée que professe l'époque actuelle, où se rencontrent plus rarement que dans aucun temps ces hommes rectangulaires ᶠ, ces belles volontés qui ne se plient jamais au mal, à qui la moindre déviation de la ligne droite semble être un crime: magnifiques images de la probité ᵍ qui nous ont valu deux chefs-d'œuvre, Alceste de Molière, puis récemment Jenny Deans et son père [1], dans l'œuvre

---

1. Jenny Deans et son père, le cultivateur David Deans, personnages de *La Prison d'Édimbourg,* appliquent avec beaucoup de rigueur les principes de la secte puritaine, à laquelle ils appartiennent. Balzac cite souvent ce roman et ces personnages (voir *L'Auberge rouge,* Pl. IX, 998 ; *Le Curé de Village,* Pl. VIII, 690 ; *La Vieille Fille,* éd. citée, p. 208).

de Walter Scott. Peut-être l'œuvre opposée, la peinture [a]
des sinuosités dans lesquelles un homme du monde, un
ambitieux fait rouler sa conscience [b], en essayant de cô-
toyer le mal, afin d'arriver à son but en gardant les apparences, ne serait-elle ni moins belle, ni moins dramatique [1].
En atteignant au seuil de [c] sa pension, Rastignac s'était
épris de madame de Nucingen, elle lui avait paru svelte,
fine comme une hirondelle. L'enivrante douceur de ses
yeux, le tissu délicat et soyeux de sa peau sous laquelle
il avait cru voir couler le sang, le son enchanteur de sa
voix, ses blonds cheveux, il se rappelait tout ; et peut-être
la marche, en mettant son sang en mouvement, aidait-
elle à cette fascination. L'étudiant frappa rudement à la
porte du père Goriot.

— Mon voisin, dit-il, j'ai vu madame Delphine [d].

— Où ?

— Aux Italiens.

— S'amusait-elle bien [e] ? Entrez donc. Et le bonhomme,
qui s'était levé en chemise, ouvrit sa porte et se recoucha
promptement.

— Parlez-moi donc d'elle, demanda-t-il.

Eugène, qui se trouvait pour la première fois chez le
père Goriot [2], ne fut pas maître d'un mouvement de stupé-
faction en voyant le bouge où vivait le père, après avoir
admiré la toilette de la fille [f]. La fenêtre était sans rideaux ;
le papier de tenture collé sur les murailles s'en détachait
en plusieurs endroits par l'effet de l'humidité, et se recro-
quevillait en laissant apercevoir le plâtre jauni par la fumée.
Le bonhomme gisait sur un mauvais lit, n'avait qu'une
maigre couverture et un couvre-pied ouaté fait avec
les bons morceaux des vieilles robes de madame Vauquer.
Le carreau était humide et plein de poussière. En face
de la croisée se voyait une de ces vieilles commodes en

---

1. Balzac développera ce schéma romanesque dans les romans où il
raconte la suite des aventures de Rastignac.

2. Il avait déjà regardé par le trou de la serrure (voir p. 46). Mais
le spectacle donné alors par le père Goriot offrait assez d'intérêt
pour accaparer son attention.

bois de rose à ventre renflé, qui ont des mains en cuivre tordu en façon de sarments [a] décorés de feuilles ou de fleurs [1]; un vieux meuble à tablette de bois sur lequel était un pot à eau dans sa cuvette et tous les ustensiles nécessaires pour se faire la barbe. Dans un coin, les souliers; à la tête du lit, une table de nuit sans porte ni marbre; au coin de la cheminée, où il n'y avait pas trace de feu, se trouvait la table carrée, en bois de noyer, dont la barre [b] avait servi au père Goriot à dénaturer son écuelle en vermeil. Un méchant secrétaire sur lequel était le chapeau du bonhomme [c], un fauteuil foncé de paille et deux chaises complétaient ce mobilier misérable. La flèche du lit, attachée au plancher par une loque, soutenait une mauvaise bande d'étoffes à carreaux rouges et blancs. Le plus pauvre [d] commissionnaire était certes moins mal meublé dans son grenier, que ne l'était le père Goriot chez madame Vauquer. L'aspect de cette chambre donnait froid et serrait le cœur, elle ressemblait au plus triste logement d'une prison. Heureusement Goriot ne vit pas l'expression qui se peignit sur la physionomie d'Eugène quand celui-ci posa sa chandelle sur la table de nuit. Le bonhomme se tourna de son côté en restant couvert jusqu'au menton.

— Eh bien! qui aimez-vous mieux de madame de Restaud ou de madame de Nucingen ?

— Je préfère madame Delphine, répondit l'étudiant, parce qu'elle vous aime mieux.

A cette parole chaudement dite, le bonhomme sortit son bras du lit et serra la main d'Eugène.

— Merci, merci, répondit le vieillard ému. Que vous a-t-elle donc dit de moi ?

L'étudiant répéta les paroles de la baronne en les embellissant [e], et le vieillard l'écouta comme s'il eût entendu la parole de Dieu.

— Chère enfant! oui, oui, elle m'aime bien. Mais ne la croyez pas dans ce qu'elle vous a dit d'Anastasie [f]. Les

---

1. Cette vieille commode serait tenue aujourd'hui pour un meuble de prix. Mais les contemporains de Balzac ne s'intéressaient pas au style Louis XV...

deux sœurs se jalousent, voyez-vous ? c'est encore une
preuve de leur tendresse[a]. Madame de Restaud m'aime
bien aussi. Je le sais. Un père est avec ses enfants comme
Dieu est avec nous, il va jusqu'au fond des cœurs, et juge
les intentions. Elles sont toutes deux aussi aimantes. Oh !
si j'avais eu de bons gendres, j'aurais été trop heureux. Il
n'est sans doute pas de bonheur complet ici-bas. Si j'avais
vécu chez elles ; mais rien que d'entendre leurs voix, de
les savoir là, de les voir aller, sortir, comme quand [b] je les
avais chez moi, ça m'eût fait cabrioler le cœur [c]. Étaient-
elles bien mises ?

— Oui, dit Eugène. Mais, monsieur Goriot, comment, en ayant des filles aussi richement établies que
sont les vôtres [d], pouvez-vous demeurer dans un taudis
pareil ?

— Ma foi, dit-il d'un air en apparence insouciant, à
quoi cela me servirait-il d'être mieux ? Je ne puis guère
vous expliquer ces choses-là ; je ne sais pas dire deux paroles
de suite comme il faut. Tout est là, ajouta-t-il en se frappant le cœur. Ma vie, à moi, est dans mes deux filles.
Si elles s'amusent, si elles sont heureuses, bravement [1]
mises, si elles marchent [e] sur des tapis, qu'importe de quel
drap je sois [f] vêtu, et comment est l'endroit où je me couche ? Je n'ai point froid si elles ont chaud, je ne m'ennuie
jamais si elles rient. Je n'ai de chagrins que les leurs.
Quand [g] vous serez père, quand vous vous direz, en oyant[2][h]
gazouiller vos enfants : « C'est sorti de moi ! », que vous sentirez ces petites créatures tenir [i] à chaque goutte de votre
sang, dont elles ont été la fine fleur, car c'est ça ! vous

---

1. *Bravement* signifie *avec élégance*. Cet emploi du mot est archaïque.
« Ta seule passion est d'être *brave* et leste », dit Arnolphe à Agnès
(*L'École des Femmes*, V, 4, 1770). M. Josse dit de même, dans *L'Amour
médecin* (I, 1) : « Pour moi, je tiens que la *braverie* et l'ajustement est
la chose qui réjouit le plus les filles. »
2. Cette forme peu usitée d'un verbe rare étonne. Balzac avait
écrit : « voyant gazouiller ». En revisant son texte pour l'édition
Furne, il dut juger que les deux mots allaient mal ensemble. Au prix
de la suppression d'une simple consonne, il se corrigea. Mais le résultat obtenu n'est pas très heureux.

vous croirez attaché à leur peau, vous croirez être agité
vous-même par leur marche. Leur voix me répond partout. Un regard d'elles, quand il est triste, me fige le sang.
Un jour vous saurez [a] que l'on est bien plus heureux de
leur bonheur que du sien propre. Je ne peux pas vous
expliquer ça: c'est des mouvements intérieurs qui répan-
dent l'aise partout. Enfin, je vis trois fois [b]. Voulez-vous
que je vous dise une drôle de chose ? Eh bien! quand
j'ai été père, j'ai compris Dieu. Il est tout entier [c] partout,
puisque la création est sortie de lui. Monsieur, je suis
ainsi avec mes filles [d]. Seulement j'aime mieux mes filles
que Dieu n'aime le monde, parce que le monde n'est
pas si beau que Dieu, et que mes filles sont plus belles
que moi. Elles me tiennent si bien à l'âme, que j'avais [e]
idée que vous les verriez ce soir. Mon Dieu! un homme
qui rendrait ma petite Delphine aussi heureuse qu'une
femme l'est quand elle est bien aimée [f]; mais je lui cirerais
ses bottes, je lui ferais ses commissions. J'ai su par sa
femme de chambre que ce petit Monsieur de Marsay est
un mauvais chien. Il m'a pris des envies de lui tordre le
cou. Ne pas aimer [g] un bijou de femme, une voix de rossi-
gnol, et faite comme un modèle! Où a-t-elle eu les yeux
d'épouser cette grosse souche d'Alsacien ? Il leur fallait à
toutes deux de jolis jeunes gens bien aimables. Enfin,
elles ont fait à leur fantaisie.

Le père Goriot était sublime. Jamais Eugène ne l'avait
pu voir illuminé par les feux de sa passion paternelle. Une
chose digne de remarque est la puissance d'infusion que
possèdent les sentiments. Quelque grossière que soit une
créature, dès qu'elle exprime une affection forte et vraie,
elle exhale [h] un fluide particulier qui modifie la physionomie, anime le geste, colore la voix. Souvent [i] l'être le plus
stupide arrive, sous l'effort de la passion [j], à la plus haute
éloquence dans l'idée, si ce n'est dans le langage, et semble
se mouvoir dans une sphère lumineuse [k]. Il y avait en
ce moment dans la voix, dans le geste de ce [l] bonhomme,
la puissance communicative qui signale le grand acteur.
Mais nos beaux sentiments ne sont-ils pas les poésies
de la volonté ?

— Eh bien! vous ne serez peut-être pas fâché d'apprendre, lui dit Eugène, qu'elle va rompre sans doute avec ce [a] de Marsay. Ce beau-fils [1] l'a quittée [b] pour s'attacher à la princesse Galathionne. Quant à moi, ce soir, je suis tombé amoureux de madame Delphine.

— Bah! dit le père Goriot.

— Oui. Je ne lui ai pas déplu. Nous avons parlé amour pendant une heure, et je dois aller la voir après-demain samedi.

— Oh! que je vous aimerais, mon cher monsieur, si vous lui plaisiez. Vous êtes bon, vous ne la tourmenteriez point. Si vous la trahissiez, je vous couperais le cou, d'abord. Une femme n'a pas deux amours, voyez-vous? Mon Dieu! mais je dis des bêtises, monsieur Eugène. Il fait froid ici pour vous. Mon Dieu! vous l'avez donc entendue, que vous a-t-elle dit pour moi?

— Rien, se dit en lui-même Eugène. Elle m'a dit, répondit-il à haute voix, qu'elle vous envoyait un bon baiser de fille.

— Adieu, mon voisin, dormez bien, faites de beaux rêves; les miens sont tout faits avec ce mot-là [c]. Que Dieu vous protège dans tous vos désirs! Vous avez été pour moi ce soir comme un bon ange; vous me rapportez l'air de ma fille.

— Le pauvre homme, se dit Eugène en se couchant, il y a de quoi toucher des cœurs de marbre. Sa fille n'a pas plus pensé à lui qu'au Grand-Turc.

Depuis cette conversation, le père Goriot vit dans son voisin un confident inespéré, un ami. Il s'était établi entre eux les seuls rapports par lesquels ce vieillard pouvait s'attacher [d] à un autre homme. Les passions ne font jamais de faux calcul. Le père Goriot se voyait un peu plus près de sa fille Delphine, il s'en voyait mieux reçu, si Eugène devenait cher à la baronne. D'ailleurs il lui avait confié l'une de ses douleurs. Madame de Nucingen, à laquelle

---

1. *Beau-fils*, comme dandy, lion ou fashionable, désigne un type d'homme à la mode, d'élégant. « *Faire le beau-fils*. Affecter du soin, de la recherche dans son ton, ses manières, ses vêtements » (*Acad.* 1835).

mille fois par jour il souhaitait le bonheur, n'avait pas connu les douceurs de l'amour[a]. Certes, Eugène était, pour se servir de son expression, un des jeunes gens les plus gentils qu'il eût jamais vus, et il semblait pressentir qu'il lui donnerait tous les plaisirs dont elle avait été privée[b]. Le bonhomme se prit donc pour son voisin d'une amitié qui alla croissant, et sans laquelle il eût été sans doute impossible de connaître le dénoûment de cette histoire[c].

Le lendemain matin, au déjeuner, l'affectation avec laquelle le père Goriot regardait Eugène, près duquel il se plaça, les quelques paroles qu'il lui dit, et le changement de sa physionomie, ordinairement semblable à un masque de plâtre[d], surprirent les pensionnaires. Vautrin, qui revoyait l'étudiant pour la première fois depuis leur conférence, semblait vouloir lire dans son âme. En se souvenant du projet de cet homme, Eugène, qui, avant de s'endormir, avait, pendant la nuit, mesuré le vaste champ qui s'ouvrait à ses regards, pensa nécessairement à la dot de mademoiselle Taillefer, et ne put s'empêcher de regarder Victorine comme le plus vertueux jeune homme regarde une riche[e] héritière. Par hasard, leurs yeux se rencontrèrent. La pauvre fille ne manqua pas de trouver Eugène charmant[f] dans sa nouvelle tenue. Le[g] coup d'œil qu'ils échangèrent fut assez significatif pour que Rastignac ne doutât pas d'être pour elle l'objet de ces confus désirs qui atteignent toutes les jeunes filles[h] et qu'elles rattachent au premier être séduisant[i]. Une voix lui criait: « Huit cent mille francs! » Mais tout à coup il se rejeta dans ses souvenirs de la veille, et pensa que sa passion de commande pour madame de Nucingen était l'antidote de ses mauvaises pensées involontaires.

— L'on donnait hier aux Italiens *Le Barbier de Séville* de Rossini[1]. Je n'avais jamais entendu de si délicieuse musique, dit-il. Mon Dieu! est-on heureux d'avoir une loge aux Italiens.

---

1. *Le Barbier de Séville* a été créé en France, aux Italiens, le 26 octobre 1819 et fut joué une vingtaine de fois au cours de la saison.

Le père Goriot saisit cette parole au vol comme un chien saisit un mouvement de son maître [a].

— Vous êtes comme des coqs-en-pâte [b], dit madame Vauquer, vous autres hommes, vous faites tout ce qui vous plaît.

— Comment êtes-vous revenu ? demanda Vautrin.

— A pied, répondit Eugène.

— Moi, reprit le tentateur, je n'aimerais pas de demi-plaisirs; je voudrais aller là dans ma voiture, dans ma loge, et revenir bien commodément. Tout ou rien ! voilà ma devise.

— Et qui est bonne, reprit madame Vauquer.

— Vous irez peut-être voir madame de Nucingen, dit Eugène à vois basse à Goriot. Elle vous recevra certes à bras ouverts; elle voudra savoir de vous mille petits détails sur moi. J'ai appris [c] qu'elle ferait tout au monde pour être reçue chez ma cousine, madame la vicomtesse de Beau-séant. N'oubliez pas de lui dire que je l'aime trop pour ne pas penser à [d] lui procurer cette satisfaction.

Rastignac s'en alla promptement à l'École de Droit, il voulait rester le moins de temps possible dans cette odieuse maison. Il flâna pendant presque toute la journée, en proie à cette fièvre de tête qu'ont connue les jeunes gens affec-tés de trop vives espérances. Les raisonnements de Vautrin le faisaient réfléchir à la vie sociale, au moment où [e] il rencontra son ami Bianchon [f] dans le jardin du Luxem-bourg [g].

— Où as-tu pris cet air grave ? lui dit l'étudiant en médecine en lui prenant le bras pour se promener devant le palais [h].

— Je suis tourmenté par de mauvaises idées.

— En quel genre ? Ça se guérit, les idées.

— Comment ?

— En y succombant.

— Tu ris sans savoir ce dont il s'agit. As-tu lu Rous-seau ?

— Oui.

— Te souviens-tu de ce passage où il demande à son lecteur ce qu'il ferait au cas où il pourrait s'enrichir en [i] tuant à la Chine [a] par sa seule volonté un vieux mandarin [b], sans bouger de Paris [1].

— Oui.

— Eh bien ?

— Bah ! J'en suis à mon trente-troisième mandarin [c].

— Ne plaisante pas [d]. Allons, s'il t'était prouvé que la chose est possible et qu'il te suffît [e] d'un signe de tête, le ferais-tu ?

— Est-il bien vieux, le mandarin ? Mais, bah ! jeune ou vieux, paralytique ou bien portant, ma foi... Diantre ! Eh bien, non.

— Tu es un brave garçon, Bianchon. Mais si tu aimais une femme à te mettre pour elle l'âme à l'envers, et qu'il lui fallût de l'argent, beaucoup d'argent pour sa toilette, pour sa voiture, pour toutes ses fantaisies enfin ?

— Mais tu m'ôtes la raison, et tu veux que je raisonne.

— Eh bien ! Bianchon, je suis fou, guéris-moi. J'ai deux sœurs qui sont des anges de beauté, de candeur, et je veux qu'elles soient heureuses. Où prendre deux cent

---

1. Il ne semble pas que ce raisonnement à propos du mandarin se trouve chez Rousseau, bien qu'on le lui ait souvent attribué après Balzac. M. Paul Ronaï, dans un article intitulé : « *Tuer le Mandarin* » (*Revue de Littérature comparée*, juillet-septembre 1930), le signale dans *Le Génie du Christianisme*, I, VI, 2 : « O conscience ! ne serais-tu qu'un fantôme de l'imagination, ou la peur des châtiments des hommes ? je m'interroge, je me fais cette question : « Si tu pouvais, par un seul désir, tuer un homme à la Chine, et hériter de sa fortune en Europe, avec la conviction surnaturelle qu'on n'en saurait jamais rien, consentirais-tu à former ce désir ? » J'ai beau m'exagérer mon indigence ; j'ai beau vouloir atténuer cet homicide, en supposant que, par mon souhait, le Chinois meurt tout à coup sans douleur, qu'il n'a point d'héritier, que même à sa mort ses biens seront perdus pour l'État ; j'ai beau me figurer cet étranger comme accablé de maladies et de chagrin ; j'ai beau me dire que la mort est un bien pour lui, qu'il l'appelle lui-même, qu'il n'a plus qu'un seul instant à vivre : malgré mes vains subterfuges, j'entends au fond de mon cœur une voix qui crie si fortement contre la seule pensée d'une telle supposition que je ne puis douter un instant de la réalité de la conscience. »
Balzac a déjà abordé le thème dans *Argow le Pirate* (chap. XII) en prenant comme exemple, non un Chinois, mais un homme « de la Nouvelle-Hollande ».

mille francs pour leur dot d'ici à cinq ans ? Il est, vois-tu,
des circonstances dans la vie où il faut jouer gros jeu et
ne pas user son bonheur à gagner des sous[a].

— Mais tu poses la question qui se trouve à l'entrée
de la vie pour tout le monde, et tu veux couper le nœud
gordien avec l'épée. Pour agir ainsi, mon cher, il faut être
Alexandre, sinon l'on va[b] au bagne. Moi, je suis heureux
de la petite existence que je me créerai en province, où
je succéderai tout bêtement à mon père[1]. Les affections de
l'homme se satisfont dans le plus petit cercle aussi pleinement que dans une immense circonférence. Napoléon ne
dînait pas deux fois, et ne pouvait pas avoir plus de maîtresses qu'en prend un étudiant en médecine quand il est
interne aux Capucins[c]. Notre bonheur, mon cher, tiendra
toujours entre la plante de nos pieds et notre occiput; et,
qu'il coûte un million par an ou cent louis, la perception
intrinsèque en est[d] la même au dedans de nous. Je conclus
à la vie du Chinois.

— Merci, tu m'as fait du bien, Bianchon! nous serons
toujours amis.

— Dis donc, reprit l'étudiant en médecine, en sortant
du cours de Cuvier[2] au Jardin-des-Plantes, je viens d'apercevoir la Michonneau et le Poiret causant sur un banc
avec un monsieur que j'ai vu dans les troubles de l'année
dernière aux environs de la Chambre des Députés[3], et qui
m'a fait l'effet d'être un homme de la police déguisé en
honnête bourgeois vivant de ses rentes. Étudions ce couple-là: je te dirai pourquoi. Adieu[e], je vais répondre à mon
appel de quatre heures.

———————

1. George Sand combattait chez Émile Regnault une intention
semblable : « Vous ne nous quitterez plus, n'est-ce pas, c'est décidé.
Plus de mariage à Sancerre, plus de médecine en province » (lettre
publiée par M. Jean Gaulmier dans *George Sand, Balzac et Émile Regnault, Bulletin de la Faculté des Lettres de Strasbourg*, mai-juin 1954).
2. Cuvier avait été nommé professeur au Museum en 1802.
3. Paris avait été en effervescence, au mois d'octobre 1818, à l'occasion du renouvellement, pour un cinquième, de la Chambre des
Députés. Ces élections furent un succès pour l'opposition libérale
et la constitution du ministère Decazes s'ensuivit.

Quand Eugène revint à la pension, il trouva le père Goriot qui l'attendait.

— Tenez, dit le bonhomme, voilà une lettre d'elle. Hein, la jolie écriture!

Eugène décacheta la lettre et lut [a].

« Monsieur, mon père m'a dit que vous aimiez la musique italienne. Je serais heureuse si vous vouliez me faire le plaisir d'accepter une place dans ma loge. Nous aurons samedi la Fodor et Pellegrini [1][b], je suis sûre alors que vous ne me refuserez pas. Monsieur de Nucingen se joint à moi pour vous prier de venir dîner avec nous sans cérémonie. Si vous acceptez, vous le rendrez bien content de n'avoir pas [c] à s'acquitter de sa corvée conjugale en m'accompagnant. Ne me répondez pas, venez, et agréez mes compliments [d].

« D. DE N. [e] »

— Montrez-la-moi, dit le bonhomme à Eugène quand il eut lu la lettre. Vous irez, n'est-ce pas ? ajouta-t-il après avoir flairé le papier. Cela sent-il bon! Ses doigts ont touché [f] ça, pourtant [g]!

— Une femme ne se jette pas ainsi à la tête d'un homme, se disait l'étudiant. Elle veut se servir de moi pour ramener de Marsay. Il n'y a que le dépit qui fasse faire de ces choses-là.

— Eh bien! dit le père Goriot, à quoi pensez-vous donc ?

Eugène ne connaissait pas le délire de vanité dont certaines femmes étaient saisies en ce moment, et ne savait pas que, pour s'ouvrir une porte dans le faubourg Saint-Germain, la femme d'un banquier était capable de tous

---

1. Ces deux artistes lyriques étaient fort réputés sous la Restauration. Maurice Alhoy, dans son *Dictionnaire du Théâtre* (1826), célèbre « la voix éclatante, pure et légère de Mme Mainvielle-Fodor », une cantatrice d'origine italienne. Pellegrini, basse chantante, lui aussi Italien, joignait les talents du comédien à ceux du chanteur ; il était, paraît-il, inimitable dans *Le Barbier* (*Grande biographie dramatique*, 1824). Le manuscrit nommait encore Garcia, père de la Malibran.

les sacrifices. A cette époque, la mode commençait à
mettre au-dessus de toutes les femmes celles qui étaient
admises dans la société du faubourg Saint-Germain, dites
les dames du Petit-Château [1], parmi lesquelles madame de
Beauséant, son amie la duchesse de Langeais et la duchesse
de Maufrigneuse [a] tenaient le premier rang. Rastignac
seul ignorait la fureur dont étaient saisies les femmes
de la Chaussée-d'Antin pour entrer dans le cercle supérieur où brillaient les constellations de leur sexe [b]. Mais sa
défiance le servit bien, elle lui donna de la froideur, et le
triste pouvoir de poser des conditions au lieu d'en recevoir.

— Oui, j'irai, répondit-il.

Ainsi la curiosité le menait chez madame de Nucingen,
tandis que, si cette femme [c] l'eût dédaigné, peut-être y
aurait-il été conduit par la passion. Néanmoins il n'attendit pas le lendemain et l'heure de partir sans une sorte
d'impatience. Pour un jeune .homme, il existe dans sa
première intrigue autant de charmes peut-être qu'il s'en
rencontre dans un premier amour. La certitude de réussir
engendre mille félicités que les hommes n'avouent pas,
et qui font tout le charme de certaines femmes. Le désir
ne naît pas moins de la difficulté que de la facilité des
triomphes. Toutes les passions des hommes sont bien certainement excitées ou entretenues par l'une ou l'autre de
ces deux causes, qui divisent l'empire amoureux [d]. Peut-
être cette division est-elle une conséquence de la grande
question des tempéraments, qui domine, quoi qu'on en
dise, la société. Si les mélancoliques ont besoin du to-
nique des coquetteries, peut-être les gens nerveux [e] ou sanguins décampent-ils si la résistance. dure trop. En d'autres
termes, l'élégie est aussi essentiellement lymphatique que
le dithyrambe est bilieux. En faisant sa toilette, Eugène
savoura tous ces petits bonheurs dont n'osent parler les
jeunes gens, de peur de se faire moquer d'eux, mais qui
chatouillent l'amour-propre [f]. Il arrangeait ses cheveux en
pensant que le regard d'une jolie femme se coulerait sous
leurs boucles noires. Il se permit [g] des singeries enfantines

1. Le Petit-Château désignait les familiers du Roi.

autant qu'en aurait fait une jeune fille en s'habillant pour
le bal. Il regarda complaisamment sa taille mince, en dé-
plissant son habit. — Il est certain, se dit-il, qu'on en peut
trouver de plus mal tournés [a]! Puis il descendit au moment
où tous les habitués de la pension étaient à table, et reçut
gaiement le hourra de sottises que sa tenue élégante excita.
Un trait des mœurs particulières aux pensions bourgeoises
est l'ébahissement qu'y cause une toilette soignée. Personne
n'y met un habit neuf sans que chacun dise son mot [b].

— Kt, kt, kt, kt, fit Bianchon en faisant claquer sa
langue contre son palais, comme pour exciter un cheval [c].

— Tournure de duc et pair! dit madame Vauquer [d].

— Monsieur va en conquête? fit observer mademoiselle Michonneau.

— Kocquériko! cria le peintre.

— Mes compliments à madame votre épouse, dit l'employé au Muséum.

— Monsieur a une épouse? demanda Poiret.

— Une épouse à compartiments, qui va sur l'eau,
garantie bon teint, dans les prix de vingt-cinq à quarante,
dessins à carreaux du dernier goût, susceptible de se la-
ver, d'un joli porter, moitié fil, moitié coton, moitié laine,
guérissant le mal de dents, et autres maladies approuvées
par l'Académie royale de Médecine! excellente d'ailleurs
pour les enfants! meilleure encore contre les maux de tête,
les plénitudes et autres maladies de l'œsophage, des yeux
et des oreilles [e], cria Vautrin [f] avec la volubilité comique et
l'accentuation d'un opérateur [g]. Mais combien cette merveille, me direz-vous, messieurs? deux sous [h]? Non. Rien
du tout. C'est un reste des [i] fournitures faites au grand-
Mogol, et que tous les souverains de l'Europe, y compris
le grrrrrand-duc de Bade, ont voulu voir! Entrez droit
devant vous! et passez au petit bureau [j]. Allez, la musique!
Brooum, là, là, trinn! là, là, boum, boum! Monsieur de
la clarinette, tu joues faux, reprit-il d'une voix enrouée,
je te donnerai sur les doigts.

— Mon Dieu! que cet homme-là est agréable, dit
madame Vauquer à madame Couture, je ne m'ennuierais
jamais avec lui [k].

Au milieu des rires et des plaisanteries dont ce discours comiquement débité fut le signal, Eugène put saisir le regard furtif de mademoiselle Taillefer qui se pencha sur madame Couture, à l'oreille de laquelle elle dit quelques mots.

— Voilà le cabriolet, dit Sylvie.

— Où dîne-t-il donc ? demanda Bianchon.

— Chez madame la baronne de Nucingen.

— La fille de monsieur Goriot, répondit l'étudiant.

A ce nom, les regards se portèrent sur l'ancien vermicellier, qui contemplait Eugène avec une sorte d'envie [a].

Rastignac arriva rue Saint-Lazare, dans une de ces maisons légères, à colonnes minces, à portiques mesquins, qui constituent le *joli* à Paris, une véritable maison de banquier, pleine de recherches coûteuses, de stucs, de paliers d'escalier en mosaïque de marbre. Il trouva madame de Nucingen dans un petit salon à peintures italiennes, dont le décor ressemblait à celui des cafés. La baronne était triste. Les efforts qu'elle fit pour cacher son chagrin intéressèrent d'autant plus vivement Eugène qu'il n'y avait rien de joué. Il croyait rendre une femme joyeuse [b] par sa présence, et la trouvait au désespoir. Ce [c] désappointement piqua son amour-propre.

— J'ai bien peu de droits à votre confiance, madame, dit-il après l'avoir lutinée [d] sur sa préoccupation ; mais si je vous gênais, je compte sur votre bonne foi, vous me le diriez franchement.

— Restez, dit-elle [e], je serais seule si vous vous en alliez. Nucingen dîne en ville, et je ne voudrais pas être seule, j'ai besoin de distraction.

— Mais qu'avez-vous ?

— Vous seriez la dernière personne à qui je le dirais, s'écria-t-elle.

— Je veux le savoir, je dois alors être pour quelque chose dans ce secret.

— Peut-être ! Mais non, reprit-elle [f], c'est [g] des querelles de ménage qui doivent être ensevelies au fond du cœur. Ne vous le disais-je pas [h] avant-hier ? je ne suis point heureuse. Les chaînes d'or sont les plus pesantes.

Quand une femme dit à un jeune homme qu'elle est malheureuse, si ce jeune homme est spirituel, bien mis, s'il a quinze cents francs d'oisiveté dans sa poche, il doit penser ce que se disait Eugène, et devient fat [a].

— Que pouvez-vous désirer ? répondit-il. Vous êtes belle, jeune, aimée, riche.

— Ne parlons pas de moi, dit-elle en faisant un sinistre mouvement de tête [b]. Nous dînerons ensemble, tête à tête, nous irons entendre la plus délicieuse musique. Suis-je à votre goût ? reprit-elle en se levant et montrant sa robe en cachemire blanc à dessins perses de la plus riche élégance.

— Je voudrais que vous fussiez toute à moi, dit Eugène. Vous êtes charmante [c].

— Vous auriez une triste propriété, dit-elle en souriant avec amertume. Rien ici ne vous annonce le malheur, et cependant, malgré ces apparences, je suis au désespoir. Mes chagrins m'ôtent le sommeil, je deviendrai laide.

— Oh ! cela est impossible [d], dit l'étudiant. Mais je suis curieux de connaître ces peines qu'un amour dévoué n'effacerait pas [e] ?

— Ah ! si je vous les confiais, vous me fuiriez, dit-elle. Vous ne m'aimez encore que par une galanterie qui est de costume [f] chez les hommes [g] ; mais si vous m'aimiez bien, vous tomberiez dans un désespoir affreux. Vous voyez que je dois me taire. De grâce, reprit-elle, parlons d'autre chose. Venez voir mes appartements.

— Non, restons ici, répondit Eugène en s'asseyant sur une causeuse devant le feu près de madame de Nucingen, dont il prit la main avec assurance.

Elle la laissa prendre et l'appuya même sur celle du jeune homme par un de ces mouvements de force concentrée qui trahissent de fortes émotions.

— Écoutez, lui dit Rastignac ; si vous avez des chagrins, vous devez me les confier [h]. Je peux vous prouver que je vous aime pour vous. Ou vous parlerez et me direz vos peines afin que je puisse les dissiper, fallût-il tuer six hommes, ou je sortirai pour ne plus revenir [i].

— Eh bien ! s'écria-t-elle saisie par une pensée de désespoir qui la fit se frapper le front, je vais vous mettre à

l'instant même à l'épreuve. Oui, se dit-elle, il n'est plus
que ce moyen. Elle sonna.

— La voiture de monsieur est-elle attelée ? dit-elle à
son valet de chambre.

— Oui, madame.

— Je la prends. Vous lui donnerez la mienne et mes
chevaux [a]. Vous ne servirez le dîner qu'à sept heures.

— Allons, venez, dit-elle à Eugène, qui crut rêver en
se trouvant [b] dans le coupé de monsieur de Nucingen, à
côté de cette [c] femme.

— Au Palais-Royal, dit-elle au cocher, près du Théâtre-
Français.

En route, elle parut agitée, et refusa de répondre aux
mille interrogations d'Eugène, qui ne savait que penser
de cette résistance muette, compacte, obtuse.

— En un moment elle m'échappe, se disait-il.

Quand la voiture s'arrêta, la baronne regarda l'étudiant
d'un air qui imposa silence à ses folles paroles; car il
s'était emporté [d].

— Vous m'aimez bien ? dit-elle.

— Oui, répondit-il en cachant l'inquiétude qui le saisissait [e].

— Vous ne penserez rien de mal sur moi, quoi que je
puisse [f] vous demander ?

— Non.

— Etes-vous disposé à m'obéir ?

— Aveuglément [g].

— Etes-vous allé quelquefois [h] au jeu ? dit-elle d'une
voix tremblante.

— Jamais.

— Ah! je respire. Vous aurez du bonheur. Voici ma
bourse, dit-elle. Prenez donc! il y a cent francs, c'est tout
ce que possède cette femme si heureuse. Montez dans une
maison de jeu, je ne sais où elles sont, mais je sais qu'il
y en a au Palais-Royal. Risquez les cent francs à un jeu [i]
qu'on nomme la roulette, et perdez tout [j], ou rapportez-
moi six mille francs. Je vous dirai mes chagrins à votre
retour [k].

— Je veux bien que le diable m'emporte si je comprends quelque chose à ce que je vais faire, mais je vais vous obéir, dit-il avec une joie causée par cette pensée : « Elle se compromet avec moi, elle n'aura rien à me refuser [a] ».

Eugène prend la jolie bourse, court au numéro NEUF [1][b], après s'être fait indiquer par un marchand d'habits la plus prochaine maison de jeu. Il y [c] monte, se laisse prendre son chapeau [2] ; mais il [d] entre et demande où est [e] la roulette. A l'étonnement des habitués, le garçon de salle le mène devant une longue table. Eugène, suivi de tous les spectateurs, demande sans vergogne où il faut mettre l'enjeu.

— Si vous placez un louis sur un seul de ces trente-six numéros, et qu'il sorte, vous aurez trente-six louis, lui dit un vieillard respectable à cheveux blancs [f].

Eugène jette [g] les cent francs sur le chiffre de son âge, vingt et un. Un cri d'étonnement part sans qu'il ait eu le temps de se reconnaître. Il avait gagné sans le savoir.

— Retirez donc votre argent, lui dit le [h] vieux monsieur, l'on ne gagne pas deux fois dans ce système-là [i].

Eugène prend un râteau que lui tend le vieux monsieur [j], il tire à lui les trois mille six cents francs et, toujours sans rien savoir du jeu, les place sur la rouge [k]. La galerie le regarde avec envie, en voyant [l] qu'il continue à jouer. [m] La roue tourne, il gagne encore, et le banquier lui jette encore trois mille six cents francs.

— Vous avez sept mille deux cents francs à vous, lui dit à l'oreille le vieux monsieur. Si vous m'en croyez, vous vous en irez [n], la rouge a passé huit [o] fois [3]. Si vous êtes

---

1. Les chroniqueurs signalent cinq maisons de jeu établies au Palais-Royal, aux numéros 9, 36, 113, 129 et 154. Dans *La Peau de Chagrin*, Raphaël se rendait au 36. Ferragus allait au 129 (*Histoire des Treize*, éd. citée, p. 80). Un personnage de *Splendeurs et Misères des Courtisanes* ira au 113, particulièrement mal famé (éd. citée, p. 176). Au 9, la clientèle était un peu plus relevée.

2. « ... dans toutes les maisons, même à Frascati et au Cercle des Etrangers, il fallait en entrant remettre son chapeau ! » (Véron, *Mémoires d'un Bourgeois de Paris,* I, 28).

3. A la roulette, le 21, qui vient de sortir, est bien associé à la couleur rouge.

charitable, vous reconnaîtrez ce bon avis en soulageant la misère d'un ancien préfet de Napoléon qui se trouve dans le dernier besoin [a].

Rastignac étourdi se laisse prendre dix louis par l'homme à cheveux blancs [b], et descend avec les sept mille francs, ne comprenant encore rien au jeu, mais stupéfié de son bonheur [1].

— Ah çà ! où me mènerez-vous maintenant, dit-il en montrant les sept mille francs à madame de Nucingen quand la portière fut refermée.

Delphine le serra par une étreinte folle et l'embrassa vivement, mais sans passion [c]. « Vous m'avez sauvée ! » Des larmes de joie coulèrent en abondance sur ses joues. Je vais tout vous dire, mon ami. Vous serez mon ami, n'est-ce pas [d] ? Vous me voyez riche, opulente, rien ne me manque ou je parais ne manquer de rien [e] ! Eh bien ! sachez que monsieur de Nucingen ne me laisse pas disposer d'un sou : il paye toute la maison, mes voitures, mes loges ; il m'alloue pour ma toilette une somme insuffisante, il me réduit à une misère secrète par calcul [f]. Je suis trop fière pour l'implorer. Ne serais-je pas [g] la dernière des créatures si j'achetais son argent au prix où il veut me le vendre ! Comment, moi riche [h] de sept cent mille francs [2], me suis-je laissé dépouiller ? par fierté, par indignation. Nous sommes si jeunes, si naïves, quand nous commençons la vie conjugale [i] ! La parole par laquelle il fallait demander de l'argent à mon mari me déchirait la bouche ; je n'osais jamais, je mangeais l'argent de mes économies et celui que me donnait mon pauvre père ; puis [j] je me suis endettée. Le mariage est pour moi [k] la plus horrible des déceptions, je ne puis vous en parler : qu'il vous suffise de savoir que je me jetterais par la fenêtre s'il fallait vivre avec Nucingen autrement qu'en ayant chacun notre appartement séparé [l]. Quand il a fallu lui déclarer mes dettes de

---

1. Balzac paraît renseigné sur les maisons de jeu. Pourtant, il assurera à Mme Hanska, en 1836, qu'il vient d'en visiter une (Frascati) pour la première fois de sa vie (*Etr.* I, 305 et 334).

2. Voir plus haut, p. 89, n. 2.

jeune femme, des bijoux, des fantaisies (mon pauvre père
nous avait accoutumées à ne nous rien refuser), j'ai souffert le martyre; mais enfin j'ai trouvé le courage de les
dire. N'avais-je pas une fortune à moi ? Nucingen s'est
emporté [a], il m'a dit que je le ruinerais, des horreurs! J'aurais voulu être à cent pieds sous terre [b]. Comme il avait pris
ma dot, il a payé; mais en stipulant désormais pour mes
dépenses personnelles une pension à laquelle je me suis
résignée, afin d'avoir la paix. Depuis, j'ai voulu répondre
à l'amour-propre de quelqu'un que vous connaissez, dit-
elle. Si j'ai été trompée par lui, je serais mal venue à ne
pas rendre justice à la noblesse de son caractère. Mais
enfin il m'a quittée indignement! *On* ne devrait jamais
abandonner [c] une femme à laquelle on a jeté, dans un jour
de détresse, un tas d'or! *On* doit l'aimer toujours! Vous,
belle âme de vingt et un ans, vous jeune et pur, vous me
demanderez comment une femme peut accepter de l'or
d'un homme ? Mon Dieu! n'est-il pas naturel de tout
partager avec l'être auquel nous devons notre bonheur ?
Quand on s'est tout donné, qui pourrait s'inquiéter d'une
parcelle de ce tout ? L'argent ne devient quelque chose
qu'au moment où le sentiment n'est plus. N'est-on pas
lié pour la vie ? Qui de nous prévoit une séparation en se
croyant bien aimée ? Vous nous jurez un amour éternel,
comment avoir alors des intérêts distincts [d] ? Vous ne savez
pas ce que j'ai souffert aujourd'hui, lorsque Nucingen
m'a positivement refusé de me donner six mille francs,
lui qui les donne tous les mois à sa maîtresse, une fille
de l'Opéra [e]! Je voulais me tuer. Les idées les plus folles
me passaient par la tête. Il y a eu des moments où j'en-
viais le sort d'une servante, de ma femme de chambre [f].
Aller trouver mon père, folie [g]! Anastasie et moi nous
l'avons égorgé : mon pauvre père se [h] serait vendu s'il pouvait valoir six mille francs. J'aurais été le désespérer en
vain. Vous m'avez sauvée de la honte et de la mort, j'étais
ivre de douleur. Ah! monsieur [i], je vous devais cette explication: j'ai été bien déraisonnablement folle avec vous.
Quand vous m'avez quittée, et que je vous ai eu perdu de
vue, je voulais m'enfuir à pied... où ? je ne sais [j]. Voilà

la vie de la moitié des femmes de Paris: un luxe exté-
rieur, des soucis cruels dans l'âme. Je connais de pauvres
créatures encore plus malheureuses que je ne le suis. Il
y a pourtant des femmes obligées de faire faire de faux
mémoires par leurs fournisseurs. D'autres sont forcées de
voler leurs maris: les uns croient que des cachemires
de cent louis se donnent pour cinq cents francs, les autres
qu'un cachemire de cinq cents francs vaut cent louis. Il
se rencontre de pauvres femmes qui font jeûner leurs
enfants et grappillent pour avoir une robe. Moi, je suis
pure de ces odieuses tromperies. Voici ma dernière an-
goisse. Si quelques femmes se vendent à leurs maris pour
les gouverner [a], moi au moins je suis libre! Je pourrais me
faire couvrir d'or par Nucingen [b], et je préfère pleurer la
tête appuyée sur le cœur d'un homme que je puisse estimer. Ah! ce soir monsieur de Marsay n'aura pas le droit
de me regarder comme une femme qu'il a payée. Elle se
mit le visage dans ses mains, pour ne pas montrer ses
pleurs à Eugène, qui lui dégagea la figure pour la contempler [c], elle était sublime ainsi. — Mêler l'argent aux
sentiments, n'est-ce pas horrible? Vous ne pourrez pas
m'aimer [d], dit-elle.

Ce mélange de bons sentiments, qui rendent les femmes
si grandes, et des fautes que la constitution actuelle de la
société les force à commettre, bouleversait Eugène, qui
disait des paroles douces et consolantes en admirant cette
belle femme, si naïvement imprudente dans son cri de
douleur [e].

— Vous ne vous armerez pas de ceci contre moi, dit-
elle, promettez-le-moi.

— Ah! madame! j'en suis incapable, dit-il.

Elle lui prit la main et la mit sur son cœur par un mouvement plein de reconnaissance et de gentillesse. — Grâce
à vous me voilà redevenue libre et [f] joyeuse. Je vivais pressée par une main de fer. Je veux maintenant vivre simplement, ne rien dépenser. Vous me trouverez bien comme
je serai, mon ami, n'est-ce pas? Gardez ceci, dit-elle en
ne prenant que six billets de banque [g]. En conscience je

vous dois mille écus[a], car je me suis considérée comme
étant de moitié avec vous [1]. Eugène se défendit comme une
vierge. Mais la baronne lui ayant dit: — Je vous regarde
comme mon ennemi si vous n'êtes pas mon complice, il
prit l'argent[b]. — Ce sera une mise de fonds en cas de
malheur, dit-il.

— Voilà le mot que je redoutais, s'écria-t-elle en pâlissant. Si vous voulez que je sois quelque chose pour
vous, jurez-moi, dit-elle, de ne jamais retourner au jeu.
Mon Dieu! moi, vous corrompre! j'en mourrais de douleur[c].

Ils étaient arrivés. Le contraste de cette misère et de
cette opulence étourdissait l'étudiant, dans les oreilles
duquel les sinistres paroles de Vautrin vinrent retentir[d].

— Mettez-vous là, dit la baronne en entrant dans sa
chambre et montrant une causeuse auprès du feu, je vais
écrire une lettre bien difficile! Conseillez-moi[e].

— N'écrivez pas, lui dit Eugène, enveloppez les billets, mettez l'adresse, et envoyez-les par votre femme de
chambre.

— Mais vous êtes un amour d'homme, dit-elle. Ah!
voilà, monsieur, ce que c'est que d'avoir été bien élevé!
Ceci est du Beauséant tout pur[f], dit-elle en souriant.

— Elle est charmante, se dit Eugène qui s'éprenait de
plus en plus. Il regarda cette chambre où respirait la voluptueuse élégance d'une riche courtisane.

— Cela vous plaît-il? dit-elle en sonnant sa femme.
de chambre.

— Thérèse, portez cela vous-même à monsieur de
Marsay, et remettez-le à lui-même. Si vous ne le trouvez
pas, vous me rapporterez la lettre.

Thérèse ne partit pas sans avoir jeté un malicieux coup

---

1. Mme de Nucingen a demandé à Rastignac de lui rapporter
« six mille francs », parce qu'elle doit cette somme à de Marsay. Si
elle déclare lui devoir mille écus, soit trois mille francs, en se considérant comme « de moitié » avec lui, c'est qu'elle met hors du compte les
mille francs gagnés en sus.

d'œil sur Eugène. Le dîner était servi. Rastignac donna le bras à madame de Nucingen, qui le mena dans une salle à manger [a] délicieuse, où il retrouva le luxe de table qu'il avait admiré chez sa cousine.

— Les jours d'Italiens, dit-elle, vous viendrez dîner avec moi, et vous m'accompagnerez.

— Je m'accoutumerais à cette douce vie si elle devait durer; mais je suis un pauvre étudiant qui a sa [b] fortune à faire.

— Elle se fera, dit-elle en riant. Vous voyez, tout s'arrange : je ne m'attendais pas à être si heureuse.

Il est dans la nature des femmes de prouver l'impossible par le possible et de détruire les faits par des pressentiments [c]. Quand madame de Nucingen et Rastignac entrèrent dans leur loge aux Bouffons, elle eut un air de contentement qui la rendait si belle, que chacun se permit de ces petites calomnies contre lesquelles les femmes sont sans défense, et qui font souvent croire à des désordres inventés à plaisir. Quand on connaît Paris, on ne croit à rien de ce qui s'y dit, et l'on ne dit rien de ce qui s'y fait [d]. Eugène prit la main de la baronne, et tous deux se parlèrent par des pressions plus ou moins vives, en se communiquant [e] les sensations que leur donnait la musique. Pour eux, cette soirée fut enivrante [f]. Ils sortirent ensemble, et madame de Nucingen voulut reconduire Eugène jusqu'au Pont-Neuf [1], en lui disputant, pendant toute la route, un des baisers qu'elle lui avait si chaleureusement prodigués [g] au Palais-Royal. Eugène lui reprocha cette inconséquence.

— Tantôt, répondit-elle, c'était de la reconnaissance pour un dévouement inespéré; maintenant ce serait une promesse.

— Et vous ne voulez m'en faire aucune, ingrate [h]. Il se fâcha. En faisant un de ces gestes d'impatience qui ravis-

---

1. Les représentations des Italiens se déroulant alors salle Louvois, rue de Richelieu, Rastignac traverse normalement le Pont-Neuf pour regagner son logis du Quartier Latin.

sent un amant, elle ᵃ lui donna sa main à baiser, qu'il prit ᵇ avec une mauvaise grâce dont elle fut enchantée.

— A lundi ᶜ, au bal, dit-elle.

En s'en allant à pied, par un beau clair de lune, Eugène tomba dans ᵈ de sérieuses réflexions. Il était à la fois heureux et mécontent : heureux d'une aventure dont le dénouement probable lui donnait une des plus jolies et des plus élégantes femmes de Paris, objet de ses désirs; mécontent de voir ses projets de fortune renversés, et ce fut alors qu'il éprouva la réalité des pensées indécises auxquelles il s'était livré l'avant-veille. L'insuccès nous accuse ᵉ toujours la puissance de nos prétentions. Plus Eugène jouissait de la vie parisienne, moins il voulait demeurer obscur et pauvre. Il chiffonnait son billet de mille francs dans sa poche, en se faisant mille raisonnements captieux pour se l'approprier. Enfin il arriva rue Neuve-Sainte-Geneviève, et quand il fut en haut de l'escalier, il y vit de la lumière. Le père Goriot avait laissé sa porte ouverte et sa chandelle allumée, afin que l'étudiant n'oubliât pas de *lui raconter sa fille*, suivant son expression. Eugène ne lui cacha rien.

— Mais, s'écria le père Goriot dans un violent désespoir de jalousie, elles me croient ruiné : j'ai encore treize cents ᶠ livres de rente! Mon Dieu! la pauvre petite, que ne venait-elle ici! j'aurais vendu mes rentes, nous aurions pris sur le capital, et avec le reste ᵍ je me serais fait du viager. Pourquoi n'êtes-vous pas venu me confier son embarras ʰ, mon brave voisin ? Comment avez-vous eu le cœur ⁱ d' aller risquer au jeu ses pauvres petits cent francs ? c'est à fendre l'âme. Voilà ce que c'est que des gendres! Oh! si je les tenais, je leur serrerais le cou. Mon Dieu! pleurer, elle a pleuré ?

— La tête sur mon gilet, dit Eugène.

— Oh! donnez-le-moi, dit le père Goriot. Comment! il y a eu là des larmes de ma fille, de ma chère Delphine, qui ne pleurait jamais étant petite ʲ! Oh! je vous en achèterai un autre, ne le portez plus, laissez-le-moi. Elle doit, d'après son contrat, jouir de ses biens ᵏ. Ah! je vais ˡ aller trouver Derville, un avoué, dès demain. Je vais

faire exiger le placement de sa fortune. Je connais les
lois, je suis un vieux loup, je vais retrouver mes dents ª.

— Tenez, père, voici mille francs qu'elle a voulu me
donner sur notre gain. Gardez-les-lui, dans le gilet.

Goriot regarda Eugène, lui tendit la main pour prendre
la sienne, sur laquelle il laissa tomber une larme.

— Vous réussirez dans la vie, lui dit le vieillard. Dieu
est juste, voyez-vous ? Je me connais en probité, moi, et
puis vous assurer qu'il y a bien peu d'hommes qui vous
ressemblent. Vous voulez donc être aussi mon cher enfant ? Allez, dormez. Vous pouvez dormir, vous n'êtes pas
encore père. Elle a pleuré, j'apprends ça, moi, qui étais
là tranquillement à manger comme un imbécile pendant
qu'elle souffrait ; moi ᵇ, moi qui vendrais le Père, le Fils et
le Saint-Esprit pour leur éviter une larme à toutes deux ¹ ᶜ !

— Par ma foi ᵈ, se dit Eugène en se couchant, je crois
que je serai honnête homme toute ma vie. Il y a du plaisir à suivre les inspirations de sa conscience.

Il n'y a peut-être que ceux qui croient en Dieu qui
font le bien en secret, et Eugène croyait en Dieu ᵉ. Le
lendemain, à l'heure du bal, Rastignac alla chez madame
de Beauséant, qui l'emmena pour le présenter à la duchesse de Carigliano. Il reçut le plus gracieux accueil de
la maréchale, chez laquelle il retrouva madame de Nucingen. Delphine s'était parée avec l'intention de plaire à
tous pour mieux plaire à Eugène, de qui elle attendait
impatiemment un coup d'œil, en croyant cacher son
impatience. Pour qui sait deviner les émotions d'une
femme, ce moment est plein de délices. Qui ne s'est souvent plu à faire attendre son opinion, à déguiser coquettement son plaisir, à chercher des aveux dans l'inquiétude
que l'on cause, à jouir des craintes qu'on dissipera par un
sourire ? Pendant cette fête, l'étudiant mesura tout à coup
la portée ᶠ de sa position, et comprit qu'il avait un état
dans le monde en étant cousin avoué de madame de

---

1. On a déjà rencontré plus haut (p. 131) une hyperbole du même
genre à propos du colonel Franchessini, si dévoué à Vautrin qu'il
« remettrait Jésus-Christ en croix » pour lui.

Beauséant. La conquête de madame la baronne de Nucingen, qu'on lui donnait déjà, le mettait si bien en relief,
que tous les jeunes gens lui jetaient des regards d'envie;
en en surprenant quelques-uns, il goûta les premiers plaisirs de la fatuité. En passant d'un salon dans un autre, en
traversant les groupes, il entendit vanter [a] son bonheur.
Les femmes lui prédisaient toutes des succès. Delphine,
craignant de le perdre, lui promit de ne pas lui refuser
le soir le baiser qu'elle s'était tant défendu d'accorder [b]
l'avant-veille. A ce bal, Rastignac reçut plusieurs engage-
ments. Il fut présenté par sa cousine à quelques femmes
qui toutes avaient des prétentions à l'élégance, et dont les
maisons passaient pour être agréables; il se vit lancé dans
le plus grand et le plus beau monde de Paris. Cette soirée eut donc pour lui les charmes d'un brillant début, et
il devait s'en souvenir jusque dans ses vieux jours, comme
une jeune fille se souvient du bal où elle a eu des triomphes [c]. Le lendemain, quand, en déjeunant, il raconta
ses succès au père Goriot devant les pensionnaires, Vautrin se prit à sourire [d] d'une façon diabolique.

— Et vous croyez, s'écria ce féroce logicien [e], qu'un
jeune homme à la mode peut demeurer [f] rue Neuve-
Sainte-Geneviève, dans la Maison-Vauquer ? pension infi-
niment respectable sous tous les rapports, certainement,
mais qui n'est rien moins que fashionable. Elle est cossue,
elle est belle de son abondance, elle est fière d'être le
manoir momentané d'un Rastignac; mais, enfin, elle est
rue Neuve-Sainte-Geneviève, et ignore le luxe, parce
qu'elle est purement *patriarchalorama*. Mon jeune ami,
reprit Vautrin, d'un air paternellement railleur, si vous
voulez faire figure [g] à Paris, il vous faut trois chevaux et un
tilbury pour le matin, un coupé pour le soir [h], en tout neuf
mille francs pour le véhicule. Vous seriez indigne de
votre destinée si vous ne dépensiez trois mille francs [i]
chez votre tailleur, six cents francs chez le parfumeur,
cent écus chez le bottier, cent écus chez le chapelier.
Quant à votre blanchisseuse, elle vous coûtera mille francs.
Les jeunes gens à la mode ne peuvent se dispenser d'être
très forts sur l'article du linge : n'est-ce pas ce qu'on

examine le plus souvent en eux ? L'amour et l'église
veulent de belles nappes sur leurs autels. Nous sommes
à quatorze mille. Je ne vous parle pas de ce que vous
perdrez au jeu, en paris, en présents; il est impossible
de ne pas compter pour deux mille francs l'argent de
poche. J'ai mené cette vie-là, j'en connais les débours.
Ajoutez à ces nécessités premières trois cents louis pour
la pâtée, mille francs pour la niche. Allez, mon enfant,
nous en avons pour nos petits vingt-cinq mille par an
dans les flancs, ou nous tombons dans la crotte, nous
nous faisons moquer de nous, et nous sommes destitué
de notre avenir, de nos succès, de nos maîtresses! J'ou-
blie le valet de chambre et le groom! Est-ce Christophe[a]
qui portera vos billets doux ? Les écrirez-vous sur le
papier dont vous vous servez ? Ce serait vous suicider[b].
Croyez-en un vieillard plein d'expérience ! reprit-il en
faisant un *rinforzando* dans sa voix de basse. Ou déportez-vous dans une vertueuse mansarde, et mariez-vous y
avec le travail [c], ou prenez une autre voie.

Et Vautrin cligna de l'œil en guignant mademoiselle
Taillefer de manière à rappeler et résumer dans ce regard
les raisonnements séducteurs qu'il avait semés au cœur
de l'étudiant pour le corrompre [d]. Plusieurs jours [e] se passèrent pendant lesquels Rastignac mena la vie la plus dis-
sipée. Il dînait presque [f] tous les jours avec madame de
Nucingen, qu'il accompagnait dans le monde. Il rentrait
à trois ou quatre heures du matin, se levait à midi pour
faire sa toilette, allait se promener au Bois avec Delphine,
quand il faisait beau, prodiguant ainsi son temps sans en
savoir le prix, et aspirant tous les enseignements, toutes
les séductions du luxe avec l'ardeur dont est saisi l'impatient calice d'un dattier femelle pour les fécondantes
poussières de son hyménée. Il jouait [g] gros jeu, perdait
ou gagnait beaucoup, et finit par s'habituer à la vie exorbi-
tante des jeunes gens de Paris. Sur ses premiers gains,
il avait renvoyé quinze cents francs à sa mère et à ses sœurs [1],

---

1. Il en a reçu exactement quinze cent cinquante : 1.200 de sa mère
et 350 de ses sœurs (voir p. 111).

en accompagnant sa restitution^a de jolis présents. Quoiqu'il eût annoncé vouloir quitter la Maison-Vauquer,
il y était encore dans les derniers jours du mois^b de janvier, et ne savait comment en sortir. Les jeunes gens sont
soumis presque tous à une loi en apparence inexplicable,
mais dont la raison vient de leur jeunesse même, et de
l'espèce de furie avec laquelle ils se ruent au plaisir. Riches ou pauvres, ils n'ont jamais d'argent pour les nécessités de la vie, tandis qu'ils en trouvent toujours pour
leurs caprices. Prodigues de tout ce qui s'obtient à crédit,
ils sont avares de tout ce qui se paye à l'instant même, et
semblent se venger de ce qu'ils n'ont pas, en dissipant
tout ce qu'ils peuvent avoir. Ainsi, pour nettement poser
la question, un étudiant prend bien plus de soin de son
chapeau que de son habit. L'énormité du gain rend le
tailleur essentiellement créditeur, tandis que la modicité
de la somme fait du chapelier un des êtres les plus intrai-
tables parmi ceux avec lesquels il est forcé de parlemen-
ter. Si le jeune homme assis au balcon d'un théâtre offre
à la lorgnette des jolies femmes d'étourdissants gilets, il
est douteux qu'il ait des chaussettes ; le bonnetier est encore un des charançons de sa bourse. Rastignac en était
là. Toujours vide pour madame Vauquer, toujours pleine
pour les exigences de la vanité, sa bourse avait des revers
et des succès lunatiques en désaccord avec les paiements
les plus naturels. Afin de quitter la pension puante, ignoble où s'humiliaient périodiquement ses prétentions,
ne fallait-il pas payer un mois à son hôtesse, et acheter
des meubles pour son appartement de dandy ? c'était
toujours la chose impossible. Si, pour se procurer l'argent
nécessaire à son jeu, Rastignac savait acheter chez son
bijoutier des montres et des chaînes d'or chèrement payées
sur ses gains, et qu'il portait au Mont-de-Piété, ce sombre
et discret ami de la jeunesse, il se trouvait sans invention
comme sans audace quand il s'agissait de payer sa nourriture, son logement, ou d'acheter les outils indispensables à l'exploitation de la vie élégante. Une nécessité
vulgaire, des dettes contractées pour des besoins satisfaits,
ne l'inspiraient plus. Comme la plupart de ceux qui ont

connu cette vie de hasard, il attendait au dernier moment
pour solder des créances sacrées aux yeux des bourgeois,
comme faisait Mirabeau, qui ne payait son pain que quand
il se présentait sous la forme dragonnante [1] d'une lettre
de change. Vers cette époque, Rastignac avait [a] perdu
son argent, et s'était endetté. L'étudiant commençait à
comprendre [b] qu'il lui serait impossible de continuer cette
existence sans avoir des ressources fixes. Mais, tout en gé-
missant sous les piquantes atteintes [c] de sa situation pré-
caire, il se sentait incapable de renoncer aux jouissances
excessives de cette vie, et voulait la continuer à tout prix.
Les hasards sur lesquels il avait compté pour sa fortune
devenaient chimériques, et les obstacles réels grandissaient [d]. En s'initiant aux secrets domestiques [e] de monsieur
et madame de Nucingen, il s'était aperçu que, pour convertir l'amour en [f] instrument de fortune, il fallait avoir
bu toute honte, et renoncer aux nobles idées qui sont [g]
l'absolution des fautes de la jeunesse. Cette vie extérieurement splendide, mais rongée par tous les *tænias* du remords, et dont les fugitifs plaisirs étaient chèrement expiés
par de persistantes angoisses [h], il l'avait épousée, il s'y roulait en se faisant, comme le Distrait de La Bruyère, un
lit dans la fange du fossé; mais, comme le Distrait, il ne
souillait encore que son vêtement [2] [i].

— Nous avons [j] donc tué le mandarin ? lui dit un jour
Bianchon en sortant de table [k].

— Pas encore [l], répondit-il, mais il râle.

L'étudiant en médecine prit ce mot pour une plaisanterie,
et ce n'en était pas une. Eugène, qui, pour la première
fois depuis longtemps, avait dîné à la pension, s'était
montré pensif pendant le repas. Au lieu de sortir au dessert, il resta dans la salle à manger assis auprès [m] de mademoiselle Taillefer, à laquelle il jeta de temps en temps

---

1. Préoccupante. Le *Complément au Dictionnaire de l'Académie* (1842)
note l'emploi familier du substantif *dragons* dans le sens d'*idées noires*
et du verbe *se dragonner* dans celui de *se créer des tourments*.
2. Balzac a cité plusieurs fois ce trait (ainsi dans *La Vieille Fille*,
éd. citée, p. 115). Nous ne l'avons pas retrouvé chez La Bruyère.

des regards expressifs ª. Quelques pensionnaires étaient
encore attablés et mangeaient des noix, d'autres se pro-
menaient en continuant des discussions commencées.
Comme presque tous les soirs, chacun s'en allait à sa fantaisie, suivant le degré d'intérêt qu'il prenait à la conversation, ou selon le plus ou le moins de pesanteur que lui
causait sa digestion. En hiver, il était rare que la salle à
manger fût entièrement évacuée avant huit heures, moment où les quatre femmes demeuraient seules et se ven-
geaient du silence que leur sexe leur imposait au milieu
de cette réunion masculine. Frappé de la préoccupation à
laquelle Eugène était en proie, Vautrin resta dans la salle
à manger, quoiqu'il eût paru d'abord empressé de sortir,
et se tint constamment de manière à n'être pas vu d'Eugène, qui put le croire parti. Puis, au lieu d'accompagner
ceux des pensionnaires qui s'en allèrent les derniers, il
stationna sournoisement dans le salon. Il avait lu dans
l'âme de l'étudiant et pressentait un symptôme décisif.
Rastignac se trouvait en effet dans une situation perplexe
que beaucoup de jeunes gens ont dû connaître. Aimante
ou coquette, madame de Nucingen avait fait passer Rastignac par toutes les angoisses d'une passion véritable, en
déployant pour lui les ressources de la diplomatie féminine en usage à Paris. Après s'être compromise aux yeux
du public pour fixer près d'elle le cousin de madame de
Beauséant, elle hésitait à lui donner réellement les droits
dont il paraissait jouir. Depuis un mois elle irritait si bien
les sens d'Eugène, qu'elle avait fini par attaquer le cœur.
Si, dans les premiers moments de sa liaison, l'étudiant
s'était cru le maître, madame de Nucingen était devenue
la plus forte, à l'aide de ce manège qui mettait en mouvement chez Eugène tous les sentiments, bons ou mauvais, des deux ou trois hommes qui sont dans un jeune
homme de Paris. Était-ce en elle un calcul ? Non; les
femmes sont toujours vraies, même au milieu de leurs
plus grandes faussetés, parce qu'elles cèdent à quelque
sentiment naturel. Peut-être Delphine, après avoir laissé
prendre tout à coup tant d'empire sur elle par ce jeune
homme et lui avoir montré trop d'affection, obéissait-elle

à un sentiment de dignité, qui la faisait ou revenir sur ses
concessions, ou se plaire à les suspendre. Il est si naturel
à une Parisienne, au moment même où la passion l'entraîne, d'hésiter dans sa chute, d'éprouver le cœur de
celui auquel elle va livrer son avenir! Toutes les espérances de madame de Nucingen avaient été trahies une
première fois, et sa fidélité pour un jeune égoïste venait
d'être méconnue. Elle pouvait être défiante à bon droit.
Peut-être avait-elle aperçu dans les manières d'Eugène,
que son rapide succès avait rendu fat, une sorte de més-
estime causée par les bizarreries de leur situation. Elle
désirait sans doute paraître imposante à un homme de cet
âge, et se trouver grande devant lui après avoir été si longtemps petite devant celui par qui elle était abandonnée.
Elle ne voulait pas qu'Eugène la crût une facile conquête,
précisément parce qu'il savait qu'elle avait appartenu à de
Marsay. Enfin, après avoir subi le dégradant plaisir d'un
véritable monstre, un libertin jeune, elle éprouvait tant
de douceur à se promener dans les régions fleuries de
l'amour, que c'était sans doute un charme pour elle d'en
admirer tous les aspects, d'en écouter longtemps les fré-
missements, et de se laisser[a] longtemps caresser par de
chastes brises. Le véritable amour payait pour le mauvais.
Ce contre-sens sera malheureusement fréquent tant que
les hommes ne sauront pas combien de fleurs fauchent
dans l'âme d'une jeune femme[b] les premiers coups de la
tromperie. Quelles que fussent ses raisons, Delphine se
jouait de Rastignac, et se plaisait à se jouer de lui, sans
doute parce qu'elle se savait aimée et sûre de faire cesser
les chagrins de son amant, suivant son royal bon plaisir
de femme. Par respect de lui-même, Eugène ne voulait
pas que son premier combat se terminât par une défaite,
et persistait dans sa poursuite, comme un chasseur qui
veut absolument tuer une perdrix à sa première fête de
Saint-Hubert. Ses anxiétés, son amour-propre offensé,
ses désespoirs, faux ou véritables, l'attachaient de plus en
plus à cette femme. Tout Paris lui donnait madame de
Nucingen, auprès de laquelle il n'était pas plus avancé
que le premier[c] jour où il l'avait vue. Ignorant encore que

la coquetterie d'une femme offre quelquefois plus de bénéfices que son amour ne donne de plaisir, il tombait dans
de sottes rages. Si la saison pendant laquelle une femme
se dispute à l'amour offrait à Rastignac le butin de ses
primeurs, elles lui devenaient aussi coûteuses qu'elles
étaient vertes, aigrelettes et délicieuses à savourer. Parfois, en se voyant sans un sou, sans avenir, il pensait,
malgré la voix de sa conscience, aux chances de fortune
dont Vautrin lui avait démontré la possibilité dans un mariage avec mademoiselle Taillefer. Or il se trouvait alors
dans un moment où sa misère parlait si haut, qu'il céda
presque involontairement aux artifices du terrible sphinx
par les regards duquel il était souvent fasciné. Au moment
où Poiret et mademoiselle Michonneau remontèrent chez
eux, Rastignac, se croyant seul entre madame Vauquer et
madame Couture, qui se tricotait des manches de laine
en sommeillant auprès du poêle, regarda mademoiselle
Taillefer d'une manière assez tendre pour lui faire baisser
les yeux.

— Auriez-vous des chagrins [a], monsieur Eugène ? lui
dit Victorine après un moment de silence [b].

— Quel homme n'a pas ses chagrins ! répondit Rastignac. Si nous étions sûrs, nous autres jeunes gens, d'être
bien aimés, avec un dévouement qui nous récompensât
des sacrifices que nous sommes toujours disposés à faire [c],
nous n'aurions peut-être jamais de chagrins.

Mademoiselle Taillefer lui jeta, pour toute réponse,
un regard qui n'était pas équivoque.

— Vous, mademoiselle, vous vous croyez sûre de
votre cœur aujourd'hui; mais répondriez-vous de ne jamais changer ?

Un sourire vint errer sur les lèvres de la pauvre fille
comme un rayon jailli de son âme, et fit si bien reluire
sa figure qu'Eugène fut effrayé d'avoir provoqué une
aussi vive explosion de sentiment [d].

— Quoi ! si demain vous étiez riche et heureuse, si
une immense fortune vous tombait des nues, vous aimeriez encore le jeune homme pauvre qui vous aurait plu
durant vos jours de détresse [e] ?

Elle fit un joli ᵃ signe de tête.

— Un jeune homme bien malheureux ᵇ ?

Nouveau signe.

— Quelles bêtises dites-vous donc là ? s'écria madame Vauquer.

— Laissez-nous, répondit Eugène, nous nous entendons.

— Il y aurait donc alors promesse de mariage entre monsieur le chevalier ᶜ Eugène de Rastignac et mademoiselle Victorine Taillefer ? dit Vautrin de sa grosse voix en se montrant tout à coup à la porte de la salle à manger ᵈ.

— Ah ! vous m'avez fait peur, dirent à la fois madame Couture et madame Vauquer ᵉ.

— Je pourrais plus mal choisir, répondit en riant Eugène à qui la voix de Vautrin causa la plus cruelle émotion qu'il eût jamais ressentie.

— Pas de mauvaises plaisanteries, messieurs, dit madame Couture. Ma fille, remontons chez nous.

Madame Vauquer suivit ses deux pensionnaires, afin d'économiser sa chandelle et son feu ᶠ en passant la soirée chez elles. Eugène se trouva seul et face à face avec Vautrin.

— Je savais bien que vous y arriveriez, lui dit cet homme en gardant un imperturbable sang-froid. Mais, écoutez ! j'ai de la délicatesse tout comme un autre, moi. Ne vous décidez pas dans ce moment, vous n'êtes pas dans votre assiette ordinaire. Vous avez des dettes. Je ne veux pas que ce soit la passion, le désespoir, mais la raison qui vous détermine à venir à moi. Peut-être vous faut-il quelque millier ᵍ d'écus. Tenez, le voulez-vous ?

Ce démon ʰ prit dans sa poche un portefeuille, et en tira trois billets de banque qu'il fit papilloter aux yeux de l'étudiant ⁱ. Eugène était dans la plus cruelle des situations. Il devait au marquis d'Ajuda et au comte de Trailles cent louis perdus sur parole. Il ne les avait pas, et n'osait aller passer la soirée chez madame de Restaud, où il était attendu ¹. C'était une de ces soirées sans cérémonie où l'on

---

1. Rastignac s'est pourtant vu fermer la porte des Restaud (pp. 76 et 94). La raison de son retour en grâce ne sera précisée qu'un peu plus loin, p. 182.

mange des petits gâteaux, où l'on boit du thé, mais où l'on peut perdre six ᵃ mille francs au whist. ᵇ

— Monsieur, lui dit Eugène en cachant ᶜ avec peine un tremblement convulsif, après ce que vous m'avez confié, vous devez comprendre qu'il ᵈ m'est impossible de vous avoir des obligations.

— Eh bien ! vous m'auriez fait de la peine de parler autrement, reprit le tentateur. Vous êtes un beau jeune homme, délicat, fier comme un lion et doux comme une jeune fille. Vous seriez une belle proie pour le diable. J'aime cette qualité des jeunes gens. Encore deux ou trois réflexions de haute politique, et vous verrez le monde comme il est. En y jouant quelques petites scènes de vertu, l'homme supérieur y satisfait toutes ses fantaisies aux grands applaudissements des niais du parterre. Avant peu de jours vous serez à nous. Ah ! si vous vouliez devenir mon élève, je vous ferais arriver à tout. Vous ne formeriez pas un désir qu'il ne fût à l'instant comblé, quoi que vous puissiez ᵉ souhaiter : honneur, fortune, femmes. On vous réduirait toute la civilisation en ambroisie. Vous seriez notre enfant gâté, notre Benjamin, nous nous exterminerions tous pour vous avec plaisir. Tout ce qui vous ferait obstacle serait aplati. Si vous conservez des scrupules, vous me prenez donc pour un scélérat ? Eh bien, un homme qui avait autant de probité que vous croyez en avoir encore, Monsieur de Turenne, faisait ᶠ, sans se croire compromis, de petites affaires avec des brigands. Vous ne voulez pas être mon obligé, hein ᵍ ? Qu'à cela ne tienne, reprit Vautrin en laissant échapper un sourire ʰ. Prenez ces chiffons, et mettez-moi là-dessus, dit-il en tirant un timbre ⁱ, là ʲ, en travers :*Accepté pour la somme de trois mille cinq cents francs payable en un an.* Et datez! L'intérêt est assez fort pour vous ôter tout scrupule; vous pouvez m'appeler juif, et vous regarder comme quitte de toute reconnaissance. Je vous permets de me mépriser encore aujourd'hui, sûr que plus tard vous m'aimerez. Vous trouverez en moi de ces immenses abîmes, de ces vastes sentiments concentrés que les niais appellent des vices; mais vous ne me trouverez jamais ni lâche ni ingrat.

Enfin, je ne suis ni un pion ni un fou, mais une tour, mon petit [a].

— Quel homme êtes-vous donc ? s'écria Eugène, vous avez été créé pour me tourmenter.

— Mais non, je suis un bon homme qui veut se crotter pour que vous soyez à l'abri de la boue pour le reste de vos jours. Vous vous demandez pourquoi ce dévouement ? Eh bien! je vous le dirai tout doucement quelque jour, dans le tuyau de l'oreille. Je vous ai d'abord surpris en vous montrant le carillon de l'ordre social et le jeu de la machine; mais votre premier effroi se passera comme celui du conscrit [b] sur le champ de bataille, et vous vous accoutumerez à l'idée de considérer les hommes comme des soldats décidés à périr pour le service de ceux qui se sacrent rois eux-mêmes. Les temps sont [c] bien changés. Autrefois on disait à un brave [1]: « Voilà [d] cent écus [e], tue-moi monsieur un tel », et l'on soupait tranquillement après avoir mis un homme à l'ombre pour un oui, pour un non [f]. Aujourd'hui je vous propose de vous donner une belle fortune contre un signe de tête qui ne vous compromet en rien, et vous hésitez. Le siècle est mou [g].

Eugène signa la traite [h], et l'échangea contre les billets de banque.

— Eh bien! voyons, parlons raison, reprit Vautrin [i]. Je veux partir d'ici à quelques [j] mois pour l'Amérique, aller planter mon tabac. Je vous enverrai les cigares de l'amitié [k]. Si je deviens riche, je vous aiderai. Si je n'ai pas d'enfants (cas probable, je ne suis pas curieux de me replanter ici par bouture [2]), eh bien [l]! je vous léguerai ma fortune. Est-ce être l'ami d'un homme ? Mais je vous aime, moi. J'ai la passion [m] de me dévouer pour un autre. Je l'ai déjà fait. Voyez-vous, mon petit, je vis dans une sphère plus élevée que celles des autres hommes. Je considère les actions comme des moyens, et ne vois que le but.

---

1. Au sens originel d'homme de main.
2. Vautrin est logique à la fois avec sa conception pessimiste de la nature humaine et avec le penchant dont il va faire la confidence discrète à Rastignac. Il avait considéré plus haut le désir d'avoir des enfants comme « une bêtise qui est dans la nature » (p. 129).

Qu'est-ce qu'un homme pour moi ? Ça! fit-il en faisant claquer l'ongle de son pouce sous une de ses dents. Un homme est tout ou rien. Il est moins que rien quand il se nomme Poiret: on peut l'écraser comme une punaise, il est plat et il pue. Mais un homme est un dieu quand il vous ressemble: ce n'est plus une machine couverte en peau, mais un théâtre où s'émeuvent les plus beaux sentiments, et je ne vis que par les sentiments. Un sentiment, n'est-ce pas le monde dans une pensée ? Voyez le père Goriot: ses deux filles sont pour lui tout l'univers, elles sont le fil avec lequel il se dirige dans la création. Eh bien! pour moi qui ai bien creusé la vie, il n'existe qu'un seul sentiment réel, une amitié d'homme à homme. Pierre et Jaffier, voilà ma passion. Je sais *Venise sauvée* [1] par cœur. Avez-vous vu [a] beaucoup de gens assez poilus pour, quand un camarade dit: « Allons enterrer un corps! », y aller sans souffler mot ni l'embêter de morale ? J'ai fait ça, moi [b]. Je ne parlerais pas ainsi à tout le monde. Mais vous, vous êtes un homme supérieur, on peut tout vous dire, vous savez tout comprendre. Vous ne patouillerez [2][c] pas longtemps dans les marécages où vivent les crapoussins [3] qui nous entourent ici [d]. Eh bien! voilà qui est dit. Vous épouserez. Poussons chacun nos pointes! La mienne est en fer et ne mollit jamais, hé, hé!

Vautrin sortit [e] sans vouloir entendre la réponse négative de l'étudiant, afin de le mettre à son aise. Il semblait connaître le secret de ces petites résistances, de ces combats

---

1. Dans cette tragédie d'Otway (1685), inspirée de *La Conjuration des Espagnols contre Venise* de Saint-Réal, se trouve décrite l'amitié exaltée du héros, Jaffier, pour un soldat étranger, Pierre, qui conspire contre la République. Balzac a déjà emprunté à *Venise sauvée* le nom de la courtisane Aquilina, dans *La Peau de Chagrin*.

2. *Patouillerez* et non patrouillerez, comme on lit dans plusieurs éditions, sans doute par l'initiative malheureuse d'un typographe. Le *Dictionnaire de l'Académie* (éd. 1835) donne au verbe *patouiller*, considéré comme populaire, le sens de patauger, qu'il a ici (et aussi celui de manier, tripoter, que l'on retrouve dans *tripatouiller*).

3. « *Crapoussin*. Terme populaire qui se dit par dérision en parlant de gens petits et contrefaits ». (*Acad.* 1835.) D'après le contexte, l'écrivain a dû implicitement associer *crapoussin* à *crapaud*.

dont les hommes se parent devant eux-mêmes, et qui leur servent à se justifier leurs actions blâmables [a].

— Qu'il fasse comme il voudra, je n'épouserai certes pas mademoiselle Taillefer! se dit Eugène [b].

Après avoir subi le malaise d'une fièvre intérieure que lui causa l'idée d'un pacte fait avec cet homme dont il avait horreur, mais qui grandissait à ses yeux par le cynisme même de ses idées et par l'audace avec laquelle il étreignait la société [c], Rastignac s'habilla, demanda une voiture, et vint chez madame de Restaud. Depuis quelques jours, cette femme avait redoublé de soins pour un jeune homme dont chaque pas était un progrès au cœur du grand monde, et dont l'influence paraissait devoir être un jour redoutable. Il paya [d] messieurs de Trailles et d'Ajuda, joua au whist une partie de la nuit, et regagna ce qu'il avait perdu. Superstitieux comme la plupart des hommes dont le chemin est à faire et qui sont plus ou moins fatalistes [e], il voulut voir dans son bonheur une récompense du ciel pour sa persévérance à rester dans le bon chemin. Le lendemain matin, il s'empressa de demander à Vautrin s'il avait encore sa lettre de change. Sur une réponse affirmative, il lui rendit les trois mille francs en manifestant un plaisir assez naturel.

— Tout va bien, lui dit Vautrin.

— Mais je ne suis pas votre complice, dit Eugène [f].

— Je sais, je sais, répondit Vautrin en l'interrompant. Vous faites encore des enfantillages. Vous vous arrêtez aux bagatelles de la porte [1][g].

---

1. Balzac trouvait cette expression jolie. Il l'a déjà employée dans une lettre à Mme Hanska : il lui demande de bien étudier Rome pour qu'il puisse être introduit à son tour et ne pas s'arrêter aux « bagatelles de la porte », mais voir tout l'essentiel en huit jours (*Etr.* I, 153, 28 avril 1834).

III

TROMPE-LA-MORT

Deux jours après, Poiret et mademoiselle Michonneau se trouvaient assis sur un banc, au soleil, dans une allée solitaire du Jardin-des-Plantes, et causaient avec le monsieur qui paraissait à bon droit[a] suspect à l'étudiant en médecine.

— Mademoiselle, disait monsieur Gondureau, je ne vois pas d'où naissent vos[b] scrupules. Son Excellence Monseigneur le Ministre de la Police Générale du Royaume...

— Ah! Son Excellence Monseigneur le Ministre de la Police Générale du Royaume... répéta Poiret.

— Oui, Son Excellence s'occupe de cette affaire, dit Gondureau[1].

A qui ne paraîtra-t-il pas invraisemblable que Poiret, ancien employé, sans doute homme de vertus bourgeoises, quoique dénué d'idées, continuât d'écouter le prétendu rentier de la rue de Buffon, au moment où il prononçait le mot de police en laissant ainsi voir la physionomie d'un agent de la rue de Jérusalem[2] à travers son masque d'honnête homme? Cependant rien n'était plus naturel. Chacun

---

1. Le Ministère de la Police a été supprimé en 1818, mais son dernier titulaire, Decazes, en a conservé les attributions dans le nouveau cabinet qu'il préside. A partir de cette date, les services de la Police générale sont rattachés au Ministère de l'Intérieur.

2. La rue de Jérusalem, où siégeaient des services de police, a été englobée dans les agrandissements du Palais de Justice. « L'agent de la rue de Jérusalem » est un type social décrit dans *Les Français peints par eux-mêmes* (II, 321).

comprendra mieux l'espèce particulière à laquelle appartenait Poiret, dans la grande famille des niais, après une remarque déjà faite par certains observateurs, mais qui jusqu'à présent n'a pas été publiée. Il est une nation plumigère [1], serrée au budget entre le premier degré de latitude qui comporte les traitement de douze cents francs, espèce de Groenland administratif, et le troisième degré, où commencent les traitements un peu plus chauds de trois à six mille, région tempérée, où s'acclimate la gratification, où elle fleurit malgré les difficultés de la culture. Un des traits caractéristiques qui trahit le mieux l'infirme étroitesse de cette gent subalterne, est une sorte de respect involontaire, machinal, instinctif, pour ce grand lama de tout ministère, connu de l'employé par une signature illisible et sous le nom de SON EXCELLENCE MONSEIGNEUR LE MINISTRE, cinq mots qui équivalent à l'*Il Bondo Cani* du *Calife de Bagdad* [2], et qui, aux yeux de ce peuple aplati, représente un pouvoir sacré, sans appel. Comme le pape pour les chrétiens, monseigneur est administrativement infaillible aux yeux de l'employé ; l'éclat qu'il jette se communique à ses actes, à ses paroles, à celles dites en son nom ; il couvre tout de sa broderie, et légalise les actions qu'il ordonne ; son nom d'Excellence, qui atteste la pureté de ses intentions et la sainteté de ses vouloirs, sert de passeport aux idées les moins admissibles. Ce que ces pauvres gens ne feraient pas dans leur intérêt, ils s'empressent de l'accomplir dès que le mot Son Excellence est prononcé. Les bureaux ont leur obéissance passive, comme l'armée a la sienne : système qui étouffe la conscience, annihile un homme et finit, avec le temps, par l'adapter comme une

---

1. Ce mot paraît un néologisme.

2. *Le Calife de Bagdad* est un opéra de Boieldieu, livret de Godard d'Aucour de St-Just, créé à l'Opéra-Comique en 1800 et qui demeure au répertoire au temps du *Père Goriot. Il Bondocani* est le nom sous lequel le calife Isauun exerce sa puissance en parcourant, la nuit, déguisé, les rues de Bagdad : ce nom est entouré bientôt d'un prestige mystérieux. Balzac évoque aussi *Il Buondo Cani* (sic) dans la *Physiologie du Mariage* et écrit encore que « le mot de commission est l'*Il bondocani* des Ministères » (*Œuvres diverses*, Conard, II, 123).

vis ou un écrou à la machine gouvernementale. Aussi monsieur Gondureau [1], qui paraissait se connaître en hommes, distingua-t-il [a] promptement en Poiret un de ces niais bureaucratiques, et fit-il sortir le *Deus ex machina,* le mot talismanique de Son Excellence, au moment où il fallait, en démasquant ses batteries, éblouir le Poiret, qui lui semblait le mâle de la Michonneau, comme la Michonneau lui semblait la femelle du Poiret.

— Du moment où Son Excellence elle-même, Son Excellence Monseigneur le ! Ah ! c'est très différent, dit Poiret.

— Vous entendez monsieur, dans le jugement duquel vous paraissez avoir confiance, reprit le faux rentier en s'adressant à mademoiselle Michonneau. Eh bien ! Son Excellence a maintenant la certidude [b] la plus complète que le prétendu Vautrin, logé dans la Maison Vauquer [c], est un forçat évadé du bagne de Toulon, où il est connu [d] sous le nom de *Trompe-la-Mort* [2].

— Ah ! Trompe-la-Mort ! dit Poiret, il est bien heureux, s'il a mérité ce nom-là.

— Mais oui, reprit l'agent. Ce sobriquet est dû [e] au bonheur qu'il a eu de ne jamais perdre la vie dans les entreprises extrêmement audacieuses qu'il a exécutées [f]. Cet homme est dangereux, voyez-vous ! Il a des qualités qui le rendent extraordinaire. Sa condamnation est même [g] une chose qui lui a fait dans sa partie un honneur infini...

— C'est donc un homme d'honneur, demanda Poiret [h].

— A sa manière. Il a consenti à prendre sur son compte le crime d'un autre, un faux commis par un très beau

---

1. Froment, dans l'*Histoire de Vidocq* (I, 284), cite *Goreau* et *Florentin* parmi les auxiliaires directs de Vidocq à la Police de Sûreté. La même indication figure dans les *Mémoires* de Vidocq. Il est possible que Balzac ait forgé Gondureau d'après Goreau (comme, dans *Les Chouans,* Corentin d'après Florentin).

2. M. Prioult signale que le surnom de Trompe-la-Mort se rencontre dans *Le Père Lantimèche ou Paris en caricature,* une sorte de roman-revue publié en 1803. Balzac connaît cet ouvrage de longue date : dans une lettre à Laure datée du 30 octobre 1819, il désigne une domestique sous le nom de « la mère Lantimèche ».

jeune homme qu'il aimait [a] beaucoup, un jeune Italien assez
joueur, entré depuis au service militaire, où il s'est d'ailleurs parfaitement comporté [b].

— Mais si Son Excellence le Ministre de la Police est
sûr que monsieur Vautrin soit Trompe-la-Mort, pourquoi
donc aurait-il besoin de moi ? dit mademoiselle Michonneau [c].

— Ah ! oui, dit Poiret, si en effet le Ministre, comme
vous nous avez fait l'honneur de nous le dire, a une certitude quelconque...

— Certitude n'est pas le mot ; seulement on se doute.
Vous allez comprendre la question. Jacques Collin [1], surnommé Trompe-la-Mort, a toute [d] la confiance des trois
bagnes, qui l'ont choisi pour être leur agent et leur banquier. Il gagne beaucoup à s'occuper de ce genre d'affaires, qui nécessairement veut un homme de marque.

— Ah ! ah ! comprenez-vous le calembour, mademoiselle ? dit Poiret. Monsieur l'appelle un homme de
marque, parce qu'il a été marqué.

— Le faux Vautrin, dit l'agent en continuant, reçoit
les capitaux [e] de messieurs les forçats, les place, les leur
conserve, et les tient à la disposition de ceux qui s'évadent,
ou de leurs familles, quand ils en disposent par testament [f],
ou de leurs maîtresses, quand ils tirent sur lui pour elles [2].

— De leurs maîtresses ! Vous voulez dire de leurs
femmes, fit observer Poiret [g].

— Non, monsieur. Le forçat n'a généralement [h] que
des épouses illégitimes, que nous nommons des concu-
bines.

---

1. Dans son article *Vautrin et ses noms*, M. Wayne Conner a réuni
diverses hypothèses sur l'origine possible du nom de Jacques Collin.
2. Jacques Collin sera encore désigné, dans *Splendeurs et Misères
des Courtisanes*, comme « banquier des trois bagnes ». M. Savant
signale, en se fondant sur le témoignage d'un contemporain, que
Vidocq, devenu chef de la Sûreté, accepta d'être le dépositaire des
ressources de certains détenus (*Le Procès de Vidocq*, Club du Meilleur
Livre, p. 52). Mais ce bon office rendu par le « philanthrope » ne
répondait pas aux mêmes intentions que l'activité subversive du
personnage balzacien.

— Ils vivent donc tous en état de concubinage ?

— Conséquemment.

— Eh bien ! dit Poiret, voilà des horreurs que Monseigneur [a] ne devrait pas tolérer. Puisque vous avez l'honneur de voir Son Excellence, c'est à vous, qui me paraissez avoir des idées philanthropiques, à [b] l'éclairer sur la conduite immorale de ces gens, qui donnent un très mauvais exemple au reste de la société.

— Mais, monsieur, le gouvernement ne les met pas là pour offrir le modèle [c] de toutes les vertus.

— C'est juste. Cependant, monsieur, permettez [d].

— Mais, laissez donc dire monsieur, mon cher mignon, dit mademoiselle Michonneau.

— Vous comprenez, mademoiselle, reprit Gondureau. Le gouvernement peut avoir un grand intérêt à mettre [e] la main sur une caisse illicite, que l'on dit monter à un total assez majeur [f]. [1] Trompe-la-Mort encaisse des valeurs considérables en recélant non seulement les sommes possédées par quelques-uns de ses camarades, mais encore celles qui proviennent de la Société des Dix Mille...

— Dix mille voleurs ! s'écria Poiret effrayé.

— Non, la Société des Dix Mille est une association de hauts voleurs, de gens qui travaillent en grand, et ne se mêlent pas d'une affaire où il n'y a pas dix mille francs à gagner [2]. Cette société se compose de tout ce qu'il y a de

---

1. D'après le *Dictionnaire de l'Académie* (éd. 1835), « *majeur* signifie quelquefois grand, important, considérable », mais « absolument et sans comparaison ». *Assez majeur* est donc, en principe, incorrect, mais une légère nuance d'humour s'attache ici à cette expression. Plus haut (p. 147), Balzac a écrit, selon le meilleur usage, « relations majeures ».

2. Vidocq écrit dans *Les Voleurs*, à propos de ce passage, qu' « en donnant carrière à son imagination, le spirituel romancier semble n'avoir voulu parler que de la *Haute Pègre* ». Il ajoute : « Le *Pègre de la Haute* ne volera pas un objet de peu de valeur et croirait compromettre sa dignité d'homme capable ; il ne fait que des affaires importantes et méprise les voleurs de bagatelles... » (II, 10). Balzac affirmera dans *Splendeurs et Misères des Courtisanse* que, vers 1829-1830, avaient paru « des mémoires où l'état des forces de cette société, les noms de ses membres étaient désignés par une des célébrités de la police judi-

plus distingué parmi ceux de nos hommes qui vont droit
en cour ᵃ d'assises. Ils connaissent le Code, et ne risquent
jamais de se faire appliquer la peine de mort quand ils
sont pincés. Collin est leur homme de confiance, leur
conseil. A l'aide de ses immenses ressources, cet homme
a su se créer une police à lui, des relations fort étendues
qu'il enveloppe d'un mystère impénétrable. Quoique
depuis un an nous l'ayons entouré d'espions, nous n'avons
pas encore pu voir dans son jeu. Sa caisse et ses talents
servent donc constamment à solder le vice, à faire les
fonds au crime, et entretiennent sur pied une armée de
mauvais sujets qui sont dans un perpétuel état de guerre
avec la société ᵇ. Saisir Trompe-la-Mort et s'emparer de sa
banque, ce sera couper le mal dans sa racine. Aussi cette
expédition est-elle devenue une affaire d'État et de haute
politique, susceptible d'honorer ceux qui coopéreront à sa
réussite. Vous-même, monsieur, pourriez être de nouveau
employé dans l'administration, devenir secrétaire d'un
commissaire de police, fonctions qui ne vous empêche-
raient point de toucher votre pension de retraite ᶜ.

— Mais pourquoi, dit mademoiselle Michonneau,
Trompe-la-Mort ne s'en va-t-il pas avec la caisse?

— Oh ! fit l'agent, partout où il irait, il serait suivi
d'un homme chargé de le tuer, s'il volait le bagne. Puis
une caisse ne s'enlève pas aussi facilement qu'on enlève
une demoiselle de bonne maison ᵈ. D'ailleurs, Collin est
un gaillard incapable de faire un trait semblable, il se
croirait déshonoré.

— Monsieur, dit Poiret, vous avez raison, il serait tout
à fait ᵉ déshonoré.

— Tout cela ne nous dit pas pourquoi vous ne venez
pas tout bonnement ᶠ vous emparer de lui, demanda mademoiselle Michonneau ᵍ.

— Eh bien ! mademoiselle, je réponds ʰ... Mais, lui

―――――――――

ciaire » (éd. Garnier p. 530). Nous n'avons trouvé de précisions analogues ni dans les *Mémoires* de Vidocq, implicitement désignés par
Balzac, ni dans d'autres ouvrages du même genre.

dit-il à l'oreille [a], empêchez votre monsieur de m'inter-
rompre, ou nous n'en aurons jamais fini. Il doit avoir
beaucoup de fortune pour se faire écouter, ce vieux-là [b].
Trompe-la-Mort, en venant ici, a chaussé la peau d'un
honnête homme, il s'est fait bon bourgeois de Paris, il
s'est logé dans une pension sans apparence; il est fin,
allez! on ne le prendra jamais sans vert. Donc monsieur
Vautrin est un homme considéré, qui fait des affaires
considérables.

— Naturellement, se dit Poiret à lui-même [c].

— Le ministre, si l'on se trompait en arrêtant un vrai
Vautrin [d], ne veut pas se mettre à dos le commerce de Paris,
ni l'opinion publique. Monsieur le préfet de police branle
dans le manche, il a des ennemis [1]. S'il y avait erreur, ceux
qui veulent sa place profiteraient des clabaudages et des
criailleries libérales pour le faire sauter. Il s'agit [e] ici de pro-
céder comme dans l'affaire de Cogniard, le faux [f] comte
de Sainte-Hélène; si ç'avait été un vrai [g] comte de Sainte-
Hélène, nous n'étions pas propres [2]. Aussi faut-il vérifier [h].

— Oui, mais vous avez besoin d'une [i] jolie femme, dit
vivement mademoiselle Michonneau.

— Trompe-la-Mort ne se laisserait pas aborder par
une femme [j], dit l'agent. Apprenez un secret [k] : il n'aime
pas les femmes [l].

— Mais je ne vois pas alors à quoi je suis bonne pour
une semblable [m] vérification, une supposition que je con-
sentirais à la faire pour deux mille francs.

— Rien de plus facile, dit l'inconnu. Je vous remettrai

---

1. En 1820, le comte Anglès est préfet de police de Paris. Le fait
est qu'il ne conservera pas longtemps ces fonctions. Delavau le remplace l'année suivante.

2. Le forçat évadé et chef de bande Pierre Coignard (et non Cogniard
comme écrit Balzac), devenu lieutenant-colonel, sous l'identité
usurpée du comte de Sainte-Hélène, a été démasqué par son ancien
compagnon de chaîne Darius, qui agissait probablement à l'insti-
gation de Vidocq. C'est Vidocq lui-même qui l'arrêta en 1818 (voir
les précisions fournies sur cette affaire, d'après le dossier Pontis de
Sainte-Hélène du Ministère de la Guerre, par M. Jean Savant dans *Les
Vrais Mémoires de Vidocq*, pp. 304-306). On ne voit pas qu'une femme
ait joué un rôle dans cette arrestation.

un flacon contenant une dose de liqueur préparée pour
donner un coup de sang qui n'a pas le moindre danger
et simule une apoplexie. Cette drogue peut se mêler également au vin et au café. Sur-le-champ vous transportez
votre homme [a] sur un lit, et vous le déshabillez afin de [b]
savoir s'il ne se meurt pas. Au moment où vous serez seule,
vous lui donnerez [c] une claque sur l'épaule, paf! et [d] vous
verrez reparaître les lettres.

— Mais c'est rien du tout, ça, dit Poiret.

— Eh bien! consentez-vous? dit Gondureau à la vieille
fille [e].

— Mais, mon cher monsieur, dit mademoiselle Michonneau, au cas où il n'y aurait point de lettres, aurais-je
les deux mille francs?

— Non.

— Quelle sera donc l'indemnité?

— Cinq cents francs.

— Faire une chose pareille pour si peu. Le mal est le
même dans la conscience, et j'ai ma conscience à calmer [f],
monsieur.

— Je vous affirme, dit Poiret, que mademoiselle a
beaucoup de conscience, outre que c'est une très aimable
personne et bien entendue [g].

— Eh bien! reprit mademoiselle Michonneau, donnez-moi trois mille francs si c'est Trompe-la-Mort, et rien
si c'est un bourgeois [h].

— Ça va, dit Gondureau, mais à condition que l'affaire sera faite demain.

— Pas encore, mon cher monsieur, j'ai besoin de consulter mon confesseur.

— Finaude! dit l'agent en se levant. A demain alors.
Et si vous étiez pressée de me parler, venez petite rue
Sainte-Anne [1], au bout de la cour de la Sainte-Chapelle.

---

1. Vidocq a habité la petite rue Sainte-Anne, où se trouvaient les
bureaux de sa Police de Sûreté (voir Froment, *op. cit.*, II, 221). Cette
rue n'existe plus. Elle a été englobée, comme la rue de Jérusalem, dans
les agrandissements du Palais de Justice.

Il n'y a qu'une porte sous la voûte. Demandez monsieur Gondureau [a].

Bianchon, qui revenait du cour de Cuvier [b], eut l'oreille frappée du mot assez original de Trompe-la-Mort, et entendit le ça va du célèbre chef de la police de sûreté [c].

— Pourquoi n'en finissez-vous pas, ce serait trois cents francs de rente viagère, dit Poiret à mademoiselle Michonneau [d].

— Pourquoi? dit-elle. Mais il faut y réfléchir. Si monsieur Vautrin était ce Trompe-la-Mort, peut-être y aurait-il plus d'avantage à s'arranger avec lui. Cependant, lui demander de l'argent, ce serait le prévenir, et il serait homme à décamper *gratis*. Ce serait un *puff* [1] [e] abominable [f].

— Quand il serait prévenu, reprit Poiret, ce monsieur ne nous a-t-il pas dit qu'il était surveillé? Mais vous [g], vous perdriez tout.

— D'ailleurs, pensa mademoiselle Michonneau, je ne l'aime point, cet homme! Il ne sait me dire que [h] des choses désagréables.

— Mais, reprit Poiret, vous feriez mieux. Ainsi que l'a dit ce monsieur [i], qui me paraît fort bien, outre qu'il est très proprement couvert, c'est un acte d'obéissance aux lois que de débarrasser la société d'un criminel, quelque vertueux qu'il puisse être. Qui a bu boira. S'il lui prenait fantaisie de nous assassiner tous? Mais, que diable! nous serions coupables de ces assassinats, sans compter que nous en serions les premières victimes.

La préoccupation de mademoiselle Michonneau ne lui permettait pas d'écouter les phrases tombant une à une de la bouche de Poiret, comme les gouttes d'eau [j] qui suintent à travers le robinet d'une fontaine mal [k] fermée. Quand une fois ce vieillard avait commencé la série de ses phrases, et que mademoiselle Michonneau ne l'arrê-

---

1. Le mot anglais *puff* signifie bouffée de vent et a été mis à la mode en France avec le sens de : goût de la réclame. Mais Balzac l'emploie ici et ailleurs dans celui d'échec, mésaventure, banqueroute (peut-être par l'effet d'une confusion avec l'onomatopée *pouf* qui marque le bruit d'une chute).

tait pas, il parlait toujours, à l'instar d'une mécanique montée [a]. Après avoir entamé un premier sujet, il était conduit par ses parenthèses à en traiter de tout opposés, sans avoir rien conclu [b]. En arrivant à la Maison-Vauquer, il s'était faufilé dans une suite de passages et de citations transitoires qui l'avaient amené à raconter [c] sa déposition dans l'affaire du sieur [d] Ragoulleau et de la dame Morin [1], où il avait comparu en qualité de témoin à décharge En entrant, sa compagne ne manqua pas d'apercevoir Eugène [e] de Rastignac engagé avec mademoiselle Taillefer dans une intime causerie dont l'intérêt [f] était si palpitant que le couple ne fit aucune attention au passage des deux vieux pensionnaires quand ils traversèrent la salle à manger.

— Ça devait finir par là, dit mademoiselle Michonneau à Poiret. Ils se faisaient des yeux à s'arracher l'âme depuis huit jours.

— Oui. répondit-il. Aussi fut-elle condamnée.

— Qui?

— Madame Morin.

— Je vous parle de mademoiselle Victorine, dit la Michonneau en entrant, sans y faire attention [g], dans la chambre de Poiret, et vous me répondez par madame Morin. Qu'est-ce que c'est que cette femme-là [h]?

— De quoi serait donc coupable mademoiselle Victorine [i]? demanda Poiret.

— Elle est coupable d'aimer M. Eugène de Rastignac, et va de l'avant sans savoir où ça la mènera, pauvre innocente!

Eugène [j] avait été, pendant la matinée, réduit au désespoir par madame de Nucingen. Dans son for intérieur, il s'était abandonné complètement à Vautrin, sans vouloir sonder ni les motifs de l'amitié que lui portait cet homme extraordinaire, ni l'avenir d'une semblable union [k]. Il fallait un miracle pour le tirer de l'abîme où il avait déjà

---

1. En 1812, Victoire Tarin, veuve Morin, avait été condamnée aux travaux forcés pour tentative d'assassinat sur la personne du sieur Ragoulleau. Cet épisode criminel est rappelé encore dans *Une Ténébreuse Affaire* (*Pl.* VII, p. 583).

mis le pied depuis une heure, en échangeant avec mademoiselle Taillefer les plus douces promesses. Victorine
croyait entendre la voix d'un ange, les cieux s'ouvraient
pour elle, la Maison-Vauquer se parait des teintes fantastiques que les décorateurs donnent aux palais de théâtre ᵃ :
elle aimait, elle était aimée, elle le croyait du moins ᵇ! Et
quelle femme ne l'aurait cru comme elle en voyant Rastignac, en l'écoutant durant cette heure dérobée à tous
les argus de la maison? En se débattant contre sa conscience,
en sachant qu'il faisait mal et voulant faire mal, en se
disant qu'il rachèterait ce péché véniel par le bonheur
d'une femme, il s'était embelli de son désespoir, et resplendissait de tous les feux de l'enfer qu'il avait au cœur.
Heureusement ᶜ pour lui, le miracle eut lieu : Vautrin entra
joyeusement, et lut dans l'âme des deux jeunes gens
qu'il avait mariés par les combinaisons de son infernal génie, mais dont il troubla soudain la joie en chantant ᵈ de
sa grosse voie railleuse :

> *Ma Fanchette est charmante*
> *Dans sa simplicité* ¹...

Victorine se sauva en emportant autant de bonheur
qu'elle avait eu jusqu'alors de malheur dans sa vie. Pauvre
fille! un serrement de mains, sa joue effleurée par les
cheveux de Rastignac, une parole dite si près de son
oreille qu'elle avait senti la chaleur des lèvres de l'étudiant, la pression de sa taille par un bras tremblant, un
baiser pris sur son cou, furent les accordailles de sa passion, que le voisinage de la grosse Sylvie, menaçant ᵉ
d'entrer dans cette radieuse salle à manger, rendit plus
ardentes, plus vives, plus engageantes que les plus beaux

---

1. Ces paroles sont tirées d'un trio qui se trouve à la scène XII des
Deux Jaloux, comédie en un acte mêlée d'ariettes, imitée de Dufresny
par Jean-Baptiste Vial, créée à l'Opéra-Comique en 1813 :
> Ma Fanchette est charmante
> Dans sa simplicité
> Et sa mise piquante
> Vaut mieux que sa beauté.

témoignages de dévouement racontés dans les plus célèbres histoires d'amour. Ces *menus suffrages*, suivant une
jolie expression de nos ancêtres [1], paraissaient être des
crimes à [a] une pieuse jeune fille confessée tous les quinze
jours! En cette heure, elle avait prodigué [b] plus de trésors
d'âme que plus tard, riche et heureuse, elle n'en aurait
donné en se livrant [c] tout entière.

— L'affaire est faite, dit Vautrin à Eugène. Nos deux
dandies [d] se sont piochés [2][e]. Tout s'est passé convenablement.
Affaire d'opinion [f]. Notre pigeon [3] a insulté mon faucon [g]. A
demain, dans la redoute de Clignancourt. A huit heures
et demie, mademoiselle Taillefer héritera de l'amour et
de la fortune de son père, pendant qu'elle sera là tranquillement à tremper ses mouillettes de pain beurré dans
son café. N'est-ce pas drôle à se dire ? Ce petit Taillefer
est très fort à l'épée, il est confiant comme un brelan
carré; mais il sera saigné par un coup que j'ai inventé,
une manière de relever l'épée et de vous piquer le front.
Je vous montrerai cette botte-là, car elle est furieusement
utile [h].

Rastignac écoutait d'un air stupide, et ne pouvait rien
répondre. En ce moment le père Goriot, Bianchon et
quelques autres pensionnaires arrivèrent.

— Voilà comme je vous voulais, lui dit Vautrin. Vous
savez [i] ce que vous faites. Bien, mon petit aiglon [j]! vous
gouvernerez les hommes; vous êtes fort, carré, poilu;
vous avez mon estime.

---

1. Cette expression appartient au langage de la dévotion et désigne
certaines formes d'oraison. Balzac l'emploie plaisamment dans un tout
autre sens, après La Fontaine :

    Époux, quand ils sont sages,
    Ne prennent garde à ces menus suffrages.

2. *Se piocher* est noté par Littré comme populaire, avec le sens de *se
battre*.

3. *Pigeon* vient du vocabulaire des tripots et s'applique d'abord au
joueur « plumé » par des aigrefins. Balzac a employé le mot dans ce
sens originel : « La scène était préparée entre eux, comme les joueurs
préparent les cartes pour une partie où l'on ruinera quelque pigeon,
se dit le vieux notaire. » *(Le Contrat de Mariage).* Il le prend ici dans
l'acception plus large de victime désignée.

Il voulut lui prendre la main. Rastignac retira vivement la sienne, et tomba sur une chaise en pâlissant [a]; il croyait voir [b] une mare de sang devant lui.

— Ah! nous avons encore quelques petits langes tachés de vertu, dit Vautrin à voix basse. Papa d'Oliban a trois [c] millions, je sais sa fortune. La dot vous rendra blanc comme une robe de mariée, et à vos propres yeux [d].

Rastignac n'hésita plus [e]. Il résolut d'aller prévenir pendant la soirée messieurs Taillefer père et fils. En ce moment, Vautrin l'ayant quitté, le père Goriot lui dit à l'oreille:

— Vous êtes triste, mon enfant! je vais vous égayer, moi. Venez! Et le vieux vermicellier allumait son rat-de-cave à une des lampes. Eugène le suivit tout ému de curiosité.

— Entrons chez vous, dit le bonhomme, qui avait demandé la clef de l'étudiant à Sylvie. Vous avez cru ce matin qu'elle ne vous aimait pas, hein! reprit-il. Elle vous a [f] renvoyé de force, et vous vous en êtes allé fâché, désespéré. Nigaudinos! Elle m'attendait [g]. Comprenez-vous? Nous devions aller achever d'arranger un bijou d'appartement dans lequel vous irez demeurer d'ici à trois [h] jours. Ne me vendez pas. Elle veut vous faire une surprise; mais je ne tiens pas à vous cacher plus longtemps le secret [i]. Vous serez rue d'Artois [1] [j], à deux pas de la rue Saint-Lazare. Vous [k] y serez comme un prince. Nous vous avons eu des meubles comme pour une épousée. Nous avons fait [l] bien des choses depuis un mois, en ne vous en disant rien. Mon avoué [m] s'est mis en campagne, ma fille aura ses trente-six mille francs par an, l'intérêt de sa dot, et je vais faire exiger le placement de ses huit cent mille francs en bons biens au soleil [n].

Eugène était muet et se promenait, les bras croisés, de long en long, dans sa pauvre chambre en désordre. Le père Goriot saisit un moment où l'étudiant lui tournait le dos, et mit sur la cheminée une boîte en maroquin rouge, sur laquelle étaient imprimées en or [o] les armes de Rastignac.

— Mon cher enfant, disait le pauvre bonhomme, je

---

1. Aujourd'hui rue Laffitte.

me suis mis dans tout cela jusqu'au cou. Mais, voyez-
vous, il y avait à moi bien de l'égoïsme, je suis intéressé
dans votre changement de quartier [a]. Vous ne me refuserez
pas, hein! si je vous demande quelque chose ?

— Que voulez-vous ?

— Au-dessus de votre appartement, au cinquième [b],
il y a une chambre qui en dépend [c], j'y demeurerai, pas
vrai [d] ? Je me fais vieux, je suis trop loin de mes filles. Je
ne vous gênerai pas. Seulement je serai là. Vous me parlerez d'elle tous les soirs. Ça ne vous contrariera pas,
dites ? Quand vous rentrerez, que je serai dans mon lit,
je vous entendrai, je me dirai: Il vient de voir ma petite [e]
Delphine. Il l'a menée au bal, elle est heureuse par lui.
Si j'étais malade, ça me mettrait du baume dans le cœur
de vous écouter revenir, vous remuer, aller. Il y aura
tant de ma fille en vous [f]! Je n'aurai qu'un pas à faire pour
être aux Champs-Élysées, où elles passent tous les jours,
je les verrai toujours, tandis que quelquefois j'arrive trop
tard. Et puis elle viendra chez vous peut-être! Je l'entendrai, je la verrai dans sa douillette du matin, trottant [g],
allant [h] gentiment comme une petite chatte. Elle est redevenue, depuis un mois, ce qu'elle était, jeune fille, gaie,
pimpante. Son âme est en convalescence, elle vous doit le
bonheur [i]. Oh! je ferais pour vous l'impossible. Elle me
disait tout à l'heure en revenant: « Papa, je suis bien heureuse! » Quand elles me disent cérémonieusement, *Mon
père*, elles me glacent; mais quand elles m'appellent *papa*,
il me semble encore les voir petites, elles me rendent
tous mes souvenirs. Je suis mieux leur père. Je crois
qu'elles ne sont [j] encore à personne! [k] Le bonhomme
s'essuya les yeux, il pleurait. Il y a longtemps que je
n'avais entendu cette phrase, longtemps qu'elle ne m'avait
donné le bras. Oh! oui, voilà bien dix ans que je n'ai
marché côte à côte avec une de mes filles [l]. Est-ce bon
de se frotter à sa robe, de se mettre à son pas, de partager sa chaleur! Enfin, j'ai mené Delphine, ce matin,
partout. J'entrais avec elle dans les boutiques. Et je l'ai
reconduite [m] chez elle. Oh! gardez-moi près de vous.
Quelquefois vous aurez besoin de quelqu'un pour vous

rendre service, je serai là. Oh [a]! si cette grosse souche
d'Alsacien mourait, si sa goutte avait l'esprit de remonter [b]
dans l'estomac, ma pauvre fille serait-elle heureuse! Vous
seriez mon gendre, vous seriez ostensiblement son mari.
Bah! elle est si malheureuse de ne rien connaître aux
plaisirs de ce monde, que je l'absous [c] de tout. Le bon
Dieu doit être du côté des pères qui aiment bien. Elle
vous aime trop! dit-il en hochant la tête après une pause.
En allant, elle causait de vous avec moi [d]: « N'est-ce pas,
mon père, il est bien! il a bon cœur! Parle-t-il de moi ? »
Bah, elle m'en a dit, depuis la rue d'Artois jusqu'au passage des Panoramas, des volumes [e]! Elle m'a enfin versé
son cœur dans le mien. Pendant toute cette bonne matinée [f], je n'étais plus vieux, je ne pesais pas une once. Je
lui ai dit que vous m'aviez remis le billet de mille francs.
Oh! la chérie, elle en a été émue aux larmes. Qu'avez-
vous donc là sur votre cheminée ? dit enfin le père Goriot
qui se mourait d'impatience en voyant Rastignac immobile [g].

Eugène tout abasourdi regardait son voisin d'un air
hébété. Ce duel, annoncé par Vautrin pour le lendemain [h],
contrastait si violemment avec la réalisation de ses plus
chères espérances, qu'il éprouvait toutes les sensations du
cauchemar. Il se tourna vers la cheminée, y aperçut la
petite boîte carrée, l'ouvrit, et trouva dedans un papier
qui couvrait une montre de Bréguet[1]. Sur ce papier
étaient écrits ces mots: « Je veux que vous pensiez à moi
« à toute heure, *parce que...*

DELPHINE. »

---

1. Abraham-Louis Bréguet (1743-1823), 51, quai des Morfondus
(aujourd'hui 39, quai de l'Horloge), était un horloger suisse très
renommé. Il inventa de nombreux appareils de précision et fut nommé
horloger de la Marine, puis membre du Bureau des Longitudes et de
l'Académie des Sciences. Une montre de Bréguet est toujours un cadeau
de prix. Celle-ci, comme on le lit quelques lignes plus bas, est à clef;
Maxence Gilet, dans *La Rabouilleuse*, possède une montre plate à
chaîne d'or du même genre et joue « avec cette clef dite *criquet* que Bréguet venait d'inventer ».

Ce dernier mot faisait sans doute allusion à quelque
scène qui avait eu lieu entre eux. Eugène en fut attendri.
Ses armes étaient intérieurement émaillées dans l'or de la
boîte. Ce bijou si longtemps envié, la chaîne, la clef,
la façon, les dessins [a] répondaient à tous ses vœux. Le père
Goriot était radieux. Il avait sans doute promis à sa fille
de lui rapporter les moindres effets de la surprise que
causerait son présent à Eugène [b], car il était en tiers [c] dans
ces jeunes émotions et ne paraissait pas le moins heureux.
Il aimait déjà Rastignac et pour sa fille et pour lui-même [1][d].

— Vous irez la voir ce soir, elle vous attend. La grosse
souche d'Alsacien soupe [e] chez sa danseuse. Ah! ah! il a
été bien sot quand mon avoué lui a dit son fait. Ne pré-
tend-il pas aimer ma fille à l'adoration ? qu'il y touche et
je le tue. L'idée de savoir ma Delphine à... (il soupira)
me ferait commettre un crime; mais ce ne serait [f] pas un
homicide, c'est une tête de veau sur un corps de porc [g].
Vous me prendrez avec vous, n'est-ce pas ?

— Oui, mon bon père Goriot, vous savez bien que
je vous aime...

— Je le vois, vous n'avez pas honte de moi, vous!
Laissez-moi vous embrasser. Et il serra l'étudiant dans ses
bras [h]. Vous la rendrez bien heureuse, promettez-le-moi [i]!
Vous irez ce soir, n'est-ce pas [j]?

— Oh, oui! Je dois sortir pour des affaires qu'il est
impossible de remettre [k].

— Puis-je vous être bon à quelque chose ?

---

1. C'est en songeant à de tels passages qu'Astolphe de Custine
écrivait à Balzac, en mars 1835, les lignes suivantes : « Ne vous semble-t-il pas qu'avec le fanatisme d'amour paternel du père Goriot,
il sorte de son caractère en se montrant plus complaisant que jaloux ?
Je sais bien tous les sophismes de sa passion. C'est le seul moyen d'être
encore quelque chose pour sa fille, mais enfin la jalousie est aussi dans
la nature de la passion et son premier effet est d'annuler les calculs
intéressés de la passion, même ceux qu'on ne s'avoue pas et qui sont
comme l'effet de l'instinct de propre conservation d'un cœur voué tout
entier à une affection. Il me semble qu'il y a des paroxysmes d'amour
où la passion même nous porte à sacrifier l'intérêt de la passion et
je ne sais pas si ce pauvre père n'aurait pas dû un moment dans sa vie
passer par cette terrible crise... »

— Ma foi, oui! Pendant que j'irai chez madame de
Nucingen, allez chez M. Taillefer le père, lui dire de me
donner une heure dans la soirée pour lui parler d'une
affaire de la dernière importance.

— Serait-ce donc vrai, jeune homme, dit le père Goriot
en changeant de visage; feriez-vous la cour à sa fille,
comme le disent ces imbéciles d'en bas? Tonnerre de
Dieu! vous ne savez pas ce que c'est qu'une tape à la
Goriot [1]. Et si vous nous trompiez, ce serait l'affaire d'un
coup de poing [a]. Oh! ce n'est pas possible.

— Je vous jure que je n'aime qu'une femme au monde,
dit l'étudiant, je ne le sais que depuis un moment [b].

— Ah, quel bonheur! fit le père Goriot.

— Mais [c], reprit l'étudiant, le fils de Taillefer se bat
demain, et j'ai entendu dire qu'il serait tué.

— Qu'est-ce que cela vous fait? dit Goriot.

— Mais il faut lui dire d'empêcher son fils de se rendre [d]...
s'écria Eugène.

En ce moment, il fut interrompu par la voix de Vau-
trin, qui se fit entendre [e] sur le pas de sa porte, où il chantait:

> *O Richard, ô mon roi!*
> *L'univers t'abandonne...* [2] [f]

Broum! broum! broum! broum! broum!

> *J'ai longtemps parcouru le monde,*
> *Et l'on m'a vu* [g]...

Tra la, la, la, la...

— Messieurs, cria Christophe, la soupe vous attend,
et tout le monde est à table.

— Tiens, dit Vautrin, viens prendre une bouteille de
mon vin de Bordeaux.

---

1. Il a déjà été question, p. 104, de sa « tape meurtrière ».
2. Cet air est chanté par Blondel au premier acte de *Richard Cœur
de Lion*, opéra-comique de Grétry, paroles de Sedaine. Il avait été
adopté par les royalistes sous la Révolution et connut à ce titre une
grande fortune.

— La trouvez-vous jolie, la montre ? dit le père Goriot:
Elle a bon goût, hein !

Vautrin, le père Goriot et Rastignac descendirent
ensemble et se trouvèrent, par suite de leur retard, placés
à côté les uns des autres à table [a]. Eugène marqua la plus
grande froideur à Vautrin pendant le dîner, quoique
jamais cet homme, si aimable aux yeux de madame Vauquer, n'eût déployé autant d'esprit [b]. Il fut pétillant de
saillies, et sut mettre en train tous les convives [c]. Cette
assurance, ce sang-froid consternaient Eugène.

— Sur quelle herbe avez-vous donc marché aujour-
d'hui ? lui dit madame Vauquer. Vous êtes gai comme un
pinson.

— Je suis toujours gai quand j'ai fait de bonnes affaires.

— Des affaires ? dit Eugène.

— Eh bien, oui. J'ai livré une partie de marchandises
qui me vaudra de bons droits de commission. Mademoiselle Michonneau, dit-il en s'apercevant que la veille
fille l'examinait [d], ai-je dans la figure un trait qui vous dé-
plaise, que vous me faites l'*œil américain* [1] ? Faut le dire !
je le changerai pour vous être agréable.

— Poiret, nous ne nous fâcherons pas pour ça, hein ?
dit-il en guignant le vieil employé [e].

— Sac à papier ! vous devriez poser pour un Hercule-
Farceur, dit le jeune peintre à Vautrin.

— Ma foi, ça va ! si mademoiselle Michonneau veut
poser en Vénus du Père-Lachaise, répondit Vautrin [f].

— Et Poiret ? dit Bianchon.

— Oh ! Poiret posera en Poiret. Ce sera [g] le dieu des
jardins ! s'écria Vautrin. Il dérive de poire...

— Molle ! reprit Bianchon. Vous seriez [h] alors entre la
poire et le fromage.

— Tout ça, c'est des bêtises, dit madame Vauquer, et
vous feriez mieux de nous donner de votre vin de Bordeaux dont j'aperçois une bouteille qui montre son nez !

---

1. *L'œil américain* se dit d'un regard inquisiteur (l'expression est
populaire).

Ça nous entretiendra en joie, outre que c'est bon à l'*esto-maque* ᵃ.

— Messieurs, dit Vautrin, madame la présidente nous rappelle à l'ordre. Madame Couture et mademoiselle Victorine ne se formaliseront pas de vos discours badins; mais respectez l'innocence du père Goriot. Je vous propose une petite bouteillorama de vin de Bordeaux ᵇ, que le nom de Laffitte rend doublement illustre, soit dit sans allusion politique ¹. Allons, Chinois! dit-il en regardant Christophe qui ne bougea pas. Ici, Christophe! Comment, tu ᶜ n'entends pas ton nom? Chinois, amène les liquides ᵈ!

— Voilà, monsieur, dit Christophe en lui présentant la bouteille ᵉ.

Après avoir rempli le verre d'Eugène et celui du père Goriot, il s'en versa lentement quelques gouttes qu'il dégusta ᶠ, pendant que ses deux voisins buvaient, et tout à coup il fit une grimace ᵍ.

— Diable! diable! il sent le bouchon. Prends cela pour toi, Christophe, et va nous en chercher; à droite, tu sais? Nous sommes seize ʰ, descends ² huit ⁱ bouteilles.

— Puisque vous vous fendez, dit le peintre, je paye un cent de marrons.

— Oh! oh!

— Booououh!

— Prrrr!

Chacun poussa des exclamations qui partirent comme les fusées d'une girandole ʲ.

— Allons ᵏ, maman Vauquer, deux de Champagne, lui cria Vautrin.

— Quien, c'est cela! Pourquoi pas demander la maison? Deux de Champagne! mais ça coûte ³ douze francs ¹!

---

1. Vautrin commande une bouteille de Château-Lafite, célèbre cru du Bordelais. Il équivoque sur le nom de Laffitte, qui fait songer au grand banquier libéral.

2. La « cave » est donc au grenier.

3. Dès cette époque, le Champagne était considéré comme un vin de luxe. L.-D. Derville, dans son article du *Livre des Cent-et-Un* sur *Les Tables d'hôte parisiennes*, note que la générosité des pensionnaires pouvait aller jusqu'à offrir une bouteille de vieux Mâcon ou de vieux Tavel, mais bien rarement une bouteille de Champagne.

Je ne les gagne pas [1], non! Mais si monsieur Eugène veut
les payer, j'offre du cassis.

— V'là son cassis qui purge comme de la manne, dit
l'étudiant en médecine à voix basse.

— Veux-tu te taire, Bianchon, s'écria Rastignac [a], je ne
peux pas entendre parler de manne sans que le cœur [b]...
Oui, va pour le vin de Champagne, je le paye, ajouta
l'étudiant.

— Sylvie, dit madame Vauquer [c], donnez les biscuits
et les petits gâteaux.

— Vos petits gâteaux sont trop grands, dit Vautrin,
ils ont de la barbe. Mais quant aux biscuits, aboulez [d].

En un moment le vin de Bordeaux circula, les convives s'animèrent, la gaieté redoubla. Ce fut [e] des rires
féroces, au milieu desquels éclatèrent quelques imitations
des diverses voix d'animaux. L'employé au Muséum
s'étant avisé de reproduire un cri de Paris qui avait de
l'analogie avec le miaulement du chat amoureux, aussitôt huit voix beuglèrent simultanément les phrases suivantes : — A repasser les couteaux! — Mo-ron pour les
p'tits oiseaux! — Voilà le plaisir, mesdames, voilà le plaisir [2]! — A raccommoder la faïence! — A la barque, à la
barque! — Battez vos femmes, vos habits! — Vieux
habits, vieux galons, vieux chapeaux à vendre! — A la
cerise, à la douce! La palme fut à Bianchon pour l'accent
nasillard avec lequel il cria : — Marchand de parapluies!
En quelques instants ce fut un tapage à casser la tête [f],
une conversation pleine de coqs-à-l'âne, un véritable
opéra que Vautrin conduisait comme un chef d'orchestre,
en surveillant Eugène et le père Goriot, qui semblaient
ivres déjà. Le dos appuyé sur leur chaise, tous deux con-
templaient ce désordre inaccoutumé d'un air grave, en
buvant peu; tous deux étaient préoccupés de ce qu'ils
avaient à faire pendant la soirée, et néanmoins ils se sentaient
incapables de se lever. Vautrin, qui suivait les changements
de leur physionomie en leur lançant des regards de côté,

---

1. Entendons sans doute : sur les huit bouteilles commandées.
2. C'est le cri traditionnel du marchand d'oublies.

saisit le moment où leurs yeux vacillèrent et parurent vouloir se fermer, pour se pencher [a] à l'oreille de Rastignac et lui dire [b]; — Mon petit gars, nous ne sommes pas assez rusé pour lutter avec notre [c] papa Vautrin, et il vous aime trop pour vous laisser faire des sottises. Quand j'ai résolu quelque chose, le bon Dieu seul est assez fort pour me barrer le passage [d]. Ah! nous voulions aller prévenir le père Taillefer, commettre des fautes d'écolier [e]! Le four est chaud, la farine est pétrie, [f] le pain est sur la pelle; demain nous en ferons sauter les miettes par-dessus notre tête en y mordant; et nous empêcherions d'enfourner?... non, non, tout cuira! Si nous avons quelques petits remords, la digestion les emportera [g]. Pendant que nous dormirons notre petit somme, le colonel comte Franchessini vous [h] ouvrira la succession de Michel Taillefer [i] avec la pointe de son épée. En héritant de son frère, Victorine aura quinze petits mille francs de rente. J'ai déjà pris des renseignements, et sais que la succession de la mère monte à plus de trois cent mille [j]...

Eugène entendit ces paroles sans pouvoir y répondre : il sentait sa langue collée à son palais, et se trouvait en proie à une somnolence invincible; il ne voyait déjà plus la table et les figures des convives qu'à travers un brouillard lumineux [k]. Bientôt le bruit s'apaisa, les pensionnaires s'en allèrent [l] un à un. Puis, quand il ne resta plus que madame Vauquer, madame Couture, mademoiselle Victorine, Vautrin et le père Goriot, Rastignac aperçut, comme s'il eût rêvé, madame Vauquer occupée à prendre les bouteilles pour en vider les restes de manière à en faire des bouteilles pleines [m].

— Ah! sont-ils fous, sont-ils jeunes! disait la veuve.

Ce fut la dernière phrase que put comprendre Eugène [n].

— Il n'y a que monsieur Vautrin pour faire de ces farces-là, dit Sylvie. Allons, voilà Christophe qui ronfle comme une toupie.

— Adieu, maman, dit Vautrin [o]. Je vais au boulevard

admirer [a], M. Marty [1] dans *Le Mont Sauvage*, une grande pièce tirée [b] du *Solitaire* [2]. Si vous voulez, je vous y mène [c] ainsi que ces dames.

— Je vous remercie, dit madame Couture.

— Comment, ma voisine! s'écria madame Vauquer, vous refusez de voir une pièce prise dans *Le Solitaire*, un ouvrage fait par Atala de Chateaubriand [3] [d], et que nous aimions tant à lire, qui est si joli que nous pleurions comme des madeleines d'Élodie [4] sous les *tyeuilles* cet été dernier, enfin un ouvrage moral qui peut être susceptible d'instruire votre demoiselle?

— Il nous est défendu d'aller à la comédie, répondit Victorine [e].

— Allons, les voilà partis, ceux-là, dit Vautrin en remuant d'une manière comique la tête du père Goriot et celle d'Eugène.

En plaçant la tête de l'étudiant sur la chaise, pour qu'il

---

1. Marty, selon le *Dictionnaire théâtral* (1824), est « l'idole des âmes sensibles et le dieu des fervents sectaires du mélodrame ». Sa réputation, comme celle du genre où il s'illustra, n'est pas de très bon aloi. Jules Janin, développant l'idée que tout peut se dégrader à Paris, écrit qu'on passe aisément « d'un dieu à un escroc ; d'un roi à un charlatan ; du Mont-de-Piété à un huissier ; de Talma à M. Marty... » (*Le Livre des Cent-et-Un*, III, 341, article sur *Les Petits Métiers de Paris*).

2. *Le Mont Sauvage*, mélodrame de Pixérécourt d'après le roman *Le Solitaire*, du vicomte d'Arlincourt, dont le héros est Charles le Téméraire, a été créé à la Gaieté le 12 juillet 1821 : Balzac commet donc, ici encore, un léger anachronisme. Toujours est-il que la pièce obtint un succès triomphal, mais discuté par les délicats. Montigny, dans son chapitre sur le Boulevard du Temple (*Le Provincial à Paris*, II, 16), évoque « l'espèce de tapage où le Solitaire du *Mont Sauvage* et la vertueuse Élodie soupirent, avec quelques héros de même force, leur pathos romantique et leurs phrases de longue haleine ». Ce témoignage éclaire la qualité du divertissement auquel Vautrin convie Mme Vauquer.

3. Pour souligner l'ignorance et la prétention de Mme Vauquer, Balzac lui attribue une énormité qu'il est superflu de commenter.

4. Il faut entendre : nous pleurions sur Élodie comme des madeleines.

pût dormir commodément, il le baisa chaleureusement
au front, en chantant :

> *Dormez, mes chères amours !*
> *Pour vous je veillerai toujours* [1a].

— J'ai peur qu'il ne soit malade, dit Victorine.

— Restez à le soigner alors, reprit Vautrin. C'est, lui
souffla-t-il [b] à l'oreille, votre devoir de femme soumise.
Il vous adore, ce jeune homme, et vous serez sa petite
femme, je vous le prédis. Enfin, dit-il à haute voix, *ils
furent considérés dans tout le pays, vécurent heureux, et eurent
beaucoup d'enfants.* Voilà comment finissent tous les romans d'amour. Allons, maman [c] dit-il en se tournant vers
madame Vauquer, qu'il étreignit [d], mettez le chapeau, la
belle robe à fleurs, l'écharpe de la comtesse [e]. Je vais vous
aller chercher un fiacre, soi-même [f]. Et il partit en chantant :

> *Soleil, soleil, divin soleil ,*
> *Toi qui fais mûrir les citrouilles* [2g]...

— Mon Dieu ! dites donc, madame Couture, cet homme-
là me ferait vivre heureuse sur les toits. Allons, dit-elle
en se tournant vers le vermicellier, voilà [h] le père Goriot
parti. Ce vieux cancre-là [3i] n'a jamais eu l'idée de me mener
nune part, lui. Mais il va tomber par terre, mon Dieu !
C'est-y indécent à un homme d'âge de perdre la raison !

---

1. Exactement : « Dormez, dormez, chères amours... » Ainsi commence le refrain d'une célèbre romance composée par Amédée de
Beauplan. Elle a été insérée dans *La Somnambule,* vaudeville de Scribe
et Delavigne créé le 6 décembre 1819. Elle est donc, lorsque Vautrin
la chante, rigoureusement d'actualité.

2. Il s'agit, selon MM. Bouteron et Longnon, d'une scie d'atelier
en vogue sous la Restauration.

3. Dans le *Dictionnaire du Bas Langage,* d'Hautel indique, pour ce
mot, les sens d'ignorant, d'avare et d'égoïste. Balzac emploie *cancre*
au sens d'*avare.* De même, L.-D. Derville écrivait dans *Le Livre des
Cent-et-Un* : « Quel est donc le pensionnaire assez *cancre,* assez déhonté,
qui oserait, ce jour-là, refuser de payer sa part [d'une bonne bou-
teille] ? »

Vous me direz qu'on ne perd point ce qu'on n'a pas, Sylvie, montez-le donc chez lui.

Sylvie prit le bonhomme par-dessous le bras, le fit marcher, et le jeta tout habillé comme un paquet au travers de son lit.

— Pauvre jeune homme, disait madame Couture en écartant les cheveux d'Eugène qui lui tombaient dans les yeux, il est comme une jeune fille, il ne sait pas ce que c'est qu'un excès [a].

— Ah! je peux bien dire que depuis trente et un ans [b] que je tiens ma pension [1], dit madame Vauquer, il m'est passé bien des jeunes gens par les mains, comme on dit, mais je n'en ai jamais vu d'aussi gentil, d'aussi distingué que monsieur Eugène. Est-il beau quand il dort! Prenez-lui donc la tête sur votre épaule, madame Couture. Bah! il tombe sur celle de mademoiselle Victorine : il y a un dieu pour les enfants. Encore un peu, il se fendait la tête sur la pomme de la chaise. A eux deux, ils feraient [c] un bien joli couple.

— Ma voisine, taisez-vous donc, s'écria madame Couture, vous dites des choses [d]...

— Bah! fit madame Vauquer [e], il n'entend pas. Allons, Sylvie, viens m'habiller. Je vais mettre mon grand corset.

— Ah bien! votre grand corset [f], après avoir dîné, madame, dit Sylvie. Non, cherchez quelqu'un pour vous serrer, ce ne sera pas moi qui serai votre assassin. Vous commettriez là une imprudence [g] à vous coûter la vie.

— Ça m'est égal, il faut faire honneur à monsieur Vautrin.

— Vous aimez donc bien vos héritiers?

— Allons, Sylvie, pas de raisons, dit la veuve en s'en allant.

— A son âge, dit la cuisinière en montrant sa maîtresse à Victorine [h].

Madame Couture et sa pupille, sur l'épaule de laquelle

---

1. Nous sommes en 1820. Mme Vauquer tient donc sa pension depuis 1789. Voir notre appendice critique, p. 356.

dormait Eugène, restèrent seules dans la salle à manger. Les ronflements de Christophe retentissaient dans la maison silencieuse, et faisaient ressortir le paisible [a] sommeil d'Eugène, qui dormait aussi gracieusement qu'un enfant. Heureuse de pouvoir se permettre un de ces actes de charité par lesquels s'épanchent tous les sentiments de la femme, et qui lui faisait sans crime sentir le cœur du jeune homme battant [b] sur le sien, Victorine avait dans la physionomie quelque chose [c] de maternellement protecteur qui la rendait fière. A travers les mille pensées qui s'élevaient dans son cœur, perçait un tumultueux [d] mouvement de volupté qu'excitait l'échange d'une jeune et pure chaleur.

— Pauvre chère fille! dit madame Couture en lui pressant la main.

La vieille dame admirait cette candide et souffrante figure, sur laquelle était descendue l'auréole du bonheur. Victorine ressemblait à l'une de ces naïves peintures du Moyen-Age dans lesquelles tous les accessoires sont négligés par l'artiste, qui a réservé la magie d'un pinceau calme et fier pour la figure jaune [e] de ton, mais où le ciel semble se refléter [f] avec ses teintes d'or.

— Il n'a pourtant pas bu plus de deux verres, maman, dit Victorine en passant ses doigts dans la chevelure d'Eugène.

— Mais si c'était un débauché, ma fille [g], il aurait porté le vin comme tous ces autres. Son ivresse fait son éloge [h].

Le bruit d'une voiture retentit dans la rue.

— Maman, dit la jeune fille, voici monsieur Vautrin. Prenez donc monsieur Eugène. Je ne voudrais pas être vue ainsi par cet homme, il a des expressions [i] qui salissent l'âme, et des regards qui gênent [j] une femme comme si on lui enlevait sa robe.

— Non, dit madame Couture, tu te trompes! Monsieur Vautrin est un brave homme, un peu dans le genre [k] de défunt monsieur Couture, brusque, mais bon, un bourru bienfaisant.

En ce moment Vautrin entra tout doucement, et regarda le tableau formé par ces deux enfants que la lueur de la lampe semblait caresser.

— Eh bien ! dit-il en se croisant les bras [a], voilà de ces scènes qui auraient inspiré de belles pages à ce bon Bernardin de Saint-Pierre, l'auteur de [b] *Paul et Virginie*. La jeunesse est bien belle, madame Couture. Pauvre enfant, dors, dit-il en contemplant Eugène [c], le bien vient quelquefois en dormant. Madame, reprit-il en s'adressant à la veuve, ce qui m'attache à ce jeune homme, ce qui [d] m'émeut, c'est de savoir la beauté de son âme en harmonie avec celle de sa figure. Voyez, n'est-ce pas un chérubin [e] posé sur l'épaule d'un ange ? il est digne d'être aimé, celui-là ! Si j'étais femme, je voudrais [f] mourir (non, pas si bête !) vivre pour lui. En les admirant ainsi, madame, dit-il à voix basse et se penchant à l'oreille de la veuve, je ne puis m'empêcher de penser que Dieu les a créés [g] pour être l'un à l'autre. La Providence a des voies bien cachées, elle sonde les reins et les cœurs, s'écria-t-il à haute voix [h]. En vous voyant unis, mes enfants, unis par une même pureté, par tous les sentiments humains, je me dis qu'il est impossible que vous soyez jamais séparés dans l'avenir [i]. Dieu est juste. Mais, dit-il à la jeune fille, il me semble avoir vu chez vous des lignes de prospérité [j]. Donnez-moi votre main, mademoiselle Victorine ? je me connais en chiromancie, j'ai dit souvent la bonne aventure [k]. Allons, n'ayez pas peur. Oh ! qu'aperçois-je ? Foi d'honnête homme [l], vous serez avant peu l'une des plus riches héritières de Paris. Vous comblerez de bonheur celui qui vous aime. Votre père vous appelle auprès de lui. Vous vous mariez avec un homme titré, jeune, beau, qui vous adore.

En ce moment, les pas lourds de la coquette veuve qui descendait interrompirent les prophéties de Vautrin [m].

— Voilà mamman Vauquerre [1] belle comme un astrrre [n], ficelée comme une carotte. N'étouffons-nous pas un petit brin ? lui dit-il en mettant sa main sur le haut du busc [o] ; les avant-cœurs sont bien pressés, maman. Si nous pleu-

---

1. Vautrin s'amuse à faire sonner l'*r* final de Vauquer, de même que, plus haut, les pensionnaires prononçaient *monsieurre*, *dinaire*. On doit en induire que la prononciation normale est Vauqué. Tel est bien l'usage tourangeau.

rons, il y aura explosion; mais je ramasserai les débris
avec un soin d'antiquaire.

— Il connaît le langage de la galanterie française, celui-
là! dit la veuve en se penchant à l'oreille de madame Couture [a].

— Adieu, enfants, reprit Vautrin en se tournant vers
Eugène et Victorine [b]. Je vous bénis, leur dit-il en leur
imposant ses mains au-dessus de leurs têtes. Croyez-moi,
mademoiselle, c'est quelque chose que les vœux d'un
honnête homme, ils doivent porter bonheur, Dieu les
écoute [c].

— Adieu, ma chère amie, dit madame Vauquer à sa
pensionnaire [d]. Croyez-vous, ajouta-t-elle à voix basse [e],
que monsieur Vautrin ait des intentions relatives à ma
personne [f]?

— Heu! heu!

— Ah! ma chère mère, dit Victorine en soupirant et
en regardant ses mains, quand les deux femmes furent
seules, si ce bon monsieur Vautrin disait vrai!

— Mais il ne faut qu'une chose pour cela, répondit la
vieille dame, seulement que ton monstre de frère tombe
de cheval.

— Ah! maman.

— Mon Dieu, peut-être est-ce un péché que de souhaiter
du mal à son ennemi, reprit la veuve. Eh bien! j'en ferai
pénitence. En vérité, je porterai de bon cœur des fleurs [g]
sur sa tombe. Mauvais cœur! il n'a pas le courage de parler
pour sa mère, dont il garde à ton détriment l'héritage [h]
par des micmacs. Ma cousine avait une belle fortune [i].
Pour ton malheur, il n'a jamais été question de son apport
dans le contrat [j].

— Mon bonheur me serait souvent pénible à porter
s'il coûtait la vie à quelqu'un, dit Victorine. Et s'il fallait,
pour être heureuse, que mon frère disparût, j'aimerais
mieux toujours être ici [k].

— Mon Dieu, comme dit ce bon [l] monsieur Vautrin,
qui, tu le vois, est plein de religion, reprit madame Couture, j'ai eu du plaisir à savoir qu'il n'est pas incrédule
comme les autres, qui parlent de Dieu avec moins de

respect que n'en a le diable. Eh bien! qui peut savoir
par quelles voies il plaît à la Providence de nous conduire [a] ?

Aidées par Sylvie, les deux femmes finirent par transporter [b] Eugène dans sa chambre, le couchèrent sur son
lit, et la cuisinière lui défit ses habits pour le mettre à
l'aise. Avant de partir, quand sa protectrice eut le dos
tourné, Victorine mit un baiser sur le front d'Eugène [c]
avec tout le bonheur que devait lui causer ce criminel [d]
larcin. Elle regarda sa chambre, ramassa pour ainsi dire
dans une seule pensée [e] les mille félicités de cette journée,
en fit un tableau qu'elle contempla longtemps [f], et s'endormit la plus heureuse créature de Paris. Le festoiement
à la faveur duquel Vautrin avait fait boire à Eugène et
au père Goriot du vin narcotisé [1][g] décida la perte de cet
homme. Bianchon, à moitié gris, oublia de questionner
mademoiselle Michonneau sur Trompe-la-Mort. S'il avait
prononcé ce nom, il aurait certes éveillé la prudence de
Vautrin, ou, pour lui rendre son vrai nom, de Jacques Collin [h], l'une des célébrités du bagne. Puis le sobriquet de
Vénus du Père-Lachaise décida mademoiselle Michonneau à livrer le forçat au moment où, confiante en la générosité de Collin, elle calculait s'il ne valait pas mieux le
prévenir et le faire évader pendant la nuit. Elle venait
de sortir, accompagnée de Poiret, pour aller trouver [i] le
fameux chef de la police de sûreté, petite rue Sainte-Anne,
croyant encore avoir affaire à un employé supérieur nommé
Gondureau. Le directeur de la police judiciaire la reçut
avec grâce. Puis, après une conversation où tout fut précisé, mademoiselle Michonneau demanda la potion à
l'aide de laquelle elle devait opérer la vérification de la
marque. Au geste [j] de contentement que fit [k] le grand
homme de la petite rue Sainte-Anne, en cherchant une

---

1. M. Le Yaouanc pense que la drogue contenue dans le vin offert
par Vautrin (comme dans la potion préparée à son intention par la
police) pourrait être de l'opium. L'examen du manuscrit confirme
cette conjecture : Balzac avait écrit « préparé à l'opium ». *Narcotisé*
paraît un néologisme.

fiole dans le tiroir de son bureau, mademoiselle Michonneau devina qu'il y avait dans cette capture quelque chose de plus important que l'arrestation d'un simple forçat. A force de se creuser la cervelle, elle soupçonna que la police espérait, d'après quelques révélations faites par les traîtres du bagne, arriver à temps [a] pour mettre la main sur des valeurs considérables. Quand elle eut exprimé ses conjectures à ce renard, il se mit à sourire, et voulut détourner [b] les soupçons de la vieille fille.

— Vous vous trompez, répondit-il. Collin est la *sorbonne* la plus dangereuse [c] qui jamais se soit trouvée du côté des voleurs. Voilà tout. Les coquins [d] le savent bien; il est leur drapeau, leur soutien, leur Bonaparte enfin; ils l'aiment tous [e]. Ce drôle ne nous laissera jamais sa *tronche* en place de Grève [f].

Mademoiselle Michonneau ne comprenant pas, Gondureau lui expliqua les deux mots d'argot dont il s'était servi. *Sorbonne* et *tronche* sont deux énergiques expressions du langage des voleurs, qui, les premiers, ont senti la nécessité de considérer la tête humaine sous deux aspects. La *sorbonne* est la tête de l'homme vivant, son conseil, sa pensée. La *tronche* est un mot de mépris destiné à exprimer combien la tête devient peu de chose quand elle est coupée [1][g].

— Collin nous joue, reprit-il [h]. Quand nous rencontrons de ces hommes en façon de [i] barres d'acier trempées à l'anglaise, nous avons la ressource de les tuer si, pendant leur arrestation, ils s'avisent de faire la moindre résistance. Nous comptons sur quelques voies de fait pour

---

1. On lit dans *Les Voleurs* de Vidocq, II, 179 : « La *Sorbonne* est la tête qui pense, qui médite ; la *Tronche* est la tête lorsque le bourreau l'a séparée du tronc. Je crois qu'il serait difficile d'exprimer d'une manière à la fois plus concise et plus énergique deux idées plus dissemblables. » Ces mots se rencontraient dans l'*Histoire de Vidocq* par Froment, dans les *Mémoires* de Vidocq et dans les *Mémoires d'un Forçat* de Raban et Marco St-Hilaire. Le mot *sorbonne* avait déjà frappé Victor Hugo, qui l'emploie dans *Le Dernier Jour d'un condamné* (chap. XXIII) : « le taule jouera au panier avec ma sorbonne ». Dans *Les Jeunes-France*, enfin, Théophile Gautier faisait dire à un gamin : « Je parie que je l'attrape à la sorbonne avec un trognon de chou. »

tuer Collin demain matin. On évite ainsi le procès, les frais de garde, la nourriture, et [a] ça débarrasse la société. Les procédures, les assignations aux témoins, leurs indemnités, l'exécution [b], tout ce qui doit légalement nous défaire de ces garnements-là coûte au delà des mille écus que vous aurez. Il y a économie de temps. En donnant un bon coup de baïonnette dans la panse de Trompe-la-Mort, nous empêcherons une centaine [c] de crimes, et nous éviterons [d] la corruption de cinquante mauvais sujets qui se tiendront bien sagement aux environs de la [e] correctionnelle. Voilà de la police bien faite. Selon les vrais philanthropes, se conduire ainsi, c'est [f] prévenir les crimes.

— Mais c'est servir son pays, dit Poiret.

— Eh bien! répliqua le chef, vous dites des choses sensées ce soir, vous. Oui, certes, nous servons le pays. Aussi le monde est-il bien injuste [g] à notre égard. Nous rendons à la société de bien grands services ignorés [h]. Enfin, il est d'un homme supérieur de se mettre au-dessus des préjugés, et d'un chrétien d'adopter les malheurs que le bien entraîne après soi [i] quand il n'est pas fait selon les idées reçues. Paris est Paris, voyez-vous? Ce mot explique ma vie [j]. J'ai l'honneur de vous saluer, mademoiselle. Je serai avec mes gens au Jardin-du-Roi demain [k]. Envoyez Christophe rue de Buffon, chez monsieur Gondureau [l], dans la maison où j'étais. Monsieur, je suis votre serviteur. S'il vous était jamais volé [m] quelque chose, usez de moi pour vous le faire retrouver, je suis à votre service.

— Eh bien! dit Poiret à Mademoiselle Michonneau, il se rencontre des imbéciles que ce mot de police met sens [n] dessus dessous [1]. Ce monsieur est très aimable, et ce qu'il vous demande est simple [o] comme bonjour.

---

1. Balzac, au moins dans ce texte, a laissé imprimer *sens dessus dessous*. Il avait écrit pourtant c'en dessus dessous et, d'une façon générale, imposait, non sans mal, aux typographes cet usage, qu'il justifiait ainsi dans *La Revue parisienne* : « Je m'obstine à orthographier ce mot comme il doit l'être. Sens dessus dessous est inexplicable. L'Académie aurait dû, dans son Dictionnaire, sauver, au moins dans ce composé, le vieux mot *cen* qui veut dire ce qui est. Malgré mon aversion pour les notes, je fais celle-ci pour l'instruction publique. »

Le lendemain devait prendre place parmi les jours les plus extraordinaires de l'histoire de la Maison Vauquer. Jusqu'alors [a] l'événement le plus saillant de cette vie paisible avait été l'apparition météorique de la fausse comtesse de l'Ambermesnil. Mais tout allait pâlir devant les péripéties [b] de cette grande journée, de laquelle il serait éternellement question dans les conversations de madame Vauquer. D'abord Goriot et Eugène de Rastignac dormirent jusqu'à onze heures. Madame Vauquer, rentrée à minuit de la Gaieté [1], resta jusqu'à dix heures et demie au lit. Le long sommeil de Christophe, qui avait achevé le vin [c] offert par Vautrin, causa des retards dans le service de la maison. Poiret et mademoiselle Michonneau ne se plaignirent pas de ce que le déjeuner se reculait. Quant à Victorine et à madame Couture, elles [d] dormirent la grasse matinée. Vautrin sortit avant huit heures, et revint au moment même où le déjeuner fut servi [e]. Personne ne réclama donc, lorsque, vers onze heures un quart [f], Sylvie et Christophe allèrent frapper à toutes les portes, en disant que le déjeuner attendait. Pendant que Sylvie et le domestique s'absentèrent, mademoiselle Michonneau, descendant la première, versa la liqueur dans le gobelet d'argent appartenant à Vautrin, et dans lequel la crème pour son café chauffait [g] au bain-marie, parmi tous les autres. La vieille fille avait compté sur cette particularité de la pension pour faire son coup. Ce ne fut pas sans quelques difficultés que les sept pensionnaires se trouvèrent réunis [h]. Au moment où Eugène, qui se détirait les bras, descendait le dernier de tous, un commissionnaire lui remit une lettre de madame de Nucingen. Cette lettre était ainsi conçue :

« Je n'ai ni fausse vanité ni colère avec vous, mon ami. Je vous ai attendu jusqu'à deux heures après minuit. Attendre un être que l'on aime ! Qui a connu ce supplice ne l'impose à personne. Je vois bien que vous aimez pour

---

1. Le théâtre de la Gaieté, boulevard du Temple, où l'on jouait des vaudevilles, des féeries et surtout des mélodrames. Mme Vauquer revient de la représentation du *Mont-Sauvage* (voir p. 204 et la note 2).

la première fois. Qu'est-il donc arrivé ? L'inquiétude
m'a prise. Si je n'avais craint de livrer les secrets de mon
cœur, je serais allée savoir ce qui vous advenait d'heureux
ou de malheureux. Mais sortir à cette heure, soit à pied,
soit en voiture, n'était-ce pas se perdre [a] ? J'ai senti le malheur d'être femme. Rassurez-moi, expliquez-moi pourquoi
vous n'êtes pas venu, après ce que vous a dit mon père.
Je me fâcherai, mais je vous pardonnerai. Êtes-vous malade ? pourquoi se loger [b] si loin ? Un mot de grâce. A
bientôt, n'est-ce pas ? Un mot me suffira si vous êtes occupé. Dites : J'accours, ou je souffre. Mais si vous étiez
mal portant, mon père serait venu me le dire ! Qu'est-il [c]
donc arrivé ?... »

— Oui, qu'est-il arrivé ? s'écria Eugène qui se précipita dans la salle à manger en froissant la lettre sans l'achever [d]. Quelle heure est-il ?

— Onze heures et demie, dit Vautrin en sucrant son
café.

Le forçat évadé [e] jeta sur Eugène le regard froidement
fascinateur que certains hommes éminemment magné-
tiques ont le don [f] de lancer, et qui, dit-on, calme les fous
furieux dans les maisons d'aliénés. Eugène trembla de
tous ses membres. Le bruit d'un fiacre se fit entendre
dans la rue, et un domestique à la livrée de monsieur
Taillefer, et que reconnut sur-le-champ madame Couture,
entra précipitamment d'un air effaré.

— Mademoiselle, s'écria-t-il, monsieur votre père vous
demande. Un grand malheur est arrivé. Monsieur Frédéric [g] s'est battu en duel, il a reçu un coup d'épée dans le
front [h], les médecins désespèrent de le sauver ; vous aurez
à peine le temps de lui dire adieu, il n'a plus sa connaissance.

— Pauvre jeune homme ! s'écria Vautrin. Comment
se querelle-t-on quand on a trente bonnes mille livres de
rente ? Décidément la jeunesse ne sait pas se conduire.

— Monsieur ! lui cria Eugène.

— Eh bien ! quoi, grand enfant ? dit Vautrin en ache-
vant de boire son café tranquillement, opération que ma-

demoiselle Michonneau suivait de l'œil avec trop d'attention pour s'émouvoir de l'événement extraordinaire qui
stupéfiait tout le monde. N'y a-t-il pas des duels tous les
matins à Paris[a]?

— Je vais avec vous, Victorine, disait madame Couture.

Et ces deux femmes s'envolèrent sans châle ni chapeau.
Avant de s'en aller, Victorine, les yeux en pleurs, jeta
sur Eugène un regard qui lui disait : Je ne croyais pas que
notre bonheur dût me causer des larmes[b]!

— Bah! vous êtes donc prophète, monsieur Vautrin?
dit madame Vauquer.

— Je suis tout, dit Jacques Collin.

— C'est-y singulier! reprit madame Vauquer en enfi-
lant une suite de phrases insignifiantes sur cet événement.
La mort nous prend sans nous consulter. Les jeunes gens
s'en vont souvent avant les vieux. Nous sommes heureuses, nous autres femmes, de n'être pas sujettes au duel;
mais nous avons d'autres maladies que n'ont pas les
hommes. Nous faisons les enfants, et le mal de mère dure
longtemps! Quel quine[1] pour Victorine! Son père est[c]
forcé de l'adopter[d].

— Voilà! dit Vautrin en regardant Eugène, hier elle
était sans un sou, ce matin elle est riche[e] de plusieurs[f]
millions.

— Dites donc, monsieur Eugène, s'écria madame
Vauquer, vous avez mis la main au bon endroit[g].

A cette interpellation, le père Goriot regarda l'étudiant
et lui vit à la main la lettre chiffonnée.

— Vous ne l'avez pas achevée! qu'est-ce que cela veut
dire? seriez-vous comme les autres? lui demanda-t-il[h].

— Madame, je n'épouserai jamais mademoiselle Victorine, dit Eugène en s'adressant à madame Vauquer avec
un sentiment d'horreur et de dégoût qui surprit les assis-
tants.

1. *Quine* se dit, au jeu de loto, de la sortie d'un numéro qui permet
à un joueur de compléter sur son carton une rangée et, à la loterie,
de cinq numéros pris et sortis ensemble.

Le père Goriot saisit la main de l'étudiant et la lui serra. Il aurait voulu la baiser.

— Oh, oh! fit Vautrin. Les Italiens ont un bon mot : *col tempo* [1] [a] !

— J'attends la réponse, dit à Rastignac le commissionnaire de madame de Nucingen.

— Dites que j'irai.

L'homme s'en alla. Eugène était dans un violent état d'irritation qui ne lui permettait pas d'être prudent. — Que faire? disait-il à haute voix [b], en se parlant à lui-même. Point de preuves!

Vautrin se mit à sourire. En ce moment la potion absorbée par l'estomac commençait à opérer. Néanmoins le forçat était si robuste qu'il se leva [c], regarda Rastignac, lui dit d'une voix creuse : — Jeune homme, le bien nous vient en dormant.

Et il tomba roide mort.

— Il y a donc une justice divine, dit Eugène.

— Eh bien! qu'est-ce qui lui prend donc, à ce pauvre cher monsieur Vautrin?

— Une apoplexie, cria mademoiselle Michonneau.

— Sylvie, allons, ma fille, va chercher le médecin, dit la veuve. Ah! monsieur Rastignac, courez donc vite chez monsieur Bianchon; Sylvie peut ne pas rencontrer notre médecin, monsieur Grimprel [d].

Rastignac, heureux d'avoir un prétexte de quitter cette épouvantable caverne, s'enfuit en courant [e].

— Christophe, allons, trotte chez l'apothicaire demander quelque chose contre l'apoplexie [f].

Christophe sortit.

— Mais, père Goriot, aidez-nous donc à le transporter là-haut, chez lui.

Vautrin fut saisi, manœuvré à travers l'escalier et mis sur son lit.

---

1. Avec le temps. On sait que Vautrin se flatte de bien savoir l'italien. Il a lu dans le texte original les Mémoires de Benvenuto Cellini (voir p. 118).

— Je ne vous suis bon à rien, je vais voir ma fille, dit monsieur Goriot.

— Vieil égoïste! s'écria madame Vauquer, va, je te souhaite de mourir comme un chien.

— Allez donc voir si vous avez de l'éther, dit à madame Vauquer mademoiselle Michonneau qui, aidée par Poiret, avait défait les ᵃ habits de Vautrin.

Madame Vauquer descendit chez elle et laissa mademoiselle Michonneau maîtresse du champ de bataille.

— Allons, ôtez-lui donc sa chemise ᵇ et retournez-le vite! Soyez donc bon à quelque chose en m'évitant de voir des nudités, dit-elle à Poiret. Vous restez là comme Baba ᶜ.

Vautrin retourné, mademoiselle Michonneau appliqua sur l'épaule du malade une forte claque ᵈ et les deux fatales lettres reparurent en blanc au milieu de la place rouge ᵉ.

— Tiens, vous avez bien lestement gagné votre gratification de trois mille francs, s'écria Poiret en tenant Vautrin debout, pendant que mademoiselle Michonneau lui remettait sa chemise. — Ouf! il est lourd, reprit-il en le couchant ᶠ.

— Taisez-vous. S'il y avait une caisse? dit vivement la vieille fille dont les yeux semblaient percer les murs, tant elle examinait avec avidité les moindres meubles de la chambre. — Si l'on pouvait ouvrir ce secrétaire, sous un prétexte quelconque? reprit-elle.

— Ce serait peut-être ᵍ mal, répondit Poiret.

— Non. L'argent volé, ayant été celui de tout le monde, n'est plus à personne. Mais le temps nous manque, répondit-elle. J'entends la Vauquer ʰ.

— Voilà de l'éther, dit madame Vauquer, Par exemple, c'est aujourd'hui la journée aux aventures ⁱ. Dieu! cet homme-là ne peut pas être malade, il est blanc comme un poulet.

— Comme un poulet? répéta Poiret.

— Son cœur bat régulièrement, dit la veuve en lui posant la main sur le cœur ʲ.

— Régulièrement? dit Poiret étonné ᵏ.

— Il est très bien.

— Vous trouvez? demanda Poiret.

— Dame! il a l'air de dormir. Sylvie est allée chercher un médecin. Dites donc, mademoiselle Michonneau, il renifle à l'éther. Bah! c'est un *se-passe* (un spasme) [a]. Son pouls est bon. Il est fort comme un Turc. Voyez donc, mademoiselle, quelle palatine [1] il a sur l'estomac; il vivra cent ans, cet homme-là! Sa perruque tient bien tout de même. Tiens, elle est collée, il a de faux cheveux, rapport à ce qu'il est rouge [b]. On dit qu'ils sont tout bons ou tout mauvais, les rouges [c]! Il serait donc bon, lui?

— Bon à pendre, dit Poiret.

— Vous voulez dire au cou d'une jolie femme, s'écria vivement mademoiselle Michonneau. Allez-vous-en donc, monsieur Poiret. Ça nous regarde, nous autres, de vous soigner quand vous êtes malades [d]. D'ailleurs, pour ce à quoi vous êtes bon, vous pouvez bien vous promener, ajouta-t-elle. Madame Vauquer et moi, nous garderons bien ce cher monsieur Vautrin.

Poiret s'en alla doucement et sans murmurer, comme un chien à qui son maître donne un coup de pied [e]. Rastignac était sorti pour marcher, pour prendre l'air, il étouffait. Ce crime commis à heure fixe, il avait voulu l'empêcher la veille. Qu'était-il arrivé? Que devait-il faire? Il tremblait d'en être le complice. Le sang-froid de Vautrin l'épouvantait encore.

— Si cependant Vautrin mourait sans parler [f], se disait Rastignac.

Il allait à travers les allées du Luxembourg, comme s'il eût été traqué par une meute de chiens, et il lui semblait en entendre les aboiements.

— Eh bien! lui cria Bianchon, as-tu lu *Le Pilote* ?

Le Pilote était une feuille radicale dirigée par monsieur Tissot [2], et qui donnait pour la province, quelques heures

---

1. Fourrure. Ici, poil épais.
2. *Le Pilote*, dirigé par Pierre-François Tissot, un ancien professeur au Collège de France révoqué sous la Restauration, est un journal d'opposition libérale qui parut de 1821 à 1827 (encore un léger anachronisme). Balzac jeune a fort bien connu ce journal, qui comptait

après les journaux du matin, une édition où se trouvaient les nouvelles du jour, qui alors avaient, dans les départements, vingt-quatre heures d'avance sur les autres feuilles.

— Il s'y trouve une fameuse[a] histoire, dit l'interne de l'hôpital Cochin. Le fils Taillefer s'est battu en duel avec le comte[b] Franchessini, de la vieille garde, qui lui a mis deux pouces[c] de fer dans le front. Voilà la petite Victorine un des plus riches partis de Paris. Hein! si l'on avait su cela? Quel trente-et-quarante que la mort[1]! Est-il vrai que Victorine te regardait d'un bon œil, toi[d]?

— Tais-toi, Bianchon, je ne l'épouserai jamais. J'aime une délicieuse femme, j'en suis aimé, je...

— Tu dis cela comme si tu te battais les flancs pour ne pas être infidèle. Montre-moi donc une femme[e] qui vaille le sacrifice de la fortune du sieur Taillefer.

— Tous les démons sont donc après moi? s'écria Rastignac.

— Après qui donc en as-tu? es-tu fou[f]? Donne-moi donc la main, dit Bianchon, que je te tâte le pouls. Tu as la[g] fièvre.

— Va donc chez la mère Vauquer, lui dit Eugène[h], ce scélérat de Vautrin vient de tomber comme mort.

— Ah! dit Bianchon, qui laissa Rastignac seul, tu me confirmes des soupçons que je veux aller vérifier[i].

La longue promenade de l'étudiant en droit fut solennelle. Il fit en quelque sorte le tour de sa conscience. S'il flotta, s'il examina, s'il hésita, du moins sa probité sortit de cette âpre et terrible discussion éprouvée comme une barre de fer qui résiste à tous les essais. Il se souvint des confidences que le père Goriot lui avait faites la veille, il se rappela l'appartement choisi pour lui près de Delphine, rue d'Artois; il reprit sa lettre, la relut, la baisa. — Un tel amour est mon ancre de salut, se dit-il. Ce pauvre

---

parmi ses collaborateurs attitrés Horace Raisson et Le Poittevin de l'Egreville.

1. La mort modifie des situations aussi radicalement que le trente-et-quarante, jeu qui, par la rapidité de son rythme, offre d'un instant à l'autre des exemples de retournement spectaculaires.

vieillard a bien souffert par le cœur. Il ne dit rien de ses
chagrins, mais qui ne les devinerait pas! Eh bien! j'aurais
soin de lui comme d'un père, je lui donnerai mille jouissances. Si elle m'aime, elle viendra souvent chez moi passer la journée près de lui. Cette grande comtesse de Restaud est une infâme, elle ferait un portier de son père.
Chère Delphine! elle est meilleure pour le bonhomme,
elle est digne d'être aimée. Ah [a]! ce soir je serai donc heureux [1]! Il tira la montre, l'admira. — Tout m'a réussi!
Quand on s'aime bien pour toujours, l'on peut s'aider,
je puis recevoir cela. D'ailleurs [b] je parviendrai, certes, et
pourrai tout rendre [c] au centuple. Il n'y a dans cette liaison [d]
ni crime, ni rien qui puisse faire froncer le sourcil à la
vertu la plus sévère. Combien d'honnêtes gens contractent
des unions semblables! Nous ne trompons personne; et
ce qui nous avilit, c'est le mensonge. Mentir, n'est-ce pas
abdiquer [e]? Elle s'est depuis longtemps séparée de son
mari. D'ailleurs, je lui dirai, moi, à cet Alsacien, de me
céder une femme qu'il lui est impossible de rendre heureuse [f].

Le combat de Rastignac dura longtemps. Quoique la
victoire dût rester aux vertus de la jeunesse, il fut néanmoins ramené par une invincible curiosité sur les quatre
heures et demie, à la nuit tombante, vers [g] la Maison Vauquer, qu'il se jurait à lui-même de quitter pour toujours.
Il voulait savoir si Vautrin était mort. Après avoir eu l'idée
de lui administrer un vomitif, Bianchon avait fait porter
à son hôpital les matières rendues par Vautrin, afin de les
analyser chimiquement. En voyant l'insistance que mit
mademoiselle Michonneau à vouloir les faire jeter, ses
doutes se fortifièrent. Vautrin fut d'ailleurs [h] trop promptement rétabli pour que Bianchon ne soupçonnât pas quelque complot contre le joyeux boute-en-train de la pension.
A l'heure où rentra Rastignac, Vautrin se trouvait donc
debout près du poêle dans la salle à manger [i]. Attirés plus
tôt que de coutume par la nouvelle du duel de Taillefer

---

1. Balzac emploie volontiers cet adjectif, selon un ancien usage,
pour évoquer le couronnement d'une bonne fortune amoureuse.

le fils, les pensionnaires, curieux de connaître les détails
de l'affaire et l'influence qu'elle avait eue sur la destinée
de Victorine, étaient réunis, moins le père Goriot, et devisaient de cette aventure[a]. Quand Eugène entra, ses yeux
rencontrèrent ceux de l'imperturbable Vautrin, dont le
regard pénétra si avant dans son cœur et y remua si fortement quelques cordes mauvaises, qu'il en frissonna[b].

— Eh bien! cher enfant, lui dit le forçat évadé, la
Camuse[1] aura longtemps tort avec moi. J'ai, selon ces
dames, soutenu victorieusement un coup de sang qui aurait dû tuer un bœuf.

— Ah! vous pouvez bien dire un taureau, s'écria la
veuve Vauquer.

— Seriez-vous donc fâché de me voir en vie? dit
Vautrin à l'oreille de Rastignac, dont il crut deviner les
pensées. Ce serait d'un homme diantrement fort[c]!

— Ah! ma foi, dit Bianchon, mademoiselle Michonneau parlait avant-hier d'un monsieur surnommé *Trompe-
la-Mort*; ce nom-là vous irait bien[d].

Ce mot produisit sur Vautrin l'effet de la foudre: il
pâlit et chancela, son regard magnétique tomba comme
un rayon de soleil sur mademoiselle Michonneau, à laquelle ce jet de volonté cassa[e] les jarrets. La vieille fille se
laissa couler sur[f] une chaise. Poiret s'avança vivement entre
elle et Vautrin, comprenant qu'elle était en danger[g], tant
la figure du forçat devint férocement significative en déposant le masque bénin sous lequel se cachait sa vraie
nature[h]. Sans rien comprendre encore à ce drame, tous les
pensionnaires restèrent ébahis. En ce moment, l'on entendit
le pas de plusieurs hommes, et le bruit de quelques fusils
que des soldats firent sonner sur le pavé de la rue. Au
moment où Collin cherchait machinalement une issue en
regardant les fenêtres et les murs, quatre hommes se montrèrent à la porte du salon. Le premier[i] était le chef de la
police de sûreté, les trois[j] autres étaient des officiers de paix[k].

---

1. La Camuse ou la Camarde (sur l'adjectif camus), pour désigner
la Mort, parce que la Mort est souvent figurée sous l'aspect d'un squelette, sans appendice nasal.

— Au nom de la loi et du roi, dit un des officiers dont le discours fut couvert par un murmure d'étonnement.

Bientôt [a] le silence régna dans la salle à manger, les pensionnaires se séparèrent pour livrer passage à trois de ces hommes [b] qui tous avaient la main dans leur poche de côté et y tenaient un pistolet armé. Deux gendarmes qui suivaient les agents occupèrent [c] la porte du salon, et deux autres se montrèrent à [d] celle qui sortait par l'escalier. Le pas et les fusils de plusieurs soldats retentirent sur le pavé caillouteux qui longeait la façade. Tout espoir de fuite fut donc interdit à Trompe-la-Mort, sur qui tous les regards s'arrêtèrent [e] irrésistiblement. Le chef [f] alla droit à lui, commença par lui donner sur la tête une tape si violemment appliquée qu'il fit sauter la perruque et rendit à la tête de Collin toute son [g] horreur. Accompagnées de cheveux rouge-brique et courts qui leur donnaient un épouvantable caractère de force mêlée de ruse, cette tête et cette face, en harmonie avec le buste, furent intelligemment illuminées comme si les feux de l'enfer les eussent éclairées. Chacun comprit tout Vautrin, son passé, son présent, son avenir, ses doctrines implacables, la religion de son bon plaisir, la royauté que lui donnaient le cynisme de ses pensées, de ses actes, et la force d'une organisation faite à tout. Le sang [h] lui monta au visage, et ses yeux brillèrent comme ceux d'un chat sauvage. Il bondit sur lui-même par un mouvement empreint d'une si féroce énergie, il rugit si bien qu'il arracha des cris [i] de terreur à tous les pensionnaires. A ce geste de lion, et s'appuyant de la clameur générale [j], les agents tirèrent leurs pistolets. Collin comprit son danger en voyant briller le chien de chaque arme, et donna tout à coup la preuve de la plus haute puissance humaine. Horrible et majestueux spectacle! sa physionomie présenta un phénomène qui ne peut être comparé [k] qu'à celui de la chaudière pleine de cette vapeur fumeuse qui soulèverait des montagnes, et que dissout en un clin d'œil [l] une goutte d'eau froide. La goutte d'eau qui froidit sa rage fut une réflexion rapide comme un éclair [m]. Il se mit à sourire et regarda sa perruque.

— Tu n'es pas dans tes jours de politesse [n], dit-il au

chef de la police de sûreté[a]. Et il tendit ses mains aux gendarmes en les appelant par un signe de tête. Messieurs les gendarmes [b], mettez-moi les menottes ou les poucettes. Je prends à témoin les personnes présentes que je ne résiste pas. Un murmure admiratif, arraché par la promptitude avec laquelle la lave et le feu sortirent et rentrèrent dans ce volcan humain, retentit dans la salle [c]. — Ça te la coupe, monsieur l'enfonceur [1], reprit le forçat en regardant le célèbre directeur de la police judiciaire.

— Allons, qu'on se déshabille, lui dit l'homme de la petite rue Sainte-Anne d'un air plein de mépris [d].

— Pourquoi ? dit Collin, il y a des dames. Je ne nie rien, et je me rends.

Il fit une pause, et regarda l'assemblée comme un orateur qui va dire des choses surprenantes.

— Écrivez, papa Lachapelle, dit-il en s'adressant à un petit vieillard en cheveux blancs qui s'était assis au bout de la table après avoir tiré d'un portefeuille le procès-verbal de l'arrestation. Je reconnaîs être Jacques Collin, [e] dit Trompe-la-Mort, condamné à vingt ans de fers; et je viens de prouver que je n'ai pas volé mon surnom. Si j'avais seulement levé la main, dit-il aux pensionnaires, ces trois mouchards-là répandaient tout mon *raisiné* sur le *trimar* domestique [f] de maman Vauquer [2]. Ces drôles se mêlent de combiner des guet-apens !

Madame Vauquer se trouva mal en entendant ces mots.

— Mon Dieu [g] ! c'est à en faire une maladie; moi qui étais hier à la Gaîté avec lui, dit-elle à Sylvie [h].

— De la philosophie, maman, reprit Collin. Est-ce un malheur d'être allée [i] dans ma loge hier, à la Gaîté ? s'écria-

---

1. *Enfoncé*, selon *Les Voleurs* de Vidocq, signifie condamné. *Enfonceur* désigne ainsi un pourvoyeur de tribunaux.

2. Le *raisiné*, c'est le sang ; le *trimar* (ou *trimard*), c'est la route, le sol. Les deux mots, mentionnés dans le lexique des *Voleurs*, se trouvaient déjà réunis dans les *Mémoires d'un forçat* : « Il y a du raisiné sur le grand trimar » et Victor Hugo les avait repris dans *Le Dernier Jour d'un Condamné*, chap. V : « Il y a du résiné sur le trimar ». Voir l'article de Gustave Charlier sur cet ouvrage de Hugo, dans la *Revue d'Histoire littéraire* de 1915.

t-il. Êtes-vous[a] meilleure que nous ? Nous avons moins
d'infamie sur l'épaule que vous n'en avez dans le cœur,
membres flasques d'une[b] société gangrenée : le meilleur
d'entre vous ne me résistait pas[c]. Ses yeux s'arrêtèrent
sur Rastignac, auquel il adressa un sourire gracieux qui
contrastait singulièrement avec la rude expression de sa
figure[d]. — Notre marché va toujours, mon ange, en cas
d'acceptation, toutefois[e] ! Vous savez ? Il chanta[f] !

> Ma Fanchette est charmante
> Dans sa simplicité[g].

— Ne soyez pas embarrassé, reprit-il, je sais faire mes
recouvrements[h]. L'on me craint trop pour me flouer, moi !
Le bagne avec ses mœurs et son langage, avec ses
brusques transitions du plaisant à l'horrible, son épouvantable grandeur, sa familiarité, sa bassesse, fut tout à coup
représenté dans cette interpellation et par cet homme, qui
ne fut plus un homme, mais le type de toute une nation
dégénérée, d'un peuple sauvage et logique, brutal et souple. En un moment Collin devint un poème infernal où
se peignirent tous les sentiments humains, moins un seul,
celui du repentir. Son regard était celui de l'archange[i] déchu qui veut toujours la guerre. Rastignac baissa les yeux
en acceptant ce cousinage criminel comme une expiation
de ses mauvaises pensées.
— Qui m'a trahi ? dit Collin en promenant son terrible
regard sur l'assemblée. Et l'arrêtant sur mademoiselle Michonneau : C'est toi, lui dit-il, vieille cagnotte[1], tu m'as
donné un faux coup de sang, curieuse[j] ! En disant deux
mots, je pourrais te faire scier le cou dans huit jours. Je
te pardonne, je suis chrétien. D'ailleurs ce n'est pas toi
qui m'as vendu. Mais qui[k] ? — Ah ! ah ! vous fouillez là-
haut, s'écria-t-il en entendant les officiers de la police
judiciaire qui ouvraient ses armoires et s'emparaient de

---

1. *Cagnotte* est expliqué par R. Dagneaud comme un féminin de
cagne (« policier », selon le *Nouveau Dictionnaire d'argot*, en 1829 ;
la forme *cogne* a prévalu).

ses effets [a]. Dénichés les oiseaux, envolés [b] d'hier. Et vous
ne saurez rien. Mes livres de commerce sont là, dit-il
en se frappant le front [c]. Je sais qui m'a vendu maintenant. Ce ne peut-être que [d] ce gredin de Fil de-Soie. Pas vrai,
père l'empoigneur [1] ? dit-il au chef de police [e]. Ça s'accorde
trop bien avec le séjour de nos billets [f] de banque là-haut.
Plus rien, mes petits mouchards [g]. Quant à Fil-de-Soie, il
sera *terré* [2] sous quinze jours, lors même que vous le feriez
garder par toute votre gendarmerie. — Que lui avez-vous
donné, à cette Michonnette ? dit-il aux gens de la police [h],
quelque millier d'écus ? Je valais mieux que ça, Ninon
cariée, Pompadour en loques [i], Vénus du Père-Lachaise.
Si tu m'avais prévenu, tu aurais eu six mille francs. Ah !
tu ne t'en doutais pas [j], vieille vendeuse de chair, sans quoi [k]
j'aurais eu la préférence. Oui, je les aurais donnés pour
éviter un voyage qui me contrarie et qui me fait perdre
de l'argent, disait-il [l] pendant qu'on lui mettait les menottes.
Ces gens-là vont se faire un plaisir de me [m] traîner un temps
infini pour m'*otolondrer* [3]. S'ils m'envoyaient tout de suite
au bagne, je serais [n] bientôt rendu à mes occupations,
malgré nos petits badauds du quai des Orfèvres. Là-bas,
ils vont tous se mettre l'âme à l'envers pour faire évader
leur général, ce bon Trompe-la-Mort [4][o] ! Y a-t-il un de vous
qui soit, comme moi, riche de plus de dix mille frères [p]

---

1. Balzac utilise la même apostrophe « Père l'empoigneur » à l'adresse d'un gendarme dans *Les Paysans*.

2. *Terrer* signifie en argot tuer (mettre en terre), mais ce mot ne
figure pas dans les dictionnaires du temps et n'est attesté que chez
Balzac. Le romancier l'emploie encore dans le même sens dans *Splendeurs et Misères des Courtisanes* (éd. citée, p. 213). Ailleurs, dansle même
roman, ce verbe signifie plus particulièrement guillotiner : « On va
terrer Théodore » (p. 541).

3. Ennuyer. Comme *terrer,* ce terme argotique n'a été relevé que
chez Balzac et se retrouve dans *Splendeurs et Misères des Courtisanes*.
On l'a rapproché de l'espagnol *atalondrar* (étourdir, assourdir).

4. On lit dans *Les Voleurs* de Vidocq : « Le *Pègre de la Haute* qui
n'a pas trahi ses camarades au moment du danger n'est jamais abandonné par eux, il reçoit des secours en prison, au bagne, et quelquefois même jusqu'au pied de l'échafaud. » Vautrin considère ici que le
bagne se prête plus commodément que la prison à l'exercice de cette
solidarité.

prêts à tout faire pour vous ? demanda-t-il avec fierté[a]. Il
y a du bon là, dit-il en se frappant le cœur; je n'ai jamais
trahi personne! Tiens, cagnotte, vois-les, dit-il en s'adressant à la vieille fille[b]. Ils me regardent avec terreur, mais
toi tu leur soulèves le cœur de dégoût[c]. Ramasse ton lot[d].
Il fit une pause en contemplant les pensionnaires[e]. — Êtes-
vous bêtes, vous autres! n'avez-vous jamais vu de forçat ?
Un forçat de la trempe de Collin, ici présent, est un homme[f] moins lâche que les autres, et qui proteste contre
les profondes déceptions du contrat social, comme dit
Jean-Jacques, dont je me glorifie d'être l'élève. Enfin[g], je
suis seul contre le gouvernement avec son tas de tribunaux, de gendarmes, de budgets[h], et je les roule.

— Diantre! dit le peintre, il est fameusement beau à
dessiner[i].

— Dis-moi, menin[1] de monseigneur le bourreau[j], gouverneur[k] de la Veuve (nom plein de terrible poésie que
les forçats donnent à la guillotine)[2][1], ajouta-t-il en se tournant vers le chef de la police de sûreté, sois bon enfant,
dis-moi si c'est Fil-de-Soie qui m'a vendu! Je ne voudrais
pas qu'il payât pour un autre, ce ne serait pas juste[3].

En ce moment les agents qui avaient tout ouvert et tout
inventorié chez lui rentrèrent et parlèrent à voix basse au
chef de l'expédition. Le procès-verbal était fini.

— Messieurs, dit Collin en s'adressant aux pensionnaires, ils vont m'emmener. Vous avez été[m] tous très aimables pour moi pendant mon séjour ici, j'en aurai de la
reconnaissance. Recevez mes adieux. Vous me permettrez
de vous envoyer des figues[n] de Provence[4]. Il fit quelques

---

1. Menin s'est dit en France des gentilshommes attachés à la personne du Dauphin.
2. Antérieurement à l'institution de la guillotine, ce mot a désigné
la potence, et c'est ce dernier sens que fournit le lexique des *Voleurs*.
3. Il faut croire que Jacques Collin recevra des apaisements sur
le compte de Fil-de-Soie, puisqu'il ne tiendra pas la promesse de le
« terrer sous quinze jours ». Fil-de-Soie reparaît en effet dans *Splendeurs et Misères des Courtisanes*.
4. Évadé de Toulon (voir p. 185), c'est à Toulon que Jacques Collin
doit être ramené en principe. Mais la Justice en décidera autrement,

pas, et se retourna pour regarder Rastignac [a]. Adieu, Eugène, dit-il d'une voix douce et triste qui contrastait singulièrement avec le ton brusque de ses discours. Si tu
étais gêné, je t'ai laissé un ami dévoué. Malgré ses menottes, il put se mettre en garde, fit un appel de maître
d'armes [b], cria : Une, deux ! et se fendit. En cas de malheur, adresse-toi là. Homme et argent, tu peux disposer
de tout [c].

Ce singulier personnage mit assez de bouffonnerie dans
ces dernières paroles pour qu'elles ne pussent être comprises que de [d] Rastignac et de lui. Quand la maison fut
évacuée par les gendarmes, par les soldats et par les agents
de la police, Sylvie, qui frottait de vinaigre les tempes
de sa maîtresse, regarda les pensionnaires étonnés [e].

— Eh bien ! dit-elle, c'était un bon homme tout de
même.

Cette phrase rompit le charme que produisaient sur
chacun l'affluence et la diversité des sentiments excités
par cette scène. En ce moment, les pensionnaires, après
s'être examinés entre eux, virent tous à la fois mademoiselle Michonneau grêle, sèche et froide autant qu'une mo-
mie, tapie près du poêle, les yeux baissés, comme si elle
eût craint que l'ombre de son abat-jour ne fût pas assez
forte pour cacher l'expression de ses regards [f]. Cette figure,
qui leur était antipathique depuis si longtemps, fut tout
à coup expliquée. Un murmure, qui, par sa parfaite unité
de son, trahissait un dégoût unanime, retentit sourde-
ment. Mademoiselle Michonneau l'entendit et resta. Bianchon, le premier, se pencha vers son voisin.

— Je décampe si cette fille doit continuer à dîner avec
nous, dit-il à demi-voix.

En un clin d'œil chacun, moins Poiret, approuva la
proposition de l'étudiant en médecine, qui, fort de l'adhésion générale [g], s'avança vers le vieux pensionnaire.

— Vous qui êtes lié particulièrement avec mademoi-

---

puisque le forçat va se retrouver quelques mois plus tard à Rochefort
(d'où il s'évadera de nouveau). Voir *Splendeurs et Misères des Courtisanes*
(éd. Garnier, p. 100).

selle Michonneau, lui dit-il, parlez-lui, faites-lui comprendre qu'elle doit s'en aller[a] à l'instant même.

— A l'instant même ? répéta Poiret étonné.

Puis il vint auprès de la vieille, et lui dit quelques mots
à l'oreille.

— Mais mon terme est payé, je suis ici pour mon argent comme tout le monde, dit-elle en lançant un regard
de vipère sur les pensionnaires.

— Qu'à cela ne tienne, nous nous cotiserons pour
vous le rendre, dit Rastignac.

— Monsieur soutient Collin, répondit-elle en jetant
sur l'étudiant un regard venimeux et interrogateur, il n'est
pas difficile de savoir pourquoi[b].

A ce mot, Eugène bondit comme pour se ruer sur la
vieille fille et l'étrangler. Ce regard, dont il comprit les
perfidies, venait de jeter une horrible lumière dans son
âme.

— Laissez-la donc, s'écrièrent les pensionnaires.

Rastignac se croisa[c] les bras et resta muet.

— Finissons-en avec mademoiselle Judas[1], dit le peintre
en s'adressant à madame Vauquer. Madame[d], si vous ne
mettez pas à la porte la Michonneau, nous quittons tous
votre baraque, et nous dirons partout qu'il ne s'y trouve
que des espions et des forçats. Dans le cas contraire, nous
nous tairons tous sur cet événement, qui, au bout du
compte, pourrait arriver dans les meilleures sociétés, jusqu'à ce qu'on marque les galériens au front, et qu'on leur
défende de se déguiser en bourgeois de Paris, et de se
faire aussi bêtement farceurs qu'ils le sont tous[e].

A ce discours, madame Vauquer retrouva miraculeu-
sement la santé, se redressa, se croisa les bras, ouvrit ses
yeux clairs et sans apparence de larmes.

— Mais, mon cher monsieur, vous voulez donc la
ruine de ma maison? Voilà monsieur Vautrin... Oh! mon
Dieu, se dit-elle en s'interrompant elle-même[f], je ne puis
pas m'empêcher de l'appeler par son nom d'honnête
homme! Voilà, reprit-elle, un appartement vide, et vous

---

1. Déjà Bianchon lui trouvait les bosses de Judas (p. 63).

voulez que j'en aie deux [a] de plus à louer dans une saison
où tout le monde est casé.

— Messieurs, prenons nos chapeaux, et allons dîner
place Sorbonne, chez Flicoteaux [1][b], dit Bianchon.

Madame Vauquer calcula d'un seul coup d'œil le parti [c]
le plus avantageux, et roula jusqu'à mademoiselle Michonneau.

— Allons, ma chère petite belle, vous ne voulez pas
la mort de mon établissement, hein? Vous voyez à quelle
extrémité me réduisent ces messieurs; remontez dans votre
chambre pour ce soir.

— Du tout, du tout, crièrent les pensionnaires, nous
voulons qu'elle sorte à l'instant.

— Mais elle n'a pas dîné, cette pauvre demoiselle, dit
Poiret d'un ton piteux.

— Elle ira dîner où elle voudra, crièrent plusieurs voix.

— A la porte, la moucharde!

— A la porte, les mouchards [d]!

— Messieurs, s'écria Poiret, qui s'éleva tout à coup à
la hauteur du courage que l'amour prête aux béliers, respectez une personne du sexe.

— Les mouchards ne sont d'aucun sexe, dit le peintre [e].

— Fameux sexorama [f]!

— A la portorama [g]!

— Messieurs, ceci est indécent. Quand on renvoie les
gens, on doit y mettre des formes [h]. Nous avons payé,
nous restons, dit Poiret en se couvrant de sa casquette et
se plaçant sur [i] une chaise à côté de mademoiselle Michonneau, que prêchait madame Vauquer.

— Méchant, lui dit le peintre d'un air comique, petit
méchant, va!

---

1. C'est un restaurant très célèbre et très modeste, fréquenté surtout
par des étudiants. On y mangeait sur de longues tables, dans deux
salles en équerre dont l'une donnait place de la Sorbonne et l'autre
rue Neuve-de-Richelieu. Balzac évoquera plus longuement Flicoteaux
dans *Illusions perdues* : Rubempré y fait la connaissance de Lousteau.
Chez Flicoteaux encore fréquentent les faméliques Dupont et Durand
d'Alfred de Musset.

— Allons, si vous ne vous en allez pas, nous nous en allons, nous autres, dit Bianchon.

Et les pensionnaires firent en masse un mouvement vers le salon.

— Mademoiselle, que voulez-vous donc ? s'écria madame Vauquer, je suis ruinée[a]. Vous ne pouvez pas rester, ils vont en venir à des actes de violence.

Mademoiselle Michonneau se leva.

— Elle s'en ira! — Elle ne s'en ira pas! — Elle s'en ira! — Elle ne s'en ira pas! Ces mots dits alternativement, et l'hostilité des propos qui commençaient à se tenir sur elle, contraignirent mademoiselle Michonneau à partir, après quelques stipulations faites à voix basse avec l'hôtesse.

— Je vais chez madame Buneaud[b], dit-elle d'un air menaçant.

— Allez où vous voudrez, mademoiselle, dit madame Vauquer, qui vit une cruelle injure[c] dans le choix qu'elle faisait d'une maison avec laquelle elle rivalisait, et qui lui était conséquemment odieuse. Allez chez la Buneaud, vous aurez du vin à faire danser les chèvres, et des plats achetés chez les regrattiers.

Les pensionnaires se mirent sur deux files dans le plus grand silence. Poiret regarda si tendrement mademoiselle Michonneau, il[d] se montra si naïvement indécis, sans savoir s'il devait la suivre ou rester, que les pensionnaires, heureux du départ de mademoiselle Michonneau, se mirent à rire en se regardant.

— Xi, xi, xi, Poiret, lui cria le peintre. Allons, houpe là, haoup!

L'employé au Muséum se mit à chanter comiquement ce début d'une romance connue :

> *Partant pour la Syrie,*
> *Le jeune et beau Dunois* [1] [e]...

---

1. Cette romance caractéristique du « genre troubadour » a été composée vers la fin du xviiie siècle par le comte A. de Laborde pour les paroles et par la reine Hortense pour la musique. Elle était devenue un chant bonapartiste et demeura en vogue pour cette raison.

— Allez donc, vous en mourez d'envie, *trahit sua quemque voluptas*, dit Bianchon[1].

— Chacun suit sa particulière, traduction libre de Virgile, dit le répétiteur[a].

Mademoiselle Michonneau ayant fait le geste de prendre le bras de Poiret en le regardant, il ne put résister à cet appel, et vint donner son appui à la vieille[b]. Des applaudissements éclatèrent, et il y eut une explosion de rires. — Bravo, Poiret! — Ce vieux Poiret! — Apollon-Poiret. — Mars-Poiret. — Courageux Poiret[c]!

En ce moment, un commissionnaire entra, remit une lettre à madame Vauquer, qui se laissa couler sur sa chaise[d], après l'avoir lue.

— Mais il n'y a plus qu'à brûler ma maison, le tonnerre y tombe. Le fils Taillefer est mort à trois heures. Je suis bien punie d'avoir souhaité du bien à ces dames au détriment de ce pauvre jeune homme[e]. Madame Couture et Victorine me redemandent leurs effets, et vont demeurer chez son père. Monsieur Taillefer permet à sa fille de garder la veuve Couture comme demoiselle de compagnie[f]. Quatre[g] appartements vacants, cinq[h] pensionnaires de moins! Elle s'assit et parut près de[i] pleurer. Le malheur est entré chez moi, s'écria-t-elle.

Le roulement d'une voiture qui s'arrêtait retentit tout à coup dans la rue.

— Encore quelque chape-chute[2], dit Sylvie[j].

Goriot montra soudain une physionomie brillante et colorée de bonheur, qui pouvait faire croire à sa régénération[k].

— Goriot en fiacre, dirent les pensionnaires, la fin du monde arrive[l].

---

1. Virgile, *Bucoliques*, II, 65. Chacun se laisse entraîner par le plaisir qui lui est propre.

2. Le mot désigne à l'origine, dans l'expression *chercher* ou *trouver chape-chute*, une aubaine résultant de la négligence ou de l'infortune de quelqu'un, mais a pris ensuite le sens de malheur, accident, aventure désagréable, que nous trouvons ici. En 1835, le *Dictionnaire de l'Académie*, mentionnant les deux emplois, note que « ces manières de parler ont vieilli ».

Le bonhomme alla droit à Eugène, qui restait pensif dans un coin, et le prit par le bras : — Venez, lui dit-il d'un air joyeux[a].

— Vous ne savez donc pas ce qui se passe? lui dit Eugène. Vautrin était un forçat que l'on vient d'arrêter, et le fils Taillefer est mort[b].

— Eh bien! qu'est-ce que ça nous fait? répondit le père Goriot. Je dîne avec ma fille, chez vous, entendez-vous[c]? Elle vous attend, venez!

Il tira si violemment Rastignac par le bras, qu'il le fit marcher de force, et parut l'enlever comme si c'eût été sa maîtresse[d].

— Dînons, cria le peintre.

En un moment chacun prit[e] sa chaise et s'attabla.

— Par exemple, dit la grosse Sylvie, tout est malheur aujourd'hui, mon haricot de mouton s'est attaché. Bah! vous le mangerez brûlé, tant pire[f]!

Madame Vauquer n'eut pas le courage de dire un mot en ne voyant que dix personnes au lieu de dix-huit autour de sa table; mais chacun tenta de la consoler et de l'égayer. Si d'abord les externes s'entretinrent de Vautrin et des événements de la journée, ils obéirent bientôt à l'allure serpentine de leur conversation, et se mirent à parler des duels, du bagne, de la justice, des lois à refaire, des prisons. Puis ils se trouvèrent à mille lieues de Jacques Collin, de Victorine et de son frère. Quoiqu'ils ne fussent que dix, ils crièrent comme vingt, et semblaient être plus nombreux qu'à l'ordinaire; ce fut toute la différence qu'il y eut entre ce dîner et celui de la veille. L'insouciance[g] habituelle de ce monde égoïste qui, le lendemain, devait avoir dans les événements quotidiens de Paris une autre proie à dévorer[h], reprit le dessus, et madame Vauquer elle-même se laissa calmer par l'espérance, qui emprunta la voix de la grosse Sylvie[i].

Cette journée devait être jusqu'au soir une fantasmagorie pour Eugène, qui, malgré la force de son caractère et la bonté de sa tête, ne savait comment classer ses idées, quand il se trouva dans le fiacre à côté du père Goriot dont les discours trahissaient une joie inaccoutumée, et retentissaient à son oreille, après tant d'émotions, comme les paroles que nous entendons en rêve.

— C'est fini de ce matin. Nous dînons tous les trois ensemble, ensemble! comprenez-vous? Voici quatre ans que je n'ai dîné avec ma Delphine, ma petite Delphine. Je vais l'avoir à moi pendant toute une soirée. Nous sommes chez vous depuis ce matin. J'ai travaillé comme un manœuvre, habit bas [a]. J'aidais à porter les meubles [b]. Ah! ah! vous ne savez pas comme elle est gentille à table, elle s'occupera de moi : « Tenez, papa, mangez donc de cela, c'est bon. » Et alors je ne peux pas manger. Oh! y a-t-il longtemps que je n'ai été tranquille avec elle comme nous allons l'être [c]!

— Mais, lui dit Eugène, aujourd'hui le monde est donc renversé?

— Renversé? dit le père Goriot. Mais à aucune époque le monde n'a si bien été. Je ne vois que des figures gaies dans les rues, des gens qui se donnent des poignées de main, et qui [d] s'embrassent; des gens heureux comme s'ils allaient tous dîner chez leurs filles, y *gobichonner* [e] un bon petit dîner qu'elle a commandé devant moi au chef du café des Anglais [1]. Mais bah! près d'elle le chicotin serait doux comme miel [f].

— Je crois revenir à la vie, dit Eugène [g].

— Mais marchez donc, cocher, cria le père Goriot [h] en ouvrant la glace de devant. Allez donc plus vite, je vous donnerai cent sous pour boire si vous me menez [i] en dix minutes là où vous savez [j]. En entendant cette promesse, le cocher traversa Paris avec la rapidité de l'éclair.

— Il ne va pas, ce cocher [k], disait le père Goriot.

— Mais où me conduisez-vous [l] donc, lui demanda Rastignac.

— Chez vous, dit le père Goriot.

La voiture s'arrêta rue d'Artois [m]. Le bonhomme descendit le premier et [n] jeta dix francs au cocher, avec la prodi-

---

1. Le Café des Anglais ou Café Anglais est réputé pour sa cuisine. *Gobichonner* ne se trouve pas dans les dictionnaires, mais Balzac a plusieurs fois employé ce mot populaire, fabriqué peut-être sur *gober*.

galité d'un homme veuf qui, dans le paroxysme de son plaisir, ne prend garde à rien [1].

— Allons, montons, dit-il à Rastignac en lui faisant traverser une cour et le conduisant à la porte [a] d'un appartement situé au troisième étage, sur le derrière d'une maison neuve et de belle apparence. Le père Goriot n'eut pas besoin de sonner. Thérèse [b], la femme de chambre de madame de Nucingen, leur ouvrit la porte. Eugène [c] se vit dans un délicieux appartement de garçon, composé d'une antichambre, d'un petit salon, d'une chambre à coucher et d'un cabinet ayant vue sur un jardin. Dans le petit salon, dont l'ameublement et le décor pouvaient soutenir la comparaison avec ce qu'il y avait de plus joli, de plus gracieux, il aperçut, à la [d] lumière des bougies, Delphine, qui se leva d'une causeuse, au coin du feu, mit son écran sur la cheminée, et lui dit avec une intonation de voix chargée de tendresse : — Il a donc fallu vous aller chercher, monsieur qui ne comprenez rien [e].

Thérèse sortit [f]. L'étudiant prit Delphine dans ses bras, la serra vivement et pleura de joie. Ce dernier contraste entre ce qu'il voyait et ce qu'il venait de voir, dans un jour où tant d'irritations avaient fatigué son cœur et sa tête [g], détermina chez Rastignac un accès de sensibilité nerveuse.

— Je savais bien, moi, qu'il t'aimait, dit tout bas le père Goriot à sa fille pendant qu'Eugène abattu gisait sur la causeuse sans pouvoir prononcer une parole ni [h] rendre compte encore de la manière dont ce dernier coup de baguette avait été frappé.

— Mais venez donc voir, lui dit madame de Nucingen en le prenant par la main et l'emmenant dans une chambre dont les tapis, les meubles et les moindres détails lui rappelèrent, en de plus petites proportions, celle de Delphine [i].

— Il y manque un [j] lit, dit Rastignac.

---

1. La prodigalité est forte, en effet, si l'on se souvient que Rastignac a pu prendre une voiture de louage avec vingt-deux sous en poche (voir p. 77). Goriot avait promis cent sous de pourboire ; dans son impatience, il va bien au delà de sa promesse.

— Oui, monsieur, dit-elle en rougissant et lui serrant la main.

Eugène la regarda, et comprit, jeune encore, tout ce qu'il y avait de pudeur vraie dans un cœur de femme aimante[a].

— Vous êtes une de ces créatures que l'on doit adorer toujours, lui dit-il à l'oreille[b]. Oui, j'ose vous le dire, puisque nous nous comprenons si bien : plus vif et sincère[c] est l'amour, plus il doit être voilé, mystérieux. Ne donnons notre secret à personne.

— Oh! je ne serai[d] pas quelqu'un, moi, dit le père Goriot en grognant.

— Vous savez bien que vous êtes *nous*, vous...

— Ah! voilà ce que je voulais. Vous ne ferez pas attention à moi, n'est-ce pas? J'irai, je viendrai comme un bon esprit qui est partout, et qu'on sait être là sans le voir. Eh bien! Delphinette, Ninette, Dedel! n'ai-je pas eu raison de te dire : « Il y a un joli appartement rue d'Artois, meublons-le pour lui! » Tu ne voulais pas. Ah! c'est moi qui suis l'auteur de ta joie, comme je suis l'auteur de tes jours. Les pères doivent toujours donner pour être heureux. Donner toujours, c'est ce qui fait qu'on est père.

— Comment? dit Eugène.

— Oui, elle ne voulait pas, elle avait peur qu'on ne dît[e] des bêtises, comme si le monde valait le bonheur! Mais toutes les femmes rêvent de faire ce qu'elle fait...

Le père Goriot parlait tout seul, madame de Nucingen avait emmené Rastignac dans le cabinet où le bruit d'un baiser retentit, quelque légèrement qu'il fût pris[f]. Cette pièce était en rapport[g] avec l'élégance de l'appartement, dans lequel d'ailleurs rien ne manquait.

— A-t-on bien deviné vos vœux? dit-elle en revenant dans le salon pour se mettre à table.

— Oui[h], dit-il, trop bien. Hélas[i]! ce luxe si complet, ces beaux rêves réalisés, toutes les poésies d'une vie jeune, élégante, je les sens trop pour ne pas les mériter[j]; mais je ne puis les accepter de vous, et je suis trop pauvre encore pour...

— Ah! ah! vous me résistez déjà, dit-elle d'un petit

air d'autorité railleuse en faisant une de ces jolies moues
que font les femmes quand elles veulent se moquer de
quelque scrupule pour le mieux dissiper.

Eugène s'était trop solennellement interrogé pendant
cette journée, et l'arrestation de Vautrin, en lui montrant
la profondeur de l'abîme dans lequel il avait failli rouler,
venait de trop bien corroborer ses sentiments nobles et sa
délicatesse pour qu'il cédât à cette caressante réfutation
de ses idées généreuses [a]. Une profonde tristesse s'empara
de lui.

— Comment! dit madame de Nucingen, vous refu-
seriez? Savez-vous ce que signifie un refus semblable?
Vous doutez de l'avenir, vous n'osez pas vous lier à moi [b].
Vous avez donc peur de trahir mon affection? Si vous
m'aimez, si je... vous aime, pourquoi reculez-vous devant
d'aussi minces obligations? Si vous connaissiez le plaisir
que j'ai eu à m'occuper de tout ce ménage de garçon,
vous n'hésiteriez pas, et vous me demanderiez pardon.
J'avais de l'argent à vous, je l'ai bien employé, voilà tout.
Vous croyez être grand, et vous êtes petit. Vous demandez bien plus... (Ah! dit-elle en saisissant un regard de
passion chez Eugène) et vous faites des façons pour des
niaiseries. Si vous ne m'aimez point, oh! oui, n'acceptez
pas. Mon sort est dans un mot. Parlez [c]! Mais, mon père,
dites-lui donc quelques bonnes raisons, ajouta-t-elle en
se tournant vers son père après une pause [d]. Croit-il que
je ne sois pas moins chatouilleuse que lui sur notre honneur?

Le père Goriot avait le sourire fixe d'un thériaki [1] en
voyant, en écoutant cette jolie querelle [e].

— Enfant! vous êtes à l'entrée de la vie, reprit-elle en
saisissant la main d'Eugène, vous trouvez une barrière

---

1. Le mot figure, avec le sens d'*opiomane,* dans le *Complément au
Dictionnaire de l'Académie* (1842). Balzac l'a déjà employé dans le préambule de *La Fille aux yeux d'or* : « Aussi Paris a-t-il ses thériakis, pour
qui le jeu, la gastrolâtrie ou la courtisane sont un opium » (*Histoire des
Treize,* éd. citée, p. 384). On le relève encore au début du *Cousin Pons.*
Théophile Gautier, dans *Mademoiselle de Maupin,* évoque « la morne
indolence du tériaki (*sic*) ».

insurmontable pour beaucoup de gens, une main de
femme vous l'ouvre, et vous reculez [a] ! Mais vous réussirez,
vous ferez une brillante fortune, le succès est écrit sur
votre beau front. Ne pourrez-vous pas alors me rendre
ce que je vous prête aujourd'hui [b] ? Autrefois les dames
ne donnaient-elles pas à leurs chevaliers des armures, des
épées, des casques, des cottes de mailles, des chevaux,
afin qu'ils pussent aller combattre en leur nom dans les
tournois [c] ? Eh bien ! Eugène, les choses que je vous offre
sont [d] les armes de l'époque, des outils nécessaires à qui
veut être quelque chose. Il est joli, le grenier où vous
êtes, s'il ressemble à la chambre de papa [e]. Voyons, nous
ne dînerons donc pas ? Voulez-vous m'attrister ? Répondez donc ! dit-elle en lui secouant la main. Mon Dieu [f],
papa, décide-le donc, ou je sors et ne le revois jamais.

— Je vais vous décider, dit le père Goriot en sortant
de son extase [g]. Mon cher monsieur Eugène, vous allez
emprunter de l'argent à des juifs, n'est-ce pas ?

— Il le faut bien, dit-il.

— Bon, je vous tiens [h], reprit le bonhomme en tirant
un mauvais portefeuille en cuir tout usé. Je me suis fait
juif [i], j'ai payé toutes les factures, les voici. Vous ne devez
pas un centime pour tout ce qui se trouve ici [j]. Ça ne fait
pas une grosse somme, tout au plus [k] cinq mille francs. Je
vous les prête, moi ! Vous ne me refuserez pas, je ne suis
pas une femme [l]. Vous m'en ferez une reconnaissance sur
un chiffon de papier, et vous me les rendrez plus tard.

Quelques pleurs roulèrent à la fois dans les yeux d'Eugène et de Delphine, qui se regardèrent avec surprise.
Rastignac tendit la main au bonhomme et la lui serra.

— Eh bien, quoi ! n'êtes-vous pas mes enfants ? dit
Goriot [m].

— Mais, mon pauvre père, dit madame de Nucingen,
comment avez-vous donc fait ?

— Ah ! nous y voilà, répondit-il. Quand je t'ai eu décidée
à le mettre près de toi, que je t'ai vue achetant des choses
comme pour une mariée, je me suis [n] dit : « Elle va se trouver [o]
dans l'embarras ! » L'avoué prétend que le procès à intenter
à ton mari, pour lui faire rendre ta fortune, durera plus de

six mois. Bon. J'ai vendu[a] mes treize cent cinquante livres de rente perpétuelle ; je me suis fait, avec quinze mille[b] francs, douze cents[c] francs de rentes viagères bien hypothéquées, et j'ai payé vos marchands avec le reste du capital, mes enfants. Moi, j'ai là-haut une chambre de cinquante écus[d] par an, je peux vivre comme un prince avec quarante sous par jour, et j'aurai encore du reste[e]. Je n'use rien, il ne me faut presque pas d'habits. Voilà quinze jours que je ris dans ma barbe en me disant : « Vont-ils être heureux ! » Eh bien, n'êtes-vous pas heureux ?

— Oh ! papa, papa ! dit madame de Nucingen en sautant sur son père qui la reçut sur ses genoux. Elle le couvrit de baisers, lui caressa les joues avec ses cheveux blonds, et versa des pleurs sur ce vieux visage épanoui, brillant. — Cher père, vous êtes un père ! Non, il n'existe pas[f] deux pères comme vous sous le ciel[g]. Eugène vous aimait bien déjà, que sera-ce maintenant !

— Mais, mes enfants[h], dit le père Goriot qui depuis dix ans n'avait pas senti le cœur de sa fille battre sur le sien, mais, Delphinette[i], tu veux donc me faire mourir de joie ! Mon pauvre cœur se brise. Allez, monsieur Eugène, nous sommes déjà quittes[j] ! Et le vieillard serrait sa fille[k] par une étreinte si sauvage, si délirante, qu'elle dit : — Ah ! tu me fais mal[l]. — Je t'ai fait mal ! dit-il en pâlissant. Il la regarda d'un air surhumain de douleur. Pour bien peindre la physionomie de ce Christ de la Paternité, il faudrait aller chercher des comparaisons dans les images que les princes de la palette ont inventées pour peindre la passion soufferte au bénéfice des mondes par le Sauveur des hommes. Le père Goriot baisa bien doucement la ceinture que ses doigts avaient trop pressée. — Non, non[m], je ne t'ai pas fait mal ; non, reprit-il en la questionnant par un sourire ; c'est toi qui m'as fait mal avec ton cri[n]. Ça coûte plus cher, dit-il à l'oreille de sa fille en la lui baisant avec précaution[o], mais il faut l'attraper, sans quoi il se fâcherait[p].

Eugène était pétrifié par l'inépuisable dévouement de cet homme, et le contemplait en exprimant cette naïve admiration qui, au jeune âge, est de la foi.

— Je serai digne de tout cela, s'écria-t-il.

— O mon Eugène, c'est beau ce que vous venez de dire là. Et madame de Nucingen baisa l'étudiant au front.

— Il a refusé pour toi mademoiselle Taillefer et ses millions [a], dit le père Goriot. Oui, elle vous aimait, la petite ; et, son frère mort, la voilà riche comme Crésus [b].

— Oh ! pourquoi le dire ? s'écria Rastignac.

— Eugène, lui dit Delphine à l'oreille, maintenant j'ai un regret pour ce soir. Ah ! je vous aimerai bien, moi ! et toujours.

— Voilà la plus belle journée que j'aie eue depuis vos mariages, s'écria le père Goriot. Le bon Dieu peut me faire souffrir tant qu'il lui plaira, pourvu que ce ne soit pas par vous, je me dirai : En février de cette année [c], j'ai été pendant un moment plus heureux que les hommes ne peuvent l'être [d] pendant toute leur vie. Regarde-moi, Fifine ! dit-il à sa fille. Elle est bien belle, n'est-ce pas ? Dites-moi donc, avez-vous rencontré beaucoup de femmes qui aient ses jolies couleurs et sa petite fossette ? Non, pas vrai ? Eh bien, c'est moi qui ai fait cet amour de femme. Désormais, en se trouvant heureuse par vous, elle deviendra mille fois mieux. Je puis [e] aller en enfer, mon voisin, dit-il, s'il vous faut ma part de paradis, je vous la donne. Mangeons, mangeons, reprit-il en ne sachant plus ce qu'il disait, tout est à nous [f].

— Ce pauvre père !

— Si tu savais, mon enfant, dit-il en se levant et allant à elle, lui prenant la tête et la baisant au milieu de ses nattes de cheveux [g], combien tu peux me rendre heureux à bon marché ! viens me voir quelquefois, je serai là-haut, tu n'auras qu'un pas à faire. Promets-le-moi, dis !

— Oui, cher père.

— Dis encore.

— Oui, mon bon père.

— Tais-toi [h], je te le ferais dire cent fois si je m'écoutais. Dînons.

La soirée tout entière fut employée en enfantillages, et le père Goriot ne se montra pas le moins fou [i] des trois. Il se couchait aux pieds de sa fille pour les baiser ; il la regardait longtemps dans les yeux ; il frottait sa tête contre sa robe ; enfin [a] il faisait des folies comme en aurait fait l'amant le plus jeune et le plus tendre.

— Voyez-vous ? dit Delphine à Eugène, quand mon père est avec nous, il faut être tout à lui. Ce sera pourtant bien gênant quelquefois [b].

Eugène, qui s'était senti déjà plusieurs fois des mouvements de jalousie, ne pouvait pas blâmer ce mot, qui renfermait le principe de toutes les [c] ingratitudes.

— Et quand l'appartement sera-t-il fini ? dit Eugène en regardant autour de [d] la chambre. Il faudra donc nous quitter ce soir ?

— Oui [e], mais demain vous viendrez dîner avec moi, dit-elle d'un air fin. Demain est un jour [f] d'Italiens.

— J'irai au parterre, moi, dit le père Goriot.

Il était minuit. La voiture de madame de Nucingen attendait. Le père Goriot et l'étudiant retournèrent à la Maison Vauquer en s'entretenant de Delphine avec un croissant enthousiasme qui produisit un curieux combat d'expressions entre ces deux violentes passions. Eugène ne pouvait pas se dissimuler que l'amour du père, qu'aucun intérêt personnel n'entachait, écrasait le sien par sa persistance et par son étendue [g]. L'idole était toujours pure et belle pour le père, et son adoration s'accroissait de tout le passé comme de l'avenir [h]. Ils trouvèrent madame Vauquer seule au coin de son poêle, entre Sylvie et Christophe. La vieille hôtesse était là comme Marius sur les ruines de Carthage [1]. Elle attendait les deux seuls pensionnaires qui lui restassent, en se désolant avec Sylvie. Quoique lord Byron ait prêté d'assez belles lamentations au Tasse [2], elles sont bien loin de la profonde vérité de celles qui échappaient à madame Vauquer.

---

1. Balzac a plusieurs fois évoqué, à titre de comparaison, cette scène célèbre de l'Histoire romaine. A la fin du *Cabinet des Antiques*, Mlle d'Esgrignon fait songer Blondet à « Marius sur les ruines de Carthage » (éd. citée, p. 239).

2. Les *Lamentations du Tasse* figurent au tome III des *Œuvres de lord Byron* traduites par Amédée Pichot, pp. 125-126 (Paris, Furne, 1830).

— Il n'y aura donc que trois tasses de café à faire demain matin, Sylvie. Hein ! ma maison déserte, n'est-ce pas à fendre le cœur ? Qu'est-ce que la vie sans mes pensionnaires ? Rien du tout. Voilà ma maison démeublée de ses hommes. La vie est dans les meubles [a]. Qu'ai-je fait au ciel pour m'être attiré tous ces désastres ? Nos provisions de haricots et de pommes de terre sont faites pour vingt personnes. La police chez moi ! Nous allons donc ne manger que des pommes de terre ! Je renverrai donc Christophe !

Le Savoyard, qui dormait, se réveilla soudain et dit [b] :

— Madame ?

— Pauvre garçon ! c'est comme un dogue, dit Sylvie.

— Une saison morte, chacun s'est casé. D'où me tombera-t-il des pensionnaires ? J'en perdrai la tête. Et cette sibylle de Michonneau qui m'enlève Poiret ! Qu'est-ce qu'elle lui faisait donc pour s'être attaché cet homme-là qui la suit comme un toutou ?

— Ah ! dame ! fit Sylvie en hochant la tête, ces vieilles filles, ça connaît les rubriques [1][c].

— Ce pauvre monsieur Vautrin dont ils ont fait un forçat, reprit la veuve [d], eh bien ! Sylvie, c'est plus fort que moi, je ne le crois pas encore. Un homme gai comme ça, qui prenait du gloria pour quinze francs par mois [e], et qui payait rubis sur l'ongle !

— Et qui était généreux ! dit Christophe.

— Il y a erreur, dit Sylvie.

— Mais non, il a avoué lui-même, reprit madame Vauquer. Et dire que toutes ces choses-là sont arrivées chez moi, dans un quartier où il ne passe pas un chat ! Foi d'honnête femme, je rêve. Car, vois-tu, nous avons vu Louis XVI avoir son accident, nous avons vu tomber l'Empereur, nous l'avons vu revenir et retomber, tout cela c'était dans l'ordre des choses possibles ; tandis qu'il n'y a point de chances contre des pensions bourgeoises : on

---

1. Le *Dictionnaire de l'Académie* (1835) mentionne le mot dans cet emploi, noté comme figuré et familier : « Ruse, détours, adresse, finesse. *Ex. : il sait toutes sortes de rubriques.* »

peut se passer de roi, mais il faut toujours qu'on mange ; et quand une honnête femme, née de Conflans, donne à dîner avec toutes bonnes choses, mais à moins que la fin du monde n'arrive... Mais, c'est ça, c'est la fin du monde [a].

— Et penser que mademoiselle Michonneau, qui vous fait tout ce tort, va recevoir, à ce qu'on dit, mille écus de rente, s'écria Sylvie [1][b].

— Ne m'en parle pas, ce n'est qu'une [c] scélérate ! dit madame Vauquer. Et elle va chez la Buneaud [d], par-dessus le marché [e] ! Mais elle est capable de tout, elle a dû faire des horreurs, elle a tué, volé [f] dans son temps. Elle devait aller au bagne à la place de ce pauvre cher homme [g]...

En ce moment Eugène et le père Goriot sonnèrent.

— Ah ! voilà mes deux fidèles, dit la veuve en soupirant.

Les deux fidèles, qui n'avaient qu'un fort léger souvenir des désastres de la pension bourgeoise, annoncèrent sans cérémonie à leur hôtesse qu'ils allaient demeurer à la Chaussée-d'Antin.

— Ah, Sylvie ! dit la veuve, voilà mon dernier atout [h]. Vous m'avez donné le coup de la mort, messieurs ! ça m'a frappée dans l'estomac. J'ai une barre là. Voilà une journée qui me met dix ans de plus sur la tête. Je deviendrai folle, ma parole d'honneur ! Que faire des haricots ? Ah ! bien, si je suis [i] seule ici, tu t'en iras demain, Christophe. Adieu, messieurs, bonne nuit.

— Qu'a-t-elle donc ? demanda Eugène à Sylvie.

— Dame ! voilà tout le monde parti par suite des affaires. Ça lui a troublé la tête. Allons, je l'entends qui pleure. Ça

---

1. Mademoiselle Michonneau devait bien toucher, pour le service rendu, trois mille francs, soit mille écus (p. 190). C'est à cette somme que Vautrin, p. 225, a évalué sa récompense. Sylvie, comme les autres habitants de la Maison-Vauquer, a entendu ce propos, mais dénature le chiffre en ajoutant « de rente ». En réalité, Balzac avait écrit « mille écus, des rentes » et il fallait sans doute entendre : « de quoi s'assurer des rentes ». Mais il dut laisser passer délibérément le texte composé à l'imprimerie, qui a prévalu : Sylvie montre sa naïveté en mentionnant une somme aussi invraisemblable que « mille écus de rentes ».

lui fera du bien de *chigner*[1a]. Voilà la première fois qu'elle se vide les yeux[b] depuis que je suis à son service.

Le lendemain, madame Vauquer s'était, suivant son expression, *raisonnée*. Si elle parut affligée comme une femme qui avait perdu tous ses pensionnaires, et dont la vie était bouleversée, elle avait toute sa tête, et montra ce qu'était la vraie douleur[c], une douleur profonde, la douleur causée par l'intérêt froissé, par les habitudes rompues. Certes, le regard[d] qu'un amant jette sur les lieux habités par sa maîtresse, en les quittant, n'est pas plus triste que ne le fut celui de madame Vauquer sur sa table vide. Eugène la consola en lui disant que Bianchon, dont l'internat finissait dans quelques jours, viendrait[e] sans doute le remplacer; que l'employé du Muséum avait souvent manifesté le désir d'avoir l'appartement de madame Couture, et que dans peu de jours elle aurait remonté son personnel.

— Dieu vous entende, mon cher monsieur! mais le malheur est ici. Avant dix jours, la mort y viendra, vous verrez, lui dit-elle en jetant un regard lugubre sur la salle à manger. Qui prendra-t-elle[f]?

— Il fait bon déménager, dit tout bas Eugène au père Goriot.

— Madame, dit Sylvie en accourant effarée, voici trois jours que je n'ai vu Mistigris.

— Ah! bien, si mon chat est mort, s'il nous a quittés[g], je...

La pauvre veuve n'acheva pas, elle joignit les mains et se renversa sur le dos de son fauteuil, accablée par ce terrible pronostic[h].

Vers midi[i], heure à laquelle les facteurs arrivaient dans le quartier du Panthéon, Eugène reçut une lettre élégamment enveloppée, cachetée aux armes de Beauséant. Elle contenait une invitation adressée à monsieur et à madame de Nucingen pour le grand bal annoncé depuis un mois,

---

1. Pleurer. Le mot est déjà cité dans ce sens dans le *Dictionnaire des expressions vicieuses* de J.-F. Michel (1807). Balzac emploie encore, dans *Splendeurs et Misères des Courtisanes*, l'expression « chigner des yeux » (éd. citée, p. 541).

et qui devait avoir lieu chez la vicomtesse. A cette invitation était joint un petit mot pour Eugène :

« J'ai pensé, monsieur, que vous vous chargeriez avec plaisir d'être l'interprète de mes sentiments auprès de madame de Nucingen ; je vous envoie l'invitation que vous m'avez demandée, et serai charmée de faire la connaissance de la sœur de madame de Restaud. Amenez-moi donc cette jolie personne, et faites en sorte qu'elle ne prenne pas toute votre affection, vous m'en devez beaucoup en retour de celle que je vous porte.

« Vicomtesse DE BEAUSÉANT. »

— Mais, se dit Eugène en relisant ce billet, madame de Beauséant me dit assez clairement qu'elle ne veut pas du baron[a] de Nucingen. Il alla promptement chez Delphine, heureux d'avoir à lui procurer une joie dont il recevrait sans doute le prix. Madame de Nucingen était au bain. Rastignac attendit dans le boudoir, en butte aux impatiences naturelles à un jeune homme ardent et pressé de prendre possession d'une maîtresse, l'objet de deux ans de désirs. C'est des émotions qui ne se rencontrent pas deux fois dans la vie des jeunes gens. La première femme réellement femme à laquelle s'attache un homme, c'est-à-dire celle qui se présente à lui dans la splendeur des accompagnements que veut la société parisienne, celle-là n'a jamais de rivale. L'amour à Paris ne ressemble en rien aux autres amours. Ni les hommes ni les femmes n'y sont dupes des montres pavoisées de lieux communs que chacun étale par décence sur ses affections soi-disant désintéressées. En ce pays, une femme ne doit pas satisfaire seulement le cœur et les sens, elle sait parfaitement qu'elle a de plus grandes obligations à remplir envers les mille vanités dont se compose la vie. Là surtout l'amour est essentiellement vantard, effronté, gaspilleur, charlatan et fastueux. Si toutes les femmes de la cour de Louis XIV ont envié à mademoiselle de La Vallière l'entraînement de passion qui fit oublier à ce grand prince que ses manchettes coûtaient chacune mille écus quand il les déchira pour faciliter au duc de Vermandois [1] son entrée sur la scène du monde, que peut-on demander au reste de l'humanité ? Soyez jeunes, riches et titrés, soyez mieux [a] encore si vous pouvez ; plus vous apporterez de grains d'encens à brûler devant l'idole, plus elle vous sera favorable, si toutefois vous avez une idole. L'amour est une religion, et son culte doit coûter plus cher que celui de toutes les autres religions ; il passe promptement, et passe en gamin qui tient à marquer son passage par des dévastations. Le luxe du sentiment est la poésie des greniers ; sans cette richesse, qu'y deviendrait l'amour ? S'il est des exceptions à ces lois draconiennes du code parisien, elles se rencontrent dans la solitude, chez les âmes qui ne se sont point laissé entraîner par les doctrines sociales, qui vivent près de quelque source aux eaux claires, fugitives, mais incessantes ; qui, fidèles à leurs ombrages verts, heureuses d'écouter le langage de l'infini, écrit pour elles en toute chose et qu'elles retrouvent en elles-mêmes, attendent patiemment leurs ailes en plaignant ceux de la terre. Mais Rastignac, semblable à la plupart des jeunes gens, qui, par avance, ont goûté les grandeurs, voulait se présenter tout armé dans la lice du monde ; il en avait épousé la fièvre, et sentait peut-être la force de le dominer, mais sans connaître ni les moyens ni le but de cette ambition. A défaut d'un amour pur et sacré, qui remplit la vie, cette soif du pouvoir peut devenir une belle chose ; il suffit de dépouiller tout intérêt personnel et de se proposer la grandeur d'un pays pour objet. Mais l'étudiant n'était pas encore arrivé au point d'où l'homme peut contempler le cours de la vie et la juger. Jusqu'alors il n'avait même pas [b] complètement secoué le charme des fraîches et suaves idées qui enveloppent comme d'un feuillage la jeunesse des enfants élevés en province. Il avait continuellement hésité à franchir le Rubicon parisien. Malgré ses ardentes curiosités, il avait toujours conservé quelques arrière-pensées de la vie heureuse que mène le vrai gentilhomme dans son château. Néanmoins ses derniers

---

1. Louis de Bourbon, comte de Vermandois, né en 1667, était le fils naturel de Louis XIV et de Mlle de La Vallière.

scrupules avaient disparu la veille, quand il s'était vu dans son appartement. En jouissant des avantages matériels de la fortune, comme il jouissait depuis longtemps ª des avantages moraux que donne la naissance, il avait dépouillé sa peau d'homme de province, et s'était doucement établi dans une position d'où il découvrait un bel avenir. Aussi, en attendant Delphine, mollement assis dans ce joli boudoir qui devenait un peu le sien, se voyait-il si loin du Rastignac venu l'année dernière à Paris, qu'en le lorgnant par un effet d'optique morale, il se demandait s'il se ressemblait en ce moment à lui-même.

— Madame est dans sa chambre, vint lui dire Thérèse qui le fit tressaillir.

Il trouva Delphine étendue sur sa causeuse, au coin du feu, fraîche ᵇ, reposée. A la voir ainsi étalée sur des flots de mousseline, il était impossible de ne pas la comparer à ces belles plantes de l'Inde dont le fruit vient dans la fleur.

— Eh bien! nous voilà, dit-elle avec émotion.

— Devinez ce que je vous apporte, dit Eugène en s'asseyant près d'elle et lui prenant le bras pour lui baiser la la main.

Madame de Nucingen fit un mouvement de joie en lisant l'invitation. Elle tourna sur Eugène ses yeux mouillés, et lui jeta ses bras au cou pour l'attirer à elle dans un délire de satisfaction vaniteuse.

— Et c'est vous (toi, lui dit-elle à l'oreille; mais Thérèse est dans mon cabinet de toilette, soyons prudents!), vous à qui je dois ce bonheur? Oui, j'ose appeler cela un bonheur. Obtenu par vous, n'est-ce pas plus qu'un triomphe d'amour-propre? Personne ne m'a voulu présenter dans ce monde. Vous me trouverez peut-être en ce moment petite, frivole, légère comme une Parisienne; mais pensez, mon ami, que je suis prête à tout vous sacrifier, et que, si je souhaite plus ardemment que jamais d'aller dans le faubourg Saint-Germain, c'est que vous y êtes.

— Ne pensez-vous pas, dit Eugène, que madame de Beauséant a l'air de nous dire qu'elle ne compte pas voir le baron de Nucingen à son bal?

— Mais oui, dit la baronne en rendant la lettre à Eu-

gène. Ces femmes-là ont le génie de l'impertinence. Mais
n'importe, j'irai. Ma sœur doit s'y trouver, je sais qu'elle
prépare une toilette délicieuse. Eugène, reprit-elle à voix
basse, elle y va pour dissiper d'affreux soupçons. Vous ne
savez pas les bruits qui courent sur elle ? Nucingen est
venu me dire ce matin qu'on en parlait hier au Cercle
sans se gêner. A quoi tient, mon Dieu! l'honneur des
femmes et des familles! Je me suis sentie attaquée, blessée
dans ma pauvre sœur. Selon certaines personnes, monsieur de Trailles aurait souscrit des lettres de change
montant à cent mille francs, presque toutes échues, et
pour lesquelles il allait être poursuivi. Dans cette extrémité, ma sœur aurait vendu ses diamants à un juif, ces
beaux diamants que vous avez pu lui voir, et qui viennent
de madame de Restaud la mère [1]. Enfin, depuis deux jours,
il n'est question que de cela. Je conçois alors qu'Anastasie
se fasse faire une robe lamée, et veuille attirer sur elle tous
les regards chez madame de Beauséant, en y paraissant
dans tout son éclat et avec ses diamants. Mais je ne veux
pas être au-dessous d'elle. Elle a toujours cherché à m'é-
craser, elle n'a jamais été bonne pour moi, qui lui rendais
tant de services, qui avais toujours de l'argent pour elle
quand elle n'en avait pas. Mais laissons le monde, aujour-
d'hui je veux être tout heureuse.

Rastignac était encore à une heure du matin chez madame de Nucingen, qui, en lui prodiguant l'adieu des
amants, cet adieu plein de joies à venir, lui dit avec une
expression de mélancolie : — Je suis si peureuse, si superstitieuse, donnez à mes pressentiments le nom qu'il vous
plaira, que je tremble de payer mon bonheur par quelque affreuse catastrophe.

— Enfant, dit Eugène.

— Ah! c'est moi qui suis l'enfant ce soir, dit-elle en
riant.

Eugène revint à la Maison-Vauquer avec la certitude

---

1. M. de Trailles a demandé, en effet, cent mille francs à Gobseck pour trois ans, en échange du dépôt des diamants de sa maîtresse,
dont l'origine n'est précisée que dans *Le Père Goriot* (voir *Gobseck*).

de la quitter le lendemain, il s'abandonna donc pendant
la route à ces jolis rêves que font tous les jeunes gens
quand ils ont encore sur les lèvres le goût du bonheur.

— Eh bien ? lui dit le père Goriot quand Rastignac
passa devant sa porte.

— Eh bien! répondit Eugène, je vous dirai tout
demain.

— Tout, n'est-ce pas ? cria le bonhomme. Couchez-
vous. Nous allons commencer demain notre vie heureuse ª.

IV

LA MORT DU PÈRE

L E lendemain, Goriot et Rastignac n'attendaient plus
que le bon vouloir d'un commissionnaire pour partir de
la pension bourgeoise, quand vers midi le bruit d'un équipage qui s'arrêtait précisément à la porte de la Maison
Vauquer retentit dans la rue Neuve-Sainte-Geneviève [a].
Madame de Nucingen descendit de sa voiture, demanda
si son père était encore à la pension [b]. Sur la réponse affirmative [c] de Sylvie, elle monta lestement l'escalier. Eugène
se trouvait chez lui [d] sans que son voisin le sût. Il avait, en
déjeunant, prié le père Goriot d'emporter ses effets, en lui
disant qu'ils se retrouveraient à quatre heures rue d'Artois. Mais, pendant que le bonhomme avait été chercher
des porteurs, Eugène, ayant promptement répondu à l'appel de l'école, était revenu sans que personne l'eût aperçu,
pour compter avec madame Vauquer, ne voulant pas laisser cette charge à Goriot, qui, dans son fanatisme, aurait
sans doute payé pour lui. L'hôtesse était sortie, Eugène
remonta chez lui pour voir s'il n'y oubliait rien, et s'ap-
plaudit d'avoir eu cette pensée en voyant dans le tiroir de
sa table l'acceptation en blanc, souscrite à Vautrin, qu'il
avait insouciamment jetée là le jour où il l'avait acquittée.
N'ayant pas de feu, il allait la déchirer en petits morceaux
quand, en reconnaissant la voix de Delphine, il ne voulut
faire aucun bruit, et s'arrêta pour l'entendre, en pensant
qu'elle ne devait avoir [e] aucun secret pour lui. Puis, dès les
premiers mots, il trouva la conversation entre le père et
la fille trop intéressante pour ne pas l'écouter.

— Ah! mon père, dit-elle, plaise au ciel que vous ayez eu l'idée de demander compte de ma fortune assez à temps pour que je ne sois pas ruinée! Puis-je parler?

— Oui, la maison est vide, dit le père Goriot d'une voix altérée.

— Qu'avez-vous donc, mon père? reprit madame de Nucingen.

— Tu viens ª, répondit le vieillard, de me donner un coup de hache sur la tête. Dieu te pardonne, mon enfant! Tu ne sais pas combien je t'aime; si tu l'avais su, tu ne m'aurais pas dit brusquement de semblables choses, surtout si rien n'est désespéré. Qu'est-il donc arrivé de si pressant pour que tu sois venue me chercher ici quand dans quelques instants nous allions être rue d'Artois?

— Eh! mon père, est-on maître de son premier mouvement dans une catastrophe? Je suis folle! Votre avoué ᵇ nous a fait découvrir un peu plus tôt le malheur qui sans doute éclatera ᶜ plus tard. Votre vieille expérience commerciale va nous devenir nécessaire et je suis accourue vous chercher comme on s'accroche à une branche quand on se noie ᵈ. Lorsque monsieur Derville a vu Nucingen lui opposer mille chicanes, il l'a menacé d'un procès en lui disant que l'autorisation du président du tribunal serait promptement obtenue. Nucingen est venu ce matin chez moi pour me demander si je voulais sa ruine et la mienne. Je lui ai répondu que je ne me connaissais à rien de tout cela, que j'avais une fortune, que je devais être en possession de ma fortune, et que tout ce qui avait rapport à ce démêlé regardait mon avoué, que j'étais de la dernière ignorance et dans l'impossibilité de rien entendre à ce sujet. N'était-ce pas ce que vous m'aviez recommandé de dire?

— Bien, répondit le père Goriot.

— Eh bien ᵉ! reprit Delphine, il m'a mise au fait de ses affaires. Il a jeté ᶠ tous ses capitaux et les miens dans des entreprises à peine commencées, et pour lesquelles il a fallu mettre de grandes sommes en dehors. Si ᵍ je le forçais à me représenter ma dot, il serait obligé de déposer son bilan; tandis que, si je veux attendre un an, il s'engage sur l'honneur à me rendre une fortune double ou triple de la mienne en plaçant ª mes capitaux dans des opérations territoriales à la fin desquelles ᵇ je serai maîtresse de tous les biens. Mon cher père, il était sincère, il m'a effrayée. Il m'a demandé pardon de sa conduite, il m'a rendu ma liberté, m'a permis de me conduire à ma guise, à la condition de le laisser entièrement maître de gérer les affaires sous mon nom. Il m'a promis, pour me prouver sa bonne foi, d'appeler monsieur Derville toutes les fois que je le voudrais pour juger si les actes en vertu desquels il m'instituerait propriétaire seraient convenablement rédigés. Enfin il s'est remis entre mes mains pieds et poings liés. Il demande encore pendant deux ans la conduite de la maison ᶜ, et m'a suppliée de ne rien dépenser pour moi de plus qu'il ne m'accorde. Il m'a prouvé que tout ce qu'il pouvait faire était de conserver les apparences, qu'il avait renvoyé sa danseuse, et qu'il allait être contraint à la plus stricte mais à la plus sourde ᵈ économie, afin d'atteindre au terme de ses spéculations sans altérer son crédit ᵉ. Je l'ai malmené, j'ai tout mis en doute afin de le pousser à bout et d'en apprendre davantage ᶠ : il m'a montré ses livres, enfin il a pleuré. Je n'ai jamais vu d'homme en pareil état. Il avait perdu la tête, il parlait de se tuer, il délirait. Il m'a fait pitié.

— Et tu crois à ces sornettes ᵍ, s'écria le père Goriot. C'est un comédien ʰ ! J'ai rencontré des Allemands en affaires : ces gens-là sont presque tous de bonne foi, pleins de candeur ; mais, quand, sous leur air de franchise et de bonhomie, ils se mettent à être ⁱ malins et charlatans, ils le sont alors plus que les autres. Ton mari t'abuse. Il se sent serré de près, il fait le mort, il veut rester plus maître sous ton nom qu'il ne l'est sous le sien ʲ. Il va profiter de cette circonstance pour se mettre à l'abri des chances de son commerce. Il est aussi fin que perfide ; c'est un mauvais gars ᵏ. Non, non, je ne m'en irai pas au Père-Lachaise en laissant mes filles dénuées de tout. Je me connais encore un peu aux affaires. Il a, dit-il, engagé ses fonds dans les entreprises, eh bien ! ses intérêts sont représentés par des valeurs, par des reconnaissances, par

des traités ! qu'il les montre, et liquide avec toi. Nous choi-
sirons les meilleures spéculations, nous en courrons les
chances, et nous aurons les titres recognitifs [a] en notre nom
de *Delphine Goriot, épouse séparée quant aux biens du baron
de Nucingen*. Mais nous prend-il pour des imbéciles, celui-
là ? Croit-il que je puisse supporter pendant deux jours
l'idée de te laisser sans fortune, sans pain ? Je ne la sup-
porterais pas un jour, pas une nuit, pas deux heures ! Si
cette idée était vraie, je n'y survivrais pas. Eh quoi ! j'aurai travaillé pendant quarante ans de ma vie, j'aurai porté
des sacs sur mon dos, j'aurai sué des averses [b], je me serai
privé pendant toute ma vie pour vous, mes anges [c], qui
me rendiez tout travail, tout fardeau léger ; et aujourd'hui
ma fortune, ma vie s'en iraient en fumée ! Ceci me ferait
mourir [d] enragé. Par tout ce qu'il y a de plus sacré sur
terre et au ciel, nous allons tirer ça au clair, vérifier les livres,
la caisse, les entreprises ! Je ne dors pas, je ne me couche
pas, je ne mange pas, qu'il ne me soit prouvé que ta fortune est [e] là tout entière. Dieu merci, tu es séparée de
biens ; tu auras maître Derville pour avoué, un honnête
homme heureusement [f]. Jour de Dieu ! tu [g] garderas ton
bon petit million, tes cinquante mille livres de rente, jusqu'à
la fin de tes jours, ou je fais un tapage dans Paris, ah ! ah !
Mais je m'adresserais aux chambres si les tribunaux nous
victimaient [h]. Te savoir tranquille et heureuse du côté de
l'argent, mais cette pensée allégeait tous mes maux et
calmait mes chagrins. L'argent, c'est la vie. Monnaie fait
tout. Que nous chante-t-il donc, cette grosse souche d'Alsacien ? Delphine, ne fais pas une concession d'un quart
de liard à cette grosse bête, qui t'a mise à la chaîne et t'a
rendue malheureuse. S'il a besoin de toi, nous le tricoterons ferme [1], et nous le ferons marcher droit [i]. Mon Dieu,
j'ai la tête en feu, j'ai dans le crâne quelque chose qui me
brûle. Ma Delphine sur la paille ! Oh ! ma Fifine, toi !

---

1. Le mot *tricot* (cf. trique) désigne encore aujourd'hui dans certains
parlers de l'Ouest un bâton gros et court. *Tricoter* signifie bien, méta-
phoriquement, dans ce texte, diriger comme sous la menace d'un
bâton.

Sapristi, où sont mes gants ? Allons ! partons, je veux aller tout voir, les livres, les affaires, la caisse, la correspondance, à l'instant. Je ne serai calme [a] que quand il me sera prouvé que ta fortune ne court plus de risques, et que je la verrai de mes yeux [b].

— Mon cher père ! allez-y prudemment. Si vous mettiez la moindre velléité de [c] vengeance en cette affaire, et si vous montriez des intentions trop hostiles [d], je serais perdue. Il vous connaît [e], il a trouvé tout naturel que, sous votre inspiration, je m'inquiétasse de ma fortune ; mais, je vous le jure, il la tient en ses mains, et a voulu la tenir. Il est homme à s'enfuir avec tous les capitaux, et à nous laisser là, le scélérat [f] ! Il sait bien que je ne déshonorerai pas moi-même le nom que je porte en le poursuivant. Il est à la fois fort et faible. J'ai bien tout examiné. Si nous le poussons à bout, je suis ruinée.

— Mais c'est donc un fripon ?

— Eh bien ! oui, mon père, dit-elle en se jetant sur une chaise en pleurant. Je ne voulais pas vous l'avouer pour vous épargner le chagrin de m'avoir mariée à un homme de cette espèce-là ! Mœurs secrètes et conscience, l'âme et le corps, tout en lui s'accorde ! c'est effroyable : je le hais et le méprise [g]. Oui, je ne puis plus estimer ce vil [h] Nucingen après tout ce qu'il m'a dit. Un homme capable de se jeter dans les combinaisons commerciales dont il m'a parlé n'a pas la moindre délicatesse, et mes craintes viennent de ce que j'ai lu parfaitement dans son âme. Il m'a nettement proposé, lui, mon mari, la liberté, vous savez ce que cela signifie ? si je voulais être, en cas de malheur, un instrument entre ses mains, enfin si je voulais lui servir de [i] prête-nom.

— Mais les lois sont là ! Mais il y a une place de Grève pour les gendres de cette espèce-là, s'écria le père Goriot ; mais je le guillotinerais moi-même s'il n'y avait pas de bourreau [j].

— Non, mon père, il n'y a pas de lois contre lui. Écoutez en deux mots son langage, dégagé des circonlocutions dont il l'enveloppait [k] : « Ou tout est perdu, vous n'avez pas un liard, vous êtes ruinée ; car je ne saurais choisir

pour complice ᵃ une autre personne que vous; ou vous
me laisserez conduire à bien mes entreprises. » Est-ce
clair ᵇ ? Il tient encore à moi. Ma probité de femme le rassure; il sait que je lui laisserai sa fortune, et me conten-
terai de la mienne. C'est une association improbe et voleuse à laquelle je dois consentir sous peine d'être ᶜ ruinée.
Il m'achète ma conscience et la paye en me laissant être à
mon aise la femme d'Eugène. « Je te permets de commettre des fautes, laisse-moi fair des crimes en ruinant
de pauvres gens ! » Ce langage est-il encore assez clair ?
Savez-vous ce qu'il nomme faire des opérations ? Il achète
des terrains nus sous son ᵈ nom, puis il y fait bâtir des
maisons par des hommes de paille. Ces hommes concluent
les marchés pour les bâtisses avec tous les entrepreneurs,
qu'ils payent en effets à longs termes, et consentent,
moyennant une légère somme, à donner quittance à mon
mari, qui est alors possesseur des maisons, tandis que ces
hommes s'acquittent avec les entrepreneurs dupés en faisant faillite. Le nom de la maison Nucingen ᵉ a servi à
éblouir les pauvres constructeurs. J'ai compris cela. J'ai
compris aussi que, pour prouver, en cas de besoin, le
paiement de sommes énormes, Nucingen a envoyé des
valeurs considérables à Amsterdam, à Londres, à Naples,
à Vienne. Comment les saisirions-nous ?

Eugène ᶠ entendit le son lourd des genoux du père Goriot, qui tomba sans doute ᵍ sur le carreau de sa chambre.

— Mon Dieu ʰ, que t'ai-je fait ? Ma fille livrée à ce misérable, il exigera tout d'elle s'il le veut. Pardon, ma fille !
cria le vieillard ⁱ.

— Oui, si je suis dans un abîme, il y a peut-être de
votre faute, dit Delphine ʲ. Nous avons si peu de raison
quand nous nous marions ! Connaissons-nous le monde,
les affaires, les hommes, les mœurs ᵏ ? Les pères devraient
penser pour nous. Cher père, je ne vous reproche rien,
pardonnez-moi ce mot. En ceci la faute est toute à moi.
Non, ne pleurez point, papa, dit-elle en baisant le front
de son père.

— Ne pleure pas non plus, ma petite Delphine. Donne
tes yeux, que je les essuie en les baisant. Va ! je vais re-

trouver ma caboche, et débrouiller l'écheveau d'affaires que ton mari a mêlé[a].

— Non, laisse-moi faire; je saurai le manœuvrer[b]. Il m'aime, eh bien, je me servirai de mon empire sur lui pour[c] l'amener à me placer promptement quelques capitaux en propriétés. Peut-être lui ferai-je racheter sous mon nom Nucingen, en Alsace, il y tient. Seulement venez demain pour examiner ses livres, ses affaires. Monsieur Derville ne sait rien de ce qui est commercial. Non, ne venez pas demain. Je ne veux pas me tourner le sang. Le bal de madame de Beauséant a lieu après-demain, je veux me soigner pour y être belle, reposée, et faire honneur à mon[d] cher Eugène! Allons donc voir sa chambre.

En ce moment une voiture s'arrêta dans la rue Neuve-Sainte-Geneviève, et l'on entendit dans l'escalier la voix de madame de Restaud, qui disait à Sylvie[e] : — Mon père y est-il ? Cette circonstance sauva heureusement Eugène, qui méditait déjà de se jeter sur son lit et de feindre d'y dormir.

— Ah! mon père, vous a-t-on parlé d'Anastasie ? dit Delphine en reconnaissant la voix de sa sœur[f]. Il paraîtrait qu'il arrive aussi de singulières choses dans son ménage.

— Quoi donc! dit le père Goriot : ce serait donc ma fin[g]. Ma pauvre tête ne tiendra pas à un double malheur[h].

— Bonjour, mon père, dit la comtesse en entrant. Ah! te voilà, Delphine.

Madame de Restaud parut embarrassée de rencontrer sa sœur.

— Bonjour, Nasie, dit la baronne. Trouves-tu donc ma présence extraordinaire ? Je vois mon père tous les jours, moi.

— Depuis quand ?

— Si tu y venais, tu le saurais[i].

— Ne me taquine pas, Delphine, dit la comtesse d'une voix lamentable. Je suis bien malheureuse, je suis perdue, mon pauvre père! oh! bien perdue cette fois[j]!

— Qu'as-tu, Nasie? cria le père Goriot. Dis-nous tout, mon enfant. Elle pâlit. Delphine, allons, secours-la donc,

sois bonne pour elle, je t'aimerai encore mieux, si je peux,
toi [a] !

— Ma pauvre Nasie, dit madame de Nucingen en
asseyant sa sœur, parle. Tu vois en nous les deux seules
personnes qui t'aimeront toujours assez pour te pardonner
tout. Vois-tu, les affections de famille sont les plus sûres [b].
Elle lui fit respirer des sels, et la comtesse revint à elle.

— J'en mourrai, dit le père Goriot, Voyons, reprit-il
en remuant son feu de mottes, approchez-vous toutes les
deux. J'ai froid. Qu'as-tu, Nasie? dis vite, tu me tues...

— Eh bien! dit la pauvre femme, mon mari sait tout.
Figurez-vous, mon père, il y a quelque temps, vous souvenez-vous de [c] cette lettre de change de Maxime? Eh
bien! ce n'était pas la première. J'en avais déjà payé beaucoup [d]. Vers le commencement de janvier, monsieur de
Trailles me paraissait bien chagrin. Il ne me disait rien;
mais il est si facile de lire dans le cœur des gens qu'on
aime, un rien suffit [e] : puis il y a des pressentiments. Enfin
il était plus aimant, plus tendre que je ne l'avais jamais
vu, j'étais toujours plus heureuse. Pauvre Maxime! dans
sa pensée, il me faisait ses adieux, m'a-t-il dit; il voulait
se brûler la cervelle. Enfin je l'ai tant tourmenté, tant sup-
plié, je suis restée deux heures à ses genoux. Il m'a dit
qu'il devait cent mille francs! Oh! papa, cent mille francs!
Je suis devenue folle. Vous ne les aviez pas, j'avais tout
dévoré [f]...

— Non, dit le père Goriot, je n'aurais pas pu les faire,
à moins d'aller les voler. Mais j'y aurais été, Nasie! J'irai [g].

A ce mot lugubrement jeté, comme un son du râle
d'un mourant, et qui accusait l'agonie [h] du sentiment paternel réduit à l'impuissance, les deux sœurs firent une
pause. Quel égoïsme serait resté froid à ce cri de désespoir qui, semblable à une pierre lancée dans un gouffre,
en révélait la profondeur?

— Je les ai trouvés en disposant de ce qui ne m'appartenait pas, mon père, dit la comtesse en fondant en
larmes.

Delphine fut émue et pleura en mettant la tête sur le
cou de [i] sa sœur.

— Tout est donc vrai, lui dit-elle.

Anastasie baissa la tête, madame de Nucingen la saisit à plein corps, la baisa tendrement, et l'appuyant[a] sur son cœur : — Ici, tu seras toujours aimée sans être jugée, lui dit-elle.

— Mes anges, dit Goriot d'une voix faible, pourquoi votre union est-elle due au malheur[b]?

— Pous sauver la vie de Maxime, enfin pour sauver tout mon[c] bonheur, reprit la comtesse encouragée par ces témoignages d'une tendresse chaude et palpitante, j'ai porté chez cet usurier que vous connaissez, un homme fabriqué par l'enfer, que rien ne peut attendrir, ce monsieur Gobseck, les diamants de famille auxquels tient tant monsieur de Restaud, les siens, les miens, tout, je les ai vendus. Vendus! comprenez-vous? il a été sauvé! Mais, moi, je suis morte. Restaud a tout su.

— Par qui? comment? Que je le tue! cria le père Goriot[d].

— Hier, il m'a fait appeler dans sa chambre. J'y suis allée... « Anastasie, m'a-t-il dit d'une voix... (oh! sa voix a suffi, j'ai tout deviné[e]), où sont vos diamants? » Chez moi. « Non, m'a-t-il dit en me regardant, ils sont là, sur ma commode. » Et il m'a montré l'écrin qu'il avait couvert de[f] son mouchoir. « Vous savez d'où ils viennent? » m'a-t-il dit. Je suis tombée à ses genoux... j'ai pleuré, je lui ai demandé de quelle mort il voulait me voir mourir.

— Tu as dit cela! s'écria le père Goriot. Par le sacré nom de Dieu, celui qui vous fera mal à l'une ou à l'autre, tant que je serai vivant, peut être sûr que je[g] le brûlerai à petit feu! Oui, je le déchiqueterai comme...

Le père Goriot se tut, les mots expiraient dans sa gorge[h].

— Enfin, ma chère, il m'a demandé quelque chose de plus difficile à faire que de mourir. Le ciel[i] préserve toute femme d'entendre ce que j'ai entendu!

— J'assassinerai cet homme, dit le père Goriot tranquillement.

Mais il n'a qu'une vie, et il m'en doit deux. Enfin, quoi? reprit-il en regardant Anastasie.

— Eh bien! dit la comtesse en continuant après une pause, il m'a regardée[j] : « Anastasie, m'a-t-il dit, j'ensevelis

tout dans le silence, nous resterons ensemble, nous avons
des enfants. Je ne tuerai pas monsieur de Trailles, je
pourrais le manquer, et pour m'en défaire autrement je
pourrais me heurter contre la justice humaine. Le tuer
dans vos bras, ce serait déshonorer *les* enfants. Mais pour
ne voir périr ni vos enfants, ni leur père, ni moi, je vous
impose ᵃ deux conditions. Répondez : Ai-je un enfant à
moi ? » J'ai dit oui. « Lequel ? » a-t-il demandé. Ernest,
notre aîné ᵇ. « Bien, a-t-il dit. Maintenant, jurez-moi de
m'obéir désormais sur un seul point. » J'ai juré. « Vous
signerez la vente de vos biens quand je vous le demanderai ᶜ. »

— Ne signe pas, cria le père Goriot. Ne signe jamais
cela. Ah ! ah ! monsieur de Restaud, vous ne savez pas ce
que c'est que de rendre une femme heureuse, elle va
chercher le bonheur là ᵈ où il est, et vous la punissez de
votre niaise impuissance ᵉ ?... Je suis là, moi, halte-là !
il me trouvera dans sa route. Nasie, sois en repos. Ah, il
tient à son héritier ! bon, bon. Je ᶠ lui empoignerai son fils,
qui, sacré tonnerre, est ᵍ mon petit-fils. Je puis bien le voir,
ce marmot ʰ ? Je le mets dans mon village, j'en aurai soin,
sois bien tranquille. Je le ferai capituler, ce monstre-là,
en lui disant : A nous deux ! Si tu veux avoir ton fils,
rends à ma fille son bien, et laisse-la se conduire à sa guise ⁱ.

— Mon père !

— Oui, ton père ! Ah ! je suis un vrai père. Que ce
drôle de grand seigneur ne maltraite pas ʲ mes filles. Tonnerre ! je ne sais pas ce que j'ai dans les veines. J'y ai le
sang d'un tigre, je voudrais dévorer ces deux hommes.
O mes enfants ! voilà donc votre vie ? Mais c'est ma mort.
Que deviendrez-vous donc quand je ne serai plus là ? Les
pères devraient vivre autant que leurs enfants. Mon Dieu,
comme ton monde est mal arrangé ! Et tu as un fils cependant, à ce qu'on nous dit ᵏ. Tu devrais nous empêcher
de souffrir dans nos enfants. Mes chers anges, quoi ! ce
n'est qu'à vos douleurs que je dois votre présence. Vous
ne me faites connaître que vos larmes. Eh bien !, oui,
vous m'aimez, je le vois. Venez, venez vous plaindre
ici ! mon cœur est grand, il peut tout recevoir. Oui, vous

aurez beau le percer, les lambeaux feront encore des cœurs de père[a]. Je voudrais prendre vos peines, souffrir pour vous. Ah! quand vous étiez petites, vous étiez bien heureuses...

— Nous n'avons eu que ce temps-là de bon, dit Delphine. Où sont les moments où nous dégringolions du haut des sacs dans le grand grenier?

— Mon père! ce n'est pas tout, dit Anastasie à l'oreille de Goriot qui fit un bond. Les diamants n'ont pas été vendus cent mille francs[1]. Maxime est poursuivi. Nous n'avons plus que douze mille francs à payer[b]. Il m'a promis d'être sage, de ne plus jouer. Il ne me reste plus au monde que son amour, et je l'ai payé trop cher pour ne pas mourir s'il m'échappait. Je lui ai sacrifié fortune, honneur, repos, enfants[c]. Oh! faites qu'au moins Maxime soit libre, honoré, qu'il puisse demeurer dans le monde où il saura se faire une position. Maintenant il ne me doit pas que le bonheur, nous avons des enfants qui seraient sans fortune. Tout[d] sera perdu s'il est mis à Sainte-Pélagie[2].

— Je ne les ai pas[e], Nasie. Plus, plus rien, plus rien[f]! C'est la fin du monde. Oh! le monde va crouler, c'est sûr[g]. Allez-vous-en, sauvez-vous avant! Ah! j'ai encore[h] mes boucles d'argent, six couverts, les premiers que j'aie eus dans ma vie. Enfin, je n'ai plus que douze cents francs de rente viagère...

— Qu'avez-vous donc fait de vos rentes perpétuelles?

— Je les ai vendues en me réservant ce petit bout de revenu pour mes besoins. Il me fallait douze[i] mille francs pour arranger un appartement à Fifine[j].

---

1. Gobseck, en effet, a versé trente mille francs en espèces et acquitté la différence avec des lettres de change signées par Maxime, qui, achetées par lui à vil prix, se trouvaient précisément en sa possession.

2. A la date où se déroule *Le Père Goriot*, la prison Sainte-Pélagie, 14 rue de la Clef, recevait les débiteurs poursuivis par leurs créanciers. Balzac y fait d'autres allusions dans *Splendeurs et Misères des Courtisanes* ; dans *Ursule Mirouët* ; dans *La Peau de Chagrin*. Sainte-Pélagie devint ensuite une prison politique et, à partir de 1827, les personnes condamnées pour dettes furent enfermées à Clichy.

— Chez toi, Delphine? dit madame de Restaud à sa sœur.

— Oh! qu'est-ce que cela fait! reprit le père Goriot[a], les douze mille francs sont employés.

— Je devine, dit la comtesse. Pour monsieur de Rastignac. Ah! ma pauvre Delphine, arrête-toi. Vois où j'en suis.

— Ma chère, monsieur de Rastignac est un jeune homme incapable de ruiner sa maîtresse.

— Merci, Delphine. Dans la crise où je me trouve, j'attendais mieux de toi; mais tu ne m'as jamais aimée.

— Si, elle t'aime, Nasie, cria le père Goriot, elle me le disait tout à l'heure. Nous parlions de toi, elle me soutenait que tu étais belle et qu'elle n'était que jolie, elle [b]!

— Elle! répéta la comtesse, elle est d'un beau froid.

— Quand cela serait, dit Delphine en rougissant, comment t'es-tu comportée envers moi? Tu m'as reniée, tu m'as fait fermer les portes de toutes les maisons où je souhaitais aller, enfin tu n'as jamais manqué la moindre occasion de me causer de la peine. Et moi, suis-je venue, comme toi, soutirer à ce pauvre père, mille francs à mille francs, sa fortune, et le réduire dans l'état où il est? Voilà ton ouvrage, ma sœur. Moi, j'ai vu mon père tant que j'ai pu, je ne l'ai pas mis à la porte, et je ne suis pas venue lui lécher les mains quand j'avais besoin de lui. Je ne savais seulement pas qu'il eût employé ces [c] douze mille francs pour moi. J'ai de l'ordre, moi! tu le sais. D'ailleurs, quand papa m'a fait [d] des cadeaux, je ne les ai jamais quêtés.

— Tu étais plus heureuse que moi : monsieur de Marsay [e] était riche, tu en sais quelque chose. Tu as toujours été vilaine comme l'or. Adieu, je n'ai ni sœur, ni...

— Tais-toi, Nasie! cria le père Goriot.

— Il n'y a qu'une sœur comme toi qui puisse répéter ce que le monde ne croit plus, tu es un monstre, lui dit Delphine.

— Mes enfants [f], mes enfants, taisez-vous, ou je me tue devant vous.

— Va, Nasie, je te pardonne, dit madame de Nucingen en continant, tu es malheureuse. Mais je suis meilleure

que tu ne l'es. Me dire cela au moment où je me sentais
capable de tout pour te secourir, même d'entrer dans la
chambre de mon mari, ce que je ne ferais ni pour moi
ni pour... Ceci est digne de tout ce que tu as commis de
mal contre moi ᵃ depuis neuf ᵇ ans.

— Mes enfants, mes enfants, embrassez-vous! dit le
père. Vous êtes deux anges ᶜ.

— Non, laissez-moi, cria la comtesse que Goriot avait
prise par le bras et qui secoua l'embrassement de son père.
Elle a moins de pitié pour moi que n'en aurait mon mari.
Ne dirait-on pas qu'elle est l'image de toutes les vertus!

— J'aime encore mieux passer pour devoir de l'argent
à monsieur de Marsay que d'avouer ᵈ que monsieur de
Trailles me coûte ᵉ plus de deux cent mille francs, répondit
madame de Nucingen ᶠ.

— Delphine! cria la comtesse en faisant un pas vers elle.

— Je te dis la vérité quand tu me calomnies, répliqua
froidement la baronne ᵍ.

— Delphine! tu es une...
Le père Goriot s'élança, retint la comtesse et l'empêcha
de parler en lui couvrant la bouche avec sa main.

— Mon Dieu! mon père, à quoi donc avez-vous touché ce matin? lui dit Anastasie.

— Eh bien, oui, j'ai tort, dit le pauvre père en s'es-
suyant les mains à son pantalon. Mais je ne savais pas que
vous viendriez, je déménage.

Il était heureux de s'être attiré un reproche qui détour-
nait sur lui la colère de sa fille.

— Ah! reprit-il en s'asseyant, vous m'avez ʰ fendu le
cœur. Je me meurs, mes enfants! Le crâne me cuit intérieurement comme s'il avait du feu. Soyez donc gentilles,
aimez-vous bien! Vous me feriez mourir. Delphine, Nasie,
allons, vous aviez raison, vous aviez tort toutes les deux ⁱ.
Voyons, Dedel, reprit-il en portant sur la baronne des
yeux pleins de larmes ʲ, il lui faut douze mille francs,
cherchons-les. Ne vous regardez pas comme ça. Il se mit
à genoux devant Delphine. — Demande-lui pardon pour
me faire plaisir, lui dit-il à l'oreille ᵏ, elle est la plus malheureuse, voyons?

— Ma pauvre Nasie, dit Delphine épouvantée de la sauvage et folle expression que la douleur imprimait sur le visage de son père, j'ai eu tort[a], embrasse-moi...

— Ah! vous me mettez du baume sur le cœur[b], cria le père Goriot[c]. Mais où trouver douze mille francs? Si je me proposais comme remplaçant[1]?

— Ah! mon père! dirent les deux filles en l'entourant, non, non.

— Dieu vous récompensera de cette pensée, notre vie n'y suffirait point! n'est-ce pas, Nasie? reprit Delphine.

— Et puis, pauvre père, ce serait une goutte d'eau, fit observer la comtesse[d].

— Mais on ne peut donc rien faire de son sang? cria le vieillard désespéré. Je me voue à celui qui te sauvera, Nasie! je tuerai un homme pour lui. Je ferai comme Vautrin[e], j'irai au bagne! je... Il s'arrêta comme s'il eût été foudroyé[f]. Plus rien! dit-il en s'arrachant les cheveux. Si je savais où aller pour voler, mais il est encore difficile de trouver un vol à faire. Et puis il faudrait du monde et du temps pour prendre la Banque[g]. Allons, je dois[h] mourir, je n'ai plus qu'à mourir. Oui, je ne suis plus bon à rien, je ne suis plus père! non. Elle me demande, elle a besoin! et moi, misérable, je n'ai rien. Ah! tu t'es fait des rentes viagères, vieux scélérat, et tu avais des filles! Mais tu ne les aimes donc pas? Crève, crève comme un chien que tu es! Oui, je suis au-dessous d'un chien, un chien ne se conduirait pas ainsi! Oh! ma tête! elle bout!

— Mais, papa, crièrent les deux jeunes femmes qui l'entouraient pour l'empêcher de se frapper la tête contre les murs, soyez donc raisonnable[i].

Il sanglotait. Eugène, épouvanté, prit la lettre de change souscrite à Vautrin, et dont le timbre comportait une plus forte somme; il en corrigea le chiffre, en fit une lettre de

---

1. Un remplaçant était un homme qui, dans la législation alors en vigueur, accomplissait volontairement des obligations militaires aux lieu et place d'un autre. L'idée paraît extravagante, à l'âge du père Goriot.

change ᵃ régulière de douze mille francs à l'ordre de Goriot
et entra.

— Voici tout votre argent ᵇ, madame, dit-il en présentant le papier. Je dormais, votre conversation ᶜ m'a réveillé,
j'ai pu savoir ainsi ce ᵈ que je devais à monsieur Goriot.
En voici le titre que vous pouvez négocier, je l'acquitterai
fidèlement.

La comtesse, immobile, tenait le papier.

— Delphine, dit-elle pâle et tremblante de colère, de
fureur, de rage, je te pardonnais tout, Dieu m'en est témoin,
mais ceci! Comment, monsieur était là, tu le savais! tu
as eu la petitesse de te venger en me laissant lui livrer mes
secrets ᵉ, ma vie, celle de mes enfants, ma honte, mon
honneur! Va, tu ne m'es plus de rien, je te hais, je te ferai
tout le mal possible, je... La colère lui coupa la parole,
et son gosier se sécha.

— Mais c'est mon fils, notre enfant, ton frère, ton
sauveur, criait le père Goriot. Embrassez-le donc, Nasie!
Tiens, moi je l'embrasse, reprit-il en serrant Eugène avec
une sorte de fureur. Oh! mon enfant! je serai plus qu'un
père pour toi, je veux être une famille. Je voudrais être
Dieu, je te jetterais l'univers aux pieds. Mais, baise-le
donc, Nasie! ce n'est pas un homme, mais un ange, un
véritable ange ᶠ.

— Laissez-la, mon père, elle est folle en ce moment,
dit Delphine.

— Folle! folle! Et toi, qu'es-tu? demanda madame de
Restaud.

— Mes enfants, je meurs si vous continuez, cria le
vieillard en tombant sur son lit comme frappé par une
balle ᵍ. — Elles me tuent! se dit-il.

La comtesse regarda Eugène, qui restait immobile,
abasourdi par ʰ la violence de cette scène ⁱ. — Monsieur,
lui dit-elle en l'interrogeant du geste, de la voix et du regard, sans faire attention à son père dont le gilet fut rapidement défait par Delphine ʲ.

— Madame, je paierai et je me tairai, répondit-il sans
attendre la question ᵏ.

— Tu as tué notre père, Nasie! dit Delphine en montrant le vieillard évanoui à sa sœur, qui se sauva[a].

— Je lui pardonne bien, dit le bonhomme en ouvrant les yeux, sa situation est épouvantable et tournerait une meilleure tête. Console Nasie, sois douce pour elle, promets-le à ton pauvre père, qui se meurt, demanda-t-il à Delphine en lui pressant la main.

— Mais qu'avez-vous? dit-elle tout effrayée.

— Rien, rien, répondit le père, ça se passera[b]. J'ai quelque chose qui me presse le front, une migraine[1c]. Pauvre Nasie, quel avenir!

En ce moment la comtesse rentra, se jeta aux genoux de son père : — Pardon! cria-t-elle.

— Allons, dit le père Goriot, tu me fais encore plus de mal maintenant.

— Monsieur, dit la comtesse à Rastignac, les yeux baignés de larmes, la douleur m'a rendue injuste. Vous serez un frère pour moi? reprit-elle en lui tendant la main[d].

— Nasie, lui dit Delphine en la serrant, ma petite Nasie, oublions tout.

— Non, dit-elle, je m'en souviendrai, moi!

— Les anges, s'écria le père Goriot, vous m'enlevez le rideau que j'avais sur les yeux, votre voix me ranime. Embrassez-vous donc encore[e]. Eh bien! Nasie, cette lettre de change te sauvera-t-elle?

— Je l'espère. Dites donc, papa, voulez-vous y mettre votre signature?

— Tiens, suis-je bête[f], moi, d'oublier ça! Mais je me suis trouvé mal. Nasie, ne m'en veux pas. Envoie-moi dire que tu es hors de peine. Non, j'irai. Mais non, je n'irai pas[g], je ne puis plus voir ton mari, je le tuerais net.

---

1. Voici le premier signe précurseur du mal qui va emporter le père Goriot. Les observations cliniques seront nombreuses au fil des pages et il apparaît certain que Balzac s'est renseigné de façon précise sur les phénomènes d'apoplexie, en recourant aux ouvrages médicaux du temps. Il pouvait, en outre, consulter de vive voix son vieil ami et médecin traitant, le docteur Nacquart, ou encore le jeune Émile Regnault. Voir l'ouvrage de M. Moïse Le Yaouanc *Nosographie de l'humanité balzacienne*, p. 235 sq. (Maloine, 1960).

Quant à dénaturer tes^a biens, je serai là. Va vite, mon enfant, et fais que Maxime ^b devienne sage.

Eugène était stupéfait.

— Cette pauvre Anastasie a toujours été violente, dit
madame de Nucingen, mais elle a bon cœur.

— Elle est revenue pour l'endos, dit Eugène à l'oreille
de Delphine.

— Vous croyez?

— Je voudrais ne pas le croire. Méfiez-vous d'elle, répondit-il en levant les yeux comme pour confier à Dieu
des pensées qu'il n'osait exprimer ^c.

— Oui, elle a toujours été un peu comédienne, et mon
pauvre père se laisse prendre à ses mines.

— Comment allez-vous, mon bon père Goriot? demanda
Rastignac au vieillard ^d.

— J'ai envie de dormir, répondit-il ¹.

Eugène aida Goriot à se coucher. Puis, quand le bonhomme se fut endormi en tenant la main de Delphine, sa
fille se retira.

— Ce soir aux Italiens, dit-elle à Eugène, et tu me
diras comment il va. Demain, vous déménagerez, monsieur. Voyons votre chambre. Oh! quelle horreur! dit-elle
en y entrant. Mais vous étiez plus mal que n'est ^e mon père.
Eugène, tu t'es bien conduit. Je vous aimerais davantage
si c'était possible; mais, mon enfant, si vous voulez faire
fortune, il ne faut pas jeter comme ça des douze mille
francs par les fenêtres. Le comte de Trailles est joueur.
Ma sœur ne veut pas voir ça. Il aurait été chercher ses
douze mille francs là où il sait perdre ou gagner des monts
d'or ^f.

Un gémissement les fit revenir chez Goriot, qu'ils trouvèrent en apparence endormi; mais quand les deux amants
s'approchèrent, ils entendirent ces mots : « Elles ne sont

---

1. Cette envie de dormir (comme plus haut la migraine) est un
signe précurseur de l'attaque. M. Le Yaouanc, dans sa *Nosographie*,
cite à ce propos le *Dictionnaire des Sciences médicales*, que Balzac
pourrait bien avoir pratiqué : « Quoique l'invasion [...] soit ordinairement subite, elle s'annonce cependant quelquefois [...] par des
douleurs de tête [...], des vertiges, un état de somnolence » (II, 241-242).

pas heureuses ! » Qu'il dormît ou qu'il veillât, l'accent de cette phrase frappa si vivement le cœur de sa fille, qu'elle s'approcha du grabat sur lequel gisait son père, et le baisa au front. Il ouvrit ses yeux en disant : — C'est Delphine !

— Eh bien ! comment vas-tu ? demanda-t-elle [a].

— Bien, dit-il. Ne sois pas inquiète, je vais sortir. Allez, allez, mes enfants, soyez heureux.

Eugène accompagna Delphine jusque chez elle ; mais, inquiet de l'état dans lequel il avait laissé Goriot, il refusa de dîner avec elle, et revint à la Maison Vauquer. Il trouva le père Goriot debout et prêt à s'attabler. Bianchon s'était mis de manière à bien examiner la figure du vermicellier. Quand il lui vit prendre son pain et le sentir pour juger de la farine avec laquelle il était fait, l'étudiant, ayant observé dans ce mouvement une absence totale de ce que l'on pourrait nommer la conscience de l'acte [1][b], fit un geste sinistre.

— Viens donc près de moi, monsieur l'interne à Cochin, dit Eugène.

Bianchon s'y transporta d'autant plus volontiers qu'il allait être près du vieux pensionnaire.

— Qu'a-t-il ? demanda Rastignac.

— A moins que je ne me trompe, il est flambé ! Il a dû se passer quelque chose d'extraordinaire en lui, il me semble être sous le poids d'une apoplexie séreuse [2] immi-

---

1. Ce mouvement était déjà décrit beaucoup plus haut (p. 64), mais comme une sorte d'habitude professionnelle. La dégradation de cette habitude en acte inconscient apparaît à Bianchon comme un signe clinique d'une attaque imminente. M. Le Yaouanc note qu'une telle réaction est d'un bon interne et se réfère aux *Recherches anatomico-pathologiques sur l'encéphale* de Lallemand : ce médecin cite le cas d'un malade de soixante-dix ans qui porte souvent la main à son nez comme pour priser.

2. La médecine du XVIIIe siècle distinguait souvent de l'hémorragie cérébrale l'apoplexie dite séreuse, où le liquide épanché dans le cerveau est une sérosité et non du sang. M. Le Yaouanc signale que, vers 1820, la notion même d'apoplexie séreuse est combattue par de nombreux médecins, notamment par Rochoux, et que la plupart des autres, tout en admettant la possibilité d'une invasion de ce genre, ne se hasarderaient pas à la diagnostiquer d'emblée : il serait donc peu

nente [a]. Quoique le bas de la figure soit assez calme [b], les traits supérieurs du visage se tirent vers le front malgré lui, vois! Puis les yeux [c] sont dans l'état particulier qui dénote l'invasion du sérum dans le cerveau [d] Ne dirait-on pas qu'ils sont pleins d'une poussière fine [1][e]? Demain matin j'en saurai davantage [f].

— Y aurait-il quelque remède?

— Aucun. Peut-être pourra-t-on [g] retarder sa mort si l'on trouve les moyens de déterminer une réaction vers les extrémités, vers les jambes [h]; mais si demain soir [i] les symptômes ne cessent pas, le pauvre bonhomme est perdu. Sais-tu par quel événement la maladie a été causée? il a dû recevoir un coup violent sous lequel son moral aura succombé [j].

— Oui, dit Rastignac en se rappelant que les deux filles avaient battu [k] sans relâche sur le cœur de leur père [l].

— Au moins, se disait Eugène, Delphine aime son père, elle!

Le soir, aux Italiens, Rastignac prit quelques précautions afin de ne pas trop alarmer madame de Nucingen.

— N'ayez pas d'inquiétude, répondit-elle aux premiers mots que lui dit Eugène, mon père est fort. Seulement, ce matin, nous l'avons un peu secoué. Nos fortunes sont en question, songez-vous à l'étendue de ce malheur? Je ne vivrais pas si votre affection ne me rendait pas insensible à ce que j'aurais regardé naguère comme des angoisses mortelles. Il n'est plus aujourd'hui qu'une seule crainte, un seul malheur pour moi, c'est de perdre l'amour

---

vraisemblable qu'un étudiant en médecine, à cette date, pût s'exprimer de la sorte. Balzac a pu s'inspirer sur ce point particulier, soit, comme le pense M. Le Yaouanc, d'un ouvrage de médecine un peu ancien, soit encore d'indications fournies par le docteur Nacquart, dont la formation médicale remonte aux toutes premières années du siècle.

1. Les ouvrages médicaux de l'époque relèvent ces divers symptômes. Le *Dictionnaire des Sciences médicales* (II, 242) décrit des cas où les paupières sont « comme suspendues ». J.-F. Granier, dans le *Traité sur l'Apoplexie* (1826), écrit que « les paupières s'élèvent » et que « le visage est contorsionné ». L'injection des yeux est signalée dans les *Recherches pathologiques* d'Abercrombie (Textes réunis par M. Le Yaouanc).

qui m'a fait sentir le plaisir de vivre. En dehors de ce sentiment tout m'est indifférent, je n'aime plus rien au monde. Vous êtes tout pour moi. Si je sens le bonheur d'être riche, c'est pour mieux vous plaire. Je suis, à ma honte, plus amante que je ne suis fille. Pourquoi? je ne sais. Toute ma vie est en vous. Mon père m'a donné un cœur, mais vous l'avez fait battre. Le monde entier peut me blâmer, que m'importe! si vous, qui n'avez pas le droit de m'en vouloir, m'acquittez des crimes auxquels me condamne un sentiment irrésistible? Me croyez-vous une fille dénaturée? oh, non, il est impossible de ne pas aimer un père aussi bon que l'est le nôtre. Pouvais-je empêcher qu'il ne vît enfin les suites naturelles[a] de nos déplorables mariages? Pourquoi ne les a-t-il pas empêchés? N'était-ce pas à lui de réfléchir pour nous? Aujourd'hui, je le sais, il souffre autant que nous; mais que pouvions-nous y faire? Le consoler! nous ne le consolerions de rien. Notre résignation lui faisait[b] plus de douleur que nos reproches et nos plaintes ne lui causeraient de mal. Il est des situations dans la vie où tout est amertume.

Eugène resta muet, saisi de tendresse par l'expression naïve d'un sentiment vrai. Si les Parisiennes sont souvent fausses, ivres de vanité, personnelles, coquettes, froides, il est sûr que quand elles aiment réellement, elles sacrifient plus de sentiments que les autres femmes à leurs passions; elles se grandissent de toutes leurs petitesses, et deviennent sublimes. Puis Eugène était frappé de l'esprit profond et judicieux que la femme déploie pour juger les sentiments les plus naturels, quand une affection privilégiée l'en sépare et la met à distance. Madame de Nucingen se choqua du silence que gardait Eugène.

— A quoi pensez-vous donc? lui demanda-t-elle.

— J'écoute encore ce que vous m'avez dit. J'ai cru jusqu'ici vous aimer plus que vous ne m'aimiez.

Elle sourit et s'arma contre le plaisir qu'elle éprouva, pour laisser la conversation dans les bornes imposées par les convenances. Elle n'avait jamais entendu les expressions vibrantes d'un amour jeune et sincère. Quelques mots de plus, elle ne se serait plus contenue[c].

— Eugène, dit-elle en changeant de conversation[a], vous ne savez donc pas ce qui se passe? Tout Paris sera demain chez madame de Beauséant. Les Rochefide et le marquis d'Ajuda se sont entendus pour ne rien ébruiter ; mais le Roi signe demain le contrat de mariage, et votre pauvre cousine ne sait rien encore. Elle ne pourra pas se dispenser de recevoir, et le marquis ne sera pas à son bal. On ne s'entretient que de cette aventure.

— Et le monde se rit d'une infamie, et il y trempe! Vous ne savez donc pas que madame de Beauséant en mourra?

— Non, dit Delphine en souriant, vous ne connaissez pas ces sortes de femmes-là. Mais tout Paris viendra chez elle, et j'y serai! Je vous dois ce bonheur-là pourtant.

— Mais, dit Rastignac, n'est-ce pas [b] un de ces bruits absurdes comme on en fait tant courir à Paris?

— Nous saurons la vérité demain.

Eugène ne rentra pas à la Maison Vauquer. Il ne put se résoudre à ne pas jouir de son nouvel appartement. Si, la veille, il avait été forcé de quitter Delphine, à une heure après minuit, ce fut Delphine qui le quitta vers deux heures pour retourner chez elle [c]. Il dormit [d] le lendemain assez tard, attendit vers midi madame de Nucingen, qui vint déjeuner avec lui. Les jeunes gens sont si avides de ces jolis bonheurs, qu'il avait presque oublié le père Goriot. Ce fut [e] une longue fête pour lui que de s'habituer à chacune de ces élégantes choses qui lui appartenaient. Madame de Nucingen était là, donnant à tout un nouveau prix. Cependant, vers quatre heures, les deux amants pensèrent [f] au père Goriot en songeant au bonheur qu'il se promettait à venir demeurer dans cette maison. Eugène fit observer qu'il [g] était nécessaire d'y transporter promptement le bonhomme, s'il devait être malade, et quitta Delphine pour courir à la Maison Vauquer. Ni le père Goriot ni Bianchon n'étaient à table.

— Eh bien! lui dit le peintre, le père Goriot est éclopé [1 h].

---

1. Ce mot familier (noté en 1835 par le *Dictionnaire de l'Académie* comme participe passé d'un verbe inusité) paraît signifier assez vague-

Bianchon est là-haut près de lui. Le bonhomme a vu l'une de ses filles, la comtesse de Restaurama [a]. Puis il a voulu sortir et sa maladie a empiré. La société va être privée d'un de ses beaux ornements [b].

Rastignac s'élança vers l'escalier.

— Hé! monsieur Eugène!

— Monsieur Eugène! madame vous appelle, cria Sylvie [c].

— Monsieur, lui dit la veuve, monsieur [d] Goriot et vous, vous deviez sortir le quinze de février. Voici trois jours que le quinze est passé, nous sommes au dix-huit [e], il faudra me payer un mois pour vous et pour lui, mais, si vous voulez [f] garantir le père Goriot, votre parole me suffira [g].

— Pourquoi? n'avez-vous pas confiance?

— Confiance! si le bonhomme n'avait plus sa tête et mourait, ses filles ne me donneraient pas un liard, et toute sa défroque ne vaut pas dix francs. Il a emporté ce matin ses derniers couverts, je ne sais pourquoi. Il s'était mis en jeune homme. Dieu me pardonne, je crois qu'il avait du rouge, il m'a paru rajeuni.

— Je réponds de tout, dit Eugène en frissonnant d'horreur et appréhendant une catastrophe [h].

Il monta chez le père Goriot. Le vieillard gisait sur son lit, et Bianchon était auprès de lui.

— Bonjour, père, lui dit Eugène.

Le bonhomme lui sourit doucement, et répondit en tournant vers lui des yeux vitreux [i]. — Comment va-t-elle?

— Bien. Et vous?

— Pas mal.

— Ne le fatigue pas, dit Bianchon en entraînant Eugène dans un coin de la chambre.

— Eh bien? lui dit Rastignac.

— Il ne peut être sauvé que par un miracle. La con-

---

ment ici : mal en point, alors qu'on l'emploie plutôt pour désigner un invalide des jambes.

gestion séreuse a eu lieu, il a les sinapismes [1]; heureusement il les sent, ils agissent.

— Peut-on le transporter?

— Impossible. Il faut le laisser là, lui éviter tout mouvement physique et toute émotion...

— Mon bon Bianchon, dit Eugène, nous le soignerons à nous deux.

— J'ai déjà fait venir le médecin en chef de mon hôpital.

— Eh bien?

— Il prononcera demain soir. Il m'a promis de venir après sa journée. Malheureusement ce fichu bonhomme a commis ce matin une imprudence sur laquelle il ne veut pas s'expliquer. Il est entêté comme une mule. Quand je lui parle, il fait semblant de ne pas entendre, et dort pour ne pas me répondre; ou bien, s'il a les yeux ouverts [a], il se met à geindre. Il est sorti vers le matin [b], il a été à pied dans Paris, on ne sait où. Il a emporté tout ce qu'il possédait de vaillant [c], il a été faire quelque sacré trafic pour lequel [d] il a outrepassé ses forces! Une de ses filles est venue.

— La comtesse? dit Eugène. Une grande brune, l'œil vif et bien coupé, joli pied, taille souple?

— Oui.

— Laisse-moi seul un moment avec lui, dit Rastignac. Je vais le confesser, il me dira tout, à moi.

— Je vais aller dîner pendant ce temps-là. Seulement tâche de ne pas trop l'agiter; nous avons encore quelque espoir.

— Sois tranquille.

— Elles s'amuseront bien demain, dit le père Goriot à Eugène quand ils furent seuls [e]. Elles vont à un grand bal.

— Qu'avez-vous donc fait ce matin, papa, pour être si souffrant ce soir qu'il vous faille rester au lit?

— Rien.

— Anastasie est venue? demanda Rastignac.

---

1. Remède recommandé pour l'apoplexie dans le *Dictionnaire des Sciences médicales* (II, 244) ainsi que les laxatifs, les sangsues et les bains de pied évoqués plus loin (p. 273).

— Oui, répondit le père Goriot.

— Eh bien ! ne me cachez rien. Que vous a-t-elle encore demandé ?

— Ah ! reprit-il en rassemblant ses forces pour parler [a], elle était bien malheureuse, allez, mon enfant ! Nasie n'a pas un sou depuis l'affaire des diamants. Elle avait commandé, pour ce bal, une robe lamée qui doit lui aller comme un bijou. Sa couturière, une infâme, n'a pas voulu lui faire crédit [b], et sa femme de chambre a payé mille francs en à-compte sur la toilette. Pauvre Nasie, en être venue là ! Ça m'a déchiré le cœur. Mais la femme de chambre, voyant ce [c] Restaud retirer toute sa confiance à Nasie, a eu peur de perdre son argent, et s'entend avec la couturière pour ne livrer la robe que si les mille francs sont rendus. Le bal est demain, la robe est prête, Nasie est au désespoir [d]. Elle a voulu m'emprunter [e] mes couverts pour les engager. Son [f] mari veut qu'elle aille à ce bal pour montrer à tout Paris les diamants qu'on prétend vendus par elle. Peut-elle dire à ce monstre : « Je dois mille francs, payez-les » ? Non. J'ai compris ça, moi. Sa sœur Delphine ira là dans une toilette superbe. Anastasie ne doit pas être au-dessous de sa cadette. Et puis elle est si noyée de larmes, ma pauvre fille ! J'ai été si humilié de n'avoir pas eu douze mille francs hier, que j'aurais donné le reste de ma misérable vie pour racheter ce tort-là. Voyez-vous ? j'avais eu la force de tout supporter, mais mon dernier manque d'argent m'a crevé le cœur [g]. Oh ! oh ! je n'en ai fait ni une ni deux, je me suis rafistolé, requinqué ; j'ai vendu pour six cents francs de couverts et de boucles, puis j'ai engagé, pour un an, mon titre de rente viagère contre quatre cents francs une fois payés, au papa Gobseck. Bah ! je mangerai du pain ! ça me suffisait quand j'étais jeune, ça peut encore aller [h]. Au moins elle aura une belle soirée, ma Nasie. Elle sera pimpante. J'ai le billet de mille francs là sous mon chevet. Ça me réchauffe d'avoir là sous la tête ce qui va faire plaisir à la pauvre Nasie [i]. Elle pourra mettre sa mauvaise Victoire [1]

---

1. Évoquant, déjà, la femme de chambre de Mme de Restaud, Balzac, p. 134, l'avait nommée Constance.

à la porte. A -t-on vu des domestiques ne pas avoir confiance dans leurs maîtres ! Demain je serai bien, Nasie vient à dix heures. Je ne veux pas qu'elles me croient malade, elles n'iraient point au bal, elles me soigneraient. Nasie m'embrassera demain comme ᵃ son enfant, ses caresses me guériront ᵇ. Enfin, n'aurais-je pas dépensé mille francs chez l'apothicaire ᶜ ? J'aime mieux les donner à mon Guérit-Tout, à ma Nasie. Je la consolerai dans sa misère, au moins. Ça m'acquitte du tort de m'être fait du viager. Elle est au fond de l'abîme, et moi je ne suis plus assez fort pour l'en tirer. Oh ! je vais me remettre au commerce. J'irai à Odessa pour y acheter du grain. Les blés valent là trois fois moins que les nôtres ne coûtent. Si l'introduction des céréales est défendue en nature, les braves gens qui font les lois n'ont pas songé à prohiber les fabrications dont les blés sont le principe. Hé, hé !... j'ai trouvé cela, moi, ce matin ! Il y a de beaux coups à faire dans les amidons ᵈ.

— Il est fou, se dit Eugène en regardant le vieillard. Allons, restez en repos, ne parlez pas...

Eugène descendit pour dîner quand Bianchon remonta. Puis tous deux passèrent la nuit à garder le malade à tour de rôle, en s'occupant, l'un ᵉ à lire ses livres de médecine, l'autre à écrire à sa mère et à ses sœurs. Le lendemain, les symptômes qui se déclarèrent chez le malade furent, suivant Bianchon, d'un favorable augure ; mais ils exigèrent des soins continuels dont les deux étudiants étaient seuls capables, et dans le récit desquels il est impossible ᶠ de compromettre la pudibonde ᵍ phraséologie de l'époque. Les sangsues mises sur le corps appauvri du bonhomme furent accompagnées de cataplasmes, de bains de pied, de manœuvres médicales pour lesquelles il fallait d'ailleurs la force et le dévouement des deux jeunes gens ¹ ʰ. Madame

---

1. M. Le Yaouanc observe que parmi ces remèdes ne figure pas la saignée, couramment pratiquée alors et à laquelle le docteur Bénassis, frappé d'hémorragie cérébrale, a songé pour lui-même dans *Le Médecin de Campagne*. Il note que le *Dictionnaire de Médecine*, où la congestion sanguine est distinguée de la congestion séreuse, recommande, dans ce dernier cas, d'éviter de tirer du sang. Mais le recours aux sangsues ne serait-il pas à écarter pour la même raison ?

de Restaud ne vint pas ; elle envoya chercher sa somme par un commissionnaire [a].

— Je croyais qu'elle serait venue elle-même [b]. Mais ce n'est pas un mal, elle se serait inquiétée, dit le père en paraissant heureux de cette circonstance [c].

A sept heures du soir, Thérèse vint apporter une lettre de Delphine [d].

« Que faites-vous donc, mon ami ? A peine aimée, serais-je déjà négligée ? Vous m'avez montré, dans ces confidences versées de cœur à cœur, une trop belle âme pour n'être pas de ceux qui restent toujours fidèles en voyant combien les sentiments ont de nuances. Comme vous l'avez dit en écoutant la prière de *Mosé* [e] : « Pour les uns c'est une même note, pour les autres [f] c'est l'infini de la musique [g] ! » [1] Songez que je vous attends ce soir pour aller au bal de madame de Beauséant. Décidément le contrat de monsieur d'Ajuda a été signé ce matin à la cour, et la pauvre vicomtesse ne l'a su qu'à deux heures. Tout Paris va se porter chez elle, comme le peuple encombre la Grève quand il doit y avoir une exécution [h]. N'est-ce pas horrible d'aller voir si cette femme [i] cachera sa douleur, si elle saura bien mourir ? Je n'irais certes pas, mon ami, si j'avais été déjà chez elle ; mais elle ne recevra plus sans doute, et tous les efforts que j'ai faits seraient superflus. Ma situation est bien différente de celle des autres. D'ailleurs, j'y vais pour vous aussi. Je vous attends. Si vous n'étiez pas près de moi dans deux heures, je ne sais si je vous pardonnerais cette félonie [j]. »

Rastignac prit une plume et répondit ainsi :

« J'attends un médecin pour savoir si votre père doit vivre encore. Il est mourant. J'irai vous porter l'arrêt, et

---

1. *Mosé in Egitto,* de Rossini, fut créé à Paris le 20 octobre 1822, salle Louvois, par la troupe du Théâtre Italien. L'air de la prière est le plus fameux de cette partition : Balzac en a longuement analysé les beautés dans *Massimilla Doni.* Il cite encore cet opéra, qu'il admirait particulièrement, dans les *Mémoires de deux jeunes mariées,* dans *Madame Firmiani,* dans *Une Fille d'Eve,* dans *La Duchesse de Langeais,* dans *L'Envers de l'Histoire contemporaine.*

j'ai peur que ce ne soit un arrêt de mort. Vous verrez si vous pouvez aller au bal. Mille tendresses. »

Le médecin vint à huit heures et demie, et, sans donner un avis favorable, il ne pensa pas que la mort dût être imminente. Il annonça des mieux et des rechutes alternatives d'où dépendraient la vie et la raison du bonhomme.

— Il vaudrait mieux qu'il mourût promptement, fut le dernier mot du docteur.

Eugène confia le père Goriot aux soins de Bianchon, et partit pour aller porter à madame de Nucingen les tristes nouvelles qui, dans son esprit encore imbu[a] des devoirs de famille, devaient suspendre toute joie.

— Dites-lui qu'elle s'amuse tout de même, lui cria le père Goriot qui paraissait assoupi, mais qui se dressa sur son séant au moment où Rastignac sortit.

Le jeune homme se présenta navré de douleur à Delphine, et la trouva coiffée, chaussée, n'ayant plus que sa robe de bal à mettre. Mais, semblables aux coups de pinceau par lesquels les peintres achèvent leurs tableaux, les derniers apprêts voulaient[b] plus de temps que n'en demandait le fond même de la toile.

— Eh quoi, vous n'êtes pas habillé? dit-elle.

— Mais, madame, votre père...

— Encore mon père, s'écria-t-elle en l'interrompant. Mais vous ne m'apprendrez pas ce que je dois à mon père. Je connais mon père depuis longtemps. Pas un mot[c], Eugène. Je ne vous écouterai que quand vous aurez fait votre toilette. Thérèse a tout préparé chez vous ; ma voiture est prête, prenez-la ; revenez. Nous causerons de mon père en allant au bal. Il faut partir de bonne heure ; si nous sommes pris dans la file des voitures, nous serons bien heureux de faire notre entrée à onze heures.

— Madame[d] !

— Allez! pas un mot, dit-elle courant[e] dans son boudoir pour y prendre un collier.

— Mais allez donc, monsieur Eugène, vous fâcherez madame, dit Thérèse en poussant le jeune homme épouvanté de cet élégant parricide[f].

Il alla s'habiller en faisant les plus tristes, les plus décou-

rageantes réflexions. Il voyait le monde comme un océan
de boue dans lequel un homme se plongeait jusqu'au cou,
s'il y trempait le pied. — Il ne s'y commet que des crimes
mesquins ! se dit-il. Vautrin est plus grand[a]. Il avait vu
les trois grandes expressions de la société : l'Obéissance,
la Lutte et la Révolte ; la Famille, le Monde et Vautrin.
Et il n'osait prendre parti. L'Obéissance était ennuyeuse,
la Révolte impossible, et la Lutte incertaine[1]. Sa pensée
le reporta au sein de sa famille. Il se souvint des pures
émotions de cette vie calme, il se rappela les jours passés
au milieu des êtres dont il était chéri. En se conformant
aux lois naturelles du foyer domestique, ces chères
créatures y trouvaient un bonheur plein, continu, sans
angoisses. Malgré ces bonnes pensées, il ne se sentit pas
le courage[b] de venir confesser la foi des âmes pures à
Delphine, en lui ordonnant la Vertu au nom de l'Amour.
Déjà son éducation commencée avait porté ses fruits[c].
Il aimait égoïstement déjà. Son tact lui avait permis de reconnaître la nature du cœur[d] de Delphine. Il pressentait qu'elle
était capable de marcher sur le corps de son père pour aller
au bal, et il n'avait ni la force de jouer le rôle d'un raison-
neur, ni le courage de lui déplaire, ni la vertu de la quitter.
« Elle ne me pardonnerait jamais d'avoir eu raison contre
elle dans cette circonstance, » se dit-il. Puis il commenta
les paroles des médecins, il se plut à penser que le père
Goriot n'était pas aussi dangereusement malade qu'il le
croyait ; enfin, il entassa des raisonnements assassins pour
justifier Delphine. Elle ne connaissait pas l'état dans lequel
était son père. Le bonhomme lui-même la renverrait au
bal, si elle l'allait voir. Souvent la loi sociale, implacable
dans sa formule, condamne là où le crime apparent est
excusé par les innombrables modifications qu'introduisent
au sein des familles la différence des caractères, la diversité
des intérêts et des situations. Eugène voulait se tromper

---

1. On retrouve ici une tendance de Balzac, sensible surtout dans les
Études philosophiques, à prendre des individus comme symboles de
grandes idées. Ainsi, dans *Les Proscrits*, Sigier, Dante et Godefroid
exprimaient « la Science, la Poésie et le Sentiment » (Pl. IX, 344).

lui-même, il était prêt à faire à sa maîtresse le sacrifice de sa conscience. Depuis deux jours, tout était changé dans sa vie. La femme y avait jeté ses désordres, elle avait fait pâlir la famille, elle avait tout confisqué à son profit. Rastignac et Delphine[a] s'étaient rencontrés dans les conditions voulues pour éprouver l'un par l'autre les plus vives jouissances. Leur passion bien préparée avait grandi par ce qui tue les passions, par la jouissance [b]. En possédant cette femme, Eugène s'aperçut que jusqu'alors il ne l'avait que désirée, il ne l'aima qu'au lendemain [c] du bonheur : l'amour n'est peut-être que la reconnaissance du plaisir [d]. Infâme ou sublime, il adorait [e] cette femme pour les voluptés qu'il lui avait apportées en dot, et pour toutes celles qu'il en avait reçues [f] ; de même que Delphine aimait Rastignac autant que Tantale aurait aimé l'ange qui serait venu satisfaire sa faim, ou étancher la soif de son gosier desséché [1].

— Eh bien ! comment va mon père ? lui dit madame de Nucingen quand il fut de retour et en costume de bal [g].

— Extrêmement mal, répondit-il, si vous voulez me donner une preuve de votre affection, nous courrons le [h] voir.

— Eh bien, oui, dit-elle, mais après le bal. Mon bon Eugène, sois gentil [i], ne me fais pas de morale, viens.

Ils partirent. Eugène resta silencieux pendant une partie du chemin.

— Qu'avez-vous donc ? dit-elle.

— J'entends le râle de votre père, répondit-il avec l'accent de la fâcherie [j]. Et il se mit à raconter avec la chaleureuse éloquence du jeune âge la féroce action à laquelle madame de Restaud avait été poussée par la vanité, la crise mortelle que le dernier dévouement du père avait déterminée, et ce que coûterait la robe lamée d'Anastasie. Delphine pleurait.

— Je vais être laide, pensa-t-elle. Ses larmes se séchèrent. J'irai garder mon père, je ne quitterai pas son chevet, reprit-elle.

---

1. La mythologie grecque et la théologie chrétienne sont ici curieusement mêlées.

— Ah! te voilà comme je te voulais, s'écria Rastignac.

Les lanternes de cinq cents voitures [a] éclairaient les abords de l'hôtel de Beauséant. De chaque côté de la porte illuminée piaffait un gendarme [1][b]. Le grand monde affluait si abondamment, et chacun mettait tant d'empressement à voir cette [c] grande femme au moment de sa chute, que [d] les appartements, situés au rez-de-chaussée de l'hôtel, étaient déjà pleins quand madame de Nucingen et Rastignac s'y présentèrent. Depuis le moment où toute la cour se rua chez la grande Mademoiselle à qui Louis XIV arrachait son amant [2], nul désastre de cœur ne fut plus éclatant que ne l'était celui de madame de Beauséant. En cette circonstance, la dernière fille de la quasi royale maison de Bourgogne se montra [e] supérieure à son mal, et domina jusqu'à son dernier moment le monde dont elle n'avait accepté les vanités [f] que pour les faire servir au triomphe de sa passion [g]. Les plus belles femmes de Paris animaient les salons de leurs toilettes et de leurs sourires [h]. Les hommes les plus distingués de la cour, les ambassadeurs, les ministres, les gens illustrés en tout genre [i], chamarrés de croix, de plaques, de cordons multicolores, se pressaient autour de la vicomtesse [j]. L'orchestre faisait résonner les motifs de sa musique sous les [k] lambris dorés de ce palais, désert pour sa reine [l]. Madame de Beauséant se tenait debout devant son premier salon pour recevoir ses prétendus amis [m]. Vêtue de blanc, sans aucun ornement dans ses cheveux simplement nattés, elle semblait calme, et n'affichait ni douleur, ni fierté, ni fausse joie [n]. Personne ne pouvait lire dans son âme. Vous eussiez dit d'une Niobé de marbre [o]. Son sourire à ses intimes amis fut parfois railleur ; mais elle parut à tous semblable à elle-même, et se montra si bien ce qu'elle était quand le bonheur la parait de ses rayons, que les plus insensibles l'admirèrent, comme les

---

1. Il s'agit, bien entendu, d'un gendarme à cheval... Le manuscrit précisait : un gendarme des chasses.

2. Louis XIV, après avoir consenti au mariage de Mlle de Montpensier, sa cousine germaine, avec le duc de Lauzun, se ravisa (voir les célèbres lettres de Mme de Sévigné des 15 et 19 déc. 1670) et fit enfermer Lauzun en forteresse.

jeunes Romaines applaudissaient le gladiateur qui savait sourire en expirant [a]. Le monde semblait s'être paré pour faire ses adieux à l'une de ses souveraines [b].

— Je tremblais que vous ne vinssiez pas, dit-elle à Rastignac.

— Madame, répondit-il d'une voix émue en prenant ce mot pour un reproche, je suis venu pour rester le dernier.

— Bien [c], dit-elle en lui prenant la main. Vous êtes peut-être ici le seul auquel je puisse me fier. Mon ami [d], aimez une femme que vous puissiez aimer toujours. N'en abandonnez aucune [e].

Elle prit le bras de Rastignac et le mena sur un canapé, dans le salon où l'on jouait.

— Allez, lui dit-elle, chez le marquis. Jacques, mon valet de chambre, vous y conduira et vous remettra une lettre pour lui. Je lui demande ma correspondance. Il vous la remettra tout entière, j'aime à le croire. Si vous avez mes lettres, montez dans ma chambre. On me préviendra.

Elle se leva pour aller au-devant de la duchesse de Langeais, sa meilleure amie, qui venait aussi [f]. Rastignac partit, fit demander le marquis d'Ajuda à l'hôtel de Rochefide, où il devait passer la soirée, et où il le trouva [g]. Le marquis l'emmena chez lui, remit une boîte à l'étudiant, et lui dit : « Elles y sont toutes [h]. » Il parut vouloir parler à Eugène, soit pour le questionner sur les événements du bal et sur la vicomtesse, soit pour lui avouer [i] que déjà peut-être il était au desespoir de son mariage, comme il le fut plus tard [j] ; mais un éclair d'orgueil brilla dans ses yeux, et il eut le déplorable courage de garder le secret sur ses plus nobles sentiments [k]. « Ne lui dites rien de moi, mon cher Eugène. » Il pressa la main de Rastignac par un mouvement affectueusement triste, et lui fit signe de partir. Eugène revint à l'hôtel de Beauséant, et fut introduit dans la chambre de la vicomtesse, où il vit les apprêts d'un départ. Il s'assit auprès du feu, regarda la cassette en cèdre, et tomba dans une profonde mélancolie. Pour lui, madame de Beauséant avait les proportions des déesses de l'Iliade.

— Ah ! mon ami, dit la vicomtesse en entrant et appuyant sa main sur l'épaule de Rastignac.

Il aperçut sa cousine en pleurs, les yeux levés, une main tremblante, l'autre levée [a]. Elle prit tout à coup la boîte, la plaça dans le feu et la vit brûler.

— Ils dansent ! ils sont venus tous bien exactement, tandis que [b] la mort viendra tard. Chut ! mon ami, dit-elle en mettant un doigt sur la bouche de Rastignac prêt à parler. Je ne verrai [c] plus jamais ni Paris ni le monde. A cinq heures du matin, je vais partir pour aller [d] m'ensevelir au fond de la Normandie [1]. Depuis trois heures après midi, j'ai été obligée de faire mes préparatifs, signer des actes, voir à des affaires ; je ne pouvais envoyer personne chez... Elle s'arrêta. Il était sûr qu'on le trouverait chez... Elle s'arrêta encore accablée de douleur. En ces moments tout est souffrance, et certains mots sont impossibles à prononcer. — Enfin, reprit-elle, je comptais [e] sur vous ce soir pour ce dernier service. Je voudrais vous donner un gage de mon amitié. Je penserai souvent [f] à vous, qui m'avez paru bon et noble, jeune et candide au milieu de ce monde où ces qualités sont si rares [g]. Je souhaite que vous songiez quelquefois à moi. Tenez, dit-elle en jetant les yeux autour d'elle [h], voici le coffret où je mettais mes gants. Toute les fois que j'en ai pris avant d'aller au bal ou au spectacle, je me sentais belle, parce que j'étais heureuse, et je n'y touchais que pour y laisser quelque pensée gracieuse : il y a beaucoup de moi là-dedans, il y a toute une madame de Beauséant qui n'est plus [i]. Acceptez-le. J'aurai soin qu'on le porte chez vous, rue d'Artois. Madame de Nucingen est fort bien ce soir, aimez-la bien [j]. Si nous ne nous voyons plus, mon ami, soyez sûr que je [k] ferai des vœux pour vous, qui avez été bon pour moi [l]. Descendons, je ne veux pas leur laisser croire que je pleure. J'ai l'éternité devant moi, j'y serai seule, et personne ne m'y demandera compte de mes larmes. Encore un regard à cette chambre. Elle s'arrêta.

---

1. Ainsi s'établit une continuité entre *Le Père Goriot* et le début de *La Femme abandonnée*, où Mme de Beauséant apparaît fixée à Courcelles, en Normandie. Voir plus loin, p. 282.

Puis, après s'être un moment caché les yeux avec sa main, elle se les essuya, les baigna d'eau fraîche, et prit le bras de l'étudiant. Marchons! dit-elle.

Rastignac[a] n'avait pas encore senti d'émotion aussi violente que fut le contact de cette douleur si noblement contenue. En rentrant dans le bal, Eugène en fit le tour avec madame de Beauséant, dernière et délicate attention de cette gracieuse femme. Bientôt[b] il aperçut les deux sœurs, madame de Restaud et madame de Nucingen. La comtesse était magnifique avec tous ses diamants étalés, qui, pour elle, étaient brûlants sans doute, elle les portait pour la dernière fois. Quelque puissants que fussent[c] son orgueil et son amour, elle ne soutenait pas bien les regards de son mari. Ce spectacle n'était pas de nature à rendre les pensées de Rastignac moins tristes. Il revit alors[d], sous les diamants des deux sœurs, le grabat sur lequel gisait le père Goriot. Son attitude mélancolique ayant trompé la vicomtesse, elle lui retira son bras.

— Allez! je ne veux pas vous coûter un plaisir, dit-elle.

Eugène fut bientôt réclamé par Delphine, heureuse de l'effet qu'elle produisait, et jalouse de mettre aux pieds de l'étudiant les hommages qu'elle recueillait dans ce monde, où elle espérait être adoptée.

— Comment trouvez-vous Nasie? lui dit-elle[e].

— Elle a, dit Rastignac, escompté jusqu'à la mort de son père[f].

Vers quatre heures du matin, la foule des salons commençait à s'éclaircir[g]. Bientôt la musique ne se fit plus entendre. La duchesse de Langeais et Rastignac se trouvèrent seuls dans le grand salon. La vicomtesse, croyant n'y rencontrer que l'étudiant, y vint après avoir dit adieu à monsieur de Beauséant, qui s'alla coucher en lui répétant : « Vous avez tort, ma chère, d'aller vous enfermer à votre âge! Restez donc avec nous[h]. »

En voyant la duchesse, madame de Beauséant ne put retenir une exclamation.

— Je vous ai devinée, Clara, dit madame de Langeais. Vous partez pour ne plus revenir; mais vous ne partirez pas sans m'avoir entendue et sans que nous nous soyons

comprises. Elle prit[a] son amie par le bras, l'emmena dans
le salon voisin, et là, la regardant avec des larmes dans les
yeux, elle la serra dans ses bras et la baisa sur les joues.
— Je ne veux pas vous quitter froidement, ma chère,
ce serait un remords trop lourd. Vous pouvez compter
sur moi comme sur vous-même. Vous avez été grande ce
soir, je me suis sentie digne de vous, et veux vous le
prouver[b]. J'ai eu des torts envers vous, je n'ai pas toujours été bien, pardonnez-moi, ma chère : je désavoue
tout ce qui a pu vous blesser, je voudrais reprendre mes
paroles. Une même douleur a réuni nos âmes, et je ne
sais qui de nous sera la plus malheureuse. Monsieur de
Montriveau n'était pas ici ce soir, comprenez-vous ? Qui
vous a vue[c] pendant ce bal, Clara, ne vous oubliera jamais.
Moi[d], je tente un dernier effort[1]. Si j'échoue, j'irai dans
un couvent[e]! Où allez-vous, vous[f] ?
— En Normandie, à Courcelles, aimer, prier, jusqu'au
jour où Dieu me retirera de ce monde.
— Venez[g], monsieur de Rastignac, dit la vicomtesse
d'une voix émue, en pensant que ce jeune homme attendait[h]. L'étudiant plia[i] le genou, prit la main de sa cousine
et la baisa. — Antoinette, adieu! reprit madame de
Beauséant[j], soyez heureuse. Quant à vous, vous l'êtes,
vous êtes jeune, vous pouvez croire à quelque chose[k], dit-
elle à l'étudiant. A mon départ de ce monde, j'aurai eu,
comme quelques mourants privilégiés[l], de religieuses,
de sincères émotions autour de moi[m]!
Rastignac s'en alla vers cinq heures[n], après avoir vu madame de Beauséant dans sa berline de voyage, après avoir
reçu son dernier adieu mouillé de larmes qui prouvaient
que les personnes les plus élevées ne sont pas mises hors
de la loi du cœur et ne vivent pas sans chagrins, comme
quelques courtisans du peuple voudraient le lui faire

---

1. Le « dernier effort » de la duchesse a consisté dans la rédaction
et le dépôt chez Montriveau d'une lettre à la fois digne et suppliante
où elle manifeste sa résolution de disparaître s'il ne la rejoint pas sur
l'heure (*Histoire des Treize*, éd. citée, p. 535 sq).

croire [a]. Eugène revint à pied vers la Maison-Vauquer, par un temps humide et froid. Son éducation s'achevait [1].

— Nous ne sauverons pas le pauvre père Goriot, lui dit Bianchon quand Rastignac entra chez son voisin.

— Mon ami, lui dit Eugène après avoir regardé le vieillard endormi, va, poursuis la destinée modeste à laquelle tu bornes tes désirs. Moi, je suis en enfer, et il faut que j'y reste. Quelque mal que l'on te dise du monde, crois-le [b] ! il n'y a pas de Juvénal qui puisse en peindre l'horreur couverte d'or et de pierreries [c].

Le lendemain, Rastignac fut éveillé sur les deux heures après midi par Bianchon, qui, forcé de sortir, le pria de garder le père Goriot, dont l'état avait fort empiré pendant la matinée.

— Le bonhomme n'a pas deux [d] jours, n'a peut-être pas six heures [e] à vivre, dit l'élève en médecine, et cependant nous ne pouvons pas cesser de combattre le mal. Il va falloir lui donner des soins coûteux. Nous serons bien ses garde-malades; mais je n'ai pas le sou, moi. J'ai retourné ses poches, fouillé ses armoires : zéro au quotient [f]. Je l'ai questionné dans un moment où il avait sa tête, il m'a dit ne pas avoir un liard à lui. Qu'as-tu, toi?

— Il me reste vingt francs, répondit Rastignac, mais j'irai les jouer, je gagnerai.

— Si tu perds?

— Je demanderai de l'argent à ses gendres et à ses filles.

— Et s'ils ne t'en donnent pas [g]? reprit Bianchon. Le plus pressé dans ce moment n'est pas de trouver de l'argent, il faut envelopper le bonhomme d'un [h] sinapisme bouillant depuis les pieds jusqu'à la moitié des cuisses. S'il crie, il y aura de la ressource. Tu sais comment cela s'arrange. D'ailleurs, Christophe t'aidera. Moi, je passerai chez l'apothicaire répondre de tous les médicaments que nous y prendrons. Il est malheureux que le pauvre homme n'ait pas été transportable à notre hospice, il y aurait été

---

1. Flaubert reprendra ce mot. Les aventures de Rastignac dans *Le Père Goriot* ont bien constitué une « éducation sentimentale », mais beaucoup plus rapide que celle de Frédéric Moreau.

mieux. Allons, viens que je t'installe, et ne le quitte pas que je ne sois revenu.

Les deux jeunes gens entrèrent dans la chambre où gisait le vieillard. Eugène fut effrayé du changement de cette face convulsée, blanche et profondément débile.

— Eh bien, papa? lui dit-il en se penchant sur le grabat.

Goriot leva sur Eugène des yeux ternes et le regarda fort attentivement sans le reconnaître [a]. L'étudiant ne soutint pas ce spectacle, des larmes humectèrent [b] ses yeux.

— Bianchon, ne faudrait-il pas des rideaux aux fenêtres?

— Non. Les circonstances atmosphériques ne l'affectent plus [c]. Ce serait trop heureux s'il avait chaud ou froid. Néanmoins il nous faut du feu pour faire les tisanes et préparer bien des choses [d]. Je t'enverrai des falourdes qui nous serviront jusqu'à ce que nous ayons du bois. Hier et cette nuit [e], j'ai brûlé le tien et toutes les mottes du pauvre homme. Il faisait humide, l'eau dégouttait des murs. A peine ai-je pu sécher la chambre. Christophe l'a balayée, c'est vraiment une écurie. J'y ai brûlé du genièvre, ça puait trop.

— Mon Dieu! dit Rastignac, mais ses filles [f]!

— Tiens, s'il demande à boire, tu lui donneras de ceci, dit l'interne en montrant à Rastignac un grand pot blanc. Si tu l'entends se plaindre et que le ventre soit chaud et dur, tu te feras aider par Christophe pour lui administrer... tu sais. S'il avait, par hasard, une grande exaltation, s'il parlait beaucoup, s'il avait enfin un petit brin de démence, laisse-le aller. Ce ne sera [g] pas un mauvais signe. Mais envoie Christophe à l'hospice Cochin. Notre médecin, mon camarade ou moi, nous viendrions lui appliquer des moxas. Nous avons fait ce matin [h], pendant que tu dormais [i], une grande consultation avec un élève du docteur Gall, avec un médecin en chef de l'Hôtel-Dieu et le nôtre [1] [j]. Ces messieurs ont cru reconnaître de curieux symptômes [k], et nous allons suivre les progrès de la maladie, afin de nous éclairer sur plusieurs points scientifiques assez importants [l].

---

1. Balzac songea un instant à nommer les célèbres docteurs Magendie et Flourens (voir appendice critique, p. 353).

Un de ces messieurs prétend que la pression du sérum, si elle portait plus sur un organe que sur un autre, pourrait développer des faits particuliers. Écoute-le donc bien, au cas où il parlerait, afin de constater à quel [a] genre d'idées appartiendraient ses discours : si c'est [b] des effets de mémoire, de pénétration, de jugement; s'il s'occupe de matérialités, ou de sentiments; s'il calcule, s'il revient sur le passé; enfin sois en état de nous faire un rapport exact [c]. Il est possible que l'invasion ait lieu en bloc, il [d] mourra imbécile comme il l'est en ce moment. Tout est bien bizarre dans ces sortes de maladie! Si la bombe crevait par ici [1], dit Bianchon en montrant l'occiput du malade, il y a des exemples de phénomènes singuliers : le cerveau recouvre quelques-unes de [e] ses facultés, et la mort est plus lente à se déclarer. Les sérosités peuvent se détourner du cerveau, prendre des routes dont on ne connaît le cours que par l'autopsie. Il y a [f] aux Incurables un vieillard hébété chez qui l'épanchement a suivi la colonne vertébrale; il souffre horriblement, mais il vit [2].

— Se sont-elles bien amusées? dit le père Goriot, qui reconnut Eugène.

— Oh! il ne pense qu'à ses filles, dit Bianchon. Il m'a dit plus de cent fois cette nuit : « Elles dansent! Elle a sa robe. » Il les appelait par leurs noms. Il me faisait pleurer, diable m'emporte! avec ses intonations : « Delphine! ma petite Delphine! Nasie! » Ma parole d'honneur, dit l'élève en médecine, c'était à fondre en larmes.

— Delphine, dit [g] le vieillard, elle est là, n'est-ce pas [h]? Je le savais bien. Et ses yeux recouvrèrent une activité folle pour regarder [i] les murs et la porte.

---

1. N'a-t-elle donc pas crevé déjà ? Bianchon lui-même notait plus haut que « la congestion séreuse a eu lieu » (p. 271) et plus haut encore (p. 264 sq.) il avait cru pouvoir relever des symptômes d'invasion. Sans doute considère-t-il que cette invasion demeure partielle, tout en menaçant de s'étendre.

2. Plusieurs ouvrages médicaux de l'époque notent des cas d'invasions qui restent localisées dans le cervelet ou dans la moelle épinière. Il est précisé dans le *Dictionnaire de Médecine* (III, 491) que l'apoplexie de la moelle épinière ne détruit pas la sensibilité (texte relevé par M. Le Yaouanc).

— Je descends dire à Sylvie de préparer les sinapismes, cria Bianchon, le moment est favorable.

Rastignac resta seul près du vieillard, assis au pied du lit, les yeux fixés sur cette tête effrayante et douloureuse à voir.

— Madame de Beauséant s'enfuit, celui-ci se meurt, dit-il. Les belles âmes ne peuvent pas rester longtemps en ce monde[a]. Comment les grands sentiments s'allieraient-ils, en effet, à une société mesquine, petite, superficielle?

Les images de la fête à laquelle il avait assisté se représentèrent à son souvenir et contrastèrent avec le spectacle de ce lit de mort. Bianchon reparut soudain.

— Dis donc, Eugène, je viens de voir notre médecin en chef, et je suis revenu toujours courant. S'il se manifeste des symptômes de raison, s'il parle, couche-le sur un long sinapisme, de manière à l'envelopper de moutarde depuis la nuque jusqu'à la chute des reins, et faisnous appeler.

— Cher Bianchon, dit Eugène.

— Oh! il s'agit d'un fait scientifique, reprit l'élève en médecine avec toute l'ardeur d'un néophyte.

— Allons, dit Eugène, je serai donc le seul à soigner ce pauvre vieillard par affection.

— Si tu m'avais vu ce matin [b], tu ne dirais pas cela, reprit Bianchon sans s'offenser du propos. Les médecins qui ont exercé ne voient que la maladie; moi, je vois encore le malade, mon cher garçon.

Il s'en alla, laissant Eugène seul avec le vieillard, et dans l'appréhension d'une crise qui ne tarda pas à se déclarer.

— Ah! c'est vous, mon cher enfant, dit le père Goriot en reconnaissant Eugène.

— Allez-vous mieux? demanda l'étudiant en lui prenant la main [c].

— Oui, j'avais la tête serrée comme dans un étau, mais elle se dégage. Avez-vous vu mes filles? Elles vont venir bientôt, elles accourront aussitôt qu'elles me sauront malade, elles m'ont tant soigné rue de la Jussienne! Mon

Dieu! je voudrais que ma chambre fût propre pour les
recevoir. Il y a un jeune homme qui m'a brûlé toutes mes
mottes.

— J'entends Christophe, lui dit Eugène, il vous monte
du bois que ce jeune homme vous envoie.

— Bon! mais comment payer le bois? je n'ai pas un
sou, mon enfant. J'ai tout donné, tout. Je suis à la charité. La robe lamée était-elle belle au moins? (Ah! je souffre!) Merci, Christophe. Dieu vous récompensera, mon
garçon; moi, je n'ai plus rien [a].

— Je te payerai bien, toi et Sylvie, dit Eugène à l'oreille
du garçon.

— Mes filles vous ont dit qu'elles allaient venir, n'est-
ce pas, Christophe? Vas-y encore, je te donnerai cent sous.
Dis-leur que je ne me sens pas bien, que je voudrais les
embrasser, les voir encore une fois avant de mourir. Dis-
leur cela, mais sans trop les effrayer.

Christophe partit sur un signe de Rastignac.

— Elles vont venir, reprit le vieillard. Je les connais.
Cette bonne Delphine, si je meurs, quel chagrin je lui
causerai! Nasie aussi. Je ne voudrais pas mourir, pour ne
pas les faire pleurer. Mourir, mon bon Eugène, c'est ne
plus les voir. Là où l'on s'en va, je m'ennuierai bien.
Pour un père [b], l'enfer c'est d'être sans enfants [c], et j'ai déjà
fait mon apprentissage depuis qu'elles sont mariées. Mon
paradis était rue de la Jussienne. Dites donc, si je vais
en paradis [d], je pourrai revenir sur terre en esprit autour
d'elles. J'ai entendu dire de ces choses-là. Sont-elles vraies?
Je crois les voir en ce moment telles qu'elles [e] étaient rue
de la Jussienne. Elles descendaient le matin. Bonjour, papa,
disaient-elles [f]. Je les prenais sur mes genoux, je leur faisais mille agaceries, des niches. Elles me caressaient gentiment [g]. Nous déjeunions tous les matins ensemble, nous
dînions, enfin j'étais père, je jouissais de mes enfants. Quand
elles étaient rue de la Jussienne, elles ne raisonnaient pas,
elles ne savaient rien du monde, elles m'aimaient bien.
Mon Dieu [h]! pourquoi ne sont-elles pas toujours restées
petites? (Oh! je souffre, la tête me tire.) Ah! ah! pardon,
mes enfants! je souffre horriblement, et il faut que ce soit

de la vraie douleur, vous m'avez rendu bien dur ª au mal.
Mon Dieu ᵇ! si j'avais seulement leurs mains dans les
miennes, je ne sentirais point mon mal. Croyez-vous qu'elles
viennent? Christophe ᶜ est si bête! J'aurais dû y aller moi-
même. Il va les voir, lui. Mais ᵈ vous avez été hier au bal.
Dites-moi donc comment elles étaient? Elles ne savaient
rien de ma maladie, n'est-ce pas? Elles n'auraient pas
dansé, pauvres petites! Oh! je ne veux plus être malade.
Elles ont encore trop besoin de moi. Leurs fortunes sont
compromises. Et à quels maris sont-elles livrées! Guérissez-moi, guérissez-moi! (Oh! que je souffre! Ah! ah! ah!)
Voyez-vous, il faut me guérir, parce qu'il leur faut de
l'argent, et je sais où aller en gagner. J'irai faire de l'amidon
en aiguilles à Odessa. Je suis un malin, je gagnerai des
millions. (Oh! je souffre trop! ¹ ᵉ)

Goriot garda le silence pendant un moment, en paraissant faire tous ses efforts pour rassembler ses forces afin de supporter la douleur.

— Si elles étaient là, je ne me plaindrais pas, dit-il. Pourquoi donc me plaindre?

Un léger assoupissement survint et dura longtemps ᶠ. Christophe revint. Rastignac, qui croyait le père Goriot endormi, laissa le garçon lui rendre compte à haute voix de sa mission.

— Monsieur, dit-il, je suis d'abord allé chez madame la comtesse, à laquelle il m'a été impossible de parler, elle était dans de grandes affaires avec son mari. Comme j'insistais, monsieur de Restaud est venu lui-même, et m'a dit comme ça : « Monsieur Goriot se meurt, eh bien! c'est ce qu'il a de mieux à faire. J'ai besoin de madame de Restaud pour terminer des affaires importantes, elle ira quand tout sera fini. » Il avait l'air en colère, ce monsieur-là. J'allais sortir, lorsque madame est entrée dans l'anti-chambre par une porte que je ne voyais pas, et m'a dit :

---

1. Ce discours, qui se prolongera encore pendant plusieurs pages, n'apparaît pas très vraisemblable après une attaque qui sera mortelle. Balzac l'avait haché, dans la première rédaction, par les hoquets de l'agonie. (Voir l'appendice critique, p. 346).

« Christophe, dis à mon père que je suis en discussion avec mon mari, je ne puis pas le quitter ; il s'agit de la vie ou de la mort de mes enfants ; mais aussitôt que tout sera fini, j'irai. » Quand à madame la baronne, autre histoire[a] ! je ne l'ai point vue, et je n'ai pas pu lui parler. « Ah ! me dit la femme de chambre, madame est rentrée du bal à cinq heures un quart [b], elle dort ; si je l'éveille avant midi, elle me grondera. Je lui dirai que son père va plus mal quand elle me sonnera. Pour une mauvaise nouvelle, il est toujours temps de la lui dire. » J'ai eu beau prier ! Ah ouin ! J'ai demandé à parler [c] à monsieur le baron, il était sorti.

— Aucune de ses filles ne viendrait ! s'écria Rastignac. Je vais écrire à toutes deux.

— Aucune, répondit le vieillard en se dressant sur son séant. Elles ont des affaires, elles dorment, elles ne viendront pas. Je [d] le savais. Il [e] faut mourir pour savoir ce que c'est que des enfants [f]. Ah ! mon ami, ne vous mariez pas, n'ayez pas d'enfants ! Vous leur donnez la vie, ils vous donnent la mort. Vous les faites entrer dans le monde, ils vous en chassent. Non [g], elles ne viendront pas ! Je sais cela depuis dix ans. Je me le disais quelquefois, mais je n'osais pas y croire [h].

Une larme roula dans chacun de ses yeux, sur la bordure rouge, sans en tomber.

— Ah ! si j'étais riche, si j'avais gardé ma fortune, si je ne la leur avais pas donnée, elles seraient là, elles me lècheraient les joues de leurs baisers [i] ! je demeurerais dans un hôtel, j'aurais de belles chambres, des domestiques, du feu à moi ; et elles seraient tout en larmes, avec leurs maris, leurs enfants. J'aurais tout cela. Mais [j] rien. L'argent donne tout, même des filles [k]. Oh ! mon argent, où est-il ? Si j'avais des trésors à laisser [l], elles me panseraient, elles me soigneraient ; je les entendrais, je les verrais [m]. Ah ! mon cher enfant, mon seul enfant [n], j'aime mieux mon abandon et ma misère ! Au moins, quand un malheureux est aimé, il est bien sûr qu'on l'aime. Non [o], je voudrais être riche, je [p] les verrais. Ma foi, qui sait [q] ? Elles ont toutes les deux des cœurs de roche. J'avais trop d'amour pour elles pour qu'elles en eussent pour moi [r]. Un [s] père doit être toujours

riche, il doit tenir ses enfants en bride comme des chevaux sournois [a]. Et j'étais à genoux devant elles. Les [b] misérables ! elles couronnent dignement leur conduite envers
moi depuis dix ans. Si [c] vous saviez comme elles étaient aux
petits soins pour moi dans les premiers temps de leur mariage ! (Oh ! je souffre un cruel martyre [d] !) Je venais de
leur donner à chacune près de huit cent mille francs, elles
ne pouvaient pas, ni leurs maris non plus, être rudes avec
moi. L'on me recevait : « Mon père, par-ci ; mon cher
père, par-là ». Mon couvert était toujours mis chez elles.
Enfin je dînais avec leurs maris, qui me traitaient
avec considération. J'avais [e] l'air d'avoir encore [f] quelque
chose. Pourquoi ça ? Je n'avais rien dit de mes affaires [g].
Un homme qui donne huit cent mille francs à ses filles
était un homme à soigner. Et [h] l'on était aux petits soins,
mais c'était pour mon argent [i]. Le monde n'est pas beau.
J'ai vu cela, moi ! L'on me menait en voiture au spectacle,
et je restais comme je voulais aux soirées. Enfin elles se
disaient mes filles, et elles m'avouaient pour leur père.
J'ai encore ma finesse, allez, et rien ne m'est échappé.
Tout [j] a été à son adresse et m'a percé le cœur. Je voyais
bien que c'était des frimes ; mais le mal était sans remède.
Je [k] n'étais pas chez elles aussi à l'aise qu'à la table d'en bas.
Je ne savais [l] rien dire. Aussi quand quelques-uns de ces
gens du monde demandaient à l'oreille de mes gendres :
— Qui est-ce que ce monsieur-là ? — C'est le père aux
écus, il est riche. — Ah, diable [m] ! disait-on, et l'on me regardait avec le respect dû aux écus. Mais si je les gênais
quelquefois un peu, je rachetais bien mes défauts ! D'ailleurs, qui donc est parfait [n] ? (Ma tête est une plaie !) Je
souffre en ce moment ce qu'il faut souffrir pour mourir,
mon cher monsieur Eugène, eh bien ! ce n'est rien en
comparaison de la douleur que m'a causée le premier
regard par lequel Anastasie m'a fait comprendre que je
venais de dire une bêtise qui l'humiliait : son regard m'a
ouvert toutes les veines. J'aurais voulu tout savoir, mais
ce que j'ai bien su, c'est que j'étais de trop sur terre [o]. Le [p]
lendemain je suis allé chez Delphine pour me consoler,
et voilà que j'y fais une bêtise qui me l'a mise en colère.

J'en suis devenu comme fou. J'ai été huit jours [a] ne sachant
plus ce que je devais faire. Je n'ai pas osé les aller voir,
de peur de leurs reproches. Et me voilà à la porte de mes
filles [b]. O mon Dieu [c] puisque tu connais les [d] misères, les
souffrances que j'ai endurées; puisque tu as compté les
coups de poignard que j'ai reçus, dans ce temps qui m'a
vieilli, changé, tué, blanchi, pourquoi me fais-tu donc
souffrir aujourd'hui [e] ? J'ai bien expié le péché de les trop
aimer [f]. Elles se sont bien vengées de mon affection, elles
m'ont tenaillé comme des bourreaux. Eh bien [g] ! les pères
sont si bêtes [h] ! je les aimais tant [i] que j'y suis retourné comme un joueur au jeu. Mes filles, c'était mon vice à moi; elles
étaient mes maîtresses [j], enfin tout [k] ! Elles avaient toutes les
deux besoin de quelque chose, de parures; les femmes
de chambre me le disaient, et [l] je les donnais pour être bien
reçu [m] ! Mais elles m'ont fait tout de même [n] quelques petites
leçons sur ma 'manière d'être dans le monde. Oh ! elles
n'ont pas attendu le lendemain [o]. Elles commençaient à
rougir de moi. Voilà ce que c'est que de bien élever ses
enfants. A mon âge je ne pouvais pourtant pas aller à
l'école. (Je souffre horriblement, mon Dieu ! les médecins ! les médecins ! Si l'on m'ouvrait la tête, je souffrirais
moins.) Mes filles, mes filles, Anastasie, Delphine ! je
veux les voir. Envoyez-les chercher par la gendarmerie [p],
de force ! la justice est pour moi, tout est pour moi, la
nature, le [q] code civil. Je proteste. La patrie périra si les
pères sont foulés aux pieds. Cela est clair. La société, le
monde roulent sur la paternité, tout croule si les enfants
n'aiment pas leurs pères [1][r]. Oh [s] ! les voir, les entendre, n'importe ce qu'elles me diront, pourvu que j'entende leur
voix, ça calmera mes douleurs, Delphine surtout. Mais
dites-leur, quand elles seront là, de ne pas me regarder
froidement comme elles font [t]. Ah ! mon bon ami, monsieur Eugène, vous ne savez pas ce que c'est que de trouver l'or du regard changé tout à coup en plomb gris [2][u],

---

1. C'est dans la solennité de telles déclarations que le père Goriot
fait songer le plus directement au roi Lear.
2. Balzac prête ici au père Goriot un souvenir probable d'*Athalie* :
« Comment en un plomb vil l'or pur s'est-il changé ? »

Depuis le jour où leurs yeux n'ont plus rayonné sur moi,
j'ai toujours été en hiver ici; je n'ai plus eu ᵃ que des chagrins à dévorer, et je les ai dévorés! J'ai vécu pour être
humilié, insulté. Je les aime tant, que j'avalais tous les
affronts par lesquels elles me vendaient une pauvre petite
jouissance honteuse. Un père se cacher pour voir ses
filles! Je leur ai donné ma vie, elles ne me donneront pas
une heure aujourd'hui! J'ai soif, j'ai faim, le cœur me
brûle, elles ne viendront pas rafraîchir mon agonie, car je
meurs, je le sens. Mais ᵇ elles ne savent donc pas ce que
c'est que de marcher sur le cadavre de son père! Il y a
un Dieu dans les cieux, il nous venge malgré nous, nous
autres pères. Oh! elles viendront! Venez, mes chéries,
venez encore me baiser, un dernier baiser, le viatique de
votre père, qui priera Dieu pour vous, qui lui dira que
vous avez été de bonnes filles, qui plaidera pour vous!
Après tout, vous êtes innocentes. Elles sont innocentes,
mon ami! Dites-le bien à tout le monde, qu'on ne les inquiète pas à mon sujet ᶜ. Tout ᵈ est de ma faute, je les ha-
bituées à me fouler aux pieds. J'aimais cela, moi. Ça
ne regarde personne, ni la justice humaine, ni la justice
divine ᵉ. Dieu serait injuste s'il les condamnait à cause de
moi. Je n'ai pas su me conduire, j'ai fait la bêtise d'abdiquer mes droits ᶠ. Je me serais avili pour elles! Que ᵍ voulez-
vous! le plus beau naturel, les meilleures âmes auraient
succombé à la corruption de cette facilité paternelle ʰ. Je ⁱ
suis un misérable, je suis justement puni. Moi seul ai
causé les désordres de mes filles, je les ai gâtées. Elles
veulent aujourd'hui le plaisir, comme elles voulaient autrefois du bonbon. Je leur ai toujours permis de satisfaire
leurs fantaisies de jeunes filles. A quinze ans, elles avaient
voiture! Rien ʲ ne leur a résisté. Moi seul suis coupable,
mais coupable par amour. Leur voix m'ouvrait le cœur.
Je ᵏ les entends, elles viennent. Oh! oui, elles viendront.
La loi veut qu'on vienne voir mourir son père, la loi est
pour moi. Puis ˡ ça ne coûtera qu'une course. Je la paierai.
Écrivez-leur ᵐ que j'ai des millions à leur laisser! Parole
d'honneur. J'irai ⁿ faire des pâtes d'Italie à Odessa. Je connais la manière. Il y a, dans mon projet, des millions ᵒ à

gagner. Personne n'y a pensé. Ça ne se gâtera point dans le transport comme le blé ou comme la farine. Eh, eh, l'amidon ? il y aura là des millions ! Vous ne mentirez pas, dites-leur des millions, et quand même elles viendraient par avarice, j'aime mieux être trompé, je les verrai. Je veux mes filles ! je les ai faites ! elles sont à moi ! dit-il en se dressant sur son séant, en montrant à Eugène une tête dont les cheveux blancs étaient épars et qui menaçait par tout [a] ce qui pouvait exprimer la menace.

— Allons, lui dit Eugène, recouchez-vous, mon bon père Goriot, je vais leur écrire. Aussitôt que Bianchon sera de retour, j'irai si elles ne viennent pas.

— Si elles ne viennent pas ? répéta le vieillard en sanglotant. Mais je serai mort, mort dans un accès de rage, de rage ! La rage me gagne [b] ! En [c] ce moment, je vois ma vie entière. Je suis dupe ! elles ne m'aiment pas, elles ne m'ont jamais aimé ! cela est clair. Si elles ne sont pas venues, elles ne viendront pas. Plus [d] elles auront tardé, moins elles se décideront à me faire cette joie. Je les connais. Elles [e] n'ont jamais su rien deviner de mes chagrins, de mes douleurs, de mes besoins, elles ne devineront pas plus ma mort ; elles ne sont seulement pas dans le secret de ma tendresse. Oui, je le vois, pour elles, l'habitude de m'ouvrir les entrailles a ôté du prix à tout ce que je faisais [f]. Elles auraient demandé à me crever les yeux, je leur aurais dit : « Crevez-les ! » Je suis trop bête [g]. Elles [h] croient que tous les pères sont comme le leur. Il faut toujours se faire valoir. Leurs [i] enfants me vengeront. Mais c'est dans leur intérêt de venir ici. Prévenez-les donc qu'elles compromettent leur agonie [j]. Elles [k] commettent tous les crimes en un seul. Mais allez donc, dites-leur donc que, ne pas venir, c'est un parricide ! Elles en ont assez commis sans ajouter celui-là. Criez donc comme moi : « Hé, Nasie ! hé, Delphine ! venez à votre père qui a été si bon pour vous et qui souffre ! » Rien, personne [l]. Mourrai-je donc comme un chien ? Voilà ma récompense, l'abandon [m]. Ce [n] sont des infâmes, des scélérates ; je les abomine, je les maudis ; je me relèverai, la nuit, de mon cercueil pour les remaudire, car, enfin, mes amis, ai-je tort ? elles se

conduisent bien mal! hein[a]? Qu'est-ce[b] que je dis? Ne[c]
m'avez-vous pas averti que Delphine est là ? C'est la
meilleure des deux. Vous êtes mon fils, Eugène, vous!
aimez-la, soyez un père pour elle. L'autre est bien malheureuse. Et leurs fortunes! Ah, mon Dieu! J'expire[d], je
souffre un peu trop! Coupez-moi la tête, laissez-moi seulement le cœur[e].

— Christophe, allez chercher Bianchon, s'écria Eugène épouvanté du caractère que prenaient les plaintes et
les cris du vieillard, et ramenez-moi un cabriolet.

— Je vais aller chercher vos filles, mon bon père Goriot, je vous les ramènerai.

— De force, de force! Demandez la garde, la ligne,
tout! tout[f], dit-il en jetant à Eugène un dernier regard où
brilla la raison. Dites au gouvernement, au procureur du
roi, qu'on me les amène, je le veux!

— Mais vous les avez maudites.

— Qui est-ce qui a dit cela[g] ? répondit le vieillard stupéfait. Vous savez bien que je les aime, je les adore! Je[h]
suis guéri si je les vois... Allez, mon bon voisin, mon cher
enfant, allez, vous êtes bon, vous; je voudrais vous remercier, mais[i] je n'ai rien à vous donner que les bénédictions d'un mourant. Ah! je voudrais au moins voir Delphine pour lui dire de m'acquitter envers vous. Si[j] l'autre
ne peut pas, amenez-moi celle-là. Dites-lui que vous ne
l'aimerez plus si elle ne veut pas venir. Elle vous aime tant
qu'elle viendra[k]. A boire, les entrailles me brûlent! Mettez-
moi quelque chose sur la tête. La main de mes filles, ça
me sauverait, je le sens... Mon Dieu! qui refera[l] leurs
fortunes si je m'en vais ? Je veux aller à Odessa pour elles,
à Odessa, y faire des pâtes[m].

— Buvez ceci, dit Eugène en soulevant le moribond
et le prenant dans son bras gauche tandis que de l'autre
il tenait une tasse pleine de tisane.

— Vous devez aimer votre père et votre mère, vous!
dit le vieillard en serrant de ses mains défaillantes la main
d'Eugène. Comprenez-vous que je vais mourir sans les
voir, mes filles ? Avoir soif toujours, et ne jamais boire,
voilà comment j'ai vécu depuis dix ans... Mes deux gen-

dres ont tué mes filles. Oui, je n'ai plus eu de filles après [a]
qu'elles ont été mariées. Pères, dites aux Chambres de faire
une loi sur le mariage! Enfin, ne mariez pas vos filles si
vous les aimez. Le gendre est un scélérat qui gâte tout
chez une fille, il souille tout. Plus [b] de mariages! C'est [c]
ce qui nous enlève nos filles, et nous ne les avons plus
quand nous mourons. Faites une loi sur la mort des
pères. C'est [d] épouvantable, ceci! Vengeance! Ce sont mes
gendres qui [e] les empêchent de venir. Tuez-les! A mort
le Restaud, à mort l'Alsacien, ils sont mes assassins [f]! La
mort ou mes filles! Ah [g]! c'est fini, je meurs sans elles!
Elles! Nasie, Fifine, allons, venez donc! Votre papa
sort [h]...

— Mon bon père Goriot, calmez-vous [i], voyons, restez
tranquille, ne vous agitez pas, ne pensez pas.

— Ne pas les voir, voilà l'agonie [j]!

— Vous allez les voir.

— Vrai! cria le vieillard égaré. Oh! les voir! je vais
les voir, entendre leur voix. Je mourrai heureux. Eh bien!
oui, je ne demande plus à vivre, je n'y tenais plus, les
peines allaient croissant. Mais [k] les voir, toucher leurs robes,
ah! rien que leurs robes, c'est bien peu; mais que je sente
quelque chose d'elles! Faites-moi [l] prendre les cheveux...
veux... [m]

Il tomba la tête sur l'oreiller comme s'il recevait un
coup de massue. Ses mains s'agitèrent sur la couverture
comme pour prendre les cheveux de ses filles.

— Je les bénis, dit-il en faisant un effort, bénis [1][n].

Il s'affaissa tout à coup. En ce moment Bianchon entra.

— J'ai rencontré Christophe, dit-il, il va t'amener une
voiture. Puis il regarda le malade, lui souleva de force les
paupières, et les deux étudiants lui virent un œil sans

---

1. Balzac a lu ces pages à Mme de Berny, gravement malade. Il
écrivait à Mme Carraud, vers le 1ᵉʳ mars 1835 : « Elle ne supporte
pas l'émotion que lui cause une belle page de moi ; l'agonie du père
Goriot, le dernier rameau mis au laurier, a failli lui donner une funeste
crise. » Il avait fait une confidence du même ordre à Mme Hanska,
le 4 janvier, à propos d'un autre passage (*Etr.* I, 220-221).

chaleur et terne. — Il n'en reviendra pas, dit Bianchon, je ne crois pas. Il prit le pouls, le tâta, mit la main sur le cœur du bonhomme.

— La machine va toujours; mais, dans sa position, c'est un malheur, il vaudrait mieux qu'il mourût[a]!

— Ma foi, oui, dit Rastignac.

— Qu'as-tu donc ? tu es pâle comme la mort.

— Mon ami, je viens d'entendre des cris et des plaintes. Il y a un Dieu! Oh! oui! il y a un Dieu, et il nous a fait un [b] monde meilleur, ou notre terre est un non-sens. Si ce n'avait pas été si tragique, je fondrais en larmes, mais j'ai le cœur et l'estomac horriblement serrés [c].

— Dis donc, il va falloir bien des choses; où prendre de l'argent ?

Rastignac tira sa montre.

— Tiens, mets-la vite en gage. Je ne veux pas m'arrêter en route, car j'ai peur de perdre une minute, et j'attends [d] Christophe. Je n'ai pas un liard, il faudra payer mon cocher au retour.

Rastignac se précipita dans l'escalier, et partit pour aller rue du Helder chez madame de Restaud. Pendant le chemin, son imagination, frappée de l'horrible spectacle dont il avait été témoin, échauffa son indignation. Quand il arriva dans l'antichambre et qu'il demanda madame de Restaud, on lui répondit qu'elle n'était pas visible.

— Mais, dit-il au valet de chambre, je viens de la part de son père qui se meurt.

— Monsieur, nous avons de monsieur le comte les ordres les plus sévères.

— Si monsieur de Restaud y est, dites-lui dans quelle circonstance se trouve son beau-père et prévenez-le qu'il faut que je lui parle à l'instant même.

Eugène attendit pendant longtemps [e].

— Il se meurt peut-être en ce moment, pensait-il.

Le valet de chambre l'introduisit dans le premier salon, où monsieur de Restaud reçut l'étudiant debout, sans le faire asseoir, devant une cheminée où il n'y avait pas de feu.

— Monsieur le comte, lui dit Rastignac, monsieur

votre beau-père expire en ce moment dans un bouge infâme, sans un liard pour avoir du bois; il est exactement
à la mort et demande à voir sa fille...

— Monsieur, lui répondit avec froideur le comte de
Restaud, vous avez pu vous apercevoir que j'ai fort peu
de tendresse pour monsieur Goriot. Il a compromis son
caractère avec madame de Restaud, il a fait le malheur
de ma vie, je vois en lui l'ennemi de mon repos [a]. Qu'il
meure, qu'il vive, tout m'est parfaitement indifférent.
Voilà [b] quels sont mes sentiments à son égard. Le monde
pourra me blâmer, je méprise l'opinion. J'ai maintenant
des choses plus importantes à accomplir qu'à m'occuper
de ce que penseront de moi des sots ou des indifférents.
Quant à madame de Restaud, elle est hors d'état de sortir.
D'ailleurs [c], je ne veux pas qu'elle quitte sa maison. Dites
à son père qu'aussitôt qu'elle aura rempli ses devoirs envers
moi, envers mon enfant, elle ira le voir. Si elle aime son
père, elle peut être libre dans quelques instants...

— Monsieur le comte, il ne m'appartient pas de juger
de votre conduite, vous êtes le maître de votre femme;
mais je puis compter sur votre loyauté? eh bien! pro-
mettez-moi seulement de lui dire que son père n'a pas un
jour à vivre, et l'a déjà maudite en ne la voyant pas à son
chevet!

— Dites-le-lui vous-même, répondit monsieur de Restaud frappé des sentiments d'indignation [d] que trahissait
l'accent d'Eugène.

Rastignac entra, conduit par le comte, dans le salon où
se tenait habituellement la comtesse : il la trouva noyée
de larmes, et plongée dans une bergère comme une femme
qui voulait [e] mourir. Elle lui fit pitié. Avant de regarder
Rastignac, elle jeta sur son mari de craintifs regards qui
annonçaient une prostration complète de ses forces écra-
sées par une tyrannie morale et physique [f]. Le comte hocha
la tête, elle se crut encouragée à parler [g].

— Monsieur, j'ai tout entendu. Dites à mon père que
s'il connaissait la situation dans laquelle je suis, il me pardonnerait. Je ne comptais pas sur ce supplice, il est au-
dessus de mes forces, monsieur, mais je résisterai jusqu'au

bout, dit-elle à son mari. Je suis mère. Dites à mon père
que je suis irréprochable envers lui, malgré les apparences,
cria-t-elle avec désespoir à l'étudiant [a].

Eugène salua les deux époux, en devinant l'horrible
crise dans laquelle était la femme, et se retira stupéfait. Le
ton de monsieur de Restaud lui avait démontré l'inutilité
de sa démarche, et il comprit qu'Anastasie n'était plus
libre. Il courut chez madame de Nucingen, et la trouva
dans son lit.

— Je suis souffrante, mon pauvre ami, lui dit-elle.
J'ai pris froid en sortant du bal, j'ai peur d'avoir une
fluxion de poitrine, j'attends le médecin...

— Eussiez-vous la mort sur les lèvres, lui dit Eugène en
l'interrompant [b], il faut vous traîner auprès de votre père.
Il vous appelle! si vous pouviez entendre le plus léger de
ses cris, vous ne vous sentiriez point malade.

— Eugène, mon père n'est peut-être pas aussi malade
que vous le dites; mais je serais au désespoir d'avoir le
moindre tort à vos yeux, et je me conduirai comme vous
le voudrez. Lui, je le sais, il mourrait de chagrin si ma
maladie devenait mortelle par suite de cette sortie. Eh
bien! j'irai dès que mon médecin sera venu. Ah! pourquoi n'avez-vous plus votre montre? dit-elle en ne voyant
plus la chaîne [c]. Eugène rougit. Eugène! Eugène, si vous
l'aviez déjà vendue, perdue [d]... oh! cela serait bien mal [e].

L'étudiant se pencha sur le lit de Delphine, et lui dit
à l'oreille : — Vous voulez le savoir? eh bien [f]! sachez-le!
Votre père n'a pas de quoi s'acheter le linceul dans lequel
on le mettra ce soir. Votre montre est en gage, je n'avais
plus rien.

Delphine sauta tout à coup hors de son lit, courut à son
secrétaire, y prit sa bourse, la tendit à Rastignac. Elle
sonna et s'écria : « J'y vais, j'y vais, Eugène. Laissez-moi
m'habiller; mais je serais un monstre! Allez, j'arriverai
avant vous! Thérèse, cria-t-elle à sa femme de chambre,
dites à monsieur de Nucingen de monter me parler à
l'instant même. »

Eugène, heureux de pouvoir annoncer au moribond la
présence d'une de ses filles, arriva presque joyeux rue

Neuve-Sainte-Geneviève. Il fouilla dans la bourse pour pouvoir payer immédiatement son cocher. La bourse de cette jeune femme, si riche, si élégante, contenait soixante-dix [a] francs. Parvenu en haut de l'escalier, il trouva le père Goriot maintenu [b] par Bianchon, et opéré par le chirurgien de l'hôpital, sous les yeux du médecin. On lui brûlait le dos avec des moxas [1], dernier remède de la science, remède inutile [c].

— Les sentez-vous, demandait le médecin.

Le père Goriot, ayant entrevu l'étudiant, répondit :

— Elles viennent, n'est-ce pas [d]?

— Il peut s'en tirer, dit le chirurgien, il parle [e].

— Oui, répondit Eugène, Delphine me suit [f].

— Allons! dit Bianchon, il parlait de ses filles, après lesquelles il crie comme un homme sur le pal crie, dit-on, après l'eau [g].

— Cessez, dit le médecin au chirurgien, il n'y a plus rien à faire, on ne le sauvera pas [h].

Bianchon et le chirurgien replacèrent le mourant à plat sur son grabat infect.

— Il faudrait cependant le changer de linge [i] dit le médecin. Quoiqu'il n'y ait aucun espoir, il faut respecter en lui la nature humaine. Je reviendrai, Bianchon, dit-il à l'étudiant. S'il se plaignait encore, mettez-lui de l'opium sur le diaphragme [j].

Le chirurgien et le médecin sortirent.

— Allons, Eugène, du courage, mon fils! dit Bianchon à Rastignac quand ils furent seuls, il s'agit de lui mettre une chemise blanche et de changer son lit. Va dire à Sylvie de monter des draps et de venir nous aider.

Eugène descendit et trouva madame Vauquer occupée à mettre le couvert avec Sylvie. Aux premiers mots que

---

1. Le moxa est un cautère que l'on appliquait sur la peau en faisant brûler un corps facilement inflammable comme le coton. Ferragus se faisait appliquer des moxas pour tenter d'effacer sa marque de forçat (*Histoire des Treize*, éd. citée, p. 125). La médecine du temps recourait effectivement aux moxas, dans les cas graves, comme à un remède d'un maniement très délicat.

lui dit Rastignac, la veuve vint à lui, en prenant l'air aigrement doucereux d'une marchande soupçonneuse qui
ne voudrait ni perdre son argent, ni fâcher le consomma-
teur.

— Mon cher monsieur Eugène, répondit-elle, vous
savez tout comme moi que le père Goriot n'a plus le sou.
Donner des draps à un homme en train de tortiller de l'œil [a],
c'est les perdre, d'autant qu'il faudra bien en sacrifier un
pour le linceul. Ainsi, vous me devez déjà cent quarante-
quatre francs, mettez quarante [b] francs de draps, et quelques
autres petites choses, la chandelle que Sylvie vous donnera,
tout cela fait au moins deux cents francs, qu'une pauvre
veuve comme moi n'est pas en état de perdre. Dame [c] !
soyez juste, monsieur Eugène, j'ai bien assez perdu depuis
cinq jours que le guignon [1d] s'est logé chez moi. J'aurais
donné dix écus pour que ce bonhomme-là fût parti ces
jours-ci, comme vous le disiez. Ça frappe mes pensionnaires. Pour un rien, je le ferais porter à l'hôpital. Enfin,
mettez-vous à ma place. Mon établissement avant tout,
c'est ma vie, à moi [e].

Eugène remonta rapidement chez le père Goriot.

— Bianchon, l'argent de la montre?

— Il est là sur la table, il en reste trois cent [f] soixante
et quelques francs. J'ai payé sur ce qu'on m'a donné tout
ce que nous devions. La reconnaissance du Mont-de-Piété
est sous l'argent.

— Tenez, madame, dit Rastignac après avoir dégringolé l'escalier [g] avec horreur [h], soldez nos comptes. Monsieur Goriot n'a pas longtemps à rester chez vous, et
moi [i]...

— Oui, il en sortira les pieds en avant, pauvre bonhomme, dit-elle en comptant deux cents francs, d'un air
moitié gai, moitié mélancolique.

— Finissons, dit Rastignac [j].

1. Ce mot, appelé à une grande fortune littéraire (Baudelaire et
Mallarmé l'entendront, après le Sainte-Beuve de *Volupté*, dans le
sens d'une sorte de malédiction pesant sur des êtres d'élite), garde,
dans la bouche de Mme Vauquer, son caractère populaire originel.

— Sylvie, donnez les draps, et allez aider ces messieurs, là-haut.

— Vous n'oublierez pas Sylvie, dit madame Vauquer à l'oreille d'Eugène, voilà deux nuits qu'elle veille.

Dès qu'Eugène eut le dos tourné, la vieille courut à sa cuisinière[a] : — Prends les draps retournés, numéro sept. Par Dieu, c'est toujours assez bon pour un mort, lui dit-elle à l'oreille [b].

Eugène, qui avait déjà monté quelques marches de l'escalier, n'entendit pas les paroles de la vieille hôtesse.

— Allons, lui dit Bianchon, passons-lui sa chemise. Tiens-le droit.

Eugène se mit à la tête du lit et soutint le moribond, auquel Bianchon enleva sa chemise, et le bonhomme fit un geste comme pour garder quelque chose sur sa poitrine, et poussa des cris plaintifs et inarticulés, à la manière des animaux qui ont une grande douleur à exprimer [c].

— Oh! oh! dit Bianchon, il veut une petite chaîne de cheveux et un petit médaillon que nous lui avons ôtés tout à l'heure pour lui poser ses moxas. Pauvre homme! il faut la lui remettre. Elle est sur la cheminée.

Eugène alla prendre une chaîne tressée avec des cheveux blond-cendré, sans doute ceux de madame Goriot. Il lut d'un côté du médaillon : Anastasie, et de l'autre : Delphine. Image de son cœur qui reposait toujours sur son cœur [d]. Les boucles contenues étaient d'une telle finesse qu'elles devaient avoir été prises pendant la première enfance des deux filles. Lorsque le médaillon toucha sa poitrine, le vieillard fit un *ban* prolongé qui annonçait une satisfaction effrayante à voir. C'était un des derniers retentissements de sa sensibilité, qui semblait se retirer au centre inconnu d'où partent et où s'adressent nos sympathies [e]. Son visage convulsé prit une expression de joie maladive. Les deux étudiants, frappés de ce terrible éclat d'une force de sentiment qui survivait à la pensée [f], laissèrent tomber chacun des larmes chaudes sur le moribond qui jeta un cri de plaisir aigu.

— Nasie! Fifine [g]! dit-il.

— Il vit encore, dit Bianchon.

— A quoi ça lui sert-il? dit Sylvie.

— A souffrir, répondit Rastignac.

Après avoir fait à son camarade un signe pour lui dire de l'imiter, Bianchon s'agenouilla pour passer ses bras sous [a] les jarrets du malade, pendant que Rastignac en faisait autant de l'autre côté du lit afin de passer les mains sous le dos [b]. Sylvie était là, prête à retirer les draps quand le moribond serait soulevé, afin de les remplacer par ceux qu'elle apportait. Trompé sans doute par les larmes, Goriot usa ses dernières forces pour étendre les mains, rencontra de chaque côté de son lit les têtes [c] des étudiants, les saisit violemment [d] par les cheveux, et l'on entendit faiblement : « Ah! mes anges! [1] » Deux mots, deux murmures accentués par l'âme qui s'envola sur cette parole [e].

— Pauvre cher homme, dit Sylvie attendrie de cette exclamation où se peignit un sentiment suprême que le plus horrible, le plus involontaire des mensonges exaltait une dernière fois.

Le dernier soupir de ce père devait être un soupir de joie. Ce soupir fut l'expression de toute sa vie [f], il se trompait encore [g]. Le père Goriot fut pieusement replacé sur son grabat. A compter de ce moment, sa physionomie garda la douloureuse empreinte du combat qui se livrait entre la mort et la vie dans une machine qui n'avait plus cette espèce de conscience cérébrale d'où résulte le sentiment du plaisir et de la douleur pour l'être humain. Ce n'était plus qu'une question de temps pour la destruction.

— Il va rester ainsi quelques heures, et mourra sans que l'on s'en aperçoive, il ne râlera même pas. Le cerveau doit être complètement envahi.

En ce moment on entendit dans l'escalier un pas de jeune femme haletante [h].

— Elle arrive trop tard, dit Rastignac.

---

1. Comme Grandet, comme Claës, Goriot meurt en s'imaginant que son rêve est réalisé.

Ce n'était pas Delphine, mais Thérèse[a], sa femme de chambre.

— Monsieur Eugène, dit-elle, il s'est élevé une scène violente entre monsieur et madame, à propos de l'argent que cette pauvre madame demandait pour son père. Elle s'est évanouie[b], le médecin est venu, il a fallu la saigner, elle criait : « Mon père se meurt, je veux voir papa! » Enfin, des cris à fendre l'âme.

— Assez, Thérèse. Elle viendrait que maintenant ce serait superflu, monsieur Goriot n'a plus de connaissance.

— Pauvre cher monsieur, est-il mal comme ça! dit Thérèse.

— Vous n'avez plus besoin de moi, faut que j'aille à mon dîner, il est quatre heures et demie, dit Sylvie qui faillit se heurter sur le haut de l'escalier avec madame de Restaud.

Ce fut une apparition grave et terrible que celle de la comtesse. Elle regarda le lit de mort, mal éclairé par une seule chandelle, et versa des pleurs en apercevant le masque[c] de son père où palpitaient encore les derniers tressaillements de la vie[d]. Bianchon[e] se retira par discrétion.

— Je ne me suis pas échappée assez tôt, dit la comtesse à Rastignac.

L'étudiant fit un signe de tête affirmatif[f] plein de tristesse. Madame de Restaud prit la main de son père, la baisa.

— Pardonnez-moi, mon père! Vous disiez que ma voix vous rappellerait de la tombe ; eh bien[g], revenez un moment à la vie pour bénir votre fille repentante. Entendez-moi. Ceci est affreux[h]! votre bénédiction est la seule que je puisse recevoir ici-bas désormais. Tout le monde me hait, vous seul m'aimez. Mes enfants eux-mêmes me haïront. Emmenez-moi avec vous, je vous aimerai, je vous soignerai. Il n'entend plus, je suis folle[i]. Elle tomba sur ses genoux, et contempla ce débris avec une expression de délire. Rien ne manque à mon malheur, dit-elle en regardant Eugène. Monsieur de Trailles est parti, laissant[j] ici des dettes énormes, et j'ai su qu'il me trompait. Mon mari ne me pardonnera[k] jamais, et je l'ai laissé[l] le maître de ma fortune. J'ai perdu toutes mes illusions. Hélas! pour qui ai-je trahi le seul cœur [a] (elle montra son père) où j'étais adorée [b]! Je l'ai méconnu, je l'ai repoussé, je lui ai fait mille maux, infâme [c] que je suis [d]!

— Il le savait, dit Rastignac.

En ce moment le père Goriot ouvrit les yeux, mais par l'effet d'une convulsion. Le geste qui révélait l'espoir de la comtesse ne fut pas moins horrible à voir que l'œil du mourant [e].

— M'entendrait-il? cria la comtesse. Non, se dit-elle en s'asseyant auprès de lui.

Madame de Restaud ayant manifesté le désir de garder son père, Eugène descendit pour prendre un peu de nourriture. Les pensionnaires étaient déjà réunis.

— Eh bien, lui dit le peintre, il paraît que nous allons avoir un petit mortorama là-haut?

— Charles [f], lui dit Eugène, il me semble que vous devriez [g] plaisanter sur quelque sujet moins lugubre [h].

— Nous ne pourrons donc plus rire ici? reprit le peintre. Qu'est-ce que cela fait, puisque [i] Bianchon dit que le bonhomme n'a plus sa connaissance?

— Eh bien! reprit l'employé au Muséum, il sera mort comme il a vécu.

— Mon père est mort! cria la comtesse.

A ce cri terrible, Sylvie, Rastignac et Bianchon montèrent, et trouvèrent madame de Restaud évanouie. Après l'avoir fait revenir à elle, ils la transportèrent dans le fiacre qui l'attendait. Eugène la confia aux soins de Thérèse, lui ordonnant de la conduire chez madame de Nucingen.

— Oh! il est bien mort, dit Bianchon en descendant.

— Allons, messieurs, à table, dit madame Vauquer, la soupe va se refroidir [j].

Les deux étudiants se mirent à côté l'un de l'autre.

— Que faut-il faire maintenant? dit Eugène à Bianchon.

— Mais je lui ai fermé les yeux, et je l'ai convenablement disposé. Quand le médecin de la mairie aura constaté le décès que nous irons déclarer, on le coudra dans un linceul, et on l'enterrera. Que veux-tu qu'il devienne?

— Il ne flairera plus son pain comme ça, dit un pensionnaire en imitant la grimace du bonhomme [a].

— Sacrebleu, messieurs, dit le répétiteur [b], laissez donc le père Goriot, et ne nous en faites plus manger, car on l'a mis à toute sauce depuis une heure. Un [c] des privilèges de la bonne ville de Paris, c'est qu'on peut y naître, y vivre, y mourir [d] sans que personne fasse attention à vous. Profitons donc des avantages de la civilisation. Il y a soixante [e] morts aujourd'hui, voulez-vous nous apitoyer sur les hécatombes parisiennes [f] ? Que le père Goriot soit crevé, tant mieux pour lui ! Si vous l'adorez, allez le garder, et laissez-nous manger tranquillement, nous autres [g].

— Oh ! oui, dit la veuve, tant mieux pour lui qu'il soit mort [h] ! Il paraît que le pauvre homme avait bien du désagrément sa vie durant.

Ce fut la seule oraison [i] funèbre d'un être qui, pour Eugène, représentait la [j] Paternité. Les quinze pensionnaires se mirent à causer comme à l'ordinaire. Lorsque Eugène et Bianchon eurent mangé, le bruit des fourchettes et des cuillers, les rires de la conversation, les diverses expressions de ces figures gloutonnes et indifférentes, leur insouciance, tout les glaça d'horreur. Ils sortirent pour aller chercher un prêtre qui veillât et priât pendant la nuit près du mort. Il leur fallut mesurer les derniers devoirs à rendre au bonhomme sur le peu d'argent dont ils pourraient disposer. Vers neuf heures du soir, le corps fut placé sur un fond sanglé, entre deux chandelles, dans cette chambre nue, et un prêtre vint s'asseoir auprès de lui. Avant de se coucher, Rastignac, ayant demandé des renseignements à l'ecclésiastique sur le prix du service à faire et sur celui des convois, écrivit un mot au baron de Nucingen et au comte [k] de Restaud en les priant d'envoyer leurs gens d'affaires afin de pourvoir à tous les frais de l'enterrement. Il leur dépêcha Christophe, puis il se coucha et s'endormit accablé de fatigue. Le lendemain matin, Bianchon et Rastignac furent obligés d'aller déclarer eux-mêmes le décès, qui vers midi fut constaté. Deux heures après, aucun des deux gendres n'avait envoyé d'argent, personne ne s'était présenté en leur nom, et Rastignac avait été forcé déjà de payer les frais du prêtre. Sylvie ayant demandé dix francs pour ensevelir le bonhomme et le coudre dans un linceul, Eugène et Bianchon calculèrent que, si les parents du mort ne voulaient se mêler de rien, ils auraient à peine de quoi pourvoir aux frais. L'étudiant en médecine se chargea donc de mettre lui-même le cadavre dans une bière de pauvre qu'il fit apporter de son hôpital, où il l'eut à meilleur marché.

— Fais une farce à ces drôles-là, dit-il à Eugène. Va acheter un terrain, pour cinq ans, au Père-Lachaise, et commande un service de troisième [a] classe à l'église et aux Pompes-Funèbres. Si les gendres et les filles se refusent à te rembourser, tu feras graver sur la tombe : « Ci-gît monsieur Goriot, père de la comtesse de Restaud et de la baronne de Nucingen [b], enterré aux frais de deux étudiants. »

Eugène ne suivit le conseil de son ami qu'après avoir été infructueusement chez monsieur et madame de Nucingen et chez monsieur et madame de Restaud. Il n'alla pas plus loin que la porte. Chacun des concierges avait des ordres sévères.

— Monsieur et madame, dirent-ils, ne reçoivent personne; leur père est mort, et ils sont plongés dans la plus vive douleur [c].

Eugène avait assez l'expérience du monde parisien pour savoir qu'il ne devait pas insister. Son cœur se serra étrangement quand il se vit dans l'impossibilité de parvenir jusqu'à Delphine.

« *Vendez une parure*, lui écrivit-il chez le concierge, *et que votre père soit décemment conduit à sa dernière demeure.* »

Il cacheta ce mot, et pria le concierge du baron de le remettre à Thérèse pour sa maîtresse; mais le concierge le remit au baron de Nucingen qui le jeta dans le feu [d]. Après avoir fait [e] toutes ses dispositions, Eugène revint vers trois heures à [f] la pension bourgeoise, et ne put retenir une larme quand il aperçut à cette porte bâtarde la bière à peine couverte d'un drap noir, posée sur deux chaises dans cette rue déserte. Un mauvais goupillon, auquel personne n'avait encore touché, trempait dans un plat de

cuivre argenté plein d'eau bénite[a]. La porte n'était pas
même tendue de noir. C'était la mort des pauvres, qui
n'a ni faste, ni suivants, ni amis, ni parents. Bianchon,
obligé d'être à son hôpital, avait écrit un mot à Rastignac
pour lui rendre compte de ce qu'il avait fait avec l'église.
L'interne lui mandait qu'une messe était hors de prix,
qu'il fallait se contenter du service moins coûteux des
vêpres, et qu'il avait envoyé Christophe avec un mot aux
Pompes-Funèbres[b]. Au moment où Eugène achevait de
lire le griffonnage de Bianchon, il vit entre les mains de
madame Vauquer le médaillon à cercle d'or où étaient
les cheveux des deux filles.

— Comment avez-vous osé[c] prendre ça ? lui dit-il.
— Pardi ! fallait-il l'enterrer avec ? répondit Sylvie,
c'est en or[d].
— Certes ! reprit Eugène avec indignation, qu'il emporte au moins avec lui la seule chose qui puisse représenter ses deux filles.

Quand le corbillard vint, Eugène fit remonter la bière,
la décloua, et plaça religieusement sur la poitrine du bonhomme une image qui se rapportait à un temps où Delphine et Anastasie étaient jeunes, vierges et pures, et *ne
raisonnaient pas*, comme il l'avait dit dans ses cris d'agonisant[e]. Rastignac et Christophe accompagnèrent seuls, avec
deux croque-morts, le char qui menait le pauvre homme
à Saint-Étienne-du-Mont, église peu distante de la rue
Neuve-Sainte-Geneviève. Arrivé là, le corps fut présenté
à une petite chapelle basse et sombre, autour de laquelle
l'étudiant chercha vainement les deux filles du père Goriot ou leurs maris. Il fut seul avec Christophe, qui se
croyait obligé de rendre les derniers devoirs à un homme
qui lui avait fait gagner quelques bons pourboires. En attendant les deux prêtres, l'enfant de chœur et le bedeau,
Rastignac serra la main de Christophe, sans pouvoir prononcer une parole.

— Oui, monsieur Eugène, dit Christophe, c'était un
brave et honnête homme, qui n'a jamais dit une parole
plus haut que l'autre, qui ne nuisait à personne et n'a
jamais fait de mal.

Les deux prêtres, l'enfant de chœur et le bedeau vinrent et donnèrent tout ce qu'on peut avoir pour soixante-dix francs dans une époque où la religion n'est pas assez riche pour prier gratis [a]. Les gens du clergé [b] chantèrent un psaume, le *Libera*, le *De profundis*. Le service dura vingt minutes. Il n'y avait qu'une seule voiture de deuil pour un prêtre et un enfant de chœur, qui consentirent à recevoir avec eux Eugène et Christophe.

— Il n'y a point de suite, dit le prêtre, nous pourrons aller vite, afin de ne pas nous attarder, il est cinq heures et demie [c].

Cependant, au moment où le corps fut placé dans le corbillard, deux voitures armoriées, mais vides, celle du comte de Restaud et celle du baron de Nucingen, se présentèrent et suivirent le convoi jusqu'au Père-Lachaise [1]. A six heures [d], le corps du père Goriot fut descendu dans sa fosse, autour de laquelle étaient les gens de ses filles, qui disparurent avec le clergé aussitôt que fut dite la courte prière due au bonhomme pour l'argent de l'étudiant. Quand les deux fossoyeurs eurent jeté quelques pelletées de terre sur la bière pour la cacher, ils se relevèrent, et l'un d'eux, s'adressant à Rastignac, lui demanda leur pourboire. Eugène fouilla dans sa poche et n'y trouva rien [e], il fut forcé d'emprunter vingt sous à Christophe. Ce fait, si léger en lui-même, détermina chez Rastignac un accès d'horrible tristesse [2]. Le jour tombait, un humide crépuscule agaçait [f] les nerfs, il regarda la tombe et y ensevelit [g] sa dernière larme de jeune homme, cette larme arrachée par les saintes [h] émotions d'un cœur pur [i], une de

---

1. Il est frappant que l'exploration de Paris, comparée dans les premières pages à une plongée dans les Catacombes, s'achève par une ascension au Père-Lachaise. Plus encore que les Catacombes, ce lieu attira Balzac, et de très bonne heure (*Lettres à sa famille*, p. 26 ; préface du *Vicaire des Ardennes*). C'est au Père-Lachaise qu'est enterrée, dans *Ferragus*, Mme Julie Desmarets, et le récit des apprêts de la cérémonie funèbre est longuement développé à la fin de ce roman.

2. Lucien de Rubempré éprouvera une humiliation un peu semblable, à la fin de la seconde partie d'*Illusions perdues*, lorsqu'il se verra contraint d'accepter vingt francs d'une prostituée (éd. citée, p. 538).

ces larmes qui, de la terre où elles tombent, rejaillissent jusque dans les cieux. Il se croisa les bras, contempla les nuages[a], et, le voyant ainsi [b], Christophe le quitta [c].

Rastignac, resté seul, fit [d] quelques pas vers le haut du cimetière et vit Paris [e] tortueusement couché le long des deux rives de la Seine où commençaient à briller les lumières. Ses yeux s'attachèrent presque avidement entre la colonne de la place Vendôme et le dôme des Invalides[1], là où vivait ce beau monde dans lequel il avait voulu pénétrer. Il lança sur [f] cette ruche bourdonnant[2] [g] un regard qui semblait par avance en pomper le miel[3] [h], et dit [i] ces mots grandioses [j] : « A nous deux maintenant ! »

Et pour premier acte du défi qu'il portait à la Société, Rastignac alla dîner chez madame de Nucingen [k].

Saché, septembre 1834[1].

---

1. *Ferragus* contient déjà une méditation au Père-Lachaise, devant « l'espace compris entre la colonne de la place Vendôme et la coupole d'or des Invalides » (*Histoire des Treize*, éd. citée, p. 164). Mais Balzac n'est pas seul à pratiquer cet exercice littéraire. Dans *Le Livre des Cent-et-Un* (IV, 129 sq.), Eugène Roch, qui consacre une petite monographie au cimetière du Père-Lachaise, se décrit, face au Panthéon, apostrophant Paris, comme va le faire Rastignac : « Et toi aussi, m'écriai-je, superbe cité, tu es au bas de cette colline pour la gravir peu à peu [etc.] » La capitale lui apparaît comme « un être immense et monstrueux : des millions de pieds s'agitant sous une tête de mort ».
2. Dans le même article sur *Le Cimetière du Père-Lachaise*, Eugène Roch compare le bruit de la ville au « bourdonnement d'une ruche immense ». L'usage du participe présent invariable est ici surprenant, mais Balzac l'a formellement prescrit en corrigeant le texte de *La Comédie humaine*.
3. M. Jean Pommier (*Bulletin de la Faculté des Lettres de Strasbourg*, 1er nov. 1926) a rapproché ce passage du poème *Paris*, « élévation » composée par Vigny en 1831 :

Partout où ton œil se hasarde,
Qu'il *s'attache*, avec feu, comme l'œil du serpent
Qui *pompe* du regard ce qu'il suit en rampant.

PRÉFACES
DES PREMIÈRES ÉDITIONS

PRÉFACE
DE L'ÉDITION ORIGINALE

L'AUTEUR de cette esquisse n'a jamais abusé du droit de parler de soi que possède tout écrivain, et dont autrefois chacun usait si librement, qu'aucun ouvrage des deux siècles précédents n'a paru sans un peu de préface. La seule préface que l'auteur ait faite a été supprimée [1]; celle-ci le sera vraisemblablement encore [2]; pourquoi l'écrire ? voici la réponse.

L'ouvrage auquel travaille l'auteur doit un jour se recommander beaucoup plus sans doute par son étendue que par la valeur des détails. Il ressemblera, pour accepter le triste arrêt d'une récente critique, à l'œuvre politique de ces puissances barbares qui ne triomphaient que par le nombre des soldats. Chacun triomphe comme il peut, les impuissants seuls ne triomphent jamais [3a]. Ainsi donc, il ne saurait exiger que le public embrasse tout d'abord et devine un plan que lui-même n'entrevoit qu'à certaines heures, quand le jour tombe, quand il songe à bâtir ses châteaux en Espagne, enfin dans ces moments où l'on vous dit: — A quoi pensez-vous ? et que l'on répond: — A rien! Aussi ne s'est-il jamais plaint ni de l'injustice de la critique, ni du peu d'attention que le public apportait dans le jugement des diverses parties de cette œuvre encore mal étayée, incom-

---

1. Celle de *La Peau de Chagrin*, qui figura seulement dans l'édition originale, publiée en août 1831 chez Gosselin et Canel.
2. Elle sera supprimée effectivement dans l'édition de 1839. Voir appendice critique, p. 341.
3. Balzac réplique à l'article de Sainte-Beuve paru dans la *Revue des Deux Mondes* le 15 novembre 1834. Sainte-Beuve l'avait comparé à « ces généraux qui n'emportent la moindre position qu'en prodiguant le sang des troupes ».

plètement dessinée, et dont le plan d'alignement n'est exposé
dans aucune des Mairies de Paris. Souvent donc, il aurait
dû peut-être, avec la simplicité des vieux auteurs, avertir
les personnes abonnées aux cabinets de lecture que tel ou
tel ouvrage était publié dans telle ou telle intention. L'auteur
des *Études de mœurs* et des *Études philosophiques* ne l'a pas
fait par plusieurs raisons. D'abord, les habitués des cabinets
littéraires s'intéressent-ils à la littérature ? Ne l'acceptent-ils
pas comme l'étudiant accepte le cigare ? Est-il nécessaire
de leur dire que les révolutions humanitaires sont ou ne
sont pas circonscrites dans une œuvre, que l'on est un grand
homme inédit, un Homère toujours inachevé, que l'on
partage avec Dieu la fatigue ou le plaisir de coordonner
les mondes ? Ajouteraient-ils foi à ces bourdes littéraires [a] ?
Ne les a-t-on pas fatigués de systèmes boiteux, de promesses
inexécutées ? D'ailleurs, l'auteur ne croit ni à la générosité
ni à l'attention d'une époque lâche et voleuse qui va chercher
pour deux sous de littérature au coin d'une rue, comme
elle y prend un briquet phosphorique, qui bientôt voudra
du Benvenuto Cellini à bon marché, du talent à prix fixe,
et qui fait aux poètes la même guerre qu'elle a faite à Dieu,
en les rayant du Code, en les dépouillant pendant qu'ils
vivent et en deshéritant leurs familles quand ils sont morts.
Puis, pendant longtemps, sa seule intention, en publiant
des livres, fut d'obéir à cette seconde destinée, souvent
contraire à celle que le ciel nous a faite, qui nous est forgée
par les événements sociaux, que nous appelons vulgairement
la nécessité, et qui a pour exécuteurs des hommes nommés
créanciers, gens précieux, car ce nom veut dire qu'ils ont
foi en nous. Enfin, ces avertissements, à propos d'un détail,
lui semblaient mesquins et inutiles; mesquins parce qu'ils
ne portaient que sur de petites choses qu'il fallait laisser
à la critique; inutiles, parce qu'ils devaient disparaître
quand le tout serait accompli. Si l'auteur parle ici de ses
entreprises, il a donc fallu quelques accusation étrange,
imméritée. Cette accusation passera nécessairement dans
un pays où tout passe. La préface, qui déjà ne signifie pas
grand'chose, ne signifiera donc plus rien. Néanmoins, il
faut répondre. Aussi répond-il.

Depuis quelque temps donc, l'auteur a été effrayé de rencontrer dans le monde un nombre surhumain, inespéré, de femmes sincèrement vertueuses, heureuses d'être vertueuses, vertueuses parce qu'elles sont heureuses, et sans doute heureuses parce qu'elles sont vertueuses. Pendant quelques jours de distraction, il n'a vu de toutes parts que des craquements d'ailes blanches qui se déployaient, de véritables anges qui faisaient mine de s'envoler dans leur robe d'innocence, toutes personnes mariées d'ailleurs, qui lui faisaient des reproches sur le goût immodéré dont il gratifiait[a] les femmes pour les félicités illicites d'une crise conjugale qu'il a scientifiquement nommée ailleurs le *Minotaurisme*[b]. Ces reproches n'allaient pas sans quelque flatterie, car ces femmes prédestinées aux plaisirs du ciel avouaient connaître par ouï-dire le plus détestable de tous les libelles, la Très Horrible *Physiologie du Mariage*[1], et se servaient de cette expression pour éviter de prononcer un mot banni du beau langage, l'adultère. L'une lui disait que, dans ses livres, la femme n'était vertueuse que par force ou par hasard, et jamais ni par goût, ni par plaisir. D'autres lui disaient que les femmes adonnées au Minotaure, mises en scène dans ses œuvres, étaient ravissantes, et faisaient venir l'eau à la bouche de ces fautes qui ne devaient être représentées que comme tout ce qu'il y avait de plus désagréable dans le monde, et qu'il y avait péril pour la chose publique à faire envier la destinée de ces femmes, quelque malheureuses qu'elles fussent. Au contraire, celles qui étaient atteintes de vertu leur paraissaient devoir être des personnes extrêmement disgracieuses et disgraciées. Enfin les reproches furent si nombreux que l'auteur ne saurait les consigner tous. Figurez-vous un peintre qui croit avoir fait une jeune femme ressemblante, et à qui la jeune femme renvoie le portrait, sous prétexte qu'il est horrible. N'y a-t-il pas de quoi devenir fou ? Ainsi a fait le monde. Le monde a dit : — Mais nous sommes blanc et

---

1. C'est surtout dans la « *Méditation XXVII* » de ce traité (*Pl.* X, 864 sq.) que se développent les variations plaisantes de Balzac sur le thème du Minotaure.

rose, et vous nous avez prêté des tons fort vilains. J'ai le teint uni pour les gens qui m'aiment, et vous m'avez mis cette petite verrue dont mon mari seul s'aperçoit.

L'auteur fut épouvanté de ces reproches. Il ne sut que devenir en voyant ce nombre prodigieux de rosières qui méritaient le prix Monthyon, et qu'il avait envoyées par mégarde à la police correctionnelle de l'opinion. Dans les premiers moments d'une déroute, on ne pense qu'à se sauver; les plus braves sont entraînés. L'auteur oublia qu'il s'était permis de faire quelquefois, à l'instar de la capricieuse nature, des femmes vertueuses aussi attrayantes que le sont les femmes criminelles. On ne s'était pas aperçu de sa politesse, et l'on criait à propos de la vérité. *Le Père Goriot* fut commencé dans le premier quart d'heure de ce désespoir. Pour éviter de jeter dans son monde fictif des adultères de plus, il eut la pensée d'aller rechercher quelques-uns de ses plus méchants personnages féminins, afin de rester dans une sorte de *statu quo* relativement à cette grave question. Puis, quand cet acte respectueux fut accompli, la peur de recevoir quelques coups de griffe l'a pris, et il sent la nécessité de justifier ici, par l'aveu de sa panique, la réapparition de Madame de Beauséant, celle de lady Brandon [1], de mesdames de Restaud et de Langeais, qui figurent déjà dans *La Femme abandonnée,* dans *La Grenadière,* dans *Le Papa Gobseck* [2], et dans *Ne touchez pas à la hache* [3]. Mais, si le monde lui tient compte de sa parcimonie à l'égard des femmes reprochables, il aura le courage du supporter les coups de la Critique. Cette vieille parasite des festins littéraires qui est descendue du salon pour aller s'asseoir à la cuisine, où elle fait tourner les sauces avant qu'elles ne soient prêtes, ne manquera pas de dire, au nom

---

1. Dans toutes les éditions imprimées du vivant de Balzac, lady Brandon, au bal d'adieu donné par la vicomtesse de Beauséant, paraissait en compagnie de son amant le lieutenant-colonel-comte Franchessini; mais le romancier a finalement prescrit la suppression de cet épisode.

2. *Gobseck,* dans l'édition définitive.

3. Exactement *Ne touchez pas la hache,* qui deviendra *La Duchesse de Langeais.*

du public, qu'on en avait déjà bien assez de ces personnages ;
que si l'auteur avait eu la puissance d'en créer de nouveaux,
il aurait pu se dispenser de faire revenir ceux-là ; car, de
tous les Revenants, le pire est le Revenant littéraire[a].
Quant à la faute d'avoir donné les commencements du
Rastignac de *La Peau de Chagrin*, l'auteur est sans excuse.
Mais si dans ce désastre il a tout le monde contre lui, peut-
être aura-t-il de son côté ce personnage grave et positif qui,
pour beaucoup d'auteurs, est le monde entier, à savoir *le
libraire*. Ce protecteur des lettres paraît compter sur le grand
nombre de personnes aux oreilles desquelles ne sont point
parvenus les titres des livres d'où sont tirés ces personnages,
pour les leur vendre. Opinion tout à la fois amère et douce
que l'auteur est forcé de prendre en gré. Certaines personnes
voudront voir dans ces phrases purement naïves une espèce
de prospectus, mais tout le monde sait qu'on ne peut rien
dire, en France, sans encourir des reproches. Quelques amis
blâment déjà, dans l'intérêt de l'auteur, la légèreté de cette
préface, où il paraît ne pas prendre son œuvre au sérieux,
comme si l'on pouvait répondre gravement à des observations bouffonnes, et s'armer d'une hache pour tuer des
mouches.

Maintenant, si quelques-unes des personnes qui repro-
chent à l'auteur son goût littéraire pour les pécheresses lui
faisaient un crime d'avoir lancé dans la circulation livresque
une mauvaise femme de plus en la personne de madame de
Nucingen, il supplie ses jolis censeurs en jupons de lui
passer encore cette pauvre petite faute. En retour de leur
indulgence, il s'engage formellement à leur faire, après quelque temps employé à chercher son modèle, une femme
vertueuse par goût. Il la représentera mariée à un homme
peu aimable ; car, si elle était mariée à un homme adoré, ne
serait-elle pas vertueuse par plaisir ? Il ne la fera pas mère
de famille[1], car, comme Juana de Mancini, cette héroïne

---

1. Cet engagement d'ailleurs peu sérieux ne sera pas respecté, si
l'on admet que Balzac songe déjà à l'héroïne du *Lys dans la Vallée*
(voir la fin de la seconde préface, p. 327). Mme de Mortsauf aura deux
enfants.

que certains critiques ont trouvée trop vertueuse, elle[a]
pourrait être vertueuse par attachement à ses chers anges [1].
Il a bien compris sa mission et voit qu'il s'agit, dans l'œuvre
promise, de peindre quelque vertu en lingot, une vertu
poinçonnée à la Monnaie du rigorisme. Aussi sera-ce
quelque belle femme gracieuse, ayant des sens impérieux
et un mauvais mari, poussant la charité jusqu'à se dire heureuse, et tourmentée comme l'était cette excellente madame
Guyon que son époux prenait plaisir à troubler dans ses
prières de la façon la plus inconvenante. Mais, hélas !
en cette affaire, il se rencontre de graves questions à résoudre. L'auteur les propose, dans l'espérance de recevoir
plusieurs mémoires académiques faits de mains de maîtresse,
afin de composer un portrait dont le public féminin soit
satisfait.

D'abord, si ce phénix femelle croit au paradis, ne sera-t-
elle pas vertueuse par calcul ? car, comme l'a dit un des
esprits les plus extraordinaires de cette grande époque, si
l'homme voit avec certitude l'enfer, comment peut-il
succomber ? « Où est le sujet qui, jouissant de sa raison,
ne sera pas dans l'impuissance de contrevenir à l'ordre de
son prince, s'il lui dit: « Vous voilà dans mon sérail, au
milieu de toutes mes femmes. Pendant cinq minutes, n'en
approchez aucune ; j'ai l'œil sur vous. Si vous êtes fidèle
pendant ce peu de temps, tous ces plaisirs et d'autres vous
seront permis pendant trente années d'une prospérité
constante ». Qui ne voit que cet homme, quelque ardent
qu'on le suppose, n'a pas même besoin de force pour résister
pendant un temps si court ? Il n'a besoin que de croire à la
parole de son prince. Assurément, les tentations du chrétien ne sont pas plus fortes, et la vie de l'homme est bien
moins devant l'éternité que cinq minutes comparées à
trente années. Il y a l'infini de distance entre le bonheur promis au chrétien et les plaisirs offerts au sujet, et si la parole du
prince peut laisser de l'incertitude, celle de Dieu n'en laisse

---

1. Dans *Les Marana*, Juana de Mancini, devenue Mme Diard et
délaissée par son mari, se voue à l'amour maternel.

aucune. » *(Obermann)*[1]. Etre vertueuse ainsi, n'est-ce pas faire l'usure ? Donc, pour savoir si elle est vertueuse, il faut la faire tentée. Si elle est tentée et qu'elle soit vertueuse, il faudrait logiquement la représenter n'ayant même pas l'idée de la faute. Mais si elle n'a pas l'idée de la faute, elle n'en saura pas les plaisirs. Si elle n'en sait pas les plaisirs, sa tentation sera très incomplète, elle n'aura pas le mérite de la résistance. Comment désirerait-on une chose inconnue ? Or, la peindre vertueuse sans être tentée est un non-sens. Supposez une femme bien constituée, mal mariée, tentée, comprenant les bonheurs de la passion : l'œuvre est difficile, mais elle peut encore être inventée. Là n'est pas la difficulté. Croyez-vous qu'en cette situation elle ne rêvera pas souvent cette faute que doivent pardonner les anges ? Alors, si elle y pense une ou deux fois, sera-t-elle vertueuse en commettant de petits crimes dans sa pensée ou au fond de son cœur ? Voyez-vous ? tout le monde s'accorde sur la faute ; mais dès qu'il s'agit de vertu, je crois qu'il est presque impossible de s'entendre.

L'auteur ne terminera pas sans publier ici le résultat de l'examen de conscience que ses critiques l'ont forcé de faire relativement au nombre de femmes vertueuses et de femmes criminelles qu'il a émises sur la place littéraire. Dès que son effroi lui a laissé le temps de réfléchir, son premier soin fut de rassembler ses corps d'armée, afin de voir si le rapport qui devait se trouver entre ces deux éléments de son monde écrit était exact, relativement à la mesure de vice et de vertu qui entre dans la composition des mœurs actuelles. Il s'est trouvé riche de plus de trente-huit femmes vertueuses, et pauvre de vingt femmes criminelles tout au plus [2], qu'il prend la liberté de ranger toutes en bataille de la manière suivante, afin qu'on ne lui conteste pas les résultats immenses que donnent déjà ses peintures commencées. Puis, afin qu'on ne le chicane en aucune

---

1. Senancour, *Oberman*, lettre LXIV. Balzac écrit à tort *Obermann*.
2. La liste qui va suivre comporte vingt-deux numéros et nomme vingt et une femmes.

manière, il a négligé de compter beaucoup de femmes vertueuses qu'il a mises dans l'ombre, comme elles y sont
quelquefois en réalité.

FEMMES VERTUEUSES	FEMMES CRIMINELLES
Études de mœurs	*Études de mœurs*
1-2. Madame de Fontaine et Madame de Kergarouët, *Le Bal de Sceaux*, tome I.	1. La duchesse de Carigliano, *Gloire et Malheur* [1], tome I.
3-4-5. Madame Guillaume, Madame de Sommervieux et Madame Lebas, *Gloire et Malheur*, tome I.	2-3. Madame d'Aiglemont, *Même Histoire* [2], tome IV.
6. Ginevra di Piombo. *La Vendetta*, tome I.	4-5-6. Madame de Beauséant *La Femme abandonnée* ; lady Brandon, *La Grenadière* ; et Juliette, *Le Message*, tome IV.
7. Madame de Sponde, *La Fleur des Pois* [3], tome II.	7. Madame de Merret, *La Grande Bretèche* [4], tome VIII.
8. Madame de Soulanges, *La Paix du Ménage*, tome II.	8-9-10. Mademoiselle de Bellefeuille, *La Femme vertueuse* [5] ; Madame de Restaud, *Le Papa Gobseck;* Fanny Vermeil, *La Torpille* [6], tome IX.
9-10. Madame Claës et Madame de Solis, *La Recherche de l'Absolu*, tome III.	
11-12-13-14. Madame Grandet et Eugénie Grandet, Nanon et Madame des Grassins, *Eugénie Grandet*, tome V.	11. La Marana, *Les Marana*, tome X.
15-16. Sophie Gamard, la baronne de Listomère, *Les Célibataires* [7], tome VI.	12. Ida Gruget, *Ferragus, chef des Dévorants* (*Histoire des Treize*), tome X.

---

1. Titre dans « *La Comédie humaine* » : *La Maison du Chat-qui-pelote.*
2. *La Femme de Trente Ans.*
3. Récit abandonné. Mme de Sponde est une première esquisse de l'héroïne de *La Vieille Fille* (voir notre édition de ce roman, p. 235 sq).
4. Récit finalement incorporé à *Autre Étude de Femme.*
5. *Une Double Famille.*
6. Récit incorporé à *Splendeurs et Misères des Courtisanes.*
7. *Le Curé de Tours.*

FEMMES VERTUEUSES	FEMMES CRIMINELLES
Études de mœurs	*Études de mœurs*

17-18-19. Madame de Gran-ville, *La Femme vertueuse* ; Adélaïde de Rouville et Ma-dame de Rouville, *La Bourse*, tome IX.	13. Madame de Langeais, *Histoire des Treize*, *Ne touchez pas à la hache* (*La Duchesse de Langeais*).
20-21. Juana (Madame Diard), *Les Marana;* Madame Jules, *Ferragus, chef des Dévo-rants* (*Histoire des Treize*), tome X.	14-15. Euphémie, marquise de San-Réal et Paquita Valdès, *La Fille aux Yeux d'or*, tome XII.
22-23-24. Madame Fir-miani, la marquise de Listomère, *Profil de marquise* [1] ; Madame Chabert, *La Com-tesse à deux maris* [2], tome XII.	16-17. Madame de Nucin-gen, Mademoiselle Michon-neau, *Le Père Goriot*.
25-26. Mademoiselle Tail-lefer, Madame Vauquer [3]. *Le Père Goriot*.	
27-28. Évelina et La Fos-seuse, *Le Médecin de campagne*.	

Études philosophiques	*Études philosophiques*
29. Foedora, *La Peau de Chagrin*, tome IV.	18-19. Pauline de Wit-chnau, Aquilina, *La Peau de Chagrin* et *Melmoth réconcilié*, tomes I, IV et XXI.
30. La comtesse de Van-dière, *Adieu*, tome IV.	
31. Madame de Dey, *Le Réquisitionnaire*, tome V.	20. Madame de Saint-Vallier, *Maître Cornélius*.
32-33. Madame Birotteau et Césarine Birotteau, *His-toire de la grandeur et de la déca-dence de César Birotteau*, tomes VI-X.	21-22. Mademoiselle de Ver-neuil et Madame du Gua, *Les Chouans*.

---

1. *Étude de Femme.*
2. *Le Colonel Chabert.*
3. Elle est douteuse (*Note de Balzac*).

FEMMES   VERTUEUSES

Études philosophiques

34-35. Jeanne d'Hérou-
ville et sœur Marie, *L'Enfant
maudit, Sœur Marie-des-An-
ges*[1], tomes V, XVII, XVIII
et XIX.

36-37. Pauline de Vil-
lenoix, *Louis Lambert* ;
et madame de Rochecave,
Ecce Homo[2], tomes XXIII
et XXIV.

38. Francine. *Les Chouans*[3].

Quoique l'auteur ait encore quelques fautes en projet,
il a aussi beaucoup de vertu sous presse, en sorte qu'il est
certain de corroborer ce résultat flatteur pour la société,
la balance étant de trente-huit sur soixante en faveur de la
vertu, dans l'état actuel où en est la peinture qu'il a entreprise
du monde. S'il s'arrêtait là, le monde ne serait-il pas flatté ?
Si quelques personnes se sont trompées, en croyant à un
résultat contraire, peut-être leur erreur doit-elle être attribuée
à ce que le vice a plus d'apparence, il foisonne; et, comme
disent les marchands en parlant d'un châle, il est *très avantageux*. Au contraire, la vertu n'offre au pinceau que des
lignes d'une excessive ténuité. La vertu est absolue, elle
est une et indivisible, comme était la république; tandis
que le vice est multiforme, multicolore, ondoyant, capri-
cieux. D'ailleurs, quand l'auteur aura peint la femme vertueuse fantastique, à la recherche de laquelle il va se mettre

---

1. Récit abandonné, dont l'ébauche a été publiée par M. Bardèche
(*Œuvres de Balzac*, Le Club de l'Honnête Homme, tome I, appendice).

2. Récit inachevé, paru dans *La Chronique de Paris*, puis incorporé
aux *Martyrs ignorés*.

3. L'auteur omet à dessein plus de dix femmes vertueuses, pour ne
pas ennuyer le lecteur; mais il les nommerait s'il y avait contestation
sur le résultat de cette statistique littéraire (*Note de Balzac*).

dans tous les boudoirs de l'Europe, on lui rendra justice, et les reproches tomberont d'eux-mêmes.

Quelques raffinés ayant fait observer que l'auteur avait peint les pécheresses beaucoup plus aimables que ne l'étaient les femmes irréprochables, ce fait a semblé si naturel à l'auteur, qu'il ne parle de la critique que pour en constater l'absurdité. Chacun sait trop bien qu'il est malheureusement dans la nature masculine de ne pas aimer le vice quand il est hideux, et de fuir la vertu quand elle est épouvantable.

Paris, 6 mars [a] 1835.

PRÉFACE AJOUTÉE
DANS LA DEUXIÈME ÉDITION WERDET

Depuis sa réimpression sous forme de livre, ce qui, dans la logique du libraire, a constitué une seconde édition [1], *Le Père Goriot* est l'objet de la censure impériale de Sa Majesté le Journal, cet autocrate du XIIe siècle, qui trône au-dessus des rois, leur donne des avis, les fait, les défait; et qui, de temps en temps, est tenu de surveiller la morale depuis qu'il a supprimé la religion de l'État. L'auteur savait bien qu'il était dans la destinée du Père [2] Goriot de souffrir pendant sa vie littéraire, comme il avait souffert durant sa vie réelle. Pauvre homme! Ses filles ne voulaient pas le reconnaître, parce qu'il était sans fortune; et les feuilles publiques aussi l'ont renié, sous prétexte qu'il était immoral [3]. Comment un auteur ne tâcherait-il pas de se débarrasser du San-Benito dont la sainte ou la maudite inquisition du journalisme le coiffe en lui jetant à la tête le mot *immoralité*? Si les tableaux dessinés par l'auteur étaient faux, la critique les lui aurait reprochés en lui disant qu'il calomniait la société moderne; si la critique les tient pour vrais, ce n'est pas son œuvre qui est immorale. Le Père Goriot n'a pas été suffisamment compris, quoique l'auteur ait eu le soin d'expliquer comment le bonhomme était en révolte contre les lois sociales, par ignorance et par sentiment, comme Vautrin l'est par sa puissance méconnue et par l'instinct de son caractère. L'auteur a bien ri de voir quelques per-

---

1. Voir ci-dessous, p. 340.
2. Contrairement à l'usage adopté dans le roman, Balzac, dans cette préface, met une majuscule au mot Père lorsqu'il désigne Goriot.
3. Voir notre introduction, p. XLIX sq.

sonnes, obligées de comprendre ce qu'elles critiquaient,
vouloir que le Père Goriot eût le sentiment des convenances,
lui, cet Illinois de la farine, ce Huron de la Halle aux blés.
Pourquoi ne lui a-t-on pas reproché de ne connaître ni
Voltaire ni Rousseau, d'ignorer le code des salons et la
langue française ? Le Père Goriot est comme le chien du
meurtrier qui lèche la main de son maître quand elle est
teinte de sang; il ne discute pas, il ne juge pas, il aime. Le
Père Goriot cirerait, comme il le dit, les bottes de Rastignac,
pour se rapprocher de sa fille. Il veut aller prendre la Banque
d'assaut quand elles manquent d'argent, et il ne serait pas
furieux contre ses gendres, qui ne les rendent pas heureuses ?
Il aime Rastignac, parce que sa fille l'aime. Que chacun
regarde autour de soi et veuille être franc, combien de
pères Goriot en jupons ne verrait-on pas ? Or, le sentiment du Père Goriot implique la maternité. Mais ces explications sont presque inutiles. Ceux qui crient contre
cette œuvre la justifieraient admirablement bien, s'ils l'a-
vaient faite ! D'ailleurs, l'auteur n'est pas de propos déli-
béré moral ou immoral, pour employer les termes faux
dont on se sert. Le plan général qui lie ses œuvres les unes
aux autres, et qu'un de ses amis, M. Félix Davin, a récemment exposé [1], l'oblige à tout peindre: le Père Goriot comme la Marana, Bartholomeo di Piombo comme la veuve
Crochard, le marquis de Léganès comme Cambremer,
comme M. de Fontaine [2], enfin de saisir la paternité dans
tous les plis de son cœur, de la peindre tout entière [3],

---

1. Dans la préface des *Études de Mœurs au XIXᵉ siècle*, tome I, avril
1835.
2. La Marana dans *Les Marana* ; Bartholomeo di Piombo dans
La Vendetta ; la veuve Crochard dans *Une Double Famille* ; le marquis
de Léganès dans *El Verdugo*; Cambremer dans *Un Drame au bord de
la mer* ; M. de Fontaine dans *Le Bal de Sceaux*.
3. De même, Balzac note plus tard, dans l'un de ses albums : « Il
y a la paternité jalouse et terrible de Bartholomeo di Piombo, la
paternité faible et indulgente du comte de Fontaine, la paternité
partagée du comte de Grandville, la paternité tout aristocratique du
duc de Chaulieu, l'imposante paternité du baron du Guénic, la paternité douce, conseilleuse et bourgeoise de M. Mignon, la paternité
dure de Grandet, la paternité nominale de M. de la Baudraye, la pa-

comme il essaie de représenter les sentiments humains, les crises sociales, tout le pêle-mêle de la civilisation.

Si quelques journaux ont accablé l'auteur, il en est d'autres qui l'ont défendu. Vivant solitaire, préoccupé par ses travaux, il n'a pu remercier les personnes auxquelles il est d'autant plus redevable que ce sont des camarades qui avaient, pour le gourmander, les droits du talent et d'une ancienne amitié, mais il les remercie collectivement de leur utile secours.

Les personnes amoureuses de morale, qui ont pris au sérieux la promesse que, dans la précédente préface, l'auteur a faite de pourtraire une femme complètement vertueuse, apprendront peut-être avec satisfaction que le tableau se vernit en ce moment, que le cadre se bronze, enfin que, sans métaphore, cette œuvre difficultueuse intitulée *Le Lys dans la vallée* va paraître dans l'une de nos Revues [1].

Meudon [2], 1er mai 1835.

---

ternité noble et abusée du marquis d'Esgrignon, la paternité muette de M. de Mortsauf, la paternité d'instinct, de passion et à l'état de vice du père Goriot, la paternité partiale du vieux juge Blondet, la paternité bourgeoise de César Birotteau... » Il ajoute « qu'il n'y a pas une nuance de ce sentiment depuis le sublime jusqu'à l'horrible qui n'ait été saisie, qui n'ait été représentée. » (*Lov.* A 159, f° 24).

1. Une partie du *Lys dans la Vallée* parut en effet dans *La Revue de Paris* (nov. - déc. 1835). Cette publication fut interrompue avec éclat dans des circonstances que Balzac devait largement commenter (voir la longue et célèbre préface du roman).

2. Balzac a de même inscrit « Meudon, 6 avril 1835 » sous la note publiée en appendice à la première édition de *La Fille aux yeux d'or* (*Histoire des Treize*, éd. citée, p. 458). Il y a là une énigme, car nous ne savons rien sur les circonstances d'un séjour de Balzac à Meudon.

APPENDICE CRITIQUE

I

MANUSCRITS ET ÉDITIONS

LE FEUILLET SINA

Le 26 octobre 1834, Balzac utilisait comme enveloppe d'une lettre adressée à Mme Hanska envoyée sous le couvert du baron Sina un feuillet au recto duquel figurait un début pour Le Père Goriot. *Ce feuillet, acquis par le vicomte de Lovenjoul à la vente Charavay du 18 décembre 1900, a été incorporé au recueil manuscrit des* Lettres à l'Étrangère *(Lov. A 301, f° 221). Au verso est inscrite l'adresse : Monsieur le baron Sina / Vienne / Autriche. L'expéditeur, pour clore l'enveloppe, s'est servi d'un cachet rouge. La poste viennoise a apposé un cachet noir.*

Le feuillet Sina nous est parvenu gravement endommagé dans sa partie inférieure. Le texte se trouve amputé d'un tiers au moins : seules demeurent intactes les dix premières lignes ; quinze autres sont plus ou moins mutilées ; les dernières, déchirées, sont perdues. Pourtant le document est précieux, car il fournit, pour le début du roman, le premier état connu, comme on peut s'en assurer en le comparant avec le folio 1 du manuscrit, où certains détails ont été corrigés. Sous le titre, on relève la phrase suivante, que Balzac se proposait peut-être d'inscrire en épigraphe :

« Ainsi le monde honore-t-il le malheur : il le tue ou le chasse ; l'avilit ou le châtie. »

LE MANUSCRIT

Le manuscrit proprement dit, conservé à la collection Lovenjoul (A 183) sous une demi-reliure de basane, est rédigé sur un papier Whatman bleuté de 22 × 28 cm.

Un feuillet initial, non numéroté, porte la dédicace suivante :

« à Madame E. de H. Tout ce que font les mougicks [1] appartient à leurs maîtres, de Balzac [.] mais je vous supplie de croire que je ne vous devrais pas ceci en vertu des lois qui régissent vos pauvres esclaves que je l'apporterais encore à vos pieds, amené là par la plus sincère des affections. 26 jer 1835, l'habitant de l'hôtel de l'arc à Genève ». *La date et les mots « l'habitant de l'hôtel de l'arc » ont été ajoutés; Balzac avait d'abord écrit, puis vigoureusement rayé:* « le jour inoubliable ». *Ces trois mots supprimés évoquaient un tendre souvenir qui demeurait associé, dans l'esprit de l'écrivain, au jour du 26 janvier 1834* [2]*; il se trouvait alors à Genève et séjournait à l'Hôtel de l'Arc, tout proche de la maison Mirabaud, où habitait Mme Hanska.*

Un second feuillet, désigné sous la majuscule A, porte le titre du roman. Sous ce titre figure l'indication des six têtes de chapitre suivantes : « Une pension bourgeoise. Les deux visites. L'entrée dans le monde. Trompe-la-Mort. Les deux filles *(en surcharge sur* La mort du père*).* La mort du père ». *Cette dernière tête de chapitre figurant seule dans le courant du manuscrit (f° 153), où elle commande l'épisode terminal, on doit supposer que Balzac a rédigé le feuillet de titre à une date où la rédaction du roman se trouvait avancée, sinon achevée* [3].

Le texte du Père Goriot *comporte 172 feuillets, numérotés par Balzac à l'encre noire et en chiffres arabes, sauf les trois premiers. Le feuillet 28 fait défaut. L'écriture est, au début,*

---

1. Ce mot et la plaisanterie qui s'y attache reviennent sans cesse dans les lettres de Balzac à Mme Hanska (voir par exemple *Étr.* I, 171 : « où est la châtelaine, là est le mougick ! » *etc.*)

2. Voir notamment *Étr.* I, 128 : «... jamais je n'oublierai le vendredi 14 février 1834, pas plus que le 26 janvier ».

3. Il est possible de fixer approximativement cette date. Parmi divers comptes jetés sur ce même feuillet se trouvent énumérées dettes et rentrées de fonds à l'échéance du 15 janvier ; or, en face du nom de Nacq[uart], se trouve portée la somme de 550 [francs], que Balzac a demandée à son vieil ami le 7 janvier 1835, mais qu'il n'a pas obtenue intégralement, le docteur ayant remis seulement 500 francs au domestique chargé de la commission (voir dans les *Cahiers balzaciens*, VIII, la *Correspondance de Balzac avec le docteur Nacquart*). Le feuillet A doit dater d'un des premiers jours de janvier 1835 et, au plus tard, du 7.

*très serrée, comme le romancier l'avait annoncé à Everat en souli-
gnant que, pour la première fois depuis longtemps, il s'était
« recopié* [1] » ; puis elle se relâche un peu. Les ratures ne sont pas
très nombreuses, mais elles sont distribuées tout au long du manuscrit : on en relève dès les premiers feuillets.*

*A partir du feuillet 71 figurent, sur certains versos, des avis
donnés par Balzac au chef de fabrication de l'imprimerie, Foucault.
Ces avis aident à imaginer le régime et le rythme du travail
accompli par l'écrivain* [2]*.*

*Un feuillet numéroté 173 contient, daté du 23 janvier, un
« Bulletin de travail » où figurent des titres d'ouvrages en cours
ou en projet ; et, d'autre part, divers comptes. Un dernier feuillet
est blanc et non numéroté.*

LE TEXTE PRÉORIGINAL

Le Père Goriot, *abondamment corrigé sur épreuves, parut
d'abord dans la* Revue de Paris *en quatre livraisons, les 14 et*

---

1. *Corr. Ducourneau.*
2. « (F⁰ 71). Foucault, je vous apporterai à une heure quinze autres
feuillets de copie. Et demain le reste en deux fois — l'une à 8 heures,
l'autre à 3 heures. (79) Nous allons pour cet article jusqu'au feuillet 112.
Ainsi encore 32. Vous en aurez 16 à 15 heures, le reste demain matin.
Il y aura un 3ᵉ article, mais je n'arrêterai pas la production de la copie.
(82) A 6 heures neuf feuillets si je puis. Le reste sans faute demain
à 7 h. 1/4 du matin. (97) Il y a encore 10 ou 12 feuillets que vous aurez
sur les midi. Donnez-moi épreuve de ce qui est composé en sus des
épreuves d'hier. (101) Il y a encore 5 feuillets que j'enverrai aussitôt
finis. (110) A onze heures vous aurez 10 autres feuillets. (120) Vous
aurez encore dix feuillets pour ce soir. Si je les envoie avant 6 heures,
aurai-je tout en épreuves pour 10 h. 1/2 ? Vous aurez le reste de l'article demain à 7 h. 1/2 du matin. (127) Foucault, il y a encore 8 feuillets pour terminer l'article. Vous ne pouvez les avoir qu'à midi, mais
vous les aurez à midi précis. Ce soir à 7 h. j'apporterai corrigé tout
ce que j'aurai eu en épreuves. (132) Encore 4 feuillets, aussitôt qu'ils
seront finis, vous les aurez, avant deux heures. (147) Il y a encore
4 feuillets pour finir les 2 filles — puis nous exterminerons le dernier
paragraphe. (161) Foucault, vous aurez tout d'ici à ce soir. (164)
Foucault, je vais jusqu'à 172. Le 165 est fait, reste 7 feuillets. J'espère
vous les faire tenir à 7 h. du soir. Demain de bonne heure, les corrections de tout ce que j'ai en composition. »

*28 décembre 1834 (tome XII, p. 73 sq. et 237 sq.), puis les
25 janvier (tome XIII, p. 133 sq.) et 11 février 1835 (tome
XIV, supplément). Conformément aux indications portées en
tête du manuscrit, le roman était découpé en six chapitres. Une
« préface », en outre, fut insérée le 8 mars (tome XV, p. 128 sq.).
Cette publication préoriginale comporte 274 pages, qui furent
payées à l'auteur deux cents francs la feuille de seize pages* [1].

L'ÉDITION ORIGINALE

La première publication du Père Goriot *en volumes fit l'objet
du contrat suivant, sur papier timbré, de la main de Werdet,
approuvé par Balzac, Werdet et Vimont (Coll. Lov. A. 268,
f° 156) :*

Entre les soussignés.

Monsieur Honoré de Balzac, propriétaire, demeurant à Paris, rue de Cassini n° 1, d'une part,

et Messieurs

Werdet (J. B. Antoine), libraire, rue des 4 Vents
n° 18,

Vimont (Charles), aussi libraire, rue de Richelieu
n° 27,

réunis en société, chacun pour leur moitié, pour
l'opération dont il sera parlé plus loin ; suivant acte sous
signatures privées entre les susdits, en date du huit janvier,
d'autre part,

a été décidé ce qui suit :

MM. Werdet et Vimont ayant manifesté à M. de Balzac
le désir de réimprimer un fragment de sa composition
initiale *Le Père Goriot* inséré dans la *Revue de Paris* en décembre dernier et en janvier mil huit cent trente cinq,

---

1. Balzac a touché 3.500 francs pour dix-sept feuilles et demie,
en trois fois : 2 250 francs le 30 décembre, 350 le 15 janvier et 900
le 19 janvier (reçus de sa main, conservés à la collection Lovenjoul,
fonds Pailleron).

LE PÈRE GORIOT [(1)].

All is true.
(SHAKSPEARE.)

━━━◆━━━

UNE PENSION BOURGEOISE.

Madame Vauquer, née de Conflans, est une vieille femme qui tient depuis quarante ans, à Paris, une pension bourgeoise établie rue Neuve-Sainte-Geneviève, entre le quartier latin et le faubourg Saint-Marceau. Cette pension, connue sous le nom de la MAISON-VAUQUER, admet également des hommes et des femmes, des jeunes gens et des vieillards, sans que jamais la médisance ait attaqué les mœurs intérieures de ce respectable établissement. Mais aussi ja-

[(1)] Si la REVUE DE PARIS a souvent annoncé la fin d'une Étude philosophique commencée dans ce recueil par M. de Balzac en juillet dernier, la REVUE, comme l'auteur, espéraient de jour en jour pouvoir la donner. La majorité du public français s'étonnera peut-être de cette observation ; mais le petit nombre de personnes auxquelles cette œuvre a pu plaire comprendront les travaux matériels qu'elle a nécessités, et qui se sont multipliés par eux-mêmes. Les *traités mystiques* (rares pour la plupart) qu'il est nécessaire de lire, ont exigé des recherches, et se sont fait attendre. Malgré le peu d'importance que les lecteurs attachent à ces explications, il était indispensable de les donner, pour l'auteur et pour la REVUE, du moment où M. de Balzac publiait, avant de terminer SÉRAPHITA, un ouvrage aussi considérable que l'est LE PÈRE GORIOT, espèce d'indemnité offerte aux lecteurs et à la REVUE.

La fin de SÉRAPHITA paraîtra d'ailleurs dans le prochain volume.

(*Note du D.*)

DÉBUT DU « PÈRE GORIOT » DANS LA *Revue de Paris*

LE

PÈRE GORIOT

HISTOIRE PARISIENNE

PUBLIÉE

PAR M. DE BALZAC.

All is true,
SHAKSPEARE.

—

Premier Volume.

PARIS.

LIBRAIRIE DE WERDET,

49, rue de Seine-St-Germain;

SPACHMANN, ÉDITEUR,

24, rue Coquenard.

1835.

ÉDITION ORIGINALE DU « PÈRE GORIOT »
Page de titre.

M. de Balzac leur a communiqué sa lettre à M. Buloz, directeur de la *Revue de Paris*, par laquelle il est stipulé entre MM. Buloz et de Balzac qu'il rentrerait dans l'exercice de ses droits littéraires deux mois après la publication, laquelle lettre restera entre les mains de M. de Balzac, qui s'engage à la communiquer, en cas de besoin, à MM. Werdet et Vimont. Le droit de publier ce fragment étant ainsi établi, les soussignés ont arrêté les conditions suivantes.

Article premier. M. de Balzac cède à MM. Werdet et Vimont le droit de publier une édition du roman intitulé *Le Père Goriot*, qui sera imprimé en deux volumes in 8º et tiré taxativement à douze cents exemplaires sans qu'il puisse y être ajouté une seule feuille de plus, pas même de celles que l'on désigne sous le nom de main de passe. Sur ce nombre, douze exemplaires sont remis gratuitement à l'auteur.

Article II. La présente publication est faite moyennant la somme de trois mille cinq cents francs que M. de Balzac reconnaît avoir reçus comme suit : à savoir deux mille francs en effet de M. Werdet payable aux quinze et vingt huit février prochain, plus celle de quinze cents francs en effet de M. Vimont à l'ordre de M. Werdet et payable au 15 mars et au 15 avril suivant.

Article III. Messieurs Werdet et Vimont s'engagent à ne mettre en vente l'édition qui leur est cédée que le premier mars prochain [1], à moins que M. Buloz, directeur de la *Revue de Paris*, ne le leur permette avant ce terme.

Article IV. Messieurs Werdet et Vimont reconnaissent avoir reçu de M. de Balzac les articles parus dans la *Revue de Paris* corrigés et s'engagent à les réimprimer sans que M. de Balzac en renvoie les épreuves, les *bons à tirer* seront donnés par M. Parisot.

Article V. M. de Balzac rentrera dans tous ses droits de propriété de ce fragment intitulé *Le Père Goriot* le premier janvier mil huit cent trente six, quel que soit

---

1. A la date où fut signé le contrat, Buloz et Balzac pensaient tous deux que la publication du roman dans *la Revue de Paris* serait achevée dans le courant de janvier. Les deux mois de délai prévus sont le mois déjà commencé et le mois suivant.

le nombre d'exemplaires que MM. Werdet et Vimont
pourraient en avoir encore ; mais si avant ce terme les
susdits éditeurs n'en avaient pas cinquante exemplaires
dans leurs magasins, M. de Balzac rentrerait intégralement
dans tous ses droits.

Article VI. Si les effets souscrits à l'ordre de M. de Balzac
par M. Werdet et par M. Vimont n'étaient pas payés,
l'ouvrage ne pourrait être mis en vente et resterait le gage
de M. de Balzac jusqu'au paiement de ce qui lui serait dû
sur ce prix.

Article VII. Les deux tiers de l'enregistrement des présentes seront supportés par M. Werdet, et l'autre tiers
par M. de Balzac.

> Fait double entre les soussignés. Paris,
> le six janvier mil huit cent trente cinq.

*Vimont, d'autre part, a signé le 9 janvier la reconnaissance
suivante, écrite le 6 sur papier libre, de la main de Balzac (Lov.
A 268, f° 158) :*

Je soussigné reconnais qu'au moyen de la vente faite en
date du six janvier 1835 par M. de Balzac de son roman
intitulé *Le Père Goriot* à M. Werdet et à moi conjointement,
M. de Balzac a éteint l'obligation qui lui était imposée
dans son traité relatif à la deuxième édition d'un ouvrage
intitulé *Les Chouans* et par laquelle il était tenu de me donner un ouvrage nouveau à éditer.

Je reconnais surabondamment qu'à partir du premier
janvier prochain mil huit cent trente six, M. de Balzac
rentrera dans la plénitude de ses droits de propriété littéraire sur l'ouvrage intitulé *Les Chouans*. Si avant ce terme
cette susdite édition était épuisée, il pourrait également
réimprimer son ouvrage, lequel cas arriverait si je n'avais
pas cinquante exemplaires dans mes magasins.

> Paris, ce six janvier mil huit cent trente cinq.

Le 28 février, l'édition fut annoncée dans la Bibliographie de
la France *« pour paraître lundi 2 mars », au prix de quinze
francs. Une autre annonce parut après cette publication le 11 mars.*

*Les deux volumes de cette édition, dont le texte diffère du
texte préoriginal, comportent respectivement 354 et 376 pages.*

*Le premier volume parut sans la première feuille de 16 pages,
qui devait contenir la préface (numérotée de 1 à 16). Cette feuille,
signée de la lettre a et non pas d'un chiffre arabe comme les suivantes, fut fournie avec quelques jours de retard aux acheteurs,
qui négligèrent souvent de l'encarter. De nombreux exemplaires
brochés ou reliés sont donc dépourvus de préface.*

LA SECONDE ÉDITION WERDET

*Les 1.200 exemplaires de l'édition originale ayant été immé-
diatement vendus, comme Balzac lui-même l'annonce à Mme
Hanska[1], et l'obligation contractée à l'égard de Vimont se trouvant éteinte, Balzac signe avec Werdet seul, le 9 mars, un nouveau
contrat, écrit sur papier timbré de la main de Werdet* (Lov. *A
268, f° 159*) :

Entre les soussignés

Monsieur Honoré de Balzac, demeurant à Paris, rue
de Cassini n° 1, d'une part,

et Monsieur Werdet, éditeur, demeurant même ville,
rue de Seine Saint Germain n° 49, d'autre part,

Il a été dit et convenu ce qui suit :

M. de Balzac cède à M. Werdet, ce acceptant, le droit
de tirer à mille exemplaires et débiter la deuxième édition
d'un ouvrage de sa composition intitulé *Le Père Goriot*,
dont la première édition a été éditée par le dit sieur Werdet,
moyennant la somme de trois mille francs, que M. de Balzac reconnaît avoir reçue en effets du sieur Werdet à son
ordre, payables fin mai, quinze et trente-et-un juillet et
quinze août prochain.

M. Werdet aura la faculté de tirer moitié du nombre des
exemplaires dans le format in 8° et moitié dans le format
in 12, mais il s'engage à ne dépasser ce nombre d'aucuns
exemplaires autres que ceux dits doubles treizièmes, qui

---

1. « Ce stupide Paris, qui a négligé *L'Absolu*, vient d'acheter la
première édition de *Goriot*, à douze cents exemplaires, avant les
annonces. Il y en a deux autres éditions sous presse » (*Etr.* I, 237,
11 mars 1835).

seront représentés dans chaque tirage par quatre mains,
ce qui fait une rame quatre mains de papier pour chaque
feuille, en chaque édition.

M. de Balzac n'accorde à M. Werdet, ce acceptant,
que le délai de six mois pour l'exploitation de chacun
de ces tirages, ce qui oblige M. Werdet à avoir vendu
les dits mille exemplaires un an après la mise en vente du
premier de ces tirages, passé lequel terme M. de Balzac
rentrera dans tous ses droits d'auteur quel que soit le
nombre d'exemplaires invendus par M. Werdet.

> Fait double à Paris le neuf mars
> mil huit cent trente cinq.

*Les exemplaires in 8° prévus dans ce contrat sont mis en
vente le 25 mai (une annonce a paru le 16 dans la* Bibliographie
de la France*). Ils contiennent, outre la préface déjà connue,
une préface inédite où on lit que, selon «* la logique du libraire *»
(mais en réalité contrairement aux termes du contrat et à l'usage
commun), la première publication du roman sous forme de livre,
en mars précédent, constituait déjà la seconde édition. Pour cette
raison, l'édition nouvelle, «* revue et corrigée *», prend en outre,
sur la page de titre, le nom de «* troisième édition *».*

Les deux volumes comportent respectivement 384 et 396 pages.

LA TROISIÈME ÉDITION WERDET

*Les exemplaires in 12 également prévus dans le contrat ci-
dessus (qui se distinguent des exemplaires in 8° par des marges
d'encadrement plus restreintes) n'ont pas été mis en vente et la*
Bibliographie de la France *ne les a pas annoncés. Ils ont été
écoulés comme prime du* Figaro, *après la faillite de Werdet,
en 1837. Cette «* quatrième édition revue et corrigée *» est en
quatre volumes, mais le texte est identique à celui de l'édition
publiée en mai 1835, avec le nom et l'adresse de Werdet. La couverture porte la date de 1837, l'adresse du* Figaro *et le super-
titre* Études philosophiques. *On lit sur la quatrième page de
cette couverture : «* En souscrivant pour un trimestre d'abon-
nement, on reçoit de suite GRATUITEMENT, à titre de
prime, HUIT VOLUMES DE M. DE BALZAC. *»*

ÉTUDES
PHILOSOPHIQUES,

PAR
M. DE BALZAC.

TOME Ier.

LE PÈRE GORIOT.

I.

PARIS.
AU BUREAU DES FIGARO,
rue coq-héron, 3.

1837.

LE
PÈRE GORIOT
PAR
M. DE BALZAC.

Allô là true
Ravaillac.

QUATRIÈME ÉDITION, REVUE ET CORRIGÉE.

Premier Volume.

PARIS.
LIBRAIRIE DE WERDET,
49, rue de Seine-Saint-Germain.

1835.

Photo J. A. Bricet.

Troisième Édition Werdet
Couverture et page de titre.

Collection Lovenjoul.

AUTRES ÉDITIONS

Le Père Goriot *fut publié en 1839 dans la collection Charpentier; un nouveau tirage porte la date de 1840. Les préfaces ont été supprimées, ainsi que la division en chapitres. Le texte a subi de nouvelles modifications.*

En 1843, Le Père Goriot, *une fois de plus revu et corrigé, enrichi en outre de la dédicace à Geoffroy-Saint-Hilaire, reparaît dans le tome IX de* La Comédie humaine, *éditée par la librairie Furne.*

D'ultimes corrections ont été portées par Balzac sur un exemplaire de cette édition conservé à la collection Lovenjoul (A 25).

Les contrefaçons et autres publications non reconnues par Balzac n'entrent pas en ligne de compte pour une histoire de l'œuvre. Signalons toutefois, à titre de curiosité, une étrange « traduction » en russe, publiée au début de 1835 à Saint-Pétersbourg dans la Bibliothèque pour Lectures *d'après le texte de la* Revue de Paris [1]. *Le traducteur déclare que le roman ne le satisfait pas ; aussi le modifie-t-il, surtout en ce qui concerne le dénouement. Après avoir lancé son défi à Paris, Rastignac hésite encore : retournera-t-il rue d'Artois ou bien à la Maison Vauquer ? Finalement, c'est chez Taillefer qu'il se rend, cherchant dans son cœur un prétexte valable, mais, en fait, guidé par l'ombre de Vautrin. Il demande Mme Couture... Le voilà devenu millionnaire et fier comme un baron [2].*

---

[1]. Nous devons ce renseignement à l'obligeance de notre collègue M. Stremooukhoff.

[2]. Balzac, faisant écho à un avis qui lui a été donné par Mme Hanska, lui écrit le 11 mars 1835 : « L'empereur de Russie a défendu *Goriot* à cause du personnage de Vautrin probablement. » Il doit s'agir de cette contrefaçon, puisque l'édition française en volumes vient à peine de paraître. Mais le romancier n'est certainement pas au courant des libertés prises par l'adaptateur : il s'indignerait, comme il allait s'indigner bientôt à propos d'une contrefaçon russe du *Lys dans la Vallée.*

II

ÉVOLUTION DU TEXTE

Nous avons pris pour base le texte de l'édition Furne, en tenant compte des indications manuscrites relevées à Chantilly sur l'exemplaire personnel du romancier. Nous avons corrigé pourtant quelques erreurs matérielles que Balzac a laissé échapper [1]. Nous avons en outre rétabli la division en chapitres qui figurait dans les anciens états imprimés du roman [2]; le découpage n'étant pas exactement le même dans la Revue de Paris, *dans l'édition originale et dans la seconde édition Werdet, nous avons adopté le dernier.*

Les sigles qui vont être utilisés dans nos pages critiques sont les suivants : Feuillet Sina ; M (manuscrit) ; RP (Revue de Paris) ; W1 (première édition Werdet) ; W2 (seconde édition Werdet) ; C (édition Charpentier) ; F (édition Furne) ; FC

---

1. P. 63 : « — Monsieur l'a connu ? dit Vautrin. — Qui ne l'a pas rencontré ! répondit Bianchon ». Il est évident que le pronom *l'* renvoie à Judas et non à Mlle Michonneau. C'est donc par erreur que *F* imprime « connue » et « rencontrée ». *M* et les éditions antérieures portent bien des masculins.

P. 171 : « Vous seriez indigne de votre destinée si vous ne dépensiez trois mille francs chez votre tailleur. » Tel est le texte originel *(RP)*. Les éditions impriment : « si vous ne dépensiez *que* trois mille francs... » Ce *que* est manifestement explétif.

P. 235 : « Vous êtes une de ces créatures que l'on doit adorer toujours, lui dit-il à l'oreille. » Tel est le texte originel *(RP)*. Les éditions impriment : « lui dit-elle ». Mais la phrase n'est guère concevable dans la bouche de Delphine et le contexte prouve qu'elle doit être prononcée par Rastignac.

Passim. Dans *C* et *F*, les typographes ont fini par imposer le nom Adjuda, qu'ils tendaient à adopter d'instinct dès les premières éditions. *M* porte partout et sans aucune hésitation Ajuda.

2. « Les divisions en chapitres des ouvrages de Balzac furent enlevées, au grand regret de l'auteur, comme faisant perdre trop de place, dans la première édition de *La Comédie humaine*, qui fut imprimée aussi compacte que possible ; il le regretta toujours. » (Vicomte de Lovenjoul, *Histoire des Œuvres de Balzac*, 3e éd. pp. 1 et 2). Pour *Le Père Goriot*, ces suppressions ont déjà été opérées dans l'édition Charpentier.

(Furne corrigé). Le sigle placé après un fragment de texte indique l'édition dans laquelle ce fragment apparaît tel pour la première fois. L'abréviation ant. *désigne l'ensemble des états antérieurs à l'état que l'on vient de considérer. Lorsque plusieurs leçons se trouvent juxtaposées, la plus tardive est donnée en premier et la plus ancienne en dernier. Le signe* : *sépare les diverses leçons.*

Vues dans leur ensemble, les variantes peuvent être réparties en plusieurs catégories.

SUPPRESSIONS

Balzac n'appartient pas à l'espèce des écrivains qui pratiquent l'art de condenser leur première rédaction : *il juge rarement utile de sacrifier du texte. Chaque édition l'entraîne cependant à pratiquer certaines coupures, généralement peu étendues.*

La plus considérable de ces coupures se relève dans l'exemplaire corrigé de l'édition Furne (voir p. 281). Dans tous les états antérieurs à FC *se trouvait décrit le couple merveilleux que formaient, au dernier bal de Mme de Beauséant, lady Brandon et le colonel Franchessini. La page une fois supprimée, Franchessini ne paraît plus dans le roman; à peine y demeure-t-il nommé, quoiqu'il joue dans la coulisse, en tuant le frère de Victorine, un rôle important. De même, lady Brandon (à qui, en outre, de Marsay, dans* M, *sacrifiait Delphine de Nucingen, voir p. 142) ne figure plus, sinon dans une énumération de femmes du monde. Balzac a-t-il craint d'égarer ses lecteurs ? Le motif de cette double expulsion ne nous apparaît pas clairement.*

Non moins notable est la suppression, dans F, *des cris et des râles qui accompagnaient antérieurement l'agonie du père Goriot. Là où nous lisons par exemple :* « ... je les aime, je les adore » *(p. 294), on lisait dans les textes antérieurs à* F : « ... je les aime (heuâh! heun! haân!) je les ado... (haân) re! (heuâh)... » *La première version était plus réaliste, sans doute, mais bien indigeste.*

Il est moins important, mais il est plaisant de constater, dans F *encore (voir p. 81), l'absence d'une expression citée par Balzac dans les éditions précédentes et donnée pour irlandaise :* « Vous avez fait un taureau! » *Devait-il le trait à la comtesse Guidoboni Visconti, née Sarah Lovell ? Il maintient, en tout cas,*

l'expression polonaise équivalente : « Attelez cinq bœufs à votre
char », *qui lui a sans doute été indiquée par Mme Hanska...*

  *Dans C disparaissent deux phrases (voir p. 192) que pronon-
çait Mlle Michonneau :* « Toutes les blondes sont comme ça.
La moindre frime les met aux genoux d'un homme. »
Balzac avait reçu à ce propos « d'une femme blonde française
et d'une femme blonde russe » *une curieuse lettre de protestation,
publiée par M. Marcel Bouteron dans le troisième de ses* Cahiers
balzaciens : « ... vous avez été trompé par une femme blonde,
avouez-le, Monsieur, et, revenu de votre colère, vous suppri-
merez un passage dans votre prochaine édition ». *Doit-on
penser que le romancier a obéi à cette instance, où nous verrions
volontiers une mystification ?*

  *Les suppressions relevées dans W sont négligeables et s'appli-
quent à une redondance (p. 7 serrées W2 : toutes serrées ant.)
ou à un détail (p. 8 statue W1 : statue en plâtre ant.) Dans
RP, au contraire, on observe la disparition de certaines précisions
qu'il peut être utile de noter d'après M : ainsi lisait-on dans le
manuscrit que Mlle Michonneau prétendait avoir cinquante-six
ans et qu'elle en paraissait soixante-dix (voir p. 19) ; que Vautrin
s'était évadé de Toulon « en 1815 » (p. 185) ; que le mystérieux
narcotique versé par le forçat dans le vin offert aux pensionnaires
était en réalité de l'opium (pp. 210 et 213).*

  *Dans M enfin, des ratures sont révélatrices : on constate,
par exemple, que le rêve américain de Vautrin a été, pendant un
instant, un rêve napolitain (fo 67, voir p. 403). Il est arrivé une
fois à Balzac de sacrifier tout un développement qui lui a paru, à
juste titre, faire digression (fo 74, voir p. 407) ; mais il n'a pas
eu le courage de le rayer et s'est borné à prescrire, dans la marge :*
« Ne composez pas ceci. »

ADDITIONS

  *Balzac tend à considérer les premières épreuves d'imprimerie
comme un canevas : il brode alors avec d'autant plus d'aisance que
ce travail complémentaire suit de près le travail de création initiale, encore bien présent à son esprit. D'une édition à l'autre,
il en va autrement : l'auteur procède à une simple mise au point*

et ne se soucie plus guère d'inventer. Aussi les additions sont-elles déjà effectuées, dans l'immense majorité des cas, lorsque paraît le premier texte imprimé (RP).

Ces additions tiennent, pour la plupart, en un mot ou en quelques mots; mais les additions de cinq lignes sont encore assez fréquentes; celles de dix à vingt lignes ne sont pas rares; quelques-unes enfin s'étalent sur plusieurs pages (voir p. 175 perplexité de Rastignac, un moment tenté de renoncer à Delphine pour s'attaquer à Victorine; p. 243 arrivée à la Maison-Vauquer d'une invitation de Mme de Beauséant pour Delphine, remarques et commentaires joyeux qui s'y attachent, réflexions de l'auteur sur l'amour à Paris).

Les passages ajoutés sont très inégalement distribués dans le roman. Balzac a étoffé surtout des scènes qui lui tenaient au cœur. Ainsi celle où Vautrin donne une leçon d'arrivisme à Rastignac: le texte de RP est près de deux fois plus étendu que celui du manuscrit; s'ajoutent notamment l'éloge des ambitieux (voir p. 120), les propos sur les moyens de parvenir (p. 126) et sur la nécessité de savoir changer d'opinion (p. 131). Fort développée aussi du premier au second état, la lettre de Laure à son frère, qui s'allonge, dans RP, de tout un bavardage naïf (p. 111). En revanche, l'invention du romancier ne pouvait plus guère s'exercer sur l'aspect, la structure ou le mobilier de la Maison Vauquer, tant il avait apporté de soin minutieux à décrire cette demeure au début de M : ces pages étant recopiées, on peut supposer, d'ailleurs, un premier jet moins détaillé.

Nous ne saurions énumérer tous les types d'additions. L'écrivain rehausse le pittoresque d'un langage (« cette femme-là sait lui châtouiller l'âme », *observe Vautrin, voir p. 60), introduit une comparaison* (« comme une anguille », *p. 35;* « comme une toupie », *p. 49;* « comme une pie », *p. 109) ou une métaphore (Delphine* « greffée » *sur l'arbre Nucingen, p. 91), une boutade (Bianchon plaisantant sur le crâne de Goriot, p. 97) ou bien un calembour (Vautrin* « homme de marque » *et homme* « marqué », *p. 186). Il ajoute au récit une touche de réalisme (le père Goriot déchu* « se passa de tabac », *p. 37); précise une attitude significative (Mme de Beauséant contemple studieusement sa corniche, p. 80); fournit divers éclaircissements (sur les mots* « sorbonne » *et* « tronche », *p. 211; sur la société des Dix-Mille, p. 188) ; enrichit d'ornements supplémentaires des propos séducteurs de Rastignac (p. 144) ou insiste sur l'obsession de Goriot agonisant, qui veut aller à Odessa faire des pâtes (pp. 273, 288, 294). Il étoffe un dialogue (remontrances de Sylvie à sa patronne qui voudrait se défaire de son corset, p. 206) ou incorpore une scène nouvelle (vacarme des pensionnaires qui imitent les cris de la rue, p. 202). Il resserre le lien du* Père Goriot *avec d'autres romans en se référant à des événements rapportés dans des récits antérieurs ou en insérant toute une liste de personnages déjà connus (pp. 44-45) qui, d'ailleurs, s'allonge encore de* RP *à* W 2 *et de* W 2 *à* F.

On relève une tendance très nette à multiplier les analyses et les remarques de portée générale. Balzac intercale dans le récit des considérations psychologiques, des observations sociales ou morales (voir p. 31 sur le mécanisme qui entraîne des personnes d'un naturel défiant à se livrer pourtant au premier venu ; p. 34 sur les habitudes propres aux petits esprits ou encore sur la logique des gens à tête vide ; p. 60, dans la bouche de Vautrin, sur la corruption des mœurs). Il ouvre d'amples parenthèses, disserte sur les facéties de l'esprit béotien (p. 62) ou sur le rôle d'un tailleur dans la vie d'un jeune homme (p. 112). Il insère un piquant paradoxe (p. 72 « Les jeunes gens de province ignorent combien est douce la vie à trois ») *ou une maxime vigoureusement frappée (p. 168* « Quand on connaît Paris, on ne croit à rien de ce qui s'y dit, et l'on ne dit rien de ce qui s'y fait »).

Les additions les plus intéressantes sont celles qui permettent de mieux prendre la mesure d'un personnage. Le romancier rend ses intentions plus explicites quand il prête à Mme Vauquer des paroles qui révèlent son faible pour Vautrin (voir pp. 159 et 209), quand il insiste sur les spécieuses justifications que se donne Delphine de Nucingen (p. 166), quand il souligne l'héroïsme de Mme de Beauséant ou la noblesse de Mme de Langeais (p. 282). Cet effort est plus sensible encore lorsqu'il s'agit des personnages principaux ; Balzac développe en plusieurs endroits le monologue intérieur de Rastignac (pp. 78, 99 etc), met en relief les prestiges infernaux de Vautrin (p. 222) ou le sacrifice de Goriot « Christ de la Paternité » *(p. 238).*

CORRECTIONS

NOMS

1. C'est l'examen attentif du manuscrit qui permet les observations les plus importantes ou les plus curieuses. Tel personnage reçoit, à partir d'un certain feuillet, un nom différent de celui qui lui a été donné d'abord. Tel autre avait surgi dans l'esprit de son créateur sous une identité qu'il garde, sur le papier, l'espace d'un instant, et qu'une rature lui enlève. Des intentions fugaces se font ainsi jour et ces découvertes aident parfois à mieux comprendre le dessein profond auquel l'œuvre obéit.

RASTIGNAC. *Nous saisissons le moment précis où, sous la plume du romancier, Massiac devient Rastignac (voir p. 85). Le jeune homme se trouve en visite chez Mme de Beauséant; la duchesse de Langeais vient de faire son entrée; les deux femmes échangent les témoignages mensongers d'une réciproque tendresse : « Voilà deux bonnes amies, se dit Eugène de... » Sans doute Balzac allait-il écrire, une fois de plus, Massiac; tout à coup, il se ravise, efface le prénom, la particule, puis écrit les trois syllabes du nom définitif. Dans un article qui fait date, M. Mario Roques a, le premier, relevé cette substitution[1] et tenté d'en mesurer les incidences[2]. Deux faits demeurent constants : sous sa seconde*

---

1. *Manuscrit et éditions du Père Goriot (Revue universitaire,* 1905). Il importe peu que M. Roques n'ait pas noté exactement l'endroit où le changement s'opère (en fait, dès le f° 43 et non au f° 49).

2. M. Roques formule à ce propos une hypothèse qui, vérifiée, éclairerait d'un jour différent la genèse du roman et qui mérite donc un examen attentif. Selon lui, le romancier, ayant déjà associé Rastignac, dans *Étude de femme,* à la fortune de la Maison Nucingen, ne pouvait offrir d'autre issue à Massiac, la place étant prise auprès de Delphine, que celle d'un mariage avec Victorine et c'est ce dénouement que devait comporter le plan primitif ; mais le changement d'identité du héros avait modifié les données du problème. Cette hypothèse ne peut plus être retenue depuis que M. Pommier a signalé les transformations du texte d'*Étude de femme* (voir la présente édition, p. 16, n. 2) : pas plus que Rastignac, Mme de Nucingen ne figurait, en 1830, dans la version primitive de ce conte ; Balzac introduit les deux personnages dans la version remaniée de 1835, *Le Père Go-*

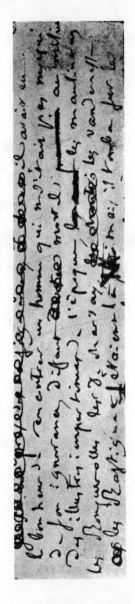

« … il avait eu le bonheur de rencontrer un homme qui ne s'était pas mocqué de son ignorance, défaut mortel au milieu des illustres impertinens de l'époque, les Maulincour, les Ronquerolles, les De Marsay, les Vandenesse, les Rastignac étaient là… »

On voit d'après ce fragment que le jeune héros du *Père Goriot*, à l'origine, n'était pas Rastignac et même qu'il *rencontrait* Rastignac.

FRAGMENT DU MANUSCRIT

(folio 18.)

identité, le personnage du Père Goriot *n'est plus neuf, mais
« reparaissant », puisque nous l'avons déjà vu dans* La Peau de
Chagrin; *accessoirement, à la différence de Massiac, Rastignac
ne peut, et pour cause, rencontrer... Rastignac (voir p. 377).*

GORIOT. *Nous ne relevons aucun indice en faveur de l'hypothèse
émise par certains érudits, selon laquelle les lapsus malignement
commis sur le nom de Goriot par Mme de Langeais rappelleraient
d'anciennes hésitations du romancier lui-même. Toutefois, Balzac
paraît bien avoir été tenté de se livrer à un curieux jeu de mots.
Dans la marge du manuscrit (f° 46), exactement en face de l'endroit où la duchesse appelle le héros Loriot, il a tracé, puis rayé les
quatre lettres* Comp. *Sans doute se disposait-il à écrire le mot*
Compère *et songeait-il à équivoquer sur* Père Goriot *et* Compère-
loriot.

VAUTRIN. *Balzac donne d'emblée à son personnage le nom de*
Vautrin *(f° 5), mais il s'habitue difficilement à ces deux syllabes,
qui vont devenir si célèbres. Un peu plus loin, en effet (f° 12, voir
p. 34), il écrit, deux fois,* Gautherein *et rétablit en surcharge
le nom déjà adopté. Plus loin encore (voir p. 60), il corrige en
un* V *l'initiale* G.

MAXIME DE TRAILLES. *Ce personnage figure dans* Gobseck,
*récit conçu en 1830, mais n'était pas nommé dans les premières
éditions de ce texte : il naît donc bien à l'existence balzacienne,
comme Vautrin, dans* Le Père Goriot. *On s'aperçoit que Balzac
a tâtonné pour lui donner un nom. Il a voulu d'abord l'appeler*
Maxime de la Bourdaisière, *puis* [de la] Fraisière *(f° 32,
voir p. 71). Or La Bourdaisière est un château de Touraine;
la famille d'Estrées y vécut et le roman* L'Excommunié, *auquel
collabora Balzac, évoque la lutte d'un comte de la Bourdaisière
avec un abbé de Marmoutier. Dans* M, *le romancier rature ce*

---

*riot étant à l'origine immédiate de cet aménagement. En outre, pen-
sons-nous, si Balzac avait destiné Victorine à Massiac, il n'aurait
pas écrit tout au début de M et déjà dans le feuillet Sina que la jeune
fille était appelée à jouer dans le roman un rôle « accessoire » (voir choix
de variantes, p. 366).*

nom historique et pompeux, pour adopter finalement le nom de Trailles, mieux adapté, semble-t-il, dans sa brièveté un peu rude, au personnage d'un homme de proie.

MLLE DE ROCHEFIDE. *On savait déjà que ce personnage s'est successivement appelé, au fil des éditions, de Rochegude-Charost et de Rochegude-Tarost (voir p. 80). Mais dans* M, *Balzac a commencé par la nommer* de Béthune-Charost. *Ce nom est celui d'une famille connue, qui descend d'un neveu de Sully, Louis de Béthune, comte, puis duc de Charost. Celui de Rochegude, déjà substitué à Béthune dans* M, *figure d'ailleurs aussi dans les annuaires de la noblesse. Rochefide, au contraire, paraît inédit, comme Tarost. Dans ce cas comme dans le cas précédent, Balzac a donc commencé par choisir un nom historique, puis il revient sur ce choix. Non pas tellement, croyons-nous, pour éviter d'éventuelles chicanes avec un descendant ombrageux ; mais plutôt pour obéir à une tendance de son esprit et à une loi de son art. Il part souvent d'un nom réel qu'il déforme et transforme ; il passe ainsi de l'univers qu'il observe à l'univers qu'il crée et qu'il anime d'une existence autonome.*

GONDUREAU. *Pour ce personnage, Balzac était allé plus loin dans l'audace réaliste en empruntant le nom de Vidocq (f° 113, voir p. 210). Nous avons déjà commenté, p. XXIX sq., l'intérêt de cette observation. Une fois le nom rayé, l'identité du policier, pour les lecteurs du temps, demeurait clairement sous-entendue. Le romancier s'est finalement décidé, cependant, à évoquer Vidocq sous un nom fictif (f° 114, voir p. 212).*

BIANCHON. *Bianchon est nommé pour la première fois dans* M. *Le personnage ainsi désigné dans le texte définitif de* La Peau de Chagrin *s'appelait Prosper* [1] *dans les éditions de ce roman antérieures au* Père Goriot. *Jusqu'au f° 87 de* M, *il ne s'agit encore que d' « un étudiant en médecine » (voir p. 154) ; à ce moment de la rédaction, Balzac dut s'aviser que l'ami de Rastignac jouait*

---

1. Balzac empruntait sans doute délibérément le prénom de son ami le docteur Ménière, qui, peut-être, avant Regnault et d'autres, prêta certains traits au personnage de *La Comédie humaine*.

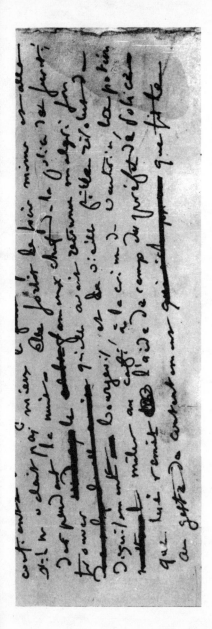

« ... *Elle sortit le soir même et alla trouver le fameux chef de la police de sûreté, qu'elle avait reconnu malgré son déguisement bourgeois, et la vieille fille résolut de mêler au café à la crème de Vautrin la potion que lui remit l'aide de camp du préfet de Police.* »

Après le mot « trouver », on lit, sous une rature, le nom de Vidocq.

FRAGMENT DU MANUSCRIT
(folio 113.)

Collection Lovenjoul.

Photo J. A. Bricet.

un rôle trop important pour demeurer anonyme. En revanche, vers la fin de M, *(voir p. 284), il a biffé les noms de deux médecins d'ailleurs bien réels et même illustres, Magendie et Flourens, pour les remplacer, comme médecins consultants auprès de Goriot, par deux anonymes.*

DIVERS. *Toujours au fil de* M, *enfin, Mlle Vérolleau (voir p. 15), trop bien nommée peut-être, devient Mlle Michonneau (voir p. 113). La tante Macillac prend le nom de Marillac, qui sera transformé en Marcillac dans* RP *(p. 72). Le marquis d'Ajuda-Pinto a été désigné, la première fois (voir p. 79), comme le duc d'Ajuda-Pintos. Le nom de Sérisy (voir p. 85) est substitué à celui de Ronquerolles.*

2. De RP *jusqu'à* F *ont été introduites de nouvelles modifications qui concernent des prénoms ou des noms de personnages. Le fils Taillefer abandonne, dans* C, *le prénom de Victurnien (déjà porté par le jeune comte d'Esgrignon, héros du* Cabinet des Antiques*) pour celui de Michel, puis en un endroit de* F *pour celui de Frédéric. La femme de chambre de Mme de Nucingen, qui s'appelait Joséphine, devient, dans* F, *Thérèse (peut-être à cause de l'assonance entre Joséphine et Delphine). Les amies de la fausse comtesse de l'Ambermesnil, la baronne de Vaumerland (*W2*) et la comtesse Piquoiseau (*F*), avaient d'abord reçu les noms de Vomerland (*M*), puis Veaumerland (*RP*) et de Champoiseaud (*M*), puis Picquoiseaud (*RP*). Le maréchal de Clérambault, fugitivement désigné (p. 72) comme aïeul maternel de Mme de Beauséant, était, dans* M, *le maréchal de Clarimbault. On lisait encore dans* M *Grabert au lieu de Grimbert (p. 109) et, dans* W *seulement, peut-être par l'inadvertance d'un typographe, Grimpel au lieu de Grimprel (p. 216). L'informateur de Rastignac sur Goriot devient Muret (*W2*) après Muralt (*RP*). La maison Nucingen et Cie devient, dans* C, *la Maison Nucingen, simplement (p. 254), alors que venait de paraître le récit portant ces trois mots comme titre. On relève enfin une substitution d'un personnage à un autre : lady Brandon, courtisée dans* M *par de Marsay, abandonne ce rôle, à partir de* RP, *à la princesse Galathionne (p. 142).*

3. Plusieurs observations s'appliquent à des noms propres qui ne sont pas des noms de personnages. Au f° 15 de M, *on note que*

*Balzac a vainement essayé, trois fois, de distribuer correctement les
h dans le nom de Fahrenheit; il résout la difficulté... en changeant
de thermomètre (voir p. 40); ce changement est d'ailleurs heureux,
car c'est bien dans le thermomètre Réaumur que* zéro *désigne le
degré de base; d'après l'échelle Fahrenheit, la métaphore n'eût
pas eu de sens. Avant* F *(voir p. 395), Balzac, au lieu de* Dolibans,
avait écrit, puis laissé imprimer Calibans : *ce souvenir de La
Tempête, appliqué à Goriot, surprenait;* Dolibans *s'explique
mieux, si du moins on songe à l'origine de ce nom (voir notre note,
p. 102). Enfin, dans* F, *Balzac renonce à laisser dans la bouche
de Goriot la bévue* « riche comme Nessus » *(voir p. 437),
dont l'effet comique était bien incertain, pour rétablir l'expression
courante* « riche comme Crésus ».

DATES ET HEURES.

A l'origine, l'action du Père Goriot *se déroulait en 1824 :
la date de 1819 apparaît pour la première fois, dans* M, *au feuillet
58 (voir p. 397* [1]*). Il est probable que ce décalage a été entraîné
par la substitution de Rastignac à Massiac: de 1824 à 1829,
le délai eût été un peu court pour que le jeune étudiant du* Père Goriot *devînt l'homme déjà mûr de La Peau de Chagrin. Dès lors,
Goriot, qui a* « soixante-neuf ans environ » *(p. 25) et qui en
avait soixante-deux (p. 38) au moment de son entrée chez Mme
Vauquer, ne pouvait plus s'être retiré rue Neuve-Sainte-Geneviève
en 1817; le romancier date donc son installation de 1814, puis
de 1813 (voir p. 25). Une autre modification au moins aurait dû
intervenir, car l'allusion au Diorama inauguré en 1822 devenait
anachronique. Balzac a commis, il est vrai, d'autres inadvertances
du même ordre après avoir fixé définitivement la date de l'action.*

La durée de cette action a été quelque peu étirée : dans M,
*Rastignac et Goriot visitent pour la première fois l'appartement
destiné au jeune homme le 25 janvier 1820 (voir p. 437); à partir
de* RP, *ils s'y rendent* « en février ». *Un peu plus loin Mme Vauquer rappelait à ses deux pensionnaires qu'ils auraient dû quitter
la pension* « le 30 janvier » *(voir p. 444); mais cette fois les trois
mots ont été rayés et remplacés par* « le 15 février ».

---

1. Au f° 1, la date 1820 résulte d'une surcharge qui n'a pas été opérée
immédiatement, puisque la date 1824 est encore relevée f°s 5, 15 et 17.

*D'autres changements ne présentent qu'un intérêt très restreint.
Il paraît peu important que Balzac, pour le retour de Voltaire à
Paris, indique, après la date de 1776, celle de 1777, d'ailleurs
encore inexacte (voir p. 8); qu'il fixe à un lundi au lieu d'un dimanche le bal chez la duchesse de Carigliano (voir p. 134); qu'il
fasse dormir un quart d'heure de plus, un matin de grand brouillard, les habitants de la Maison-Vauquer (voir p. 50), danser
plus longtemps les invités de Mme de Beauséant (voir p. 281)
ou mettre Goriot en terre une heure plus tard dans l'après-midi
(voir p. 308). Chaque fois, cependant, le romancier avait ses
raisons; de telles observations prouvent du moins qu'il voulait être
attentif au moindre détail. Si Goriot avait été descendu dans sa
fosse dès cinq heures, Rastignac n'aurait pu aussitôt après,
en cette fin de février, voir briller dans le crépuscule les lumières
de Paris.*

LIEUX

*Obéissant à des motifs plus ou moins clairs, Balzac modifie
certaines indications topographiques. Dans M, il commence par
situer l'appartement de Rastignac rue Taitbout (voir p. 195),
puis se ravise et (voir p. 233) fixe son choix sur la rue d'Artois:
peut-être juge-t-il qu'il a déjà, dans ses œuvres antérieures, trop
fréquemment cité la rue Taitbout... Dans RP, par souci de précision, sans doute, il nomme le restaurant Flicoteaux, place Sorbonne, alors que, dans M, se trouvait désignée, plus vaguement,
la rue de la Harpe (voir p. 229). Dans RP encore, il donne sa
véritable extension au quartier du faubourg Saint-Marcel en
indiquant comme limite, à l'est, la Salpêtrière, près du quai
d'Austerlitz, et non plus, comme dans M, la Pitié, près du Jardin
des Plantes (voir p. 17). Dans W2, il témoigne d'un scrupule
d'exactitude en faisant aboutir rue de l'Arbalète, et non plus rue
des Bourguignons, aujourd'hui incorporée au boulevard de Port-
Royal, la pente née rue Neuve-Ste-Geneviève au niveau de la Maison-
Vauquer (voir p. 7). Dans C, il indique, en mentionnant le
numéro NEUF, au Palais-Royal, l'adresse réelle d'une maison
de jeu: le TRENTE-SIX, désigné dans RP, existait aussi,
mais avait déjà été décrit dans* La Peau de Chagrin; *le CIN-
QUANTE-NEUF, désigné dans M, n'existait pas.*

CHIFFRES ET AGES

En travaillant à établir le texte pour RP, Balzac décide que Mme Vauquer tient sa pension, non plus depuis trente ans, mais depuis quarante (voir p. 5). C'est sans doute qu'il choisit de se placer au moment de la rédaction (1834) et non plus au moment de l'action (1824, puis 1819) : aussi remplace-t-il, dans le feuillet Sina, des imparfaits par des présents. Aux deux tiers du roman environ (voir p. 206), il précise qu'en 1820 l'établissement existe depuis trente et un ans. En bonne logique, il aurait dû, après avoir définitivement fixé le temps où se déroule le récit, temps désormais antérieur de quinze ans et non plus de dix à celui de la composition de son ouvrage, allonger de cinq ans la gestion de Mme Vauquer et indiquer qu'elle tient sa pension depuis quarante-cinq ans. Sur ce point, la vigilance du romancier paraît en défaut.

Balzac, au contraire, apporte beaucoup de cohérence et de continuité dans les corrections qui tendent à accentuer, d'un texte à un autre, la misère de la Maison-Vauquer et de ses habitants (voir pp. 14 sq. et 37). La pension de Mme Couture se monte à 1800 francs par an (W2) et non plus à 2 200. Celle de Goriot est réduite de 1 200 à 900 (W2) et non plus de 1500 ou 1600 à 1200; elle tombe à 45 francs par mois (F) au lieu de 60 (W2) et 70. Ces trois chiffres mensuels successifs s'appliquent aussi aux pensions de Rastignac et de Mlle Michonneau, dont la rente viagère a été fixée d'abord à 1500 francs, puis (W2) à 1000. Poiret et Vautrin, eux, ont payé 100 fr., puis 72 (W2); Vautrin, pour son gloria quotidien, verse un supplément de 20 fr. par mois, puis (W2) de 15. Les pensionnaires externes sont abonnés au repas du soir pour 30 fr. par mois (F), après 36 (W2), 37 (RP) et 45 (M).

On relève enfin, au fil du roman, toute une suite d'aménagements qui correspondent à des intentions diverses. La fausse comtesse de l'Ambermesnil avait trente ans (M); Balzac lui en ajoute six (RP); elle vit six mois aux dépens de Mme Vauquer (W2) et non plus cinq (RP) ou quatre (M). La plus jeune sœur de Rastignac a dix-sept ans (F) et non plus seize; les deux frères ont quinze et dix ans (F) après en avoir eu douze et dix (C), neuf et

huit (RP), *douze et neuf* (M). *Vautrin évalue plus exactement à*
mille écus annuels (RP) *qu'à six cents* (M) *le traitement d'un*
procureur, même en début de carrière; nous ne saurions décider
s'il a raison de compter sur quarante nègres (RP) *plutôt que sur*
vingt-cinq (M) *pour la somme de cinquante mille francs. A la*
salle de jeu, Rastignac est prévenu que la rouge a passé huit fois
et non treize, chiffre rayé sur M, *correspondant à une série d'une*
longueur vraiment insolite; quelques minutes plus tard, sur six
des sept mille francs gagnés, Delphine déclare lui devoir mille
écus (RP) *et non cent louis* (M) *qui ne faisaient pas compte,*
puisqu'elle se considère comme « de moitié » *avec lui. La fortune*
de Taillefer a d'abord été chiffrée à cinq ou à quatre millions
(M, *voir pp. 429 et 422*), *puis à trois* (RP); *Vautrin gère une*
caisse noire dont le montant, évalué dans M *à* « plusieurs millions », *n'est plus indiqué ensuite; il se flatte d'avoir à sa dévotion*
dix mille frères (C) *et non plus seulement six cents amis; pour*
l'arrêter, trois hommes (RP) *et non plus deux escortent le chef*
de la police. Goriot doit occuper une seule chambre rue d'Artois
(RP) *et non deux* (M); *en revanche, il a pu s'assurer, tous comptes*
soldés après la vente de sa rente perpétuelle, 1200 francs de rente
viagère (RP) *et non 800* (M), *ce qui laisse plus de marge pour le*
dernier et inutile sacrifice. Explorant le contenu de sa bourse à
l'heure où meurt son père, Delphine y trouve une somme misérable :
non plus même 90 francs (M), *mais 70* (RP). *Rastignac, lui,*
sauve trois cent soixante et quelques francs (C) *au lieu de six*
cents sur l'argent de sa belle montre engagée au Mont de Piété;
il commande tout de même un convoi de troisième classe (C) *et non*
de quatrième (ant.). *Ainsi sera décemment enseveli l'un des soi-*
xante morts (F) *que l'état-civil parisien enregistre tous les jours :*
Balzac a dû être avisé que le chiffre de trois cents, indiqué précé-
demment, n'était pas conforme aux données de la statistique.

NUANCES DE SENS

Pour Balzac, un récit n'est jamais définitivement au point.
Chaque édition lui donne lieu d'opérer des corrections, souvent
légères, qui répondent à un désir de cohérence, de vraisemblance
ou d'exactitude. Mme Vauquer a planté dans son jardin, non un
carré de choux, mais un carré d'artichauts (p. 9); *c'est donc*

dans ses artichauts, et non plus dans ses choux, que l'écrivain s'avise, dans RP *(voir p. 117), de faire marcher Rastignac et Vautrin. Goriot, même au temps de sa réussite, n'a jamais été ni raffiné ni gourmand : il prendra du café au petit déjeuner du matin, plutôt que du chocolat (*W2*, voir p. 27).*

Des raisons du même ordre entraînent parfois le romancier à modifier l'attribution d'une réplique ou, à l'occasion, de tout un discours. Tel propos tenu à l'origine par un jeune peintre passe dans la bouche de Bianchon (RP, *voir p. 63*) ; un peu plus loin, mais seulement dans F, Rastignac hérite d'une suggestion juridique formulée jusque là par l'étudiant en médecine. A Bianchon encore avait été enlevé, déjà dans M, le boniment de l'opérateur, dont la verve triviale s'accorde mieux avec la fantaisie de Vautrin (voir p. 159) ; mais la naïve exclamation : « Tournure de duc et pair ! » qui vient de saluer Rastignac dans son habit neuf (ibid.) convenait mal au forçat et mieux à Mme Vauquer.

D'autres corrections s'appliquent à des usages sociaux, notamment à l'usage du tu et du vous. Elles ne sont pas toujours convaincantes. Sans doute était-on un peu surpris de voir, dans les éditions antérieures à F, le comte tutoyer Maxime (voir p. 386). Mais n'est-il pas aussi surprenant de voir, dans F, Mme de Beauséant accueillir Mme de Langeais par un tutoiement (voir p. 85) qui n'est pas réciproque et qui, d'ailleurs, ne se prolongera pas ?

Plus intéressantes sont les modifications qui concernent les personnages eux-mêmes et l'idée que nous sommes amenés à nous en faire. Victorine est sensible à la « beauté » de Rastignac (W2, voir p. 24) et non plus à son « avenir » : voilà qui nous éclaire sur son instinct de femme et qui nous rassure sur son désintéressement. Mme de Restaud, dans RP, n'est plus, sinon pour les yeux neufs de Rastignac, la « grande dame » qu'elle était dans M (voir p. 44) ; le cabriolet de Maxime, dans la cour de son hôtel, n'est plus de ceux « qui trahissent un luxe supérieur », mais de ceux « qui affichent le luxe d'une existence dissipatrice » (RP, voir p. 67).

RETOUCHES DE FORME

Nous ne saurions classer par genres toutes les corrections de langue auxquelles l'écrivain s'est astreint avec plus ou moins de bonheur. Voici du moins quelques-unes de celles qui sont les plus caractéristiques ou qui se rencontrent le plus fréquemment.

Balzac contrôle attentivement son vocabulaire. *Il renonce à des termes insolites ou déroutants* (voir p. 20 jaunes C et jaunies F après flavescentes; p. 69 chantonna C: chanteronna ant.; p. 80 débité C: robinetté ant.; p. 114 tendres C: impressibles ant.). *Il choisit des mots plus propres ou plus précis* (p. 24 regards furtifs, pensées secrètes RP: regards solitaires, pensées furtives M; p. 104 meurtrière RP: mortelle M; p. 109 œillets [de corset] RP: œillères M; p. 263 abasourdi par W2: épouvanté de ant.; p. 270 vitreux F: glauques ant.; p. 273 pudibonde M: élégante rayé sur M; p. 309 mots grandioses F: mot grandiose C : mot suprême ant.); *plus vigoureux* (p. 8 armée F: munie ant.; p. 12 grimacées RP: traînantes M; p. 18 effarouché RP: fait fuir M; p. 19 papillonnent W2: voltigent ant.; p. 96 marmot RP: pauvre enfant M; p. 121 dogue de boucher RP: chien de garde M; p. 136 se grave RP: revient M); *plus pittoresques* (p. 50 la Michonnette et le Poireau RP : Mademoiselle Vérolleau et Monsieur Poiret M; p. 202 aboulez RP: donnez M; p. 223 trimar domestique RP: carreau M; p. 283 zéro au quotient RP: il n'y a rien M). *Il soutient, approprie ou renouvelle ses métaphores* (p. 58 ils n'ont soif que d'une certaine eau RP: ils n'ont soif que de ce qui leur plaît uniquement M; p. 130 lance sa pierre W1 jette la pierre ant.; p. 92 le citron pressé, ses filles ont laissé le zeste RP: l'orange pressée par ses filles, ses filles ont pressé l'écorce M).

D'autres corrections s'appliquent *au tour que l'écrivain a jugé à propos d'affermir* (p. 92 se rencontre W2: il y a ant.; p. 104 auxquels le livra cette fausse alarme RP: auxquels il fut en proie M); *de resserrer* (p. 41 être frappées de ces hésitations qui F: être variablement soumises à cette incertitude dans les moyens d'exécution qui ant.; p. 46 convertir en lingots RP: dénaturer et en faire un lingot M; p. 52 s'expatrie C: quittait Paris et s'en va dans l'étranger ant.); *d'alléger* (p. 79 il allait donc F: en sorte qu'il allait ant.); *de rendre plus vif en recourant au style direct* (p. 28 Je vaux bien le bonhomme RP: Elle valait bien le vermicellier M), *au présent de narration* (p. 82 s'élance, se précipite RP: s'élança, se précipita M), *à l'interrogation oratoire* (p. 103

n'est-ce pas l'orgueil C : *c'est l'orgueil* ant.*) ou de rendre plus solennel* (*p. 137 qui commence sous les panaches du trône et finit sous le cimier du dernier gentilhomme* RP : *qui coule du trône sous la barre du dernier gentilhomme* M ; *p. 309 la dernière phrase du roman*).

Les derniers textes revus par Balzac (C et F) témoignent d'un souci très prononcé de la pureté grammaticale, mais ce souci ne s'exerce pas toujours à bon escient. L'écrivain pourchasse avec obstination certains tours, souvent les mêmes, qu'il juge incorrects ou vicieux. Il a raison, sans doute, lorsque, dix fois peut-être au cours du roman, il remplace le verbe *être* par le verbe *aller* (*p. 33 n'était allée* F : *n'avait été* ant. ; *p. 49 sont allées* F : *ont été* ant.) Ses interventions sont plus discutables lorsqu'il expulse de façon presque systématique le relatif *dont* (*p. 33 de qui* F : *dont* ant. ; *p. 116 desquels* F : *dont* ant) ; lorsqu'il construit le verbe *voir* ou le verbe *entendre* avec un participe présent (*p. 59 Je l'ai vu entrant* C : *entrer* ant. ; *p. 82 entend le chasseur répétant* C : *répéter* ant.) ; lorsqu'il accorde en nombre le verbe *être* avec le sujet apparent pronominal (*p. 61 C'est donc des monstres* C : *Ce sont donc des monstres* ant. ; *p. 160 c'est des querelles* F : *ce sont des querelles* ant. ; *p. 202 ce fut des rires* C : *ce furent des rires* ant.) ; lorsqu'il substitue sans distinguer les cas l'adjectif possessif au pronom *en* (*p. 32 ne pas juger leurs causes* C : *n'en pas juger les causes* ant. ; *p. 102 de reconnaître leurs qualités* F : *d'en reconnaître les qualités* ant.).

Notons pour mémoire, collectivement, des retouches légères de types divers : titres de noblesse précisés (surtout dans C et F), mots intervertis, mots déplacés, constructions redressées, phrases morcelées etc. Nous en avons relevé un certain nombre à titre d'exemples.

GRAPHIES

L'usage de Balzac est éloigné du nôtre et parfois surprenant, même pour l'époque, comme on pourra s'en apercevoir d'après les parties rapportées du manuscrit qui se trouvent incorporées dans notre choix de variantes. Indiquons une fois pour toutes les principaux phénomènes relevés dans M.

Graphies archaïsantes. Agens, appartemens, élémens, patiens, renseignemens, scintillemens, sentimens, tems, *etc.;* diamans, enfans, pimpans, troublans *etc.;* abyme, ayeul, cheoir, coëffeur, fayence, jusques, wisth *etc.*

Consonnes abusivement redoublées (ou phénomène inverse). Barraque, bonhommie, courtisanne, cravatte, redingotte *etc.,* alonger, appeller, débarasser et embarasser, dévelloper et envelloper, emmerveiller, jetter et rejetter, raffoller, sanglotter (formes correspondant à ces infinitifs).

Observations diverses. Catharrales, exhorbitant, hazard et hazarder, mocquer, sapristie, verd, vermicel *etc.*

D'une façon générale, les graphies insolites ou aberrantes sont corrigées d'emblée par les typographes et n'apparaissent donc dans aucun texte imprimé. Les graphies archaïsantes sont éliminées surtout dans les éditions Charpentier et Furne, postérieures à la nouvelle publication du Dictionnaire de l'Académie *(1835), qui, en particulier pour les pluriels des mots en* ant *et en* ent, *fixait des usages jusque là incertains.*

TYPOGRAPHIE ET PRÉSENTATION

D'une édition à l'autre apparaissent ou disparaissent des italiques et même des capitales. Ces phénomènes occasionnels ont d'autant moins d'importance qu'ils peuvent avoir pour origine l'initiative de l'éditeur ou du typographe et non la volonté de l'auteur. A cet égard, seul l'examen du manuscrit permet des observations certaines. Or les mots soulignés y sont plus nombreux que les mots mis en italique dans les éditions. Balzac tend fréquemment, au moins quand il rédige, à attirer l'attention du lecteur sur un terme essentiel ou rare, sur une expression qu'il prête à un personnage sans la prendre à son compte. Ainsi se trouvent détachés, dans les premiers feuillets, les mots drame, cailloutis, dans les malheurs, avait souffert tout ce qu'il est possible de souffrir, dada, les gens les plus distingués sous tous les rapports, sous les armes etc.: *Ces mêmes mots, dans le texte de Furne, sont composés en romain ordinaire. Le phénomène inverse (mots non soulignés dans* M *et composés en italiques) est beaucoup plus rare. En l'absence des épreuves corrigées, il* est difficile de savoir dans quels cas les changements constatés résultent de prescriptions édictées par l'écrivain : si l'on admet que le texte de FC correspond exactement à son désir, on en tirera l'enseignement qu'il s'est soucié de limiter les recours aux artifices de la typographie.

Il est difficile aussi de déterminer dans quelle mesure le romancier doit être tenu pour responsable des nombreuses suppressions d'alinéas qui donnent à l'édition Charpentier et à l'édition Furne un aspect compact, bien différent de celui des éditions antérieures. Sans doute obéissait-il, en gagnant ainsi de la place, comme lorsqu'il supprimait des titres de chapitres, à un désir formulé par l'éditeur. On peut déplorer ces aménagements, qui rendent la lecture moins aisée. La remarque vaut d'ailleurs pour tous les romans de Balzac.

P.-G. C.

III

CHOIX DE VARIANTES

On trouvera ci-dessous les variantes que nous avons choisies, présentées dans l'ordre où elles apparaissent au fil du texte. La liste des sigles employés et les principes généraux de notre notation ont été indiqués pages 345-346.

Nous reproduisons au moins le premier et le dernier mot de chaque passage modifié ou ajouté. Quelques exemples faciliteront les consultations nécessaires.

terriblement *F* : dramatiquement *ant*.

Le texte actuel « terriblement » apparaît pour la première fois dans l'édition Furne ; on lit dans tous les états antérieurs : « dramatiquement ».

où vous la voyez coupée *F* : où elle se montre coupée *RP* : qui la coupe *M*.

Le texte actuel « où vous la voyez coupée » apparaît pour la première fois dans l'édition Furne ; on lit dans la Revue de Paris *et dans les états intermédiaires entre le texte de la* Revue de Paris *et celui de l'édition Furne : « où elle se montre coupée » ; le manuscrit porte « qui la coupe ».*

et autres add. RP.

Les mots « et autres », qui ne figuraient pas dans le manuscrit, ont été ajoutés dans la Revue de Paris.

CHOIX DE VARIANTES

Page 3 :

a. add. F.

Page 5 :

a. est *M, en surcharge sur* était. *De même, Balzac avait d'abord écrit, plus loin :* tenait, admettait, eût, demeurât... *et au début du paragraphe suivant :* s'expliquait, appartenait... *Le feuillet Sina porte des imparfaits.*

b. quarante *RP : un mot rayé illisible M :* trente *feuillet Sina.*

c. mœurs *F :* mœurs intérieures *ant.*

d. établissement *M :* établissement dont le voisinage s'occupait peu d'ailleurs et qui n'avait pas de public *feuillet Sina.*

e. 1819 RP : M porte 1820 [le o en surcharge sur un 4]. Pas de date sur le feuillet Sina.

f. pauvre *add. RP.*

g. jeune fille : *dans M, Balzac a rayé les mots* qui y joue un rôle accessoire. *Le feuillet Sina porte* qui joue un rôle accessoire dans ce drame.

h. sens vrai du mot ; mais *W2 :* sens vrai du mot. Il serait difficile de trouver matière à duel, à poison, à flots de sang ou adultères [flots de sang, terreurs ou adultères *M*] sous les paisibles toits de la Maison-Vauquer ; mais *ant.*

Page 6 :

a. et extra. Sera-t-elle comprise... appréciées qu'entre *W2 :* et extra ; car, tout en demi-teintes, les poésies de cette scène empruntée à la vie parisienne ne peuvent être parfaitement comprises qu'entre *RP ;* et extra, aucuns de nos maîtres s'adresseraient en ce sens *urbi et orbi ;* phrase trop ambitieuse pour une simple scène de la vie parisienne dont les poésies toutes en demi-teintes ne peuvent être parfaitement comprises qu'entre *M.*

b. de plâtras incessamment près de [près de *F :* prêts à *ant.*] tomber et de ruisseaux noirs de boue *RP :* de plâtras et de ruisseaux *M.*

c. boue ; vallée remplie de souffrances réelles, de joies souvent fausses, et *W2 :* boue, pleine de souffrances, pleine de joie et *ant.*

d. terriblement *F* : dramatiquement *ant.*

e. Cependant *F* : Néanmoins *W1* : Cependant *RP* : Néanmoins *M.*

f. un fruit *W2* : un bénéfice social, un fruit *ant.*

g. Jaggernat *RP* : Jaggernant *M.*

h. ce livre *W1* : la *Revue de Paris ant.*

Page 7 :

a. de l'Arbalète *W2* : des Bourguignons *ant.*

b. serrées *W2* : toutes serrées *ant.*

c. s'y attriste comme tous les passants *F* : y est à la gêne, les passants y sont tristes *ant.*

d. Un Parisien égaré ne verrait là *W2* : Il ne se trouve là *ant.*

e. de la joyeuse jeunesse contrainte *F* : de la joyeuse jeunesse emprisonnée, contrainte *RP* : de la jeunesse contrainte *M.*

f. Catacombes. Comparaison vraie ! Qui *RP* : Catacombes ; car qui *M.*

Page 8 :

a. que la maison *F* : qu'ell *ant* : que le bâtiment *rayé sur M.*

b. où vous la voyez coupée *F* : où elle se montre coupée *RP* : qui la coupe *M.*

c. et autres add. RP.

d. armée *F* : munie *ant.*

e. statue *W1* : statue en plâtre *ant.*

f. y découvriraient peut-être *RP* : y trouveraient *M.*

g. remonte *W1* : fut fait *ant.*

h. 1777 RP : 1776 M.

Page 9 :

a. de laquelle *RP* : duquel *M.*

b. tapissé *RP* : garni *M.*

c. craintes *F* : inquiétudes *ant.*

d. allée qui *F* : allée d'environ soixante-douze pieds qui *ant.*

e. ont de *W1* : ont des *RP* : sont à *M.*

f. sont garnies de *RP* : ont des *M.*

Page 10 :

a. le bois. Entre ce hangar... de l'évier. Cette cour *RP* : le bois, le garde-manger, et où tombent les eaux grasses de la cuisine. Cette cour *M.*

b. lambrissée *W2* : boisée *ant.*

c. cette peinture excite les *W2* : cette scène excite les *RP* : cette scène est l'objet des *M.*

d. pierre, dont le foyer toujours propre atteste qu'il *W2* : pierre à un foyer dont la propreté semble attester qu'il *RP* : pierre peinte en marbre et sans glace, à un foyer dont la propreté semble attester qu'il *M.*

e. occasions, est ornée... accompagnent *W2* : occasions. Deux vases de fleurs encagés accompagnent *ant.*

f. en marbre bleuâtre du *W2* : en marbre blanc et du *W1* : en marbre et du *ant.*

g. faudrait *W2* : faut *ant.*

Page 11 :

a. se décrire *RP* : se décrire par analogie *M.*

b. Eh bien ! malgré... boudoir *RP* : Néanmoins vous trouveriez ce salon élégant et parfumé, si vous le compariez à la salle à manger qu'il précède *M.*

c. couleur indistincte aujourd'hui, qui forme un fond *RP* : couleur qui n'est plus que le fond *M.*

d. plaquée *RP* : garnie *M.*

e. qui sert à garder les serviettes, ou tachées ou vineuses, de *RP* : où sont les serviettes de *M.*

f. mais placées là... Vous y verriez *add. RP.*

g. d'Argand *add. RP.*

Page 12 :

a. facétieux *C* : factieux *ant., mais M portait bien* facétieux.

b. toujours sans se perdre jamais *add. RP.*

c. se carbonise *C* : est carbonisé *ant.*

d. Si elle n'a pas de fange... pourriture *C* : qui n'a pas de fange, mais des taches, qui n'a ni trous ni haillons, mais de la putridité barbue *ant.*

e. mal mis ; *après ces mots, Balac a écrit et rayé* parée de sa jupe d'indienne.

f. elle marche en traînassant ses pantoufles grimacées *RP* : et les pieds dans ses pantoufles traînantes *M.*

g. grimacées. Sa face *C* : grimacées]traînantes M]. Alors le spectacle est complet. Sa face *ant.*

Page 13 :

a. qui flotte : *Balzac a d'abord écrit* mal serré... qui déborde...

b. le malheur, où s'est blottie la spéculation *RP* : le malheur et la spéculation *M.*

c. et dont madame Vauquer... écœurée *add. RP.*

d. Quand elle est là, ce spectacle est complet *add. C.*

e. cinquante ans *RP* : cinquante-sept ans *M.*

f. qui va *W1* : prête à *ant.*

g. d'ailleurs *add. W2.*

h. Georges *C* : George *ant.*

Page 14 :

a. geindre et *add. RP.*

b. la cuisinière... internes *RP* : la cuisinière achevait promptement son café à la crème qu'elle prenait avant toute la maison et venait mettre le couvert des pensionnaires internes *M*.

    c. trente *F* : trente-six *W2* : trente-sept *RP* : quarante-cinq *M*.

    d. A l'époque où cette histoire commence *RP* : En 1824 *M*.

    e. à qui elle servait de mère *RP* : dont elle était la protectrice *M*.

    f. dix-huit cents francs *W2* : deux mille deux cent francs *ant*.

Page 15 :

    a. Michonneau *RP* : Vérolleau *M*. *Voir ci-dessous, p. 399, l'endroit de M où, pour la première fois, Balzac écrit* Michonneau.

Page 16 :

    a. quarante-cinq *F* : soixante *W2* : soixante-dix *ant*.

    b. En ce moment *RP* : Au moment où cette histoire commence *M*.

    c. Eugène de Rastignac, ainsi se nommait-il *RP* : Eugène de Massiac *M*. *Voir ci-dessous, p. 389, l'endroit de M où, pour la première fois Balzac écrit* Rastignac.

    d. et, les adaptant... pressurer *add. RP*.

Page 17 :

    a. qui la subissait *W1* : qui en souffrait *ant*.

    b. étaient *W2* : régnait *ant*.

    c. la cuisinière *add. RP*.

    d. abonnés tous pour le dîner seulement *add. RP*.

    e. soixante-douze *W2* : cent *ant*.

    f. la Salpêtrière *RP* : la Pitié *M*.

    g. plus ou moins apparents *W2* : plus ou moins aigus, plus ou moins apparents *ant*.

Page 18 :

    a. dans le costume *W1* : sur la figure *ant*.

    b. éraillés *RP* : éraillés sans fraîcheur *M*.

    c. Si tels étaient les habits, presque tous *C* : Mais presque tous *ant*.

    d. Ces pensionnaires faisaient pressentir des *C* : Enfin, tous faisaient pressentir des *W2* : Enfin, c'étaient des *ant*.

    e. drames accomplis ou en action *W2* : drames ambulants *ant*.

    f. effarouché *RP* : fait fuir *M*.

    g. elle devait avoir été jolie et bien faite *C* : il était facile de voir qu'elle avait été jolie et bien faite *add. RP*.

    h. à la toilette, ou seulement *add. RP*.

Page 19 :

    a. l'avaient cru *W2* : le croyaient *RP* [*M donne* et que ses enfans avaient abandonné, le croyant sans ressources].

    b. mille *W2* : quinze cents *ant*.

    c. Quoique le jeu des passions... beauté *RP* : Quoiqu'elle prétendît n'avoir que cinquante-six ans, elle paraissait en avoir soixante-dix ;

mais il était facile de voir qu'elle avait été jolie, bien faite et d'une grande blancheur de teint *M*.

d. une espèce de mécanique *M* : un vieillard hébété *rayé sur M*.

e. En l'apercevant s'étendre... au Jardin-des-Plantes *RP* : Quand il allait au Jardin-des-Plantes *M*.

f. tenant à peine *add. RP*.

g. main, laissant flotter... culotte *RP* : main, sa redingote flétrie, tout ouverte, qui laissait voir une culotte *M*.

h. montrant *add. RP*.

i. qui s'unissait imparfaitement à *add. RP*.

j. cordée *RP* : en corde *M* : mal mise *rayé sur M*.

k. se demandaient si cette ombre chinoise appartenait *RP* : se demandaient en le voyant s'étendre comme une ombre grise, le long d'une allée, s'il appartenait *M*.

l. papillonnent *W2* : voltigent *RP* [qui voltigent sur le boulevard italien *add. RP*].

m. bistré *RP* : jauni *M*.

Page 20 :

a. l'un de ces Ratons parisiens qui ne connaissent pas leurs Bertrands *RP* : l'un des Ratons de la civilisation parisienne où se trouvent tant de Bertrands *M*.

b. et des habitués *add. RP*.

c. Ce jeune malheur ressemblait à un arbuste *W2* : C'était un jeune malheur, un arbuste *ant*.

d. jaunies *F* : jaunes *C* : flavescentes *ant*.

e. dans un terrain contraire *add. RP*.

Page 21 :

a. exprimaient cette grâce... Moyen Age *W2* : ne manquaient pas de grâce *ant*.

b. trahissaient *W2* : couvraient *ant*.

c. jeunes *F* : grêles, mais jeunes *W2* : jeunes *ant*.

d. Heureuse, elle eût été... billets doux *add. RP*.

e. pouvait laisser [*F* : devait laisser *ant*.]... monde *add. RP*.

f. La bonne femme *W2* : Elle *ant*.

g. afin d'en faire *W2* : Elle en faisait *ant*.

h. Elle avait raison *add. RP*.

i. offraient un avenir à cet enfant désavoué *W2* : offraient un avenir à cette enfant désavouée *RP* : étaient nécessaires à cette pauvre fille *M*.

j. se cognait... fermée *W2* : trouvait inexorable la porte de la maison paternelle *RP* : trouvait la porte de la maison paternelle fermée *M*.

Page 22 :

a. Quand [*C* : et quand *ant*.] elles maudissaient... l'amour *add. RP*.

b. Sa tournure... bon goût *add. RP*.

c. Ordinairement *C* : Habituellement *ant*.

d. un mauvais gilet, la méchante cravate noire *RP* : un gilet bleu, la cravatte noire *M*.

e. et d'un roux ardent *RP* : et roux *M*.

f. huilée, limée *add. RP*.

Page 23 :

a. les hôtels et *add. RP*.

b. ses services *W2* : de lui rendre service *ant*.

c. et plein *W2* : qui semblait plein *ant*.

d. Comme un juge sévère, son œil semblait *W2* : Son œil était un juge sévère qui semblait *ant*.

e. au fond de toutes les questions... sortir après *RP* : au fond de tout. Il sortait après *M* [*de même*, revenait... décampait... rentrait].

f. ! La bonne femme *W2* : attendu que la bonne femme *ant*.

g. quinze francs *W2* : vingt francs *ant*.

h. les affaires *W1* : les sentiments et les affaires *ant*.

i. laissait percer *C* : laissait percer malgré lui *ant*.

Page 24 :

a. la beauté *W2* : l'avenir *ant*.

b. madame Vauquer. Lui seul jouissait... mademoiselle Taillefer partageait *RP* : madame Vauquer. Il payait vingt francs par mois pour le *gloria* qu'il prenait au dessert. Mademoiselle Taillefer partageait *M*. *Une vingtaine de lignes ont donc été ajoutées dans RP*.

c. ses regards furtifs, ses pensées secrètes *RP* : ses regards solitaires, ses pensées furtives *M*.

d. Semblables à de vieux époux *add. RP*.

e. voir dans une mort... agonie *RP* : voir [ne plus tressaillir *rayé*] une mort avec froideur *M*.

f. cet hospice *M* : ce triste royaume *rayé sur M*.

g. un *C* : une *ant*.

h. était un riant bocage *add. W2*.

i. qui sentait le vert-de-gris du comptoir *add. RP*.

j. délices *W2* : charmes *ant*.

Page 25 :

a. Au commencement de la seconde année, cette figure devint *C* : Cette figure devint au commencement de la seconde année *W2* : Cette figure devint, pour Eugène de Rastignac à son retour *RP* : Ce fut pour Eugène de Massiac la figure *M*.

b. deux ans *RP* : trois ans *M*.

c. ce non-respect *F* : cet irrespect *ant*.

d. gèle *W2* : fait froid *ant*.

e. N'aimons-nous pas tous... vierge *add. RP*.

f. 1813 *C* : 1814 *RP* : 1817 *M*.

g. douze cents *W2* : seize cents *ant*.

Page 26 :

a. rafraîchi les trois chambres de cet appartement *F* : renouvelé le mobilier des trois chambres dont se composait l'appartement *ant*.

b. la valeur d'un méchant ameublement... banlieue *RP* : la valeur de ce changement *M*.

c. piriforme et proéminent *F* : pyriforme et proéminent *W2* : proéminent *RP* : proéminent d'un homme bien nourri et *M*.

Page 27 :

a. dont on a flatté *W1* : dont on flatte *ant*.

b. se défaire. Ces cadeaux *F* : se défaire, parce que c'étaient des cadeaux qui *ant*.

c. café *W2* : chocolat *ant*.

d. j'ai sur la planche du pain de cuit pour longtemps *RP* : et j'ai du grain dans mes sacs *M*.

e. cet excellent *F* : M. [ou Monsieur] *ant*.

f. huit à dix *RP* : huit M.

g. trente-neuf *RP* : quarante M.

Page 28 :

a. morales *add. RP*.

b. lunaire et *RP* : lunaire, pleine et M.

c. Ce devait être une bête ... dépenser *RP* : C'était une bête solidement bâtie qui devait avoir un cœur excellent et dépenser *M*.

d. Se marier... devenir *RP* : Donner le bras à cette fine fleur de bourgeoisie, vendre sa pensée, devenir *M*.

e. Soissy *F* : Soisy *ant*.

f. je vaux bien le bonhomme *RP* : elle valait bien le vermicellier *M*.

Page 29 :

a. les gens les plus distingués sous tous les rapports *F* : *en italiques ant.*

b. lui vantait *RP* : insistait sur *M*.

c. et les plus respectables *add. RP*.

d. trente-six *RP* : trente *M*.

Page 30 :

a. Vaumerland *W2* : Veaumerland *RP* : Vomerland *M*.

b. Picquoiseau *F* : Picquoiseaud *RP* : Champoiseaud *M*.

c. « Mais, disait-elle, les Bureaux ne terminent rien. » *add. RP*.

d. causettes *RP* : causeries *M*.

e. pour la bouche de la maîtresse *add. W2*.

f. Madame de l'Ambermesnil *W2* : La comtesse *ant*.

g. le Goriot *F* : M. Goriot *ant*.

h. vues excellentes, qu'elle avait d'ailleurs devinées *RP* : elle les avait devinées *M*.

i. — Ah ! [Ha !] ma chère dame *add. RP*.

j. mise, qui n'était pas en harmonie... Palais-Royal *RP* : mise, et la força de venir avec elle au Palais-Royal *M* [*texte sensiblement étoffé*].

k. La comtesse entraîna son amie *add. RP*.

Page 31 :

    a. écharpe. Quand ces munitions... du *Bœuf à la Mode RP* : écharpe qui rendit la veuve, quand elle fut *sous les armes*, assez semblable à l'enseigne du *Bœuf à la mode M.*

    b. son désir particulier de le séduire... tirerez *RP* : son intérêt particulier, elle dit à sa chère amie — Mon ange vous ne tirerez *M.*

    c. un sot *F* : un sot, un mastok *ant.*

    d. Il y eut... telles que *add. RP.*

    e. six *W2* : cinq *RP :* quatre *M.*

    f. et en laissant une défroque prisée cinq francs *add. RP.*

Page 32 :

    a. le cœur *W2* : les affections *ant.*

    b. individus nés *F* : hommes *ant.*

    c. inconnus *W2* : étrangers *ant.*

    d. Elle parlait souvent de cette déplorable affaire... je vous aurais *RP :* Quand elle parlait de cette déplorable affaire, Monsieur Vautrin disait : — Si j'avais été ici, ce ne serait pas arrivé, je vous aurais *M.*

    e. Je connais leurs *frimousses C :* Je connais toutes leurs *frimousses W2 :* Je connais leurs allures et toutes leurs *frimousses RP :* Je les connais *M.*

    f. ne pas juger leurs causes *C* : n'en pas juger les causes *ant.*

Page 33 :

    a. n'était allée *F :* n'avait été *ant.*

    b. il s'arrête rarement *RP* : il ne sait pas s'arrêter *M.*

    c. Les petits esprits... victime *add. RP.*

    d. plus d'anchois : c'est des duperies *add. RP.* [c'est *C* : ce sont *ant.*]

    e. bouilli *F* : bœuf *ant.*

    f. de qui *F* : dont *ant.*

    g. Désespérée... vengeances *add. RP.*

    h. Vers la fin de la première année *M* : *Ces mots sont précédés de deux lignes rayées. On déchiffre* : Vers le milieu de la seconde année, M. Goriot justifia les craintes de son hôtesse... donna lieu aux suppositions les plus étranges... *Balzac a donc ralenti et détaillé le train de son récit.*

Page 34 :

    a. du sieur *F* : de M. *ant.*

    b. Une des plus détestables habitudes... Malheureusement *add. RP.* [*légères variantes*].

    c. neuf cents *W2* : douze cents *ant.*

    d. Exploration difficile ! *add. RP.*

    e. Suivant la logique... rien à dire *add. RP. (légère variante postérieure).*

    f. mauvaises *W2* : fort mauvaises *RP :* méchantes *M.*

    g. devint donc un fripon *RP* [donc *add. W2*] : fut un gros imbécille *M.*

    h. Vautrin *en surcharge sur* Gautherein. *De même quelques lignes plus bas.*

Page 35 :

a. Seulement, quelques ignobles... bourrades *add. RP.* [essayait *F* : essuyait *ant.*]

b. un libertin qui avait *RP* : un libertin auquel il fallait des petites filles, un homme qui avait *M. Avant* libertin, *Balzac a rayé* vieux.

c. ses calomnies *RP* : ces calomnies *M* : ce jugement *rayé sur M.*

d. six *W2* : cinq *RP* : *rature non déchiffrée dans M.*

e. le pas mignon *RP* : un pas *M* : léger *rayé sur M.*

f. s'était intelligemment *RP* : était *M.*

g. avait glissé *W2* : s'était glissée *ant.*

h. comme une anguille *add. RP.*

Page 36 :

a. il faut *RP* : faut *M.*

b. *elle RP* : sa particulière *M en surcharge sur* cette femme.

c. yeux *F* : yeux. C'était, disait-elle, un *coup monté C, W, RP* : dont un rayon lui tombait sur les yeux *add. RP.*

d. Peste ! *add. RP.*

e. en toilette du matin *W2* : habillée en matin *ant.*

f. et habillée comme pour aller dans le monde *add. W2* : *M, très raturé pour ce passage, donne* mise en toilette

g. voir en elle une jolie *RP* : examiner la fille de M. Goriot, c'était une jolie *M.*

h. gracieuse, et beaucoup trop distinguée...Goriot *RP* : et gracieuse *M.*

i. Et de deux ! *RP* : Elles sont deux *M.*

j. la grosse Sylvie *M en surcharge sur* Madame Vauquer.

k. qui la première fois... simplement mise le matin *RP* : qui était venue le matin voir son père, revint un soir un mois après en voiture et fort élégamment mise ; ni madame Vauquer ni la grosse Sylvie ne la reconnurent *M.*

l. où elle fit sa première visite *add. W2.*

m. douze cents *W2* : quinze cents *ant.*

Page 37 :

a. mandait *RP* : faisait venir *M.*

b. neuf cents *W2* : douze cents *ant.*

c. quand son pensionnaire... dames *RP* : en voyant descendre une de ces dames, elle lui demanda ce qu'il comptait faire de sa maison *M.*

d. madame Vauquer *RP* : madame Vauquer, car alors il était passé de quinze à douze, pour employer l'argot de la bonne *M.*

e. d'un homme ruiné... misère *RP* [*légère variante postérieure*] : d'un homme déchu *M.*

f. quarante-cinq *F* : soixante *W2* : soixante-dix *ant.*

g. se passa de tabac *add. RP.*

h. drogues *M* : aphrodisiaques *rayé sur M.*

Page 38 :

a. son trousseau... pour remplacer son beau linge *W2* : son beau trousseau... pour le remplacer *ant.*

b. disparurent *F* : avaient disparu *ant.*

c. frais de bêtise *M* : *Balzac avait ajouté en marge* vermilloné de... *Cette addition n'a pas été maintenue dans RP.*

   d. réjouissaît les passants *RP* : faisait plaisir à voir *M.*

   e. jeune *C* : vert *ant.*

f. Ses yeux bleus si vivaces... gris de fer *RP : Ses yeux bleus étaient devenus gris de fer, de vivaces ils s'étaient faits ternes *M.*

   g. mesuré le sommet de *add. RP.*

   b. Un soir après le dîner *RP* : Un matin *M.*

   i. l'eût piqué *M* : *Balzac d'abord écrit* l'eût frappé.

   j. Mais le vieillard *C* : il *ant.*

   k. que sa réponse lui attirait *FC* : dont sa réponse fut le sujet *ant.*

Page 39 :

   a. rien n'était plus difficile *add. RP.*

   b. que paraissaient l'être *RP* : que le sont *M.*

   c. quarante-cinq *F* : soixante *W2* : soixante-dix *ant.*

d. vers la fin *RP* : vers le commencement *M* : *Balzac a d'abord écrit* en novembre.

   e. 1819 *RP* : 1824 *M.*

   f. éclat à ce drame *RP : s'ouvre la scène *M.*

g. un mollusque anthropomorphe à classer dans les Casquettifères *W2* : ...dans les Gastéropodes *RP* : un mollusque, un polype, un *casquetopode M.*

   b. un des habitués à cachet *add. RP.*

Page 40 :

   a. constamment *add. W2.*

b. Réaumur *M* : *Balzac a plusieurs fois tenté d'écrire Fahrenheit, mais semble avoir renoncé devant la difficulté à noter l'orthographe correcte...*

c. Eugène de Rastignac était revenu *RP :* A son retour d'Angoulême, Eugène de Massiac, qui venait de faire sa deuxième année de droit, y était revenu *M.*

   d. s'habituer aux *C :* prendre l'habitude des *ant.*

e. Un étudiant se passionne alors *C :* Alors un étudiant se passionne toujours *ant.*

   f. qui composent *C :* dont se compose *ant.*

   g. au défilé *C :* qui descendent *ant.*

b. élite. Pendant sa première année... Ses illusions d'enfance *RP* : d'élite. Il s'était initié pendant sa première année de séjour aux splendeurs du luxe parisien, et ses illusions d'enfance *M.*

Page 41 :

   a. frères *F* : frères en bas âge *ant.*

   b. terre de Rastignac *RP* : terre de Massiac *ant.*

c. Ce domaine d'un revenu d'environ trois mille francs... extraire *F :* C'était un domaine dont le revenu allait à trois mille francs, mais qui avait l'incertitude à laquelle est soumis le produit tout industriel de la vigne, et dont il fallait néanmoins extraire *W2* : C'était un domaine [; un domaine *RP*] dont le produit net allait à trois mille francs, mais dont le revenu avait l'incertitude qui attend les produits tout industriels de la vigne, et dont il fallait néanmoins extraire *ant.*

d. qui lui avaient réalisé le type d'une beauté rêvée *add. RP.*

e. pour sa famille *add. W2.*

f. décuplèrent... donnèrent *F* : décupla... donna *ant.*

g. soif *M : Balzac a rayé ensuite* d'instruction

h. ne rien devoir *C :* d'abord ne les devoir *RP* : ne les devoir *M.*

i. être frappées de ces hésitations qui *F* : être variablement soumises à ces incertitudes dans l'exécution qui *W2* : être variablement soumises à cette incertitude dans les moyens d'exécution qui *ant.* (variablement *add. RP*).

j. Si d'abord il voulut... devaient-elles manquer *RP* [*légères variantes postérieures*] : Ainsi tantôt Eugène de Massiac dut se jeter à corps perdu dans le travail ; tantôt séduit par la nécessité de se créer des relations il dut en remarquant combien les femmes sont influentes dans la vie sociale essayer de se lancer dans le monde et d'y conquérir des protectrices qui ne devaient pas manquer *M.*

Page 42 :

a. Ces idées l'assaillirent... pour le lendemain *add. RP.* [*Légères variantes postérieures.*]

b. 1819 *RP* : 1824 *M.*

c. Quelques jours plus tard *C :* Deux jours après *W2* : Le 2 décembre *RP :* La veille *M.*

d. Eugène, après être allé au bal de madame de Beauséant, rentra vers deux heures dans la nuit *C :* Eugène, parti le matin pour le bal de madame de Beauséant, rentra vers minuit *RP ;* Eugène avait été au bal, il n'était rentré qu'après minuit *M.*

e. s'était promis, en dansant, de travailler *RP* : voulut travailler *M.*

f. Il allait passer la nuit... croire *RP* [*légères variantes postérieures*] : Pendant la première année, ce joyeux garçon [enfant *rayé*] qui n'avait encore rien jugé, qui s'était jetté dans Paris avec les sentimens curieux du jeune homme et du provincial, se trouva trop distrait par ses jouissances pour se livrer à des travaux assidus — il passait donc la nuit pour la première fois au milieu de ce silencieux quartier. Eugène n'avait pas dîné chez Madame Vauquer, et ses voisins purent croire *M.*

g. rentré des fêtes du Prado ou des bals de l'Odéon, en *RP* : rentré, à pied, en *M.*

Page 43 :

a. se prépara lestement au travail *RP* : fit lestement ses apprêts *M.*

b. les apprêts peu bruyants du jeune homme *RP* : celui de l'étudiant *M.*

c. se plonger dans ses livres *F* : lire ses livres *ant.*

d. Il venait de reconnaître en madame la Vicomtesse de Beauséant

RP : Il avait été par quelques relations de famille, quoiqu'éloignées, pressenti chez Madame la Vicomtesse de Beauséant *M*.

e. l'une des sommités *C* : l'une des sommités les plus imposantes *RP* : l'une des sommités *M*.

f. équivalait à *W2* : c'était *ant*.

g. En se montrant... conquis *W2* : c'était conquérir *ant*.

h. Grâce à sa tante de Marcillac... une de ces femmes *RP* : Lui, pauvre étudiant, était reçu dans cette maison. Il y avait distingué, parmi la foule des déités parisiennes qui s'y pressaient, une de ces femmes *M*.

Page 44 :

a. toute l'ancienne mythologie amoureuse repoussée par le dandysme *RP* : etc. *M*.

b. Il s'était ménagé deux tours *W2* : Il avait pu conquérir une place *ant*.

c. pu lui parler pendant la première contredanse *M* : dansé une seule contredanse avec elle *rayé sur M*.

d. et une valse *add*. *W2*.

e. En se disant cousin de madame de Beauséant *add*. *RP*.

f. il fut invité par cette femme qu'il prit pour une grande dame *F* : il fut invité aux fêtes de cette femme qu'il prit pour une grande dame *C* : il fut invité aux fêtes de cette personne qu'il prit pour une grande dame *RP* : il fut invité aux fêtes de cette grande dame *M*.

Page 45 :

a. Les Maulincourt, les Ronquerolles, les Maxime de Trailles, les de Marsay, les Ajuda-Pinto, les Vandenesse *RP* : les Maulincourt, les Ronquerolles, les de Marsay, les Vandenesse, les Rastignac *M*. *En outre, après Marsay, Balzac a écrit et rayé* les Montri[veau].

b. la duchesse de Carigliano, la comtesse Ferraud, madame de Lanty *add*. *W2*.

c. et la marquise d'Espard, la duchesse de Maufrigneuse et les Grandlieu *F* : et l'inexplicable comtesse Foedora *RP*. *Voir note suivante*.

d. fatuités et mêlés aux femmes les plus élégantes... tomba *RP* : *l'énumération de ces illustres mondaines manque dans M, qui enchaîne ainsi* : fatuités, mais il tomba...

e. l'amant de la duchesse de Langeais *RP* : une bonne et belle âme *M*.

f. faim *M* : *Balzac avait d'abord répété* soif.

g. le genou dans *RP* : à la *M*.

h. plonger d'un regard dans les salons *RP* : voir [*rayé*] les portes des salons *M*.

i. superbe *add*. *RP*.

j. sublime *RP* : superbe *M* : sublime *rayé sur M*.

k. escomptait si drûment ses joies futures *RP* : anticipait si druement sur l'avenir *M*.

Page 46 :

  a. troubla le silence *RP* : se fit entendre dans le silence *M*.

  b. de manière... moribond *RP* : si fortement qu'il crut entendre le râle d'un mourant *M*.

  c. machinait *RP* : faisait *M*.

  d. la barre *M* : le dos d'une chaise *rayé sur M*.

  e. espèce de câble *M* : grosse corde *rayé sur M*.

  f. richement *RP* : élégamment *M*.

  g. les convertir en lingots *RP* : les dénaturer et en faire un lingot *M*.

  h. se dit Eugène en se relevant un moment *add. RP*.

  i. appliqua de nouveau son œil à la serrure *RP* : resta l'œil appliqué sur la serrure *M*.

  j. opération dont il s'acquitta *RP* : ce qu'il fit *M*.

  k. merveilleuse *RP* : dont s'emmerveilla le jeune homme *M*.

  l. regarda tristement son ouvrage *F* : regarda son ouvrage d'un air triste *RP* : la regarda *M*.

Page 47 :

  a. à haute voix *add. RP*.

  b. A cette parole, Rastignac *RP* : M. de Massiac *M*.

  c. distingua soudain *RP* : entendit *M*.

  d. le son de l'or frappa son oreille *RP* : crut distinguer le son [bruit *rayé*] de l'or *M*.

  e. derechef *add. RP*.

  f. de sa chambre *RP* : de sa chambre qui donnait dans le salon, près de l'entrée *M*.

  g. et par dormir *W2* : et dormit *ant*.

  h. à poings fermés *add. RP*.

  i. avoir plus de vingt ans *RP* : ne pas avoir vingt ans *M*.

Page 48 :

  a. embrument *C* : embrunnent *RP* : embrunent *M*.

  b. café *M* : *après ce mot, Balzac a rayé* au lait frais.

  c. deux personnes *F* : un monsieur *ant*.

  d. Vous a-t-il *C* : T'a-t-il *ant*.

  e. quelque *RP* : quèque *M*.

  f. de me dire : « Tais-toi » *RP* : de couvrir les choses *M*.

  g. Sauf *C* : Sauve *ant*.

  h. le père Goriot *RP* : ce grigou de père Goriot *M*.

  i. Ce grigou de Poiret... savates *RP* : ce Poiret s'en passe *M*.

  j. Quarante sous ne payent pas mes brosses *W2* : ça ne paye pas mes brosses *RP* : ça ne paye pas le cirage *M*.

  k. papa Vautrin *F* : M. Vautrin *ant*.

Page 49 :

  a. J'ai donc dit ça *W2* : Je l'ai dit *RP* : J'ai dit ça *M*.

  b. Rien n'est plus désagréable... mariages *add. RP*.

c. pour me faire dire... farce ! *add. RP.* [C'te farce *C* : Ste farce *ant.*]

d. dit-elle en s'interrompant *add. RP.*

e. dix heures quart moins *RP* : neuf heures *M.*

f. sont allées *F* : ont été *ant.*

g. huit *M en surcharge sur* sept.

h. partir *F* : s'en aller *add. RP.*

i. Qué qui fait *WI* : Qué qu'il fait *ant.*

j. comme une toupie *add. RP.*

k. tout de même *add. RP.*

Page 50 :

a. Je ne suis jamais allé *F* : Je n'ai jamais été *ant.*

b. qui se remue *M* : qui fait son raton *rayé sur M.*

c. dix heures quart moins *RP* : neuf heures et demie *M.*

d. jacquette *M* : minette *rayé sur M.*

e. patron-minette *WI* : potron-minette *ant.*

f. La Michonnette et le Poireau *RP* : Mademoiselle Vérolleau et Monsieur Poiret *ant.*

g. qui sont *add. RP.*

Page 51 :

a. pour lui ouvrir la porte *RP* : pour les tirer *M.*

b. de celles qui coûtent deux liards la pièce *add. RP.*

c. passé *add. RP.*

d. Il ne fait attention... mange *add. RP.*

e. en plaçant les assiettes *RP* : en allant chercher une pile d'assiettes *M.*

f. est-elle *C* : est *ant.*

Page 52 :

a. dit-il... bras *add. RP.* [galamment *C* : très galamment *ant.*]

b. Allons... dire ? *add. RP.*

c. Ah ! je suis gentil, n'est-ce pas ? *add W2.*

d. pour une bonne somme *F* : pour une bonne somme en vermeil *C* : pour une bonne somme de vermeil *RP* : pour onze cents francs *M.*

e. en vermeil *add. F.*

f. pour un homme qui n'est pas de la manique *add. RP.*

g. qui s'expatrie *C* : qui s'en va dans l'étranger *RP* : qui quittait Paris et s'en va dans l'étranger *M.*

h. le père Goriot pour voir, histoire de rire. Il a remonté *RP* : le père Goriot qui a remonté *M.*

i. Gobseck *C* : le papa Gobseck *ant.*

j. ses écus *RP* : tout *M.*

Page 53 :

a. des mains de Christophe une lettre sur laquelle *C* : une lettre des mains de Christophe *ant.*

b. il lut *add. RP.*

c. reprit-il en rendant la lettre à Christophe *add. RP.* [rendant *W2* : tendant *ant.*]

d. le roquentin *F* : le vieux roquentin *add. RP.*

e. Va, vieux Lascar... comme un dé *RP* [dé *W2* : dez *ant.*] : Va, chinois *M.*

f. Et l'on m'a vu de toute part *add. RP.*

g. ne devons-nous pas aller *RP* : car nous allons aller *M.*

Page 54 :

a. Chauffez-vous donc, Victorine, dit madame Vauquer *RP* : Chauffez-vous, Victorine *M.*

b. Une belle fille a besoin de dot *C* : On a besoin de dot *W2* : On a besoin de dots *RP* : Il faut des dots *M.*

c. père attire le malheur à plaisir sur lui *RP* : père... *M.*

d. reprit la veuve du Commissaire-Ordonnateur *add. RP.*

e. malheureuses et persécutées add. RP.

f. en interrompant *add. W2.*

Page 55 :

a. accommoder *add. RP.*

b. morceau *M, en surcharge sur* quignon.

c. pain *M* : *on lit rayé après ce mot* : suivant l'expression de son hôtesse, qui le fit frémir.

d. Eh bien ! pourquoi... Monsieur *RP* : Hé bien, dit Vautrin, Monsieur *M.*

e. la vicomtesse de Beauséant *C* : la vicomtesse de Beauséant, une des femmes les plus à la mode de Paris *ant.*

f. une cousine à moi, qui possède *add. RP.*

g. des appartements habillés de soie ; enfin... une fête *RP* : beaux appartemens, une fête *M.*

h. en interrompant net *add. RP.*

i. Monsieur, reprit... dire ? *RP* : Monsieur, dit l'étudiant *M.*

Page 56 :

a. C'est vrai : j'aimerais mieux... *l'idémiste RP* : C'est vrai, fit Poiret *M.*

b. en lui coupant la parole *add. RP.*

c. bah ! il faudrait que vous l'eussiez vue, il est *RP* : il faut la voir, car il est *M.*

d. Elle *F* : Bah ! elle *RP* : Mais elle *M.*

e. Gobseck, un usurier... Anastasie de Restaud *RP* [*légère variante postérieure*] : Gobseck et elle se nomme la comtesse de Restaud *M.*

f. et demeure rue du Helder *add. RP.*

g. elle y sera donc allée *F* : elle y aura donc été *RP* : elle y aura été *M.*

Page 57 :

a. dit madame Vauquer à Vautrin *add. RP.*

b. Il l'entretiendrait donc ? *RP* : Il l'entretient *M.*

c. furieusement *add. RP.*

d. ma divine comtesse eût été *C* : ma comtesse eût été *RP* : c'eût été *M.*

e. n'avaient d'yeux que pour elle *RP* : l'admiraient *M.*

f. créature *RP* : femme *M.*

g. que frégate... cheval... femme *C* : qu'une frégate... un cheval... une femme *ant.*

h. chez une duchesse *add. RP.*

i. de l'échelle *add. W2.*

j. Parisiennes *M : après ce mot, Balzac indique un alinéa, commence à écrire* Le père Goriot, *puis raie ces indications.*

k. se vendre *C* : se bien vendre *ant.*

l. Si leurs maris... Connu, connu ! *RP* : pour entretenir leur luxe effréné, que leurs maris ne peuvent pas toujours solder, elles font le diable...*M.*

m. allumé *RP* : allumé de joie *M.*

Page 58 :

a. n'avons néu nos *C* : avons néu nos *W2* : eu nos *W1* : nu nos *RP.*

b. pour lui jeter... statues *add. RP.*

c. pas. Ils n'ont soif *RP* : pas, tout au monde leur est indifférent, ils n'ont soif *M.*

d. que d'une certaine eau... vendraient *RP* : que de ce qui leur plaît uniquement, ils vendraient *M.*

e. au diable *RP* : au diable pour satisfaire leur fantaisie *M.*

f. Pour les uns, cette fontaine *RP* : Il y en a pour qui cette idée *M.*

g. de tableaux ou d'insectes *add. RP.*

h. qui sait leur cuisiner des friandises. A ceux-là *add. RP.*

Page 59 :

a. qui satisfait leur passion *RP* : qui leur plaît *M.*

b. du tout, vous *add. RP.*

c. leur vend fort cher des bribes de satisfaction *RP* : ne leur est agréable qu'à force de sacrifice *M.*

d. parce qu'il est discret, et voilà le beau monde *RP* : l'exploite, et voilà *M.*

e. Le pauvre bonhomme *RP* : Il *M.*

f. entrant *C* : entrer *ant.*

g. Suivez bien ! *add. RP.*

h. le montant de ses galanteries *add. RP* : le prix de son dévoue-ment métallique *rayé sur M. Le typographe n'a pu déchiffrer la rature et, comme le texte demeurait en suspens, a noté en marge* : à lire.

Page 60 :

a. Et un drôle de bourbier... Joli ! *add. RP.*

b. N'y avait-il pas *RP* : Il y avait *M.*

c. C'est bien cela *RP* : Oui *M*.

d. répondit la veuve *add. RP*.

e. s'écria Vautrin. Cette femme-là sait lui châtouiller l'âme *add. RP*.

f. Vautrin *RP* : M. Vautrin *M*. *Le* V *est en surcharge sur un* G.

g. alla *F* : avait été *RP* : était allé *M*.

h. dit en riant madame Vauquer *add. RP*.

i. faite à monsieur Taillefer pendant la matinée *RP* : qu'elle venait de faire à M. Taillefer *M*.

Page 61 :

a. se nuisait *RP* : se faisait le plus grand tort *M*.

b. ayant été épousée *F* : étant *ant*.

c. La petite *F* : Elle *C* : Alors elle *RP* : qui *M*.

d. aux pieds de son père *F* : à ses pieds *ant*.

e. les a prises *F* : a été les prendre *ant*.

f. sans murmure... la pauvre enfant *RP* : sans murmure, et pour lors, elle a pris la lettre et l'a suppliée de lire ce que sa femme lui avait écrit à l'heure de la mort, et la pauvre enfant *M*.

g. comme une bête *add. RP*.

h. Savez-vous ce que faisait... « C'est bon ! » *RP* : Il a pris la lettre, a dit : - c'est bon ! *M*.

i. lui prenait les mains pour les lui baiser *W2* : lui a baisé les mains *RP*.

j. les mains... sa sœur *RP* : les mains, en le suppliant de lire la lettre, cet horreur d'homme était froid comme un marbre, son gringalet de fils est entré sans faire attention à sa sœur *M*.

k. C'est *C* : Ce sont *ant*.

l. Et puis... le père *RP* : Et alors le père *M*.

m. renier, elle *C* : renier, car elle *RP* : nier, car elle *M*.

Page 62 :

a. constituent, chez certaines classes parisiennes... Diorama *RP* : constituent l'esprit béotien de certaines classes parisiennes. Ainsi la récente invention du diorama *M*.

b. que dans les *F* : que les *C* : que n'avaient fait les *W2* : que les *W1* : que dans les *RP* : qu'elle ne l'était dans les *M*.

c. *monsieurre RP* : M. *M*.

d. Puis, sans attendre sa réponse *add. RP*.

e. dit-il à madame Couture et à Victorine *add. RP*.

f. s'écria Horace Bianchon, un étudiant en médecine, ami de Rastignac *RP* [ami de *F* : assez lié avec *ant*] : s'écria un étudiant en médecine *M*.

Page 63 :

a. Que diable ! *add. W2*.

b. dit Bianchon *RP* : dit le jeune peintre *M*.

c. Bianchon *RP* : le peintre *M*.

d. de manière à l'étouffer. Ohé ! les autres, ohé ! *add. RP*.

e. près des trois autres femmes : *sur ces mots s'achève le folio 27 de M. Le folio 28 fait défaut.*

f. connue... rencontrée *F* : connu... rencontré *ant.*

g. L'espace d'un matin *add. W2.*

Page 64 :

a. - Quelqu'un... l'employé *C et RP* : *réplique omise dans W1 et W2.*

b. Gâôriotte *C* : Goriot *W1* : Gôriot *RP.*

c. questiônne dé *W2* : question *ne* de *ant.*

d. véaus *C* : vos *ant.*

e. d'Etampes *C* : de Haute-Brie *ant.*

f. devenez *W2* : êtes *ant.*

Page 65 :

a. dit le peintre *add. W2.*

b. tâche *C* : tâchait *W2* : aurait tâché *ant.*

Page 66 :

a. dit Rastignac, qui se trouvait assez près de Bianchon *F* : dit Bianchon, qui se trouvait assez près de Rastignac *ant. Nous rappelons que fait ici défaut M, où Bianchon ne devait pas encore être nommé.*

b. tordre un plat de vermeil : *sur ces mots commence le folio 29 de M.*

c. me paraît être trop mystérieuse... étudiée *M* : est mystérieuse. Je vais me mettre à l'étudier *rayé sur M.*

d. Oui, Bianchon... tête *add. RP.*

e. - Ah ! bien, sa bêtise est peut-être contagieuse *W2* : Hé bien oui *add. RP. Après cette réplique, RP et W1 portent en sous-titre* LES DEUX VISITES.

Page 67 :

a. chez madame de Restaud *RP* : rue du Helder *M.*

b. rendent *W2* : font *ant.*

c. ils voient en tout le succès, poétisent *C* : ils ne voient en tout que le succès, ils se poétisent *ant* [et se poétisent *M*].

d. font *W2* : rendent *ant.*

e. avec mille précautions *C* : précautionneusement *ant.*

f. mots fins *RP* : bons mots *M.*

g. ses phrases à la Talleyrand *add. RP,*

h. l'étudiant *add. RP.*

i. en changeant une pièce de trente sous qu'il avait prise *en cas de malheur RP* : en payant les artistes *M.*

j. traversant *C* : traverser *RP* : traversant *M.*

k. cabriolets... dissipatrice *RP* : cabriolets fins et pimpans qui trahissent un luxe supérieur *M.*

l. comptait trouver *W2* : allait trouver *W1* : allait trouvés [*sic*] *RP* : avait trouvés *M.*

m. stupide. En attendant... se posa *RP* [dire les noms *F* : porter

les noms *W2* : porter le nom *ant.*] : stupide, et se posa *M*. *Au lieu de
stupide, Balzac a d'abord écrit* sot comme un...

Page 68 :

    a. s'en serait allé *W1* : se serait en allé *ant.*

    b. quand elle va en ligne droite *RP* : quand elle est complète *M*.

    c. accusent ou jugent *C* : accusaient ou jugeaient *ant.*

    d. de chambre, afin sans doute... où se trouvaient *RP* : de chambre
et se trouva dans une pièce où se trouvaient *M*. *Balzac a d'abord écrit*
dans la salle à manger.

    e. à sa confusion *C* : à la confusion, à la rage de l'étudiant *ant.*

    f. Eugène revint sur ses pas... bain *RP* : Eugène revint sur ses pas
avec précipitation, car il était embarrassé dans le panier à linge *M*.

    g. s'ouvrit *C* : s'étant ouverte *RP* : s'ouvrit *M*.

    h. et rentra *W1* : et fut introduit *RP* : qui l'introduisit *M*.

    i. salon où il resta... cour *RP* : salon. Eugène resta dans ce premier
salon dont les fenêtres donnaient sur la cour *M*.

Page 69 :

    a. étrangement, il se souvenait... - Je m'en vais *RP* [du salon *C* :
du second salon *ant.*] : étrangement et il resta devant la fenêtre. Le
valet de chambre avait ouvert la porte du second salon et attendait
Eugène ; mais il sortit du second salon un élégant jeune homme qui
dit au valet de chambre : - Je m'en vais *M*.

    b. Cet [*F.* : Puis cet *ant.*] impertinent, qui sans doute avait le droit
de l'être *RP* : Puis il *M*.

    c. chantonna *C* : chanteronna *ant.*

    d. la figure de l'étudiant *RP* : qui était Eugène *M*.

    e. - Mais monsieur le comte... antichambre *add. RP*.

    f. ouverte pour donner passage... le *RP* : ouverte et qu'un tilbury
conduit par un jeune homme décoré rentrait, en sorte que le *M*.

    g. exigé par un homme taré, mais *add. RP*.

    h. de bonhomie *RP* : de bonhommie, et qu'il fit avec la main gauche
M.

    i. de dépit *RP* : de dépit et de douleur *M*.

Page 70 :

    a. leurs esprits s'unissent *C* : leurs atomes s'unissent *RP* : ils
s'unissent *M*.

    b. laissait parfois à nu, et sur lequel son regard s'étalait *RP* : laissait
apercevoir *M* [s'étalait *C* : s'étalait par flexuosités *W1* : s'étalait par
les flexuosités *RP*].

    c. seule *add. RP*.

    d. je suis bien aise... Maxime *C* : s'écria-t-elle, je suis bien aise de
vous voir... Elle disait cette phrase menteuse d'un air auquel savent
obéir les gens d'esprit. D'ailleurs Maxime *RP* : s'écria-t-elle, je suis
aise de vous voir... Elle mentait, et Maxime *M*.

e. assez significative pour faire décamper l'intrus *RP* : fort significative *M*.

f. blonds et bien frisés... horrible *RP* : blonds de Maxime étaient
frisés, et les siens lui paraissaient horribles *M*.

g. malgré le soin qu'il avait pris [*W₁* : mis *RP*] en marchant *RP* :
avec quelque soin qu'il eût marché *M*.

h. empreintes d'une légère teinte *W₁* : teintes d'une légère couche
ant.

i. tandis qu'Eugène *C* : tandis que lui, lui Eugène *RP* : et lui, lui
Eugène *M*.

j. Le spirituel enfant de la Charente sentit *RP* : Et il sentit *M*.

k. un de ces hommes capables de ruiner des orphelins *add. RP*.

Page 71 :

a. se roulaient et se déroulaient... L'apparence *RP* : se roulaient
dans l'air et lui donnaient l'apparence *M*.

b. papillon *C* : beau papillon *ant*.

c. cet odieux *add. RP*.

d. devina... se dit *RP* : avait deviné... se disait *M*.

e. Maxime de Trailles *M* : *après* Maxime, *Balzac a écrit et rayé* de la
Bourdaisière, Fraisière.

f. se laissait insulter *RP* : avait l'art de se laisser insulter *M*.

g. abattu vingt poupées sur vingt-deux dans un tir *RP* : tiré un
coup de pistolet *M*.

h. le jeune comte *RP* : Maxime *M*.

i. lança *RP* : jetta *M*.

Page 72 :

a. Les [*F* : car les *ant*] jeunes gens de province ignorent combien
est douce la vie à trois *add. RP*.

b. Marcillac *RP* : Marillac *M* [r *en surcharge sur* c]

c. salua *F* : prit les mains de *M*.

d. et lui rendit l'esprit qu'il avait préparé *add. RP*.

e. grand-oncle *RP* : grand père *M*.

f. chevalier *C* : baron *M* : Marquis *rayé sur M*.

g. Clarimbault *RP* : Clérambault *M*.

Page 73 :

a. grand-oncle, vice-amiral *RP* : grand père, le vice-amiral *M*.
[*Balzac a d'abord écrit* l'amiral].

b. Le gouvernement révolutionnaire *RP* : La Révolution *M*.

c. grand-oncle *RP* : grand père *M*.

d. 1789 *RP* : la Révolution *M*.

e. grand-père *RP* : grand oncle *M*.

Page 74 :

a. qui, forcées... savent *RP* : qui sont contraintes... et qui savent *M*.

b. une confiance précieuse *RP* : leur confiance *M*.

c. les inflexions *M* : le son *rayé sur M.*

d. montra-t-elle l'étudiant *F* : le montra-t-elle *ant.*

e. Restez *F* : Reste *ant.*

f. éclatant... causant... se taisant *C* : éclater... causer... se taire *ant.*

g. le malicieux étudiant *RP* : l'étudiant *M.*

h. amoureuse *F* : aimée *ant.*

i. Il *M* : après ce mot, *Balzac a écrit et rayé* pouvait faire un cinquième quatrième dans cette...

j. si éminemment Parisienne *F* : si séduisante, si éminemment Parisienne *ant.*

k. appelant de nouveau sa femme *add. RP.*

l. Maxime *M* : enfant *rayé sur M.*

m. dit-elle au jeune homme *RP* : lui dit-elle *M.*

n. s'allumaient *RP* : brillaient *M.*

o. charbons *M* : *en surcharge sur* escarboucles.

Page 75 :

a. Je le ferai, certes, prendre en grippe à Restaud *add. RP.*

b. montant... agitant *F* : monter... agiter *ant.*

c. Verteuil *M* : *après ce nom, on lit, rayé sur M* : ce pauvre Verteuil que vous n'aimez pas.

d. Le grand-oncle de monsieur et mon grand-père *RP* : Le grand père de monsieur et mon grand oncle *M.*

e. je viens *RP* : en arrivant, je viens *M.*

f. un monsieur avec lequel je suis *RP* : un monsieur que je vois tous les jours, nous sommes *M.*

g. s'écria-t-il *add. RP.*

h. et fut évidemment embarrassée *add. RP.*

i. faussement *add. RP.*

j. que nous aimions mieux *M* : *Balzac a d'abord écrit* qui nous appartienne de plus près.

k. l'idée confuse *Wi* : le pressentiment *ant.*

l. commis quelque *Wi* : commis une *RP* : fait une *M.*

m. l'ut *Wi* : le fa *M en surcharge sur* mi.

n. Le comte de Restaud se promenait de long en large *add. RP.*

Page 76 :

a. vous êtes privé *F* : vous vous êtes privé *ant.*

b. de succès. - *Ca-a-ro, ca-a-ro, ca-a-a-ro, non du-bi-ta-re,* chanta la comtesse. En prononçant *RP* : succès. Le Comte de Restaud se promenait de long en large. - *Aux dangers de l'absence n'exposez pas, n'exposez pas l'amour...* chanta la comtesse. En prononçant *M.*

c. une armoire pleine *F* : quelque jolie armoire pleine *RP* : quelque joli triglyphe plein *M.*

d. du malencontreux étudiant *RP* : de l'étudiant *M.*

e. - Toutes les fois... nous n'y serons *RP* : *dans M. Balzac écrit en marge* : Toutes les fois que Monsieur... *et laisse la phrase en suspens.*

f. piocher *M* : étudier *rayé sur M.*

Page 77 :

a. d'or, dès le matin... jaunes *W2* : d'or, des gants de soie dès le matin, des gants jaunes *RP*.

b. Puis-je aller... Vieux drôle *RP* : Il faut un tas de cabriolets, de bottes cirées, d'agrès pour manœuvrer ici... Diantre !... Vieux drôle *M*.

c. voler à son maître quelques courses de *RP* : faire quelques courses en *M*.

d. sourdes *M* : *Balzac a ajouté et rayé* dont voici l'expression.

e. des mariés *RP* : de la mariée *M*.

f. qui n'avait déjà plus ses gants blancs *RP* : en gants blancs *M*.

g. ajouta-t-il à haute voix *add. RP*.

h. Cet élégant inédit *RP* : Il M*.

i. qu'il y avait deux hôtels de Beauséant *RP* : qu'il y en avait deux *M*.

j. il ne connaissait pas... lui *add. RP*.

k. et l'interrompant *add. RP*.

l. Voyez-vous, il y a *F* : C'est que, voyez-vous, il y a *RP* : C'est qu'il y a *M*.

m. du comte et du marquis *F* : de M. le marquis *ant*.

Page 78 :

a. — Je le sais bien, répondit Eugène d'un air sec *add. RP*.

b. la rançon d'un roi *RP* : dix francs *M*.

c. Mais au moins je vais faire *RP* : Mais j'aurai fait *M*.

d. déjà au moins *add. RP*.

e. peut-être la ferai-je rire *RP* : Après tout, je la ferai rire *M*.

f. rire. Elle saura... Dieu ! *RP* : rire, si son nom est si puissant, de quel poids doit être sa personne. Adressons-nous là *M*.

g. deux des *RP* : une des [trois *rayé*] *M*.

h. elles seraient heureusement employées *RP* : elle était heureusement employée *M*.

i. Il n'entendit pas... sous le porche *RP* : Ce fut avec un mouvement [exhilarant *rayé*] d'hilarité concentrée qu'il entendit demander la porte [s'il vous plaît *rayé*] et que la porte ouverte sa voiture passa sous le porche.

j. passant... tournant... s'arrêtant *C* : passer... tourner... s'arrêter *RP* : passa... tourna... s'arrêta *M*.

k. avaient déjà plaisanté sur *RP* : riaient de *M*.

l. mariée vulgaire *C* : mariés *RP* : mariés *M* (*a d'abord écrit* mariés.)

Page 79 :

a. Diantre ! ma cousine aura sans doute aussi son Maxime *add. RP*.

b. au rez-de-chaussée... pénétré *RP* : au rez-de-chaussée, et Eugène, invité sur une lettre de recommandation de sa tante maternelle, n'avait pas encore pénétré *M*.

c. il allait donc *F* : en sorte qu'il allait *ant*.

d. en sorte qu'il allait voir pour la première fois... comparaison *add. RP*.

e. Cinq minutes plus tôt, elle n'eût pas reçu son cousin *add. C*.

f. visible. Eugène... conduit *RP* : visible, en sorte qu'il fut conduit *M.*

g. trois *M* : *en surcharge sur* cinq.

h. marquis *M* : *en surcharge sur* duc.

i. Adjuda-Pinto *C* : Ajuda-Pinto *RP* : Ajuda-Pintos *M.* Pinto *partout, même dans M, en dehors de cet unique passage.*

j. morganatique *add. RP.*

Page 80 :

a. et contemplait si studieusement sa corniche *add. RP.*

b. entre deux et quatre heures *C* : entre quatre heures et le dîner *ant.*

c. mais en homme qui sait [*C* : savait *ant.*] vivre... Portugais *RP* : et M. de Beauséant les quittait *M.*

d. Rochefide *F* : Rochegude-Tarost *C* : Rochegude-Charost *M. On ne signalera plus cette variante. Balzac a d'abord écrit* Béthune-Charost.

e. croyant... jalousé (dont elles étaient jalouses) *add. RP.*

f. n'avait pas encore osé dire un traître mot *RP* : n'avait osé *M.*

g. que de notifier à une femme un semblable *ultimatum RP* : à bien dire *M.*

h. débité *C* : robinetté *ant.*

i. Certains hommes... sels *add. RP.*

j. et voulait sortir *RP* : et ne savait comment sortir *M.*

k. que de vive voix *add. RP.*

Page 81 :

a. Sachez-le bien... épouvantable *RP* [*légères variantes dans les éditions*] : et la vicomtesse comme toutes les femmes aimantes, surprit ce geste, involontaire, naïf, mais épouvantable *M.*

b. ou des enfants *add. RP.*

c. dont on dit *F* : dont les Irlandais disent à celui qui se les permet : *Vous avez fait un taureau* ! mais dont on dit *RP* : que les irlandais appellent *un taureau*, mais dont en Pologne on dit *M.*

d. Attelez cinq bœufs... impossibles *RP* : qu'on attèle cinq bœufs à son char, sans doute pour se tirer du mauvais pas où l'on s'embourbe, et qui n'ont encore aucun nom en France, parce qu'on ne les y suppose sans doute pas possibles *M.*

e. Après s'être embourbé *F* : Après avoir fait son taureau *ant.*

f. Après... char *add. RP.*

g. en s'empressant de gagner la porte quand Eugène *RP* : qui gagnait la porte au moment où Eugène *M.*

h. aux Bouffons *M* : *Balzac écrit et raie ensuite* Vous viendrez nous chercher à huit heures.

i. et ne savait où se fourrer... elle *RP* : mais confus d'être en présence de cette femme délicieuse sans en être remarqué *M.*

j. geste un *C* : geste une [telle *add. EP.*] puissance de colère et un *ant.*

Page 82 :

a. des livres *M* : *Balzac écrit et raie ensuite* des millions.

b. pour son trimestre *add. RP.*

c. à eux tous *add. RP.*

d. vicomtesse *RP* : comtesse *M.*

e. Voilà ce que je voulais... femme *RP* : Hé bien je viendrai *M.*

f. regarde monsieur *C* : regarde [regarda *M*] avec un horrible pouvoir de lucidité monsieur *ant.*

g. s'élance, se précipite... accourt... regarde... prête... entend *RP* : s'élança, se précipita... accourut... regarda... prêta... entendit *M.*

h. répétant *C* : répéter *ant.*

Page 83 :

a. en proie à de mortelles appréhensions *C* : en contenant d'affreux tressaillements et de mortelles appréhensions *RP* : en contenant ses tressaillemens et ses appréhensions *M.*

b. se mit à sa table, et prit un joli papier. *Du moment*, écrivait-elle, *où RP* : écrivit sur un joli papier ces mots : *Du moment* où *M.*

c. Après avoir redressé... sonna *RP* : Et elle mit un *C* qui voulait dire Claire [de Bourgogne *rayé*]. Elle sonna *M.*

d. qui vint aussitôt *add. RP.*

e. le marquis *C* : *M ant.*

f. d'un ton dont l'émotion lui *F* : d'un ton de voix dont l'émotion lui *RP* : d'un ton de voix ému qui lui *M.*

g, tout *WI* : toute *ant.*

h. ce hein *add. RP.*

Page 84 :

a. dit en continuant *C* : reprit *ant.*

b. sentait déjà le malheur qui grondait dans son atmosphère *RP* : sentait le malheur dans l'atmosphère *M.*

c. dit-il en continuant *add. RP.*

d. mon cousin *WI* : cousin *ant.*

e. fit-il en hochant la tête *add. RP.*

f. une *M* : cette *rayé sur M.*

g. boudoir bleu *R P :* boudoir *M* : salon *rayé sur M.*

h. je suis allé ce matin chez elle *RP* : j'y suis allé ce matin *M.*

i. souriant *M* : riant *rayé sur M.*

Page 85 :

a. et il m'en faut une qui m'apprenne ce que vous autres femmes [*C* : vous seules *ant.*], vous savez si bien expliquer : la vie *add. RP.*

b. — Si vous voulez réussir... démonstratif *WI* : — Petit cousin, dit la vicomtesse à voix basse, ne soyez pas d'abord aussi démonstratif, si vous voulez réussir *ant.* [à voix basse *add. RP.*].

c. ma chère *WI* : chère ange *ant.* : *Balzac a d'abord écrit et rayé* ma chère.

d. Rastignac : *ici pour la première fois* Rastignac *dans M., Balzac ayant d'abord écrit et rayé* Eugène de...

e. ces deux femmes... moi *add. RP.* [*légères variantes dans les éditions*].

f. te *F* : vous *ant.*

g. monsieur Eugène de Rastignac *add. W1.*

h. du général *C* : de M. de *ant.*

i. Sérisy *M* : avant ce mot, Balzac a écrit et rayé Ronquerolles.

j. chez vous aujourd'hui *add. RP.*

Page 86 :

a. qui passait pour... de cette question, et *add. RP.*

b. hier *RP* : avant-hier *M.*

c. Clara *add. RP.*

d. Un *C* : Ce sont *ant.*

e. Berthe *RP* : elle *M.*

f. est trop riche pour faire de ces calculs *RP* : est riche *M.*

g. d'être si peu instruite *add. RP.*

h. Antoinette *M* : duchesse *rayé sur M.*

i. à ce que nous disons *RP* : au sens intime de nos propos *M.*

Page 87 :

a. Soyez bonne... à coup sûr *add. RP.* [pourrez être *W2* : serez *ant.*]

b. j'ai sans *C* : j'ai sans doute sans *ant.*

c. Vous continuez à voir, et vous craignez... qu'ils vous font *RP* : Nous continuons à voir et nous craignons... qu'ils nous font *M.*

d. celui qui blesse en ignorant la profondeur de sa blessure *C* : celui qui l'ignore *ant.*

e. tandis que celui... méprise *add. RP.* [et chacun *C* : on *ant.*]

f. monsieur de Rastignac *W1* : cousin *ant.*

Page 88 :

a. je suis à confesse... — Mais madame de Restaud *RP* : je suis à confesse ! Et donc, quoi de plus naturel que de chercher une jolie institutrice. — Mais madame de Restaud *RP.*

b. entre eux *M* : *Balzac semble avoir écrit d'abord* entre deux baisers.

c. m'étais assez bien entendu avec le mari *RP* : m'étais acquis le mari *M.*

d. une demoiselle *RP* : Mademoiselle *M.*

e. pâtissier *C* : fournisseur *ant.*

f. Ne vous en souvenez-vous pas, Clara ? *add. RP.*

g. comment donc ? des gens *add. RP.*

Page 89 :

a. dont il est quasi fou *RP* : dont il était quasi fou tant il les aimait *M.*

b. quoique l'une et l'autre l'aient renié *add. RP.* [à peu près *add. W2*].

c. madame de Langeais *C* : la duchesse *ant.*

d. N'est-ce pas *add. W2.*

e. une blonde qui a une loge... remarquer ? *add. RP.*

f. sourit *M* : *Balzac a d'abord écrit* se mit à rire.

g. Elle est entre les mains de monsieur de Trailles, qui la perdra *C* :
M. de Trailles la perdra *W1* : Elle est entre les mains de de Trailles
qui la perdra *ant.*

h. Elles ont renié leur père, répétait Eugène *C* : Son père ! répétait
Eugène *RP* : Son père !... M. *Réplique omise dans W.*

i. leur père *C* : son père, leur père *ant.*

j. ou six *add. RP.*

k. chez elles *add. RP.*

l. En deux ans, ses gendres l'ont banni *RP* : Mais d'ici en deux ans
il a été banni *M.*

Page 90 :

a. qui sera pendant dix-sept ans la *RP* : qui est la *M.*

b. et qui deviendra la peste... cœur *RP* : et cet homme nous la
prend, il a une hache à la main, il coupe sans pitié dans le cœur *M.*

c. Ne voyons-nous pas... belle-fille *RP* : Nous voyons cela tous les
jours. Une belle-fille *M.*

d. le beau-père *W2* : son beau-père *W1* : son pauvre beau-père *ant.*

e. Plus loin *add. RP.*

f. J'entends demander ce *RP* : Et nos [petits *rayé*] auteurs deman-
dent ce *M.*

g. sans compter nos mariages qui sont devenus de fort sottes choses
RP : Nos mariages sont devenus de sottes choses *M.*

h. vermicellier. Je crois *RP* : vermicellier, puisque nous nous occu-
pons de ces gens-là, je crois *M.*

i. ce *add. RP.*

j. Ce Goriot *RP* : et il *M.*

Page 91 :

a. Grandvilliers *W1* : Grandvillers *ant.*

b. Loriot M : *en marge de ce nom, on lit, rayées, les lettres* Comp.

c. Il a juché l'aînée dans *RP* : Il les a [mariées *rayé*] juchées l'une
dans *M.*

d. et greffé *add. RP.*

e. un riche banquier qui fait le royaliste *add. RP.*

f. avec Buonaparte *W2* : avec Bonaparte *ant.*

g. Les filles, qui aimaient peut-être toujours leur père, ont *F* :
Ses filles l'aimaient peut-être toujours ; elles ont *ant.*

h. Goriot *W2* : Foriot *ant.*

i. etc. *add. RP.*

j. Doriot *F* : Moriot *ant.*

Page 92 :

a. Notre cœur est un trésor... un sou à lui *add. RP.*

b. tout donné. Il avait donné, pendant vingt ans, ses entrailles, son
amour ; il avait donné sa fortune *W2* : tout donné, ses entrailles, son
amour pendant vingt ans, sa fortune *ant.*

c. en un jour *add. RP.*

d. Le citron bien pressé, ses filles ont laissé le zeste au coin des rues *RP* : L'orange pressée par ses filles, ses filles ont laissé l'écorce au coin des rues *M.*

e. car elle était atteinte... histoire *add. C.*

f. son train *add. RP.*

g. Si je vous en parle ainsi... un bourbier *RP* : Je me suis fait l'historienne de son allure, mais nous en sommes trop victimes pour que je n'aie pas mon mot à dire... Elle pressa la main de la vicomtesse. C'est un bourbier *M.*

h. tâchons de rester *W₂* : tenons-nous *ant.*

i. Vous êtes bien belle... cousin *RP* : Vous êtes belle en ce moment, salua faiblement le cousin, et sortit *M.*

j. ni parler *RP* : ni parler, il flottait *M.*

k. il se rencontre *W₂* : il y a *ant.*

l. Aussitôt qu'un malheur... manche *add. RP.*

m. déjà les railleries ! *add. RP.*

Page 93 :

a. monsieur de Rastignac *W₁* : cousin *ant.*

b. Vous voulez parvenir... je sais tout *add. RP* [*légères variantes dans les éditions*].

c. Voyez-vous... élégante *add. RP.*

d. soupçonner, vous seriez perdu... quelque chose *RP* : soupçonner. Vous voulez parvenir, hé bien, je les méprise toutes et tous si bien que je vous permets d'user de mon nom pour les presser. Vous verrez combien profonde est la corruption, vous toiserez la largeur de leurs misérables vanités. J'ai lu dans le livre du monde. Il y avait des pages qui cependant m'étaient inconnues. Je sais tout... Voyez-vous. vous ne serez rien si vous n'avez pas une femme qui s'intéresse à vous, Il vous la faut jeune, riche, élégante. Écoutez-moi bien. Il existe quelque chose *M.*

e. madame *add. W₁.*

f. elle est à cent lieues... boue *RP* : elle avalerait toute la boue *M.*

g. Marsay la *RP* : Marsay, l'ami du Marquis de Ronquerolles, la *M.*

h. but, et elle s'est faite l'esclave de de Marsay *RP* : but. Son mari s'est fait banquier royaliste *M.*

Page 94 :

a. se soucie fort peu d'elle *F* : s'en soucie fort peu *ant.*

b. Si vous me la présentez... servez-vous d'elle *add. RP.* [d'elle *F* : en *ant.*]

c. Oui, mon cher, vous iriez *RP* : car vous iriez *M.*

d. La belle madame de Nucingen sera pour vous *W₁* : La belle Delphine sera pour vous *RP* : pour vous ce sera *M.*

e. Soyez l'homme qu'elle distingue *add. RP.*

f. Ses rivales... manières *add. RP.*

g. du pouvoir *RP* : de la vie *M.*

h. le croiront, si vous ne les détrompez pas. Vous pourrez alors *W2* : le croiront pendant deux ans : vous pourrez *ant.*

i. Si les femmes... partout *add. RP.*

j. Je vous donne mon nom... labyrinthe *RP* : Amusez-vous. En six semaines vous aurez appris bien des choses. Je vous donne mon nom comme le fil d'Ariane *M.*

k. rendez-le moi blanc *add. RP.*

l. aussi *W2* : quelquefois *ant.*

m. dit-elle *add. W2.*

Page 95 :

a. et doute aussi de lui-même *F* : il doute même *ant.*

b. Vous vous êtes fermé la porte de la comtesse *RP* : la porte de madame de Restaud sera fermée *M.*

c. J'apprendrai... Maxime ! *add. RP.*

d. Cette fascinante... hôtel *RP* : qu'il comparait au grandiose de l'hôtel *M* [grandiose hôtel *C* : grandiose de l'hôtel *ant.*].

e. Il vit le monde... se dit-il *RP* : Il vit les choses en grand *M.*

Page 96 :

a. et des faces... mécanisme *add. RP* [n'avaient laissé que *C* : avaient laissé *ant.*]

b. captieuses *add. RP.*

c. s'appuyer *C* : s'appliquer *W2* : s'appuyer *ant.*

d. Rastignac résolut... enfant ! *add. RP.*

e. Ces deux lignes sont des asymptotes qui ne peuvent jamais se rejoindre *add. W2.* (ne peuvent jamais se rejoindre *C* : ne se rejoignent jamais *W2*).

f. pas *F* : plus *W2* : pas *ant.*

g. pour être vraiment *W2* : avant d'être *ant.*

h. et quand on vit... Fortune *add. F.*

i. Marmot *RP* : pauvre enfant *M.*

j. s'écria Rastignac *add. C.*

Page 97 :

a. en regardant le voisin de l'ancien vermicellier *add. RP.*

b. fut un dénoûment *RP* : fut toute une scène *M.*

c. éditeur responsable *M* : chevalier *rayé sur M.*

d. bien tenir une épée et bien tirer le pistolet *RP* : tirer l'épée et le pistolet *M.*

e. pas à deviner celles que *RP* : pas ce que *M.*

f. et ne pas se contenter... tapisserie *add. RP.*

g. en état d'imposer silence à la persécution *C* : capable de faire taire les persécutions dont il souffrait *ant.* [souffrait *RP* : souffrait sans le savoir M].

h. à c't'heure *F* : à cette heure *add. RP.*

i. — Et d'une baronne... Père *Eternel add. RP.*

Page 98 :

a. trop sérieux pour que la... Il voulait *C* : sérieux, et la plaisanterie de Bianchon ne le fit pas rire. Il voulait *W2* : sérieux, il se demandait où et comment il se procurerait de l'argent, car il voulait *ant.*

b. voulait profiter *RP* : voulait prendre des leçons d'armes, aller au tir et profiter *M.*

c. et se demandait... argent *add. W2.*

d. en voyant *F* : en apercevant *W2* : devant *ant.*

e. devant les savanes... pleines *add. RP.* [*légère variante postérieure*].

f. répondit-il : Nous causerons de vos filles plus tard *RP* : répondit-il. La baronne de Nucingen est aussi votre fille et d'ici à quelques jours je vous demanderai de me présenter chez elle, car je crois pouvoir lui être utile *M.*

g. t'ouvrir *M* : me donner *rayé sur M.*

h. il s'y opposerait peut-être... cervelle *RP* : je sais combien il te sera difficile d'avoir cette somme, mais ce serait à se brûler la cervelle, si je ne l'avais pas. Vois avec ma tante Marcillac [*à partir d'ici*, Marcillac *déjà sur M*].

i. mes motifs *C* : tout *ant.*

j. Je n'ai pas joué... somme *add. RP* [légère variante postérieure].

k. Je dois aller dans le monde *add. RP.*

l. Je saurai ne manger... Il s'agit *RP* : et l'on ne peut aller à pied au bal, ni en visite, ni dîner. Il s'agit *RP.*

Page 99 :

a. boue *M* : crotte *rayé sur M.*

b. boue. Je sais *RP* : boue, et ma tante, *qui a vu la cour*, sait ce que c'est que de voir le beau monde. Ainsi, comme je crois pouvoir obtenir de ces succès de femme qui mènent à tout, il me faut de l'argent, surtout promptement. Envoie-moi ces douze cents francs, je t'en conjure par ma propre vie. Je suis *M.*

c. Ma bonne mère... de plus belle *RP* : Ma bonne mère, dis à ma tante, s'il n'y a pas d'autre ressource, de vendre ses dentelles, et je lui en enverrai bientôt de plus belles *M.*

d. et, pour les *C* : Afin de les *RP* : et, pour les *M.*

e. en famille *add. RP.*

f. en secret de ce frère bien-aimé, au fond du clos *W2* : ensemble au fond du clos, de ce frère bien-aimé *ant.*

g. Sa conscience... leurs vœux ! *RP* [*légères variantes*] : Quels seraient leurs vœux ! *M.*

h. ne se sacrifieraient-elles pas *W1* : elles se sacrifieraient *ant.*

Page 100 :

a. et frère *add. RP.*

b. plus *RP* : autant *M.*

c. pour s'y livrer à la traite des femmes *C* : pour y faire la traite des femmes *W1* : et y faire la traite des dames *RP* : et y faire la traite de l'amour *M.*

d. marquis *RP* : comte *M.*

Page 101 :

a. Le marquis d'Ajuda... saintes promesses *RP* : La brouille et le raccommodement avaient consacré le mariage ; et malgré les plus saintes promesses *M.*

b. renouvelées chaque jour *add. RP.*

c. à être trompée *RP* : à se laisser tromper *M.*

d. noblement *add. RP.*

e. se laissait rouler *RP* : se roulait *M.*

f. pour elle pleine de dévouement... spéculation *RP* ; près d'elle au moment où elle reçut les premières atteintes de la douleur la plus intolérable pour les femmes aimantes, et il s'était montré plein de dévouement et de sensibilité *M.*

g. maison (de) Nucingen *RP* : maison du banquier *M.*

Page 102 :

a. à celui qui la possède *add. RP.*

b. grenailles *RP* : grains *M.*

c. de reconnaître leurs qualités *F* : d'en reconnaître les qualités *ant.*

d. étudier leur esprit, saisir leurs défauts *F* : en étudier l'esprit, en saisir les défauts *ant.*

e. ministre d'Etat *F* : un bon ministre d'Etat *ant.*

f. Dolibans *F* : Calibans *ant.*

g. forts seulement en *F* : qui ne sont forts qu'en *ant.*

Page 103 :

a. employait *F* : avait employé *ant.*

b. l'intelligence de sa cervelle *C* : son intelligence *ant.*

c. vigoureusement *C* : si vigoureusement *RP* : vigoureusement *M.*

d. n'est-ce pas *C* : c'est *ant.*

e. le principe *RP* : les principes *M.*

f. perdit... se développa... reporta *F* : avait perdu... s'était développé ... avait reporté *ant.*

g. d'abord *add. RP.*

h. satisfirent *F* : satisfaisaient *ant.*

i. en plaisantèrent, et donnèrent à Goriot *RP* : en riaient et lui avaient donné *M.*

Page 104 :

a. auxquels le livra cette fausse alarme *RP* : auxquels il fut en proie *M.*

b. meurtrière *RP* : mortelle *M.*

c. d'exprimer... demandait *RP* : de vouloir pour avoir, et leur père ne demandait *M.*

d. mettait ses filles *M* : les mettait *ant.*

e. leurs maris suivent leurs goûts *add. RP.*

f. aristocratiques... sociales *RP* : trop aristocratiques pour ne pas promptement lui céder *M*.

g. Delphine aimait l'argent : elle *C* : Delphine, qui aimait l'argent *W1* : Delphine, qui aimait l'éclat et l'argent *RP* : Delphine, qui aimait l'éclat et la fortune solide *M*.

h. qui devint baron *C* : et baron *ant*.

i. Goriot resta *C* : M. Goriot, lui, resta *ant*.

j. quoique ce fût toute sa vie *RP* : qui était sa vie *M*.

k. cinq ans *C* : deux ans *ant*.

l. de ces dernières années *F* : qu'il avait faites pendant ces dernières années *C* : ... ces deux dernières années *RP* : ... ces deux années *M*.

Page 105 :

a. de *add. W1*.

b. de refuser non seulement... ostensiblement *RP* : à refuser de le prendre chez elles *M*.

c. un *add. F*.

d. Muret *W2* : Muralt *ant*.

e. dont il *F* : dont en 1812 il *ant*.

f. Ces renseignements... confirmées *RP* : Ces renseignemens confirmaient les suppositions que Rastignac avait entendu faire par la duchesse de Langeais. Eugène, satisfait de bien connaître l'histoire de ces trois personnes, résolut de devenir l'ami de M. Goriot pour pouvoir sûrement arriver à Madame de Nucingen, à qui une fortune colossale permettait de jouer le rôle d'une femme à la mode *M*.

g. mais effroyable *add. RP*.

Page 106 :

a. Ces deux frêles papiers... aspiré *RP* : Son sort était contenu dans ces deux frêles papiers. Il connaissait si bien la détresse de sa famille et le cœur de ses parents [qu'il y avait autant de chance *rayé*] qu'il était sûr d'avoir aspiré *M*.

b. si *F* : aussi *ant*.

c. mais de quelle nature... l'impression douloureuse *RP* : mais je ne saurais me taire sur l'impression douloureuse *M*.

Page 107 :

a. tu as dû... lisant *add. RP*.

b. à paraître *RP* : à des gants ! à paraître *M*.

c. à voir un monde... études ? *add. RP*.

d. position. Je ne te gronde pas... Si tu sais *RP* [confiante que prévoyante *F* : prévoyante que confiante *ant*] : position. Mais tu sais *M*.

e. Aussi puis-je te dire sans crainte *add. RP*.

f. Je tremble parce que je suis ta mère ; mais *add. RP*.

g. Tu dois être sage comme un homme *add. RP*.

h. tête [Oui, *add. W2*] toutes nos fortunes... Nous *RP* : tête, tu dois être sage comme un homme, nous *M*.

i. elle allait jusqu'à concevoir... Elle me charge *RP* : elle a un faible pour l'aîné, disait-elle, aime-la bien, je ne te dirai tout ce qu'elle a fait que quand tu auras réussi. Elle me charge *M*.

j. par ce baiser *add. RP*.

k. la force d'être souvent heureux *RP* : la force et le bonheur *M*.

l. Cette bonne... doigts *RP* : elle a la goutte aux doigts, sans quoi cette bonne et excellente femme t'aurait écrit *M*.

m. 1819 *ici tel dans M*.

n. plaisir *RP* : droit *M*.

Page 108 :

a. une douleur trop vive... fois *RP* : une bien vive douleur *M*.

b. mon enfant *C* : son enfant *RP* : un enfant aimé *M*.

c. Allons, adieu... t'envoie *RP* : Tu as dû souffrir pour m'écrire cette lettre. Allons, adieu. Ne nous laisse pas sans nouvelles *M*.

d. et le vendant pour aller payer la *RP* : pour le vendre et pouvoir retirer la *M*.

e. se disait-il *add. C*.

f. a pleuré sans doute... reliques ! *RP* : a vendu ses belles dentelles *M*.

g. d'imiter pour l'égoïsme... vaut mieux ? *RP* : de l'imiter. Elle pour son amant ! toi pour l'égoïsme de ton avenir *M*.

h. jugent *RP* : condamnent *M*.

i. et qui font souvent absoudre... cœur *add. RP*.

j. voulions employer *RP* : avions employé *M*.

k. à quel achat nous résoudre *RP* : qu'en faire *M*.

l. Tu as fait... d'accord *add. RP*.

m. nous étions constamment en querelle... préférence, et nous n'avions *RP* : nous étions si constamment en querelle... préférence, que je ne sais ce qui serait arrivé. Nous n'avions *M*.

n. sauté de joie *M* : *Balzac a d'abord écrit* sauté comme une chatte.

Page 109 :

a. un brin *RP* : un petit peu *M*.

b. encore *add. F*.

c. Une femme... aime ! *RP* : C'est si bon de pouvoir témoigner son amitié *M*.

d. au milieu de ma joie. Je ferai sans doute une mauvaise femme *add. RP*.

e. œillets *RP* : œillères *M*.

f. mes *C* : nos *ant*.

g. et entasse ses écus comme une pie *RP* : qui entasse *M*.

h. pour obéir à tes commandement[t]s *add. RP*.

i. sommes allées *F* : avons été *ant*.

j. toutes deux *WI* : toutes les deux *ant*.

k. Grimbert *RP* : Grabert *M*.

l. Nous étions... mille choses *RP* : puis nous sommes revenues en pensant à toi, en nous disant mille choses *M*.

m. Il était trop question... taire *add. RP*.

Page 110 :

a. et toutes deux *RP* : les grands parens *M*.

b. leur voyage *RP* : la maison *M*.

c. qui n'a pas eu lieu sans de longues conférences *RP* : il y a eu de longues conférences entre elles *M*.

d. d'où *F* : dont *ant.*

e. La robe de mousseline... étrangers *add. RP*. [*légères variantes dans les éditions*].

f. mouchoirs *RP* : petites cravattes *M*.

g. en fouillant... Herculanum *add. RP*.

h. de belle toile de Hollande *RP* : de batiste *M*.

i. de raisiné, de faire *RP* : de raisiné, de se barbouiller les doigts, de faire *M*.

j. de s'amuser à dénicher les oiseaux, de tapager *add. RP*.

k. pour se faire des badines *add. RP*.

l. Le nonce du pape... belliqueux *add. RP* [saints *add. C*].

m. vœux faits pour ton bonheur, ni tant *RP* : vœux, tant de bonheur, tant *M*.

n. Tu me diras tout à moi, je suis l'aînée *add. RP*.

Page 111 :

a. nous a laissé soupçonner... Dis donc *RP* : nous a dit que tu voyais de belles dames. Dis donc *M*.

b. S'il te fallait... LAURE DE RASTIGNAC. » *add. RP*.

c. pause. Il faut *RP* : pause. Voilà la clef d'or. Il faut *M*.

d. Nom d'une femme !... toile *add. RP*.

e. voleur. Innocente *RP* : voleur, je n'ai que des chemises de grosse toile. Innocente *M*.

f. elle est comme l'ange... comprendre *RP* : C'est l'ange, l'ange du ciel qui comprend la terre *M*.

g. facture *W1* : fortune *RP*. *On lit dans la livraison suivante de la Revue de Paris, p. 124, note 1 :* « Un oubli de corrections typographiques a dénaturé dans la seconde partie une phrase relative au tailleur. Tome XII, page 242, ligne 16, au lieu de : Un tailleur est ou un ennemi mortel ou un ami donné par la *fortune*, lisez : par la facture ».

Page 112 :

a. deux pantalons *W2* : deux habits *ant.*

b. Hélas ! il n'existe pas... rente *add. RP*.

c. En ce moment... rien *RP* : il ne douta de rien *M*.

d. se glisse *RP* : descend *M*.

e. humble et timide *add. RP*.

f. donnerait à un premier ministre *RP* : donne *M*.

g. il veut tout et peut tout *add. RP*.

h. qui fait mouvoir *RP* : qui a *M*.

i. ce que signifie le mot *misère RP* : ce qu'est le malheur *M*.

j. Paris lui appartient tout entier *add. RP*.

k. âge des dettes et des vives craintes qui décuplent tous les plaisirs *RP* : âge des dettes, âge du rire et des vives craintes *M.*

Page 113 :

    a. la pièce *F* : pièce *ant.*

    b. elles viendraient se faire aimer ici *add. RP.*

    c. Michonneau *tel pour la première fois dans M.*

    d. une bonne mère *M* : *Balzac avait d'abord écrit* un bon père.

    e. qui ont des fleurs de pêcher sur la tête *add. RP.*

    f. Vautrin *C* : Et il *ant.*

    g. jeta *RP* : tendit *M.*

Page 114 :

    a. en raison directe de la force avec laquelle elles *RP* : aussi fortement qu'elles *M.*

    b. bombes *M en surcharge sur* boulets.

    c. mortier *M en surcharge sur* canon.

    d. tendres *C* : impressibles *ant.*

    e. crânes à remparts d'airain *RP* : hommes à remparts d'acier *M.*

    f. au moindre choc *W2* : à la moindre étincelle *add. RP.*

    g. projection des idées, à cette contagion des sentiments *RP* : contagion des idées et des sentimens *M.*

    h. dont tant de bizarres phénomènes nous frappent à notre insu *F* : dont nous observons à notre insu tant de phénomènes *C* : ... de si bizarres phénomènes *ant.*

    i. de lynx *M* : *Balzac a d'abord écrit* clairs et per[çans].

    j. Chacun de ses doubles sens *RP* : La lame dont chacun de ses sens était la gaine *M.*

    k. bretteurs habiles *C* : ces bretteurs si habiles *ant.*

    l. un mois *F* : huit jours *ant.*

    m. le monde... demandés *RP* : le monde les lui avait demandés, et il voulait les faire servir aussi bien que ses qualités à l'accomplissement de ses croissans désirs *M.*

    n. d'outre-Loire *RP* : d'au-delà la Loire *M.*

Page 115 :

    a. reste *C* : devient *ant.*

    b. passion et lisait dans son cœur *RP* : pensées et allait lui parler *M.*

    c. tout était si bien clos chez lui qu'il semblait avoir *RP* : tout était clos. Vautrin avait *M.*

    d. voit tout *add. F.*

    e. En se sentant le gousset plein, Eugène se mutina *add. RP.*

    f. café *M* : *après ce mot, Balzac a écrit et rayé* — Tenez, madame, dit Rastignac.

    g. le quadragénaire *RP* : Vautrin *M.*

    h. à larges bords *RP* : de quaker *M.*

    i. qui défit... veuve *RP* : qui avait promptement défait un sac, et qui dit à Madame Vauquer en lui comptant cent quarante francs : — les bons comptes font les bons amis *M.*

j. au sphinx en perruque *F* : à ce sphinx en perruque *RP* : à l'homme de quarante ans *M.*

k. un *W2* : son *ant.*

Page 116 :

a. desquels *F* : dont *ant.*

b. cent fois *add. RP.*

c. manger, en emmenant... devant Sylvie *RP* [*légères variantes postérieures*] : manger, et lui dit devant Sylvie *M.*

d. répéta *W2* : fit *ant.*

e. en se levant pour regarder dans le jardin *add. RP.*

Page 117 :

a. artichauts *RP* : choux *ant.*

b. pourquoi voulez-vous tuer monsieur Eugène *RP* : ne le tuez pas *M.*

c. et contempla Victorine *RP* :, contempla Victorine, et dit *M.*

d. s'écria-t-il d'une voix railleuse qui fit rougir la pauvre fille *add. RP.*

e. Vous me donnez une idée... enfant *add. RP.*

f. N'allez-vous pas effrayer tout le *RP* : pour effrayer le *M.*

g. à c't'heure *F* : à ste heure *add. RP.*

h. Vous m'avez l'air d'être un peu rageur et vous *RP* : et comme vous êtes un peu rageur, vous *M.*

i. — Vous reculez... Vautrin *add. RP.*

j. Je vous aime... aimé-je *add. RP.* (aimé-je *W1* : aimai-je *ant.*)

Page 118 :

a. J'ai eu des malheurs... Ce qui me plaît *C* : Vous me répondrez après. Écoutez-moi d'abord. J'ai eu des malheurs. Voilà ma vie antérieure en trois mots. Qui suis-je ? Vautrin. Que fais-je ? Ce qui me plaît *W2*... Ce que je suis ? Vautrin. Ce que je fais ? Ce qui me plaît *ant.*

b. Passons *C* : Cela dit, passons *ant.*

c. Voulez-vous connaître mon caractère ? *add. RP.*

d. ou dont le cœur parle au mien... Mais, nom d'une pipe ! je suis *add. RP.* (Prends garde *W2* : Tu me fais mal *ant*).

e. qui me tracassent... soucie *RP* : qui me veulent du mal, et je me soucie *M.*

f. Je suis ce que vous appelez un artiste... désordre social *add. RP.* [et à aimer le beau partout où il se trouve *add. F* : et d'avoir la chance *add. W1*].

g. il faut être *C* : il n'y a qu'un *ant.*

Page 119 :

a. encore ! quand on est doué... Eh bien *add. RP.*

b. vingt *W2* : vingt-cinq *ant.* [*Sur M, Balzac a d'abord écrit* douze].

c. Le drôle *RP* : c'était un homme qui *M.*

d. poil *RP* : poitrail *M.*

e. pas vrai ? *add. RP.*

f. dans laquelle vous êtes... Vautrin *RP* : dans laquelle vous êtes, et vous faire trouver un [*en surcharge sur* trois] million en six mois. Ha ! Ha ! vous avez meilleure mine, en regardant votre petit papa Vautrin *M.*

g. En entendant... A la bonne heure *add. RP.*

h. A nous deux ! *add. RP.*

Page 120 :

a. dix-sept *F* : seize *ant.*

b. quinze et dix *F* : douze et dix *C* : neuf et huit *RP* : douze et neuf *M.*

c. voilà le contrôle de l'équipage *add. RP.*

d. La famille *W2* : L'on *ant.*

e. plus de bouillie de marrons que de pain blanc *RP* : des bouillies de marrons *M.*

f. ménage *RP* : n'use pas *M.*

g. peuvent. Je sais tout... terrine *RP* [*légères variantes dans les éditions*] : peuvent, car on vous envoye douze cents francs par an, et votre terrine *M.*

h. Quant à nous *add. RP.*

i. nous avons les Beauséant *W2* : nous avons des bottes percées ; nous avons les Beauséant *ant.*

j. nous aimons les beaux *RP* : nous n'avons de goût que pour les beaux *M.*

Page 121 :

a. hôtel ! Je ne blâme pas... avocat *RP* : hôtel. C'est juste, ça ; c'est bien, ça ! Comment faire. Nous avons le code, et nous nous faisons avocat *M.*

b. tranquillement *F* : tranquilles *ant.*

c. Ce n'est pas drôle, et puis *RP* : C'est bon, mais *M.*

d. et que vous fassiez des élégies *add. C.*

e. à rendre un chien enragé *C* : à faire enrager un chien *ant.*

f. droguer dans Paris... substitut [*sous réserve des deux variantes précédentes*] *RP* : droguer, après quoi, nous serons substitut *M.*

g. mille *RP* : six cents *M.*

h. à un dogue de boucher *RP* : à son chien de garde *M.*

i. le riche *C* : la veuve et l'orphelin *ant.*

j. fais guillotiner des gens de cœur *add. F.*

k. Vers trente ans *add. RP.*

l. si vous n'avez pas encore jeté la robe aux orties *add. RP.*

Page 122 :

a. (ça rime, ça met la conscience en repos) *add. RP.*

b. pourrez devenir *add. RP.*

c. Remarquez... nous aurons eu *RP* : Vous aurez eu *M.*

d. et que nos sœurs *RP* et vos sœurs *M*.

e. J'ai l'honneur... il n'y a *RP* : Mais il n'y a *M*.

f. au grade... autre chose *add. RP*.

g. baiser la robe... D'ailleurs *add. RP*.

Page 123 :

a. Voulez-vous vous marier... deviennent *RP* : Alors que deviennent *M*.

b. nos... notre... *W1* : vos... votre *ant*.

c. Autant commencer... humaines *add. W2*.

d. noblesse ! Ce ne serait rien que de se coucher comme un serpent devant *RP* : noblesse, quand il faudra se coucher comme un chat devant *M*.

e. si vous trouviez... avec sa femme *add. RP* [*légères variantes*].

f. le carrefour de la vie *C* : votre vie *ant*.

g. Vous avez déjà choisi *add. RP*.

h. et que j'ai bien su lire : *Parvenir ! add. RP*.

i. châtaignes *C* : truffes *ant*.

j. Vous avez saigné... filer *RP* : vos quinze cents francs vont filer *M*.

k. Après, que ferez-vous... jours *RP* : Après ? Croyez-vous que, dans chaque profession à Paris, il se rencontre vingt personnes qui gagnent quarante mille francs par an ? Le travail fait vivoter, ça donne dans les vieux jours *M*.

l. Poiret. Une rapide fortune *RP* : Poiret. Sachez-le bien, mon petit, à Paris, il n'y a que les riches qui font fortune. Une rapide fortune *M*.

Page 124 :

a. en un mot, on *W2* : on *ant*.

b. quand on n'a pas pu l'enterrer *C* : ou on l'enterre *ant*.

c. le talent *C* : parce que le talent *ant*.

d. la corruption est... et vous *F* : la corruption étant... vous *ant*.

e. dix *C* : six *ant*.

Page 125 :

a. la confrérie *F* : la sainte confrérie *ant*.

b. Je vois d'ici la grimace de ces *W1* : Je plains ces *ant*.

c. Si dans les cent professions... voleurs *W2* : Si dans les cent professions que vous pouvez embrasser, il se rencontre dix hommes qui y gagnent, à l'âge de quarante ans, cinquante mille francs, le public les appelle des voleurs *W1* : Il existe à Paris cent professions que vous pouvez embrasser. Eh bien ! dans ces cent professions, il ne se rencontre pas dix hommes qui y gagnent, à l'âge de quarante ans, cinquante mille francs par an ; encore, ceux-là, les appelle-t-on des voleurs *RP*.

d. notre *C* : votre *ant*.

e. l'envoyer *W1* : te l'envoyer *RP*.

Page 126 :

a. position. Vous êtes une unité de ce nombre-là... Moi, voyez-vous *RP sauf les variantes indiquées ci-dessus* : position. Pas un ne refuserait le marché que je vais vous offrir. Moi, voyez-vous *M. Deux pages environ ont donc été ajoutées ici dans RP.*

b. vivre M : *après ce mot, Balzac a écrit et rayé* à Naples.

c. de la vie patriarcale *add. RP.*

d. quelques bons petits millions *RP* : des millions *M.*

e. bois, en vivant comme un souverain... cinquante mille francs *RP* [*légères variantes dans les éditions*] : bois. J'ai à moi cinquante mille francs *M.*

f. qui me donneraient à peine quarante nègres *RP* : ce n'est pas de quoi avoir vingt-cinq nègres *M.*

g. parce que je veux... compte *add. RP.*

h. capital noir, en dix ans *RP* : capital et dix ans *M.*

i. je m'amuserai à ma façon *add. RP.*

j. hein ! est-ce trop cher ? *add. RP.*

Page 127 :

a. de votre petite femme... remords *add. RP.*

b. Une nuit... Mon amour ! » *RP* : Vous déclarerez deux cent mille francs de dettes à votre femme, entre deux baisers, vous lui direz — mon amour *M.*

c. Ce vaudeville... distingués *add. RP.*

d. cœur. Croyez-vous... trouverez le *RP* : cœur, et vous trouverez bien le *M.*

e. affaire. Avec votre argent... bonheur *RP* : affaire, parce que vous avez de l'esprit. Vous aurez fait votre bonheur *M.*

f. Ne vous étonnez... demande ! *RP* : Ne vous inquiétez de rien *M.*

g. marchés semblables *RP* : stipulations de ce genre *M.*

h. La Chambre des Notaires a forcé monsieur... *add. RP.*

i. en interrompant Vautrin *add. RP.*

j. sentiment. Faire *RP* : sentiment, et voyez-vous le sentiment a une couleur indélébile dont se teint l'éponge. Faire *M.*

Page 128 :

a. de désespoir et de pauvreté sans qu'elle se doute... millions *RP* [*légères variantes*] : et de désespoir, c'est bâtir en plein champ, fouiller la profondeur voulue pour établir des fondations et construire sur pilotis un amour indestructible. Vienne des millions *M.*

b. Ce que j'entends par des sacrifices, c'est *add. RP.*

c. gribouillage *RP* : gazouillage *M.*

d. comme, par exemple... cœur *add. RP.*

e. où s'agitent vingt espèces de peuplades sauvages, les Illinois, les Hurons, qui vivent *add. WI.*

f. du produit que donnent les différentes classes sociales *C* : de la chasse *add. WI.*

g. de millions. Pour les prendre, vous usez *RP* : de dots, et vous usez *M*.

Page 129 :

a. d'appeaux. Il y a... Celui qui revient *RP* : d'appeaux. Voilà le monde. Celui qui revient *M*.

b. Rendons justice à ce sol hospitalier, vous *F* : car vous *ant.*

c. fêté, reçu... infamie *RP* : fêté. Il y a seulement plusieurs manières de chasser *M*.

d. votre petite *RP*, chère petite *M*.

e. Elle n'a pas un sou *RP* : Mais comment *M*.

f. tout s'éclaircira *RP* : vous réfléchirez *M*.

g. Moi, je n'aime pas... fort *add. RP*.

h. la volonté *M* : le hazard *rayé sur M*.

i. il voudrait... nature *add. RP* [une bêtise qui est *C* : C'est *ant.*].

j. je le sais *add. RP*.

Page 130 :

a. gentille, elle aura bientôt entortillé... Je ferai *RP* : gentille, elle vous l'empaumerait, vous l'épouseriez, parce que je ferai *M*.

b. colonel *RP* : lieutenant-colonel *M*.

c. épouse les événements et les circonstances *F* : les épouse *ant.*

d. lance sa pierre *W1* : jette la pierre *ant.*

Page 131 :

a. têtes *W2* : boules *ant.*

b. de l'armée de la Loire... remettrait Jésus-Christ *RP* : de l'armée de la Loire qui remettrait Jésus-Christ *M*.

c. Sur un seul mot de [son *add. F* : de *W2* : du *ant.*] papa Vautrin *add. RP*.

d. maître d'armes *RP* : tireur *M*.

e. ajouta-t-il *add. RP*.

f. cependant... courroucez-vous *RP* [*légère variante postérieure*] : ou courroucez-vous *M*.

g. dites, lâchez votre bordée *add. RP*.

h. Vous ferez pis quelque jour. Vous irez coqueter *RP* : Vous allez faire pis, il n'y aura de moins que le sang ! Vous allez coqueter *M*.

i. On nous parle... système *add. RP*.

j. que celui... contrition ! *add. W2*.

Page 132 :

a. dans un but de plaisir ou d'intérêt personnel *add. RP*.

b. au dandy... fortune *RP* : à l'imbécile *M* : au père de famille *rayé sur M*.

c. Voilà vos lois... absurde *add. W2*.

d. L'homme en gants *RP* : le godelureau, l'homme en gants *M*.

e. L'assassin a ouvert... nocturnes *add. C*.

f. a commis des assassinats... Vous croyez *RP* : a commis les plus horribles atrocités, il a trompé sa maîtresse, tandis que l'autre... ha ! ha ! ha ! vous croyez *M.*

g. le réseau *W1* : les articles *ant.*

h. Le secret... fait *add. RP.*

i. A votre aise... dirai *RP* : Oh ! oh ! dit Vautrin, je ne vous dirai *M.*

j. Un jeune homme qui vous refuse saura bien l'oublier *RP* : je l'oublierai *M.*

k. Vous avez bien dit cela *RP* : Bien *M.*

l. ça me fait plaisir *add. W2.*

m. veux-*RP* : voulais *M.*

Page 133 :

a. Il a deviné mes motifs aussitôt que je les ai conçus *add. C.*

b. ce brigand *RP* : cet homme *M.*

c. hommes *RP* : prêtres *M.*

d. livres. Si la *F* : livres. Il est deux natures de crimes : ceux où l'on verse du sang, et ceux où l'on en donne. Si la *RP* : livres. La *M.*

e. est encore bleue comme *RP* : est pure comme *M.*

f. n'est-ce pas se résoudre à mentir *RP* : n'est-ce pas abdiquer ma pureté ? il faudra mentir *M.*

g. n'est-ce pas consentir à se faire le valet *RP* : être le valet *M.*

h. rampé... Je veux *RP* : rampé, avant d'être leur complice. Ah, je veux *M.*

i. mariage. Diable !... guide *RP* : mariage. Il y a deux natures de crimes ! ceux où l'on verse du sang et ceux où l'on en donne. Au diable, ma tête se perd *RP.*

j. si je connaissais les maisons où va *RP* : si je savais où allait *M.*

k. — Oui ! — *add. RP.*

Page 134 :

a. lundi prochain *RP* : dimanche *M.*

b. si mes deux filles... tout *RP* : si elles se sont bien amusées toutes deux *M.*

c. Thérèse *F* : Joséphine *ant.*

d. verse *M* : *Balzac a d'abord écrit et rayé* chemine.

e. gît *RP* : est *M.*

f. Leur secrète *RP* : et leur subite *M.*

g. Les effets de nos *RP* : l'existence [matérielle *rayé*] des *M.*

h. effective *F* : affective *ant.*

i. physiognomoniste *RP* : physiognomiste *M.*

Page 135 :

a. pour démentir... primitifs *add. RP.*

b. aimé *M* : *après ce mot, Balzac a écrit et rayé* Le père Goriot avait...

c. que les esprits délicats la comptent *RP* : qu'elle a toujours été comptée *M.*

d. confidence. Si Eugène *RP* : confidence. Ils se disaient bonsoir et bonjour l'un et l'autre avec une expression affectueuse. Si Eugène *M.*

e. Nucingen, ce n'était *RP* : Nucingen en s'appuyant sur sa parenté avec Mme de Beauséant, ce n'était *M.*

f. pourrait le bien servir *RP* : lui serait utile *M.*

g. jour de ses deux visites *RP* : jour où il revint de chez Madame de Restaud. La phrase de l'étudiant lui avait percé le cœur *M.*

h. lui avait-il dit le lendemain *RP* : lui dit-il *M.*

i. d'avoir prononcé mon nom *RP* : de lui avoir parlé de moi *M.*

j. de mes dissensions avec leurs maris *add. RP.*

k. Ce mystère *RP* : Çà *M.*

l. comprennent *W2* : connaissent *ant.*

m. peux *F* : veux *W1* : peux *ant.*

n. après avoir demandé... sortent *add. RP.*

o. qui me dore... soleil *add. RP.*

p. elles doivent revenir. Je les vois encore *RP* : elles reviennent, elles rentrent *M.*

q. J'entends dire autour de moi *RP* : On dit *M.*

Page 136 :

a. N'est-ce pas mon sang ? *RP* : c'est mon sang, c'est moi, c'est comme si j'étais elles *M.*

b. traînent, et je voudrais être... pourtant *RP* : traînent, j'ai peur pour elles quand il pleut. Ça ne fait pourtant *M.*

c. heureux à ma manière... les voir *RP* [voir mes filles *C* : les voir *ant*] : heureux. Elles le savent. Je vais quelquefois les voir *M.*

d. Nasie *C* : Anastasie *ant.*

e. n'avais *C* : n'ai *ant.*

f. maisons pour se rendre au bal... Je vous en prie *RP* [*sauf les deux variantes ci-dessus*] : maisons. Je vis de leurs plaisirs. Chacun a sa manière d'aimer [Ce que M. de Restaud *rayé*]. Je vous en prie *M.*

g. cadeaux ; je ne les empêche... rien *RP* : cadeaux, que voulez-vous que j'en fasse, je ne vis que pour elles, je leur dis de tout garder. Il ne me faut rien *M.*

h. En effet... filles *add. RP.*

i. fut fatale à l'étudiant *RP* : lui fut fatale *M.*

j. En se voyant l'objet... il ne pensa plus *RP* : Il ne pensait plus *M.*

k. à ses sœurs ni à sa tante dépouillées, ni *RP* : à ses sœurs dépouillées, ni *M.*

l. répugnances. Enfin il avait vu passer *RP* : répugnances. Il lui semblait naturel de vivre dans une atmosphère d'espérance. Puis il avait vu passer *M.*

m. ce Satan aux ailes diaprées, qui sème *RP* : ce Satan d'orgueil, aux ailes diaprées, au corps voluptueux, qui sème *M.*

n. d'or *add. RP.*

o. d'un sot éclat *RP* : de pourpre *M.*

p. dont le clinquant nous semble être *C* : dont nous prenons le clinquant pour *ant.*

q. origine ; il avait écouté... puissance *RP* : origine, cette vanité qui ressemble à la puissance *M*.

r. se grave *RP* : revient *M*.

Page 137 :

a. à flots *add. RP. Après « Or et amour », on lit dans M le passage suivant, en marge duquel Balzac a écrit : « Ne composez pas cela ! » : «* : Ni la calomnie, ni la corruption ne s'effacent, ces deux filles de la parole humaine prouvent la puissance des idées, aussi fécondes en bien qu'en mal. Ce sont comme des vers qui déposent leurs œufs sur de belles étoffes. Le génie et la vertu ne sont les deux plus belles déités humaines que parce qu'elles sont deux formes incorruptibles du dévouement. La vertu est plus belle que le génie n'est beau, car la vertu marche à travers le monde sans se salir, et le génie a pour lui la solitude. »

b. et Rastignac l'était devenu promptement *add. RP.*

c. Il entendit enfin *add. RP.*

d. qui commence sous les panaches du trône et finit sous le cimier *RP* : qui coule du trône jusques sous la barre *M*.

e. gentilhomme. Eugène *RP* : gentilhomme. Terrible commentaire aux paroles de Vautrin. Eugène *M*.

f. qui réunit deux êtres en un seul *add. C.*

g. belles âmes *M* : *Balzac a d'abord écrit* grandes, *puis* anges terrestres.

h. Rastignac voulait *C* : Eugène voulait *RP* : Eugène devenu ambitieux voulant *M*.

i. — Madame, dit-il, *RP* : et dit *M*.

Page 138 :

a. s'il ne s'agissait... importuner *add. RP.*

b. vraiment aussi bonne que grande *M* : *Balzac a d'abord écrit* vraiment grande.

c. grande... Rampe *RP* : grande. — Moi seul ai tort de venir vous ennuyer, dit Eugène, qui fut touché de ce retour soudain. Mais en s'en allant, il se dit : — rampe ! *M*.

d. tout ! *M : après ce mot, Balzac a rayé* Elle est bonne, délicieusement.

e. la meilleure des femmes *RP* : celle-ci *M*.

f. les promesses *RP* : toutes les grâces *M*.

g. et que j'ai tort... canon ». *add. RP.*

h. du terrible sphinx de la Maison Vauquer *RP* : de Vautrin *M*.

i. devait *C* : fallait *ant.*

j. à la barrière *RP* : pour ainsi dire *M*.

k. lui avait toujours témoignée *RP* : lui témoignait *M*.

l. où le vicomte attendait sa femme *RP* : où était le vicomte *M*.

Page 139 :

a. blasés... Sa table *RP* [*légère variante introduite dans W1*] : blasés, était de l'école de Louis XVIII et du duc d'Escars en fait de gourmandise. Sa table *M*.

b. une de ces maisons où les grandeurs sociales sont héréditaires *RP* : une grande maison *M.*

c. les bals de l'Empire *RP* : le bal *M.*

d. où les militaires... n'avait *RP* : et il n'avait *M.*

e. L'aplomb... l'empêcha de *RP* : Il fallut l'aplomb... pour ne pas *M.*

f. mille recherches... était *RP* : mille détails de ce joli service, il était *M.*

g. qu'il voulait embrasser *RP* : à laquelle il voulait se condamner *M.*

h. Tantales... victorieux ! *RP* : Tantales, pour ces passions qui contiennent des sentiments généreux. Certes ils se combattent eux-mêmes *M.*

Page 140 :

a. S'il était bien peint... dramatiques *RP* : et le pauvre étudiant à Paris n'est pas un des spectacles les moins dramatiques *M.*

b. Vous ne pouvez douter... mais je dois *RP* : Ce serait avec plaisir, mais je dois *M.*

c. demanda le vicomte *F* : demanda M. de Beauséant *add. RP.*

d. prenez celui de *RP* : vous avez *M.*

e. Le Français... en s'inclinant *RP* : Rastignac s'inclina *M.*

Page 141 :

a. prit un éclat extraordinaire *RP* : prit de l'éclat, elle était heureuse, et bien disposée *M.*

b. quelle jolie *RP* : quel éclat ! quelle jolie *M.*

c. — Les beaux yeux !... distinction *RP* : — Les beaux yeux ! elle me plaît beaucoup ; elle a le visage en long ; mais la forme longue a de la distinction *M.*

d. exquisement *add. RP.*

e. il ne regardait *F* : et qui ne regarda *C* : qui ne regarda *ant.*

f. couvrir de vos regards *RP* : manger des yeux *M.*

g. à la tête des gens *RP* : à sa tête *M.*

Page 142 :

a. après une pause *add. C.*

b. plus que de me rendre un service... bal *RP* : plus qu'une seule chose, ce serait de me présenter à la duchesse de Carigliano que vous devez connaître et m'amener au bal *M.*

c. lundi *M* : dimanche *rayé sur M.*

d. je livrerai ma première escarmouche *add. RP.*

e. Si vous vous sentez déjà du goût pour elle *add. RP.*

f. la princesse Galathionne *RP* : lady Brandon *M. On ne relèvera plus cette variante.*

g. Il n'y a pas... silence *add. RP.*

h. le marquis *C* : M. *ant. Plusieurs corrections analogues dans C.*

i. J'ai mal fait mes affaires *RP* : J'ai fait mes affaires en écolier *M.*

j. et je vous en instruis... sacrifice *add. RP.*

k. à reconnaître... muet *RP* : la force d'une passion vraie, il l'admira, il devint muet *M*.

l. qui aime ainsi ! se dit-il *RP* : qui aime ! mon cœur bat aussi vite que le sien ! se dit-il *M*.

m. Et cet homme... poupée ! *add. RP.*

n. d'enfant *add. RP.*

Page 143 :

a. Il était humilié... adversaire *add. RP.*

b. vers lui... Le premier acte était fini *RP* : vers lui, et lui fit un clignement d'yeux plein de remerciements. Le premier acte finissait *M*.

c. Vous connaissez assez *W1* : Vous connaissez bien assez *RP* : Ne connaissez-vous pas Mme de Nucingen assez *M*.

d. un *C* : le *ant.*

e. j'ai l'honneur... que j'ai *RP* : vous faites sur M. de Rastignac que j'ai l'honneur de vous présenter, et qui est, comme vous le savez, le cousin de la vicomtesse de Beauséant, une si vive impression que j'ai *M*.

f. qui en faisait passer la pensée... femme *RP* : qui les faisait passer *M*

g. dit la baronne *RP* : dit-elle en lui souriant *M*.

h. de vous en dire la raison ; mais je réclame *RP* : de vous le dire et réclame *M*.

i. en vous confiant un pareil secret *add. RP.*

Page 144 :

a. père. J'ignorais... parler *W2* : père, et j'ai eu l'imprudence, ignorant que madame de Restaud fût sa fille, d'en parler *ant.*

b. cette apostasie filiale *RP* : cela *M*.

c. folles. Ce fut... madame *RP* : folles, et madame *M*.

d. Goriot. Comment, en effet... Nous avons *RP* : Goriot qui vous adore, il doit donner de la jalousie à un amant, ce père-là. Nous avons *M*.

e. Puis, tout plein... ce soir *RP* : et ce soir *M*.

f. que vous ne pouviez pas être aussi belle que vous étiez aimante *RP* : que vous étiez aussi bonne que belle *M*.

g. voulant sans doute... verrais *add. RP.*

h. lues *RP* : vues *M*.

i. dire *RP* : répondre *M*.

j. elle répondit à autre chose *RP* : elle lui dit *M*.

Page 145 :

a. Ces violences... ménage *RP* : et ce n'a pas été l'une des moindres raisons qui ont mis le trouble dans mon ménage *M* : qui m'ont fait prendre M. de Nucingen *rayé sur M*.

b. de Paris la plus heureuse... folle *RP* : de Paris la plus maltraitée par le mariage, et qui ait, aux yeux du monde [du public *rayé*], le plus de raisons pour être heureuse. En vérité, je suis folle *M*.

c. nudité *RP* : beauté *M*.

d. entièrement neuf *F* : neuf à tout *ant.*

e. âmes ; et je comptais... de la passion *RP* : âmes, mais ma cousine m'aime trop, elle m'a trop près de son cœur, elle m'a fait deviner les mille trésors de l'amour *M.*

f. comme Chérubin *RP* : comme un fou, je suis comme Chérubin *M.*

g. courant *C* : courant électrique *ant.*

h. courant... ordonné *RP* : courant électrique, et ma cousine m'a ordonné *M.*

Page 146 :

a. Après avoir ainsi commencé *add. RP.*

b. — Puisqui matame fous encache... pien ressi [pien *W1* : *bien ant.*, *ressi C* : *réçu ant*] *RP* : — Fous nous ferez plaisir puisque matame fous encache, dit le baron, épais alsacien dont la figure ronde annonçait une dangereuse finesse *M* : *le* f *de* fous *en surcharge sur un* v.

c. train, car... Le mors *RP* : train, elle a compris que si je le demandais elle serait invitée au prochain bal de ma cousine, — le mords *M.*

d. d'Ajuda. Le pauvre... péristyle *RP* : d'Ajuda. Il accompagna le couple jusqu'au péristyle *M.*

e. quand Eugène les eut quittés *add. RP.*

f. lui trier sur le volet... consoler *RP* : lui conseiller de consoler une femme abandonnée *M.*

Page 147 :

a. la maréchale *RP* : la duchesse de Carigliano *M.*

b. pour se trouver... roue *add. RP* [*légères variantes postérieures*]

c. flottaient *RP* : étaient *M.*

d. et, quoiqu'elles n'eussent pas... soumises *RP* : et ces idées flottantes n'avaient pas l'âpreté de celles de Vautrin quoique si elles eussent été soumises *M.*

e. au creuset *M* : à l'analyse *rayé sur M.*

f. rectangulaires *C* : rectangulaires, à formes droites *ant.*

g. images de la probité *RP* : probités *M.*

Page 148 :

a. l'œuvre opposée, la peinture *C* : la page opposée, peinture *W2* : la page opposée, la peinture *W1* : l'œuvre opposée, la peinture *ant.*

b. sa conscience *RP* : sa probité *M.*

c. En atteignant au seuil de *C* : En arrivant à *ant.*

d. Madame Delphine *RP* : madame de Nucingen *M.*

e. S'amusait-elle bien ? *RP* : Elle s'est bien amusée... *M.*

f. fille *M* : *après ce mot, Balzac a écrit et rayé* le drôle d'ancien vermicellier.

Page 149 :

a. sarmen[t] s *M* : branches d'arbres *rayé sur M.*

b. barre *RP* : barre d'en bas *M.*

c. sur lequel était le chapeau du bonhomme *RP* : se trouvait au coin de la cheminée *M.*

d. misérable. La flèche... Le plus pauvre *RP* : misérable. Il n'y avait pas de rideaux au lit. Le plus pauvre *M.*

e. embellissant *RP* : enrichissant *M.*

f. dans ce qu'elle vous a dit d'Anastasie *add. RP.*

Page 150 :

a. c'est encore une preuve de leur tendresse *RP* : c'est bien permis *M.*

b. sortir, comme quand *W1* : sortir, eh bien ! quand *RP* : sortir,... quand *M.*

c. cabrioler le cœur *M* : *Balzac a d'abord écrit* boum, boum, boum dans le cœur.

d. que [le] sont les vôtres *add. RP.*

e. filles... Si elles marchent *RP* : filles ; c'est en elles qu'est mon sang. Pourvu qu'elles s'amusent, qu'elles soient heureuses, bravement mises, qu'elles marchent *M.*

f. sois *C* : suis *ant.*

g. leurs. Quand *RP* : leurs. Enfin, je vis trois fois. Quand *M.*

h. oyant *F* : voyant *ant.*

i. ces petites créatures tenir *RP* : que ces petites créatures tiennent toujours *M.*

Page 151 :

a. sang... saurez *RP* : sang, et que vous vous croyez attaché à leur peau, vous sauriez *M.*

b. Enfin je vis trois fois *add. RP.*

c. quand j'ai été père, j'ai compris Dieu. Il est tout entier *RP* : c'est quand j'ai été père que j'ai compris ce que c'était que Dieu, qui est tout entier *M.*

d. Monsieur [Eh bien !], je suis ainsi avec mes filles *add. RP.*

e. tiennent si bien à l'âme, que j'avais *RP* : tiennent au cœur, allez ! J'avais *M.*

f. est bien aimée *C* : est, là, bien aimée *ant.*

g. Ne pas aimer *C* : Ne pas adorer *add. RP.*

h. elle exhale *RP* : il transpire *M.*

i. Souvent *C* : et *ant.*

j. sous l'effort de la passion *RP* : en parlant *M.*

k. et semble se mouvoir dans une sphère lumineuse *C* : Il se meut dans une sphère lumineuse *add. RP.*

l. dans la voix, dans le geste de ce *RP* : chez le *M.*

Page 152 :

a. ce *C* : M. *ant.*

b. de Marsay. Ce beau-fils l'a quittée *RP* : de Marsay qui déjà l'a, dit-on, quittée *M.*

c. faites de beaux rêves... mot-là *add. RP.*

d. s'attacher *RP* : s'unir *M.*

Page 153 :

a. Madame de Nucingen, à laquelle... amour *RP* : Madame de Nucingen n'avait pas connu les douceurs de l'amour. Il lui avait mille fois souhaité le bonheur *M*.

b. et il semblait pressentir... privée *add. RP*.

c. de cette histoire *RP* : de la vie *M*.

d. semblable à un masque de plâtre *M* : *Balzac a d'abord écrit* triste.

e. riche *add. C*.

f. charmant *RP* : plus séduisant *M*.

g. tenue. Le *RP* : tenue pleine d'élégance, et le *M*.

h. qui atteignent toutes les jeunes filles *C* : dont toutes les jeunes filles sont atteintes *ant*.

i. séduisant *C* : un peu séduisant qui s'offre à leurs regards *ant*.

Page 154 :

a. Mon Dieu !... maître *add. RP*.

b. comme des coqs-en-pâte *RP* : bien heureux *M*.

c. appris *C* : su *ant*.

d. penser à *add. RP*.

e. au moment où *add. RP*.

f. Bianchon *nommé ici pour la première fois dans M*.

g. dans le jardin du Luxembourg *add. RP*.

h. devant le palais *RP* : devant le Luxembourg dans le jardin *M*.

i. s'enrichir en *RP* : s'enrichir, là, convenablement, en *M*.

Page 155 :

a. à la Chine *add. F*.

b. mandarin *F* : mandarin de la Chine *ant. Balzac a d'abord écrit* un mandarin, un chinois.

c. J'en suis à mon trente-troisième mandarin *RP* : J'ai déjà tué cent mandarins *M*.

d. Ne plaisante pas *RP* : Oui, en riant, mais ne plaisante pas *M*.

e. qu'il te suffît *C* : qu'il te suffît *W2* : qu'il te suffît *W1* : qu'il te suffise *RP* : qu'il suffit *M*.

Page 156 :

a. des sous *M* : des pièces de cent sous *rayé sur M*.

b. l'on va *RP* : tu iras *M*.

c. en médecine quand il est interne aux Capucins *add. RP*.

d. la perception intrinsèque en est *RP* : sa somme intrinsèque est *M*.

e. rentes. Etudions ce couple-là : je te dirai pourquoi. Adieu *RP* : rentes. Qu'est-ce que cela veut dire. — Adieu *M*.

Page 157 :

a. Eugène décacheta la lettre et lut *add. RP*.

b. et Pellegrini *RP* : Pellegrini, Garcia *M*.

c. vous le rendrez bien content de n'avoir pas *RP* : il se trouvera très heureux de ne pas avoir *M*.

d. agréez mes complimen[t]s *M*. : *Balzac a d'abord écrit* d'avance *après* agréez *et* remerciemens *au lieu de* complimens.

e. « D. de N. » *Sur cette signature en initiales s'achève le premier volume dans W. Aucune interruption dans les textes antérieurs.*

f. touché *C* : frôlé *ant.*

g. ajouta-t-il... pourtant *add. RP.*

Page 158 :

a. et la duchesse de Maufrigneuse *add. F.*

b. la mode commençait... sexe *add. RP.*

c. cette femme *C* : elle *ant.*

d. Toutes les passions... amoureux *add. RP.*

e. les gens nerveux *M* : les sanguins *rayé sur M*.

f. l'amour-propre *RP* : le cœur et surtout l'amour-propre *M*.

g. se permit *RP* : fit *M*.

Page 159 :

a. tournés *M* : *après ce mot, Balzac a écrit et rayé* Il prit des gants neufs.

b. Un trait... mot *add. RP* [*légères variantes postérieures*].

c. comme pour exciter un cheval *add. RP.*

d. madame Vauquer *M* en surcharge *sur* Vautrin.

e. meilleure encore... oreilles *RP* : vermifuge souverain *M*.

f. Vautrin *M* : *Balzac a d'abord écrit* Bianchon.

g. avec la volubilité... opérateur *RP* : d'une voix d'opérateur *M*.

h. Mais combien cette merveille... deux sous ! *RP* : et combien, deux sous, messieurs *M*.

i. un reste des *RP* : un coupon de ce qui reste sur les *M*.

j. Entrez droit... bureau *add. RP.*

k. là, là, boum... lui *add. RP.*

Page 160 :

a. une sorte d'envie *M* : *Balzac a d'abord écrit et rayé* admiration.

b. joyeuse *M* : *Balzac a ensuite écrit et rayé* d'être obéie.

c. et la trouvait au désespoir. Ce *RP* : et ce *M*.

d. lutinée *M* : taquinée *rayé sur M*.

e. dit-elle *M* : *après ces mots, Balzac a écrit et rayé* nous sommes seuls.

f. Peut-être ! Mais non, reprit-elle *RP* : Non, répondit-elle *M*.

g. c'est *F* : ce sont *ant.*

h. Ne vous le disais-je pas *C* : Je vous le disais *ant.*

Page 161 :

a. Quand une femme... fat *add. RP.*

b. riche... tête *C* : riche. Elle fit un sinistre mouvement de tête. Ne parlons pas de moi, dit-elle *ant.*

c. élégance... charmante *RP* : élégance. Elle était charmante. Je voudrais que vous soyez toute à moi *M.*

d. cela est impossible *C* : ça est impossible *Wı* : là est l'impossible *ant.*

e. Mais je suis curieux... n'effacerait pas ? — *RP* : Mais quelles sont donc les peines que l'amour dévoué n'efface pas *M.*

f. costume *C* : coutume *Wı* : costume *RP.*

g. chez les hommes *F* : chez vous *ant.* Vous ne m'aimez... chez vous *RP* : Vous ne pouvez guères m'aimer *M.*

h. vous devez me les confier *C* : vous me les devez *ant.*

i. Ou vous parlerez... revenir *add. RP.*

Page 162 :

a. et mes chevaux *RP* : il attendra *M.*

b. Eugène, qui crut rêver en se trouvant *RP* : Eugène stupéfait, qui se trouva comme par magie *M.*

c. de cette *F* : d'une *ant.*

d. et refusa de répondre... emporté *add. RP.*

e. qui le saisissait *FC* : dont il fut soudainement saisi *ant.* En cachant... saisi *RP* : quoique très inquiet *M.*

f. quoi que je puisse *RP* : après ce que je vais *M.*

g. Aveuglément *RP* : Oui *M.*

h. Etes-vous allé quelquefois *FC* : Avez-vous été *ant.*

i. Palais-Royal. Risquez... jeu *RP* : Palais-Royal. Vous serez heureux. Jettez les cent francs à ce *M.*

j. perdez tout *RP* : perdez-les d'un coup *M.*

k. Je vous dirai mes chagrins à votre retour *C* : Alors je vous dirai mes chagrins *ant.*

Page 163 :

a. dit-il... refuser » *add. RP.*

b. numéro NEUF *C* : TRENTE-SIX *RP* : numéro 59 *M.*

c. après s'être fait... Il y *add. RP.*

d. se laisse prendre son chapeau ; mais il *add. RP.*

e. où est *C* : ce que c'est que *ant.*

f. lui dit... blancs *add. RP.*

g. jette *C* : jeta *ant.*

h. le *RP* : un *M.*

i. dans ce système-là *add. RP.*

j. que lui tend le vieux monsieur *add. RP.*

k. francs et... rouge *C* : francs ; mais, toujours sans le savoir , il les place sur la rouge *RP* : francs en les plaçant sur la rouge à son insu *M.*

l. voyant *C* : croyant *ant.*

m. avec envie... jouer *add. RP.*

n. Si vous m'en croyez, vous vous en irez *add. RP.*

o. huit *M* : *Balzac a d'abord écrit* treize.

Page 164 :

    a. en soulageant... besoin *add. RP.*
    b. par l'homme à cheveux blancs *add. RP.*
    c. et l'embrassa vivement, mais sans passion *RP* : l'embrassa, en lui disant *M.*
    d. Vous serez mon ami, n'est-ce pas *add. RP.*
    e. ou je parais ne manquer de rien *add. RP.*
    f. il me réduit à une misère secrète par calcul *add. RP.*
    g. Ne serais-je pas *C* : Je serais *ant.*
    h. moi riche *C* : moi, si parée de biens, riche *ant.*
    i. la vie conjugale *RP* : à vivre *M.*
    j. je mangeais... père ; puis *add. RP.*
    k. est pour moi *C* : était pour moi *ant.*
    l. qu'en ayant chacun notre appartement séparé *RP* : que séparés *M.*

Page 165 :

    a. mais enfin... emporté *RP* : Il s'est emporté *M.*
    b. des horreurs... terre *add. RP.*
    c. jamais abandonner *RP* : pas quitter *M.*
    d. Vous, belle âme,.. distincts ? *add. RP.*
    e. lorsque Nucingen... fille de l'Opéra *add. RP.* [de l'Opéra *W₁* : d'Opéra *RP*].
    f. Il y a eu... chambre *add. RP.*
    g. folie *add. RP.*
    h. mon pauvre père se *C* : le pauvre père, il se *ant.*
    i. et de la mort... Ah ! monsieur *add. RP.*
    j. j'ai été... je ne sais *add. RP.*

Page 166 :

    a. Il y a pourtant... gouverner *add. RP.*
    b. Nucingen *F* : ce Nucingen *C* : M. de Nucingen *ant.*
    c. qui lui dégagea... contempler *RP* : qui les lui ôta *M.*
    d. m'aimer *RP* : m'aimer. Il y a des moments où j'enviais le sort d'une servante, d'une femme de chambre *M.*
    e. si naïvement imprudente dans son cri de douleur *RP* : si naïve *M.*
    f. redevenue libre et *add. RP.*
    g. en ne prenant que six billets de banque *RP :* en lui donnant l'or, et prenant les six billets de banque *M.*

Page 167 :

    a. mille écus *RP* : cent louis *M.*
    b. l'argent *M : Balzac a écrit et rayé ensuite* s'en considérant comme le dépositaire.
    c. — Voilà le mot... douleur *add. RP.*
    d. dans les oreilles... retentir *add. RP.*
    e. Conseillez-moi *add. RP.*
    f. tout pur *add. RP.*

Page 168 :

    a. salle à manger *M* : *Balzac a écrit et rayé ensuite* pleine de marbre.
    b. a sa *C* : ai ma *ant.*
    c. Il est dans la nature... pressentimen[t]s *add. RP.*
    d. Quand on connaît... s'y fait *add. RP.*
    e. en se communiquant *RP* : suivant *M.*
    f. enivrante *RP* : délicieuse *M.*
    g. un des baisers... prodigués *RP* : un baiser qu'elle lui avait donné si chaleureusement *M.*
    h. Et vous ne voulez m'en faire aucune, ingrate *add. RP.*

Page 169 :

    a. En [*F* : mais en *ant.*] faisant... elle *RP* : et en se quittant elle *M.*
    b. qu'il prit *RP* : ce qu'il fit *M.*
    c. lundi *RP* : demain *M.*
    d. tomba dans *RP* : se prit à faire *M.*
    e. accuse *RP* : révèle *M.*
    f. treize cents *M* : douze cents *rayé sur M.*
    g. nous aurions... reste *add. RP.*
    h. confier son embarras *C* : dire ça *ant.*
    i. Comment avez-vous eu le cœur d'*add. RP.*
    j. qui ne pleurait jamais étant petite *add. RP.*
    k. Elle doit... biens *C* : Mais elle est séparée de biens *ant.*
    l. vais *C* : dois *ant.*

Page 170 :

    a. coup... dents *RP* : routier *M.*
    b. j'apprends ça, moi, qui... souffrait ; moi *add. RP.*
    c. à toutes deux *add. RP.*
    d. Par ma foi *RP* : Dieu me damne *M.*
    d. en Dieu : *ici commence dans RP et W 1 le chapitre* TROMPE-LA-MORT *W 2 enchaîne.*
    f. de Nucingen. Delphine... la portée *RP* : de Nucingen, belle et parée pour lui. Là surtout l'étudiant comprit toute la portée *M.*

Page 171 :

    a. La conquête...vanter *RP* : La conquête présumée de la baronne de Nucingen lui donnait encore un nouveau relief. Il surprit des regards d'envie dans tous les yeux, et entendit vanter *M.*
    b. qu'elle s'était tant défendu d'accorder *RP* : qu'elle avait tant défendu *M.*
    c. de Paris... triomphes *add. RP.*
    d. se prit à sourire *RP* : lui dit en souriant *M.*
    e. s'écria ce féroce logicien *add. RP.*
    f. jeune homme à la mode peut demeurer *RP* : homme à la mode demeure *M.*

g. mais qui n'est rien moins... faire figure *RP* : mais loin du centre. Pour faire figure *M.*

h. trois chevaux et un tilbury pour le matin, un coupé pour le soir *RP* : un tilbury, trois chevaux, un équipage le soir *M.*

i. trois mille francs *W1* : trois mille francs par an *ant.*

Page 172 :

a. un coupé pour le soir... Est-ce Christophe *RP* : un équipage le soir, [une toilette *rayé*], un valet de chambre. Est-ce Christophe *M.*

b. Ce serait vous suicider *RP* : brrrrr. Vos envieux vont se moquer de vous, et vous tomberez dans la crotte *M.*

c. Ou déportez-vous... travail *RP* : ou mariez-vous avec le travail *M.*

d. de manière à rappeler... corrompre *add. RP.*

e. Plusieurs jours *RP* : Quinze jours environ *M.*

f. presque *add. RP.*

g. toilette, allait... jouait *RP* : toilette, il négligea son premier voisin. Il jouait *M.*

Page 173 :

a. quinze cents francs... restitution *RP* : à sa mère et à ses sœurs leurs quinze cents francs en les accompagnant *M.*

b. dans les derniers jours du mois *RP* : au mois *M.*

Page 174 :

a. dans les derniers jours du mois de janvier... Vers cette époque, Rastignac avait *RP* : au mois de janvier. Vers cette époque, il avait *M.*

b. endetté. L'étudiant commençait à comprendre *RP* : endetté de quelques milliers de francs. Il commençait à voir *M.*

c. fixes. Mais... piquantes atteintes *RP* : fixes, et il sentait les poignantes atteintes *M.*

d. et voulait... grandissaient *add. RP.*

e. En s'initiant aux secrets domestiques *RP* : Il s'était initié à tous les secrets du ménage *M.*

f. il s'était aperçu... un *RP* : et savait que, pour en faire un *M.*

g. aux nobles idées qui sont *RP* : aux idées les plus chères et qui sont *M.*

h. et dont les fugitifs plaisirs... angoisses *RP* : expiée par des angoisses *M.*

i. fange... vêtement *RP* : fange, mais ne se souillait pas encore *M.*

j. Nous avons *RP* : Tu as *M.*

k. en sortant de table *RP* : en riant *M.*

l. Pas encore *M* : Non *rayé sur M.*

m. plaisanterie... auprès *RP* : plaisanterie. Après le dîner, au lieu de sortir, il resta pensif auprès *M.*

Page 175 :

a. expressifs. *Après ce mot commence un long passage ajouté dans RP.*

Page 176 :

a. que c'était sans doute un charme pour elle d'en admirer... d'en
écouter... et de se laisser... *W1* : qu'elle aimait sans doute en admirer...
en écouter... se laisser *RP*.
b. d'une jeune femme *add. W1*.
c. premier *W2* : second *ant.*

Page 177 :

a. expressifs. Quelques pensionnaires... chagrins *RP* : expressifs.
Madame Couture tricotait des manches. — Auriez-vous des chagrins *M*.
b. après un moment de silence *add. RP*.
c. des sacrifices... faire *RP* : de nos sacrifices *M*.
d. d'avoir provoqué une aussi vive explosion de sentiment *add. RP*.
e. le jeune homme pauvre... détresse *RP* : un jeune homme
pauvre *M*.

Page 178 :

a. joli *add. RP*.
b. Un jeune homme bien malheureux *RP* : Malheureux *M*.
c. chevalier *C* : baron *ant.*
d. de la salle à manger *RP* : du salon *M*.
e. — Ah [Ha] ! vous... Vauquer *add. RP*.
f. afin d'économiser sa chandelle et son feu *RP* : afin de se chauffer
à leur feu et d'économiser sa chandelle *M*.
g. dettes. Je ne veux pas... millier *RP* : dettes. Quelque millier *M*.
h. Ce démon *RP* : Et ce démon incarné *M*.
i. qu'il fit papilloter aux yeux de l'étudiant *add. RP*.

Page 179 :

a. six F : dix *ant.* : *Balzac a d'abord écrit* mille.
b. whist *RP* : wisth et où se prennent des rendez-vous pour le
lendemain *M*.
c. cachant *RP* : retenant *M*.
d. vous devez comprendre qu'il *RP* : il *M*.
e. puissiez *W1* : pussiez *RP*.
f. Eh bien, vous m'auriez fait... Turenne, faisait *RP* : Eh bien,
j'aime cela, vous avez la probité [des voleurs *rayé*] de M. de Turenne
qui faisait *M*.
g. Vous ne voulez pas être mon obligé, hein ? *add. RP*.
h. reprit Vautrin en laissant échapper un sourire *RP* : reprit-il *M*.
i. un timbre *M en surcharge sur* trois timbres.
j. là *add. RP*.

Page 180 :

a. et vous regarder... petit *add. RP*.
b. d'abord surpris... celui du conscrit *W1* : d'abord effrayé, ça se
passera comme la peur du conscrit *RP*.

c. comme des soldats... Les temps *WI* : comme des braves. Les temps *RP.*

d. à un brave : « Voilà *WI* : à un soldat destiné à périr pour ceux qui se sacrent rois eux-mêmes : — Voilà *RP.*

e. se crotter pour que... cent écus *RP* : me crotter pour vous, et vous ôter tout souci. Mon Dieu, jadis on disait à un homme : — Voilà cent écus M.

f. après avoir mis... non *add. RP.*

g. une belle fortune... mou *RP* : une fortune de trois millions *M.*

h. traite *RP* : lettre de change *M.*

i. parlons raison, reprit Vautrin *add. RP.*

j. quelques *RP* : trois *M.*

k. de l'amitié *add. RP.*

l. (cas probable... eh bien *add. RP.*

m. J'ai la passion *RP* : J'ai besoin [d'un ami jeu... *rayé*] *M.*

Page 181 :

a. dents. Un homme... Avez-vous vu *RP* : dents. Mais les sentiments ! Avez-vous vu *M.*

b. sans souffler mot... moi *RP* : sans lui faire de raisons *M.*

c. patouillerez *C* : patrouillez *WI* : patrouillerez *RP.*

d. Mais vous... ici *add. RP.*

e. Vautrin sortit *F* : Vautrin s'en alla *RP* : Et Vautrin s'en alla *M.*

Page 182 :

a. Il semblait... blâmables *add. RP.*

b. se dit Eugène *add. RP.*

c. par le cynisme... société *RP* : par la force des idées quelque cyniques qu'elles fussent, il s'habilla *M.*

d. pour un jeune homme... paya *RP* : pour lui, en craignant son influence. Il paya *M.*

e. hommes... fatalistes *RP* : hommes supérieurs *M.*

f. — (Mais) je ne suis pas votre complice, dit Eugène *add. RP.*

g. Vous vous arrêtez aux bagatelles de la porte *add. RP. Pas de tête de chapitre ici dans RP et WI, qui enchaînent.*

Page 183 :

a. qui paraissait à bon droit *add. RP.*

b. monsieur Gondureau, je ne vois pas d'où naissent vos *RP* : l'agent, je ne sais pas comment vous conserveriez des *M.*

Page 185 :

a. distingua-t-il *WI* : reconnut-il *ant.*

b. d'où naissent vos scrupules. Son Excellence... certitude *RP* : scrupules. Le Ministre de la Police a maintenant la certitude *M.*

c. logé dans la Maison Vauquer *add. RP.*

d. Toulon, où il est connu *RP* : Toulon en 1815, où il était connu *M.*

e. de Trompe-la-Mort... dû *RP* : Trompe-la-Mort, sobriquet dû *M*.
f. exécutées *RP* : faites *M*.
g. même *add. RP*.
h. demanda Poiret *add. RP*.

Page 186 :

a. un faux commis par un [très beau *add. C*] jeune homme qu'il aimait beaucoup *RP* : un jeune homme qu'il aimait *M*.
b. un jeune Italien... comporté *RP* : et qui est depuis entré au service *M* : [*après* est, *Balzac a écrit et rayé* devenu un militaire fort distingué, mais que l'on surveille].
c. est sûr... Michonneau *M* : est sûr, dit Poiret pourquoi donc aurait-il besoin de Mademoiselle *première rédaction corrigée sur M*.
d. a toute *RP* : est venu ici investi de toute *M*.
e. agent et leur banquier... capitaux *RP* : agent, il reçoit les capitaux *M*.
f. par testament *add. RP*.
g. De leurs... Poiret *RP* : De leurs maîtresses, ou de leurs femmes, fit Poiret *M*.
h. généralement *add. RP*.

Page 187 :

a. voilà des horreurs que Monseigneur *C* : voilà des horreurs que Son Excellence *RP* : c'est une horreur que le gouvernement *M*.
b. à *F* : de *ant*.
c. le modèle *W1* : l'exemple *ant*.
d. Puisque vous avez l'honneur de voir son Excellence [*C* : de la voir *ant*.]... permettez... *add. RP*.
e. Vous comprenez... mettre *RP* : Vous comprenez que le gouvernement a un intérêt grave, majeur à tâcher de mettre *M*.
f. un total assez majeur *RP* : plusieurs millions *M*.

Page 188 :

a. distingué parmi ceux de nos hommes qui vont droit en cour *W1* : distingué en fait de coquins justiciables de la cour *RP*.
b. des valeurs considérables... avec la société *RP* : toutes les valeurs considérables provenant des vols et solde ainsi constamment le vice, le crime et encourage ceux qui font la guerre à la société *M*.
c. Saisir Trompe-la-Mort... retraite *add. RP*.
d. une caisse... maison *RP* : sa caisse, elle ne peut pas s'enlever comme il veut *M*.
e. tout à fait *add. RP*.
f. tout bonnement *add. RP*.
g. demanda Mademoiselle Michonneau *add. RP*.
h. je réponds *W1* : je reprends *ant*.

Page 189 :

a. lui dit-il à l'oreille *add. RP.*

b. ou nous n'en aurons... ce vieux-là *add. RP.*

c. — Naturellement, se dit Poiret à lui-même *add. RP.*

d. si l'on se trompait en arrêtant un vrai Vautrin *C* : si l'on se trompait en arrêtant M. Vautrin *RP* : si l'on se trompe *M.*

e. publique. Monsieur... Il s'agit *RP* : publique. Si l'on se trompait, M. le préfet de police sauterait. Il s'agit *M.*

f. faux *add. RP.*

g. un vrai *RP* : la *M.*

h. vérifier. — Oui *F* : vérifier. Nous avions fait vérifier Cogniard par une femme. — Oui *ant.*

i. vous avez besoin d'une *F* : c'était une *ant.*

j. Trompe-la-Mort ne se laisserait pas aborder par une femme *RP* : Il ne fierait point [*sic*] à une jeune femme, Trompe-la-Mort *M.*

k. Apprenez un secret *add. C.*

l. il n'aime pas [*W1* : point *RP*] les femmes *add. RP.*

m. pas alors... semblable *RP* : pas comment faire une semblable *M.*

Page 190 :

a. pour donner un coup de sang... homme *RP* : pour donner un sommeil assez profond pour que vous puissiez transporter notre homme *M.*

b. afin de *RP* : sous prétexte de *M.*

c. Au moment... donnerez *RP* : et en lui donnant *M.*

d. paf ! et *add. RP.*

e. dit [*M.*] Gondureau à la vieille fille *RP* : dit l'agent *M.*

f. et j'ai ma conscience à calmer *RP* : car on a une conscience *M.*

g. outre que... entendue *add. RP.*

h. bourgeois *RP* : honnête homme *M.*

Page 191 :

a. Ça va, fit Gondureau... Demandez monsieur Gondureau *RP* : Ça va, fit l'inconnu *M.*

b. du cours de Cuvier *RP* : de son cours *M.*

c. du célèbre chef de la police de sûreté *RP* : de l'inconnu *M.* *Ici l'écrivain signe De Balzac et ajoute :* « La livraison suivante contiendra le § IV et dernier intitulé LA MORT D'UN PÈRE ». *Cette coupure n'a pas été observée dans RP qui, comme les éditions, enchaîne.*

d. — Pourquoi n'en finissez-vous pas... Michonneau *add. RP.*

e. *puff F* : puuf *C* : pouf *ant.*

f. et il serait homme... abominable *add. RP.*

g. Mais vous *add. W1.*

h. me dire que *C* : que me dire *ant.*

i. Mais, reprit Poiret... monsieur *RP* : Comme l'a dit ce monsieur *M.*

j. tombant une à une... d'eau *RP* : que disait M. Poiret, une à une, et qui tombaient comme les gouttes d'eau *M.*

k. mal *add. W1.*

Page 192 :

a. à l'instar d'une mécanique montée *add. RP.*

b. sans avoir rien conclu *add. RP.*

c. il s'était faufilé... raconter *RP* : il racontait *M.*

d. du sieur *C* : de M. *ant.*

e. sa compagnie... Eugène *WI* : mademoiselle Michonneau vit Eugène *ant.*

f. intime causerie, dont l'intérêt *RP* : causerie à voix basse dont l'intérêt ou l'intimité *M.*

g. sans y faire attention *WI* : sans s'en apercevoir *ant.*

h. et vous me répondez... femme-là *add. RP.*

i. serait donc coupable mademoiselle Victorine *RP* serait-elle coupable *M.*

j. innocente ! Eugène *C* : innocente ! Toutes les blondes sont comme ça. La moindre frime les met aux genoux d'un homme. Eugène *RP* : innocente, toutes les blondes sont comme çà... Eugène *M.*

k. d'une semblable union *RP* : qu'elle lui préparait *M.*

Page 193 :

a. se parait... théâtre *RP* : était belle *M.*

b. elle aimait, elle était aimée, elle le croyait du moins *RP* : elle aimait, elle l'avait dit, elle était aimée, elle le croyait *M.*

c. maison ? En se débattant... Heureusement *RP* : maison ? Il avait un fer chaud dans le cœur, il resplendissait de tous les feux de l'enfer. En se débattant contre sa conscience, en sachant qu'il faisait mal, en voulant mal faire, en se disant qu'il rachèterait tout par une vie exemplaire, il s'était embelli de son désespoir. Heureusement *M.*

d. génie, mais dont... en chantant *RP* : génie, il chanta *M.*

e. menaçant *RP* : qui menaçait à tout moment *M.*

Page 194 :

a. Ces *menus suffrages*... crimes à *RP* : Tout cela c'étaient des crimes pour *M.*

b. prodigué *RP* : livré *M.*

c. se livrant *RP* : s'accordant *M.*

d. Nos deux dandies *RP* : Ils *M.*

e. piochés *M* : *après ce mot, Balzac a écrit et rayé* Le jeune Taillefer.

f. Tout... opinion *add.. RP.*

g. faucon *RP* : épervier *M.*

h. mais il sera saigné.... utile *add. RP.*

i. Vous savez *RP* : sachant bien *M.*

j. Bien, mon petit aiglon ! *add. RP.*

Page 195 :

a. en pâlissant *add. RP.*

b. croyait voir *WI* : voyait *ant.*

c. trois *RP* : quatre *M.*

d. La dot vous [*W2* : Elle vous *ant.*] rendra... yeux *add. RP.*

e. plus *RP* : point *M.*

f. qu'elle ne vous aimait pas... Elle vous a *RP* : qu'elle ne voulait pas de vous, parce qu'elle vous a *M.*

g. désespéré. Nigaudinos ! Elle m'attendait *RP* : désespéré... mais elle vous aime bien. Elle m'attendait *M.*

h. trois *RP* : six *M.*

i. Elle veut... secret *add. RP.*

j. rue d'Artois *RP* : rue Taitbout *M. On ne signalera plus cette variante.*

k. Saint-Lazare. Vous *RP* : Saint-Lazare. Hein ! c'est moi qui l'ai dénichée. Vous *M.*

l. Nous avons fait *F* : Oui, nous avons fait *C* : Car nous avons fait *RP* : J'ai fait *M.*

m. mois... mon avoué *RP* : mois. J'ai mis les fers au feu, j'ai montré les dents, mon avoué *M.*

n. francs par an... soleil *RP* : francs d'intérêt de sa dot par an ! J'entends les affaires. Il y a un exploit en route *M.*

o. imprimées en or *add. RP.*

Page 196 :

a. je suis intéressé dans votre changement de quartier *add. RP.*

b. au cinquième *add. RP.*

c. une chambre qui en dépend *RP* : deux chambres *M.*

d. pas vrai ? *add. RP.*

e. ma petite *add. RP.*

f. aller... vous *add. RP.*

g. trottant *C* : trotter *add. RP.*

h. allant *C* : aller *ant.*

i. gaie, pimpante... bonheur *add. RP.*

j. Je crois qu'elles ne sont *W1* : Elles ne sont *ant.*

k. Quand elles me disent... personne ! *add. RP.*

l. Oh ! oui... filles *RP* : Je n'ai pas eu au bras une de mes filles depuis dix ans *M.*

m. Est-ce bon... reconduite *RP* : et je l'ai menée ce matin jusqu'au boulevard Montmartre [chez le tapissier *rayé*], je l'ai reconduite *M.*

Page 197 :

a. je serai là. Oh ! *RP* : je serai là. Mais vous ne savez pas ce que vous êtes pour moi ! Oh *M.*

b. avait l'esprit de remonter dans l'estomac *RP* : remontait ! *M.*

c. ma pauvre fille... que je l'absous *RP* : Pauvre fille, je l'absous *M.*

d. Le bon Dieu... avec moi *add. RP.*

e. des volumes ! *F* : des volumes, quoi ! *ant.*

f. Pendant toute cette bonne matinée *add. RP.*

g. se mourait d'impatience en voyant Rastignac immobile *RP* : ne se tenait pas *M.*

h. Ce duel... lendemain *RP* : Le duel du lendemain *M.*

Page 198 :

a. la façon, les dessins *RP* : les moindres accessoires *M.*

b. que causerait son présent à Eugène *W1* : que lui causerait son présent *ant.*

c. rapporter les moindres effets... tiers *RP* : rendre compte de tout. Il était en tiers *M.*

d. déjà Rastignac... lui-même *RP* : Rastignac pour elle et pour lui *M.*

e. soupe *M* : *Balzac a d'abord écrit* donne un bal de n(uit).

f. L'idée... serait *RP* : Ça me ferait commettre un crime, ça ne serait *M.*

g. veau sur un corps de porc *RP* : veau greffé sur le corps d'un ours *M.*

h. Et il serra... bras *add. RP.*

i. promettez-le moi *add. RP.*

j. n'est-ce pas ? *add. RP.*

k. qu'il est impossible de remettre *W1* : importantes *ant.*

Page 199 :

a. Et si vous nous trompiez, ce serait l'affaire d'un coup de poing *F* : Et si vous nous trompiez, ce serait l'affaire d'un coup de poing *RP* : Si vous trompiez ! *M.*

b. je ne le sais que depuis un moment *add. RP.*

c. Mais *W1* : Non *ant.*

d. lui dire d'empêcher son fils de se rendre *RP* : le prévenir d'empêcher... *M.*

e. il fut interrompu... entendre *RP* : la voix de Vautrin se fit entendre *M.*

f. O Richard, ô mon roi ! / L'univers t'abandonne... *RP* : Ma Fanchette est charmante / Dans sa simplicité *M.*

g. Et l'on m'a vu... *add. RP.*

Page 200 :

a. à table *add. RP.*

b. d'esprit *RP* : de verve *M.*

c. Il fut pétillant... convives *add. RP.*

d. en s'apercevant que la vieille fille l'examinait *add. RP.*

e. dit-il en guignant le vieil employé *add. RP.*

f. répondit Vautrin *add. RP.*

g. Ce sera *add. RP.*

h. Vous seriez *RP* : Vous poserez *M.*

Page 201 :

a. et vous feriez mieux... estomaque *add. RP.*

b. Bordeaux *RP* : Bordeauxe *M.*

c. dit-il... tu *RP* : Comment, Christophe, tu *M.*

d. Chinois, amène les liquides *RP* : Arrive *M.*

e. dit Christophe en lui présentant la bouteille *add. RP.*

f. Après avoir rempli... dégusta *RP* : Vautrin versa un verre de vin de Bordeaux à Eugène et au père Goriot, puis s'en versa lentement *M*.

g. et tout à coup il fit une grimace *RP* : il y goûta, fit une grimace *M*.

h. seize *RP* : quinze *M*.

i. huit *RP* : sept *M*.

j. Chacun... girandole *add. RP*.

k. lui cria Vautrin *add. RP*.

l. Pourquoi pas... coûte *add. RP*.

Page 202 :

a. s'écria Rastignac *add. RP*.

b. que le cœur *add. RP*.

c. dit madame Vauquer *add. RP*.

d. Mais quant aux biscuits, aboulez *RP* : Mais donnez les biscuits *M*.

e. fut *C* : furent *ant*.

f. féroces, au milieu desquels... à casser la tête *RP* : fous, un tapage à casser la tête *M*.

Page 203 :

a. se pencher *RP* : dire *M*.

b. et lui dire *add. C*.

c. nous ne sommes pas... notre *RP* : vous n'êtes pas... votre *M*.

d. le bon Dieu seul... passage *RP* : il n'y a que le bon Dieu qui puisse se mettre en travers *M*.

e. fautes d'écolier *RP* : imprudences *M*.

f. la farine est pétrie *RP* : la pâte est levée *M*.

g. tête... emportera *RP* : tête. Nous aurons quelques petits remords, ça passera *M*.

h. Franchessini vous *add. RP*.

i. de Michel Taillefer *C* : de M. Victurnien Taillefer *add. RP*.

j. J'ai déjà pris... trois cent mille *add. RP*.

k. un brouillard lumineux *RP* : le brouillard lumineux des rêves *M*.

l. bientôt... s'en allèrent *RP* : Il put voir les pensionnaires s'en aller *M*.

m. Rastignac aperçut... pleines *RP* : il vit madame Vauquer se lever en disant *M*.

n. disait la veuve... Eugène *add. RP*.

o. dit (M.) Vautrin *add. RP*.

Page 204 :

a. au boulevard admirer *RP* : au spectacle voir *M*.

b. une grande pièce tirée *RP* : tiré *M*.

c. y mène *RP* : régale *M*.

d. de Chateaubriand *add. C*.

e. — Comment, ma voisine... Victorine *add. RP*.

Page 205 :

a. En plaçant... toujours *RP* : Dors, mon enfant, clos ta paupière, dit-il en le baisant au front *M*.

b. souffla-t-il *RP* : dit-il *M*.

c. et vous serez sa petite femme... Allons, maman *RP* : et je vous le prédis, vous serez heureux, riches, considérés... — Et, dit-il à haute voix, ils eurent beaucoup d'enfants. Allons, maman *M*.

d. dit-il... étreignit *add. RP*.

e. le chapeau, la belle robe à fleurs, l'écharpe de la comtesse *RP* : le chapeau de la comtesse... l'écharpe *M*.

f. soi-même : *le* s *en surcharge sur un* m.

g. Et il partit... citrouilles *RP* : ô Richard, ô mon Roi *M*.

h. toits... voilà *RP* : toits. Il connaît la galanterie française. Voilà *M*.

i. Ce vieux cancre-là... Mais *add. RP*.

Page 206 :

a. il ne sait pas ce que c'est qu'un excès *RP* : il n'a jamais fait d'excès *M*.

b. trente-et-un ans *M* : *Balzac a d'abord écrit* trente-cinq.

c. A eux deux, ils feraient *RP* : Vous feriez *M*.

d. taisez-vous donc... choses *add. RP*.

e. Bah ! fit madame Vauquer *RP* : Bah, madame Couture *M*.

f. votre grand corset *add. RP*.

g. Sylvie. Non... imprudence *RP* : Sylvie, c'est d'une imprudence *M*.

h. Ça m'est égal... Victorine *add. RP*.

Page 207 :

a. paisible *RP* : pur et paisible *M*.

b. battant *C* : battre *ant*.

c. Heureuse de pouvoir... chose *RP* : Victorine était heureuse de cette circonstance qui lui permettait de sentir le cœur du jeune homme battre sur le sien [d'échanger la douce *rayé*] à la faveur d'un de ces actes de charité [qui satisfont *rayé*] dans lesquels s'épanchent tous les sentimens de la femme. Il y avait quelque chose *M*.

d. A travers... tumultueux *RP* : et à travers mille pensées s'élevait dans son cœur un tumultueux *M*.

e. jaune *M* : *Balzac a d'abord écrit* blanche.

f. mais où le ciel semble se refléter *RP* : parce que le ciel semble s'y refléter *M*.

g. ma fille *add. RP*.

h. Son ivresse fait son éloge *add. RP*.

i. voici monsieur Vautrin... expressions *RP* : voici M. Vautrin, je ne voudrais pas qu'il nous vît ainsi. Cet homme a des expressions *M*.

j. gênent *M* : blessent *rayé sur M*.

k. tu te trompes ! Monsieur Vautrin est un brave homme, un peu dans le genre *RP* : c'est un bonhomme dans le genre *M*.

Page 208 :

a. bras *RP* : mains *M*.

b. l'auteur de *add. RP.*

c. dit-il en contemplant Eugène *add. RP.*

d. en dormant... ce qui *RP* : en dormant, quand on a l'âme pure, et ce qui *M*.

e. figure. Voyez, n'est-ce pas un chérubin *RP* : figure. Chérubin, va ! c'est un chérubin *M*.

f. je voudrais *M* : *Balzac a écrit et rayé ensuite* le manger et...

g. En les admirant... créés *RP* : Je ne sais pas, madame Couture, j'ai dans l'idée que Dieu les a créés *M*.

h. s'écria-t-il à haute voix *add. RP.*

i. que vous soyez jamais séparés dans l'avenir *Wı* : que l'avenir vous sépare *ant.*

j. En vous voyant unis... prospérité *add. RP.*

k. Je me connais... aventure *add. RP.*

l. qu'aperçois-je ? Foi d'honnête homme *add. RP.*

m. jeune, beau... Vautrin *add. RP.*

n. Vauquerre... astrrre *F* : Vauquerrre... astre *ant.*

o. lui dit-il... busc *add. RP.*

Page 209 :

a. mais je ramasserai... Couture *add. RP.*

b. reprit Vautrin... Victorine *add. RP.*

c. au-dessus de leurs têtes... écoute *add. RP.*

d. à sa pensionnaire *add. RP.*

e. ajouta-t-elle à voix basse *add. RP.*

f. relatives à une personne *add. RP.*

g. peut-être est-ce un péché... fleurs *RP* : c'est un péché peut-être, mais je ne [le regretterai pas *rayé*] porterai pas de fleurs *M*.

h. mère, dont... l'héritage *RP* : mère, il garde ton héritage *M*.

i. Ma cousine avait une belle fortune *RP* : Ta mère avait de la fortune *M*.

j. il n'a jamais... contrat *RP* : c'était en argent et ça n'a pas été mis sur le contrat *M*.

k. Mon bonheur... ici *RP* : Je ne voudrais pas être heureuse par la mort de quelqu'un. Et mon frère ! *M*.

l. ce bon : *add. C et rayé sur M.*

Page 210 :

a. qui, tu le vois... conduire ? *RP* : qui a de la religion, tu vois ! ce n'est pas un incrédule, les voies de la providence... *M*.

b. transporter *RP* : monter *M*.

c. d'Eugène *RP* : de celui qu'elle aimait *M*.

d. criminel *add. RP.*

e. dans une seule pensée *add. RP.*

f. en fit... longtemps *add. RP.*

g. narcotisé *RP* : préparé à l'opium *M*.

h. Bianchon, à moitié gris... Collin *RP* : Bianchon qui comptait demander à Mademoiselle Michonneau ce que c'était que Trompe-la-Mort, ce nom aurait certes éveillé la prudence de Vautrin, qui était en effet Jacques Collin *M*.

i. Elle venait de sortir, accompagnée de Poiret, pour aller trouver *RP* : Elle sortit le soir même et alla trouver *M*. *Après ce mot, Balzac a écrit et rayé* Vidocq.

j. de sûreté, petite rue Sainte-Anne... Au geste *RP* : sûreté [dans lequel elle avait *rayé*] qu'elle avait reconnu malgré son déguisement bourgeois, et la vieille fille résolut de [mettre le *rayé*] mêler au café à la crème de Vautrin la potion que lui remit l'aide de camp du préfet de police. Au geste *M*.

k. que fit *M* : qui échappa *rayé sur M*.

Page 211 :

a. que la police... à temps *RP* : que le chef de la police de sûreté pouvait, d'après ses relations avec les traîtres du bagne, espérer arriver en temps utile *M*

b. à ce renard... détourner *RP* : à ce rusé renard, il se prit à sourire et détourna *M*.

c. la *sorbonne* la plus dangereuse *RP* : l'homme le plus dangereux *M*.

d. Voilà tout. Les coquins *RP* : Ils *M*.

e. enfin... tous *add. RP*.

f. ne vous laissera jamais sa *tronche* en place de Grève *RP* : ne viendra jamais se faire guillotiner *M*.

g. Sorbonne et *tronche*... coupée *incorporé au texte dans C* : *add. RP. en note appelée par* Grève.

h. Collin nous joue, reprit-il *C* : Il nous joue *ant*.

i. hommes, en façon de *add. RP*.

Page 212 :

a. nous avons la ressource... nourriture, et *RP* : nous n'avons qu'une ressource, c'est de les tuer s'ils font résistance pendant leur arrestation, ça évite le procès, des frais et *M*.

b. les procédures... l'exécution *RP* : La nourriture, [la cour de *rayé*] les témoins, l'exécution *M*.

c. aurez. Il y a... centaine *RP* : aurez. La tête de Trompe-la-Mort [évite *rayé*] sauve [dix *rayé*] une centaine *M*.

d. et nous éviterons *RP* : évite *M*.

e. qui se tiendront... de la *RP* : qui en resteront à la *M*.

f. Selon les vrais philanthropes, se conduire ainsi, c'est *C* : Selon les philant[h]ropes qui écrivent, se conduire ainsi, c'est *RP* : C'est, comme disent les philantropes *M*.

g. Eh bien [*C* : Ah bien *W* : Ha, bien *RP*], répliqua... injuste *RP* : Oui, dit le chef, et l'on est bien injuste *M*.

h. Nous rendons... ignoré *add. RP*.

i. soi *F* : lui *C*.

j. et d'un chrétien... vie *add. RP*.

k. demain *add. RP.*

l. Gondureau : *première apparition de ce nom dans M.*

m. volé *W₂* : pris *ant.*

n. sens *RP* : c'en *M.*

o. et ce qu'il vous demande est simple *RP* : c'est simple *M.*

Page 213 :

a. Jusqu'alors *add. RP.*

b. péripéties *M* : vicissitudes, événemens *rayé sur M.*

c. vin *RP* : vin opiacé *M.*

d. Victorine... elles *RP* : Vautrin... ils *M.*

e. Vautrin... servi *add. RP.*

f. vers onze heures un quart *add. RP.*

g. et dans lequel la crème pour son café chauffait *C* : et qui chauffait *ant.*

h. se trouvèrent réunis *RP* : arrivèrent à être attablés *M.*

Page 214 :

a. n'était-ce pas se perdre *add. RP.*

b. Etes-vous malade ? pourquoi se loger *RP* : Vous êtes souffrant, vous êtes malade. Pourquoi donc êtes-vous *M.*

c. Un mot me suffira... Qu'est-il *RP* : Je ne veux qu'un mot : — je viens ou je suis au lit. Mais mon père serait venu ? Qu'est-il *M.*

d. en froissant la lettre sans l'achever *add. RP.*

e. Le forçat évadé *RP* : Il *M.*

f. ont le don : *M* : *Balzac a d'abord écrit et rayé* possèdent.

g. Frédéric *F* : Michel *C* : Victurnien *ant.*

h. front *F* : *Balzac a écrit et rayé ensuite* qui l'a presque atteint.

Page 215 :

a. de l'évènement... Paris ? *add. RP.*

b. qui lui disait... larmes ! *add. RP.*

c. est *C* : va être *ant.*

d. La mort... de l'adopter *add. RP.*

e. elle était... elle est *add. RP.*

f. de plusieurs *RP* : de cinq *M.*

g. Vous avez mis la main au bon endroit *add. RP.*

h. et lui vit... demanda-t-il *add. RP.*

Page 216 :

a. Les Italiens ont un bon mot : *col tempo* ! *add. RP.*

b. disait-il à haute voix, en se parlant à lui-même *RP* : se disait-il *M.*

c. sourire. En ce moment... leva *RP* : sourire, mais il commença à sentir l'effet du narcotique, il se leva *M.*

d. Sylvie... Grimprel *RP* : Monsieur Rastignac ! [*en surcharge sur* Christophe] courez chez monsieur Bianchon *M* [Grimprel *C* et *RP* : Grimpel *W*].

e. Rastignac, heureux... courant *RP* : Rastignac sortit *M.*

f. Christophe... apoplexie *RP* : Christophe [*Balzac a d'abord écrit* Sylvie], chez l'apothicaire *M.*

Page 217 :

a. qui aidée par Poiret avait défait les *RP* : qui défaisait les *M.*

b. ôtez-lui donc sa chemise *add. RP.*

c. vite ! Soyez donc bon... Baba *RP* : donc ! dit-elle à Poiret, vous êtes là comme une bête *M.*

d. appliqua... claque *RP* : donna sur l'épaule du malade une claque bien appliquée *M.*

e. rouge *M* : *Balzac a écrit et rayé ensuite* puis elle le remit.

f. Tiens... couchant *RP* : Trois mille francs de gagnés, s'écria Poiret *M.*

g. peut-être *add. RP.*

h. — Non... la Vauquer *add. RP.*

i. aventures *RP* : événemens *M.*

j. dit la veuve... cœur *add. RP.*

k. dit Poiret étonné *add. RP.*

Page 218 :

a. se-passe (un spasme) *RP* : spasse *M.*

b. Il est fort... rouge *W1* : *ces propositions dans deux ordres différents, le texte étant le même, dans RP et M.*

c. les rouges *add. RP.*

d. Ça nous regarde... malades *add. RP.*

e. doucement... pied *add. RP.*

f. Si cependant... parler *RP* : S'il meurt, cependant, et sans parler *M.*

Page 219 :

a. *Le Pilote? Le Pilote* était ...fameuse *RP* : le pilote qui vient de paraître? il y a dans les nouvelles du matin une fameuse *M.*

b. comte *W2* : colonel *ant.*

c. duel avec... pouces *RP* : duel à huit heures, il a deux pouces *M.*

d. d'un bon œil, toi *add. RP.*

e. pour ne pas... femme *RP* : Il n'y a pas de femme *M.*

f. Après qui donc en as-tu ? es-tu fou ? *add. RP.*

g. Tu as la *C* : Tu as, sapristie, la *RP* : Tu as, sapristie, bien la *M.*

h. lui dit Eugène *add. RP.*

i. Ah [Ha !] dit Bianchon... vérifier *RP* : Bianchon laisse Rastignac seul *M.*

Page 220 :

a. pour le bonhomme... Ah ! *RP* : pour son père. Ah ! *M.*

b. je puis recevoir cela, D'ailleurs *add. RP.*

c. certes, et pourrai tout rendre *RP* : je rendrai certes *M.*

d. dans cette liaison *add. RP.*

e. et ce qui nous avilit... abdiquer ? *add. RP.*

f. à cet Alsacien... heureuse *add. RP.*

g. longtemps. Quoique la ... vers *RP* : longtems, sur les quatre heures et demie, à la nuit tombante, il fut ramené vers *M.*

h. d'ailleurs *add. W1.*

i. Après avoir eu l'idée... salle à manger *RP* : Bianchon avait eu l'idée d'administrer un vomitif à Trompe-la-Mort, qui précisément à l'heure où rentra Rastignac se trouvait en pantoufles dans la salle à manger *M.*

Page 221 :

a. les pensionnaires, curieux... aventure *RP* : les pensionnaires, moins madame Couture, mademoiselle Victorine et le père Goriot, étaient réunis et devisaient de cette nouvelle *M.*

b. Vautrin... frissonna *RP* : Vautrin. Il frissonna *M.*

c. qui aurait dû tuer un bœuf... fort ! *add. RP.*

d. d'un monsieur... bien *RP* : d'un trompe-la-mort *M.*

e. à laquelle ce jet de volonté cassa *W* : à laquelle il cassa *RP* : lui cassa *M.*

f. La vieille fille se laissa couler sur *RP* : et la fit cheoir sur *M.*

g. comprenant qu'elle était en danger *add. RP.*

h. en déposant... nature *add. RP.*

i. sur le pavé de la rue... Le premier *RP* : sur le pavé. Puis, par la porte du salon, trois hommes se présentèrent. Le premier *M.*

j. trois *RP* : deux *M.*

k. des officiers de paix *RP* : ses agens *M.*

Page 222 :

a. dit un des officiers... Bientôt *RP* : A ces mots *M.*

b. pour livrer passage à trois de ces hommes *RP* : pour laisser passer les trois hommes *M.*

c. qui suivaient les agents occupèrent *RP* : occupaient *M.*

d. se montrèrent à *add. RP.*

e. s'arrêtèrent *F* : s'attachèrent *ant.*

f. l'escalier. Le pas... Le chef *RP* : l'escalier. Tous les regards étaient attachés sur Vautrin. Le chef *M.*

g. perruque et rendit... son *RP* : perruque. Alors la tête de Collin apparut dans toute son *M.*

h. horreur. Accompagnées... sang *RP* : horreur. Elle ne pouvait se comprendre qu'accompagnée de ses véritables cheveux rouges petits et courts qui lui donnait un épouvantable caractère de force mêlée de ruse. Le sang *M.*

i. sur lui-même par... cris *RP* : sur lui-même, et arracha un cri *M.*

j. et s'appuyant de la clameur générale *add. RP.*

k. Collin comprit... comparé *RP* : Collin se calma et donna les [*lacune*] plus extraordinaire, et qui ne peut être comparable *M.*

l. en un clin d'œil *add. RP.*

m. La goutte d'eau... éclair *add. RP.*

n. dans tes jours de politesse *RP* : poli *M.*

Page 223 :

a. chef de la police de sûreté *RP* : chef qu'il connaissait bien *M*.

b. aux gendarmes... Messieurs les gendarmes *add. RP.*

c. Un murmure... salle *add. RP.*

d. lui dit... mépris *add. RP.*

e. Je ne nie rien... Collin *RP* : Je ne nie rien, je suis Jacques Collin *M*.

f. *trimar* domestique *RP* : carreau *M*.

g. de maman Vauquer... Mon Dieu ! *RP* : de maman... Ce n'est pas un guet-apens ! Un homme assis au coin de la table remplissait les blancs d'un [papier timbré *rayé*] procès-verbal. Madame Vauquer, en entendant ces mots, tomba en faiblesse en disant : — Mon Dieu *M*.

h. dit-elle à Sylvie *add. RP.*

i. d'être allée *F·* : d'avoir été *ant.*

Page 224 :

a. De la philosophie... Etes-vous *RP* : Le beau malheur, dit-il. Etes-vous *M*.

b. membres flasques d'une *add. RP.*

c. le meilleur d'entre vous ne me résistait pas *add. RP.*

d. avec la rude expression de sa figure *RP* : avec l'expression générale de sa personne *M*.

e. toutefois *add. RP.*

f. Il chanta *add. RP.*

g. Dans sa simplicité *add. RP.*

h. Ne soyez... recouvrement[t]s *RP* : vous savez !... je sais faire mes recouvremens *M*.

i. l'archange *WI* : l'ange *ant.*

j. tu m'as donné... curieuse ! *C* : tu m'as donné un coup de sang pour me faire saigner *add. RP.*

k. Mais qui ? *add. RP.*

Page 225 :

a. s'écria-t-il... effets *add. RP.*

b. envolés *RP.* dénichés *M*.

c. Et vous... front *add. RP.*

d. vendu maintenant. Ce ne peut être que *RP* : vendu. C'est *M*.

e. dit-il au chef de police *add. RP.*

f. de nos billets *RP* : des *jaunets* et des billets *M*.

g. mes petits mouchards *add. RP.*

h. dit-il aux gens de la police *add. RP.*

i. Ninon cariée, Pompadour en loques *add. RP.*

j. Ah ! tu ne t'en doutais pas *RP* : car vois-tu, sans que tu t'en doutes *M*.

k. sans quoi *add. C*.

l. j'aurais eu... disait-il *RP* : ça me contrarie de retourner là-bas, disait-il *M*.

m. Ces gens-là vont se faire un plaisir de me *RP* : Ils vont me *M*.

n. infini pour m'*otolondrer...* serais *RP* : infini, et avant que j'en sois évadé, je ne pourrai pas achever quelques affaires de bourse. Mais je serai *M*.

o. occupations, malgré... Trompe-la-Mort *RP* : occupations, car ils se mettraient tous l'âme à l'envers dans nos trois établissemens pour faire évader leur Trompe-la-Mort *M*.

p. dix mille frères *C* : six cents amis *ant*.

Page 226 :

a. prêts... fierté *add. RP*.

b. dit-il... vieille fille *add. RP*.

c. Ils me regardent... dégoût *RP* : Ils te regardent avec dégoût, et l'on me voit avec terreur *M*.

d. Ramasse ton lot *W2* : Ramasse ton butin *RP* : Prends ton lot *M*.

e. Il fit... pensionnaires *add. RP*.

f. Un forçat... homme *RP* : C'est un homme *M*.

g. et qui proteste... Enfin *add. RP*.

h. de budgets *add. RP*.

i. — Diantre !... dessiner *add. RP*.

j. menin de monseigneur le bourreau *W1* : menin du bourreau *add. RP*.

k. gouverneur *RP* : pourvoyeur *M*.

l. (nom... guillotine) *add. RP*.

m. qui m'a vendu... Vous avez été *RP* : qui m'a vendu ? [Il n'y avait que lui *rayé*] Motus. Gare à lui. — Messieurs, dit-il en voyant entrer les agens qui avaient tout ouvert et inventorié chez lui, et il s'adressait aux pensionnaires, vous avez été *M*.

n. pour moi pendant... des figues *RP* : pour moi, je vous enverrai des figues *M*.

Page 227 :

a. Il fit... Rastignac *add. RP*.

b. de maître d'armes *add. RP*.

c. tu peux disposer de tout *RP* : tout est à toi *M*.

d. ne pussent être comprises que de *RP* : ne fussent entendues que de *M*.

e. étonnés *add. RP*.

f. comme si elle... regards *add. RP*.

g. fort de l'adhésion générale *add. RP*.

Page 228 :

a. doit s'en aller *RP* : s'en aille *M*.

b. en jetant... pourquoi *add. RP*.

c. bondit... se croisa *RP* : bondit, mais il regarda la vieille fille et les pensionnaires, puis il se croisa *M*.

d. peintre... Madame *RP* : peintre, qui prit Madame Vauquer et lui dit brutalement : — Madame *M*.

e. et qu'on leur défende... tous *add. RP.*

f. se dit-elle en s'interrompant elle-même *add. RP.*

Page 229 :

a. deux *RP* : un *M.*

b. place Sorbonne, chez Flicoteaux *RP* : rue de la Harpe *M.*

c. parti *W1* : parti qui lui était *ant.*

d. — A la porte, la moucharde ! - A la porte, les mouchards ! *RP* :
A la porte *M.*

e. — Les mouchards... peintre *add. RP.*

f. Fameux sexorama ! *RP* : Sexorama ! - Fameux sexe ! *M.*

g. portorama *C* : porte *ant.*

h. Quand... formes *add. RP.*

i. en se couvrant de sa casquette et se plaçant sur *RP* : en se mettant sur *M.*

Page 230 :

a. s'écria madame Vauquer, je suis ruinée *add. RP.*

b. Buneaud *F* : Buneau *C* : Buneaud *ant. De même plus bas.*

c. qui vit une cruelle injure *RP* : qui voulut voir une injure *M.*

d. Michonneau, il *RP* : Michonneau, et prit sa casquette, il *M.*

e. L'employé... Dunois *RP* : Partant... Dunois, chanta l'employé
au Muséum *M.*

Page 231 :

a. traduction libre de Virgile, dit le [un *RP*] répétiteur *add. RP.*

b. il ne put... vieille *RP* : il vint à elle *M.*

c. — Bravo, Poiret... Courageux Poiret ! *RP* : — Bravo, bravo !
Poiret, Poiretissime *M.*

d. se laissa couler sur une chaise *RP* : dit *M.*

e. à trois heures... homme *add. RP.*

f. Monsieur Taillefer... compagnie *add. RP.*

g. Quatre *RP* : Trois *M.*

h. cinq *M en surcharge sur* quatre.

i. près de *RP* : prête à *M.*

j. retentit... Sylvie *RP* : ayant retenti dans la rue, elle s'écria :
— Encore quelque chappe-chûte *M.*

k. montra soudain... régénération *RP* : se montra soudain *M.*

l. la fin du monde arrive *add. RP.*

Page 232 :

a. lui dit-il d'un air joyeux *add. RP.*

b. et le fils Taillefer est mort *add. RP.*

c. entendez-vous ? *add. RP.*

d. sa maîtresse *RP* : une jeune fille *M.*

e. prit *C* : eut pris *ant.*

f. Bah ! vous le mangerez brûlé, tant pire ! *RP* : il sera brûlé *M.*

g. l'égayer. Si d'abord... L'insouciance *RP* : l'égayer. L'on se mit à parler de Vautrin, des événemens de cette journée, et bientôt toute la différence qu'il y eut entre ce dîner et celui de la veille fut qu'ayant moins de monde, on parla davantage. L'insouciance *M.*

h. égoïste... dévorer *add. RP.*

i. et madame Vauquer... Sylvie *RP* : et l'espérance calma le chagrin momentané de madame Vauquer *M.*

Page 233 :

a. habit bas *add. RP.*

b. meubles *RP* : meubles. A Paris, monnaie fait tout *M.*

c. comme nous allons l'être *add. RP.*

d. se donnent des poignées de main, et qui *add. RP.*

e. y *gobichonner add. RP.*

f. près d'elle le chicotin serait doux comme miel *RP* : Auprès d'elle tout est bon *M.*

g. — Je crois revenir à la vie, dit Eugène *add. RP.*

h. cria le père Goriot *RP* : cria-t-il *M.*

i. menez *M* : *Balzac a d'abord écrit* fendez l'air.

j. là où vous savez *RP* : où je vais *M.*

k. ce cocher *add. RP.*

l. où me conduisez-vous *RP* : où allons-nous *M.*

m. d'Artois *ici tel sur M.*

n. descendit le premier et *add. RP.*

Page 234 :

a. — Allons... à la porte *RP* : Il conduisit Rastignac à la porte *M.*

b. Thérèse *add. RP.*

c. leur ouvrit la porte. Eugène *W2* : ouvrit, et Eugène *ant.*

d. aperçut, à la *RP* : aperçut un dîner servi, et à la *M.*

e. monsieur qui ne comprenez rien *add. RP.*

f. sortit *F* : s'en alla *ant.*

g. joie... nerveuse *RP* : joie, il était ivre de bonheur, saisi par ce dernier contraste de sa destinée dans un jour où il avait été soumis à tant de tentations *M.*

h. ni *C* : et sans *ant.*

i. lui rappelèrent... Delphine *RP* : étaient, sur une plus petite échelle, celle qu'elle occupait chez elle *M.*

j. un *C* : le *ant.*

Page 235 :

a. dans un cœur de femme aimante *RP* : dans ce cœur de femme et lui dit à l'oreille *M.*

b. lui dit-elle à l'oreille *W1* : lui dit-il à l'oreille *add. RP. Une erreur paraît s'être glissée dans le texte de W1.*

c. et sincères *add. RP.*

d. serai *RP* : suis *M.*

e. dît *W1* : dise *ant.*

f. qu'il fût pris *W1* : donné qu'il fût *RP.*

g. dit le père Goriot en grognant... était en rapport *RP* : dit le père Goriot. Sa fille lui pressa la main. Le cabinet était en rapport *M.*

h. table. — Oui *W1* : table. Eugène parut inquiet. — Oui *RP.*

i. Hélas ! *add. RP.*

j. je les sens trop pour ne pas les mériter *RP* : je les mérite *M.*

Page 236 :

a. de ses idées généreuses *add. RP.*

b. à moi *add. RP.*

c. Mon sort est dans un mot. Parlez *add. RP.*

d. ajouta-t-elle... pause *add. RP. Après* raisons, *Balzac a écrit et rayé* ou je sors et je ne le revois jamais.

e. Le père Goriot... querelle *add. RP.*

Page 237 :

a. reprit-elle... reculez *add. RP.*

b. Ne pourrez-vous... aujourd'hui *RP* : Ne pourrez pas me rendre [*sic*] *M.*

c. en leur nom dans les tournois *add. RP.*

d. les choses que je vous offre sont *RP* : ceci, ce sont *M.*

e. le grenier... papa *RP* : votre grenier *M.*

f. la main. Mon Dieu *C* : la main. Eugène restait immobile. Mon Dieu *ant.*

g. en sortant de son extase *RP* : qui s'était complu à écouter sa fille *M.*

h. Bon, je vous tiens *RP* : Ha *M.*

i. Je me suis fait juif *add. RP.*

j. pour tout ce qui se trouve ici *add. RP.*

k. tout au plus *add. RP.*

l. Vous ne me refuserez pas... femme *add. RP.*

m. Eh bien... dit Goriot *RP* : Vous êtes mes enfans, dit-il tout attendri *M.*

n. je t'ai eu décidée... dit *RP* : je t'ai vu aller de l'avant avec tout le monde, je me suis dit *M.*

o. trouver *W1* : mettre *ant.*

Page 238 :

a. L'avoué prétend... vendu *RP* : L'avoué prétend que ce sera long de te rendre la conduite de ta personne. J'ai vendu *M.*

b. quinze mille *RP* : huit mille *M.*

c. douze cents *RP* : huit cents *M.*

d. cinquante écus *M* : *Balzac a d'abord écrit* cent fr[ancs].

e. et j'aurai encore du reste *RP* : et le reste suffit à mon vêtement *M.*

f. père ! Non, il n'existe pas *RP* : père, vous ! il n'y a pas *M.*

g. que sera-ce maintenant *add. RP.*

h. mes enfants *RP* : mon enfant *M.*

i. mais, Delphinette *add. RP.*

j. Allez... quittes ! *add. RP.*

k. Et le vieillard serrait sa fille *RP* : Il la serrait *M.*

l. Ah ! tu me fais mal *RP* : Ha vous me faites mal *M.*

m. Il la regarda... Non, non *RP* : et il la regarda, il baisa la ceinture que ses doigts avaient trop pressée, non, non *M.*

n. reprit-il... cri *add. RP.*

o. en la lui baisant avec précaution *add. RP.*

p. sans quoi il se fâcherait *RP* : nous verrons pour le surplus *M.*

Page 239 :

a. ses millions *RP* : ses cinq millions *M.*

b. et, son frère mort... Crésus *C* : et, son frère mort... Nessus *RP* : et voilà son frère mort *M.*

c. En février de cette année *RP* : le 25 janvier 1820 *M.*

d. ne peuvent l'être *RP* : le sont *M.*

e. Désormais... je puis *RP* : Désormais, elle sera heureuse ! Je puis *M.*

f. Mangeons... nous *RP* : Mangeons, tout ici est à nous *M.*

g. au milieu de ses nattes de cheveux *RP* : dans ses nattes *M.*

h. Tais-toi *add. RP.*

i. fou *RP* : enfant *M.*

Page 240 :

a. il frottait sa tête contre sa robe ; enfin *add. RP.*

b. Ce sera pourtant bien gênant quelquefois *RP* : C'est souvent bien gênant. *M.*

c. principe de toutes les *RP* : secret de quelques *M.*

d. autour de *add. W1.*

e. chambre. Il faudra... Oui *RP* : chambre. — Après-demain, répondit Delphine. — Il faudra donc nous quitter ce soir ? — Oui *M.*

f. avec moi, dit-elle d'un air fin. Demain est un jour *RP* : moi, c'est jour *M.*

g. que l'amour du père... étendue *RP* : que celle du père était plus grande que la sienne, parce qu'aucun intérêt ne l'entachait *M.*

h. et son adoration... avenir *add. RP.*

Page 241 :

a. Qu'est-ce que la vie... meubles *add. RP.*

b. Le Savoyard... dit *RP* : Il dormait, il se réveilla et dit *M.*

c. — Ah ! dame !!... rubriques *add. RP.*

d. reprit la veuve *add. RP.*

e. pour quinze francs par mois *add. RP.*

Page 242 :

a. Car, vois-tu... monde *add. RP.*

b. à ce qu'on dit... Sylvie *RP* : qu'on dit, mille écus, des rentes *M.*

c. Ne m'en parle pas, ce n'est qu'une *RP* : C'est une *M.*

d. Buneaud *ici tel dans tous les textes.*

e. par dessus le marché *RP* : encore *M.*

f. volé *W1* : violé *ant.*

g. Mais elle est capable... homme *add. RP.*

h. Mon dernier atout *RP* : le dernier atout *M* [atout *en surcharge sur* coup].

i. si je suis *RP* : je suis *M.*

Page 243 :

a. de *chigner add. RP.*

b. qu'elle se vide les yeux *add. RP.*

c. et montra... vraie douleur *RP* : mais c'était la vraie douleur *M.*

d. profonde... regard *RP* : profonde, et le regard *M.*

e. Bianchon, dont l'internat... viendrait *RP* : Bianchon était mécontent de son hôtel garni, et viendrait *M.*

f. en jetant... prendra-t-elle *RP* : jettant au hasard un regard lugubre *M.*

g. s'il nous a quittés *add. RP.*

h. pronostic *M. Après ce mot, Balzac a rayé* Il était environ midi, le père Goriot ... *Renonçant à poursuivre, il écrit ce titre de chapitre (l'unique titre de chapitre de M)* : La mort d'un père. *Ici finit le chapitre* TROMPE-LA-MORT *et commence un chapitre* LES DEUX FILLES *dans RP et W1.*

i. Vers midi : *ici commence un long passage ajouté dans RP.*

Page 244 :

a. du baron *C* : de M *ant. Plusieurs corrections identiques plus loin dans C.*

Page 245 :

a. mieux *W1* : plus *RP.*

b. objet. Mais l'étudiant... pas *W1* : objet. Jusqu'alors Rastignac n'avait pas *RP.*

Page 246 :

a. longtemps *W2* : quelque temps *ant.*

b. feu, fraîche *W1* : feu, nonchalante, fraîche *RP.*

Page 248 :

a. notre vie heureuse. *Ici prend fin le passage ajouté dans RP. Pas de tête de chapitre dans RP et W1, qui enchaînent.*

Page 249 :

a. Le lendemain... Neuve-Sainte-Geneviève *RP* : Le lendemain, la veille du jour où M. Goriot et Rastignac comptaient quitter la pension bourgeoise, sur les midi, le bruit d'un équipage retentit dans la rue

Neuve Ste-Geneviève et la voiture s'arrêta précisément à la porte de
la maison Vauquer *M*.

b. demanda... pension *RP* : demanda son père *M*.

c. Sur la réponse affirmative *RP* : et d'après la réponse *M*.

d. l'escalier. Eugène se trouvait chez lui *RP* : l'escalier, et vit
pour la première fois le bouge où demeurait M. Goriot. Eugène était
à travailler *M*.

e. le sût. Il avait... qu'elle ne devait avoir *RP* : le sût, car le père
Goriot venait de rentrer et croyait l'étudiant parti pour son cours. En
reconnaissant la voix de Delphine, Eugène se tint coi [d'abord préoccupé *rayé*], il pensa qu'elle ne devait avoir *M*.

Page 250 :

a. voix altérée... Tu viens *RP* : voix faible. Mais tu viens *M*.

b. arrivé de si pressant... Votre avoué *RP* : arrivé ? — Il est arrivé,
mon père, que votre avoué *M*.

c. éclatera *RP* : aurait éclaté *M*.

d. et je suis accourue... noie *add. RP*.

e. Eh bien *C* : Alors *ant*.

f. sa ruine et la mienne. Je lui ai répondu... Il a jeté *RP* : sa ruine
et la mienne et m'a mis au fait de ses affaires. Il a jetté *M*.

g. dans des entreprises... Si *RP* : dans deux entreprises, et si *M*.

Page 251 :

a. mienne en plaçant *RP* : mienne, en m'achetant des terres et me
plaçant *M*.

b. à la fin desquelles *RP* : telles que *M*.

c. maison *M* : *Balzac a écrit et rayé ensuite* et s'engage à me donner
mille f...

d. mais à la plus sourde *add. RP*.

e. afin d'atteindre... crédit *add. RP*.

f. afin de le pousser... davantage *add. RP*.

g. à ces sornettes *RP* : à tout *M*.

h. C'est un comédien ! *add. RP*.

i. se mettent à être *RP* : sont *M*.

j. Il veut rester... sien *add. RP*.

k. Il est... gars *RP* : il est fin, perfide, rusé, mauvais gars *M*.

Page 252 :

a. les titres recognitifs *RP* : les coupons, les traités, enfin les titres
recognitifs *M*.

b. des averses *add. RP*.

c. mes anges *add. RP*.

d. Ceci me ferait mourir *RP* : Je mourrais *M*.

e. est *W* : soit *RP* : est *M*.

f. heureusement *add. RP*.

g. Jour de Dieu ! tu *RP* : et tu *M*.

b. ou je fais... victimaient *add. RP.*
i. tricoterons ferme... droit *RP* : tricotterons *M.*

Page 253 :

a. Allons... calme *RP* : Allons, vérifions ! Je ne serai calme *M.*
b. et que je la verrai de mes yeux *add. RP.*
c. velléité de *add. RP.*
d. et si vous montriez des intentions trop hostiles *add. RP.*
e. Il vous connaît *add. RP.*
f. le scélérat *add. RP.*
g. tout en lui... méprise *RP* : tout est semblable *M.*
h. ce vil *C* : *M.* de *ant* : mon mari *rayé sur M.*
i. si je voulais lui servir de *RP* : son *M.*
j. pour les gendres... bourreau *add. RP.*
k. Écoutez... l'enveloppait *add. RP.*

Page 254 :

a. pour complice *add. RP.*
b. Est-ce clair ? *RP* : Voilà ses discours en deux phrases *M.*
c. improbe... d'être *RP* : de deux voleurs ou je suis *M.*
d. sous son *C* : et sous *W2* : en son *RP.*
e. Nucingen *C* : Nucingen et Cie *ant.*
f. ruinée. Il m'achète... Eugène *RP* : ruinée. Je ne doute pas qu'il n'ait des valeurs considérables, mais où sont-elles ? à Londres, à Amsterdam. Comment les saisir. Eugène *M.*
g. qui tomba sans doute *add. RP.*
h. chambre. — Mon Dieu *RP* : chambre, et cette épouvantable exclamation. — Mon Dieu *M.*
i. Pardon... vieillard *add. RP.*
j. il y a... Delphine *add. RP.*
k. Connaissons-nous... mœurs ? *add. RP.*

Page 255 :

a. l'écheveau d'affaires que ton mari a mêlé [es] *W2* : l'écheveau mêlé par ton mari *ant* [son mari *RP par lapsus*].
b. Non, ne pleurez point... manœuvrer *RP* : Ne pleurez pas, je saurai le manœuvrer *M.*
c. — Il m'aime... pour *add. RP.*
d. et faire honneur à mon *add. RP.*
e. qui disait à Sylvie *add. RP.*
f. dit Delphine... sœur *add. RP.*
g. ma fin *RP* : la fin du monde *M.*
h. ne tiendra [it] pas à un double malheur *RP* : n'y tiendrait pas *M.*
i. — Depuis quand ? — Si tu y venais tu [le *add. C*] saurais *add. RP.*
j. cette fois *add. RP.*

Page 256 :

    a. secours-la donc... toi ! *add. RP.*

    b. parle. Tu vois... sûres *RP* : parle. Nous sommes là *M.*

    c. vous souvenez-vous de *RP* : vous savez *M.*

    d. payé beaucoup *RP* : bien payé *M.*

    e. aime, un rien suffit : puis *RP* : aime. Vous savez, un rien, puis *M.*

    f. j'avais tout dévoré *RP* : vous m'avez si souvent obligé *M.*

    g. Mais j'y aurais été, Nasie ! J'irai *add. RP.*

    h. jeté... l'agonie *RP* : jetté, comme si c'eût été l'agonie *M.*

    i. et pleura en mettant la tête sur le cou de *RP* : et saisit la main de *M.*

Page 257 :

    a. l'appuyant *W1* : l'appuya *ant.*

    b. — Tout est donc vrai... malheur ? *add. RP.*

    c. Maxime, enfin pour sauver tout mon *C* : Maxime, enfin tout mon *RP* : Maxime, sa vie, mon *M.*

    d. Que je le [*W* : les *RP*] tue ! cria le père Goriot *add. RP.*

    e. j'ai tout deviné *add. RP.*

    f. qu'il avait couvert de *RP* : en enlevant *M.*

    g. peut être sûr que je *add. RP.*

    h. oui... gorge *add. RP.*

    i. difficile à faire que de mourir. Le ciel *RP* : difficile et que le ciel *M.*

    j. — J'assassinerai... regardée *add. RP.*

Page 258 :

    a. Mais pour... impose *RP* : Et je vous impose *M.*

    b. Notre aîné *C* : l'aîné *ant.*

    c. quand je vous le demanderai *add. RP.*

    d. ce que c'est que de rendre une femme heureuse, elle va chercher le bonheur là *RP* : que le bonheur d'une femme, elle va le chercher là *M.*

    e. de votre niaise impuissance *RP* : de sa faute *M.*

    f. sois en repos... Je *RP* : sois tranquille : Je le jure ! Je *M.*

    g. son fils, qui, sacré tonnerre, est *RP* : son fils, mais c'est *M.*

    h. je puis bien le voir, ce marmot ? *add. RP.*

    i. en lui disant... guise *add. RP.*

    j. Que ce drôle de grand seigneur ne maltraite *RP* : Qu'on ne me maltraite *M.*

    k. à ce qu'on nous dit *add. RP.*

Page 259 :

    a. Venez, venez... père *add. RP.*

    b. Nous n'avons... payer *RP* : Il ne lui faut plus que douze mille francs *M.*

    c. payé trop cher... enfant[s] *RP* : payé cher — fortune — honneur — repos — mes enfans *M.*

d. bonheur, nous avons... Tout *RP* : bonheur aujourd'hui. Tout *M*.

e. pas *RP* : plus *M*.

f. Plus, plus rien *W1* : Plus, plus, plus rien *ant*.

g. C'est la fin... sûr *add. RP*.

h. (Ha), j'ai encore *RP* : j'ai *M*.

i. de revenu... douze *RP* : de rente, j'ai trouvé douze *M*.

j. pour arranger un appartement à Fifine *RP* : dont avait besoin Fifine, pour arranger un appartement *M*.

Page 260 :

a. reprit le père Goriot *RP* : ailleurs ou chez moi *M*.

b. elle me le disait... elle ! *add. RP*.

c. ces *W2* : ses *ant*.

d. francs pour moi... m'a fait *RP* : francs, et quand il m'a fait *M*.

e. Marsay *M* : *Balzac a écrit et rayé ensuite* pouvait faire des choses que mon pauvre Maxime...

f. chose. Tu as... Mes enfan[t]s *RP* : chose. — Oh ! infamie. — Mes enfants *M*.

Page 261 :

a. commis de mal contre moi *RP* : été pour moi *M*.

b. neuf *M* : dix *rayé sur M*.

c. embrassez-vous !... anges *add. RP*.

d. Non, laissez-moi... d'avouer *RP* : Non, laissez-moi, mon père, elle veut se faire croire meilleure que moi. — Ma foi, j'aime encore mieux ne rien devoir à M. de Marsay que d'avoir avoué *M*.

e. coûte *M* : *Balzac a ensuite écrit et rayé* treize.

f. répondit madame de Nucingen *add. RP*.

g. répliqua froidement la baronne *add. RP*.

h. viendriez... m'avez *RP* : viendriez, mais vous m'avez *M*.

i. toutes les deux *add. RP*.

j. Dedel... larmes *add. RP*.

k. lui dit-il à l'oreille *add. RP*.

Page 262 :

a. Delphine épouvantée... tort *RP* : Delphine en pleurs, j'ai eu tort *M*.

b. cœur *M* : *Balzac a écrit et rayé ensuite* Rastignac épouvanté...

c. cria le père Goriot *add. RP*.

d. fit observer la comtesse *add. RP*.

e. Je ferai comme Vautrin *add. RP*.

f. Il s'arrêta comme s'il eût été foudroyé *add. RP*.

g. Si je savais... Banque *add. RP*.

h. Allons, je dois *C* : Allons, il faut *RP* : ô *M*.

i. je ne suis plus père !... raisonnable *add. RP*.

Page 263 :

a. la lettre de change... une lettre de change *RP* [*légères variantes postérieures*] : le timbre de la lettre de change qu'il avait faite à Vautrin et comme il comportait un effet de douze mille francs, il fit une lettre de change *M*.

b. Voici tout votre argent *RP* : le voici *M*.

c. conversation *RP* : discussion *M*.

d. pu savoir ainsi ce *RP* : su ce *M*.

e. tu le savais !... secrets *RP* : tu le savais — livrer mes secrets *M*.

f. Tiens, moi je l'embrasse... ange *add. RP* [un ange, un véritable ange *C* : un ange, un ange, un vrai ange ! *ant.*]

g. continuez... balle *RP* : continuez. Le vieillard sur son lit frappé comme par la foudre *M*.

h. abasourdi par *Wi* : épouvanté de *RP*.

i. qui restait... scène *add. RP*.

j. en l'interrogeant... Delphine *add. RP*.

k. répondit-il sans attendre la question *add. RP*.

Page 264 :

a. en montrant... sauva *C* : en montrant à sa sœur le vieillard évanoui. La comtesse se sauva *RP* : en relevant M. Goriot aidé de Rastignac. La comtesse épouvantée se sauva *M*.

b. demanda-t-il... passera *add. RP*.

c. une migraine *add. RP*.

d. reprit-elle en lui tendant la main *add. RP*.

e. votre voix... encore *add. RP*.

f. suis-je bête *F* : c'est vrai, j'étais bête *ant*.

g. non, je n'irai pas *add. RP*.

Page 265 :

a. tes *C* : ses *ant*.

b. Maxime *F* : monsieur Maxime *ant*.

c. répondit-il... exprimer *add. RP*.

d. demanda Rastignac au vieillard *add. RP*.

e. plus mal que n'est *RP* : aussi mal que *M*.

f. là où il sait perdre ou gagner des monts d'or *RP* : là où il les perd *M*.

Page 266 :

a. demanda-t-elle *add. C*.

b. ayant observé... l'acte *add. RP*.

Page 267 :

a. imminente *RP* : partielle dans le cerveau *M*.

b. Quoique le bas de la figure soit assez calme *add. RP*.

c. lui, vois ! Puis les yeux *RP* : lui — le bas de la figure est assez calme. Les yeux *M*.

d. l'invasion du sérum dans le cerveau *RP* : l'invasion graduel *sic*] du cerveau *M*.

e. Ne dirait-on pas... fine ? *add. RP*.

f. davantage *RP* : davantage et à dîner je te rendrai réponse *M*.

g. Peut-être pourra-t-on *RP* : L'on peut *M*.

h. mort si l'on trouve... jambes *RP* : mort par des réactions aux jambes *M*.

i. soir *M* : *Balzac a ensuite écrit et rayé* son pouls s'accorde...

j. [car] il a dû... succombé *add. RP*.

k. battu *W1* : frappé *ant*.

l. rappelant que les deux filles... père *RP* : rappelant la scène du matin entre les deux filles et le père sur le cœur et le moral duquel elles avaient frappé sans relâche *M*.

Page 268 :

a. secoué. Nos fortunes... naturelles *RP* : secoué, parce qu'il a vu les suites naturelles *M*.

b. faisait *C* : ferait *ant*.

c. Le consoler !... contenue *add. RP*.

Page 269 :

a. en changeant de conversation *RP* : en continuant *M*.

b. Rastignac, n'est-ce pas *RP* : Rastignac, êtes-vous bien sûre ! n'est-ce pas *M*.

c. Si, la veille... elle *add. RP*.

d. dormit *RP* : y resta *M*.

e. tard, attendit... Ce fut *RP* : tard. Il y déjeuna. Ce fut *M*.

f. les deux amants pensèrent *RP* : il pensa *M*.

g. Eugène fit observer qu'il *RP* : et il songea qu'il *M*.

h. éclopé *C* : clopé *W1* : éclopé *RP*.

Page 270 :

a. de Restaurama *add. RP*.

b. La société... ornemen[t]s *add. RP*.

c. cria Sylvie *add. RP*.

d. le quinze [de] février *M* : *Balzac a d'abord écrit* le 30 janvier.

e. trois jours... dix-huit *RP* : trois jours de plus *M*.

f. si vous voulez *RP* : voulez-vous *M*.

g. votre parole me suffira *add. RP*.

h. et appréhendant une catastrophe *add. RP*.

i. vitreux *F* : glauques *ant*.

Page 271 :

a. et dort... ouverts *add. RP*.

b. vers le matin *add. RP*.

c. vaillant *M* : *Balzac a ensuite écrit et rayé* et il est rentré avec un sac d'...

d. il a été faire quelque trafic pour lequel *add. RP.*
e. à Eugène quand ils furent seuls *add. RP.*

Page 272 :

a. — Eh bien... parler *add. RP.*
b. Sa couturière... crédit *add. RP.*
c. ce *C* : M. de *ant.*
d. désespoir. Elle *W1* : désespoir, comprenez-vous ? Elle *RP.*
e. mille francs... m'emprunter *RP* : mille francs que ça coûte, et ne veux la lui donner que si elle les rend, elle a voulu m'emprunter *M.*
f. engager. Son *F, C, W, M* : engager. Elle est dans l'enfer. Son *RP.*
g. que j'aurais donné... cœur *add. RP.*
h. ça peut aller encore *add. RP.*
i. sous mon chevet... Nasie *add. RP.*

Page 273 :

a. comme *M* : *Balzac a ensuite écrit et rayé* du pain, ça me guérira...
b. ses caresses me guériront *RP* : ça me guérira *M.*
c. Enfin... l'apothicaire ? *RP* : j'aurais dépensé ça chez l'apothicaire peut-être *M.*
d. J'aime mieux... amidons *add. RP.*
e. la nuit... l'un *RP* : la nuit, occupés l'un *M.*
f. impossible *M* : *Balzac a d'abord écrit* difficile.
g. la pudibonde *M* : *Balzac a d'abord écrit* l'élégante.
h. gens *M* : *Balzac a ensuite écrit et rayé* A cinq heures du soir, Eugène... sept heures du soir, Eugène reç...

Page 274 :

a. commissionnaire *RP* : domestique *M.*
b. elle-même *add. RP.*
c. dit le père... circonstance *add. RP.*
d. [à Eugène] une lettre de Delphine *RP* : la lettre suivante à Eugène *M.*
e. en écoutant la prière de *Mosé RP* : aux Italiens *M.*
f. Pour les uns... pour les autres *F* : Aux uns... aux autres *ant.*
g. l'infini de la musique *F, W, RP, M* : la musique à l'infini *C.*
h. quand il doit y avoir une exécution *add. RP.*
i. cette femme *RP* : cette noble femme *M.*
j. cette félonie *add. RP.*

Page 275 :

a. imbu *M. Balzac a d'abord écrit* frappé.
b. mettre... voulaient *RP* : mettre et les derniers apprêts à faire, qui semblables aux coups de pinceau par lesquels les peintres achèvent leurs tableaux, veulent *M.*
c. Mais vous ne m'apprendrez pas... pas un mot *add. RP.*

    d. — Madame ! *add. RP.*
    e. dit-elle courant *C* : Elle courut *ant.*
    f. dit Thérèse... parricide *add. RP.*

Page 276 :

    a. de boue dans lequel... grand *RP* : de boue et de sang. — Combien de crimes mesquins ! se dit-il *M.*
    b. Il avait vu... courage *WI* : Sa pensée... angoisses. Il avait vu... Vautrin. Malgré ses bonnes pensées *RP* : Sa pensée... angoisses [*légères variantes*]. Il avait vu les trois grandes expressions de la société, la famille, le monde, et Vautrin — l'Obéissance, la Lutte heureuse et la Révolte. Il n'avait pas le courage *M.*
    c. Déjà... fruits *add. RP.*
    d. lui avait permis de reconnaître la nature du cœur *RP* : lui faisait voir clair dans [l'âme *rayé*] le cœur *M.*

Page 277 :

    a. il n'avait ni la force... Rastignac et Delphine *RP* : il ne se sentait pas la force de jouer le rôle d'un raisonneur. Il cherchait en s'habillant à justifier Delphine en analysant son caractère. Elle était devenue amante, comme M. Goriot était père. Il ne se disait pas la vérité. Rastignac et Delphine *M.*
    b. les passions, par la jouissance *F* : le désir *RP* : l'amour *M.*
    c. que jusqu'alors... lendemain *WI* : qu'il n'avait que désiré cette femme, et qu'il ne l'avait aimée qu'au lendemain *RP.*
    d. Eugène s'aperçut ... plaisir *add. RP.*
    e. adorait *WI* : aimait *ant.*
    f. pour toutes les voluptés... reçues *add. RP.*
    g. quand il fut de retour en costume de bal *add. RP.*
    h. courrons le *WI* : allons l'aller *ant.*
    i. sois gentil *add. RP.*
    j. avec l'accent de la fâcherie *add. RP.*

Page 278 :

    a. voitures *RP* : voitures élégantes *M.*
    b. illuminée piaffait un gendarme *RP* : était un gendarme des chasses *M.*
    c. cette *C* : une *ant.*
    d. si abondamment... chute, que *add. RP.*
    e. En cette circonstance... se montra *RP* : et cette noble créature se montra *M.*
    f. dont elle n'avait accepté *WI* : dont elle méprisait les opinions, et dont elle n'avait accepté *RP.*
    g. et domina... passion *add. RP.*
    h. animaient... sourires *C* : encombraient ses salons de fleurs et de toilettes gracieuses *RP*... de fleurs, de toilettes splendides et gracieuses *M.*

i. les gens illustrés en *C* : illustrations de *ant.*

j. autour de la vicomtesse *add. RP.*

k. sous les *C* : dans les *ant.*

l. sa reine *F* : la reine *C* : elle *RP* : la vicomtesse *M.*

m. pour recevoir ses prétendus amis *add. RP.*

n. ni fausse joie *add. RP.*

o. Vous eussiez dit d'une Niobé de marbre *C* : c'était une Niobé de marbre *RP* : Elle était belle, elle était de marbre comme Niobé *M.*

Page 279 :

a. sourire en expirant *RP* : bien mourir *M.*

b. Le monde... souveraines *add. RP.*

c. Bien *RP* : Noble cœur *M.*

d. auquel je puisse me fier. Mon ami *add. RP.*

e. N'en abandonnez aucune *add. RP.*

f. Sa meilleure amie qui venait aussi *add. RP.*

g. où il devait passer la soirée, et où il le trouva *add. RP.*

h. toutes *M* : *Balzac a écrit et rayé ensuite* « J'ai fait une sottise, reprit-il, j'en suis déjà puni ».

i. vouloir parler... avouer *RP* : vouloir questionner Eugène, ou lui avouer *M.*

j. comme il le fut plus tard *add. RP.*

k. et il eut... sentimen[t]s *add. RP.*

Page 280 :

a. une main tremblante, l'autre levée *C* : la main pendante *ant.*

b. bien exactement, tandis que *add. RP.*

c. verrai *WI* : reverrai *ant.*

d. partir pour aller *add. RP.*

e. préparatifs, signer... comptais *RP* : préparatifs, donner une procuration, je comptais *M.*

f. souvent *RP* : quelquefois *M.*

g. qui m'avez paru... rares *add. RP.*

h. dit-elle en jetant les yeux autour d'elle *add. RP.*

i. Toutes les fois... qui n'est plus *add. RP.*

j. aimez-la bien *add. RP.*

k. Si nous ne nous voyons plus, mon ami, soyez sûr que je *WI* : Nous ne nous verrons plus, mon ami, mais soyez sûr que je *RP* : Nous ne nous verrons plus, je *M.*

l. pour moi *M. Balzac a écrit et rayé ensuite:* D'ailleurs ce monde se conduit bien. Personne n'a eu le mauvais goût...

Page 281 :

a. seule, et personne... Rastignac *RP* : seule. Elle prit le bras de l'étudiant, après s'être essuyé les yeux et les avoir baignés d'eau fraîche. Rastignac *M.*

b. gracieuse femme. Bientôt *FC* : *B. a supprimé tout un long passage, qu'il avait introduit dans RP et qui, dans F, se lisait ainsi* : cette gracieuse femme.

En entrant dans la galerie où l'on dansait, Rastignac fut surpris de rencontrer un de ces couples que la réunion de toutes les beautés humaines rend sublimes à voir. Jamais il n'avait eu l'occasion d'admirer de telles perfections. Pour tout exprimer en un mot, l'homme était un Antinoüs vivant, et ses manières ne détruisaient pas le charme qu'on éprouvait à le regarder. La femme était une fée, elle enchantait le regard, elle fascinait l'âme, irritait les sens les plus froids. La toilette s'harmoniait chez l'un et chez l'autre avec la beauté. Tout le monde les contemplait avec plaisir et enviait le bonheur qui éclatait dans l'accord de leurs yeux et de leurs mouvements.

— Mon Dieu, quelle est cette femme ? dit Rastignac.

— Oh ! la plus incontestablement belle, répondit la vicomtesse. C'est lady Brandon, elle est aussi célèbre par son bonheur que par sa beauté. Elle a tout sacrifié à ce jeune homme. Ils ont, dit-on, des enfants. Mais le malheur plane toujours sur eux. On dit que lord Brandon a juré de tirer une effroyable vengeance de sa femme et de cet amant. Ils sont heureux, mais ils tremblent sans cesse.

— Et lui ?

— Comment ! vous ne connaissez pas le beau colonel Franchessini ?

— Celui qui s'est battu...

— Il y a trois jours, oui. Il avait été provoqué par le fils d'un banquier. Il ne voulait que le blesser, mais par malheur il l'a tué.

— Oh !

— Qu'avez-vous donc ? vous frissonnez, dit la vicomtesse.

— Je n'ai rien, répondit Rastignac.

Une sueur froide lui coulait dans le dos. Vautrin lui apparaissait avec sa figure de bronze. Le héros du bagne donnant la main au héros du bal changeait pour lui l'aspect de la société. Bientôt il aperçut les deux sœurs [*etc.*].

c. puissants que fussent *W1* : puissant que fût *ant.*

d. Il revit alors *FC* : S'il avait revu Vautrin dans le colonel italien, il revit alors *ant.*

e. Ce spectacle... lui dit-elle *add. RP.*

f. — Elle a... père *RP* : Elle a, dit Rastignac à Delphine, la honte au col, et s'est vêtue du linceul de son père ! Elle me fait horreur *M.*

g. Vers quatre heures... s'éclaircir *RP* : Sur les trois heures et demie, les salons commençaient à se vider *M.*

h. Restez donc avec nous *add. RP.*

Page 282 :

a. de Langeais... Elle prit *RP* : de Langeais, venez... Et elle prit *M.*

b. ma chère... prouver *add. RP.*

c. ce soir, comprenez-vous ? Qui vous a vue *RP* : ce soir. Une même douleur va rendre notre amitié vraie. Qui vous a vue *M.*

d. Moi *add. W1.*

e. couvent *W1* : couvent, moi *RP.*

f. vous *add. RP.*

g. monde. — Venez *RP* : monde. Rastignac se montra. — Venez *M.*

h. dit (—elle) d'une voix émue... attendait *RP.*

i. plia *W1* : ploya *ant.*

j. reprit madame de Beauséant *add. C.*

k. Vous pouvez croire à quelque chose *add. RP.*

l. quelques mourants privilégiés *C* : les mouran[t]s *ant.*

m. j'aurai eu... moi ! *RP* : j'aurai vu du moins deux nobles personnes *M.*

n. cinq heures *RP* : quatre heures et demie *M.*

Page 283 :

a. après avoir reçu... croire *add. RP.*

b. crois-le *add. RP.*

c. pierreries. *Ici commence dans RP et W1 un nouveau chapitre* : LA MORT DU PERE. *Dans M, Balzac écrit également* La mort du Père, *titre qu'il avait déjà porté plus haut. W2 enchaîne.*

d. deux *RP* : trois *M.*

e. n'a peut-être pas six heures *C* : n'a peut-être que six heures *add. RP.*

f. zéro au quotient *RP* : il n'y a rien *M.*

g. Et s'ils ne t'en donnent pas ? *RP* : Nous verrons *M.*

h. moment n'est pas... d'un *RP* : moment est de l'envelopper [de graine de mou... *rayé*] d'un *M.*

Page 284 :

a. sans le reconnaître *add. RP.*

b. des larmes humectèrent *RP* : sans que des larmes humectassent *M.*

c. plus *RP* : pas *M.*

d. pour faire les tisanes et préparer bien des choses *add. RP.*

e. hier et cette nuit *add. RP.*

f. ça puait trop... ses filles ! *add. RP.*

g. sera *W2* : serait *ant.*

h. ce matin *M* : hier soir *rayé sur M.*

i. pendant que tu dormais *add. RP.*

j. médecin en chef de l'Hôtel-Dieu et le nôtre *RP* : M. Magendie et M. Flourens *M.*

k. Ces messieurs... symptômes *add. RP.*

l. scientifiques assez importan[t]s *add. RP.*

Page 285 :

a. Écoute-le donc bien... à quel *RP* : Écoute bien, au cas où il parlerait, à quel *M.*

b. c'est *C* : ce sont *ant.*

c. exact *add. RP.*

d. il *C* : et alors il *ant.*

　　e. quelques-unes de *add. RP.*
　　f. sérosités peuvent... Il y a *RP* : sérosités prennent une autre route,
il y a *M.*
　　g. ma petite Delphine... — Delphine, dit *RP* : ma petite Delphine —
Nasie... Oh, fit l'élève en médecine. — Delphine, dit *M.*
　　h. n'est-ce pas ? *add. RP.*
　　i. pour regarder *RP* : il regardait *M.*

Page 286 :

　　a. Les belles âmes... monde *RP* : Toutes les belles âmes s'en vont *M.*
　　b. Ce matin *M* : *Balzac a d'abord écrit* cette nuit.
　　c. demanda l'étudiant en lui prenant la main *add. RP.*

Page 287 :

　　a. rien *C* : rien. Ha ! ha ! ah ! *add. RP.*
　　b. Pour un père *add. RP.*
　　c. sans enfan[t]s *RP* : sans ses filles *M.*
　　d. en paradis *M* : *Balzac a rayé ensuite* y a-t-il un paradis.
　　e. vraies ? Je crois les voir en ce moment telles qu'elles *C* : (Ah !
je souffre comme un damné.) Je crois les voir en ce moment telles
qu'elles *RP* : vraies. Je vois en ce moment ce qu'elles *M.*
　　f. disaient-elles *add. F.*
　　g. je leur faisais... gentiment *add. RP.*
　　h. ensemble, nous dînions... Mon Dieu ! *C* : ensemble, nous dînions,
enfin j'étais père, je jouissais de mes enfans. (Heun ! Heun !). Quand
elles étaient rue de la Jussienne, elles ne raisonnaient pas, elles ne
savaient rien du monde, elles m'aimaient bien ! (Heun ! Heun !)
Mon Dieu ! *RP* : ensemble — Mon Dieu *M.*

Page 288 :

　　a. vous m'avez rendu bien dur *RP* : car je suis dur *M.*
　　b. au mal. Mon Dieu ! *C* : au mal (Ha ! ha ! ha ! c'est à crier)
Mon Dieu *ant.*
　　c. viennent ? Christophe *C* : viennent ? (Ha ! ha !) Christophe *ant.*
　　d. lui. Mais *C* : lui... (ha ! ha !) *ant.*
　　e. Voyez-vous... (Oh ! je souffre trop) *add. RP.*
　　f. longtem[ps]s *M* : quelques heures *rayé sur M.*

Page 289 :

　　a. autre histoire ! *add. RP.*
　　b. un quart *RP* : moins un quart *M.*
　　c. prier ? Ah ouin ! J'ai demandé à parler *RP* : prier vouloir
parler *M.*
　　d. pas. Je *C* : pas (Heun ! heun !) Je *RP* : pas... Je *M.*
　　e. savais. Il *C* : savais. (Heun ! heun ! heun !) Il *ant.*
　　f. Il faut mourir... des enfan[t]s *add. RP.*

g. chassent. Non *C* : chassent. (Heun ! heun ! heun ! heun !)
Non *RP* : chassent (Heun ! heun ! heun !) Non *M*.

h. Je sais... croire *add. RP*.

i. elles me lècheraient les joues de leurs baisers *add. RP*.

j. cela. Mais *C* : cela (Heun ! heun !) Mais *ant*.

k. des filles *RP* : des filles et une famille *M*.

l. à laisser *W1* : à laisser, elles se rouleraient de désespoir *RP* :
à laisser, elles seraient à mes pieds *M*.

m. elles me panseraient... verrais *add. RP*.

n. mon seul enfant *RP* : mon seul ami *M*.

o. l'aime. Non *C* : l'aime (Heun ! heun ! heun !) Non *ant*.

p. riche, je *RP* : riche, vraies ou fausses, je *M*.

q. Ma foi, qui sait ? *C* : Ma foi (Heun !) qui sait *RP* : Qui sait *M*.

r. J'avais... pour moi *RP* : Elles n'ont jamais eu d'amour pour moi,
j'en avais trop pour elles *M*.

s. pour moi. Un *C* : pour moi (Heun ! heun !) Un *RP* : pour elles.
Un *M*.

Page 290 :

a. sournois *RP* : dont on se défie *M*.

b. elles. Les *C* : elles (Je meurs, hâan !) Les *RP* : elles. Les *M*.

c. ans. Si *C* : ans (Heun ! heun !) Si *ant*.

d. (Oh ! je souffre un cruel martyre !) *C* : (Oh ! je souffre un cruel
martyre de cœur et de corps ! Heun ! heun !) *add. RP*.

e. considération. J'avais *C* : considération. (Heun ! heun !) J'avais
ant.

f. encore *add. RP*.

g. affaires. Un *C* : affaires. (Heun ! heun ! heun !) Un *RP* : affaires,
et un *M*.

h. soigner. Et *C* : soigner. (Heun ! heun !) Et *ant*.

i. Et... argent *add. RP*.

j. échappé. Tout *C* : échappé. (Heun ! heun !) Tout *ant*.

k. remède. Je *C* : remède. (Hâan ! haye ! heun !) Je *ant*.

l. J'ai encore ma finesse... savais *RP* : J'ai encore ma finesse,
Je voyais bien que je n'étais pas là aussi à l'aise qu'à la Halle. Je ne
savais *M*.

m. père aux écus, il est riche. — Ah, diable ! *C* : père aux écus, il est
riche. (Heun !) Ah, diable *RP* : père aux écus. Ah, diable *M*.

n. Mais si je les gênais... parfait ? Ma *C* : Mais si je les gênais...
parfait ? (Heun, je souffre bien) Ma *RP* : Malgré cela, j'étais gêné ;
je les gênais quelquefois (heun, je souffre bien] ma *M*.

o. J'aurais voulu... terre *add. RP*.

p. terre. Le *C* : terre (Heun !) Le *RP*.

Page 291 :

a. Le lendemain... huit jours *RP* : Et ce regard, le lendemain,
Delphine me l'a lancé aussi ! J'en suis devenu comme fou. J'ai été
huit jours *M*.

b. Et me voilà à la porte de mes filles *add. RP.*

c. filles. O mon Dieu C : filles (Heun ! heun ! heun !) O mon Dieu *ant.*

d. puisque tu connais les *RP.* connais mes *M.*

e. les souffrances que j'ai endurées... aujourd'hui ? *RP* : mes souffrances à cette époque. Pourquoi souffrais-je [sic] aujourd'hui ? *M.*

f. le péché de les trop aimer *RP* : mes péchés et mes plaisirs *M.*

g. bourreaux. Eh bien *C* : bourreaux. (Heun ! aye ! oh, je meurs !) Eh bien *ant.*

h. Elles se sont bien vengées... bêtes ! *add. RP.*

i. je les aimais tant *RP* : mais je les aime tant *M.*

j. elles étaient mes maîtresses *C* : c'était (heun ! heun ! hâan !) c'étaient mes (han !) maîtresses (hâan !) *ant.*

k. enfin tout ! *C* : enfin tout ! c'était tout *ant* : comme un joueur au jeu... tout ! *add. RP.*

l. me le disaient, et *F* : me l'ont dit, et *C* : me l'ont dit (heun !) et *ant.*

m. pour être bien reçu *add. RP.*

n. tout de même *add. RP.*

o. Oh ! elles n'ont pas attendu le lendemain *add. RP.*

p. gendarmerie *M* : *Balzac a ensuite écrit et rayé* comme des criminelles.

q. la nature, le *C* : la nature (heun ! hâan ! haân !) le *ant.*

r. la justice est pour moi... pères *add. RP.*

s. pères. Oh ! *C* : pères. (Heun ! heun ! heun !) Oh ! *ant.*

t. dites-leur... comme elles font *RP* : dites-leur qu'elles ne me regardent pas froidement comme autrefois *M.*

u. gris *F* : indifférent *ant.*

Page 292 :

a. Depuis le jour... ici ; je n'ai plus eu *C* : Depuis le jour... ici (heun ! heun !) je n'ai plus eu *RP* : Depuis ce jour (heun ! heun !) je n'ai plus eu *M.*

b. sens. Mais *C* : sens... (Heun ! heun ! heun !) Mais *ant.*

c. Dites-le bien... sujet *add. RP.*

d. sujet. Tout *C* : sujet (Heun !) Tout *ant.*

e. ça ne regarde... divine *add. RP.*

f. mes droits *RP* : la majesté paternelle *M.*

g. elles ! Que *C* : elles ! (Heun !) Que *RP* : elles. Que *M.*

h. à la corruption de cette facilité paternelle *RP* : à cette prostitution, à cette corruption *M.*

i. paternelle. Je *C* : paternelle. (Heun ! hâan ! ah !) Je *ant.*

j. Elles veulent... Rien *RP* : Elles veulent le plaisir, comme elles voulaient satisfaire leurs fantaisies de jeunes filles. Rien *M.*

k. cœur. Je *C* : cœur ! (Heun ! heun ! heun !) Je *ant.*

l. la loi est pour moi. Puis *add. RP.*

m. course. Je la payerai. Ecrivez-leur *C* : course (Hâan ! hâan !) Je la (heun !) payerai. Ecrivez-leur *RP* : course... Ecrivez-leur *M.*

n. Parole d'honneur. J'irai *C* : Parole d'honneur. (Hân ! hâan ! hâan !). J'irai *ant.*

o. Parole d'honneur... dites-leur des millions *add. RP.*

Page 293 :

a. tête dont... tout ce qui *RP* : tête de moribond, ses cheveux blancs épars et menaçant de tout *M.*

b. de rage, de rage ! La rage me gagne ! *RP* : de rage : j'enrage *M.*

c. gagne ! En *C* : gagne (Hâan ! heun ! heun ! hâan !) En *ant.*

d. pas. Plus *C* : pas (Hâan !) Plus *RP* : pas, plus *M.*

e. connais. Elles *C* : connais ! (Heun ! heun ! heun !) Elles *RP* : connais. Elles *M.*

f. ce que je faisais *add. RP.*

g. Elles auraient demandé... bête *add. RP.*

h. bête. Elles *C* : bête. (Hâan ! heun ! heun !) Elles *ant.*

i. valoir. Leurs *C* : valoir (Heun ! heun !) Leurs *ant.*

j. Il faut toujours... agonie *add. RP.*

k. agonie. Elles *C* : agonie. (Heun ! hâan ! heun !) Elles *ant.*

l. Criez donc... personne *add. RP.*

m. Voilà ma récompense, l'abandon *add. RP.*

n. l'abandon. Ce *C* : l'abandon. (Heun ! heun ! heun !) Ce *ant.*

Page 294 :

a. car enfin... hein ? *add. RP.*

b. hein ? Qu'est-ce *C* : hein ? (Hâan ! hâan ! heun ! ma tête se brise) Qu'est-ce *ant.*

c. dis ? Ne *C* : dis ? (Hâan ! heun ! hâan ! heun ! hein !) Ne *ant.*

d. mon Dieu ! J'expire *C* : mon Dieu ! (Hâan ! hâan !) J'expire *ant.*

e. le cœur *C* : le cœur. (Hâan ! hâan ! heun ! heun ! heuâ) *ant.*

f. de force !... tout *add. RP.*

g. Qu'est-ce qui a dit cela ? *RP* : Non ! *M.*

h. je les aime, je les adore ! Je *F* : je les aime, je les ado...re ! Je *C* ! je les aime (heuâh ! heun ! hâaan !) je les ado... (hâan !) re ! (heuâh !) Je *RP* : je les aime ! Je *M.*

i. je voudrais vous remercier, mais *add. RP.*

j. vous. Si *C* : vous (Hâan ! hâan !) Si *ant.*

k. Elle vous aime tant qu'elle viendra *add. RP.*

l. refera *RP* : sauvera *M.*

m. vais ? Je veux... pâtes *C* : vais ? Je veux aller à Odessa pour elles, (hein ! heun ! heun ! hâan ! hâan) Odessa, y faire des pâtes *RP* : vais ? — (hein, heun, heun, hâan, hâan) *M.*

Page 295 :

a. filles après *C* : filles (heun ! heun ! hâan ! heuâh) après *ant.*

b. tout. Plus *C* : tout. (Heun !) Plus *ant.*

c. mariages ! C'est *C* : mariages ! (Heuâh ! heuâh ! ah !) *ant.*

d. pères. C'est *C* : pères. (Heun ! hâan !) C'est *ant.*

e. gendres qui *C* : gendres (hâan !) qui *ant.*

f. à mort l'Alsacien, ils sont mes assassins ! *FC* : à mort l'Alsacien.

Ce sont mes assassins *W2* : à mort l'Alsacien, mes assassins *W1* : à mort l'assassin *RP*.

g. filles ! Ah ! *C* : filles ! (Hâan ! heun !) Ah ! *ant.*

h. après qu'elles ont été mariées... Votre papa sort *add. RP*.

i. calmez-vous *W1* : calmez-vous, couchez-vous, voyons *ant.*

j. Ne pas les voir, voilà l'agonie ! *RP* : Pas penser... *M*.

k. croissant. Mais *C* : croissant. (Heuah !) Mais *RP* : croissant. Mais *M*.

l. d'elles ! Faites-moi *C* : d'elles (Heuâh ! heuâh ! heuâh !) Faites-moi *RP* : ah ! rien que leurs robes... Faites-moi *add. RP*.

m. Les cheveux... veux... *C* : les cheveux, cheveux, eveux (heuâh !) veux *W1* : leurs cheveux, cheveux, eveux (Heuâh !) veux *RP* : leurs cheveux, ha leurs cheveux, hein leurs cheveux — (hâan, hâan, heuâ) leurs cheveux, cheveux, eux... *M*.

n. bénis *C* : bénis, (heuah !) bénis, énis, nis *RP* : bénis, (heuah !) *M*.

Page 296 :

a. c'est un malheur, il vaudrait mieux qu'il mourût *RP* : enfin, dans sa position, c'est un bonheur ! *M*.

b. un Dieu ! Oh ! oui ! il y a un Dieu ! et il nous a fait un *RP* : un Dieu, il y a un *M*.

c. le cœur et l'estomac horriblement serrés *RP* : le cœur serré *M*.

d. j'attends *W1* : j'entends *ant.*

e. attendit pendant longtem[p]s *RP* : attendit quelques instants en se promenant avec la plus vive impatience *M*.

Page 297 :

a. Il a fait... repos *add. RP*.

b. indifférent. Voilà *RP* : indifférent. Je vois en lui l'ennemi de mon repos. Voilà *RP*.

c. D'ailleurs *add. RP*.

d. d'indignation *add. RP*.

e. femme qui voulait *RP* : femme sans force, et qui veut *M*.

f. annonçaient... physique *RP* annonçaient qu'elle était sans courage *M*.

g. elle se crut encouragée à parler *add. RP*.

Page 298 :

a. cria-t-elle avec désespoir à l'étudiant *add. RP*.

b. en l'interrompant *add. RP*.

c. en ne voyant [pas] la chaîne *add. RP*.

d. vendue, perdue *add. W2*.

e. si vous l'aviez déjà... oh ! cela serait bien mal *add. RP*.

f. Vous voulez le savoir ? eh bien ! sachez-le *add. W1*.

Page 299 :

a. soixante-dix *RP* : quatre-vingt-dix *M* : *Balzac a d'abord écrit* soixante.

b. il trouva le père Goriot maintenu *C* : il entendit ce hâan ! ce heuâh continuel que criait le père Goriot [d'un ton plus abandonné, plus lamentable que *rayé sur M*]. Il le trouva maintenu *ant.*

c. remède inutile *add. RP.*

d. n'est-ce pas ? *add. RP.*

e. il parle *add. RP.*

f. Oui, répondit Eugène. Delphine me suit *W2* : Oui, Delphine ! répondit Eugène, elle me suit *ant.*

g. pal crie, dit-on, après l'eau *RP* : pal demande, dit-on, de l'eau *M.*

h. on ne le sauvera pas *add. RP.*

i. de linge *add. F.*

j. S'il se plaignait... diaphragme *RP* : mettez-lui de l'opium sur la tête, s'il se plaignait encore *M.*

Page 300 :

a. tortiller de l'œil *RP* : mourir *M.*

b. quarante *M* : *Balzac a d'abord voulu écrire* soixante, *puis* quarante cinq.

c. Dame ! *add. RP.*

d. guignon *M* : malheur *rayé sur M.*

e. Mon établissement avant tout, c'est ma vie, à moi *add. RP.*

f. trois cent *C* : six cent *ant.*

g. l'escalier *W1* : les escaliers *ant.*

h. après avoir dégringolé les escaliers avec horreur *add. RP.*

i. et moi... *add. RP.*

j. d'un air... dit Rastignac *add. RP.*

Page 301 :

a. Dès qu'Eugène... cuisinière *add. RP.*

b. lui dit-elle à l'oreille *RP* : dit-elle en courant parler à l'oreille de la cuisinière *M.*

c. à la manière des animaux... exprimer *add. RP.*

d. Image de son cœur qui reposait toujours sur son cœur *add. RP.*

e. qui semblait... sympathies *add. RP.*

f. à la pensée *RP* : au corps *M.*

g. Nasie ! Fifine ! *C* : Asie ! Fine ! *RP* : de plaisir aigu. — Asie ! Fine ! dit-il *add. RP.*

Page 302 :

a. dit Bianchon... ses bras sous *RP* : dit Bianchon en s'agenouillant pour passer ses mains sous *M.*

b. les mains sous le dos *RP* : les siennes sous la taille *M. Balzac a d'abord écrit* les épaules.

c. les têtes *RP* : les deux jeunes têtes *M.*

d. violemment *add. RP.*

e. qui s'envola sur cette parole *RP* : qui s'échappait *M.*

f. exclamation... vie *RP* : exhalation [trompée *rayé*] d'un sentiment suprême heureux du plus horrible, du plus involontaire des mensonges *M*.

    g. il se trompait encore *add. W1*.

    h. haletante *add. RP*.

Page 303 :

    a. Delphine, mais Thérèse *C* : Delphine, c'était Thérèse *RP* : Delphine, qui avait envoyé Thérèse *M*.

    b. l'argent que... évanouie *RP* : l'argent, et cette pauvre Madame s'est évanouie *M*.

    c. le masque *RP* : la tête *M*.

    d. où palpitaient... vie *add. RP*.

    e. Bianchon *M* : *Balzac a écrit et rayé après ce mot* laisse-nous un moment, *puis* les laissa seuls.

    f. affirmatif *add. RP*.

    g. Vous disiez... eh bien *add. RP*.

    h. Entendez-moi. Ceci est affreux *add. RP*.

    i. ici-bas désormais... folle *add. RP*.

    j. parti, laissant *C* : parti pour les Indes en laissant *ant*.

    k. laissant ici des dettes... pardonnera *RP* : et j'ai laissé mon mari qui ne me pardonnera *M*.

    l. et je l'ai laissé *add. RP*.

Page 304 :

    a. J'ai perdu... cœur *RP* : Je vivrai sans illusions, et le seul cœur *M*.

    b. où j'étais adorée *add. RP*.

    c. je l'ai méconnu, je l'ai repoussé, je lui ai fait mille maux, infâme *RP* : je l'ai froissé, méconnu *M*.

    d. que je suis *add. W2*.

    e. Le geste... mourant *RP* : Ce fut horrible à voir *M*.

    f. Charles *M* : Monsieur *rayé sur M*.

    g. devriez *M en surcharge sur* pourriez.

    h. lugubre *RP* : triste *M*.

    i. Qu'est-ce que cela fait, puisque *add. RP*.

    j. la soupe va se refroidir *add. RP*.

Page 305 :

    a. Que veux-tu... bonhomme *add. RP*.

    b. le répétiteur *RP* un pensionnaire *M*.

    c. Un *C* : Sapristie, un *RP* : Mais un *M*.

    d. qu'on peut y naître, y vivre, y mourir *RP* : qu'on y naît, qu'on y vit, qu'on y meurt *M*.

    e. soixante *F* : trois cents *ant*.

    f. Profitons... parisiennes ? *add. RP*.

    g. Si vous l'adorez... autres *add. RP*.

    h. tant mieux pour lui qu'il soit mort ! *add. RP*.

    i. la seule oraison *FC* : toute l'oraison *ant*.

j. la *F* : toute la *ant.*
k. au baron... au comte *C* : à M... à M. *ant.*

Page 306 :

a. troisième *C* : quatrième *ant. Balzac a d'abord écrit* troisième.
b. père... Nucingen *add. RP.*
c. leur père... douleur *add. RP.*
d. qui le jeta dans le feu *C* : qui le jeta au feu *add. W*2.
e. Après avoir fait *C* : A trois heures, Eugène, qui avait fait *ant. Balzac a d'abord écrit* A quatre heures et demie.
f. revint vers trois heures à *C* : revint à *ant.*

Page 307 :

a. un mauvais goupillon... bénite *C* : Il y avait un plat de cuivre argenté plein d'eau bénite dans lequel trempait un mauvais goupillon, auquel personne n'avait encore touché *ant.*
b. aux Pompes-Funèbres *RP* : aux Pompes-Funèbres et chez les deux gendres *M.*
c. osé *RP* : pu *M.*
d. c'est en or *add. RP.*
e. et ne raisonnaient pas... d'agonisant *add. RP.*

Page 308 :

a. dans une époque... gratis *add. RP.*
b. Les gens du clergé *RP* : Ils *M.*
c, — Il n'y a point... demie *RP* : — Afin, dit le prêtre, d'aller plus vite, puisqu'il n'y avait pas de suite *M.*
d. six heures *RP* : cinq heures précises *M.*
e. fouilla dans sa poche et n'y trouva rien *FC* : se fouilla, il n'avait plus rien, et *ant.*
f. un humide crépuscule agaçait *FC* : il n'y avait plus qu'un humide crépuscule qui agaçait *ant.*
g. ensevelit *RP* : jetta *M.*
h. les saintes *RP* : les pures et les saintes *M.*
i. pur *RP* : : riche *M.*

Page 309 :

a. les nuages *RP* : le ciel *M.*
b. et, le voyant ainsi *add. FC.*
c. le quitta *F* : s'en alla *ant.*
d. Rastignac, resté seul, fit *C* : Bientôt Rastignac resta seul. Il fit *W1* : Bientôt Rastignac fut seul. Il fit *RP* : Bientôt il fut seul. Il fit *M.*
e. vit Paris *RP* : voyant ce Paris [serpent *rayé*] *M.*
f. Il lança sur *RP* : et jettant sur *M.*
g. bourdonnant *FC* : bourdonnante *ant.*
h. qui semblait par avance en pomper le miel *RP* : qui en pompait le miel *M.*

i. et dit *RP* : il dit *M* [*Balzac a commencé d'écrire* : — A nous...]

j. ces mots grandioses *F* : ce mot grandiose *C* : ce mot suprême *ant.*

k. Et pour premier acte... Nucingen *FC* : Il [*F* : Puis il *ant*] revint à pied rue d'Artois et alla dîner chez madame de Nucingen *RP* : Et il revint à pied rue d'Artois *M.*

l. Saché, septembre 1834 *add.F.*

VARIANTES DE LA PREMIÈRE PRÉFACE

Page 313 :

a. les impuissan[t]s... jamais *W2* : il n'y a que les impuissans qui ne triomphent pas *W1, RP.*

Page 314 :

a. Ajouteraient-ils foi à ces bourdes littéraires? *W2* : le croiraient-ils? *W1* : *RP.*

Page 315 :

a. dont il gratifiait les *W2* : qu'il prêtait aux *W1, RP.*
b. Minautorisme par inadvertance dans les trois textes.

Page 317 :

a. car, de tous... littéraire *add. W2.*

Page 318 :

a. vertueuse, elle *W2* : vertueuse, elle avait des enfans aimés, elle *W1, RP.*

Page 323 :

a. 6 mars *W2, W1* : mars *RP.*

PERSONNAGES
QUI REPARAISSENT
DANS D'AUTRES ROMANS

PERSONNAGES QUI REPARAISSENT
DANS D'AUTRES ROMANS [1]

AIGLEMONT (Marquise d'). *La Femme de Trente Ans* (roman dont les replâtrages de composition expliquent diverses contradictions de caractère et de chronologie) est l'histoire de sa vie privée, rappelée dans *Le Lys dans la Vallée* et *La Maison Nucingen*. Sa vie mondaine est évoquée dans *Le Bal de Sceaux*, *Les Employés*, *Le Contrat de Mariage*, *Ursule Mirouët* et *Le Cabinet des Antiques*.

AJUDA-PINTO (Marquis Miguel d'). Silhouette du lion aristocratique. Cité dans *Gobseck*, *Illusions perdues*. Des allusions à ses aventures sentimentales dans *La Duchesse de Langeais*, *La Femme abandonnée*, *Le Lys dans la Vallée* et *Les Secrets de la Princesse de Cadignan*. Devenu veuf, il épouse une Grandlieu *(Splendeurs et Misères des Courtisanes)* et intervient dans l'intrigue de *Béatrix*.

BEAUSÉANT (Vicomtesse de). Vouée aux défaites de l'amour, mais inoubliable. Dans *La Femme abandonnée*, retirée près de Bayeux, elle fuit jusque sur les bords du lac de Genève les instances de Gaston de Nueil, mais finit par céder. Albert Savarus sera le témoin de leur bonheur

---

1. Ces notices ont été établies grâce au concours de Mme A.-M. Meininger. On se reportera pour plus de détail au *Dictionnaire biographique des personnages fictifs de La Comédie humaine*, par Fernand Lotte (librairie José Corti, 1952) et à l'Index du même auteur dans *La Comédie humaine*, édition de la Pléiade, tome XI (Gallimard, 1960).

qui, neuf ans plus tard, se dénouera tragiquement par le mariage de raison et le suicide de Gaston. Les triomphes mondains et les désastres sentimentaux de l'une des reines de la coterie du Petit-Château sont évoqués dans *Gobseck, La Duchesse de Langeais, Le Lys dans la Vallée, L'Interdiction, Les Secrets de la Princesse de Cadignan* et *Béatrix.*

Beauséant (Vicomte de). Rue de Grenelle. Cité dans *Étude de Femme, La Femme abandonnée, Splendeurs et Misères des Courtisanes.*

Bianchon (Horace). Grand consultant et grand figurant de *La Comédie humaine,* il reparaît dans 27 romans. Un résumé de sa carrière, depuis sa naissance à Sancerre et ses études à Bourges, se trouve dans *La Muse du Département,* et des allusions à ses débuts dans *César Birotteau* et *La Maison Nucingen.* Élève de Desplein (*La Messe de l'Athée*), son activité professionnelle apparaît surtout dans *Une Double Famille, La Peau de Chagrin, Les Employés, Le Curé de Village, Pierrette, Un Prince de la Bohème,* les *Mémoires de deux jeunes Mariées, La Fausse Maîtresse, La Rabouilleuse, Honorine, Splendeurs et Misères des Courtisanes, La Cousine Bette* et *L'Envers de l'Histoire contemporaine.* Ses succès professionnels, enviés dans *Le Cousin Pons* et devenus légendaires dans les *Petites Misères de la vie conjugale,* se doublent de succès de conteur. Il montre son talent dans *Étude de Femme* et surtout dans *Autre Étude de Femme,* où se trouve, dans l'épisode de la Grande Bretèche, une des rares allusions à sa vie sentimentale (avec l'allusion à son goût pour Mme Rabourdin, avoué à Rastignac dans *L'Interdiction*). Ses amitiés sont mieux connues. Il donne des preuves de sa fidélité à ses amis du Cénacle (*Illusions perdues*) en se dévouant à la mémoire de Michel Chrestien (*Les Secrets de la Princesse de Cadignan*). Ses opinions évoluent : d'abord libéral et matérialiste, il semble être devenu monarchiste et bien pensant dans *La Cousine Bette.* Mais il tient à rester spectateur des luttes politiques, et refuse d'être député à Sancerre ou conseiller municipal du quartier du Val-de-Grâce (*Les Petits Bourgeois*), où il habite, vers 1840, 22, rue de la Montagne-Sainte-Geneviève.

BRANDON (Lady). Sous le nom de Mme Willemsens, elle se réfugiera avec ses deux fils adultérins à la Grenadière, où elle mourra. Le drame obscur de sa vie reste inexpliqué. Allusions dans *Le Lys dans la Vallée* et les *Mémoires de deux jeunes Mariées*.

CARIGLIANO (Duchesse de). Fille de Malin de Gondreville *(Le Député d'Arcis)*, femme d'un maréchal d'Empire, attachée à la duchesse de Berry, apparentée aux milieux libéraux, cette habile manœuvrière apparaît surtout dans *La Maison du Chat-qui-pelote*. Citée dans *La Peau de Chagrin, Les Employés, Le Cabinet des Antiques, Illusions perdues, Les Paysans* et *La Cousine Bette* ; son mari, dans *Sarrasine* et *Le Contrat de Mariage*.

DERVILLE. Rue Vivienne. Avoué probe. Dans *Gobseck,* il raconte avec verve le drame de la famille de Restaud et ses propres débuts, complétés dans *Un Début dans la Vie*. Sa finesse en affaires et sa générosité se retrouvent dans *Le Colonel Chabert, César Birotteau, Une Ténébreuse Affaire* et *Splendeurs et Misères des Courtisanes*. Son habileté droite est citée dans *Les Employés* et *La Maison Nucingen*. Godeschal, son clerc, lui succède dans *Les Petits Bourgeois*. Mentions dans *La Rabouilleuse* et *Ursule Mirouët*.

ESPARD (Marquise d'). Rue du Faubourg Saint-Honoré. De son salon très politique, elle règne sur Paris. Capable d'intrigues odieuses jusque dans sa famille *(L'Interdiction)*, elle est vindicative dans *Illusions perdues* et *Splendeurs et Misères des Courtisanes,* ou amie perfide dans *Le Contrat de Mariage, Les Secrets de la Princesse de Cadignan* et *Béatrix*. Souvent citée pour son manque de cœur *(La Maison Nucingen)* et sa prééminence mondaine durable *(Le Bal de Sceaux, Madame Firmiani, Le Lys dans la Vallée, Les Employés, César Birotteau, Le Cabinet des Antiques, Gambara, Mémoires de deux jeunes Mariées,*

Une Ténébreuse Affaire, La Fausse Maîtresse, Autre Étude de Femme, Modeste Mignon, Une Fille d'Ève, Sarrasine, Les Paysans, La Muse du Département, La Cousine Bette, Le Député d'Arcis.)

FERRAUD (Comtesse). Rue de Varenne. Née Rose Chapotel et ancienne prostituée du Palais-Royal. Devenue une des élégantes de 1819, elle vient de réussir à se débarrasser de son premier mari, présumé mort à Eylau, le colonel Chabert. Citée dans *Le Bal de Sceaux* et *Le Contrat de Mariage*, elle sera encore la dernière maîtresse de Louis XVIII dans *Les Employés*.

FIL-de-SOIE. Sobriquet du forçat Sélérier que Vautrin retrouvera dans *Splendeurs et Misères des Courtisanes.*

FIRMIANI (Mme). Rue du Bac. Malgré les rumeurs du monde, sa vie reste discrète *(Mme Firmiani)*. On entrevoit souvent cette femme charmante dans la foule des salons *(Le Bal de Sceaux, La Femme de Trente Ans, Le Contrat de Mariage, Les Employés, L'Interdiction, Une Fille d'Ève, Le Cabinet des Antiques, Illusions perdues, Splendeurs et Misères des Courtisanes, Autre Étude de Femme.)*

FRANCHESSINI (Colonel). Ce froid aventurier est l'ami de Trailles et Ronquerolles dans *Gobseck.*

GALATHIONNE (Princesse). Citée dans *Une Fille d'Ève.*

GOBSECK. Rue des Grès. Roi silencieux de la puissante usure parisienne. Derville évoque, dans *Gobseck,* sa vie, sa demeure et son infaillibilité. Dans *Les Employés,* il tient ses assises au Café Themis ; et à la Bourse dans *César Birotteau.* Mentions dans *L'Interdiction, Le Contrat de Mariage, Ursule Mirouët, Illusions perdues, Splendeurs et Misères des Courtisanes, Les Petits Bourgeois, Les Paysans, Les Comédiens sans le savoir* et *Le Cousin Pons.*

GONDUREAU. Nom d'emprunt de Bibi-Lupin, chef de la Police de Sûreté. Vautrin le retrouvera dans *Splendeurs et Misères des Courtisanes.*

GORIOT. Sa passion paternelle sera citée ou donnée en exemple dans *La Maison Nucingen, Modeste Mignon, Splendeurs et Misères des Courtisanes*. Allusion dans *Gobseck*.

GRANDLIEU (Les). Symboles de vieille noblesse dans *L'Enfant Maudit, La Femme abandonnée, Le Contrat de Mariage, L'Interdiction, La Rabouilleuse, Modeste Mignon, Les Paysans*. Camille de Grandlieu, sœur du vicomte Juste, héritier de la branche cadette, épousera Ernest de Restaud. *(Gobseck, Béatrix)*.

JACQUES. Valet de chambre de Mme de Beauséant, la suit à Courcelles, à Genève et à Manerville dans *La Femme abandonnée*.

KERGAROUET (Comtesse de). Le mariage de cette hautaine Émilie de Fontaine avec son vieil oncle Kergarouët est le centre du *Bal de Sceaux*. Elle reparaît de loin dans *Ursule Mirouët*. Veuve et remariée à Charles de Vandenesse, elle est citée dans *Une Fille d'Ève* et *Béatrix*.

LANGEAIS (Duchesse de). Reine éphémère de la Société du Petit-Château *(Ferragus, Le Lys dans la Vallée)*, jusqu'à la défaite de sa passion pour Montriveau. Dans *La Duchesse de Langeais*, elle fuit Paris peu après Claire de Beauséant, cherche où aller mourir, et sera sœur Thérèse, carmélite dans un couvent d'une île espagnole en Méditerranée. Des échos de cette destinée dans *L'Interdiction, Le Cabinet des Antiques, Les Secrets de la Princesse de Cadignan, Illusions perdues* et *Béatrix*.

LANTY (Mme de). Nièce du castrat Zambinella *(Sarrasine)*.

LISTOMERE (Marquise de). Rue Saint-Dominique. Née Vandenesse *(Le Lys dans la Vallée)*. Dans *Étude de Femme*, une distraction de Rastignac trouble un instant la vie de cette marquise prude, dont on retrouve le profil dans le monde *(Mme Firmiani, Les Employés, Le Cabinet des Antiques, L'Interdiction, Illusions perdues)*. Elle se mêle un peu des affaires de cœur de ses frères Charles *(La*

Femme de Trente Ans) et Félix *(Le Contrat de Mariage, Une Fille d'Ève).*

MARSAY (Comte Henri de). 54, rue de l'Université. Le plus prestigieux des lions. Dans *Autre Étude de Femme,* dès ses premières armes dans les boudoirs, il se reconnaît homme d'État, mais attendra 1827 pour préterer l'aventure politique. Bâtard de lord Dudley, il raconte, dans *La Fille aux yeux d'or,* sa curieuse initiation au monde et son aventure avec Paquita Valdès. Assez pervers encore dans ses amours : avec Delphine de Nucingen *(César Birotteau),* Lady Arabella, la femme de son père *(Le Lys dans la Vallée),* Coralie, qu'il achète vierge *(Splendeurs et Misères des Courtisanes)* ou dans ses camaraderies *(Le Cabinet des Antiques, La Rabouilleuse, Ursule Mirouët, Modeste Mignon, Illusions perdues).* Le monde ignore son activité secrète parmi les Treize *(Ferragus, La Duchesse de Langeais),* mais l'aperçoit partout *(Le Bal de Sceaux, Gobseck, La Femme de trente ans, L'Interdiction, Mémoires de deux jeunes Mariées, Les Paysans).* En 1827, il épouse Miss Dinah Stevens, dans *Le Contrat de Mariage,* et cherche à prendre le pouvoir, à la tête d'un complot d'ambitieux contre les légitimistes. Président du Conseil sous la Monarchie de Juillet *(Les Secrets de la Princesse de Cadignan, La Fausse Maîtresse),* il fait ses dernières apparitions dans le monde dans *Une Fille d'Ève* et *Une Ténébreuse Affaire,* et meurt en 1834. Son souvenir reste vivace *(La Maison Nucingen, Béatrix, Un Homme d'Affaires, Le Député d'Arcis).* L'histoire de son monument funéraire est dans *Le Cousin Pons.* Il semble être, dans *La Comédie humaine,* l'un des personnages dont le retour soit le plus fréquent (29 romans).

MAUFRIGNEUSE (Duchesse de). Née Diane d'Uxelles *(Les Chouans).* La plus charmante et la plus libre de toutes les chasseresses d'aventures, notamment dans *Le Cabinet des Antiques* avec d'Esgrignon, ou *Splendeurs et Misères des Courtisanes* avec Rubempré, ou *Modeste Mignon* avec le vicomte de Sérisy. Ruinée, elle vend son domaine d'Anzy *(La Muse du Département).* Dans *Les Secrets de la Princesse de Cadignan,* elle se retire rue de Miromesnil, mais garde du monde le souvenir et les portraits d'une trentaine d'amis intimes dans « l'album de ses erreurs ». Elle parvient à s'attacher Daniel d'Arthez durablement, et on les voit ensemble dans *Autre Étude de Femme, Une Ténébreuse Affaire, Béatrix, Le Député d'Arcis.* Allusions plus ou moins détaillées à son éclat mondain et à ses aventures dans *Le Bal de Sceaux, La Femme de Trente Ans, Mme Firmiani, La Duchesse de Langeais, Le Lys dans la Vallée, L'Interdiction, Ursule Mirouët, Mémoires de deux jeunes Mariées, Illusions perdues.*

MAULINCOUR (Baron de). Rue de Bourbon. D'ancienne noblesse de robe et chef d'escadron de cavalerie. Des passades *(La Duchesse de Langeais).* Dans *Ferragus,* retors et têtu, il poursuit Mme Jules, tombe sur les Treize et meurt au plus tard au début de 1820. Il a pourtant encore une belle position en 1822 *(Le Contrat de Mariage).*

MAURICE. Serviteur du comte de Restaud jusqu'en 1824 *(Gobseck).*

MICHONNEAU (Mlle). Une *monstruosité* pour Bianchon *(L'Interdiction).* Dans *Splendeurs et Misères des Courtisanes,* devenue Mme Poiret, logeuse en garnis, elle est convoquée par Bibi-Lupin pour reconnaître Vautrin après son arrestation. Veuve dans *Les Petits Bourgeois.*

MONTRIVEAU (Marquis de). Rue de Seine. La grande passion de ce colonel d'artillerie est décrite dans *La Duchesse de Langeais* et rappelée dans *Le Cabinet des Antiques.* Le reste n'est qu'aventures : voyage en Égypte après les Cent-Jours, avec Sixte Chatelet, qu'il retrouvera dans *Illusions perdues ;* activité secrète parmi les Treize, qui lui font connaître le dessous des choses *(Le Lys dans la Vallée),* incursions dans le monde, où il sait conter à l'occasion *(Autre Étude de Femme),* dans la vie galante *(Les Secrets de la Princesse de Cadignan)* et la politique *(Le Contrat de Mariage).* La Révolution de Juillet le fait pair de France, comme Nucingen, son compère

pour la présentation de La Baudraye au Luxembourg
(*La Muse du Département*). Enfin, il épousera peut-être
Bathilde Rogron (*Pierrette*).

NUCINGEN (Baron de). Rue Saint-Lazare. Polonais, Allemand ou Alsacien, Baron du Saint-Empire et essentiellement banquier. Il n'a qu'une faiblesse, pour Esther, dans
Splendeurs et Misères des Courtisanes. Le reste de sa vie
est consacré à la puissance financière : ses liquidations
(*La Maison Nucingen*), sa politique de l'argent (*Les
Employés*), ses procédés (*La Rabouilleuse, Un Homme
d'Affaires*). Sa complicité secrète avec du Tillet (*César
Birotteau*) a des incidences politiques dans *Une Fille
d'Ève*. Activité politique encore dans *Pierrette* et *La
Muse du Département*. Il a une banque (*Melmoth réconcilié*),
un hôtel (*La Fille aux yeux d'or*), un salon (*Gobseck,
Ferragus, Eugénie Grandet*). Il est reçu dans le monde
et le demi-monde (*Le Contrat de Mariage, Illusions perdues,
Autre Étude de Femme, La Cousine Bette*), parfois assez
mal (*L'Interdiction*) ; parfois encore il est refusé (*Modeste
Mignon*). Il figure, curieusement, dans l'album de Diane
(*Les Secrets de la Princesse de Cadignan*). Son luxe est un
critère (*Sarrasine, La Fausse Maîtresse, Béatrix*). Des
allusions encore dans *Les Petits Bourgeois, Les Paysans,
L'Envers de l'Histoire contemporaine, Le Cousin Pons*).
Il a domestiqué Rastignac, l'a enrichi par ses liquidations,
a fait sa fortune (rappelée dans *Le Cabinet des Antiques*)
et devient son beau-père (*Le Député d'Arcis*). A 82 ans,
il va chez Carabine et soumissionne des actions de che-
mins de fer (*Les Comédiens sans le savoir*). Ce vieux
banquier a reparu dans 32 romans.

NUCINGEN (Baronne de). Sa première aventure avec Marsay
(*César Birotteau, Autre Étude de Femme*) entraîne des
déboires. On la retrouve de loin avec Rastignac, ancrée
dans une longue liaison que l'on cite dans le monde
(*Le Bal de Sceaux, Étude de Femme, Les Secrets de la
Princesse de Cadignan*). Elle reçoit (*Ferragus*), se montre
à l'Opéra (*Illusions perdues*), aux Italiens (*La Peau de
Chagrin*), dans certains salons (*Les Employés*), mais

n'est pas reçue partout *(L'Interdiction)*. Elle prend parti pour Nathalie, maîtresse de Vandenesse, ou, plus tard, pour Marie-Angélique, sa femme *(Le Contrat de Mariage, Une Fille d'Ève)*. Elle s'occupe un peu des affaires de son mari *(Melmoth réconcilié, La Maison Nucingen, Splendeurs et Misères des Courtisanes)*. Sur le tard, elle rompt avec Rastignac, le marie à sa fille et se voit enfin reçue chez la marquise d'Espard *(Le Député d'Arcis)*. Citée dans *L'Envers de l'Histoire contemporaine*.

POIRET (l'aîné). Né à Troyes *(Les Employés)*, joue aux dominos avec Clapart *(Un début dans la vie)*, épouse Mlle Michonneau *(Splendeurs et Misères des courtisanes)*. Bianchon ne l'a pas oublié *(L'Interdiction)*.

RASTIGNAC (Baron et baronne de). Les parents d'Eugène. Ils assistent à une soirée chez Mme de Bargeton dans *Illusions perdues*. Cités dans *La Maison Nucingen*.

RASTIGNAC (Eugène de). Rue d'Artois, rue Taitbout, rue de Bourbon : il a fait du chemin depuis la pension Vauquer. Il a suivi les conseils de Mme de Beauséant et de Vautrin : prendre les hommes et les femmes comme des chevaux de poste. Premier relai : les femmes. Sa fortune, c'est Delphine. Il ne la quitte plus *(Melmoth réconcilié)*, cela se sait *(Le Bal des Sceaux)*. Il se lance dans le monde *(Ursule Mirouët, Illusions perdues)*. Il a quelques distractions *(Étude de Femme)*, des passades *(Les Secrets de la Princesse de Cadignan)*, des tentations *(La Peau de Chagrin)*. Il trouve la fortune lente à venir, cherche mieux *(L'Interdiction)* et comprend qu'il est temps de s'appuyer sur les hommes : deuxième relai. Il s'est fait des relations *(Le Cabinet des Antiques)*, il s'en sert, il entre dans l'orbite politique de Marsay *(Le Contrat de Mariage)* et établit enfin, grâce à Nucingen, les bases de sa fortune *(La Maison Nucingen)*, soit, vers 1828, 40 000 livres de rentes. Il a tout l'esprit qu'il faut dans un moment donné, et s'en servira, notamment quand il retrouvera Vautrin *(Splendeurs et Misères des Courtisanes)*. Il est lancé *(La Rabouilleuse, Autre Étude de*

Femme), il est prêt à dominer, dans la ligne de son époque, le gouvernement de Juillet et la politique. Il entre dans le ministère Marsay comme sous-secrétaire d'État (*Une Ténébreuse Affaire*), tombe avec le ministère à la mort de Marsay (*Une Fille d'Ève*), revient comme ministre des Travaux publics (*La Cousine Bette*), devient l'héritier politique de Marsay (*Le Député d'Arcis*). Il est arrivé (*La Fausse Maîtresse, Un Prince de la Bohème, Béatrix*). Dans *Les Comédiens sans le savoir,* encore une fois ministre, il est l'Homme d'État, reconnu et indispensable. Il a 300 000 livres de rentes. Il est comte et pair de France.

RASTIGNAC (Laure de). Admire les poèmes de Rubempré dans *Illusions perdues.* Elle ou sa sœur épouse Martial de la Roche-Hugon (*Une Fille d'Ève*).

RASTIGNAC (Mgr Gabriel de). Secrétaire de l'évêque, puis évêque lui-même à Limoges dans *Le Curé de Village.* Cité dans *Une Fille d'Ève* et *Le Député d'Arcis.*

RESTAUD (Comte de). Rue du Helder. Les malheurs et la mort de ce gentilhomme mal marié sont rapportés dans *Gobseck.*

RESTAUD (Anastasie de). Plus belle et bien plus excessive que sa sœur. Dans *Gobseck,* ses passions (pour Maxime de Trailles, pour son rang, pour l'argent) la mènent à l'abîme. Ses malheurs sont rappelés dans *Le Député d'Arcis.* Citée encore dans *Le Bal de Sceaux, La Peau de Chagrin, La Maison Nucingen, Pierrette.*

ROCHEFIDE (Berthe de). Allusions à ses fiançailles avec Ajuda-Pinto dans *La Duchesse de Langeais,* à son mariage et à sa mort dans *Béatrix.*

RONQUEROLLES (Marquis de). Souvent cité, il reste le plus discret des hommes en vue. Il fait partie des Treize (*Ferragus, La Duchesse de Langeais, La Fille aux yeux d'or*). Frère de Léontine de Sérisy (*Ursule Mirouët, Un Début dans la Vie*). On le rencontre partout (*La Femme de*

*Trente Ans, Gobseck, L'Interdiction, César Birotteau, Le
Cabinet des Antiques, Illusions perdues, Splendeurs et Misères
des Courtisanes, Autre Étude de Femme, Béatrix)* et dans
l'album de Diane *(Les Secrets de la Princesse de Cadignan).*
Ami intime de Marsay, il suit sa fortune politique *(Le
Contrat de Mariage)*, devient député centre gauche *(Les
Paysans)*, diplomate et ministre *(La Fausse Maîtresse).*
Cité dans *Le Lys dans la Vallée.*

Sérisy (Comtesse de). Rue de la Chaussée d'Antin. Née
Ronquerolles, veuve du général républicain Gaubert,
elle se remarie avec le comte de Sérisy *(Un Début dans
la Vie)*, qui longtemps aura pour elle un attachement
malheureux *(Honorine)*. Le bruit de ses aventures semble
avoir retenti jusqu'à Angoulême *(Illusions perdues)*. Parmi
ses amants, on peut citer Maulincour *(Ferragus)*, Victor
d'Aiglemont *(La Femme de Trente Ans)*, Savinien de
Portenduère *(Ursule Mirouët)*. Elle mène une vie mondaine *(La Duchesse de Langeais, Le Cabinet des Antiques,
La Maison Nucingen)*. A plus de quarante ans, elle
s'éprend de Lucien de Rubempré, l'enlève à Diane qui
prétendra qu'elle n'y tenait plus *(Les Secrets de la Princesse de Cadignan)*, mais qui se vengera spirituellement
(Modeste Mignon). Elle éprouve enfin la passion, la
jalousie et, lors du suicide de Lucien, la folie du désespoir
et sera sauvée par Vautrin dans cette crise dramatique
(Splendeurs et Misères des Courtisanes). Après ces violences,
elle semble mener une vie plus calme, sort un peu *(Autre
Étude de Femme)*, puis perd son fils et s'occupe de sa nièce
(La Fausse Maîtresse). Après la mort de son mari, elle
vendra son domaine de Presles au parvenu Crevel
(La Cousine Bette).

Sérisy (Comte de). De noblesse de robe, il fait une grande
carrière de haut fonctionnaire *(Un Début dans la Vie)*.
Il est ministre d'État *(Les Employés)*. Lié en politique à
son beau-frère Ronquerolles *(Les Paysans)*, il fera partie
de la conjuration de Marsay *(Le Contrat de Mariage)*.
On le voit chez la marquise d'Espard *(L'Interdiction)*.
Il est obligeant *(La Rabouilleuse)*. Ami de deux autres

grands magistrats, Bauvan et Granville, aussi malheureux que lui dans leurs ménages *(Honorine)*, qui l'aideront, dans *Splendeurs et Misères des Courtisanes,* à sauver sa femme en ayant recours à Vautrin. Allusions dans *La Cousine Bette.*

TAILLEFER (Jean-Frédéric). Rue Joubert. Ce banquier enrichi par un crime est démasqué dans *L'Auberge rouge.* Une orgie chez lui est décrite dans *La Peau de Chagrin.* Il reparaît dans *La Maison Nucingen.* Allusions de Rastignac dans *Splendeurs et Misères des Courtisanes.*

TAILLEFER (Victorine). Paraît dans *L'Auberge rouge.* Allusions dans *Splendeurs et Misères des Courtisanes.*

THÉRÈSE. Dans *Une Fille d'Ève,* elle est encore, quinze ans plus tard, femme de chambre de Delphine.

TRAILLES (Comte de). Rue Pigalle. Le plus roué, le plus dangereux des corsaires à gants jaunes et très répandu *(L'Interdiction, Les Employés, Le Cabinet des Antiques, La Rabouilleuse, La Fausse Maîtresse, Illusions perdues, La Cousine Bette).* Sa noblesse remonte à François Ier, mais il n'a ni famille ni rentes. Il vit d'expédients, ruine le notaire Roguin par la Belle Hollandaise *(César Birotteau, Splendeurs et Misères des Courtisanes),* ravage le ménage du comte de Restaud *(Gobseck).* Il figure sur l'album de Diane *(Les Secrets de la Princesse de Cadignan).* Tireur redouté, joueur et virtuose de la dette *(Ursule Mirouët),* il connaît cependant des déboires *(Le Contrat de Mariage)* et même, en vieillissant, un échec *(Un Homme d'Affaires).* Sur le déclin, méprisé mais encore craint, il cherche à se ranger et, dans *Le Député d'Arcis,* il se fait confier une mission par Rastignac, qui dévoile ses antécédents d'agent secret de Marsay et de membre de la société des Treize. Il monnaie la protection des Grandlieu en leur rendant un service assez sordide *(Béatrix, Un Prince de la Bohème).* Enfin, dans *Les Comédiens sans le savoir,* il est député ministériel.

VANDENESSE (les). Famille du Faubourg Saint-Germain,

dont la noblesse, les alliances et la devise sont citées dans
*Mme Firmiani, Le Lys dans la Vallée, Les Paysans,
L'Envers de l'Histoire contemporaine.* Il s'agit sans doute
ici du marquis Charles, connu notamment par *La Femme
de Trente Ans,* et du comte Félix, le héros du *Lys dans
la Vallée* et d'*Une Fille d'Ève.* Ils reparaissent dans de
nombreux romans.

VAUTRIN. Nom d'emprunt de Jacques Collin, dit Trompe-
la-Mort, un forçat évadé, une puissance qui est hors de
toutes les lois, celles du monde, de la justice ou de la
nature. L'incarnation du crime. Dans *Illusions perdues,*
il reparaît sur la route d'Angoulême, il est devenu
l'abbé Carlos Herrera et il enlève Lucien de Rubempré.
Son évasion est connue de Marsay *(Le Contrat de
Mariage). Splendeurs et Misères des Courtisanes* est l'histoire de sa lutte pour Lucien et par Lucien, bien faible
instrument pour la conquête de Paris. De loin, il retrouve
Nucingen, Marsay, la marquise d'Espard, Derville,
Bianchon, les Grandlieu, Diane de Maufrigneuse,
Mme de Sérisy et Rastignac. Lucien et lui sont arrêtés;
il est confronté avec Bibi-Lupin et Mlle Michonneau.
Lucien se suicide à la Conciergerie et Vautrin a une
défaillance lors de la mort du navrant poète. Redevenu
maître de lui, il continuera à peser sur la société et prendra
la place de Bibi-Lupin comme chef de la Sûreté pendant
quinze ans. Des allusions à ses activités dans *La Cousine
Bette.*

BIBLIOGRAPHIE

I. PRINCIPALES ÉDITIONS MODERNES DU *PÈRE GORIOT*

CLUB FRANÇAIS DU LIVRE (*L'Œuvre de Balzac*, 16 vol., sous la direction d'Albert Béguin et J.-A. Ducourneau). Tome IV. Préface de Marcel Arland, notice *in fine* de Henri Evans.

CLUB DE L'HONNÊTE HOMME (*Œuvres* de Balzac, 27 vol. annoncés). Tome IV. Introduction et notes de Maurice Bardèche. Édition illustrée.

CLUB DU MEILLEUR LIVRE (Collection *L'Astrée*). Introduction et notice de J.-A. Ducourneau. Édition illustrée.

CONARD (*Œuvres complètes* de Balzac, 40 vol.). Scènes de la vie privée, tome VI. Notes de Marcel Bouteron et Henri Longnon. Édition illustrée.

GALLIMARD (Bibliothèque de la Pléiade, *La Comédie humaine*, 11 vol.). Introduction générale de Marcel Bouteron. Tome II (texte). Tome XI (notice de Roger Pierrot).

GARNIER. Introduction et notes de Maurice Allem.

HAZAN (*La Comédie humaine*, 13 vol. parus). Scènes de la vie privée, tome V. Introduction et notes d'Albert Prioult.

MARTEL (*La Comédie humaine*, 31 vol.). Tome V. Introduction de Maurice Bardèche. Édition illustrée.

II. ÉTUDES PARTICULIÈRES
SUR *LE PÈRE GORIOT*

M. BARDÈCHE. *Balzac romancier* (Plon, 1940). Chapitre XII.
Édition refondue, chapitre XI.

J. BERTAUT. « *Le Père Goriot* » *de Balzac* (Éditions Sfelt,
1947).

J.-L. BORY. *Pour Balzac et quelques autres* (Julliard, 1960).
P. 9 à 101. Concerne surtout le personnage de Vautrin.

M. BOUTERON. *Études balzaciennes* (Jouve, 1954). P. 119
à 136 : « Un Dîner avec Vidocq et Sanson ».

CH. BRUNEAU. *La Langue de Balzac* (C. D. U., s. d., collection « Les Cours de Sorbonne »). Nombreuses références
au *Père Goriot*.

P.-G. CASTEX. *Scrupules et défaillances du réalisme balzacien*,
dans la revue *Les Études balzaciennes*, numéro X (Club
du Meilleur Livre, 1960).

J. Wayne CONNER. *On Balzac's Goriot*, dans la revue
américaine *Symposium* (Université de Syracuse, été 1954).
Vautrin et ses noms, dans la *Revue des Sciences humaines*
(Faculté des Lettres de Lille, été 1959).

R. DAGNEAUD. *Les Éléments populaires dans le lexique de
« La Comédie humaine »* (Paris, 1954). Nombreuses références au *Père Goriot*.

E. Preston DARGAN. *Studies in Balzac's Realism* (University
of Chicago Press, 1932). P. 136 à 150 : « A famous
boarding-house », par George E. Downing.

M. FARGEAUD. *Les Balzac et les Vauquer*, dans *L'Année
balzacienne 1960* (Garnier).

Herbert J. HUNT. *Balzac's « Comédie humaine »* (Londres,
The Athlone Press, 1959). P. 86 à 98.

M. Le Yaouanc. *Nosographie de l'humanité balzacienne* (Maloine, 1960). P. 235 à 240.

G. Michaud. *L'Œuvre et ses techniques* (Nizet, 1957). P. 143 à 151 : « L'Unité du *Père Goriot* ».

J. Pommier. *Naissance d'un héros : Rastignac,* dans la *Revue d'Histoire littéraire de la France* (Armand Colin, avril-juin 1950).

M. Roques. *Manuscrit et éditions du « Père Goriot »,* dans la *Revue universitaire* (Armand Colin, 1905).

S. de Sacy. *Trompe-la-Mort* (introduction à *Splendeurs et Misères des Courtisanes,* coll. L'Astrée, Club du Meilleur Livre, 1958). Sur le personnage de Vautrin.

J. Savant. *Balzac et Vidocq,* dans *L'Œuvre de Balzac* (Club français du Livre), tome XIII.

P. Surer. *Quelques cadres d'étude sur « Le Père Goriot »,* dans *L'Information littéraire* (Baillière, 1952).

P. Vernière. *Balzac et la genèse de Vautrin,* dans la *Revue d'Histoire littéraire de la France* (Armand Colin, 1948).

On se reportera en outre aux diverses références que nous avons données, sur des points de détail, au fil de l'introduction et des notes de la présente édition.

TABLE DES MATIÈRES

ACHEVÉ D'IMPRIMER
PAR L'IMPRIMERIE ANDRÉ TARDY
A BOURGES
LE 30 JUILLET 1966

Numéro   d'éditeur : 1030
Numéro d'imprimeur : 4828
Dépôt légal : 3ᵉ trim. 1966

Printed in France